Reino de Garras

DEMI WINTERS

REINO DE GARRAS

DE LAS CENIZAS 2

Traducción de
Pilar López Riquelme
Scheherezade Surià López

MOLINO

Papel certificado por el Forest Stewardship Council®

MIXTO
Papel | Apoyando la silvicultura responsable
FSC® C117695

Penguin Random House Grupo Editorial

Título original: *Kingdom of Claw*

Primera edición: febrero de 2025

Autopublicado originalmente por la autora

Publicado por primera vez en Estados Unidos por Delacorte Press,
un sello de Random House, una división de Penguin Random House, LLC.

Derechos de traducción gestionados por Sandra Dijkstra Literary Agency
y Sandra Bruna Agencia Literaria, S.L.

Printed in Spain – Impreso en España

ISBN: 978-84-272-4786-4
Depósito legal: B-21.326-2024

Compuesto por Aura Digit
Impreso en Rodesa
Villatuerta (Navarra)

MO 47864

Para aquellas personas
cuyo espacio seguro se ha convertido en una prisión.
Sois valientes. Sois fuertes. Sois guerreras

NOTA DE LA AUTORA

Al final de este libro se incluyen un glosario, una guía de pronunciación y las traducciones al zagadkiano.

Reino de Garras transcurre en un mundo brutal de fantasía oscura e inspiración vikinga y está dirigido a un público adulto (mayores de dieciocho años), por lo que algunas escenas con contenidos como los siguientes pudieran incomodar a ciertos lectores:

Violencia doméstica y abuso emocional
Adicciones y síndrome de abstinencia
Persecución religiosa
Ejecuciones
Sangrías y escenas violentas
Sexo explícito y agresiones sexuales
Agorafobia y ansiedad social
Secuestro y cautiverio
Problemas de salud mental
Consumo de drogas

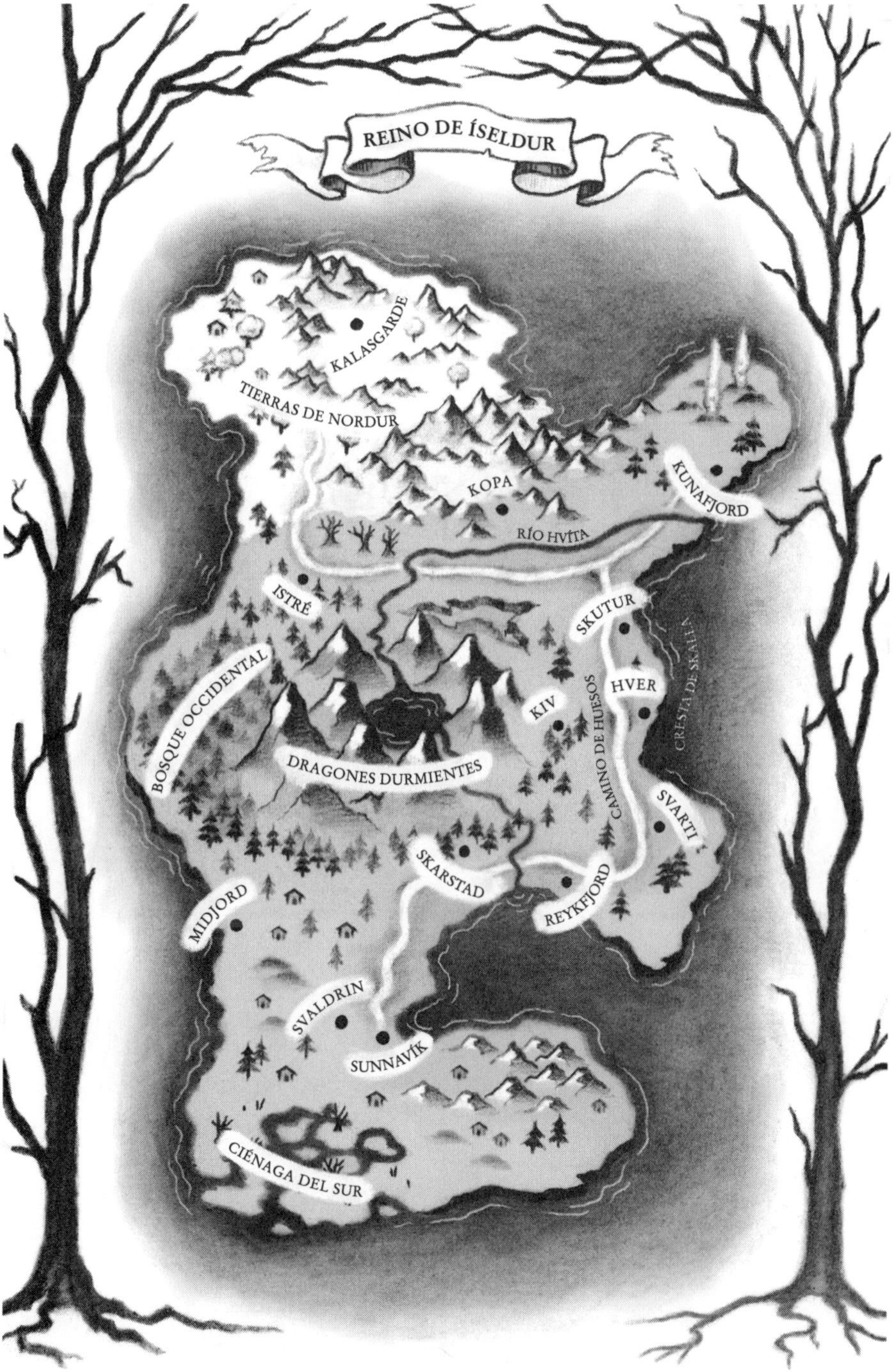
REINO DE ÍSELDUR
KALASGARDE
TIERRAS DE NORDUR
KOPA
KUNAFJORD
RÍO HVÍTA
ISTRÉ
SKUTUR
CRESTA DE SKALLA
HVER
BOSQUE OCCIDENTAL
KIV
CAMINO DE HUESOS
DRAGONES DURMIENTES
SVARTI
SKARSTAD
REYKFJORD
MIDJORD
SVALDRIN
SUNNAVÍK
CIÉNAGA DEL SUR

PRÓLOGO

Hace diecisiete años, Sunnavík

Menos mal que a Ivar Corazón de Hierro le habían enseñado a blindarse contra las náuseas de niño, porque la victoria olía muchísimo a sangre y a mierda. El olor flotaba en el viento mientras Ivar se adentraba en la playa de arena negra. Detrás de él, Askaborg, su nuevo castillo, se alzaba sobre una masa ingente de esclavos norvalandeses que se afanaban en retirar los cadáveres de las calles de Sunnavík. Ante él, una mujer estaba amarrada al muelle en ruinas mientras la marea entraba en la bahía.

La frustración se acumuló en las entrañas de Ivar. Había vencido al rey Kjartan y había tomado para sí el trono de Íseldur. Debería poder estar por fin tranquilo. Pero, en su lugar, tenía que enfrentarse a esto.

Ivar recordó la expresión en los ojos del rey Volsik cuando le había dicho que le haría águila de sangre mientras su pueblo miraba. Pero ni siquiera el recuerdo de haberle arrancado la carne de la espalda al monarca, de haberle roto las costillas y arrancado los pulmones, templó la rabia que sentía en ese momento.

—¡Dime! —bramó a la infame y testaruda mujer—. ¿Qué hay en este tejido, galdra?

Pero ella se limitó a apretar los labios. Los mechones de pelo castaño se le pegaban a la cara, y la marea se arremolinaba en torno a sus hombros. ¿Cuánto tiempo le quedaba a la mujer? ¿Quince minutos? Ivar dio otra vuelta por la arena. Ahora que había reconquistado Íseldur, Ursir le exigió a Ivar que se centrara en su próxima campaña: criar hijos robustos. Uno que sucediera a sus antepasados como rey del Mar y reclamara otra isla en nombre de Ursir, y otro que heredara el trono de Íseldur.

Sin embargo, antes de que pudiera plantearse nada de eso siquiera, Ivar tenía que asegurarse de que su esposa norvalandesa pudiera darle hijos. La pequeña Yrsa tenía unos pocos años, y aunque se le enternecía el corazón de hierro en su presencia, seguía siendo una mera hija; una mujer.

Eran hijos lo que Ivar necesitaba; guerreros fuertes y competentes para llevar a cabo el Decreto de Ursir. Sin hijos, estaba limitado. Había cumplido con su deber de esposo y hasta había dejado de lado a sus rameras durante dos meses. Aun así, un mes tras otro, Signe seguía sangrando puntualmente. Los maestres y las comadronas no encontraban deformidad física alguna, pero él se impacientaba cada vez más. Si su esposa era defectuosa, tenía que saberlo para encontrar una alternativa, y rápido.

Así fue como Ivar se vio en la puerta de la destartalada casa de una mujer galdra. Conocía bien a los guerreros mágicos de Íseldur: los Destructores de Espadas, con una fuerza sobrehumana, y los Pies de Liebre, imposiblemente rápidos. Y cómo olvidar a los infernales Sabuesos Oscuros, que se habían escabullido entre sus tropas y habían sembrado el caos en sus campamentos de guerra.

No obstante, le habían dicho que esta mujer era una galdra de otro tipo y que tenía poderes mentales. La llamaban la Tejedora. Lo demás no lo entendía. Algo de unos hilos del pasado, presente y futuro, le había dicho. Con una gotita de su sangre, la Tejedora podría encontrar sus hilos en el entramado del mundo. Los tejería en un tapiz.

Lo único que Ivar sacó en claro de la conversación fue que la mujer podía ver su futuro. Si pudiera asegurarse de que engendraría hijos, Ivar podría dejar a un lado su frustración y acometer su reinado con determinación.

Pero todo se había torcido. La mujer había tomado su sangre, había entrado en un extraño trance y se había puesto a trabajar en el telar. Y tras horas de tejer un tapiz lleno de colores vivos, había aparecido un hilo negro. La Tejedora se estremeció… y se volvió hacia el rey con una palidez exangüe.

—Mis disculpas, Alteza. Hoy no puedo terminar el tapiz —le había dicho—. ¿Podríais volver mañana?

—Terminarás el tapiz ahora mismo —le había soltado Ivar con un gruñido, señalando con la cabeza al huscarle jefe.

Magnus Hansson dio un paso al frente, desenvainó la espada y apuntó a la garganta de la mujer. Ella tragó saliva y se giró hacia el telar. Y sin mediar palabra, siguió tejiendo.

Horas después, cuando la Tejedora se apartó del telar, Ivar se acercó al tapiz.

En la parte superior, vio su pasado: los bosques y fiordos de Norvaland, un oso y una mujer de blanco. Luego pasaba a su batalla por Íseldur: hachas de guerra y guerreros berserker; una corona hecha de garras. Pero en la parte inferior del tapiz, donde esperaba ver los azules del océano, o tal vez el barco de un rey del Mar, había una furiosa mezcla de negro y carmesí. Se fijó en los montones de cadáveres, en los pilares en forma de V que chorreaban sangre. Y en lo alto del montón, un rey.

No había duda de la identidad del monarca. No con la larga cabellera rubia y las dos trenzas de la barba. La Tejedora había visto su muerte.

Por eso Ivar se encontraba ahora paseando por la playa de un lado a otro, con los cuervos chillando sobre el agitado y oscuro mar. Era lo bastante perspicaz como para saber que la Tejedora conocía los hilos mejor de lo que le había contado, pero aquella insensata se negaba a darle detalles.

Miró fijamente a la mujer. El agua le lamía la barbilla; tenía los labios casi azules y las manos sujetas por encima de la cabeza. Bastaría una sola palabra para que los hombres de Ivar cortaran las cuerdas y la liberaran de aquella tumba acuática. Sin embargo, habían pasado horas desde que la marea entrara en la bahía y la Tejedora no había abierto la boca.

¿Por qué? ¿Por qué elegiría la muerte antes que la verdad?

—Sea cual sea el conocimiento que atesora, lo aprecia más que su propia vida —reflexionó. Al darse cuenta, se giró hacia Magnus—. Este secreto pone en peligro a alguien a quien ama.

Magnus tiró de la gruesa trenza de guerrero que le cubría el cráneo.

—¿Un hijo? —Entrecerró los penetrantes ojos—. ¿Queréis que elimine a sus familiares?

Sin pronunciar palabra, Ivar asintió, y se quedó mirando la ancha espalda de su huscarle mientras este se adentraba en las calles de Sunnavík.

—Me traerá a tu hijo —dijo Ivar a la mujer, esperando que Magnus hubiera acertado—. Y luego lo irá cortando en pedacitos hasta que me cuentes lo que has visto en los hilos.

A la mujer le temblaron las comisuras de los labios un segundo, e Ivar supo que la había convencido.

—Empezaremos por los dedos. Serán cortes lentos y constantes. Haré que llamen a mis curanderos para que le venden las heridas. No queremos que la criatura se desangre demasiado deprisa. —La mujer abrió los ojos de golpe y ni siquiera se molestó en ocultar su terror.

«Estúpida mujer». Ivar negó con la cabeza.

—Lo que llevarás peor serán los gritos. Te llegarán desde la otra punta del agua. Llenarán las calles de Sunnavík, y todos sabrán entonces lo que significa traicionar a su rey.

La mujer abrió la boca y luego la cerró. Ahora se veía obligada a inclinar la cabeza hacia arriba para respirar. El ritmo de la marea había aumentado y no tardaría en sumergirla por completo.

—¿Conoces a Magnus el Devoracorazones? Tiene una habilidad inigualable con el cuchillo. Es famoso por abrirle el pecho a una persona mientras aún respira. Saca el corazón y se lo come crudo.

—Por favor —suplicó ella—. Por favor, quitadme la vida, pero eso no, por favor, cualquier cosa menos eso.

—La decisión está en tus manos, mujer —gruñó Ivar—. Dime lo que leíste y le perdonaré la vida a tu hijo. —Hizo una pausa pensativa—. Ordenaré a mis hombres que te saquen de ahí y podrás volver con los tuyos.

—¡Galdur!

Ivar cerró la boca de golpe mientras miraba fijamente a la mujer. Galdur, esa extraña magia iselduriana.

—Explícate —exclamó.

—Encontraréis... —La mujer tosió con la boca llena de agua salada—. ¡Encontraréis vuestro fin a manos del galdur! —gritó, antes de que una ola se abalanzara sobre ella, sumergiéndola por completo durante un instante.

Ivar frunció el ceño, y notó un nudo en su estómago de hierro. Encontraría su fin a manos del galdur.

—¿Y qué más?

—Eso es todo —respondió la mujer—. No hay nada más. ¡Liberadme! —suplicó, un segundo antes de que otra oleada la azotara y el agua salada se le introdujera en los pulmones. Más toses. Más balbuceos. Forcejeó contra las ataduras con un grito desgarrador—. ¡Soltadme!

Ivar le dio la espalda.

Cuando Magnus regresó, con un niño inconsciente sobre el hombro, el pilar estaba sumergido y en la mente del rey de Íseldur se había concretado un plan.

—Mata al niño —dijo Ivar con frialdad, avanzando a grandes zancadas hacia Askaborg— y reúne a los galdra. Las cosas van a cambiar en este reino.

PRIMERA PARTE

CREPÚSCULO

DUHSK

1. Claridad que hay desde que raya el día hasta que sale el sol, y desde que este se pone hasta que es de noche.
2. Tiempo que dura el crepúsculo.

UNO

Dos días al oeste de Kopa

Silla Nordvig había jurado una vez que ninguna fuerza de este mundo podría atraerla hacia el verdadero norte de Íseldur, pero estaba claro que había subestimado el retorcido sentido del humor de los dioses. Porque allí estaba ella, montada en un caballo con Ojos de Hacha, dirigiéndose a ese preciso lugar.

Las negras paredes del cañón trepaban a ambos lados de ellos, mientras Caballo avanzaba junto a un río de lecho llano. La naturaleza había hecho un buen intento de recuperar el espacio, y el musgo y la vegetación alfombraban las orillas del río y los salientes que quedaban a la vista. Sin embargo, predominaba la piedra volcánica negra, y las escarpadas paredes del cañón eran de una belleza cruda y descarnada.

Llevaban ya dos días cabalgando por el cañón. El sol salía y se ponía, el mundo seguía adelante como si no se hubiera hecho pedazos. Pero el ánimo de Silla decaía con cada día que pasaba. Empezaba a convencerse de que ya no habría Kopa.

En vez de eso, estaba Kalasgarde.

Silla exhaló. Rey decía conocer a gente en Kalasgarde que podría ayudarla a esconderse de la reina y de los klaernar; pensaba que sería seguro para ella.

Sin embargo, Silla sabía que no debía albergar esperanzas; su insensato corazón había sufrido demasiadas veces. La verdad era que no había ningún lugar seguro para ella, no ahora que sabía su verdadero nombre.

Eisa Volsik.

Heredera del enemigo acérrimo del rey Ivar. Perseguida por la reina Signe para sus misteriosos y perversos planes. Peón político para los que estaban en el poder. Recompensa fácil para los que no lo estaban. El nombre solo traía desgracias. Con el pecho oprimido, apretó las manos alrededor del cuerno de la silla de montar hasta que se le pusieron blancos los nudillos.

«Ella no. Ella no. Ella no».

Silla inspiró hondo varios segundos y luego exhaló poco a poco.

Ir a Kopa había sido decisión de Matthias, e ir a Kalasgarde, de Rey. A medida que pasaban los días, la idea de elegir por sí misma se volvía más fuerte. Tal vez hubiera mejores opciones para ella que las tierras salvajes del norte de este reino. Embarcarse hacia el sur y dejar Íseldur le parecía cada vez más tentador. Tal vez podría ir al Continente Sur o a Karthia. A cualquier lugar donde pudiera pasar desapercibida.

Por el momento, se había resignado al plan de Rey. Se conformaría con Istré. Era más fácil no tener que decidir por sí misma. Para ser sincera, era un alivio. No obstante, entre las negras paredes del cañón, solo tenía tiempo para pensar. Y para recordar sus nombres.

Ilías Svik. Matthias Nordvig. Skeggagrim.

Habían sido hombres buenos y todos estaban muertos por su culpa. Tal vez vivir fuera su castigo. Despertarse cada mañana con el angustioso recuerdo de su sangre en las manos, con el dolor de la traición de Jonas grabado en el alma, sabiendo que Metta estaba en una prisión klaernar, sufriendo a manos de sus captores.

Silla arrastraba las magulladuras de Kopa, sí; una paliza tan brutal que tenía el ojo hinchado y le dolían las costillas con cada leve movimiento que hacía. Aun así, no dejaba de pensar que se merecía algo mucho peor.

Doblaron un recodo y el cañón se ensanchó. Los estratos inferiores de la pared se habían erosionado en un punto, lo que dejaba al descubierto una delgada columna negra, coronada por una roca más ancha.

—La llaman el Martillo de Hábrók —dijo Rey detrás de ella—. Acamparemos aquí esta noche. Allí hay un saliente para refugiarnos con hierba a mansalva para Caballo…

Su mente flotaba hacia el rumor de su voz en la espalda. Era imposible mantener la distancia entre ellos a caballo y, agotada, había renunciado a intentarlo. Y aunque nunca lo reconocería ante nadie más que ante sí misma, su presencia tras ella —un guerrero tan sólido como un muro— la tranquilizaba.

—¿Silla?

Ella sacudió la cabeza, tratando de disipar la bruma que le nublaba la mente. Rey había desmontado ya y miraba con atención la pequeña cicatriz en forma de medialuna que tenía en el rabillo del ojo.

«¡Deja de mirarla!», quería gritar. Aquella cicatriz era su condena. Por culpa de la cicatriz, aquellos hombres cerca de Skarstad la habían identificado, y también había sido la causa de que mataran a su padre. Silla giró la cabeza y se bajó del caballo.

Durante los últimos días que habían pasado viajando juntos, Rey y ella se habían instalado en una especie de rutina. Sin pensar, Silla desensillaba a Caballo y la cepillaba, mientras Rey sacaba las provisiones de la alforja y montaba el campamento. Cuando a Caballo le brillaba el pelaje y se iba a pacer a algún frondoso pasto, Rey ya había encendido el fuego. Resulta que era la mar de hábil encendiendo fuego, incluso con la madera húmeda.

Silla se sentó en la hierba. Tiró de un hilo perdido que le colgaba del puño. Era la túnica de Rey, igual que los calzones que llevaba sujetos a la cintura con un cinturón. La ropa le iba enorme, pero le daba lo mismo. Había quemado el vestido rojo que le había puesto Valf. Ojalá pudiera quemar los recuerdos de su mano, esa mano agarrándola por el cuello mientras la otra iba directa al cinturón.

«Grita, querida. Me encanta».

La voz de Rey la distrajo de aquellos pensamientos.

—Mañana pasaremos por una aldea. Pararé y haré que envíen un halcón al norte para los guerreros que irán a buscarte. —Hizo una pausa y la miró—. Y llegaremos a Istré al anochecer.

A Silla le palpitaban las sienes solo de pensar en Istré. Hacía días que los dos recorrían el cañón a duras penas. En esta circunstancia, se había adaptado a una existencia aletargada. No estaba segura, pero tampoco en peligro. Era un «punto intermedio». Pero las palabras «pueblo» y «gente» activaban su instinto de supervivencia y le aceleraban el pulso.

Un pesado silencio flotaba en el aire, y Silla sabía que Rey estaba midiendo sus palabras.

—Esta noche tienes que comer más, Silla. —Sacó unas tiras de alce seco del zurrón y se las ofreció.

Silla se quedó mirando su mano extendida. Pensar en la comida le revolvía el estómago, y pensar en Kalasgarde era como un ancla que tiraba de ella hacia abajo, muy abajo. Se sentía perdida y muy cansada. No solo su cuerpo, sino también los huesos.

Y el alma.

Aceptó el alce seco de todos modos y se obligó a hincarle el diente. Lo que daría por sus hojitas de skjöld, por escapar de todo aunque fuera un momento... o dos. ¿Habría boticario en Istré? Aun así, Silla había perdido todas sus pertenencias, sólas incluidos. Rey, sin embargo... guardaba monedas en una bolsita de su cinturón de batalla, otras en el falso fondo de la alforja de Caballo. Podría sisarle unas cuantas y escabullirse a la botica que hubiera en Istré.

La vil idea la inundó de un odio profundo hacia sí misma. Rey le había salvado la vida en Kopa. No podía robarle. Pero las ansias eran más fervientes de lo que había sentido en días... semanas.

Sin las hojas, ¿cómo podría distraerse de la pesadumbre de sus pensamientos? En el pasado, Jonas la había ayudado a escapar. Pero, al igual que las hojas, solo le había traído dolor. Ya no había vendas para su dolor y, ¡ay, dioses!, cómo dolía.

Rey se había entretenido afilando una de sus muchas dagas, pero ella notaba el contacto de su mirada en la piel. Lo miró. Con las llamas del fuego que se reflejaban en sus ojos, aquella mandíbula pronunciada y las piernas arqueadas, el hombre parecía un dios malévolo afinando su espada. Totalmente ajeno a todo. Impermeable a las emociones humanas. Y brutalmente apuesto.

Silla paseó la mirada por el ancho cuerpo del guerrero y la fijó en su cadera.

—¿Puedo? —preguntó señalando la petaca con la cabeza.

Rey vaciló antes de incorporarse y rodear el fuego. Se agachó hasta colocarse a su altura y le puso la petaca en la palma de la mano.

—Con tiento —dijo, con un pliegue más profundo entre las cejas.

Le entraron ganas de extender la mano y alisarle la frente, pero, en lugar de eso, se llevó la petaca a los labios y le dio un buen trago. El alcohol le quemó la garganta y la hizo estremecer. Aun así, Rey se quedó mirando la cicatriz con tanta atención que se removió intranquila.

—¿Por qué la miras tan fijamente? —preguntó parpadeando varias veces por el ardor de aquel whisky de fuego—. ¿Por qué me miras la cicatriz?

Rey pareció despertarse del trance. Se pasó una mano por la cara y, por un momento, se mostró algo inquieto.

—Me recuerda a una vida de hace mucho tiempo.

—Cuéntamela.

Rey volvió a sentarse frente al fuego, deslizando la daga por la piedra de afilar.

—Prefiero no pensar en eso.

—¿Malos recuerdos? —preguntó ella, aunque por supuesto él no respondió.

En su vientre se extendieron unos zarcillos de calor que la hacían vibrar. Silla le dio otro tiento al whisky de fuego y cerró los ojos cuando este hizo efecto. Fue como una exhalación de cuerpo entero; de repente, las preocupaciones se atenuaron y se mitigó el ardor de la culpa.

Levantó la petaca para darle otro trago.

—Silla. —La voz de Rey atravesó el fuego; era un tono irritado y de advertencia. Silla, por supuesto, no le hizo caso. Él quería que fuera responsable y sensata cuando lo único que ella deseaba era olvidar.

Se puso en pie y arqueó la espalda para estirarse. Ya se sentía mejor. Casi feliz.

—En otra vida, hace mucho tiempo, tuve gallinas —le contó ella. La brennsa fluía por sus venas con un ritmo silencioso que la impulsaba a moverse—. Y un columpio. Y jugaba a algo. ¿Quieres jugar, Ojos de Hacha?

Este la miró con el ceño fruncido. La luz del fuego se reflejaba en sus rizos negros como el tizón y el marrón cálido de sus pómulos curvos. Hacía tiempo que Rey no se recortaba la barba, que solía llevar bien apurada, y Silla supuso que los últimos días también le habían afectado. Una buena mujer se ofrecería a recortársela, trataría de aligerar su carga.

Pero ella no era una buena mujer.

Tomó otro buen trago de whisky y tosió. Le ardían la garganta, los pulmones y hasta el estómago, pero empezaba a apreciar ese tipo de malestar, un malestar sobre el que podía ejercer cierto control. Un malestar que ella misma elegía.

—Vamos, Ojos de Hacha. Diviértete conmigo. —Le tendió la mano y deseó que la agarrara. Que derribara las férreas barreras que mantenía siempre erguidas. Al cabo de un momento, quedó patente que no tenía intención de unirse a ella—. Muy bien, pues —murmuró—. Jugaré sola.

Abrió los brazos y miró hacia arriba. Había anochecido ya y las estrellas salpicaban la franja de cielo que se extendía sobre ellos. Unas plantas curiosas desplegaban unos tentáculos que buscaban la luz de la luna desde las grietas de las paredes del cañón, y su luminiscencia la hacía sentir como si estuviera dentro de su propia constelación. El calor y la euforia la invadían y, por primera vez en días, todo se le antojó muy... fácil. Contemplando las estrellas, Silla empezó a girar. Esbozó una amplia sonrisa y su cuerpo se volvió ligero como una pluma.

—Vueltas y vueltas de aquí para allá. —La risa brotó de sus labios y, por un instante, fue libre. Era un pájaro que surcaba los cielos, dispuesta a volar lejos de todo. Giró más rápido, hasta que las estrellas y las extrañas plantas luminosas se mezclaron y el suelo se volvió inestable.

Sin previo aviso, le arrebató la petaca y un brazo la detuvo con brusquedad. Su vista seguía girando y tardó un momento en reconocer la expresión furiosa de Rey.

—¿Qué has dicho? —le preguntó.

Las paredes del cañón, con sus estrellas vivientes, se movían y su mente se volvió esquiva y confusa. Esto era lo que necesitaba. Sumergirse en la nada. Dejarse arrastrar por las corrientes de la bebida.

—Un juego —susurró apoyándose en su brazo—. De una vida de hace mucho tiempo.

Rey estaba extrañamente callado, y ella se obligó a mirarlo. De nuevo, se fijó en su cicatriz y parecía que el pulso le palpitaba con fuerza.

—¿Qué pasa? —preguntó Silla.

—A veces pienso —sacudió la cabeza— que me recuerdas a alguien.

Una sensación de curiosidad se adueñó de Silla, como si intentara recordar algo importante. Pero desapareció en un instante y se vio de repente encima de unas pieles metidas en un hueco de la pared del cañón. Se recostó en la cama, tratando de estabilizar la vista, que no dejaba de darle vueltas.

—¿A quién?

Rey se agachó ante ella, pero le costaba distinguir su expresión sombría.

—A una chica a la que le gustaba jugar a girar —dijo distante—. Pero hace tiempo que murió.

—Demasiadas vueltas... —gimió Silla, llevándose una mano a la frente.

—Te dije que te lo tomaras con tiento.

Una mano grande y cálida le rozó la espalda y la ayudó a sentarse.

Con la cabeza nublada, Silla parpadeó varias veces. Tenía un odre de agua en los labios y el agua fría empezaba a bajarle por la garganta, aunque solo parecía agitar el fuego de su estómago.

—Ya no puedo sentir más —susurró—. Solo quiero olvidar.

Rey soltó un largo suspiro y se tumbó en la cama que había junto a la suya. Silla quería refugiarse en su calor, rendirse y encomendarse a su fuerza.

—Pues olvídalo de momento —repuso Rey, agotado—. Yo estaré aquí.

Al oír sus palabras, Silla quiso llorar. ¿Cuánto hacía que no era capaz de olvidar y dejarse llevar de verdad? Cerró los ojos y se sumió en un profundo sueño.

SILLA DESPERTÓ con la intensa luz de la mañana y punzadas en cráneo. Durante un momento de aturdimiento, no supo dónde se encontraba: había una pared sinuosa de piedra negra sobre su cabeza y se oía el goteo de un agua que discurría en algún lugar cercano. Entonces se acordó: estaba en el cañón. Se hallaba en un resquicio del cañón.

Al incorporarse, encontró a Rey arrodillado junto al arroyo. Solo llevaba una fina túnica interior y las mangas remangadas dejaban ver unos antebrazos gruesos y musculosos y una gran cantidad de espirales tatuadas.

Fascinada, lo observó mientras se limpiaba las manos y los antebrazos, y luego se echaba agua en el pelo y en la nuca.

«Una vida de hace mucho tiempo». Aquellas palabras resonaban en su cabeza, acompañadas de unos recuerdos de la noche anterior que volvieron como en una especie de oleada nauseabunda. La forma en que le miraba la cicatriz. La chica a la que le recordaba… y que había muerto hacía tiempo.

Notaba un dolor pulsátil en el cráneo mientras trataba de encontrar sentido a aquellos detalles. Un pánico caliente e inquieto que exacerbaba su resaca. Le dolía todo, la cabeza le daba vueltas y solo podía pensar en que la única persona que había descubierto su verdadero nombre había tardado menos de un día en traicionarla.

Intentó tranquilizarse: Rey no sabía quién era, solo era una sensación de desasosiego provocada por la brennsa. Pero ¿y si sí lo sabía? ¿O si se daba cuenta? Sus dedos encontraron la calva de pelo corto y puntiagudo que le había dejado la espada del comandante Valf.

«No puedo», pensó, y la decisión se hacía más firme con cada latido. «No puedo volver».

En ese momento, Silla se hizo una promesa. No permitiría jamás que nadie supiera su verdadero nombre. Se aferraría a él con tanta fuerza que lo extirparía de este mundo.

Y costase lo que costase, no volvería a acabar en las celdas de los klaernar.

DOS

La larga exhalación de Rey empañó el aire; su cuerpo se balanceaba al ritmo de Caballo mientras recorría el cañón. La brillante luz del sol de la mañana se colaba entre las negras paredes y le calentaba el rostro. Pronto llegarían al final del cañón, volverían al bosque y estarían un paso más cerca de Istré.

Aunque su memoria era algo borrosa, Rey recordaba algunas aldeas a lo largo de la ruta y había decidido detenerse en la primera. Tenía que enviar un halcón a Vig y a Runný en Kalasgarde, y Silla necesitaba un atuendo mejor que su túnica y esos calzones que le iban demasiado grandes.

Con la mirada clavada en los rizos revueltos de Silla, Rey luchó contra el impulso de enroscarse uno alrededor del dedo y tensarlo. Apretó los dientes.

Estaba demasiado callada.

¡Por el culo peludo de Hábrók! Rey no podía creer que le molestara tanto, pero había algo antinatural en ese silencio. Debería estar señalando las formaciones rocosas o canturreando sin parar. No lo reconocería nunca en voz alta, pero había empezado a gustarle el sonido de su cháchara. Le levantaba el ánimo y lo mantenía alejado de los lugares oscuros a los que tan a menudo se replegaba.

Y no pudo evitar pensar en la noche anterior. «Vueltas y vueltas de aquí para allá», había dicho ella. Cuando empezó a girar, cuando pronunció aquellas palabras, fue como si Rey hubiera regresado a otra época. A aquellos jardines.

Hacía ya toda una vida. Por no decir que la chica había muerto hacía mucho tiempo.

Sin embargo, Silla se había acurrucado con él. Había confiado en él lo suficiente como para olvidar durante un tiempo. ¿Por qué sentía que la confianza de esta mujer era algo que debía valorar? Como un retoño al que anhelaba cobijar para que creciera más fuerte...

Rey se estremeció. Eran pensamientos peligrosos y más le valía olvidarse de ellos.

El cañón era cada vez menos profundo, hasta que por fin volvieron a adentrarse en el bosque. El olor familiar de las agujas de pino y la marga le invadió los sentidos mientras seguían un estrecho camino de cabras a través del bosque. El follaje húmedo les rozaba al pasar, pero, por fortuna, el sendero pronto se ensanchó.

«¿Por qué la persigue la reina?».

La pregunta irrumpió en los pensamientos de Rey como había pasado cientos de veces en los últimos días. Después de lo de Kopa, le había preguntado a Silla por qué la perseguía la reina, pero no había querido volver a ver la expresión de sus ojos, atormentada y aterrorizada.

Por eso la instó a que se lo contara cuando estuviera preparada. Rey sabía muy bien que algunos secretos eran esenciales para que una persona estuviera a salvo. Quería respetar esa necesidad de guardarlos. Pero la dichosa reina iba tras ella y los klaernar estaban implicados también. Habían enviado a grupos de guerreros y asesinos a por ella. No era un secreto baladí, y conocer algunos detalles podía ser cuestión de vida o muerte.

Una y otra vez repasó todos los curiosos detalles que había recabado sobre la mujer de pelo rizado que había subido a su carreta en Reykfjord. Al igual que él, era galdra. Luego estaba el juego de girar y la cicatriz, justo donde ella tenía la suya. Había llevado una vida protegida, como si la hubieran escondido de miradas indiscretas.

«Hay que ser muy poco hombre para dejarse dominar por el miedo y muy grande para mostrar misericordia. Y cualquiera con dos dedos de frente ve que tú no eres un hombre pequeño».

Las palabras que ella le había dicho en el Camino de Huesos resonaban ahora en su cabeza. En aquel momento, pensó que solo era una curiosa coincidencia, pero ahora se preguntaba si podría ser algo más que eso. ¿Y si sus padres se conocían? Encajaría con la identidad de la chica...

No. Rey rechinó los dientes. La chica estaba muerta. Había un cadáver. Todos en este reino conocían los truculentos detalles.

A menos que no hubiera muerto aquel día. ¿Y si había escapado del castillo, escondida durante todos estos años antes de que la descubrieran cerca de Skarstad? Pensó en el padre de ella —un supuesto granjero— que se había cargado a seis guerreros de la reina antes de morir a consecuencia de las heridas. Si se tenía en cuenta cada extraño detalle por separado, parecía una respuesta poco probable. Pero al sumarlos todos, no encajaba ninguna otra explicación.

Era ella.

Rey notó un pinchazo en las sienes. No podía ser. Era imposible.

Sin embargo, los hechos se iban acumulando y, con cada latido del corazón, lo imposible se volvía cada vez más verosímil. Por alguna especie de milagro, ella no había muerto aquel día. Estaba viva, y había estado sentada en su carromato todas esas semanas atrás. Lo embargó un sentimiento de asombro y abrió la boca para decir algo, pero la cerró de golpe cuando vio una valla trenzada, seguida de una casa de la que salía humo.

Rey detuvo a Caballo cerca de un poco de hierba.

—Nos detendremos aquí unos minutos —le dijo a Silla, bajándose de la montura. No pudo evitar recorrerle la cara con los ojos, buscando similitudes con aquella muchacha. Apretó la mandíbula al verle el moratón en la mejilla—. Creo que es mejor que no te vean. Ponte la capucha y quédate detrás de la valla. Me ausentaré solo unos minutos para avisar al norte.

Rey pensaba que aquel lugar era una aldea; sin embargo, pronto descubrió que no era más que un puñado de granjas y caseríos. Por suerte, las ancianas estaban más que dispuestas a permitir que usara su halcón a cambio de la generosa moneda que les ofrecía. También se habían desprendido fácilmente de unas botas y prendas de la talla de Silla. Rey fue perdiendo gratitud cuando las ancianas empezaron a ofrecerle a sus nietas solteras y a rogarle que se quedara a pasar la noche. Después de enviar el mensaje a Kalasgarde, tuvo que armarse de paciencia para no soltarle algún improperio a la más atrevida de las nietas, que lo había agarrado del brazo y había intentado llevarlo al jardín para dar un paseo.

—Estoy casado —le había espetado, viendo cómo las mujeres fruncían el ceño al reparar en su dedo sin anillo—. ¡Mi esposa está ahí!

Al salir de la casa, Rey se había metido las prendas bajo el brazo y había echado a correr. Estaba deseando hablar con Silla. Decirle lo que sabía..., pero sus pies se detuvieron de repente.

Silla había desaparecido. Igual que su puñetero caballo.

El enfado reemplazó rápidamente al entusiasmo. La muchacha había huido a un bosque lleno de monstruos mientras los guerreros peinaban el campo en su búsqueda.

—¡Sé que eres más espabilada que esto, Rayo de Sol! —bramó con las manos juntas. Por el rabillo del ojo, vio a las mujeres de las granjas agrupadas en la puerta—. ¡No sabes montar, y además vas subida a mi maldito caballo!

Se metió dos dedos en la boca y soltó un silbido estridente.

Los cascos y un grito frustrado de Silla no tardaron en llegar a sus oídos. Un momento después, Caballo salió de entre los árboles.

—¡Da la vuelta! —suplicó Silla, tirando de las riendas—. ¡Caballo, por favor!

Pero Caballo se limitó a sacudir la cabeza, relinchando en señal de saludo a Rey. Este tomó las riendas y acarició el aterciopelado hocico del animal mientras miraba a Silla.

—No podrás comprar su lealtad con golosinas.

Silla lo miró con una expresión nerviosa y culpable.

—¿Por qué huías? —preguntó en voz baja. Echando una mirada cautelosa a las mujeres que se habían reunido en la puerta de una casa comunal, se subió a la silla detrás de ella y metió las prendas en la alforja.

Instó a Caballo a avanzar y cabalgaron en silencio por el sendero hasta que Rey consideró que estaban lo bastante lejos para que no los oyeran.

—¿Qué ha ocurrido? —preguntó él, levantando un brazo para protegerla de una rama baja—. ¿Ya no confías en mí? —Rey repasó todo lo que había dicho en el último día.

Ella había intentado huir, se había puesto en peligro y, al escapársele una extraña risa, la rabia volvió a apoderarse de Rey.

—¿Crees que tiene gracia? —le preguntó—. ¿Te parece un juego?

—En absoluto —respondió ella con un resoplido.

Dioses, pero cómo odiaba Rey sus lágrimas. Apretó las riendas con más fuerza.

—Sabías que iría a por ti, como ya hice en Kopa —dijo con una discreta vehemencia, mientras Caballo pasaba por encima de un árbol caído.

Ella se encogió de hombros.

—Solo quería gallinas.

—¡No puedes correr peligro! Esto va más allá de tus deseos.

Todo su cuerpo se tensó.

—¿Qué quieres decir con eso?

Rey había previsto abordar el tema con delicadeza —quizá sonsacarle respuestas poco a poco—, pero el intento de fuga lo había alterado. Ella se había expuesto a los peligros y él sintió que se desquiciaba.

—Sé quién eres —se oyó decir a sí mismo.

Ella se quedó inmóvil.

—Sé por qué te persigue la reina.

Se puso tensa de nuevo, como preparándose para las palabras que iba a escuchar.

—Tu cicatriz. Yo estaba contigo cuando te la hiciste, Eisa.

LAS PALABRAS DE REY se clavaron en la piel de Silla. Se le cortó la respiración al darse cuenta de que había hecho bien en confiar en su instinto: Rey sabía quién era. Y ahora había echado a perder la oportunidad de huir.

«Tu cicatriz. Yo estaba contigo cuando te la hiciste, Eisa».

Temblaba entera. Él sabía quién era ella, y Silla sabía lo que ocurriría a continuación. Jonas ni siquiera había tardado un día en traicionarla. ¿Cuánto tardaría Rey en hacer lo mismo?

Ahora el pánico se apoderaba de todo su cuerpo. «Corre», le dijo una vez más su instinto. Pero una pizca de lógica le recordó que Rey acabaría atrapándola.

—Intentabas huir —gruñó.

—Por favor —suplicó, mirando anhelante hacia el bosque—. Déjame desaparecer en el bosque… deja que me esfume. Me subiré a algún barco con rumbo al sur y, cuando tenga la moneda, me aseguraré de que obtengas tu recompensa… Te lo juro.

Rey se puso rígido tras ella.

—Eres la dichosa Eisa Volsik, por el amor de los dioses, ¿y quieres irte de Íseldur?

El aire entre ellos vibró con su furia; Silla se quedó desorientada. ¿No debería estar contento? Acababa de dar con la mayor recompensa del reino. ¿Por qué estaba tan enfadado?

—¡Eres una Volsik! —continuó él—. ¿No entiendes lo que significa?

«Unas esposas», pensó. Otra celda. Y que le arrebataran la potestad de escoger.

—Por favor —suplicó Silla—. Dijiste que no me delatarías. Eres un hombre de honor.

—Esto va más allá de mi honor —refunfuñó—. Y si eres incapaz de tomar decisiones sensatas, te ataré a la silla de montar y te llevaré a Kalasgarde a la fuerza.

—¿Kalasgarde? —Eso no se lo esperaba—. ¿No quieres una recompensa?

Rey no respondió.

—Kalasgarde —repitió ella. Se estremeció del alivio. No habría celda. No iba a volver a una celda. Silla inspiró hondo y soltó el aire poco a poco. El temblor disminuyó un poco, pero entonces comprendió lo que acababa de decir—. ¿Me obligarás a ir a Kalasgarde?

Detrás de ella, Rey estaba tenso como la cuerda de un arco.

—He hecho muchas cosas repugnantes por este reino, y haré muchas más.

—No puedo ser Eisa —gimoteó ella. No estaba en una celda en Kopa, él no era el comandante Valf, pero no la estaba escuchando, no dejaba que se explicara—. No puedo ser ella, ¿no lo entiendes?

—Eres tú quien no lo entiende —le espetó—. Murió mucha gente para proteger a tu familia. Ivar fue a por todos los partidarios de Volsik y los mató de las formas más viles.

El resquemor de la culpa se extendía por su ser.

—Por favor —suplicó Silla—. Tengo que marcharme de esta isla. Es la única forma de detener el baño de sangre que me persigue.

—O podrías defender a tu pueblo —repuso él—. ¿No sabes lo que significaría tu existencia para tantas personas? ¿Cuánta esperanza podrías aportar?

—¿Cómo? —exclamó—. ¿No entiendes que a duras penas puedo ser Silla? ¿Cómo quieres que sea ella?

—Yo solo entiendo que estás siendo una cobarde.

Era tal como había temido; el nombre sería una atadura más, la convertiría en algo que poder usar. Ya le estaban arrebatando las opciones y su identidad se desvanecía en el aire.

—Eres igual que Jonas, me privas de la capacidad de elegir. —Notó que él se revolvía, pero continuó—. Pero has dicho Kalasgarde, no Sunnavík, lo que significa que no quieres la recompensa. Entonces ¿por qué, Rey? ¿A qué estás jugando? ¿Por qué haces esto?

Notaba que él estaba escogiendo las palabras adecuadas, que se esforzaba por pronunciarlas.

—Porque toda la gente buena ha muerto y, aun así, yo sigo respirando. Tengo que honrarlos a ellos y también a sus muertes. Hacer que signifiquen algo.

—Eso fue lo que dijo Jonas. —Le tembló la voz—. Me entregó a los klaernar para que la muerte de Ilías tuviera algún sentido.

Rey se quedó quieto, casi sin atreverse a respirar.

—No es lo mismo.

—¿Tú crees? —La ira aumentó en su interior, pero, al mismo tiempo, le tranquilizaba sentir algo que no fuera miedo—. ¿O es solo una excusa que se inventan los hombres violentos para poder dormir por la noche?

—No creas que sabes algo de mí.

—¿Cómo puede alguien saber algo de ti, Reynir Galtung? —le espetó—. ¿Tú, que exiges todas mis verdades sin aportar ninguna propia? Eres más hermético que un tarro de conservas.

El aire estaba cargado de tensión.

—No te importunará mi presencia durante mucho más tiempo —dijo Rey. Su voz era fría, carente de toda emoción—. Llegaremos a Istré esta noche. Permanecerás escondida. Los guerreros que he mandado llamar son hombres de honor. Te pondrán en contacto con gente, gente buena y de confianza que sabrá mejor cómo ocuparse de ti.

«Ocuparse de ti». Silla apretó los dientes. La ira se le agolpaba en el estómago y le quemaba por dentro. Abrió la boca para protestar, pero la cerró de golpe cuando Rey dijo:

—Hay cosas salvajes en este bosque. Es mejor guardar silencio.

Silla parpadeó para contener las lágrimas e intentó recobrar la determinación, pero solo podía pensar en Kalasgarde.

No era más que otra fría celda.

TRES

Askaborg, Sunnavík

Saga Volsik vestía de negro en el oficio del dios Oso, el primero al que asistía desde hacía más de un mes. Era práctico, en realidad. Aunque tal vez no debería preocuparse; a estas alturas, las esclavas lavanderas ya eran unas expertas en quitar las manchas de sangre de la ropa de la realeza.

Su doncella le había recogido un lado del pelo en unas elaboradas trenzas urkanas, y Saga había rematado el atuendo con su broche favorito de ala invernal. Si tenía que sangrar por el dios Oso, lo haría llevando puesto lo que quisiera.

Y ahora, estaba sentada junto a la princesa Yrsa en la Casa de Ursir, mientras los nobles predilectos del rey acudían al sacrificio semanal. La sala estaba bien iluminada, a pesar de la falta de ventanas. Los braseros que se alineaban en el estrado central alumbraban y caldeaban la estancia, mientras que los pilares dorados reflejaban y amplificaban la luz.

Vista desde fuera, Saga proyectaba cierto aire de aburrimiento. Pero por dentro estaba hecha un lío. Durante un mes había conseguido evitar todo esto: la multitud, el espectáculo, la impotencia de su situación. Se sentía como un animal enjaulado al que sacaban a pasear para el deleite de los espectadores.

«Mira qué bien se sienta. Mira qué bien sangra. Qué mascota más buena».

Le temblaban los dedos en busca del carboncillo y el tablero de dibujo, ansiosa por aplacar sus crecientes nervios. Habían pasado ya varios días desde que Saga oyera la conversación entre el maestre Alfson y Signe y descubrió que Eisa —la hermana pequeña a la que había dado por muerta durante los últimos diecisiete años— estaba viva. No solo lo había sabido su madre adoptiva y no se lo había contado, sino que la reina llevaba meses persiguiendo a Eisa. Había sido una revelación asombrosa y difícil de digerir.

Pero a medida que pasaban los días, Saga seguía esperando la oportunidad de hacer algo —lo que fuera— para ayudar a Eisa y los nervios no habían hecho más que empeorar. Apenas podía dormir. Se pasaba el día con la cabeza embotada. Había pasado horas en el pasillo oculto tras el estudio de Alfson, esperando oír otra conversación, pero sus esfuerzos habían sido en vano.

Algunos días la consumía el desasosiego; su mente era como una taza rebosante que se desbordaba por los lados hasta que lo único que podía hacer era coger los carboncillos y pergaminos y dibujar sin cesar. Era lo que le devolvía el equilibrio a su mente; algo que la sacaba por completo de su cabeza.

Pero ahora mismo no podía dibujar. Con la mirada recorrió la sala al menos por décima vez, identificando cada una de las puertas de la Casa de Ursir. La salida principal. La puerta del Alto Gothi. La trampilla bajo la alfombra del fondo del estrado..., a menos que la hubieran sellado con tablas.

Se repetía esas salidas una y otra vez, recordándose a sí misma que estaba a salvo. Que no estaba atrapada. Sin embargo, no podía quitarse de encima las ganas imperiosas de refugiarse en sus aposentos.

Con el pulso acelerado, Saga miró a su derecha, donde estaba sentada la princesa Yrsa. Su vestido verde esmeralda contrastaba con el cabello blanco dorado y la piel pálida de norvalandesa. Yrsa tenía la espalda recta, los labios curvados en una sonrisa recatada y le brillaban los ojos marrones de tal forma que parecía que no hubiera otro lugar en el que quisiera estar en ese momento. Saga abrió la boca para decirle algo a su hermana adoptiva —para calmar la extraña tensión que había entre ambas esos días—, pero no encontró las palabras. En su lugar, volvió a mirar la piedra del altar manchada de sangre que se alzaba en la parte delantera de la sala.

Se decía que el dios Oso obtenía su fuerza de la sangre. Esto era lo que impulsaba a los guerreros urkanos a emplear tanta violencia en la batalla. Cuanta más sangre derramaban, más gloria se les concedía. Sin embargo, otro método menos glorioso —el sacrificio de uno mismo o de sus bienes— también podía ganarse la bendición de Ursir. Los granjeros solían sacrificar a sus mejores animales durante el Despertar de la Primavera de Ursir para asegurarse una temporada de cultivo fértil, mientras que algunos jefes guerreros urkanos sacrificaban a sus siervos más fuertes antes de la batalla. Pero para el ciudadano medio, la forma más fácil de ganarse el favor de Ursir era participar en un sacrificio.

Ay, dioses, no podía hacerlo. Tenía que ponerse a salvo, volver a sus aposentos. Levantándose de la silla, Saga se dispuso a abandonar la sala. Pero cuando entró la reina Signe, acompañada de seis sirvientas, se esfumó cualquier posibilidad de salir. Abatida, Saga se sentó en la silla y se resignó a su destino. Tendría que enfrentarse a eso, tendría que arremangarse.

—Ursir se alegrará de verte, lady Saga —dijo una mujer de voz chirriante. Saga identificó rápidamente la procedencia: lady Geira.

Como nueva y piadosa esposa del Alto Gothi, era una de las confidentes de mayor confianza de Signe, y la compasión de su mirada hizo que a Saga le entrara un deseo de violencia. En lugar de eso, asintió con sequedad.

—Es muy bonito reconocer tus propios defectos y actuar para corregirlos —dijo Geira, jugueteando con un juego de llaves que llevaba colgado del cuello. Las sirvientas que la rodeaban asintieron.

—Querida Saga —pronunció la reina con voz clara. Las mujeres se separaron y ella se abrió paso, con una corona de garras de hierro sobre su pelo rubio blanquecino. Saga se levantó inclinando la cabeza en señal de deferencia hacia la soberana. Signe cogió la mano enguantada de Saga y la acarició con suavidad—. Recurrí al sabio consejo del Alto Gothi en tu nombre.

A Saga le palpitó el corazón con fuerza.

—Cree que un sacrificio adicional debería ayudar a curar tus... nervios. —Las sirvientas de Signe asintieron y murmuraron en señal de conformidad; lady Geira fue la más vehemente del grupo.

Por supuesto, la respuesta era sangre. ¿Andabas baja de ánimo? Da sangre. ¿Te has golpeado en el dedo del pie? Da sangre. ¿Tienes la peste? Sin duda alguna: da sangre.

Saga asintió entumecida. La reina se acercó a su hija y tomó el rostro de Yrsa entre sus manos.

—El verde te sienta bien, mi dulce niña. —Depositó un cariñoso beso en cada una de las mejillas de Yrsa.

—Gracias, madre.

Signe se acomodó en una silla junto a su hija, con las sirvientas en la fila de detrás.

Saga reprimió el escozor de los celos. Tendría que estar agradecida de que la reina se hubiera interesado por su salud. Su madre adoptiva era desconcertante. Era dura e inflexible, pero de vez en cuando le dedicaba pequeñas muestras de atención.

Y Saga, como un perro hambriento, devoraba todas y cada una de ellas.

Se hizo el silencio en la sala cuando entró Thorir el Gigante para anunciar la llegada del rey. Con su poblada barba pelirroja y su imponente estatura, era imposible no ver al guerrero en cualquier estancia. Pero a la luz crepuscular de la Casa de Ursir, parecía más enorme de lo habitual.

Detrás de Thorir, iba el rey Ivar Corazón de Hierro. Aunque era varios centímetros más bajo que Thorir, la imponente presencia del monarca se palpaba en toda la sala. El rey tenía el pelo rubio hasta los hombros, salpicado de canas, y la barba peinada en dos trenzas urkanas. Y aunque sus ojos eran fríos y severos, brillaron de satisfacción cuando se posaron en Saga.

Ella se removió y apartó la mirada. Siempre había sentido cierta incomodidad en la mirada del rey. Más que lujuriosa parecía... codiciosa. Como si contemplara una joya que hubiera ganado para su reserva de tesoros.

El príncipe Bjorn, prometido de Saga, fue el siguiente en entrar. A sus trece años —nueve menos que ella—, Bjorn ya había alcanzado la estatura de su padre, pero se mostraba desgarbado y desmañado mientras caminaba detrás de Ivar. Vestía una túnica roja que hacía juego con la de su padre, y con el pelo rubio que llevaba de una forma similar, estaba seguro de ser el vivo retrato del rey cuando alcanzara la mayoría de edad. Saga no le reprochaba a Bjorn la situación en la que se encontraba, pues este no había tenido más elección que Saga en el compromiso.

Sin embargo, había observado con cautela cómo Ivar implicaba cada vez más a Bjorn en sus asuntos; había notado el endurecimiento de su rostro y el enfriamiento de sus ojos. Saga invertía muchas energías en no pensar en qué clase de hombre se convertiría su futuro marido.

Aun así, si ella había sobrevivido tanto tiempo era porque se había amoldado a sus expectativas, de modo que Saga se obligó a sonreír a su futuro esposo.

El resto de la comitiva real entró tras el príncipe; hombres corpulentos de expresión adusta que se sentaron en la parte reservada a los guerreros. El último guerrero del grupo entró en la sala con unos andares que le eran familiares y, cuando la luz desveló su rostro, a Saga se le revolvieron las tripas. Tenía unos ojos rasgados y crueles, una tez rojiza y una barba larga y canosa. La joven tuvo que obligarse a mirar hacia la piedra del altar, tratando de sofocar los violentos latidos de su corazón.

Magnus Hansson había regresado de Reykfjord.

Saga no se atrevió a mirar, pero siguió al Devoracorazones por el rabillo del ojo mientras se sentaba a la derecha del rey Ivar, y ambos inclinaban la cabeza en una discreta conversación.

Repitió las salidas mentalmente. La salida principal. La puerta del Alto Gothi. La trampilla bajo la alfombra.

Por fortuna, el Alto Gothi entró antes de que ella perdiera el juicio por completo y saliera disparada de allí. Llevaba una vaporosa túnica marrón y la luz iluminaba el diente de oso repujado en oro que le colgaba del cuello. Varios acólitos lo flanqueaban, uno de ellos portaba una jaula dorada y otro tiraba de una cabra con correa. La conversación se acalló cuando subieron los peldaños del estrado; la cabra empezó a chillar con fuerza y clavaba las pezuñas en el suelo.

Thorir se puso en pie, levantó la cabra con facilidad y la depositó sobre la losa de piedra que había en lo alto del estrado, antes de volver a su asiento. Los acólitos se apresuraron a ocupar el lugar de Thorir e inmovilizaron a la cabra, mientras el Alto Gothi se plantaba frente a la multitud y se sacaba una daga ceremonial de los pliegues de su capa.

—Te honramos, Ursir, Dios de Dioses, con la sangre de nuestras mejores bestias.

Fue un ritual rápido y sangriento. El gothi murmuró palabras suaves mientras le cortaba el cuello a la cabra y recogía la sangre en un cuenco dorado, para luego verterla sobre la piedra del altar. Después, repitió el proceso con una paloma que sacó de la jaula.

El Alto Gothi empezó a soltar un sermón, pero Saga perdió el hilo de las palabras. Se quedó embobada mirando la piedra del altar y las runas grabadas en su superficie, ahora manchada de sangre. Contaban la historia de Ursir, de cómo había derrotado al Sabueso de la Luna para apropiarse del Gran Bosque y de la esposa de la bestia lobuna. No pudo evitar pensar en todos los demás que habían sido asaltados y derrotados por los urkanos, y en todas las hijas que les arrebataron. Todo era un ciclo interminable de violencia, motivado por la necesidad de la bendición del dios Oso. La necesidad de sangre. La necesidad de poseer.

Por fin, la voz del Alto Gothi se fue apagando y los guerreros comenzaron a ponerse en pie cuando dio inicio el sacrificio. Sin embargo, el Portavoz del Dios levantó una mano, silenciando así las conversaciones de la sala. A Saga se le hizo un nudo de aprensión en el estómago.

—Antes de empezar, me han dicho que una de las hijas de Ursir ha acudido a nosotros con problemas de salud. Lady Saga, os ruego que subáis al estrado para que pueda contemplar vuestro rostro. —Saga sintió un cosquilleo en el cuerpo cuando todos los presentes se volvieron hacia ella. Sus miradas eran como ácido derramándose sobre ella, le abrasaba la piel y le disolvía los huesos. Saga tragó saliva y se levantó. Dio un paso adelante. No sentía los pies, no podía pensar. Pero lo estaba haciendo. Subió las escaleras del estrado. Se sentó en la silla. Miró el rostro de aquellos que, o bien la compadecían, o bien deseaban su muerte.

El Alto Gothi estaba ante ella, con sus ojos oscuros observando su semblante. Le tocó las mejillas con sus dedos rechonchos, le giró la cara de un lado a otro. Le apretó la mandíbula, le abrió la boca y le miró la lengua.

—Lo que me temía —proclamó a la multitud—. Las impurezas se han acumulado en su organismo y se alimentan de su salud. —El murmullo de los susurros se extendió por la sala—. Prescribo un desangrado intenso para limpiarle la sangre y conceder la bendición de Ursir.

Saga quiso levantarse de la silla y salir corriendo de la sala, pero todo el mundo la estaba mirando y el Alto Gothi ya le estaba subiendo la manga con el ceño fruncido.

—Ah —dijo, lo bastante alto como para que lo oyera toda la sala—. ¡Se le ha curado la vena! —Tiró del brazo de Saga hacia arriba, exponiendo la parte interna del codo a la multitud con un entusiasmo innecesario. Se oyó un grito ahogado al contemplar las cicatrices recién curadas—. ¡Prueba de la tibieza de su fe! Fijaos en lo que se consigue con frugalidad: una salud deficiente. Lo que se la da a Ursir, él lo devuelve multiplicado por diez.

La sangre se agolpó en los oídos de Saga.

—Ahora lo veo. Esto es mucho peor de lo que pensaba —dijo el Alto Gothi—. Me temo que debo cambiar mi recomendación. Es preciso hacer una Gran Ofrenda.

Saga intentó con todas sus fuerzas no pensar en lo que significaba aquello. Poco importaba lo que sintiera al respecto. Debía ser una Saga buena y dúctil, que hiciera lo que le ordenaran. Pero por dentro, pataleaba y gritaba. Al igual que los animales, su sangre sería tomada, no ofrecida.

Cuando se acercó un acólito, Saga se refugió en su mente.

Ya no estaba aquí.

No. Saga correteaba por los jardines, con su hermana pequeña chillando tras ella. Los pájaros gorjeaban desde los setos y se respiraba el aroma del follaje fresco. Eisa iba detrás de ella, dando vueltas y vueltas y cayéndose...

—Ya está —dijo el Gothi, mientras el dolor se le clavaba en el pliegue del brazo.

Cerró los ojos y se vio tumbada boca abajo en la biblioteca, rodeada de unas estanterías altísimas que se elevaban hasta las vigas. En la chimenea crepitaba un fuego lento y un gato descansaba en el regazo de la reina Svalla.

—Otra copa —murmuró el Gothi.

Le aletearon los párpados y un destello dorado le llamó la atención: el cuenco dorado se iba llenando con una lenta corriente de su fuerza vital.

—Otra copa.

La rabia y el reproche le arañaban la piel. Todos la observaban, esperando que se viniera abajo. ¿No sabían que ya estaba destrozada? Le habían quitado a su familia, su castillo, su reino y ahora le habían quitado la sangre. ¿Qué más les quedaba? Seguro que lo encontraban y se lo llevaban también.

Eisa. Un rescoldo oculto en su interior se encendió. Eisa la necesitaba. Pero cuando llenaron la cuarta —¿o era la quinta?— copa de sangre de Saga, sus fuerzas para luchar se derramaron con ella.

—Está pálida —murmuró el acólito.

—Otra copa —vociferó el Alto Gothi.

... «es lo que se ha ganado», brotó del pensamiento de alguien.

... «tiene que pagar con sangre, como su familia», añadió otro.

... «se merece todo el castigo. Se lo ha ganado a pulso».

Las palabras palpitaban en su cráneo y alertaron a Saga de que sus barreras mentales habían cedido, y los pensamientos de la multitud fluían libremente hacia ella. Podía manejar a una, tal vez dos personas a la vez con su Sentido, pero más de eso resultaba abrumador.

La asaltaron más pensamientos. Saga sabía que tenía que volver a levantar la barrera necesaria para mantener a raya su Sentido. Tirando de los bordes deshilachados, tejió una barricada como buenamente pudo. Tendría que bastar con eso; no podía hacer otra cosa.

La sala se hinchaba y ondulaba mientras la cabeza le caía hacia un lado.

—Ya está.

Le vendaron el codo, mientras el Gothi hablaba a la multitud.

Sin embargo, Saga daba vueltas, giraba, se arremolinaba, chocaba. Todos la observaban mientras se levantaba. Se tambaleó.

Vio un destello rojo: la barba de Thorir el Gigante, que la cogió en brazos y la bajó del estrado. La multitud murmuraba, los braseros crepitaban, el corazón le latía, latía, latía demasiado fuerte, demasiado rápido. Y, entonces, la volvieron a sentar en su silla.

—Lo has hecho bien —susurró Yrsa.

Saga parpadeó y contuvo las ganas de reír. Lo había hecho bien. Había sangrado bien. Se había sometido como una buena cautiva.

Pero mientras se le desdibujaba la vista, se vio a sí misma y a Yrsa de niñas, jugando en los jardines y montando en poni por el bosque real. Durante un tiempo, habían sido casi como hermanas. Ahora solo había distancia.

... cuánto ha crecido mi osito...

Un escalofrío le recorrió la columna. Signe... llamaba a Bjorn su osito. Sus barricadas mentales seguían sin estar intactas y parecía que los pensamientos de Signe se colaban por un resquicio.

... y pronto se casará. Espero que podamos curar a Saga a tiempo. Me pregunto si Ivar no se equivocó de hermana. El pelo rubio no es, desde luego, una garantía de fuerza...

Saga juntó las manos con fuerza, su Sentido se ampliaba y extendía hacia Signe...

... y Eisa ha demostrado resiliencia, sin duda. Pero ya veremos cómo se las apaña contra los Azuzalobos. Esa será mi primera labor hoy: enviar una carta...

Saga inhaló con brusquedad, las barreras mentales se derrumbaron de golpe e inundaron sus sentidos con todos los pensamientos de la sala, a la vez. Era algo fortísimo, una cacofonía de ruido que hacía casi imposible arrancar los flecos deshilachados y volver a tejer las barricadas.

No supo cómo, pero lo consiguió.

Bajó la mirada hacia sus manos, mientras los pensamientos de Signe revoloteaban por su mente. Los Azuzalobos. Una carta. Hoy.

El sacrificio comenzó; guerreros y fieles hacían cola ya en la sala. Saga permaneció sentada y se le fue despejando la mente poquito a poco. El rescoldo del pecho se encendió y la esperanza se extendió por su interior. Tras días de espera, por fin se presentaba la oportunidad.

Tenía que detener a Signe; tenía que interceptar aquella carta.

Y mientras la sangría continuaba, una sonrisa aturdida se dibujó en su rostro.

CUATRO

Inmediatamente después de salir de la Casa de Ursir, Saga se fue hacia la torre de cetrería. Askaborg constaba de una torre central y cuatro alas ramificadas, bajo las que se extendía un laberinto de túneles. Cuando el rey Ivar se hizo con el control del reino, todos los partidarios leales de Volsik fueron ejecutados, incluida la servidumbre. No imaginaba que el secreto de los túneles de Askaborg había perecido con ellos. Y aunque los urkanos habían encontrado algunos, la gran mayoría solo la conocía Saga.

Pero mientras avanzaba a tientas entre las frías paredes de piedra que atravesaban el ala oeste, Saga no recordaba ni un solo túnel. Veía estrellitas y la cabeza le palpitaba violentamente a causa del sacrificio. No caminaba deprisa, pero lo hacía con paso firme. Por suerte, no había mucho peligro de toparse con nadie. En las profundidades del ala oeste de Askaborg, este pasillo se utilizaba solo para llevar y traer la correspondencia de la torre de cetrería.

A pesar del estado de ensoñación en que se encontraba, Saga trazó mentalmente el camino hacia la torre. A través del pasillo. Hasta una especie de callejón sin salida. Y entonces podría cruzar los viejos muros defensivos sin poner un pie en el exterior.

La luz de las antorchas danzaba a lo largo de los muros, y el corazón le latía con el doble de su vigor normal mientras trataba de funcionar con normalidad a pesar de la sangre que había perdido. Parecía que las paredes se inclinaban y el suelo se tambaleaba bajo sus pies. Pero no pensaba detenerse, ni siquiera a pesar del mareo.

Esa era la oportunidad que había estado esperando.

Se detuvo, apoyándose en la fría pared de piedra, tratando de trazar un plan. ¿Enviaría Signe a un esclavo o a una de sus siervas a la torre? Y si lograra interceptar a esa persona, si pudiera conseguir la carta antes de que la enviaran... ¿qué más haría?

La leería. La quemaría. Pero no. Seguro que la delatarían a Signe y la castigarían de inmediato. Saga se mordió el labio mientras le daba vueltas al asunto, pero el corazón le latía con fuerza y tenía que tumbarse un momento... o tal vez un día entero.

Un paso delante del otro. Ya lo resolvería cuando llegara el momento. Fueron pasando los minutos hasta que, por fin, dobló una esquina y frenó en seco.

Unos antiguos pilares de piedra apuntalaban el largo y recto túnel, pero el muro del callejón sin salida, antes sólido, era ahora una masa de piedra desprendida.

El corazón le latía con fuerza. Los muros defensivos habían sido su plan, pero ahora eran totalmente impracticables.

Clavó la mirada en las puertas. Perpendiculares al pasillo y situadas varios metros por delante de la estructura de piedra derruida, las puertas dobles conducían al patio interior de Askaborg. Y allí, se dio cuenta con un pánico cada vez mayor, era adonde tenía que ir.

Se oyó un ruido al otro lado de las puertas y se apresuró a esconderse tras un pilar arqueado, entre los escombros.

La puerta se abrió con un quejido y alguien la cruzó. El suave murmullo de una mujer se oyó en el ambiente. Saga echó un vistazo alrededor del pilar, y se fijó en el vestido gris apagado y sus largas trenzas castañas. Poco a poco, Saga bajó las barreras y desplegó su Sentido.

... «esa nueva pluma era espléndida. Le enviaré una nota de agradecimiento...».

Mientras la mujer caminaba, Saga oyó el débil tintineo del hierro y supo enseguida quién era.

Era lady Geira y las llaves que siempre llevaba colgando al cuello.

Ahora le golpeteaba el corazón en el pecho. ¿Cuánto tiempo había tardado en llegar? El tiempo suficiente, al parecer, para que Signe escribiera la carta y alguien la llevara a la torre de cetrería. Lo que significaba que apenas tenía tiempo para interceptarla. Contó las pisadas de Geira mientras se alejaba por el pasillo.

En cuanto lo consideró oportuno, fue a toda prisa hacia las puertas. Miró fijamente el pestillo de hierro.

Los muros defensivos ya no eran una opción. Para conseguir la carta, tendría que cruzar el patio interior del castillo.

Tendría que salir al exterior.

Sintió las náuseas en el estómago y el corazón a punto de salirse del pecho. Se apoyó contra la pared, repitiendo mentalmente el nombre de Eisa mientras buscaba con la mano enguantada el pestillo de hierro. Lo levantó y empujó la puerta.

A través del patio de hierba, miró hacia la torre. Se notaba el corazón en la garganta; le martilleaba más deprisa de lo que creía posible. Veinte pasos. Podía hacerlo. Tenía que hacerlo. Pero ¿y si... y si se veía acorralada? ¿Y si la descubrían?

«¡Vamos!», se instó a sí misma. Seguramente no tardarían mucho en elegir el halcón adecuado y atarle el pergamino a la pata. Pero desde arriba chilló un cuervo. Aquel día había cuervos. Había olido la fragua de hierro, el humo del fuego. Había oído el chisporroteo de la carne y los espeluznantes gritos.

La mano que notaba en torno a sus costillas apretó más fuerte.

«Deberían haberte colgado de un pilar con los demás».

El corazón le palpitaba desbocado y le dio la sensación de que la torre que tenía ante ella se deformaba. Apoyó la mano en la puerta de roble y se estremeció cuando una corriente de aire la azotó de repente. Podía hacerlo. Mientras miraba por la puerta, lo vio: un pájaro solitario alzaba el vuelo desde lo alto, con el pergamino atado a la pata.

Un grito brotó de lo más profundo de su pecho y Saga se alejó de la puerta a trompicones. Podría haberlo conseguido, lo habría logrado, si no la hubieran traicionado los nervios. Y ahora era demasiado tarde.

—Eisa —susurró, con los ojos vidriosos, mientras el pánico se apoderaba de ella. Nada de lágrimas. No pensaba llorar.

Por el rabillo del ojo captó un movimiento: una mujer la miraba por la ventana de la torre. Tambaleándose hacia atrás, Saga intentó quitarse los gritos del cuervo de la cabeza. «¡Castigada!», gritaban. «¡Castigada!».

La vista se le volvió borrosa y se desplomó en el suelo. Intentaba respirar, pero sentía como si se le hundiera el pecho. ¿Cómo se le había ocurrido que podía cruzar el patio sin más, si no había salido al exterior en cinco largos años?

Mereces ser castigada.

Jadeando con desespero, Saga vio la muerte en el horizonte. ¿Se ahogaría en tierra firme o su corazón cedería primero? Esos latidos tan salvajes no eran sostenibles...

Tap.

Parpadeó ante la suave palmadita en el hombro.

Tap. Tap.

Se concentró.

Tap. Tap. Tap.

—Respire —instó una voz grave, con un tono imperativo que la tranquilizó. Los golpecitos continuaron, firmes y uniformes, y ella trató de conectar con la sensación.

Cerrando los ojos, Saga siguió las instrucciones e intentó respirar desesperadamente. Su pecho parecía moverse arriba y abajo, pero el pánico la dominaba con firmeza y la estancia giraba a su alrededor.

—Tranquila. No se resista. Déjese llevar.

Los dedos le golpeaban el hombro con un ritmo lento y tranquilizador. Saga cerró los ojos y se concentró en aquellas pulsaciones hasta que todo lo demás se desvaneció. Solo sentía una suave presión y la expansión de su caja torácica: el patio, los cuervos, su fracaso, todo dejó de existir. El aire volvió gradualmente a su organismo y se disipó el terror que sentía en el pecho.

A medida que se calmaba el salvaje latido de su corazón, la mano se apartó de su hombro. Todo su cuerpo parecía tener pulso, y se le agitó el pecho con espasmos de dolor. Abrió los ojos, las paredes seguían girando. ¿Dónde estaba? ¿Cómo había llegado hasta aquí? ¿Y quién era el desconocido que la miraba? Saga cerró los ojos de golpe.

—Se ha desvanecido —dijo el hombre con un acento de Íseldur muy marcado—. Hay sangre. —Hizo una pausa—. ¿Se encuentra bien, señorita?

—No está aquí —respondió Saga, apretando más los ojos.

—Quizá no entiendo bien su idioma —dijo el desconocido con una risa nerviosa. Cómo no iba a estar nervioso: debía de pensar que estaba loca de atar—. Dígame dónde le duele. ¿De dónde sale la sangre?

Saga palpó sus barreras mentales y se sorprendió al ver que ya estaban bajadas. Su Sentido estaba expuesto y, sin embargo, no oía ni el menor atisbo de los pensamientos de aquel desconocido. De mala gana, Saga abrió un ojo y miró al desconocido.

Vio lucecitas y no alcanzó a distinguir el rostro del hombre, pero enseguida se dio cuenta de que tenía complexión de guerrero.

El corazón reanudó su estruendoso latido y la mente le gritaba que huyera. «¡Peligro! ¡Escapa!».

—Esto... yo... —Miró a su alrededor en busca de una salida y entonces se fijó en las puertas del patio—. Puerta —soltó—. Por favor, ¿puede cerrarla? Tengo... frío.

El hombre se apartó y Saga se puso en pie. Apoyó un brazo contra la pared y se tocó el pelo; por todos los dioses, estaba hecho un desastre, se le había deshecho la trenza y lo llevaba esparcido por todas partes. Lo utilizó como escudo, medio tapándose la cara con él y mirando al hombre a través de los mechones sueltos.

Él se había girado y Saga le vio bien por primera vez. Tenía la piel ligeramente bronceada y el pelo oscuro y ondulado. Pero se fijó enseguida en la mandíbula, desnuda y angulosa, con un hoyuelo en medio del mentón. Ver la barbilla desnuda de un hombre adulto le pareció extrañamente obsceno. No era completamente lisa, como la barbilla lampiña de Bjorn. No, esta era algo tosca, con la textura típica de una barba de dos días. Era, sin lugar a dudas, la barbilla de un hombre.

Saga frunció el ceño. En Íseldur se veneraba la barba, era un símbolo de fuerza masculina.

—Usted no es de Íseldur —murmuró ella.

—Obviamente—dijo el hombre con una impaciencia evidente—. Dígame dónde le duele.

«Saga, alma de cántaro, deja de mirarle la barbilla». Parpadeó y le miró a los ojos. Sin embargo, fue peor el remedio que la enfermedad. Eran verdes como esmeraldas, enmarcados por unas pestañas oscuras y unas gruesas cejas, que fruncía en una expresión preocupada.

Se obligó a mirar hacia el tejado. Un tejado. Con vigas. Telarañas. Todo tipo de cosas normales.

—¿Está herida? —preguntó el desconocido, con voz cada vez más crispada.

—No —respondió Saga, tratando de recuperar la cordura. El hombre que tenía delante era muy grande. Su mirada pasó de la enorme mano apoyada en la pared a la barbilla desnuda. No era iselduriano, lo que significaba...

—¿Es de la comitiva zagadkiana?

—Así es, saludos —dijo, y su penetrante mirada le puso la piel de gallina.

—Ay, dioses —murmuró, frotándose la cara con una mano. «Causa buena impresión», le había dicho Signe. «Debemos cultivar una buena relación con los zagadkianos». Dejó caer las manos e intentó sonreír.

—¿Por qué huele a sangre? —preguntó el hombre, con una enorme mano que ahora le pasaba por el hombro para sacudirla suavemente. Saga parpadeó. «¿Huele?»—. Está sangrando. ¿Dónde tiene la herida?

Saga bajó la vista. La sangre se le había escurrido por el brazo y goteaba sobre el suelo de piedra. Al subirse la manga, vio que se le había aflojado la venda.

—He dado sangre —contestó, tratando de volvérsela a atar con una sola mano—. Para el dios Oso.

El gesto del hombre se tornó pétreo.

—Permítame —dijo sacándose un pañuelo limpio del bolsillo. Le pasó una mano alrededor de la parte posterior del brazo, acunándolo con cautela, mientras con la otra tiraba de la tela de lino para colocarla en su sitio. La ató con destreza—. ¿Y lo de antes? —preguntó, señalando la puerta.

—He perdido sangre —murmuró Saga, ocultando el rubor tras el pelo. Dioses, no podía ser más humillante—. Le agradezco su ayuda.

—No parecía un... —Se llevó una mano a la frente imitando un desmayo—. Era más bien... —el hombre buscó la palabra, pero no se le ocurrió— diferente. Una locura.—Frunció las cejas y sus ojos verdes se le antojaron más penetrantes.

Saga se frotó las manos enguantadas, reacia a contarle más de lo que debía saber.

—Venga, señorita... —La miró inquisitivamente.

Saga abrió la boca para responder. Pero entonces se percató de algo. El tipo no sabía quién era ella. Si le ahora decía a este hombre cómo se llamaba, la situaría en la torre de cetrería. Y si eso llegaba a oídos de la reina, podría acabar sospechando de ella.

—Árlaug —respondió Saga, pensando en la doncella de la reina—. Os agradezco vuestra ayuda, señor.

El hombre sonrió y a Saga le dio vueltas la cabeza ante tan gloriosa estampa. Labios suaves y curvados. Y unas finas líneas que los flanqueaban. Dioses, la pérdida de sangre la estaba afectando de verdad.

—Rurik —dijo rápidamente, extendiendo a la vez una mano gigantesca—. Kassandr Rurik.

El nombre brotó de él como una exhalación, suave pero cortante a la vez. Vacilante, Saga le ofreció una mano y parpadeó al sentir aquel roce hasta en los dedos de los pies.

—De-deje que... —parecía que le costaba pronunciar las palabras—, déjeme ayudarla a llegar a sus aposentos.

—Le agradezco su ayuda, lord Rurik, pero me temo que debo...

El hombre dijo algo en zagadkiano y le rodeó la cintura con un brazo.

—No, Árlaug —respondió, con unas palabras tan firmes como la piedra—. No lo permitiré. Está sola y necesita que alguien la sujete.

A Saga se le revolvieron las tripas de incomodidad. Tenía que encontrar las salidas, pero su única opción, aparte del exterior, era regresar por donde había venido. Débil por la pérdida de sangre y por la crisis que acababa de sufrir, apenas podía mantenerse en pie, y mucho menos llegar a sus aposentos en el ala norte. Inclinó la cabeza para que el pelo le cayera sobre el hombro, como una especie de barrera entre los dos.

—Las cocinas —balbuceó, pensando en el pasadizo de la parte trasera de la despensa—. Esto..., trabajo en las cocinas y agradecería su ayuda para volver allí.

—Creo que debería descansar, Árlaug —protestó él, guiándola por el pasillo—. No está en condiciones de trabajar.

—Le agradezco su preocupación, lord Rurik —murmuró ella, apoyándose en su robusta figura más de lo que debería—. La cocinera me preparará un caldo reconstituyente y enseguida volveré a estar bien.

—De acuerdo —refunfuñó el hombre, que no estaba muy convencido. Empezó a llevarla por el pasillo—. Mientras caminamos, hábleme de este lugar.

—¿Qué quiere saber? —preguntó Saga con cautela.

Pasaron junto a una hornacina, con un busto de granito pulido que los miraba desde lo alto de un pedestal. Saga sabía que en la esquinita de la hornacina había un pasadizo oculto que se extendía bajo el castillo, y se resistió al impulso de huir hacia la oscura soledad del túnel.

—¿Quién es este hombre sin sonrisa? —preguntó Rurik.

—Es el rey Harald el Duro, el padre del rey Ivar. Es el soberano de...

—Norvaland —respondió Rurik—. ¿Viene a menudo de visita?

Saga carraspeó. Supuso que una esclava de cocina sabría algo así.

—La última vez que vino fue cuando nació el príncipe Hávar. —Hizo una pausa—. Hace dos años.

—¿La tratan bien aquí? —preguntó él, observándola.

Saga se sintió desfallecer bajo su mirada.

—S-sí, mi señor.

—Pero esto... —le señaló el brazo—, ¿le sacan sangre a menudo? ¿Se la extraen a todos los trabajadores?

—Sí. —No tenía sentido mentir.

—Y su... pupila —dijo Rurik—. ¿La ve a menudo?

—¿Lady Saga? —preguntó Saga, agarrándole el brazo con más fuerza mientras el pasillo giraba ante ella.

—Sí.

—Está... presente. —Saga lo observó a través de la mata de pelo, preguntándose por qué aquel hombre le pedía información sobre ella—. Tengo entendido que pronto se casará con el príncipe Bjorn.

Rurik murmuró algo en voz baja.

—¿Qué edad tiene el chico?

—Trece —respondió Saga.

—¿Y la *printsessa* Yrsa?

—Pronto cumplirá dieciocho, mi señor. —Caminaron por los sinuosos pasillos, mientras Rurik la acribillaba a preguntas sobre los diversos tapices frente a los que pasaban. Para desazón de Saga, el hombre era muy hablador y, al parecer, bastante curioso. Cuando llegaron a las cocinas, estaba agotada de seguir haciéndose pasar por Árlaug.

—Gracias por su ayuda, lord Rurik —dijo Saga, entrando rápidamente en las cocinas antes de que él pudiera responder.

Se apoyó en la pared de la despensa durante varios minutos antes de armarse de valor para salir al pasadizo. No tardó en dejarse caer en la cama, completamente exhausta.

Se comió una torta de avena birlada de la cocina y sintió que empezaba a recuperar la energía. Una tarde de descanso y volvería a estar bien. Sin embargo, cuando el sueño se apoderó de ella, lo que había ocultado surgió por fin.

El halcón ya iba camino del norte. Los Azuzalobos vendrían a por Eisa, y Saga había perdido la oportunidad de avisarla. Había perdido la oportunidad de hacer algo.

Eran veinte pasos, quizá menos. Quería gritar. Quería golpear una pared. Quería tirarse de los pelos. Llevaba mucho tiempo colmando su necesidad de sentirse segura sin salir de los muros de Askaborg. Hacía cinco años que no pisaba el exterior. Su aflicción no era más que una parte de sí misma, algo que sorteaba en su día a día. Pero hoy, aquí, ahora, por fin la veía como tal.

Era una jaula sin barrotes.

Por eso, los Azuzalobos irían a por Eisa. Y Saga no podía hacer nada de nada.

CINCO

En algún lugar al este de Istré

Silla y Rey caminaban con dificultad por el sendero, cada vez más cerca de Istré. A medida que avanzaba el día, las rocas volcánicas que poblaban el bosque iban desapareciendo, y el entramado habitual de líquenes del sur se unió al musgo.

Rey se removió en la montura, tratando de alejarse de la mata de pelo rizado de Silla. Por enésima vez, había intentado encontrar las palabras adecuadas, sin conseguirlo. No habían hablado desde su intento de huida y, cada hora que pasaba, la culpa le carcomía con más saña.

«Eres igual que Jonas, me privas de la capacidad de elegir».

Apretó los dientes ante el resquemor de la culpa cuando volvió a pensar en lo que le había dicho. Una vez más, le había hablado con demasiada crudeza. Se pasó una mano por la cara, preguntándose cómo se había desquiciado tanto. Lo que le había hecho perder los estribos no había sido el descubrimiento de su identidad, sino su intento de huida. Rey le había gritado. Por los pechos de Malla. La había llamado cobarde.

Su poca preocupación por sí misma y su seguridad había avivado la rabia de Rey, pero sus súplicas para marcharse de Íseldur fueron los vientos que la exacerbaron. Eisa Volsik estaba viva, pero no quería saber nada de este reino. Aquello no solo le decepcionaba, sino que le encolerizaba.

Era como una bofetada a los que habían luchado —a los que habían muerto— por la familia de ella. Sin darse cuenta, Silla había hurgado en una vieja herida; ahora la sentía tan abierta y expuesta como diecisiete años atrás. Todos habían muerto. Ahora solo quedaba él para buscar entre los escombros. Para encontrarle sentido a todo.

Para buscar venganza.

Y a la mujer le faltaba sentido común para mantenerse con vida. Si tenía que obligarla a ir a los confines septentrionales de Íseldur por su propio bien, así sería.

Siguieron cabalgando, pero cuanto más se acercaba Istré, mayor era el malestar de Rey. ¿Era solo la perspectiva de llegar a su destino tras un mes de viaje desde Reykfjord? ¿La idea de acometer ese difícil trabajo sin dos de sus Hachas Sanguinarias?

¿O era algo más?

Hacía días que intentaba no recordar nada de lo que había sucedido en Kopa. Ahora no podía pensar en otra cosa que en aquel klaernar fugitivo que no había conseguido matar en la entrada oculta de la ciudad. Era un cabo suelto que Rey normalmente habría atado. Pero no había tenido tiempo.

Y ahora era demasiado tarde.

Al aproximarse a Istré, miró por encima del hombro. El sol se había puesto, aunque el cielo cubierto de nubes impedía el paso de la luz de la luna y el letargo de las plantas luminiscentes del bosque. Los cuervos chillaban y un lobo aullaba en un bosque que había cerca.

—¿Lobos gigantes? —preguntó Silla, tensa.

—Podría ser —dijo Rey, recorriendo con la mirada el bosque a ambos lados del camino—. Como vamos a caballo, no deberían atacar.

Pero ¿de verdad había sido un lobo gigante? Rey rotó los hombros, con una extraña sensación de presentimiento que le recorría por dentro. ¿Eran los ojos de las bestias salvajes los que le hacían echar mano a la daga?

¿O era solo la proximidad a Istré, con su niebla mortal y las misteriosas criaturas a las que debía enfrentarse la Hermandad del Hacha Sanguinaria? Sí. Seguro que ese era el motivo de su extraña aprensión.

Cabalgaron durante varios minutos, hasta que, por fin, doblaron un recodo del camino y aparecieron las murallas de Istré, iluminadas por antorchas. Silla se estremeció y se ciñó la nueva capa.

Rey permaneció en silencio mientras se acercaban a las compuertas cerradas, cuyas antorchas iluminaban las calaveras de oveja y los erosionados escudos colgados de las paredes de madera.

Istré.

El corazón le latía con fuerza. El viaje hacia el norte había estado repleto de problemas y trabajar con esa niebla sería un auténtico desafío, pero había conseguido llegar y, en aquel momento, eso era lo único que importaba.

Antes de que pudiera detenerla, Silla se bajó del caballo y corrió hacia las puertas cerradas de Istré.

—Ay, dioses —murmuró mientras arrancaba algo.

—¿Qué es eso? —preguntó él, echando un vistazo a lo alto de las murallas de Istré. ¿Dónde estaban los guardias a estas horas?

Silla se había quedado inmóvil mientras miraba fijamente lo que tenía entre las manos.

—¿Cómo? ¿Qué? —Se giró con lentitud y le enseñó un grabado de corteza de abedul.

Rey dio una brusca exhalación y se quedó sin aliento. La mente le daba vueltas, aunque él estaba paralizado, contemplando la imagen pintada en la corteza. Los hilos de su destino se deshacían ante sus propios ojos.

Quien le devolvía la mirada desde aquella ilustración era el mismo rostro de Rey.

Debajo estaba el de Silla. Y más abajo, figuraban las palabras que, como si fueran piedras, remataban su túmulo funerario.

RECOMPENSA:
Slátrari: diez mil sólas.
Compañera: veinte mil sólas.
Deben traerse con vida.

SEIS

—Slátrari —leyó Silla, mirándole perpleja.

Rey no pudo responder; estaba demasiado ocupado tratando de despertar de aquella pesadilla. Pero cada vez que parpadeaba se topaba con la imagen condenatoria de su rostro emparejado con aquel nombre. Slátrari.

—El cartel te llama Slátrari. Han cometido un error terrible...

A Silla se le cortó la voz al captar algo en su expresión. Retrocedió un paso con cautela y se llevó la mano a donde solía colgar aquel dichoso frasquito.

—No... —murmuró ella, dando otro paso atrás.

Pero a Rey no le funcionaba ya la cabeza. No podía más que mirar fijamente el grabado en la corteza de abedul y preguntarse cómo era posible que esa mujer tan problemática se hubiera subido a su carromato y le hubiera arruinado la vida de aquella manera.

—... los cadáveres quemados a las puertas de Kopa...

Ahora su rostro estaba ligado al nombre de Slátrari, bien destacado ante todo el reino tras casi una década de trabajar en la sombra. ¿Cuánto tardaría esto en llegar a Sunnavík y que Magnus se diera cuenta de que el líder de su banda favorita le había estado utilizando para recopilar información para los uppreisna? ¿Cuánto tardaría el maldito reino en buscarlo?

—Dioses, dioses, dioses...

A Rey se le nubló la vista mientras contenía las ganas de gritar y dar un puñetazo a las puertas malditas de Istré.

—... eres él. Tú eres el asesino... —Silla chocó en la pared con la espalda. Tenía una mirada enloquecida.

Rey conocía bien esa mirada, la mirada de una presa a punto de huir. Dioses, volvería a hacerlo, ¿no? Enfurecido, saltó de Caballo y se dirigió hacia ella mientras hacía brotar su galdur de las palmas de las manos.

—Tú... —fue lo único que consiguió decir. No podía hablar, solo sentía la ira que lo consumía por dentro. Con una exhalación, unas volutas de ceniza se desprendieron de sus palmas.

—¡No! —chilló ella, tropezando con una piedra suelta y cayendo de espaldas. Tenía los ojos muy abiertos y el pulso le latía con fuerza en la garganta. Se puso en pie. Se dio la vuelta.

Y, , echó a correr. Otra vez.

—Demasiado tarde —gruñó Rey, y su humo la persiguió, deslizándose por su columna vertebral y enredándose en sus hombros para detenerla.

—¡No me mates! —suplicó ella, forcejeando contra las ligaduras de humo. Rey era lo bastante hábil como para agarrarla con cuidado y no quemarla.

Las botas crujieron en el camino pedregoso cuando se acercó a ella. Ella se retorcía como un animal salvaje, tratando de zafarse.

—Por si no ha quedado claro, Eisa —dijo con brusquedad—, si huyes, iré a por ti. Si no sabes tomar decisiones sensatas, las tomaré yo por ti. Rayo de Sol... —dio un tirón al humo, haciéndola girar para mirarlo—, correr hacia ese bosque no es una decisión nada sensata.

Y acto seguido se dirigió hacia Caballo y arrastró a Silla como a un animal atado.

—¿Por qué? —balbuceó ella—. ¿Por qué has matado a esa gente? ¿Qué harás conmigo?

Abrió la boca para responder, pero se frenó cuando algo le zumbó junto a la oreja y se incrustó en las puertas de madera con un golpe seco. Sus instintos de guerrero se activaron de repente. Agarró a Silla por la cintura, la subió a la montura y se montó tras ella. Con un tirón de las riendas, hizo girar a Caballo para huir.

Diez guerreros les cortaban el camino, con flechas preparadas en unos arcos largos. Silla gemía retorciéndose contra él.

—Calla —le gruñó al oído, apretando las ataduras de humo.

Por suerte, con el destello de las flechas que les apuntaban, se calmó.

Rey tiró de las riendas y giró a Caballo para retirarse, pero justo detrás vio a otros ocho arqueros que los apuntaban directamente. El pánico estalló en su interior al evaluar la situación. Podía manejar a dieciocho guerreros, pero si seguía inmovilizándola a ella con el humo, corría el riesgo de perder el control y quemarla...

—¿Quieres vivir? —susurró con tosquedad—. Si es así, solo podrás lograrlo conmigo. ¿Lo entiendes? —Lentamente, la muchacha asintió—. Bien. Te soltaré, pero no te muevas y estate calladita. Si queremos escapar, tenemos que estar juntos en esto. —Le quitó el humo de encima y le alivió que no saliera corriendo como un conejillo asustado. Quizá se había dado cuenta, por fin, de que el asesino que conocía era una opción mucho mejor que los monstruos y las guerrillas.

Rey examinó a los arqueros que tenía delante: no llevaban coraza e iban ataviados tan solo con armaduras de cuero hervido. Reconoció el sigilo de lobo grabado en el pecho.

—Azuzalobos —murmuró.

Qué estúpido. Tendría que haberlo visto venir. Debería haber imaginado lo que pasaba siempre con los cabos sueltos. Aquel klaernar que se había escapado en Kopa... Tendría que haberlo perseguido. Ahora era demasiado tarde. Oteó la espesura del bosque circundante y se preguntó cuántos más a caballo acecharían entre las sombras.

—Te superamos en número, guerrero —dijo un arquero—. Más vale que te entregues.

Sin pensarlo dos veces, Rey expidió más galdur, cuya cálida familiaridad le calmó los latidos del corazón desbocado. Conocían su identidad, así que, ya puestos, podía darles un buen espectáculo. Rey esperaba que la reputación como Slátrari le precediera: el miedo era un arma tan poderosa como cualquier espada.

Silla gimoteó al ver el humo que le salía de la piel.

Rey evaluó la situación mientras extraía más galdur de la reserva que albergaba junto a su palpitante corazón. Números. Armas. Debilidades. Huida. No hay que ganar todas las batallas. Huir iba en contra de la naturaleza de Rey, pero tenía a la dichosa Eisa Volsik al lado. Y la había llevado directamente a una trampa.

Huida. Si podían dejar atrás a esos guerreros..., pero ellos eran solo dos a caballo con dieciocho flechas apuntándoles, y a saber cuántos más habría entre las sombras.

—Pu-puedo asustarles —susurró Silla, para su sorpresa—. Con m-mi luz. —Rey bajó la mirada y vio que se apretaba los antebrazos contra sí para ocultar la luz que manaba de ellos: el miedo debía de haberla activado.

—Eso es cierto —dijo Rey a los Azuzalobos—. Nos superáis en número. Pero tengo una propuesta que haceros. —Bajó la voz y susurró a Silla—: Cuando se nieguen, despliega tu luz sobre ellos.

—Adelante —dijo uno de los arqueros del centro, con la flecha tensada.

—Si nos dejáis marchar, doblaré la recompensa.

Una risa grosera resonó en las puertas de Istré.

—¿Llevas veinte mil sólas encima, guerrero?

—Puedo conseguirlas en quince días. Y, además, vienen con una ventaja adicional: no os asarán como a un jabalí en un espetón.

—Osadas palabras para un hombre acorralado —dijo el guerrero—. Pero hemos prestado juramento a la reina. No es nada personal, guerrero. Solo son negocios.

En ese momento, Silla levantó los brazos y una luz blanca y pura atravesó la oscuridad y se dirigió directamente a los ojos de los Azuzalobos. Los arqueros gritaron sorprendidos, y las flechas surcaron el aire sin precisión. Rey, mientras tanto, expulsó más humo, tan rápido como pudo y formando tirabuzones oscuros y retorcidos que impactaban con una velocidad serpentina.

A su espalda oyó el tensar de las cuerdas de los arcos y Rey se lanzó hacia un lado en la montura, arrastrando a Silla con los muslos. Las flechas silbaron en el aire, a escasos centímetros de su oído. Una golpeó las escamas de su armadura en el ángulo equivocado y se desvió sin causar daño. Después, se le acabó la suerte. Una flecha penetró a través de las costuras de su armadura lébrynja y se le hundió en el hombro.

Bramando, Rey canalizó todo su dolor y su rabia hacia el galdur. Una sombría sonrisa se dibujó en sus labios cuando el humo se introdujo en la garganta de los arqueros que tenía delante. El chisporroteo de la carne abrasada llegó a sus oídos mientras vertía su ira y su calor en ella, sin escatimar un ápice de piedad.

«No es nada personal», pensó sombrío, mientras la carne de aquellos hombres se ampollaba y reventaba, y ellos se desplomaban en el suelo y trataban de alejarse a rastras.

Silla emitió un sonido de desasosiego, pero mantuvo de algún modo la suficiente lucidez mental como para agarrar las riendas. Caballo emprendió el camino a toda velocidad mientras Rey sostenía el humo en su sitio. Los gritos de los guerreros agonizantes los perseguían y, poco a poco, se fueron disolviendo en el silencio.

Sin embargo, Rey conocía la reputación de los Azuzalobos lo bastante bien para saber que solo había visto una mínima parte de su plan. Miró por encima del hombro y sintió un nudo en el pecho: doce jinetes, tal vez quince, salían disparados del bosque. Esperaba que fueran aún más. Sacó el escudo del gancho de la montura y lo blandió por encima de su cabeza justo cuando comenzaron a llover las flechas.

Rápidamente, Rey barajó sus opciones. Su galdur requería demasiada concentración como para poder manejarlo mientras cabalgaba; lo mejor era guardar sus reservas para más adelante. Una nueva idea cobró forma en su mente.

—Levanta —ladró Rey, enganchando el escudo en su sitio—. Sácame la flecha del hombro.

—¿Cómo? —balbuceó ella.

—Que te pongas de pie en la montura. Yo te sujeto. Sácame la flecha y sube detrás de mí.

Ella se incorporó con torpeza, agarrándose a sus hombros mientras este le sujetaba las caderas. Zarandeada por el movimiento de Caballo, miró por encima del hombro de él, tocando con cautela el astil de la flecha.

—¡No es momento de ser delicada! —bramó—. Sácala ya... —Rey soltó una retahíla de palabrotas mientras ella tiraba de la flecha y la tiraba a un lado. Inspirando agudamente por la nariz, respiró entre el dolor—. Súbete a mi espalda y prepárate para atrapar las flechas.

—¿Que atrape... las flechas?

—¡Ahora! —gruñó.

Por fortuna, algo se agitó en su interior y Silla lo rodeó apoyando un pie en su muslo y el otro en la silla de montar.

—Esto es una locura —murmuró. En ese preciso instante, Caballo dio un bandazo hacia la izquierda. Silla chilló cuando se le resbaló el pie de la montura y resbalo del caballo. Soltando las riendas un segundo, Rey estiró el brazo y la rodeó por la cintura. Gritó de sufrimiento: el dolor de la herida del hombro era punzante como una cuchillada.

Los pies de Silla colgaban por el costado de Caballo; por debajo, el suelo era un mero borrón. Rey la miró a los ojos mientras una gota de sudor le resbalaba por la sien.

—¡No me dejes caer!

—Me haría la vida más fácil —murmuró. Con los músculos ardiendo en señal de protesta, la levantó centímetro a centímetro.

Una flecha silbó junto a su cabeza y se incrustó en la tierra; el estruendo de las pezuñas detrás de ellos se volvía más fuerte por momentos. Por fin, Silla pudo agarrarse a la montura, propinándole una patada a Rey mientras trepaba torpemente por detrás y se colocaba de espaldas a él.

—¡Rey! —gritó—. ¡Nos están alcanzando!

—Pues que empiece la diversión. —Se agachó, desenganchó el escudo y se lo pasó.

—Si lo que quieres es tranquilizarme, no lo estás consiguiendo.

—Supe que era una causa perdida cuando viste arder a esos hombres.

Oyó el inconfundible sonido de las flechas y Rey rezó en silencio a los dioses para que no lo convirtieran en carne de saeta.

Con un chillido, la notó moverse detrás, seguido de una serie de golpes cuando las flechas impactaron contra el escudo. Exhaló: habían sobrevivido a la primera tanda.

—¡Agárrate fuerte! —Enfiló por otro camino y entró al bosque—. ¡Luz!

Por suerte, ella entendió esas órdenes escuetas y levantó el brazo que tenía libre por encima del hombro de él, girándolo para iluminar el camino. Rey sonrió con amargura: les superaban en número y aprovecharía cualquier ventaja que pudiera sacarles. Caballo galopaba entre los pinos, saltando por encima de los troncos caídos y los cauces secos de los arroyos.

—¡Agáchate! —gritó él, echándose hacia atrás para que ella se tumbara sobre la grupa de Caballo.

Se deslizaron por debajo de un árbol caído y la corteza les pasó a escasos centímetros de la nariz. Al cabo de un momento oyeron los chillidos de varios Azuzalobos y sus caballos.

—¡Luz! —gritó Rey, enderezándose en la silla de montar. Y así siguieron: Silla iluminando su camino, Caballo zigzagueando con pericia entre los árboles y bajo los troncos, mientras se deshacían de los Azuzalobos de uno en uno. Tras unos largos minutos más en el bosque, Rey volvió a llevarlos hasta el camino principal. Habían perdido a todos menos a dos de los Azuzalobos que les seguían en la oscuridad del bosque, pero Rey no era ingenuo y sabía que habría otros al acecho.

—¡Más! —gritó Silla en ese momento, confirmando así sus sospechas.

—¿Cuántos?

Ella hizo una pausa mientras contaba.

—¡Doce!

Con una palabrota, Rey instó a Caballo a seguir. Silla chilló detrás de él, levantando el escudo mientras otra lluvia de flechas caía sobre ellos.

—¡Uno de ellos se separa del grupo!

Rey apretó los dientes, se pasó las riendas a una sola mano y desenvainó la hevrít con la otra. Eran dos en un solo caballo y no tenían posibilidad alguna de dejar atrás a los Azuzalobos, pero si cada uno tenía su propia montura, podrían equilibrar un poco las probabilidades...

Muy atento, Rey oyó como el ruido de los cascos se volvía cada vez más fuerte, hasta que el jinete llegó a su altura. Y, entonces, Rey hizo su jugada. Con un rápido movimiento de la pierna y saltando de Caballo, se lanzó sobre el Azuzalobos y hundió la daga en el cuello del guerrero.

El hombre lanzó un grito de sorpresa cuando Rey lo empujó. Cuando el guerrero cayó del caballo, Rey agarró las riendas, sonriendo una vez más ante los gritos que venían por detrás.

—¡Serás cabrito! —gritó Silla tras un alarido. Todavía iba sentada de espaldas sobre Caballo, aferrada a la manta de la montura, presa del terror, mientras avanzaban a toda velocidad por el camino.

Rey miró por encima del hombro y examinó a sus perseguidores. Eran una docena de jinetes con aljabas llenas de flechas... y parecía que Silla había perdido su único escudo. Cuando otra flecha le pasó zumbando junto a la oreja, Rey recorrió el paisaje mentalmente y pronto se le ocurrió una idea.

Le dio una coz a su montura y silbó a Caballo para que le siguiera, lo que le arrancó un chillido a Silla. Rey los llevó a todos por el camino a mayor velocidad. Sin la luz de Silla, costaba ver bien el terreno, pero gracias a su instinto supo cuándo se acercaban al puente, y se preparó.

Extrajo más poder de la fuente y utilizó las reservas adicionales que llevaba tatuadas en el pecho, hasta que un estimulante torrente de poder le corrió por las venas. Con una exhalación, expulsó gruesos cordones de humo que entrelazó hasta que una tormenta de sombras y ceniza empezó a agitarse con fuerza sobre él. El calor le azotaba, las ascuas crepitaban furiosamente, y cuando sintió el fondo de su manantial, Rey empujó toda esa tempestad humeante hacia el puente.

«Enciéndete». Otra flecha surcó el aire, a escasos centímetros de su cabeza. Oyó el suave crepitar de las brasas y el estruendo de los cascos en la madera mientras galopaba por el puente, atravesando la agitada masa de humo.

Saltando de su montura, Rey esperó a que Silla y Caballo hubiesen cruzado el puente, y luego descargó toda su fuerza sobre la estructura de madera. Notaba el fondo seco de su fuente y sabía que, si eso no funcionaba, tendrían un problema grave. Sin embargo, cuando sintió que la magia prendía; cuando notó que empezaba a consumirse, se le escapó una risa delirante.

Los Azuzalobos se reunieron en el lado opuesto del puente. Era difícil verlo bien a la luz del fuego, pero Rey recordaba aquel desfiladero y sabía lo peligrosamente profundo que era.

Uno de los Azuzalobos fue lo bastante valiente como para intentar cruzarlo. A Rey le martilleó el corazón cuando el caballo del guerrero dio un paso, luego otro más. El animal se encabritó cuando se acercaron a las llamas y lanzó a su jinete. Los gritos rebotaron en las paredes del desfiladero mientras el hombre caía en picado y aterrizaba con un crujido estremecedor.

El puente era ahora una hoguera ardiente, que iluminaba los rostros furiosos de los Azuzalobos en el lado opuesto del cañón. Con el semblante furioso, hicieron girar a sus caballos y se adentraron en la noche.

Rey se permitió respirar al fin. Tardarían horas en rodear el cañón, lo que significaba que Silla y él tendrían tiempo de sobra para escabullirse en la naturaleza.

Algo le golpeó en la espalda. Rey se giró y la contempló. Iluminada por la luz que emitían sus antebrazos, a Silla le ardían los ojos de la rabia.

—¡Desgraciado! —Le dio un manotazo en el pecho—. ¡Asesino! —Le empujó—. Toda esa gente en el Camino de Huesos... ¡los mataste tú!

Silla se echó hacia atrás como si fuera a darle un puñetazo, pero Rey la agarró por las muñecas. De un tirón, las inmovilizó a su lado, lo que la hizo tambalearse hacia delante y su pecho chocó con el suyo. Respiró entrecortadamente, pero se recuperó de inmediato y trató de zafarse de su férreo agarre.

Forcejeó contra él, con una rabia palpable.

—¡Los mataste!

—Nos he salvado.

Le costaba pensar cuando apenas les separaban unos centímetros. Con la luz de sus antebrazos, Rey podía contar cada pestaña, trazar las líneas de sus cejas y la constelación de pecas de su nariz.

—¡Los quemaste! —gritó—. Les provocaste un tormento horrible hasta su último aliento...

Rey intentó concentrarse en sus palabras.

—Y tú eres la condenada Eisa Volsik —gritó—. ¿Qué quieres que haga?

—¡Pero toda esa gente del Camino de Huesos! ¿Cuántos eran?

—No importa.

—¿Cómo? ¿Cómo que no importa? Lo único en lo que puedo pensar cuando te miro es en la carne que se les desprendió de la cara...

—No tendrías que haber mirado.

Silla se quedó inmóvil contra él y él supo que intentaba recomponerse.

—Explícate —insistió ella—. Explícamelo.

Rey apartó la mirada y la soltó. Le ardía el estómago. ¿Cómo iba a entenderlo si lo único que quería era huir de este reino?

Hizo un aspaviento de fastidio.

—¿Cómo puedes llenarte la boca de honor mientras asesinas a hombres buenos?

Frunció el ceño.

—Los hombres que he matado no tenían nada de bueno. La muerte, de hecho, fue una salida demasiado fácil para ellos.

Ella apretó los labios y continuó:

—¿Y eso quién lo decide? ¿Qué te da derecho a impartir justicia a tu antojo?

—No soy yo quien lo decide. —Le dirigió una mirada dura como el granito—. Eso lo hacen hombres mucho más sabios que yo. Yo soy una simple espada.

Mil nuevas preguntas se agolpaban en la mente de Silla, pero Rey se había cansado de responder. Empezaba a asimilar la realidad de su situación. Se acordó del grabado en la corteza de abedul y le embargó una oleada de rabia descarnada.

—¡Joder! —bramó. Cogió una rama y la descargó contra un árbol que bordeaba la carretera. Golpeó la rama una y otra vez hasta que la hizo añicos y se quedó en nada. Inclinándose hacia delante, apoyó la frente en el tronco.

La imagen de Rey estaba ahora unida al nombre de Slátrari. La vida tal y como la conocía acababa de terminar. Istré ya no era segura para él. El reino entero de Íseldur ya no era seguro para él.

Se le formó un nudo en la garganta. Solo podía ir a un lugar. Un lugar donde estaría a salvo.

Rey se giró y miró con odio a la mujer de pelo rizado que lo observaba.

—Bueno, Rayo de Sol, parece que tendrás compañía en Kalasgarde.

SIETE

La ciudad de Kopa

Jonas Svik necesitaba golpear a alguien. O quizá acostarse con alguien. Preferiblemente, ambas cosas.

Necesitaba algo que le recordara que estaba vivo. A pesar de la bulliciosa multitud del salón comunal, nunca se había sentido tan solo. A Ilías siempre le habían gustado las peculiaridades del norte de Íseldur, y este lugar no era una excepción. Además de lo obvio —la sala estaba hecha de piedra volcánica y los fogones eran de obsidiana pulida—, lo que más apreciaba eran los detalles más extravagantes. Por ejemplo, las guirnaldas de huesos que colgaban de las vigas y la luz que emanaba de una jaula de flíta en un rincón de la sala. Sin embargo, lo que hacía especial ese salón comunal en Kopa era la abundancia de dragones: estaban tallados en los pilares; pintados en los escudos decorativos; bordados en los vestidos de las camareras.

Con un suspiro, le dio un buen trago a su cuerno de cerveza. Había venido aquí para olvidar, pero parecía que no había cerveza suficiente que pudiera quitarle a su hermano de la cabeza. Mirase donde mirase, encontraba recuerdos de Ilías: un destello de pelo dorado, el estruendo de los dados al caer, un cierto tono de carcajada... Si se giraba, estaba convencido de que su hermano estaría allí.

—¡Te he pillado! —diría Ilías entre risas—. ¡Mi broma más elaborada hasta la fecha!

Entonces, Jonas lo agarraría, le haría una llave y le daría una tunda como solo un hermano mayor podía hacer. Riendo, se sentarían en el banco, bebiendo y hablando de la granja familiar, hasta sumirse en una cálida sensación de felicidad.

Mentiras. Sus dedos buscaron el talismán que llevaba colgado al cuello y rozaron los triángulos entrelazados. Su hermano se había ido; cuanto antes lo aceptara, mejor para él. Pero Jonas no quería aceptar que la luz de su hermano menor se había apagado en este mundo.

Durante un tiempo, pensó que sería capaz de superar la tragedia. Que si la muerte de Ilías había servido para algo, podría seguir adelante con su vida. Y cuando la verdadera identidad de Silla salió a la luz, sintió como si, por una vez, pudiera ver con claridad los hilos de su destino. Jonas solo tenía que entregar a Eisa a los klaernar, cobrar la recompensa y recuperar lo que les habían robado hacía ya tantos años atrás. Podría reclamar las tierras de su familia.

La muerte de Ilías por fin había cobrado sentido para él y, con ella, también había llegado cierta paz.

Sin embargo, ahora estaba aquí sentado, con los planes truncados y aún más desolado que en los días posteriores a la muerte de Ilías. Jonas había perdido a su hermano, su sombra, su mejor parte. Había perdido a la Hermandad del Hacha Sanguinaria, unas personas que valían mucho más la pena que la mayoría de sus parientes de sangre. Y encima la había perdido a ella, la chica que creía que podría cambiarlo. Que podría hacer de él un buen hombre.

¿Y para qué? Eisa había escapado, y ahora los klaernar se negaban a pagar la recompensa. Jonas no entendía por qué era culpa suya: él se la había entregado directamente. Eran ellos los necios que la habían dejado escapar. Le había llegado un rumor de que Silla había matado a su maldito comandante. Una parte de su corazón sonrió al oírlo, pero se apresuró a reprimirla.

Silla merecía estar en una celda y merecía cualquier crueldad que le infligieran los klaernar. Pero, como la serpiente que era, se había escabullido sin más.

Y Jonas se quedó sin nada. Absolutamente... nada.

Debería sentir algo. Triste o enfadado o... lo que fuera. En lugar de eso, sentía un terrible entumecimiento, como si estuviera atrapado entre la vida y la muerte. Apuró el cuerno de cerveza, lo dejó en la barra y le hizo un gesto a la camarera. Cuando esta se le acercó, captó el brillo esperanzado en los ojos de la mujer.

—Hola, Jonas —dijo ella con un ronroneo, cambiándole el cuerno vacío por uno lleno—. ¿Tienes sed esta noche? —Le acarició el hombro con los dedos—. ¿Te apetece algo en especial?

Suspiró. En un momento de debilidad, desesperado por sentir algo, se había llevado a la camarera a la cama. La mujer se había mostrado muy dispuesta a complacerle y, sin embargo, no había sido suficiente. Había maullado como una gata en celo, pero todos sus movimientos eran... erróneos. Jonas se había visto obligado a tumbarla boca abajo para poder imaginar que era a Silla a quien se follaba.

E incluso entonces, no encontró placer alguno. Era algo vacío y carente de gozo. Al final, se había sentido aliviado al echar a la mujer.

Otra cosa que le había fastidiado Silla.

—Solo la cerveza —gruñó quitándose de encima la mano de la camarera, que se retiró con expresión ceñuda.

Jonas bebió profundamente y observó a la multitud en busca de un adversario digno. ¿Quién podría suponerle un buen desafío que despertara su ansia de combate? ¿Quién saciaría su necesidad de sentirse vivo?

Un estallido de risas a poca distancia de la larga mesa le llamó la atención. Un grupo de guerreros, cuatro en total, con las cabezas inclinadas en una conversación nada sosegada. Estaban visiblemente borrachos, pero tenían un aspecto muy aguerrido.

—He oído que era un draugur, resucitado de entre los muertos.

—Los draugur no asan a un hombre como si fuera un conejito —soltó un segundo hombre, bebiéndose la cerveza de un trago—. Era un galdra, uno de esos Cinéreos. Quemó a más de veinte klaernar sin despeinarse. Mira, aquí está el grabado. —El hombre rebuscó en su saco, sacó un objeto y lo puso sobre la mesa—. Aquí mismo lo pone: *Recompensa: Slátrari: diez mil sólas. Compañera: veinte mil sólas. Deben traerse con vida*. Es linda, la chica.

—¡Esa tipa es una de ellos! —intervino un tercero—. Es una galdra de esos. He oído que la liberó de los klaernar y la ayudó a escapar de la ciudad.

Jonas supo al instante de quién hablaban. La cólera se encendió en lo más profundo de su pecho. ¿Así que la habían ayudado a escapar de los klaernar? Le picó la curiosidad y se levantó. De golpe, se vio acercándose hacia el grupo de guerreros.

Estos le miraron con cara de pocos amigos mientras se acercaba y quitaron la corteza de abedul de la vista.

—¿Qué quieres, guerrero? —preguntó un hombre calvo con una cicatriz que iba de la frente a la barbilla.

—¿Puedo echarle un vistazo? —preguntó a su vez Jonas, señalando el dibujo con la cabeza.

—¿Quieres esos sólas para ti, eh? —preguntó el hombre de al lado, un hombre de barba pelirroja y gruesos bíceps—. ¿Y si no nos apetece compartirlos?

Jonas rebuscó en el bolsillo y arrojó un puñado de sólas sobre la mesa.

—Para la próxima ronda.

El calvo vaciló y luego asintió con la cabeza mirando a su compañero. Con el ceño fruncido, el guerrero le pasó la corteza a Jonas.

Se la quedó mirando fijamente. Parpadeó para despejarse la vista. Pero no había duda de quién lo miraba desde aquel grabado.

A Jonas se le nubló un poco la vista cuando se fijó en los ojos de Reynir Bjarg.

Y debajo, el nombre de *Slátrari.*

Primero vino la negación. Era imposible. No podía ser su honorable cabecilla. Rey, que siempre había exigido honestidad a la Hermandad. Lo conocía desde hacía cinco años. Era imposible que el Hacha Sanguinaria fuera galdra, y mucho menos Slátrari, por el amor de los dioses.

Pero debajo del retrato de Rey estaba ella. Pelo rizado. Ojos grandes y oscuros. Aquella pequeña cicatriz en la mejilla. El engendro de Myrkur, que masticaba a la gente y se servía de sus huesos para limpiarse los dientes.

Y, en ese momento, le asaltó la duda. Jonas se permitió plantearse la posibilidad. Se atrevió a recordar los relatos del Slátrari que los perseguía hasta el norte. Todos aquellos paseos nocturnos que le gustaba dar a Rey. Y luego lo de aquella mañana que la Hermandad del Hacha Sanguinaria había escogido para luchar por Silla en el Camino de Huesos. Cuando se descubrieron las mentiras de Silla ante los Hachas y Rey, que anteponía la honestidad a todo lo demás, eludió sus preguntas. La había protegido.

¿No tendría sentido aquel extraño incidente si Rey también fuera galdra?

Jonas apretó con más fuerza el grabado, y las voces del salón comunal se fueron apagando poquito a poco. Más secretos. Más mentiras. ¿Es que nadie en ese reino valoraba la honestidad?

«Fui deshonesta por mi propia seguridad», le había dicho Silla. Pero ¿e Ilías? ¿Quién se había preocupado por su seguridad? No había sido Silla, pues les había ocultado la verdad sobre quién la perseguía. Ni Rey, porque los había llevado a aquella batalla sin estar preparados.

Las náuseas le corroían las entrañas, pero su rabia era todavía más ardiente, más hambrienta: le consumía entero.

—¿Todo bien, guapito de cara? —preguntó el guerrero de barba roja—. ¿Conoces a estos dos o qué?

—No —respondió Jonas, aturdido. Empezaba a darse cuenta de que no había conocido de verdad a ninguno de los dos.

Hacía tiempo que anhelaba sentir algo, pero esta nueva puñalada en la espalda era demasiado dolorosa y ya no podía más. Le dolía respirar. Le dolía pensar.

No, no podía sentir esto. Necesitaba olvidar.

Jonas llevó el puño hacia atrás y lo estampó contra la cara del guerrero pelirrojo.

Y en el salón comunal se armó un gran revuelo.

Y mientras lo invadía la emoción de la batalla, Jonas por fin sintió algo soportable.

OCHO

Askaborg, Sunnavík

A Saga le dolía la espalda. Sentada en el pasadizo oculto, tenía la oreja puesta para escuchar las conversaciones al otro lado del frío muro de piedra; y así llevaba horas. Para pasar el rato, se había traído el tablero de dibujo y deslizaba el carboncillo por el pergamino.

El hombre tenía la nariz recta y los ojos penetrantes, pero la cicatriz de la mejilla y el cabello dorado recogido en la coronilla dejaban muy claro que se trataba de un guerrero. Su mirada se posó en el colgante que pendía de su cuello, grabado con tres triángulos entrelazados. Saga frunció el ceño. Había algo inquietante en aquel hombre, a pesar de su atractivo y a pesar del atisbo de sonrisa. Sentía como si lo conociera y, sin embargo, no lograba situarlo.

La luz chisporroteó y miró la antorcha. Estaba a punto de consumirse y era la última que le quedaba. Eso le daba uno treinta minutos más antes de verse engullida en una oscuridad total.

Con un suspiro, dejó a un lado el tablero y juntó las antorchas. La tela empapada de brea se prendió al instante y la luz volvió a extenderse por el pasillo. Se apoyó en la pared y se dio con la cabeza al echarla hacia atrás. ¿Cuánto tiempo llevaba aquí?

No importaba. Se quedaría aquí el tiempo que hiciera falta para descubrir el destino de Eisa. ¿La habían capturado los Azuzalobos? ¿Estaba encadenada en un barco con destino a Sunnavík? Las horas pasaban sin respuestas y el desasosiego en sus entrañas no hacía más que empeorar.

Utilizar su Sentido para escuchar los pensamientos de Signe durante las comidas había sido un fracaso. Como mucho, podía manejar dos hilos de pensamiento a la vez. Así que el gran salón, lleno de decenas de personas, no tardó en abrumarla. Así pues, decidió volver al pasillo donde había oído hablar a la reina Signe y al maestre Alfson en un primer momento. Había perdido la cuenta de los días que llevaba en ese pasillo secreto, con la oreja pegada a la pared. Aunque también había desplegado su Sentido, la gruesa piedra impedía que el don funcionara bien por razones que no acababa de comprender.

Saga se había dado cuenta enseguida de que, al otro lado del muro de piedra, se hallaba el estudio del maestre Alfson y que era a él a quien oía con más frecuencia. Hasta entonces, solo había oído su fastidio por los malos resultados de algún tipo de prueba y su afición a los arenques picantes.

Nada de del norte, ni mención alguna de los Azuzalobos. Pasaron los días sin que sus esfuerzos dieran fruto..., solo vestidos llenos de polvo. ¿Qué le había pasado a Eisa? ¿Por qué no le había llegado a ella ninguna noticia?

Con la mirada fija en las sombras que danzaban por el techo, Saga procuró que no se impusiera la inquietud, aunque parecía que iba a ser otro día infructuoso.

Era imposible evitar que las imágenes invadieran su mente. Su hermana pequeña, corriendo por las tierras salvajes del norte, huyendo de los Azuzalobos. La pequeña Eisa, enjaulada como un animal, obligada a venir al sur contra su voluntad.

La rabia se le agolpaba en las venas. No lo podía permitir. Ella era la hermana mayor. Tenía que proteger a Eisa. Pero cuanto más tiempo pasaba ahí sentada, peores eran las visiones. Tenía que despejarse la mente o se volvería loca. Con una larga exhalación, se puso en pie y empezó a sacudirse el polvo de las faldas.

—¡Alfson!

Saga se quedó helada; había reconocido la voz y le entró un escalofrío. Era la voz de Signe. Con el corazón en un puño, pegó la oreja a la pared una vez más.

El ruido sordo de un portazo.

—Su Alteza. —Ese era Alfson.

—¿Qué tienes que decir de esto? —bramó la reina.

Se hizo el silencio y Saga tuvo que obligarse a respirar. Alfson murmuró en voz baja, y ella apretó más la oreja contra la pared.

—La flecha alcanzó a un objetivo... el puente se ha quemado... los objetivos han escapado mientras rodeábamos el desfiladero...

Se le aceleró el corazón. Tenía que ser Eisa. ¿Habría escapado de los Azuzalobos y se habría escabullido en el bosque? La posibilidad la llenó de tal euforia que creyó que podría salir flotando.

—¿Y bien? —preguntó Signe, y Saga respiró hondo para tranquilizarse.

Alfson carraspeó.

—Os aseguro, Su Alteza, que vinieron muy recomendados.

—¡Pues no lo suficiente, visto lo visto! —Oyó que, al otro lado del muro, algo se hacía añicos.

La cólera de Signe era como una tormenta silenciosa, siempre contenida entre palabras bien escogidas. Saber que Eisa había hecho que la reina perdiera el control le dibujó una sonrisa maliciosa.

—Pero es buena señal que uno de ellos haya resultado herido —dijo Alfson.

—Herido, no muerto. No capturado. ¡No en un barco rumbo al sur!

—Son los mejores rastreadores del reino, Su Alteza. Debemos ser pacientes.

—Bien sabes que me sobra paciencia, Alfson. Lo que no tolero es la incompetencia.

La respuesta en voz baja del hombre fue difícil de oír y tuvo que aguzar más el oído.

—La chica es muy astuta —dijo—. Y su compañero... es galdra. Está acostumbrado a esconderse y disimular. No teme derramar sangre y, al parecer, es muy hábil en este menester.

A Saga le bailaba el corazón en el pecho. Eisa tenía un compañero, alguien que la ayudaba, tal vez para que estuviera a salvo. Eso alivió parte de la preocupación que sentía en las entrañas.

—¿Y qué sugieres? —preguntó la reina con un tono impaciente, algo que captaba incluso a través de la piedra.

—Tenemos que entrar en su mente, pensar como ellos. Si estuvierais en su lugar, ¿qué haríais?

Silencio durante un momento y luego:

—Me escondería hasta que cesara la búsqueda.

—El norte es inmenso —repuso Alfson—. Hay cientos de aldeas.

—¡Es una tarea imposible! —exclamó la reina.

—Imposible no —replicó Alfson—. Un desafío, sin duda, pero no es imposible. Pensemos en la pareja. Por lo que sabemos, ¿Eisa conoce el norte?

—No —respondió la reina, reflexiva—. Pero este Slátrari... ¿qué hay de él?

—Ahí está, Su Alteza —dijo Alfson—. Su compañero es la clave para encontrar a Eisa.

—Se ha difundido su imagen por todo el norte —dijo la soberana—. Alguien conocerá a este hombre.

—Pasará algún tiempo hasta que los grabados lleguen a todas las aldeas remotas de Nordur —dijo Alfson—. Mientras tanto, sugiero que cambiemos de táctica. Que recabemos información en lugar de ir a capturarlos. Aprendamos cómo piensa este hombre y qué contactos tiene.

—Dejemos que se confíen, pues —dijo la reina—. Aflojemos la cuerda. Y cuando menos se lo esperen, se la apretaremos bien fuerte alrededor del cuello.

—Según este mensaje, los Azuzalobos están recorriendo las regiones agrestes del este de Nordur y darán parte de las novedades cuando lleguen a Völfell —dijo Alfson.

—¿Cuánto tardarán?

—No lo sé con certeza —dijo Alfson—. ¿Tal vez una semana? Eso nos dará tiempo para averiguar más cosas sobre el hombre. Os propongo lo siguiente, mi reina: que Manto Negro haga correr la voz en las ciudades del norte de que por ahora solo buscamos información. Y cuando aparezca alguien con algo concreto, que Geira escriba una carta con esta información y se la envíe a Azuzalobos para que acoten la búsqueda.

Saga se estremeció. Geira. Le vino a la cabeza la sierva de la reina, que regresaba de la torre de cetrería.

Al parecer, lady Geira estaba envuelta en algo más que el reparto de correspondencia. Con un movimiento de cabeza, intentó volver a centrarse.

El suspiro de la reina se oyó a través del grueso muro de piedra.

—Muy bien —dijo—. ¿Pero qué garantía tenemos de que los Azuzalobos no van a volver a fracasar?

—Han quedado en evidencia —repuso Alfson—. Estoy seguro de que eso bastará para alentar su determinación. Darán caza a la pareja con más vigor si cabe.

—Muy bien, pues —dijo Signe tras una larga pausa—. Pero como vuelvan a fracasar, quiero su cabeza en las picas.

—Sí, Alteza.

Los pasos se desvanecieron. Se cerró una puerta. La conversación, al parecer, había terminado. Lo que acababa de oír la había dejado perpleja.

Eisa había escapado e iba acompañada. Pero distaba mucho de estar a salvo.

—No dejaré que te encuentren —susurró Saga. Se dejó caer al suelo, mirando fijamente a la pared mientras sopesaba sus opciones. Cuando se levantó y se sacudió el polvo de sus faldas, ya había esbozado un plan. Por desgracia, implicaba hacerse amiga de lady Geira.

Sin embargo, juró que haría lo que fuera necesario. La próxima vez que Signe enviara un mensaje al norte, ella estaría preparada.

NUEVE

Cuando Saga salió por el panel oculto de la chimenea más antigua de la biblioteca, la sangre le fluía con vigor. Por suerte, aquella chimenea se utilizaba con poca frecuencia y no estaba muy a la vista, puesto que se hallaba al fondo de la biblioteca. Sin embargo, cuando Saga salió, le fue imposible evitar que las antiguas cenizas revolotearan y se le prendieran a las faldas, como el polvo del pasadizo.

—Sapos y culebras... —murmuró, atizándose las faldas, pero a pesar de la ceniza de las zapatillas, sentía como si pudiera volar. Por fin tenía esperanza. Solo tenía que volver a sus aposentos y urdir el plan.

Cuando se estaba acercando al final del pasillo, una voz rompió el silencio de la biblioteca. Vaciló. Nunca le apetecía entablar conversaciones triviales, pero hoy más que nunca tenía que evitarlas. Miró entre las estanterías e identificó la procedencia del ruido: uno de los consejeros del rey Ivar, seguido por un grupo de unos diez hombres o así. Por la sastrería de las chaquetas y la cadencia de sus voces, parecían zagadkianos.

—La biblioteca se construyó en el año seiscientos cincuenta y cinco de la dinastía Volsik, bajo el reinado del rey Adils —explicaba el consejero de Ivar, dejando un margen para que hablara después el intérprete zagadkiano. Tras un rato, prosiguió—: Su bisnieto, el rey Sigurd, la amplió en el año seiscientos treinta.

—Setecientos treinta —murmuró Saga en voz baja. Al reconocer a Kassandr Rurik en el grupo, la invadió la vergüenza.

Hacía una semana, cuando cenó por primera vez con los zagadkianos, Saga había estado esperando a que Rurik la reconociera. Sentada al extremo más alejado de la mesa alta, llevaba un vestido colorido de seda zagadkiana. Llevaba el pelo peinado de forma impecable, los ojos delineados con kohl y, cuando los presentaron, Kassandr Rurik no hizo amago siquiera de saber quién era. Si seguía así, él nunca se daría cuenta de que la mujer desarreglada que había conocido cerca de la torre de cetrería era en realidad lady Saga.

Enseguida se dio cuenta de que aquel hombre tenía la clase de carisma del que prefería mantenerse alejada. Tanto los siervos como las esposas del jarl se giraban para verlo entrar en el gran salón a la hora de comer, con susurros y risitas a su paso. Y el muy odioso parecía disfrutar de la atención de los demás: siempre reía y hablaba en voz alta y movía la cuchara en el aire mientras charlaba con el rey Ivar. ¿Qué diantre podría haber dicho Ivar que fuera tan divertido? Pues nada.

Con la cabeza de nuevo en el presente, Saga retrocedió un paso. Acababa de recorrer el pasillo a toda prisa y de bordear la parte exterior de la biblioteca.

—Lady Saga —dijo una voz grave en un iselduriano muy marcado. La joven vaciló—. ¿Puede repetirlo?

Saga contuvo la respiración y apoyó la espalda en las estanterías de madera. Tendría que haber sabido que no pasaría desapercibida, pero ¿cómo la habían oído?

Entre las filas de libros apareció una figura. Aunque la luz que se filtraba por las ventanas solo dibujaba una silueta, Saga lo identificó sin problemas: era Kassandr Rurik. Para empezar, porque era más alto que el guerrero urkano y zagadkiano medio. Y también porque caminaba con una especie de elegante arrogancia, casi en silencio a pesar de todas las espadas que llevaba sujetas a la extraña sobrevesta acorazada.

La última vez que lo había intentado, había sido incapaz de oír los pensamientos de aquel hombre. Ahora bajó las barreras mentales, deseosa de saber qué quería exactamente. Pero cuando dejó que su Sentido se extendiera, solo encontró silencio. Enarcó las cejas, sorprendida.

—O tal vez debería llamarla Árlaug —dijo Rurik en voz baja, apoyándose en un estante.

Le pareció que se le venía el mundo encima.

—¿Cómo dice? —consiguió decir agarrándose a la estantería para estabilizarse.

Rurik puso los ojos en blanco.

—Déjese de… —la señaló con un gesto— juegos.

Saga empezó a darle vueltas a la cabeza en busca de una respuesta.

—¿Cómo lo ha sabido? —preguntó.

Rurik se acercó y, con cada paso, a Saga se le aceleraba más el corazón.

—El pájaro —dijo alargando su mano enorme y dándole un toquecito al pendiente de ala invernal. Saga se esforzó por no echarse atrás.

—El pájaro —repitió ella. Y sintió como si tuviera un pájaro atrapado en la caja torácica, revoloteando de un lado a otro.

—Lleva pájaros, igual que Árlaug.

Una auténtica necia, eso es lo que era. Cómo no, tenía que llevar ese maldito alfiler de ala invernal el día que se presentó como Árlaug.

—¿Por qué se puso otro nombre? —preguntó, afortunadamente, en voz baja.

Saga tragó saliva.

—No quería que supiera que era yo —confesó.

Rurik arrugó el ceño.

—¿Y eso por qué?

Saga buscó las palabras adecuadas, pero se quedó en blanco.

—Primero, me da un nombre equivocado. Ahora intenta huir. Parece que no quiera verme.

—No estaba huyendo —mintió.

—¿Llamo a mi druzhina, lady Saga, y a ver qué les parece todo esto?

—No —soltó ella. Le agarró por la manga y tiró de él hacia el fondo del pasillo sin pensárselo dos veces.

—Le pido disculpas por mi engaño —susurró—. No pretendía faltarle al respeto, lord Rurik.

Este la miró con la boca torcida y ella se dio cuenta de que debía ser más convincente. Aunque lo aborrecía, decidió que podría hacerse la damisela en apuros, que en ese caso estaba justificado. Abrió mucho los ojos y lo miró con una caidita de pestañas.

—Por favor, mi señor, le ruego discreción en este asunto.

Sin embargo, Rurik no se prestó a jugar a ser su salvador. En vez de eso, una sonrisa socarrona se asomó a su rostro.

—Ah. ¿Un secreto? ¿Y qué me ofrece por guardarle el secreto, lady Saga?

Ella se quedó mirándolo boquiabierta.

—Tal vez —continuó Rurik— pueda enseñarnos Askaborg. —Al ver el ceño fruncido de ella, le brillaron los ojos con júbilo—. Al fin y al cabo, es mejor descubrirlo con quien lleva viviendo aquí más tiempo.

Saga cerró los ojos y tragó saliva. No tenía elección; tendría que hacerlo. Signe ya le había dejado claro que necesitaban el cereal zagadkiano. Este hombre podía situarla en la torre de cetrería y Saga no quería que esta información llegara a oídos de la reina.

—Será un placer enseñarles el lugar —se forzó a decir.

—Otra vez —dijo él, sonriendo victorioso—. Porque será la segunda vez, ¿no?

Por el amor de los dioses, el hombre se estaba recreando en su desdicha.

—Sí, supongo que sí.

Rurik le dio un buen repaso con la mirada: desde el calzado cubierto de ceniza hasta la coronilla. Alargó la mano y le desprendió algo del pelo.

A Saga se le encendió la cara y levantó la vista.

—Tiene telarañas en el pelo —le dijo afablemente. Se inclinó más hacia ella y le susurró al oído—: Será de leer los libros, supongo.

El calor que notaba en la cara le recorrió el cuerpo en un torrente furioso. Maldito fuera este hombre. Era demasiado perspicaz. No le quedaba más remedio que poner fin al asunto. Pasó por delante de Rurik y se dirigió hacia el resto del grupo.

—Buenas noticias —dijo Kassandr al consejero de Ivar—. Lady Saga se ocupará de la visita guiada. —Lo repitió al grupo en un zagadkiano acelerado.

—P-pero... —farfulló el consejero, con la cara enrojecida.

—Le estamos muy agradecidos —dijo lord Rurik—, pero ya puede... —pareció buscar la palabra adecuada— retirarse.

—Lord Rurik, seguramente lady Saga está demasiado ocupada. Tengo órdenes de Su Majestad de...

—No me agrada repetir las cosas, Oslo. —Lord Rurik agitó la mano en un gesto desdeñoso que le hizo rechinar los dientes a Saga.

—Oslak —murmuró el hombre, mientras se dirigía a regañadientes hacia la salida.

—Qué grosero —masculló ella en voz baja.

La mirada acusadora de Rurik le indicó que no había sido lo bastante baja.

—Venga, le presento a la druzhina.

Aún aturdida, Saga se volvió hacia la comitiva zagadkiana. El corazón le latía como el de un conejillo acorralado. El pasadizo de la chimenea, recitó para sus adentros, tratando de calmarse. Las puertas principales de la biblioteca. La puerta de los esclavos. La puerta del oeste.

Un hombre alto, de piel tostada y una nariz que parecía habérsele roto más de una vez, le espetó algo en zagadkiano a toda velocidad, a lo que Rurik respondió en un tono desafiante. Saga observó cómo Rurik le hacía un gesto y luego se dirigía a la puerta de la biblioteca. Después de pasarse una mano por el pelo, que llevaba muy corto, el otro hombre se volvió hacia ella con una amplia sonrisa.

—Lady Saga —dijo con jovialidad—. Me alegro de conocerla. Soy Yuri Rovgolod. Un lord como Kassandr, pero con mejor aspecto y modales.

Rurik le ladró algo en zagadkiano, y la sonrisa de Rovgolod no hizo más que acentuarse.

Rovgolod le tendió la mano.

—Puede llamarme Rov.

—Saga —dijo ella, tomándole la mano y aguantando el embate de un apretón sorprendentemente entusiasmado.

—El resto de la druzhina no habla su idioma —continuó Rov—. Yo les traduzco.

—¿Druzhina? —preguntó Saga.

—Así llamamos a la comitiva.

Saga se giró hacia el resto de la druzhina, con las piernas entumecidas. Intentó esbozar una sonrisa, pero le salió muy poco convincente.

—Bienvenidos a Íseldur —dijo sintiéndose bastante tonta. Ay, dioses, estaban condenados si la adquisición de cereal zagadkiano dependía de las habilidades sociales de Saga. Le fueron lanzando nombres mientras Rov le presentaba al resto de la druzhina.

—Íbamos a ver la colección de tapices y... —Rurik se volvió hacia Rov y le soltó algo muy rápido en zagadkiano.

—Bustos de obsidiana —dijo Rov.

—Sí —dijo Rurik—. Eso.

Saga examinó al grupo de guerreros.

—¿Seguro que no prefieren disparar a algo en el bosque real o batir el récord de bebida de Thorir el Gigante?

—Lady Saga, una vez más parece que quiere librarse de mí —dijo Rurik, observándola con atención. Demasiada atención.

—No es la primera vez que alguien lo intenta —dijo Rov con ironía—. Aquí el amigo es una lapa. Cuesta quitárselo de encima.

Saga ahogó una sonrisa.

—Muy bien, les enseñaré los tapices, si tan seguros están de querer verlos.

—Sí —afirmó Rurik.

—Por aquí —dijo ella, guiándoles de mala gana hacia la salida de la biblioteca.

Les enseñaría las obras de arte y luego regresaría a sus aposentos para reflexionar sobre sus planes. Respiró hondo para tranquilizarse y los condujo hacia el pasillo arcoíris. Caminaron en un incómodo silencio; Rurik iba a su lado y Rov, detrás.

—¿Qué tal van las reuniones? —preguntó ella, buscando esa conversación desenfadada que a Yrsa se le daba tan bien. No obstante, le salió una voz demasiado áspera, demasiado brusca.

—Algunas mal, otras bien —dijo Rurik. Detrás de ellos, Rov emitió un ruido de fastidio.

Saga parpadeó ante su franqueza.

—¿Y eso qué significa?

—Es... son juegos mentales. —Lord Rurik se pasó una mano por el pelo, y la mirada de Saga se detuvo en sus ondas oscuras—. Negociar tratados se parece más a acariciar los egos que a hacer algo útil.

Saga miró a Rurik. Sus zancadas eran fluidas, pero estaban dotadas de un poder silencioso.

—Su iselduriano es bastante bueno.

—Y así debe ser —dijo Rov—. Kassandr se preparó a conciencia durante un ciclo de luna llena antes de zarpar. Apenas dejó salir a su pobre maestro de la habitación —añadió en un tono cómplice—. Yo... yo soy el pobre maestro.

Saga esbozó una sonrisa.

Frotándose las manos enguantadas, Saga guio a los zagadkianos hasta el pasillo. Las paredes y columnas estaban talladas en una piedra volcánica clara, el lienzo perfecto para los arcoíris que se proyectaban a través de los cristales biselados.

—Este es el pasillo del arcoíris —anunció con una leve sonrisa. Era imposible no sonreír con millones de arcoíris que danzaban a lo largo de las columnas blancas de aquel pasillo.

Se volvió y vio que Kassandr Rurik la observaba una vez más; los prismas proyectaban arcoíris sobre su piel bronceada. Ahí le vaciló la sonrisa.

—Los arcos están hechos de riolita fortificada, creo, y las ventanas son de un cristal prismático especial, que crea los... esto... los arcoíris.

Intentó recordar qué rey había encargado la construcción de aquel pasillo, pero con esos ojos clavados en ella, apenas se acordaba de su propio nombre.

Rov y el resto de la druzhina recorrieron el pasillo, pero Rurik se quedó atrás.

—¿Cómo se hizo este cristal? —preguntó mientras daba toquecitos a los intrincados cristales ensamblados con el nudillo.

—Fueron los galdra —dijo Saga en voz baja, mirando por encima del hombro—. Todavía quedan muchas estructuras hechas por los galdra en el palacio. A pesar de los esfuerzos por eliminarlas —añadió en un tono más seco.

—Galdra... ¿Esa es su gente... mágica? —preguntó Rurik, pasando una mano enorme por el cristal.

—Lo era —dijo ella, desesperada por cambiar de tema—. ¿Dónde está su gran príncipe? —Al momento, se acobardó.

Pero Rurik no se inmutó.

—No le gustan los barcos —respondió, con la cara a un palmo del cristal mientras lo examinaba.

Ella ahogó una carcajada, sorprendida una vez más por su franqueza. El rey Ivar le cortaría la lengua a cualquiera que contara una debilidad como aquella.

—¿De verdad? —consiguió decir ella.

—Se pone enfermo.

—¿Y su famoso heredero? —Sunnvald el Todopoderoso; Saga había cogido carrerilla.

—No se le permite. ¿Acaso desea conocerlo? —Rurik se apartó de las ventanas, mirándola con una curiosidad descarada.

—No —contestó a toda prisa—. Quiero decir, sí, claro. Sería bueno fomentar... las relaciones, pero.... —No sabía cómo salir del atolladero en el que acababa de meterse.

—Pero... —la instó Rurik.

—Quizá sea mejor que se haya quedado ahí.

Rurik se giró hacia ella y ni siquiera el arcoíris que se proyectaba sobre su rostro ayudó a suavizar la intensidad de sus ojos.

—Cuénteme lo que ha oído.

Saga tragó saliva. Esa era precisamente la razón por la que no era la mujer más indicada para guiar a los zagadkianos: había tardado apenas unos minutos en meter la pata. Y aun así... su boca seguía moviéndose.

—Solo que tiene muy mal temperamento y una cierta predilección por desgarrar gargantas. —Saga se estremeció y se frotó nerviosamente las palmas.

—Es cierto —dijo Rurik, observándola con atención—. En Zagadka, nuestras costumbres son distintas. Un gobernante debe mostrar fuerza. Debe mostrar al reino lo que les ocurre a los mentirosos.

Mentirosos. Saga tragó saliva. Había mentido a Rurik hacía tan solo dos días.

Rurik rio por lo bajo, como si le leyera el pensamiento.

—No se preocupe. El gran príncipe ha prohibido que venga su heredero. No es un hombre para... la diplomacia.

Se dio la vuelta y Saga soltó un suspiro. Sobreponte a esto, se dijo a sí misma. Una visita y podría poner distancia entre ella y lord Rurik.

Saga llevó a los zagadkianos por el pasillo, bajaron un tramo de escaleras y accedieron al ala este del palacio. Por fin, entraron en la galería. Hecha del mismo granito que el resto del castillo de Askaborg, la galería tenía unos techos altos y mucha luz natural que entraba por unos ventanales acristalados. Las paredes estaban repletas de tapices descoloridos, esculturas, escudos desgastados y armas astilladas.

—Bueno —suspiró Saga—. He aquí los tapices y los bustos de obsidiana.

La druzhina se dispersó por la sala, examinando las obras de arte expuestas. Rurik inspeccionó una talla de madera que representaba a Ursir en su Bosque Sagrado.

—¿Aquí todo es urkano?

—La mayoría de las cosas, sí. Puede que haya algunas reliquias iseldurianas, pero la mayor parte se consideraron blasfemas y se destruyeron.

Saga recorrió la sala con la mirada. Hacía años que no entraba aquí, posiblemente una década. Pensar en lo que una vez hubo en esta estancia, en lo que habían destruido... Le entraron ganas de marcharse, pero se contuvo. «Concéntrate». Tenía que apaciguar el ego de aquel hombre. Calmar los ánimos que hubiera podido provocar. Debía terminar la visita y marcharse en buenos términos.

—Es una pena —dijo Rurik, recorriendo la galería.

Uno de los integrantes de la druzhina empujó con el hombro una puerta a mitad de la pared, lo que hizo que Rov le riñera en zagadkiano. Tímidamente, el hombre se apartó y siguió examinando las obras de arte.

—No es más que una especie de trastero, si mal no recuerdo —dijo Saga a Rov.

—Hábleme de esto, mi señora —dijo Rurik. Ahora se encontraba ante un gran tapiz de color negro y naranja intenso.

—Por favor, mi señor, llámeme solo Saga.

—Muy bien. Dígame, Solo Saga. —Ay, dioses, cómo detestaba lo mucho que le divertía el acento de aquel hombre. Quería pedirle que dijera cosas como «la araña en la caña » o «corren las carretas» y cerrar los ojos para dejar que la envolvieran esos sonidos. Pero en vez de eso, dijo—: Esta pieza es iselduriana. Es una representación de los Dragones Durmientes.

—¿Por qué los volcanes se llaman así?

—Es un nombre derivado de un viejo cuento.

—Cuéntemelo —le pidió apremiante.

Saga echó un vistazo a la sala. Satisfecha de que Signe no tuviera a ningún espía escuchando, continuó.

—Tiene que ver con nuestros antiguos dioses. Cuenta la leyenda que, hace mucho tiempo, el dios iselduriano del caos intentó destruir el mundo. —A Saga se le nubló un poco la vista mientras trataba de recordar la historia—. El gran dragón Kraugeir despertó y, con él, los volcanes, que escupían ceniza y fuego, y abrían la puerta al inframundo de Myrkur. Con gran esfuerzo, Sunnvald pudo derrotar a Myrkur y desterrarlo de nuevo al mundo subterráneo.

—¿Fuego y muerte? Nosotros también tenemos de eso.

Saga se quedó mirando el tapiz, frunciendo el ceño. Eisa estaba en el norte. ¿Habría pasado ya por los Dragones Durmientes? ¿Adónde había ido? ¿Y si los Azuzalobos la encontraban antes de que Saga pudiera poner en marcha su plan?

—¿Dónde tiene la cabeza, Saga?

Parpadeó y se volvió hacia lord Rurik. Aquel hombre era peligroso: se percataba de demasiadas cosas. Ya conocía demasiados de sus secretos. Y en un mundo donde la seguridad requería permanecer oculta, no podía permitir que viera más cosas de ella. Saga volvió a colocarse el espino protector alrededor.

—¿He satisfecho ya vuestras peticiones, mi señor?

Este la observó con atención, pero ella mantuvo una expresión pétrea.

—Si desean ver más, pueden pedírselo a la princesa Yrsa. Lleva años estudiando toda la historia y seguro que se la sabe mejor que yo.

—No quería que me lo enseñara la *printsessa* Yrsa —dijo con calma.

Ella le miró con recelo.

—¿Por qué no?

—Quería conocer a la mascotita de Ivar.

Una llamarada de furia le subió por la espalda.

—No soy la mascota de nadie.

—¿Cómo se dice aquí..., rehén? ¿Cómo prefiere llamarlo?

A Saga le latía el corazón con fuerza y el fuego le recorría las venas.

—¿Es eso lo que les dicen en Zagadka? ¿Que soy una rehén?

—¿De verdad quiere saberlo?

Ella apretó los puños.

—Sí.

Rurik se puso serio y guardó silencio un momento antes de responder.

—Superviviente, la llaman. Y sí, la mayoría la considera una rehén.

—No quiero su compasión. —La oía en su voz y le daban ganas de gritar.

Rurik levantó las palmas de las manos, como poniéndose a la defensiva, pero eso solo hizo que a ella le hirviera más la sangre.

Saga se acercó con cierto aire amenazador.

—¿Le parezco una rehén? Soy libre de hacer lo que quiera. Me tratan bien.

El hombre tuvo la osadía de reírse. ¡Se rio! A Saga le temblaban los músculos. Intentó dejarlo pasar, pero fue en vano.

—¿Qué le divierte tanto, exactamente?

Su sonrisa la hizo querer coger el valioso tapiz de la pared y estampárselo en la cara.

—Parece una mascota bien amaestrada. Deben darle unos premios excelentes.

—¡Es usted insufrible!

El hombre parecía la mar de complacido.

—Y ahí está. —Rurik la miró a la cara—. Me alegra ver a la verdadera lady Saga. Como el tapiz, en usted hay fuego.

—Y tiene usted el talento de avivarlo —arremetió ella, intentando autocontrolarse. Sin embargo, parecía que, con unas pocas palabras, el tipo había logrado acabar con toda su contención.

—Tengo muchos talentos, Saga —dijo Rurik arrastrando las palabras, con unos llameantes ojos esmeralda—. ¿Por qué se esconde?

—¡Porque no quiero morir!

—Mejor morir de pie que vivir con collar.

Saga se echó hacia atrás como si la hubieran abofeteado. En una sola frase, Rurik había apagado las llamas de su furia. Ahora se sentía poco más que ceniza, polvo que se esfumaría con una ráfaga de viento.

Porque tenía razón. Saga era una mascota. Un animalito con correa que sacaban a pasear para que otros la admiraran. Pronto se casaría con Bjorn. Se convertiría en uno de ellos. Tendría hijos urkanos, formaría parte de su legado. Baño de sangre y guerra y un robo tras otro...

—Saga —empezó Rurik. Se le tensó la mandíbula y flaqueó su actitud confiada.

—Se acabó —dijo ella, abrazándose a sí misma.

Se hizo el silencio durante un buen rato, y luego habló:

—Le agradezco que nos haya enseñado la galería. Y le aseguro que le guardaré el secreto.

—Buenos días, lord Rurik —dijo Saga. Y girándose, se dirigió hacia la puerta.—Kassandr —gritó—. Llámame Kass.

Saga resopló. Por lo que a ella respectaba, mejor si no volvía a ver a aquel hombre nunca más.

DIEZ

Al norte de Istré

Silla miró el curioso despliegue de líquenes que cubría los árboles y el bosque circundante, haciendo caso omiso de la dura mirada del hombre que estaba sentado frente a ella. Era una mañana fresca de finales de verano, el día después del ataque de los Azuzalobos. Habían estado huyendo por el camino durante varias horas después, antes de adentrarse en el bosque y acampar para pasar la noche.

Y ahora, Silla y Rey se habían levantado al amanecer, preparándose para otro largo día de viaje. Mientras Rey se cambiaba la venda de la herida de flecha, Silla se ceñía más la capa alrededor de los hombros y le daba un mordisco al alce ahumado.

«Anímate», pensó Silla. «No moriste ayer. Y ahora no estás sola. Aunque tu compañero tenga cierta afición a quemar viva a la gente...».

Resopló y masticó con más fuerza. Era imposible borrar la imagen de su mente: Rey derritiendo la carne de la cara de los Azuzalobos con un simple movimiento de muñeca. Los había matado de la forma más vil... y había estado matando gente como Slátrari durante saben los dioses cuánto tiempo.

«Yo soy una simple espada», le había dicho él, pero no sirvió de gran cosa para calmar las náuseas. En cambio, le hizo recordar a los guerreros de la reina que habían matado a su padre adoptivo y a Ilías Svik. Le hizo pensar en Skraeda, que la perseguía por el Camino de Huesos a instancias de la reina. ¿No eran también «simples espadas»?

Durante todo este tiempo, Rey había sido el Slátrari. Le entraron ganas de volver a huir. Pero tras el ataque de los Azuzalobos, se sentía más lúcida. Sus opciones eran bastante desalentadoras: escapar y arriesgarse a vérselas con monstruos y guerrillas varias o quedarse con el asesino que tenía en frente.

En realidad no era una elección.

A pesar de la violencia de Rey, estaba claro que no quería... asarla. Al menos de momento.

—¿No me vas a preguntar nada? —refunfuñó Rey y la sacó de sus cavilaciones—. ¿No quieres saber de qué nos conocemos, Eisa? —Clavó un palo en la hoguera y echó a volar algunas brasas.

Se le tensaron todos los músculos.

—No me llames así.

Él frunció el ceño y levantó la vista para mirarla.

—¿Por qué no?

Silla se masajeó las sienes.

—No puedo pensar en eso, no ahora.

—Tendrás que enfrentarte a eso en algún momento —le espetó.

—Sé que soy una cobarde. No hace falta que me lo recuerdes.

Rey abrió la boca, pero la cerró de golpe.

—Tú ganas... —suspiró Silla, mirando fijamente al fuego—. Dime de qué me conoces.

La miró un buen rato antes de empezar.

—Mi padre era miembro del séquito del rey Kjartan e íbamos a menudo a Askaborg. Cuando yo tenía unos ocho años, vinimos a Sunnavík. Y mientras los padres estaban de visita, los niños salíamos a jugar a los jardines. Kristjan y Saga eran casi de la misma edad, y se fueron por ahí juntos, con lo que me quedé a solas con la hermanita.

Ante su silencio, Rey continuó.

—La niñera estuvo con nosotros durante algún tiempo, pero hubo una urgencia que tuvo que salir corriendo a atender. Y héteme a mí, un niño de ocho años que quería jugar a las espadas o trepar a los árboles, como guardián de una princesa de dos años que solo quería jugar a dar vueltas.

«Vueltas y vueltas de aquí para allá», resonó en su cabeza. ¿Sería ese juego un recuerdo de la infancia de Eisa? De repente, se sintió tan mareada como aquella noche en el cañón.

Rey apretó los labios como si no quisiera continuar.

—Eisa se subió a la fuente de Sunnvald para dar vueltas alrededor, luego se cayó y se dio un golpe en el ojo con un saliente —dijo con premura. De forma distraída, Silla se llevó los dedos a la pequeña cicatriz—. Y me gané una buena reprimenda de mi padre por no proteger a la princesa.

—¿Y ya está? —preguntó ella, decepcionada—. Pensaba que sería algo más rocambolesco, como que un lobo gigante me dio un zarpazo o que luché contra un oso. Una fuente… Me dijeron que había sido una mesa. —La sensación de embotamiento se extendía ahora por doquier—. Siento que mi vida entera ha sido una mentira.

Rey entornó los ojos mientras la escrutaba.

—¿Cuándo te diste cuenta de que eras ella?

—Fue en Skutur. Skraeda tiró de un recuerdo y…

En el rostro de Rey se mezcló la confusión y la incredulidad.

—Acabas de descubrirlo —murmuró, más para sí mismo. Silla se dio cuenta de que se debatía interiormente con algo—. Creía que… —Soltó un suspiro y alzó la mirada—. Creía que lo sabías desde el principio.

Silla negó con la cabeza, procurando alejar el dolor. Un nuevo pensamiento penetró en su mente y no pudo apartarlo.

—Si conocías a mi padre biológico, ¿tú…?

Pasaron varios instantes antes de que él insistiera.

—¿Yo qué?

—¿Conocías también a mi padre adoptivo? Se llamaba Tómas. —Le dolía hacerle aquella pregunta, reconocer que sabía tan poco del hombre que la había criado.

—Tómas era el guardaespaldas del rey Kjartan —respondió Rey, analizándola—. Mi padre lo conocía bien.

Por alguna razón, Silla había pensado que las respuestas mitigarían su pena y su rabia, pero no. Solo las agudizaron más.

—Supongo que eso explica cómo mató a seis mercenarios cerca de Skarstad —dijo con amargura—. ¿Y mi madre, Ina? A menos que también fuera un nombre falso.

Rey enarcó las cejas.

—La niñera de Eisa. Se llamaba Ina.

—Niñera —murmuró—. Y guardaespaldas. —Las piezas iban encajando: Tómas y la niñera se llevaron a Eisa lejos del palacio, pero no llegaron a tiempo para llevarse a Saga. Un intenso pesar empezó a crecer en su pecho.

Silla respiró hondo y se puso en pie. El liquen crujió bajo sus pies cuando se adentró en los arbustos con la excusa de hacer sus necesidades. Sin embargo, una vez detrás de un bosquecillo, se apoyó en un tronco escamado y empezó a jadear en busca de aire. Las mentiras eran interminables; cada una más dolorosa que la anterior. ¿Por qué Matthias —Tómas, se corrigió con amargura— no se lo había contado? ¿Por qué no había confiado en ella?

Le dolía todo el cuerpo y le escocían las lágrimas en los ojos, pero ahora no podía permitirse el lujo de derrumbarse. Tenía que contener todo el dolor que la invadía y meterlo en una jaula.

Y cuando regresó al campamento improvisado, su expresión era tan dura e implacable como los ojos de hacha de Rey.

REY LA VIO SALIR de entre los arbustos, con los ojos vidriosos y tensa como la cuerda de un arco. Se le había deshinchado la inflamación alrededor del ojo, pero todavía le quedaban los moratones que le recordaban todo lo que había sufrido en Kopa. Tendría que ser más amable. Más suave. Pero ninguna de estas palabras le describía en lo más mínimo.

Empuñó un palo y atizó a un tronco ardiendo.

La muchacha acababa de conocer su verdadero nombre y esa revelación lo había dejado atónito. ¿Cómo había podido ocultárselo Tómas? ¿Por qué le había dado esas hojas venenosas y la había tratado como a una niña? La mera idea le avivaba la rabia por dentro.

Pensó en decirle algo que la tranquilizara. Pasarían nueve días hasta que llegaran a Kalasgarde y a la seguridad de una casa de acogida... dioses, Kalasgarde. La bilis le subió por la garganta de solo pensarlo.

Siguió a Silla de reojo. Estaba mirando al caballo que había robado a los Azuzalobos y que ahora estaba atado a un árbol. Era una yegua de color pardo oscuro, y estaba claro que tenía un carácter difícil. Rey observó con aprensión cuando Silla se acercó y el animal meneó la cola.

—Buenos días, bellezas —dijo Silla con una alegría impostada—.

Qué guerreras tan brillantes y valientes fuisteis ayer. —Caballo resopló, se adelantó y le acarició la palma con el hocico—. Por si a tu jinete se le olvida decírtelo, insisto en que lo recuerdes.

El nuevo corcel resopló y echó las orejas hacia atrás, molesto. Rey se puso en pie y se acercó por instinto.

—Han cambiado muchas cosas para ti en poco tiempo, ¿eh? —le dijo Silla suavemente a la nueva yegua, alargando la mano para acariciarle la mejilla. Rey llegó corriendo, le rodeó la cintura con un brazo y tiró de ella hacia atrás. Los dientes del animal entrechocaron allí donde segundos antes había estado la mano de Silla.

Cuando la espalda de ella se pegó al pecho de Rey, este sintió una descarga. De forma instintiva, la rodeó con los brazos y ella se relajó. Sin embargo, al cabo de un instante, Silla recobró la lucidez. Girándose, se secó una lágrima furiosa de la mejilla.

—Es el corcel de un guerrero —masculló Rey, dando un paso atrás. Sentía todavía su presencia y se pasó una mano por la cara—. Tienes que ganarte su confianza. —Miró al caballo que acababan de agenciarse—. Pero no tiene las orejas gachas y no se ha encabritado ni ha coceado, así que imagino que puedes montar sin peligro.

—¿Montar? —preguntó Silla, atónita—. Ha intentado morderme.

—Solo ha sido un mordisco de advertencia —respondió con rudeza—. Te aconsejo que no la acaricies. —Intentó suavizar la voz—. Sé que no confías en mí, pero espero que sepas que nunca pondría en peligro tu seguridad.

Aquellos ojos oscuros se clavaron en los suyos un instante y, una vez más, Rey sintió el espíritu de ella inclinándose hacia él. Rechinando los dientes, se giró para recoger sus pertenencias.

Gracias a los dioses, el caballo toleraba que Silla se le sentara encima. Aun así, y por desgracia, tenía que llevar una correa atada a su propia montura. Por fin, Rey había recuperado a Caballo para él. Por fin podía pensar. Pero con cada paso que le acercaba a Kalasgarde, aumentaba su malestar. Kalasgarde, el último lugar de todo Íseldur al que quería ir. Rey se había empleado a fondo para dejar atrás a Reynir Galtung, para crear una nueva versión de sí mismo como Rey Bjarg.

Sin embargo, parecía que el destino tenía otros planes. Durante casi una década que Rey había trabajado para los uppreisna, nunca había necesitado acudir a una casa de acogida. Ahora tendría que ir a esconderse. Con ella.

Y, sin embargo, sabía con total certeza que lo volvería a hacer. Incluso antes de descubrir que era la dichosa Eisa Volsik, sabía que Silla merecía protección. La tenía por una de las últimas cosas buenas de este maldito reino.

No obstante, se concentró enfurruñado en la implosión de su vida, trazando planes para salvar la misión de Istré en su ausencia. En primer lugar, se pondría en contacto con Eyvind, un amigo de la infancia que le debía algunos favores. Eyvind era un guerrero con talento y un carácter afable, capaz de ganarse incluso a los hombres más hoscos. Además, era un líder capaz, aunque su padre, el jarl Hakon, no lo viera. A la Hermandad del Hacha Sanguinaria no le haría ninguna gracia que un desconocido ocupara el puesto de Rey, pero dadas las difíciles circunstancias, no les quedaba más remedio.

A continuación, había que informar a los uppreisna sobre Eisa. Sin embargo, no las tenía todas consigo sobre este asunto. «No puedo ser ella», le había dicho Silla, con una mirada de pánico. Frunció el ceño. Tal vez, no hacía falta que eso ocurriera de inmediato.

Miró hacia atrás. Se fijó en la caída de sus hombros. Y decidió que Eisa Volsik podía esperar.

Presa de su cólera, Rey había exigido demasiado, pero la verdad era más que evidente. Ahora mismo, Silla Nordvig tenía sus propias batallas que librar.

ONCE

Durante seis largos días, Silla y Rey cabalgaron hacia el norte. El terreno cambió de las llanas hectáreas más próximas al Bosque Occidental a las estribaciones onduladas, y los vientos pasaron de ser ráfagas frías a vendavales gélidos. Silla se puso toda la ropa que tenía y aceptó los guantes de piel de lobo de Rey con una resignación sombría. A pesar del frío, el paisaje era bastante hermoso. Los pinares tapizaban montañas agrestes y escarpadas, el camino se bifurcaba con frecuencia y se volvía cada vez más estrecho. A lo largo de la ruta, brotaban grupos de lirios azules entre rocas recubiertas de líquenes, y cuando un día, una familia de zorros blancos se cruzó en su camino, a Silla se le cortó la respiración.

Decidió que los zorros blancos eran un buen presagio, un recordatorio de adaptabilidad. Al igual que los zorros, cuyo pelaje cambiaba para mimetizarse con el entorno, Silla también podía cambiar de forma.

En aquellos días tan largos y silenciosos, Silla solo tenía tiempo para pensar. Una y otra vez, en su mente aparecía Rey, matando a una horda de guerreros sin despeinarse. Había sido horrible, espantoso y, sin embargo, ejercía tantísimo poder... Era la primera vez que Silla se planteaba que su galdur podía ser algo más que una sentencia de muerte. Se cambió las riendas a una mano, se subió la manga de la túnica y se miró la parte inferior del antebrazo, ahora lisa y blanquecina.

¿Podría blandir ella un poder así?

Skraeda la había llamado «Cinérea», así como «Destructora de Espadas». Silla no conocía esos términos, pero después de vislumbrar lo que podía hacer Rey, una idea empezó a fraguarse en su mente.

Al principio, casi la descartó. Pero cada día que pasaba, crecía y se expandía hasta que se apoderó de ella por completo. Ahora le parecía clara como el agua.

«Ven a buscarme», le había dicho la niña rubia. Saga estaba atrapada en Askaborg con los que habían matado a sus padres.

Y si podía manejar un poder como el de Rey, tal vez podría liberar a su hermana.

Con cada kilómetro que recorrían, su propósito se perfilaba más.

Dominaría su galdur y liberaría a su hermana.

Cada vez que la embargaba la tristeza; cada vez que soñaba con la muerte de su padre en aquel camino; cada vez que sus nombres le resonaban en la mente —Ilías Svik, Matthias Nordvig, Skeggagrim—, se esforzaba por recordar a Saga.

Saga la necesitaba.

AL SEXTO DÍA, se reunieron con Vig y Runný, los hermanos guerreros que Rey había enviado a Istré a buscar a Silla. Decir que les sorprendió descubrir que Rey también necesitaba una casa de acogida era quedarse muy corto. Cuando se recuperaron de la sorpresa, le dieron a Silla un par de botas forradas de lana y esta suspiró de placer al calzárselas. Aun así, con los vientos huracanados y las gélidas temperaturas, habían tenido que ponerse rápidamente en camino.

Se habían agrupado alrededor de una hoguera, y Silla miraba fijamente las llamas, agradecida por el calor de la lumbre. Se había puesto no una, sino dos mantas bajo la capa, y se las ciñó con más fuerza todavía cuando una ráfaga helada hizo vacilar las llamas. Desde debajo de la capucha, Silla examinó a sus nuevos compañeros.

Runný parecía haber conocido unos veinte inviernos. Tenía la piel pálida y los ojos oscuros y rasgados, y el pelo recogido en una decena de trenzas negras adornadas con aros de plata brillantes. Su hermano, Vig, era tan fornido como Rey, con el pelo negro recogido en una trenza gruesa. Lo más curioso era que la túnica de Vig terminaba en los codos y dejaba al descubierto unos antebrazos gruesos y claramente desnudos. Al fijarse con mayor detenimiento, Silla se dio cuenta de que el hombre había renunciado a la capa en favor de una sencilla piel de lobo.

Los ojos de Vig se cruzaron con los de Silla al otro lado del fuego.

—¿No te estás congelando? —preguntó ella.

El rictus severo del hombre se transformó en una sonrisa y este soltó una carcajada.

—Es verano, Silla —respondió meneando la cabeza—. Estos sureños...

Runný miró de reojo a Silla.

—No te apures —le dijo—. Tu sangre se acostumbrará al norte.

—¡Cierto es! —dijo Vig, cruzando los brazos sobre el pecho. La luz del fuego danzaba en sus ojos—. Y en cuanto te acostumbres, querrás más. Cuando te hayas adaptado, puede que te lleve a los lagos glaciares para que te des un buen baño de hielo norduriano.

Eso sonaba espantoso, pero mantuvo la boca cerrada.

Al leer su expresión, Vig soltó una carcajada.

—Es tonificante y resucita hasta a un muerto. Y si no, que se lo digan a mi abuela.

—Tú ni caso, Silla —dijo Runný con sorna—. Solo quiere ver lo que hay bajo esa capa.

Vig se encogió de hombros.

—Lo que pasa es que estás celoso porque se lo he ofrecido yo primero, Runný.

Silla notó que se sonrojaba, a pesar de las gélidas temperaturas.

—Dejadla en paz —les espetó Rey. Silla le miró sorprendida—. Ha sufrido mucho y lo último que necesita es soportar estas rivalidades entre hermanos.

Vig rio entre dientes.

—No ha pasado ni un día y ya nos estás dando órdenes. No has cambiado nada, Galtung.

Silla frunció las cejas. Galtung, y no Bjarg, lo que significaba que Vig y Runný conocían el verdadero nombre de Rey. Alternó la mirada entre Vig y Rey, tratando de entender su historia.

—Cuando te hayas enfrentado a las mismas luchas que nosotros, Vig, podrás dar órdenes —le soltó Rey.

—No pretendas ir de rey de Kalasgarde, Galtung. Puede que algunos besen el suelo que pisas, pero otros… nos tomamos nuestras raíces más en serio. Nosotros aún recordamos al flacucho muchacho norteño que fuiste.

—Vig… —murmuró Runný, mientras Rey soltaba un suspiro irritado.

Pero Silla se quedó atónita con lo que acababa de revelar Vig.

—¿Sois de Kalasgarde? —De repente, que Rey conociera la casa de acogida tenía sentido. Y su malhumorada resignación por tener que acompañarla dejaba claro que había algo en Kalasgarde a lo que no quería enfrentarse. Una nueva oleada de indignación se apoderó de ella. Aquel hombre no le contaba nada.

Silla volvió la mirada hacia Runný.

—¿Los dos sois galdra?

—Eres sutil como un trueno, ¿eh? —dijo Runný entre risas.

A Silla se le encendieron las mejillas, pero su hermano se encogió de hombros.

—Pues a mí me gusta. Sin jueguecitos ni rodeos. Directa y al grano. Todos en nuestra familia somos galdra. Yo soy Destructor de Espadas; mi hermana es una Sabueso Oscuro; nuestro hermano menor, Snorri, empieza a mostrar la intuición típica de los Cinéreos…

—¿Qué edad tiene ya? —le interrumpió Rey.

—Casi doce —refunfuñó Vig—. Y los gemelos dieciséis. Lo sabrías si te dignaras a abrir la correspondencia y…

Runný interrumpió a su hermano.

—¿Ya te ha enseñado Rey sus trucos, Silla?

—No por voluntad propia —rezongó Rey.

A Silla le daba vueltas la cabeza.

—¿Qué significan todos estos nombres? ¿ Destructor de Espadas? ¿Sabueso Oscuro? Deduzco que los Cinéreos hacen fuego…

Runný hizo un gesto de fastidio.

—El amigo Galtung no te ha dicho nada, ¿eh?

—Nada de nada.

Runný suspiró.

—Mira que eres predecible, Galtung. Un hombre de hechos, no de palabras. Nunca de palabras. —Señaló a Vig—. Un Destructor de Espadas es un galdra guerrero. Es capaz de hacer estallar cosas. Y los

Sabuesos Oscuros hacemos trucos con la luz y la oscuridad que nos ayudan a mezclarnos con las sombras, a curvar la luz y a moldearla a nuestro antojo. Por supuesto, depende de cada uno, ya que todos somos distintos de una forma más o menos sutil.

Silla guardó silencio mientras asimilaba estas palabras. Destructor de Espadas. Pensó en aquella sensación de zumbido, en Rey y Skraeda, cada uno surcando el aire después de que ella los hubiera empujado. Sin embargo, sus brazos habían emitido esa extraña luz blanca... Seguramente eso significaba que era Cinérea.

—Galdra guerrero —repitió Silla—. ¿Hay otros tipos?

—Sí, también están los galdra de la mente —dijo Vig—. Mientras que los galdra guerreros tienen dones físicos, los galdra mentalistas tienen grandes habilidades en cuanto a memoria y pensamiento. Solaces, Lectores y Tejedores.

Tanta información la mareaba y le entraron ganas de rodear el cuello de Reynir Galtung con las manos y estrujárselo fuerte por no haberle explicado nada.

—¿Y tú, Silla? —preguntó Vig con una sonrisa resplandeciente—. ¿Eres galdra?

—Pues... supongo que sí —admitió. Era extraño decirlo tan abiertamente—. Me estoy adaptando a la idea, pues la he descubierto hace poco.

—¿Hace poco? —preguntó Runný, incrédula—. ¿Has estado viviendo en una cueva en la montaña o qué?

—Algo así —dijo Silla—. Mi padre me dio hojas de skjöld con la excusa de que curaban los dolores de cabeza.

La opresión que sentía en el pecho se extendió por todo el cuerpo y tuvo que respirar hondo. Dioses, ahora no podía pensar en su padre. Se mantuvo firme y prosiguió.

—En cuanto fui consciente de los peligros de las hojas, dejé de tomarlas y empecé a brillar..., y ahora creo que podría ser Cinérea.

Se hizo el silencio tras su precipitada confesión, pero Silla sintió la mirada de Runný clavada en ella.

—¿Entonces no estás cohesionada? Es decir, ¿tu corazón y tu mente están desvinculados?

Silla asintió.

—Es inaudito tener un alumno tan tardío —dijo Runný—. Puede ser un gran reto.

Silla intentó que aquello no la desanimara.

—Me gustan los retos —dijo desafiante—. Cuando quiero algo, soy bastante testaruda.

Rey dejó escapar un largo suspiro.

—Por desgracia, lo sé de buena tinta.

—¿Entonces la llevarás ante la Harpa? —preguntó Runný.

Ante el sutil asentimiento de Rey, Silla frunció el ceño.

—¿La Harpa?

—Una maestra —explicó Rey algo cansado—. Te guiará por el Rito y te enseñará.

Los hermanos se miraron con curiosidad, pero antes de que Silla pudiera preguntar más, Vig clavó su mirada en Rey.

—¿Y tú qué, Galtung? ¿Qué pasa con Istré?

Rey se limitó a mirar fijamente las llamas.

—Si tú también necesitas la casa de acogida es que el poderoso Ojos de Hacha ha sido descubierto. —Como Rey no respondió, Vig siguió hurgando—. ¿Qué? ¿Fueron los klaernar a por ti? ¿Intentaron purificarte el alma en uno de esos pilares?

Rey arrugó todavía más el ceño y Vig continuó:

—En tu carta nos pedías que fuéramos a buscar a Silla a Istré y, sin embargo, aquí estás, bastante al norte de allí. Eso significa...

—Significa que es una larga historia no destinada a tus oídos —le espetó Rey, ignorando deliberadamente la mirada de Silla.

—Porque te crees muy importante, ¿no? —replicó Vig—. Con todas esas actividades secretas...

—¡Basta ya! —exclamó Silla. Tanto Rey como Vig la miraron, sobresaltados—. Es culpa mía que le hayan descubierto.

La mirada de Rey era como un atizador caliente que se le clavaba en la piel.

Por suerte, Vig parecía haber enmudecido.

Armándose de valor, Silla continuó.

—¿No podéis hacer las paces?

—Me temo que ese barco zarpó hace tiempo —dijo Vig—. Sufriré tu presencia en Kalasgarde, Galtung. Cumpliré mi palabra y vigilaré la casa de acogida, pero lo hago por Silla, no por ti.

Con un largo suspiro, Rey se puso en pie.

—No esperaba menos de ti. Me temo que estoy cansado y me voy a acostar. —Y dicho eso, desapareció en la tienda, con lo que Silla se quedó sola con Vig y Runný.

—Qué kunta más irritante —murmuró Vig, dando un largo trago.

—¿Qué pasó entre vosotros? —preguntó Silla—. Intuyo que antes las cosas eran distintas. ¿Erais amigos?

Vig echó otro leño al fuego y lo recolocó con un palo.

—Sí, éramos amigos. Inseparables desde muy jóvenes. Pero él se creyó mejor que nosotros en Kalasgarde y se marchó sin pensárselo dos veces.

Silla apretó los labios en un silencioso gesto de contemplación. En su vida solo había conocido la marcha y la partida, y no comprendía aquel sentimiento.

—¿Y eso es... malo? ¿Lo de marcharse de Kalasgarde?

—Lo es cuando olvidas tus raíces, olvidas de dónde vienes. Éramos como familia, pero él... ¡bah! —Vig agitó una mano en el aire—. No me apetece hablar del tema.

Notó que su mirada se posaba en ella.

—¿Qué relación tenéis? —preguntó—. ¿Sois...?

—No. Este tío ha intentado matarme... ¡dos veces! —Se rio, pero la risa sonó un tanto extraña—. También me ha salvado la vida. Tiene un sentido del honor algo curioso, por así decirlo... —Pensó en cómo la había ayudado a dejar las hojitas de skjöld, en todas las horas que había pasado enseñándola a defenderse. Pensó en cómo había reaccionado ante su galdur con tanto asombro, en cómo le había acariciado con suavidad el interior de la muñeca.

«En realidad sí que estás llena de rayos de sol, ¿no te parece?».

Silla se estremeció, con la mirada clavada en la lumbre.

—Viendo lo visto, me ha ayudado bastante, aunque sus métodos dejen bastante que desear. —Silla pensó en el ciervo vampiro que la atacó; en los rostros de los Azuzalobos mientras ardían. Frunció el ceño—. Supongo que no sé qué relación tenemos. De amistad, quizá.

Vig la escudriñó desde el otro lado del fuego, y a Silla le dio la impresión de que había dicho demasiado.

—Pues más vale que atiendas a mi advertencia —murmuró—. Galtung contempla la amistad en la forma más imprecisa de la palabra. En realidad, solo le importa su causa.

—¿Causa? ¿Y qué causa es esa?

—La de los uppreisna —dijo Runný—. En realidad, «uppreisna» es una palabra antigua para «sublevación». Los que se oponen al rey Ivar. Una red de rebeldes repartidos por todo el reino, que trabajan en común para derrocar al Usurpador.

Silla se mordió el labio, mirándola a través del fuego.

—¿Y cuál es el objetivo de estos... uppreisna?

—Devolver al trono al heredero legítimo —respondió Runný—. Los uppreisna creen que los Volsik son los protectores de Íseldur y que siempre debe haber en el trono alguien de esa estirpe. Sin un Volsik, el reino está desequilibrado y el caos no hará más que aumentar.

De repente, Silla se sintió acalorada y notó que la ropa le apretaba demasiado.

—Ah —consiguió decir—. Y los uppreisna envían a Rey...

—¿Por todo el reino, haciendo proezas de aquí para allá? —dijo Vig con amargura—. Sí. No conozco los detalles, claro, pero lleva años a sus órdenes.

Silla se mordió el labio. «Yo soy una simple espada», había dicho Rey. Así que esto... esto debe de explicar los asesinatos. Los uppreisna habían elegido a las víctimas, y Rey... Rey cargaría ahora con la culpa. Lo tacharían de asesino y lo condenarían a una vida a la sombra. Se le revolvió el estómago solo de pensarlo.

—¿Y vosotros dos? —preguntó a Vig y Runný—. ¿También formáis parte de los uppreisna?

Runný abrió la boca, pero Vig fue quien habló primero.

—Hacemos lo que podemos desde el norte. Han desplazado a los galdra a los rincones más alejados de este reino, y aquí mi familia ha encontrado cierta paz. Pero echamos una mano donde podemos, cuando los galdra lo necesitan. Y nos mantenemos informados de lo que ocurre en el sur.

A Silla le daba vueltas la cabeza con tanta información.

—¿Y tú, Silla del Sur? Buscas una casa de acogida en la que esconderte durante algún tiempo. Y quieres aprender a utilizar tu fuego. ¿Hay algo más que debamos saber?

«Soy Eisa Volsik», pensó, pero la opresión que notaba por dentro la atenazó hasta tensarle todos y cada uno de los músculos. ¿Cómo podía ser Eisa cuando apenas podía arreglárselas siendo Silla?

—Me gustan las gallinas —respondió ella. La fatiga le estaba haciendo mella otra vez.

—Perfecto —dijo Vig jovialmente—. En Kalasgarde tenemos de eso.

—Fantástico —repuso ella.

DOCE

Cabalgaron durante otros tres largos días. Silla los pasó la mayor parte del tiempo en silencio, protegiéndose del frío. El viento era cada vez más gélido, y la nieve de las montañas más baja. Ascendieron por puertos de montaña y recorrieron senderos serpenteantes que se adentraban en valles donde unos lagos de un azul intenso brillaban como joyas. Se cruzaron con pocos animales, pero vieron pruebas de su presencia por todas partes: una huella de zarpa tan grande que solo podía pertenecer a un lobo gigante; la corteza de un árbol arañada por las garras de un oso pardo. Y aunque se encontraron con pocos viajeros en el paso, siempre que ocurrió Silla se bajó la capucha todo lo que pudo.

Al segundo día, Silla sintió un cosquilleo en la nuca que le indicó que algo les observaba. Sin mediar palabra, Rey se quedó atrás, y a ella se le hizo un nudo en el estómago hasta que este volvió a reunirse con ellos casi una hora después. El pelaje blanco de Caballo estaba manchado de sangre negra, pero Rey permanecía impasible. Después de aquello, la sensación de sentirse observados había desaparecido.

A la tercera mañana, subieron por un largo y serpenteante paso de montaña encajado entre imponentes crestas rocosas, con un río que discurría a lo largo del sendero.

—Este paso se llama Svangormr —explicó Vig en voz baja—. Significa serpiente hambrienta en la lengua antigua. En invierno, no se debe hablar más alto que un susurro. Muchos guerreros vocingleros han quedado sepultados bajo una avalancha por estos lares.

—Y, aun así, tú sigues vivo —murmuró Rey en voz baja, lo que, como era de esperar, desató una nueva oleada de discusiones.

A última hora del día siguiente, llegaron a Kalasgarde. La ciudad era mucho más grande y hermosa de lo que Silla había imaginado. Rodeada por un muro de empalizadas de piedra, el centenar de edificios cabía perfectamente en la cuenca del valle y las montañas lo rodeaban como si fueran los muros de una fortaleza. A Silla le llamó la atención la más alta, en cuya cima se veía un destello azul.

—Son terrazas glaciales —murmuró Runný, siguiendo su mirada.

Silla se quedó mirando, maravillada. Capas y capas de terrazas de hielo azul descendían de la montaña como sacadas de un cuento de hadas.

—Esa es Jökull —dijo Runný, señalando las terrazas glaciares—. Su vecina más pequeña es Lanza de Nieve. Mientras que Jökull alberga los numerosos escudos de Sunnvald, Lanza de Nieve guarda su arsenal de lanzas: es una cascada con enormes carámbanos helados.

Mientras cruzaban las puertas de Kalasgarde, la invadió una confusa variedad de emociones. Alivio porque su viaje terminaría pronto. Aprensión por encontrarse en un lugar extraño, rodeada de gente que no conocía. Ansia por conocer a aquella Harpa y aprender a dominar su galdur.

Silla estudió Kalasgarde oculta bajo su capucha. Las casas tenían paredes de madera y tejados de pasto. Pero aparte de eso, presentaban algunas peculiaridades. Por un lado, en muchas de las puertas había marcas, un símbolo que le resultaba conocido y extraño a la vez. Y por otro, cada casa tenía una placa de hierro fijada junto a la puerta. Silla comprendió enseguida que se trataba de restos de ofrendas. Aquellas placas servían de altares. Pero ¿para quién?

Runný se dio cuenta de su interés.

—Los espíritus del hielo han estado intranquilos últimamente —murmuró.

—¿Qué les gusta?

—Prefieren la manteca y la leche fresca de oveja. Pero cuando escasean, se contentan con pan e hidromiel.

Silla frunció el ceño.

—En el sur, las ofrendas se hacen en secreto. ¿No teméis a los klaernar?

Runný se rio.

—Los klaernar no nos molestan mucho aquí arriba. Suben un par de veces al año, si es que vienen, y nuestros aliados del sur nos advierten de su llegada. Creo que Kalasgarde te parecerá bastante diferente del Íseldur que conoces.

—¿Y las marcas de las puertas?

—Runas de protección —dijo Vig, algo receloso—. Ha habido algunos... sucesos inquietantes por aquí.

A Silla se le erizó el vello de los brazos. Abrió la boca para preguntar a qué clase de sucesos se refería, cuando un muchacho gritó.

—¡Vig! —exclamó corriendo hacia ellos. Silla se tapó la cara con la capucha. Rey le había informado de que, mientras estuvieran en Kalasgarde, se hospedarían en la casa de acogida y evitarían la ciudad todo lo posible. Había dicho que, aunque confiaba en los miembros de la uppreisna de la zona, no sabía cómo reaccionarían el resto de los aldeanos cuando aquellos grabados de abedul acabaran llegando a Kalasgarde.

Pero a medida que el muchacho se acercaba, a Silla le costó imaginarlo como una amenaza. Parecía haber visto cerca de doce inviernos y sus grandes ojos marrones se enmarcaban en un rostro pálido, con las mejillas sonrosadas por el viento del norte.

—Buenas, joven Váli —dijo Vig, con alegría—. Supongo que te preguntas por Snorri.

El muchacho asintió. Llevaba una cesta colgada del codo y una capa de pieles sujeta a los hombros con un alfiler en forma de hoja.

—Dijo que me acompañaría a buscar setas de las nieves.

Vig carraspeó.

—Snorri estará metido hasta los codos en mierda de caballo. Durante mi ausencia, ha tenido que ocuparse de mis tareas.

—Muy bien —suspiró Váli, dándose la vuelta.

—Pero no vayas solo, Váli —le advirtió Vig—. Snorri estará libre dentro de unos días. Yo os acompañaré.

Váli dudó un momento y luego asintió. Mientras el muchacho se alejaba, Vig miró a Rey, y luego apartó la mirada rápidamente.

—Como decía, han pasado cosas raras en Kalasgarde. Es mejor que nuestros jóvenes no salgan solos.

Las palabras provocaron en ella una sensación siniestra, pero se dio cuenta de que Vig no estaba dispuesto a decir nada más.

Por fin llegaron a las afueras de la ciudad, cruzaron otra puerta y tomaron un camino que ascendía por la montaña que llamaban Lanza de Nieve. Sin embargo, antes de subir mucho, se desviaron del camino y accedieron a un claro vacío.

—Ya hemos llegado —proclamó Vig con una amplia sonrisa.

—¿Qué...? —empezó a decir Silla, pero sintió como si algo le oprimiera la piel. Y, de repente, como si mirara a través de la superficie vidriosa de un lago, apareció una casita—. ¿Qué ha sido eso? —preguntó parpadeando.

—Un truquito de mi hermana —dijo Vig alegremente—. Ha curvado la luz para disimular la zona. Las barreras se extienden hasta los bordes de este claro, así que puedes salir al exterior sin que te vean.

—Impresionante —murmuró Rey, con la mirada fija en Runný. La chica se encogió de hombros, pero por la curvatura de sus labios se intuía que estaba contenta—. ¿Cuándo aprendiste a afianzar el galdur?

—El año pasado. Aunque solo funciona con cosas fijas.

Silla examinó la casa de acogida. Hecha de vigas de madera desgastadas y rematada con un tejado verde, las ventanas estaban cubiertas con pieles de animales. Detrás de la casa había un par de dependencias: un retrete y un pequeño establo perfecto para los animales. Y algo más lejos, un arroyo atravesaba el claro y desaparecía en el bosque.

Mientras Silla examinaba el bosque, un brillante destello azul le llamó la atención. ¿Sería un espíritu de hielo? Parpadeó varias veces y concentró la mirada, pero solo vio árboles cubiertos de liquen y arbustos ralos.

Se presionó los ojos con las manos. Estaba claro que había estado cabalgando demasiado tiempo.

Desmontaron y ataron los caballos. Vig buscó en su alforja una llave de hierro con la que abrió la puerta de la casa, y Silla entró detrás de los guerreros. Era pequeña y oscura, con un único hogar rectangular en el centro de la habitación y un caldero colgando de una cadena sobre él. A un lado de la estancia había una mesa y bancos, y al otro, armarios y estanterías. Una cortina separaba un espacio para dormir al fondo de la habitación del resto, y ya está; esa era toda la casa.

—Esto..., no esperábamos a dos personas —dijo Vig—. Enviaré a Snorri con más pieles y heno para los caballos. —Hizo una breve pausa—. Madre ha reunido provisiones en la granja, así que no hace falta que vayáis al pueblo. Sabemos que quieres mantener oculta tu presencia, pero madre subirá a verte, Galtung.

Y dicho eso, Vig y Runný se marcharon. La puerta se cerró con un chasquido y Silla se quedó mirando a Rey con inquietud. Tras los acontecimientos de las últimas semanas, no sabía cómo comportarse con él. Le costaba aceptar que era el asesino que merodeaba por el Camino de Huesos. Pero no dejaba de oír sus palabras en la cabeza.

«Yo soy una simple espada».

No le gustaba lo más mínimo, pero saber que había una razón detrás de los asesinatos —que no eran aleatorios— la tranquilizaba hasta cierto punto.

En el reducido espacio de la casa, parecía aún más grande. Sin embargo, la postura de los hombros y el ceño fruncido le indicaban que prefería estar en cualquier parte del reino antes que aquí.

—No es gran cosa —murmuró él, lanzándole una mirada. Con aquel pequeño gesto, no parecía él mismo, estaba casi cohibido. Y a Silla le entraron ganas de tranquilizarlo.

—Me recuerda a… —los hogares en los que había vivido con su padre, quiso decirle, pero se dio cuenta de que no podía. Movió una mano al lugar de su pecho donde solía llevar el frasquito y la apartó rápidamente—. Es más que suficiente.

Sin mediar palabra, Rey salió y volvió al rato con un montón de leña. Tras colocarla en el hogar, utilizó su galdur para encender el fuego.

—Y pensar que todo este tiempo has ocultado una habilidad tan útil.

La miró sin expresión alguna.

—La cama es tuya. Yo dormiré en un banco.

—Rey… —empezó a decir, pero él giró sobre sus talones y salió por la puerta.

—Volveré tarde —dijo por encima del hombro mientras se subía a Caballo. Y se marchó dejándola sola en aquella casa de acogida.

Sentada en el banco, Silla se calentó las manos en el fuego de la hoguera. Inspiró y exhaló lentamente. Una casa de acogida. Lo había conseguido.

Después de tanto huir, por fin podía parar y descansar. ¿No era eso lo que había anhelado durante tantos años? Esperaba que el vacío que sentía en el pecho se llenara de algo, de lo que fuera. Pero el júbilo que había esperado durante tanto tiempo no llegó.

En su lugar, solo había más vacío.

LO QUE MAL EMPIEZA MAL ACABA.

Rey no podía pensar en otra cosa mientras contemplaba las aguas cristalinas del lago Kalasgarde. Silla y él habían empezado con mal pie. Tendría que haber sido capaz de ver con nitidez los hilos del destino, debería haber sabido cortarlos de inmediato.

Ahora Ilías dormía bajo tierra y la Hermandad del Hacha Sanguinaria estaba hecha pedazos. Y encima esto.

Rey estaba en Kalasgarde, otra vez. A medida que el frío le calaba en los huesos, también fue consciente de esto. Había luchado con valentía, llevaba huyendo desde hacía mucho tiempo.

Pero el destino le había traído de vuelta de todos modos.

Cenizas, cómo aborrecía estar aquí. Cada mísera cima, cada recodo de la dichosa carretera, cada rostro extrañamente familiar con el que se habían cruzado en el pueblo: todo eran recuerdos dolorosos como una punta de sílex clavada en la piel.

Aquí le conocían como Rey Galtung. En otro tiempo había sido una parte esencial de la comunidad. Ahora era un forastero.

Rey había luchado mucho para convertirse en Ojos de Hacha; se había empleado a fondo para enterrar a Galtung junto a Kristjan y sus padres. Se había convertido en Bjarg, la palabra de la lengua antigua para designar la roca. Se había hecho a sí mismo inamovible e impenetrable. Pero tendría que haber sabido que incluso las rocas pueden resquebrajarse si se les aplica la fuerza suficiente.

Había vuelto. A. Kalasgarde.

A medida que la temperatura descendía, su miseria no hacía más que aumentar. Este no era su plan. El plan había sido ir a Istré y luego a Kopa para recibir más instrucciones. Pero no esto. No Kalasgarde.

Todo había quedado tan hecho añicos que le costaba encontrar los fragmentos para recomponerlo. Rey se había pasado años picando piedra para tener acceso a Magnus Hansson, había proporcionado muchísima información a los uppreisna e innumerables mentiras al Devoracorazones. Y ahora… ahora eso no solo se había echado a perder, sino que era posible que todo el reino conociera pronto su secreto.

¿Y ahora qué?

«¿Y ahora qué?».

Al despertar las auroras, los cielos se tiñeron de pinceladas verdes reflejadas en el lago que había debajo. Con amargura, Rey se levantó y se dio la vuelta.

El aleteo amortiguado de unas alas lo hizo detenerse. No mires. Pero se sintió impotente ante su atracción. Levantó la mirada y allí estaba: unos ojos negros insondables, un rostro blanco fantasmal y unas plumas leonadas con puntas negras.

La lechuza.

Mientras miraba fijamente a la criatura, sintió cómo se abría la herida, cómo se le desgarraban los tendones y los músculos, cómo se le partían los huesos. Volvió a sentir aquel tormento, un dolor tan intenso como el del día en que enterró a Kristjan.

—Joder —murmuró.

La lechuza ululó con suavidad y el hechizo se rompió. No podía hacerlo. No podía estar aquí.

Se obligó a apartar la mirada. Bajó la colina con dificultad. ¿Por qué había venido aquí, justamente? Mirara donde mirara era como presionar sobre un moratón, pero esto… esto era una herida abierta y en carne viva, el dolor era tan brutal que le dolía hasta respirar.

Era hora de volver a casa.

¿A casa? Aquella casa de acogida no era ningún hogar. Era una celda.

Y así, regresó a su prisión.

La cabaña estaba oscura y en silencio cuando se acercó, pero a la luz de las lunas gemelas, Rey vio el símbolo garabateado en la puerta. Silla había dibujado la runa de protección con ceniza. Fue verla y apretar los dientes por la punzada de odio que sintió hacia sí mismo. No debería haberla dejado aquí, sola, en un lugar que no conocía.

«Puedes hacerlo mejor», pensó cruzando a trompicones la puerta y entrando en la oscuridad. El hogar se había consumido y la cortina estaba echada. Rey se quedó mirando la cortina, preguntándose si tendría suficientes pieles; el remordimiento le sabía amargo.

Curiosamente, no había ni rastro de víveres. Al parecer, la madre de Vig, Gyda, no había venido. ¿Habría encontrado Silla comida y agua en las alforjas? ¿Habría pasado miedo al ver que no regresaba?

Mientras Rey se acomodaba en el duro banco y se tapaba con una piel, juró que mañana sería otro día; mañana lo haría mejor.

TRECE

Askaborg, Sunnavík

Saga se obligó a ralentizar sus ansiosos pies mientras recorría velozmente el salón de la chimenea. Era un agradable día de finales de verano, y por las ventanas entraba una luz brillante que proyectaba sombras profundas tras las columnas.

Saga se metió una mano enguantada en el bolsillo y agarró la pequeña lata. No se podía creer lo que estaba a punto de hacer. Tras conocer los nuevos planes de Signe y Alfson, había estado muy ocupada. Con suma prudencia, había indagado en el papel de lady Geira en el séquito de la reina y había confirmado que la mujer era la escriba de Signe.

Había sido una revelación muy satisfactoria, porque seguramente los aposentos de lady Geira estarían mucho menos vigilados que los de la reina. Tal vez por eso la reina confiaba en Geira para que escribiera sus cartas conspiratorias; había menos miradas indiscretas.

Había tardado un día en urdir un plan y se había pasado dos estudiando libros de botánica y desenterrando bulbos de luna del solárium en plena noche. Había tenido que calcular bien los tiempos para evitar a los guardias que patrullaban por ahí, y en dos ocasiones se creyó descubierta. Sin embargo, había entrado y salido sigilosamente del solárium sin que la vieran, antes de pasarse horas triturando los malditos bulbos y recogiendo todos los trocitos fibrosos. La pasta había tardado otro día entero en secarse del todo hasta convertirse en un polvo transparente.

En total, significaba que a Saga le quedaban tres días para conseguir el cuño de cera de la reina y una muestra de la letra de lady Geira. Con esas dos cosas podría falsificar las instrucciones de la reina para los Azuzalobos y ganar tiempo para Eisa. Pero si la estratagema de hoy no funcionaba, no sabía qué otra cosa podría hacer.

Había repasado el plan mil y una veces. Entre las horas que se pasó moliendo la pasta de raíz de luna, se había reunido diligentemente con la reina y sus sirvientas, y había intentado usar su Sentido para averiguar cualquier novedad sobre Eisa. Pero Signe casi nunca estaba sola, y había sido imposible escuchar sus pensamientos con tantas personas alrededor.

Había procurado sentarse junto a lady Geira para mostrar interés por ella. Hasta el momento, sabía que Geira era la más devota del grupo; sabía que le gustaba cantar y que tenía una colección de figuritas talladas en huesos de oso. Como amante del arte, Saga había expresado su interés por ver la colección y, para su gran deleite, Geira había mordido el anzuelo.

Saga entró en un piso de techos altos, con grandes pasadizos abovedados que se ramificaban en direcciones opuestas. A la izquierda estaba el ala este de Askaborg, donde se alojaban Geira y su esposo, el Alto Gothi, mientras que el pasadizo de la derecha llevaba a la sala de la guarnición.

Se dirigió hacia el ala este, pero se detuvo al oír el choque del acero. De improviso, se fue derecha hacia las puertas dobles que daban al campo de combate. Se asomó por la ventana y vio a un grupo numeroso de klaernar que vestían de negro.

Al cabo de un momento, la multitud se separó y lo vio. La luz captaba un hilillo de sudor en la frente de Kassandr Rurik, cuyo pelo ondulado parecía húmedo. Ataviado con la misma armadura, empuñaba una espada en cada mano, pero no llevaba escudo. Tenía los ojos verdes concentrados con una intensidad feroz cuando su oponente klaernar se abalanzó sobre él, y este bloqueó un golpe de espada con las espadas dobles.

Los hombres se rodeaban el uno al otro; Rurik era ágil y de movimientos fluidos, mientras que su oponente parecía envuelto en una pesada cota de malla. Cuando el klaernar blandió su espada con fuerza, Rurik la esquivó con facilidad y con una sonrisa cada vez más pronunciada. Perpleja, Saga observó cómo se rodeaban otra vez. Rurik se mostraba paciente y no apartaba la mirada de su oponente. El klaernar, en cambio, se enfurecía cada vez más, y agarraba con más fuerza la empuñadura de su espada.

Le estaba provocando.

En efecto, el guerrero klaernar se lanzó sin miramientos contra el lord zagadkiano, en un movimiento que hasta Saga percibió como descuidado. Y entonces Rurik dio el golpe de gracia. Con una elegancia y velocidad desconcertantes para un hombre de su tamaño, se agachó bajo la espada, clavó la empuñadura de su espada en la rodilla del hombre y el hombro en el costado del tipo. El klaernar no tardó en caer al suelo, y Rurik se enderezó, con las espadas orientadas a la garganta de su oponente.

Saga puso los ojos en blanco. ¿Por qué no le sorprendía que aquel hombre provocase a sus adversarios de ese modo?

—¡Rendíos! —gritó el klaernar, lo que arrancó un coro de quejidos de la multitud. Rurik esbozó una sonrisa mientras le ofrecía la mano a su oponente. Incluso desde ahí, veía el brillo travieso de sus ojos mientras contemplaba a la gente.

—¿Quién es el siguiente? —preguntó en un iselduriano muy marcado.

Saga lo tomó como una señal para marcharse y se dirigió rápidamente hacia el ala este, muy lejos de él.

—Soy piadosa —recitó Saga para sí mientras caminaba—. Estoy arrepentida. Anhelo la bendición de Ursir. —La herida del interior del codo le palpitó en señal de desacuerdo e hizo una mueca.

Una esclava de pelo negro con ojeras acompañó a Saga hasta el salón principal.

En contraste con la opulencia de los aposentos de la reina Signe, lady Geira parecía tener gustos mucho más sencillos. La estancia se articulaba en torno a una modesta chimenea empotrada en la pared, delante de la cual había un par de butacas de madera tallada. El suelo de piedra oscura quedaba dulcificado gracias a una alfombra carmesí, y el único atisbo de esplendor eran los braseros dorados que ardían en cada rincón de la estancia.

—Lady Saga está aquí, mi señora —dijo la esclava con una reverencia.

Geira se puso en pie y saludó a Saga con su expresión severa e imperturbable. Llevaba un vestido verde claro con costuras doradas, y el pelo castaño recogido en una trenza tirante.

—¡Unos refrigerios, Valka! —gritó.

La esclava se marchó corriendo y dejó a Saga a solas con la esposa del Alto Gothi.

—Gracias por recibirme —dijo Saga con torpeza. Le era imposible no mirar por toda la habitación. El cuño. Una muestra de escritura. ¿Dónde guardaría Geira todo eso?

—Siéntese, lady Saga —dijo Geira, señalando las butacas cercanas a la lumbre—. Valka sacará las estatuillas enseguida.

Saga se acomodó en una butaca. De mala gana, dejó caer las barreras mentales y se preparó para cualquier pensamiento aborrecible que su Sentido lograra arrancar de lady Geira.

... «Valka ha estado despierta hasta bien entrada la noche», captó en los pensamientos de Geira. «Más vale que las traiga bien puliditas...».

Eso explicaba las ojeras de la pobre esclava. Saga sintió una punzada de lástima porque la muchacha se hubiese visto arrastrada por su plan.

—Estoy impaciente por verlas —dijo Saga, demasiado alegremente. «Deja de sonreír como una hiena», se dijo a sí misma—. ¿Dice que todas están talladas en hueso?

Geira asintió y siguió parloteando sobre la colección. Ella asintió observando la habitación de reojo. Supuso que este espacio era para recibir invitados, no para hacer vida normal, y dudaba que la correspondencia estuviera ahí.

La sierva volvió y sirvió hidromiel en un par de copas de plata que luego colocó sobre una mesita entre las dos.

... «más vale que Valka no haya vuelto a confundir el hidromiel con el enebro», pensó Geira.

—Trae las estatuillas, Valka —ordenó lady Geira en voz alta.

«Por favor», pensó Saga, mordiéndose la lengua.

—Veo que no ha variado el color de su tez —dijo Geira, dirigiendo su mirada penetrante a Saga—. ¿Ha sentido más vigor desde la Gran Ofrenda?

Saga acertó a decir «un poco». Sabía que cuando tuviera el cuño en la mano se sentiría mucho mejor.

Geira frunció los labios.

—Tal vez no le esté rindiendo culto con toda su alma. Ursir sabe cuándo el sacrificio se hace sin devoción y puede negarle la bendición.

Saga tuvo que hacer acopio de todas sus fuerzas para morderse la lengua.

... «todo el mundo sabe que la mala salud se debe a que el cuerpo se purga de la maldad», pensó lady Geira, dándole un sorbito a su hidromiel. «La muchacha debe de tener mucho mal que eliminar...».

Por suerte, la sierva regresó en ese momento y dejó sobre la mesa una bandeja con las estatuillas de marfil.

Huesos e hidromiel... No era lo que llamaría el maridaje más apetecible, pero fingió una mirada de asombro. Dejó la copa y tomó la figura más grande de todas. Una réplica de Ursir le gruñía desde el interior del hueso pulido.

—Qué maravilla.

—Esta es de Norvaland —explicó Geira, con una insólita sonrisa en los labios—. Está tallada a partir de los huesos de un sacrificio hecho en el Despertar de Primavera.

—¿De qué... tipo? —preguntó Saga, intentando no pensar en la pobre víctima de la más sangrienta de las fiestas ursinianas.

—De un oso cavernario, según me dijeron. Una raza poco común.

... «Y portador de abundantes bendiciones», pensó Geira.

Saga dejó la estatuilla en la mesa, se metió una mano enguantada en el bolsillo y aflojó la tapa de la lata. Con la otra mano, seleccionó una estatuilla más pequeña de brillo amarillento.

—¿Y esta?

—Un regalo de la esposa de un gothi de Urka —respondió la mujer con orgullo—. Nos hemos escrito muchas cartas a lo largo de los años, y me envió esto como muestra de amistad. El tinte amarillo se debe al paso del tiempo, pero me parece muy vistoso. Da la impresión de que Ursir está bañado en luz dorada.

Saga asintió y sumergió los dedos en el polvo translúcido.

—Esta es antigua —dijo sacando la mano del bolsillo para sostener la estatuilla a la luz—. ¿Ve este surco de aquí? —Con los guantes recubiertos de polvo le rozó el hocico al oso—. Seguro que en su momento estuvo pintado de negro. Carbón vegetal, sospecho, o quizá un tinte botánico. Y aquí —Saga rozó el lomo del oso— se aprecia el tenue entrelazado.

—¿En serio? —preguntó Geira, tratando de alcanzar la estatuilla. Saga contuvo una sonrisa cuando los dedos desnudos de la mujer entraron en contacto con el hueso pulido y lo acercó a la luz del fuego, tratando de ver una trama que no estaba ni había estado nunca allí.

Saga volvió a poner la tapa de la lata en su sitio y se limpió los guantes empolvados por dentro del bolsillo. Se recordó a sí misma que debería quemar el vestido antes de que acabara el día.

Los minutos siguientes transcurrieron a un ritmo muy pausado. Saga seguía con la mirada cada movimiento de los dedos de Geira: se rascaba la nariz, se pasaba un mechón de pelo por detrás de la oreja. Pero cuando Geira llevó la mano al collar de llaves y tocó distraídamente el cordón —de arriba abajo, de abajo arriba—, Saga contuvo el aliento.

Los segundos pasaron mucho más despacio de lo que Saga creía posible. Y cuando Geira cogió la décima —¿o era ya la undécima?— talla, la preocupación se apoderó de ella. ¿Y si había arrancado la planta equivocada? ¿Y si había leído mal la fórmula? ¿Y si había perdido cuatro días y todo había sido en vano? La perspectiva de salir de aquella sala con las manos vacías le daba ganas de llorar.

Pero cuando Geira cogió su copa, Saga lo vio: un leve rubor rosado que se extendía desde las yemas de los dedos manchados de tinta de la mujer. Al cabo de un minuto, se había extendido por el dorso de las manos y le brotaba en la nariz. La mujer se rascó distraídamente al principio, luego con más vigor. Y pasado un minuto más, las ronchas hicieron acto de presencia.

—¡Oh! —exclamó Geira, pasándose un pulgar por el dorso de la mano—. Por la zarpa de Ursir, ¿qué es esto?

«Su cuerpo, que está expurgando el mal», pensó Saga, con demasiado entusiasmo.

—¡Ay, dioses, lady Geira! —exclamó Saga, poniéndose en pie de un salto—. ¿Voy a buscar a Valka?

Geira se tiró del cuello del vestido, haciendo una mueca de dolor allí donde rozaba con los collares.

—¡Ay, cómo escuece! —exclamó la mujer, tirando con más fuerza.

Empezaron a salirle ampollas, con tamaños que iban de un pinchacito de alfiler hasta de la uña más pequeña de Saga, todas llenas de un líquido transparente.

—¿Qué clase de maldición es esta? —exclamó Saga, quizá con demasiado ardor—. ¿Qué es esta inmundicia?

Geira torció el rostro en una expresión de puro horror.

... «Ursir, oh mi amado Ursir, ¿qué he hecho para contrariarte?», pensó la mujer. Toda ella se sacudió y sufrió espasmos, como si intentara escapar de su propia piel.

—¡Me muerde! —gritó tirándose del escote.

—Permítame que la ayude con los cordones —sugirió Saga, con la mirada fija en los collares.

—¡Quítemelo! —chilló Geira—. ¡Ay, Ursir, sálvame!

Ursir no está aquí ahora, pensó Saga con malicia. Corrió a colocarse por detrás de lady Geira y empezó a desatarle los cordones.

—Un momento, lady Geira, y pronto sentirá alivio. Pero ¿qué habrá podido causar algo así? —Geira se retorcía, aullando de dolor—. Tiene el aspecto de viruela.

«¡Lo dudo muchísimo!», pensó Geira desesperadamente. «Ay, Ursir, pero ¿qué he hecho? ¿En qué te he fallado?».

Desatándole por fin los lazos y cordones, Saga le abrió la espalda del vestido, pero le habían salido marcas allá donde la habían rozado los collares.

—Por la Garra Sagrada —murmuró Saga—. Lady Geira, deje que le quite los collares. Esas ampollas parecen a punto de reventar.

—¡Pues fuera! —gritó Geira, dando tirones a aquellas ataduras. Saga cogió los collares, se los quitó por la cabeza y se los metió hábilmente en el bolsillo.

Justo entonces entró Valka con una bandeja llena de tortitas recién hechas.

—¿Dónde estabas? —bramó la mujer, y la sierva dio un respingo.

—¡Mi señora! —exclamó Valka—. ¿Qué le ha ocurrido?

Pero a Geira no le alcanzaban ya las palabras y se agitaba como una posesa. La mesa se volcó, y el hidromiel y las estatuillas de hueso cayeron en tropel.

—Lo que sale de su cuerpo es pura putridez —gritó Valka, aumentando la angustia de Geira—. ¡El dios Oso la ha castigado!

... «pero si he sido devota», pensó Geira. Se le reventó una ampolla; el líquido se escurrió por su piel y la hizo aullar.

—¡Un baño! —anunció Saga, con su tono más firme—. La señora debe darse un baño de leche caliente. Ponle miel y lavanda para calmarle la piel. —Con una palmada, Valka salió corriendo en busca de los materiales.

—Tranquilícese, lady Geira —la consoló Saga, entrelazando un brazo con el suyo. Como llevaba un vestido largo y las manos enguantadas, Saga no tenía la piel muy expuesta, pero aun así tuvo mucho cuidado para no tocar los dedos de la mujer—. Vamos. Deje que la acompañe a sus aposentos, donde podrá descansar.

—P-pasillo —dijo Geira sin aliento y apoyándose en ella.

Saga la llevó por el pasillo, susurrándole palabras de ánimo mientras miraba por cada puerta que pasaban: una segunda sala, una habitación, un estudio. Escritorio. Armarios. Taburete y baúl. Fue un visto y no visto, pero Saga exhaló bruscamente. Tenía que ser eso.

—¡Por aquí! —dijo Valka, corriendo tras ellas.

—Un baño de leche —repitió Saga. No quería que la mujer quedara desfigurada para siempre.

—He avisado para que vayan calentando el agua, mi señora —dijo Valka—. De momento le aplicaremos una compresa fría.

Juntas colocaron a Geira en la cama, mientras la mujer se rasgaba el vestido, suplicándole a Valka que se lo quitara.

—Yo me encargo, mi señora —le dijo Valka, acompañando a Saga a la puerta.

—Por favor, mantenme al corriente de su estado de salud —le pidió Saga, poniendo su mejor semblante de preocupación.

Con una rápida inclinación de cabeza, Valka cerró la puerta y Saga se quedó sola en los aposentos de Geira, con los collares de las llaves en el bolsillo.

No perdió el tiempo y fue corriendo al estudio; la emoción le fluía por las venas. Una vez allí, se obligó a bajar el ritmo y estudiar la habitación con calma: altos ventanales de cristal y unas gruesas cortinas descorridas; varios armarios alineados en una pared; un escritorio macizo en el centro. Encima del escritorio había una superficie inclinada para escribir, en la que había pergaminos, tinteros y plumas ordenados a un lado; al pie del escritorio había un baúl.

Corriendo hacia las ventanas, Saga se sacó la correa del bolsillo, limpió las llaves y los guantes en la cortina para eliminar cualquier rastro del polvo de raíz de luna. Sentía el corazón desbocado; sabía que no tenía tiempo que perder.

Lo primero que examinó fue el escritorio. El pergamino fijado a la superficie inclinada estaba en blanco, pero por el montón de ceniza que había al lado, supuso que había quemado correspondencia hacía poco. Se volvió hacia el armario y fue introduciendo una llave tras otra en el hueco, hasta que oyó el chasquido delator. Abrió las puertas del armario de par en par y lo que vio la sobresaltó: cientos de pergaminos guardados en pequeños casilleros alargados.

—¡Sapos y culebras! —siseó, mientras sacaba un rollo. No había pergamino exterior, ni indicios de sello real, pero lo desenrolló por si acaso.

El Oso es la encarnación del Padre, el Esposo, el Hijo, el que debe ser adorado y obedecido...

Aquello le bastó para saber que eran los escritos del Alto Gothi. Resistiéndose al instinto de prenderle fuego, volvió a enrollarlo y lo introdujo de nuevo en el armario. Recorrió con la mirada las hileras de pergaminos. No había otra cosa que hacer que examinarlos.

Sacó un pergamino tras otro, con el corazón en un puño, porque los minutos iban pasando y no había rastro alguno de sello real. Tras volver a colocar el último pergamino en su sitio, miró en el baúl. Solo había libros. Frenéticamente, rebuscó en su memoria. ¿Se habría equivocado? ¿O lady Geira utilizaba otra habitación para escribir las cartas de la reina?

—¿Dónde está? —oyó que decía una voz masculina al otro lado de la puerta.

Saga se quedó helada y se le erizó el vello de la nuca. Por desgracia, conocía demasiado bien aquella voz: pertenecía al Alto Gothi.

—¿Qué le ha ocurrido? —preguntó, y Saga soltó un suspiro. Hablaba de lady Geira, no de ella, gracias a los dioses. Las pisadas fuertes del Alto Gothi resonaron por el pasillo, pero, al poco, se detuvieron—. ¿Por qué está cerrada esta puerta?

El pánico se apoderó de Saga, pero, por suerte, supo canalizarla y entrar en acción. Se zambulló detrás de los cortinajes y pegó la espalda a la pared. Notaba el palpitar de la sangre en los oídos mientras contenía la respiración.

La puerta se abrió con un chirrido. Oyó unos pasos que entraban en el cuarto. Y el frufrú de la túnica del Alto Gothi... Y cada vez que respiraba.

Le sudaba la frente, pero no se atrevió a secarse el sudor. Seguro que el hombre podía oír el ritmo vertiginoso de los latidos de su corazón. Seguro que descorrería las cortinas y descubriría su escondite.

Con el pecho en tensión, Saga empezó a recitar mentalmente las salidas.

La puerta por la que había entrado.

La ventana.

Y nada más.

Darse cuenta de eso no la tranquilizó lo más mínimo. Intentó ralentizar la respiración, pero solo conseguía dar rápidas bocanadas de aire. Dioses, necesitaba volver a la seguridad de sus aposentos...

La llamada lejana de Valka hizo que el Alto Gothi se diera media vuelta a regañadientes. Luego se fue y dejó a Saga sola, una vez más, en el estudio.

Los latidos de su corazón eran ensordecedores. Se había librado por muy poco. No podían descubrirla ahí. Las lágrimas le ardían en la garganta y se vio obligada a decidir: quedarse y arriesgarse a que la pillaran o marcharse y volver otro día. Tres días; aún le quedaban tres días, pero si la descubrían en esta habitación, se habría acabado todo. La castigarían y ya no podría ayudar a Eisa. Con una exhalación temblorosa, salió de detrás de las cortinas y se dirigió hacia la puerta.

Un zapato se le quedó trabado en la alfombra y tropezó. Se enderezó y se giró. La alfombra se había doblado sobre sí misma y había dejado al descubierto un tablón en el suelo un pelín más alto que los que tenía alrededor. Se agachó y recorrió los bordes con las manos. Una esquinita se hundió con un suave chasquido. Y, entonces, se levantó el tablón entero y vio un hueco oculto.

Cuando Saga metió la mano en el compartimento y sacó un pergamino fue como si el tiempo se ralentizara. Le dio la vuelta, frustrada por la falta de sello. Pero cuando vio el nombre, quiso gritar de alegría. Estaba dirigido a Signe. Lo desenrolló y empezó a leer:

Hemos desvelado el misterio que se ocultaba tras los malos resultados obtenidos hasta la fecha. Al parecer, las muestras estaban contaminadas. Un sujeto ha confesado haber dejado entrar en la sala a una mujer pelirroja hace tres meses. Creemos que fue Skraeda Lengua Astuta quien le convenció, y que esta se apoderó de nuestras reservas más potentes. Como no iría bien aseada, se produjo la contaminación. Hemos tardado dos meses en dar con el problema.

Convendría enviar a Manto Negro tras Lengua Astuta y acelerar los tiempos. Svaldrin puede estar en peligro.

Atentamente,

Maestre Lekka

Se volvió hacia el montón de pergaminos.

A diferencia de la letra pequeña y compacta que había visto en los pergaminos del Alto Gothi, esta caligrafía era elegante. Tenía que ser la letra de lady Geira. Miró hacia la puerta abierta y tragó saliva. Y luego leyó:

UN DESPERTAR URSINO, PARTE 3

Me adentro en el bosque, descalza y cubierta con una piel de lobo, como me pidió Ursir. Me martillea el corazón y tengo miedo, pero sé lo que debo hacer. Soy un sacrificio. Me ha elegido Él. Y ahora avanzo voluntariamente...

Saga arrugó la nariz y le dio la vuelta al pergamino. Dioses, continuaba durante varias páginas más.

...me entrego a él, y me deposita sobre el suave musgo, desenvainando su robusto báculo. Ursir me penetra y no soy más que sensación. Una criatura de dolor y placer. Su apetito es fervoroso, sus movimientos rápidos, y entonces el dios Oso echa la cabeza hacia atrás y ruge a los cielos...

Saga no sabía si reír o llorar. Aquello era devoción a otro nivel, un nivel muy distinto. De mala gana, se metió la historia de Geira en el corpiño: una muestra de caligrafía era una muestra de caligrafía. Aunque la mujer se diera cuenta de que faltaba una página, dudaba mucho que se arriesgara a la humillación de recuperarla. Pero la carta a Signe... si esa misiva desapareciera, Geira seguramente tendría que informar a la reina.

Tras un momento de vacilación, Saga volvió a introducir la carta de Lekka en el hueco, y su última y desesperada esperanza se desvaneció cuando buscó el cuño. No estaba allí.

Tras volver a colocar el tablón en su sitio y alisar la alfombra, salió corriendo del estudio y cruzó el pasillo.

Oyó la voz del Alto Gothi desde el dormitorio.

—Iré a por una copa, esposa. Una sacrificio más purgará el mal de tu sangre.

Si fuera mejor persona, tal vez sentiría una pizca de lástima por la mujer. En cambio, solo sintió una perversa sensación de justicia. Al llegar al salón, se sacó los collares de lady Geira de los bolsillos y los lanzó al caos que había en el suelo.

Y acto seguido, se escabulló de los aposentos y echó a correr por el pasillo.

Notaba la rigidez del pergamino en el pecho, pero mientras corría por el ala este de Askaborg, la invadió la preocupación.

El cuño de sellar no estaba allí. Y ahora solo faltaban tres días para que enviaran el aviso al norte.

CATORCE

Kalasgarde

Silla y Rey ascendieron por un sendero serpenteante entre pinos trémulos hasta Lanza de Nieve. A pesar del sol de la tarde, el aire era muy fresco. Silla iba sentada sobre Parda, como ya se había aficionado a llamar a su yegua, y una correa la conectaba a la montura de Rey: era necesaria para hacer avanzar a la terca bestia.

Mientras cabalgaban, Silla no podía contener su entusiasmo.

«Te llevaré ante una maestra de galdra», le había dicho Rey antes.

Silla sonrió para sus adentros. Estaba impaciente por empezar su nueva vida como galdra, por aprender lo que llevaba dentro y dar el primer paso para rescatar a Saga. No sabía muy bien cómo lo conseguiría, pero estaba decidida a trazar un plan.

Mientras subían hacia Lanza de Nieve para reunirse con la maestra, la nieve espolvoreaba todo el suelo circundante. Nieve..., aunque hacía apenas un mes que había llegado el verano.

—Es temprano —murmuró Rey como si le leyera el pensamiento.

Temprano, como si fuera otro largo invierno. Silla trató de contar cuántos llevaban ya: tres, y cada vez llegaba antes. Sería otra estación de malos cultivos.

A su alrededor reinaba el silencio y la quietud, pero, por dentro, Silla sentía una energía intensísima: las ganas imperiosas de ponerse manos a la obra.

—Cuéntamelo otra vez —le suplicó a Rey.

—Se llama Harpa. Ella te acompañará por el Rito de Cohesión y te enseñará a expresar y tejer tu galdur.

Silla dejó escapar un largo suspiro y vio cómo se formaba una nubecita en el aire fresco del norte.

—¿El Rito de Cohesión unirá mi corazón y mi mente?

—Sí.

—¿Y entonces podré controlar la luz?

—Con el tiempo.

El hombre tenía un tono brusco y gruñón, y a Silla le entraron ganas de burlarse de él.

—Entonces puede que te dé otra tunda —dijo ella.

—Inténtalo —gruñó Rey.

—Así me ganaré un puesto en alguna banda —continuó—. El apodo de Mano del Martillo no me parece del todo adecuado para mi habilidad. Silla frunció el ceño—. Quizá sería mejor Silla la Sagaz. O Silla la Salvaje.

—Silla la Susurradora de Piedras —murmuró Rey.

—Eso fue solo una vez —replicó ella, recordando la mirada horrorizada de Rey después de que se hubiera disculpado con una piedra con la que había tropezado—. Cuéntame más cosas sobre Harpa. ¿Cómo va eso del Rito? ¿Cuánto dura? ¿Y de qué conoces a Harpa?

—Le vas a encantar.

—¿Alguna vez das información por voluntad propia? —preguntó ella con brusquedad. Parda resopló y sacudió la cabeza, inquieta—. Lo siento, tesoro —la arrulló, acariciándole la brillante crin negra. Pero el caballo agachó la cabeza y Silla retiró la mano, tragándose la decepción.

—Ya hemos llegado —refunfuñó Rey—. Pronto todas tus preguntas tendrán respuesta.

Rey los hizo salir del sendero, serpenteando entre los árboles hasta que un claro amplio y vacío se extendía ante ellos. Había un batiburrillo de estaciones en un mismo lugar: plantas y flores silvestres bañadas por el sol asomaban bajo una capa de nieve, mientras que los serbales que bordeaban el terreno mostraban unos vistosos colores rojos y amarillos.

—Aquí es.

—¿Dónde? —preguntó Silla, mirando rápidamente en derredor.

—Parece que Runný también ha lanzado sus protecciones por aquí.

Y, en efecto, cuando llegaron al centro del claro, notó en la piel la presión fría del galdur de Runný. Aquel terreno vacío empezó a vibrar y apareció una cabaña algo destartalada con dependencias dispersas.

—¡Por todas las estrellas del firmamento! —exclamó tras dar un grito ahogado. Cada vez que presenciaba aquella magia tan extraña, recordaba que había todo un mundo del que no sabía absolutamente nada.

Los hombros de Rey subieron y bajaron al respirar profundamente mientras la llevaba hacia la cabaña.

—Me parece que te preocupa algo, Rey. ¿Estás nervioso?

—No.

—Ya —dijo ella con sorna—. Es una pérdida de tiempo para ti... lo sé. Pero tus hombros dicen lo contrario.

Rey desmontó sin contestar y llevó a los caballos a un establo viejo. Silla se quedó mirando los tablones de madera fijados a los laterales del establo, y parpadeó incrédula cuando media decena de pájaros asomaron la cabeza por los huecos.

—Hola —les susurró.

—Esto es nuevo —murmuró Rey al fijarse en los pájaros.

Ella le siguió hasta la cabaña y vio que había varios altares soldados a las desgastadas traviesas de madera y que quedaban restos de ofrendas. Mientras se acercaban a la puerta, examinó las campanillas de viento que la flanqueaban. Eran un montón de huesos pulidos y trozos de madera lisa ensartados en una estructura parecida a una escalera, que repiqueteaban cuando los movía la brisa.

—Es para dar suerte y protección —dijo Rey, siguiendo su mirada. Luego, miró hacia la puerta con una larga exhalación. Silla se removió impaciente mientras esperaba a que llamara a la puerta. Pero se quedó ahí plantado y desprendió un fragmento de madera podrida del marco de la puerta.

—Por el amor de los dioses —exclamó Silla, que se abrió paso y llamó a la puerta.

Pasaron unos instantes antes de que se abriera y se asomara una mujer mayor. Lo primero en lo que se fijó fue en lo llamativo de su pelo: unos rizos muy marcados le rodeaban el rostro y le caían sobre los hombros, eran de un color negro intenso como la medianoche, salvo por dos franjas blancas que le enmarcaban la cara. Lo segundo en lo que se fijó fueron sus ojos, que eran de un ámbar intenso que contrastaba con el color cobrizo de su piel. Era imposible adivinar cuántos inviernos había pasado aquella mujer: podían ser cuarenta... o incluso ochenta. Los únicos indicios de envejecimiento eran las finas líneas que le rodeaban la boca y los ojos.

Silla bajó la mirada. Harpa llevaba un pesado vestido de lana con dos broches dobles; la prenda se ceñía a su cintura con un cinturón de impresionante tejido de tablillas.

La mujer abrió los ojos brevemente y luego los entrecerró.

—Harpa... —empezó Rey.

—No —le espetó ella, cerrando la puerta de un empujón.

Silla contuvo el estupor cuando Rey metió el pie entre la puerta y el marco.

—Espera —dijo—. Harpa, solo te pido un minuto...

—Me he jubilado. —Le dio una patada en el pie, pero no podía con Rey; era imponente.

—Sabes que no acudiría a ti sin un buen motivo —dijo este con los dientes apretados.

—Harpa, te imploro que escuches...

—No, Reynir. Déjame en paz. ¡Rykka!

—Espera —dijo Rey, pero ya era demasiado tarde. El acre olor del cuero quemado se introdujo en sus fosas nasales. Con una palabrota, Rey pasó deprisa junto a Silla, y la nieve siseó cuando clavó la punta de la bota en el suelo.

Como era de esperar, la puerta se cerró de golpe. Silla observó incrédula cómo Rey volvía a la puerta y la golpeaba tan fuerte que la madera se combaba bajo su puño.

—¡Harpa! ¡Abre la condenada puerta!

Los pájaros graznaron detrás de ellos, y Silla sacudió la cabeza.

—Debería haberme imaginado que entre esta mujer y tú había animosidad.

—Solo es testaruda —gruñó, sin dejar de aporrear la puerta—. ¡Harpa! Te juro que esto es importante. Déjanos entrar. —Rey volvió a maldecir—. ¡Tiene intuición de Cinérea y Destructora de Espadas! —bramó a través de la puerta—. Su luz es fría al tacto. Blanca como la luz de la luna.

Tras varios minutos así, Rey se calmó, cruzó los brazos sobre el pecho y se apoyó en la pared.

—Tenemos tiempo, Harpa. Sabes muy bien que no cejaré en mi empeño.

Déjame hablar o prepárate para un día de gritos. —Frunció el ceño mirando la nieve y bajó la voz—. Me lo debes, Harpa.

Silla lo observó con atención. Durante un brevísimo instante, la máscara de Rey se desvaneció, y parecía abatido... un poco perdido, incluso. Algo en el interior de Silla se despertó y gruñó: detestaba esa mirada; quería quitársela de un manotazo y hacer que volviera ese hombre arisco que conocía.

Desde el interior de la casa se oyó un murmullo de voces. Al cabo de un rato, la puerta se abrió y Harpa se plantó en la entrada con los brazos cruzados.

—Cinco minutos —dijo retirándose al interior y dejando la puerta abierta.

Silla siguió a Rey que entró con paso decidido. Examinó el espacio. Al igual que la casa de acogida, era pequeño y sencillo. Sobre el hogar central borboteaba un caldero, y en las paredes colgaban manojos de hojas secas. A la izquierda de la entrada había una mesa gruesa, detrás de la cual había estantes repletos de tazas de barro y tarros de cristal llenos de setas secas, frutos secos y semillas, conservas y mucho más.

Al fondo de la cabaña, Silla divisó un enorme telar de urdimbre, más alto que ella y al menos tan ancho como sus brazos extendidos. Unos hilos rojos y dorados brillaban en un tejido a medio terminar, y unas piedras anudadas a los extremos de los hilos de urdimbre los mantenían tensos.

Harpa y Rey se miraron durante un momento incómodo.

—En mis tiempos, teníamos más respeto por nuestros mayores —refunfuñó Harpa al fin.

—Harpa, te presento a Silla —dijo Rey, con una voz sorprendentemente tranquila—. Necesita un anclaje.

—Es demasiado mayor, Reynir. Ya lo sabes. —La mirada de Harpa era demasiado dura y minuciosa para el gusto de Silla—. ¿Quién es ella?

«Ella», como si Silla no tuviera delante de la anciana y pudiera oírla perfectamente con las dos orejas.

—Encantada, Harpa —dijo con toda la energía que pudo. Extendió el brazo para estrecharle la mano a la mujer, pero Harpa la agarró por la muñeca y tiró de ella hacia delante con una fuerza atroz. Sujetándole el antebrazo en alto, se sacó algo del bolsillo.

De repente, notó dolor en el dedo e intentó retirar la mano, pero

Harpa la retuvo. Una gota carmesí brotó de la yema del dedo, y Harpa se la untó entre las suyas. Parecía haber un pulso en el aire, un sutil cambio en la estancia, y los ojos de Harpa se volvieron de un blanco lechoso. Silla soltó un grito ahogado.

Rey le puso una mano grande y cálida en el hombro.

—No te preocupes.

—Dificultades —murmuró Harpa, con la mirada vacía—. Problemas. Hay gruñidos en el hilo. Enredos. —El profundo color marrón de sus iris volvió a los ojos de la mujer, que frunció el ceño en dirección a Rey—. Has traído peligro a mi puerta, Reynir.

Rey le devolvió la mirada funesta con la misma fuerza.

—¿Quién es? —preguntó una voz desde el fondo de la cabaña. Silla miró a su alrededor, pero no vio a ningún otro ser en la casa.

Harpa entornó los ojos.

—Una Volsik.

—¿Cómo? —exclamó Silla, agarrándose al brazo de Rey para apoyarse.

—Me lo grita tu aura. Una habitación, una niña rubia y el guardaespaldas de Kjartan...

—¿Qué...? Pero ¿cómo...?

—Soy Tejedora —respondió Harpa—. Veo los hilos de tu pasado, presente y futuro. Los tuyos están muy enredados..., muy confusos. —Se volvió hacia Rey—. ¿Cómo has acabado en compañía de una Volsik, Reynir?

—¿Volsik? —preguntó la voz áspera desde un rincón—. Harpa, ese apellido trae problemas. Échala de aquí.

—Rykka —advirtió Rey, mirando algo en el rincón del fondo de la estancia. Volviéndose hacia Harpa, respondió escuetamente—: Se subió a mi carro.

Harpa se llevó la mano a la barbilla, mientras meditaba la respuesta.

—Los tejidos no lo reflejaban —murmuró—. Hilos ocultos a mis ojos..., fisuras en la tela. ¿Cómo se ha escondido? —Sus ojos ambarinos volvieron a posarse en Silla—. Tú no eres Saga. Así que debes de ser Eisa.

Ella se estremeció.

—Soy Silla.

—¡Peligro! —rugió la voz desde el rincón—. ¡Peligro, eso es lo que es!

—¿Qué? —preguntó Silla, dándose la vuelta—. ¿De dónde viene esa voz?

Con la mirada fija en el telar, se percató de que salía una voluta de humo de él. Se sobresaltó y el humo adquirió la forma de una mujer diminuta y con alas. Mientras Silla observaba, la forma de la criatura se hizo menos translúcida, hasta que se volvió oscura como un nubarrón. Y, al parecer, albergaba la misma furia.

Silla jadeó.

—¿Qué es e-eso?

—¿Qué es eso? —repitió la criatura con voz consternada—. No soy un qué. Soy un quién.

—Es Rykka —dijo Harpa, moviendo una mano—. Es un espíritu de humo.

Silla entrelazó las manos y se quedó con la boca abierta.

—¡Cenizas, pero qué preciosidad!

—Ni por asomo —refunfuñó Rey, mirando la puntera quemada de la bota.

Rykka estalló en unas llamas que se apagaron rápidamente.

—No soy ninguna preciosidad. Te quemaré viva.

Silla apretó los labios y asintió con entusiasmo.

—Ah, sí. Estoy segura de que podrías hacerlo.

—Rey —ronroneó Rykka—. Espero que me perdones. Me alegro mucho de volver a verte la cara. —Sus pequeños labios de carbón hicieron un mohín y a Silla se le encogió el corazón.

Rey se frotó la nuca, exasperado.

—¿Eres amiga de los espíritus de hielo? —preguntó Silla.

Rykka se encendió haciendo saltar ascuas a su alrededor.

—¡No me junto con espíritus de hielo! Son unos seres ladinos y traicioneros.

—Pues espero cruzarme con alguno —continuó Silla—. Me pareció ver uno cuando llegamos.

—No te fíes de esas víboras de la escarcha —dijo Rykka—. Son unas criaturas rencorosas. Peligrosas para los mortales. Como te acerques mucho, te morderán esa naricita tan mona que tienes.

Silla frunció el ceño y se palpó la nariz. Tendría que pedirle mantequilla y leche de cabra fresca a aquella mujer, a Gyda, para ofrecérselas a los espíritus de hielo. A ver si la mujer se presentaba esta noche...

—Bueno —dijo Rey, reincorporándola a la conversación—. Ahora ya has oído todo lo que tengo que decir. ¿Cuál es tu respuesta, Harpa?

La anciana se quedó mirando a Rey durante casi un minuto. Silla contó las respiraciones, tratando de calmar su acelerado corazón. Nunca se había planteado la posibilidad de que la maestra de galdra no quisiera enseñarle, pero ahora le invadía el pavor. Si Harpa no quería enseñarle, ¿cómo afectaría eso a sus planes de rescatar a Saga?

—Es demasiado mayor —dijo Harpa al fin—. Su mente es demasiado firme.

—Porque está decidida —replicó Rey.

«Y está aquí mismo», quiso decir Silla, pero tuvo a bien cerrar la boca.

—Y yo soy demasiado vieja —murmuró Harpa.

—Eisa Volsik, Harpa.

Se hizo otro largo silencio en la cabaña. Las brasas crepitaban en el hogar, acompañadas del suave arrullo del caldero hirviendo.

—No puedo —dijo Harpa al final.

A Silla se le hizo un nudo en el pecho y las objeciones se le agolparon en la lengua...

—Decepcionante —murmuró Rey, cogiendo a Silla de la mano y tirando de ella hacia la puerta—. No debería haberme hecho ilusiones.

—Estoy jubilada —protestó Harpa mientras Rey empujaba a Silla hacia fuera—. Tengo que ocuparme de mis tejidos.

—Eso, tus preciosos tejidos —espetó Rey—. ¿Cómo olvidarlos?

Silla lo siguió hasta los caballos; el pánico y la frustración forcejeaban en su interior. ¿De verdad iba a marcharse? Rey agarró las riendas de Parda para mantenerla quieta, y Silla se subió malhumorada a la silla de montar. Esperaba que dijera algo más, que se enfrentara más a Harpa, pero se limitó a subirse a Caballo.

Silla lanzó una mirada por encima del hombro. Harpa los observaba desde la puerta, con los brazos cruzados sobre el pecho. Había incertidumbre en su postura y su mirada era interrogante. Pero cuando Rey espoleó a Caballo y Harpa no dijo nada, la desesperación se apoderó de ella. ¿Y ahora qué iban a hacer?

—¿Puedes hacer tú el Rito de Cohesión? —le preguntó a Rey, con un tono de pánico en la voz—. ¿Puedes enseñarme a usar un poder como el tuyo?

—Espera —murmuró Rey, tan bajo que apenas le oyó.

—¿A qué? —preguntó Silla. Se le llenaron los ojos de lágrimas de frustración. Se suponía que Kalasgarde iba a ser un nuevo comienzo, y las cosas empezaban a torcerse.

—Confía en mí —dijo él.

«La confianza se gana», quiso replicar, pero en ese momento, oyó la voz de Harpa.

—¡Esperad! —exclamó la anciana—. ¡Para, Reynir!

Rey soltó un suspiro y detuvo a Caballo. Oyeron los quejidos de Harpa mientras avanzaba con dificultad por el terreno nevado, ciñéndose un chal sobre los hombros. Por fin, la anciana llegó hasta ellos, y Silla se sintió inspeccionada una vez más.

—Te pareces a él —dijo Harpa—. A tu padre. —Tras un momento, añadió—: El rey Kjartan.

Silla intentó desesperadamente mantener un semblante neutro. Matthias había sido su padre toda la vida, pero ahora era todo un enredo confuso. Antes había habido otro hombre, alguien que había confiado su vida a su guardaespaldas. Al igual que Matthias, uno de los últimos gestos de su padre biológico había sido protegerla.

La pena abrió la jaula y se escurrió por el umbral. Sin embargo, Silla cerró la puerta de golpe y encerró la oscuridad por el momento.

—Tienes los ojos de tu padre, pero el pelo de tu madre —continuó Harpa. Algo se asomó a sus ojos ambarinos. Podrían haber sido mil cosas, pero durante un breve instante, a Silla le pareció que era remordimiento.

—¿Conocías a mis padres?

—Yo les enseñé a los dos.

Se le ocurrieron mil preguntas, pero se obligó a guardar silencio. Harpa se giró hacia Rey, con un aliento que empañaba el aire.

—Lo haré —dijo Harpa— por Kjartan y Svalla. Por Íseldur. —La anciana inspiró hondo. Al parecer, le costaba pronunciar las siguientes palabras—: Y lo haré por ti, Reynir.

QUINCE

Rey bajó la montaña con el corazón más liviano. Había superado un obstáculo colosal. No le contaría a Silla lo mucho que había temido este día. Lo difícil que había sido mirar a aquellos ojos ambarinos que se parecían tanto a los de Kristjan…

Pero ya estaba hecho.

—Ojalá hubiéramos podido hacer el Rito hoy —murmuró Silla detrás de él.

—Harpa no es de las que se precipita —le advirtió—. Hace las cosas a su propio ritmo.

Silla resopló.

—Tengo que aprender rápido.

Rey frunció las cejas.

—¿Por qué?

—Si te lo digo, te reirás de mí.

—Te juro que no.

Se quedó callada un buen rato antes de contestar.

—Es por mi hermana. Está sola, viviendo con asesinos. Tengo que aprender a usar mi galdur para poder liberarla.

Rey gimió para sus adentros. Se habían hecho decenas de intentos, se habían perdido incontables vidas tratando de rescatar a Saga. Pero Silla había sufrido mucho durante las últimas semanas y Rey no se atrevía a sofocar sus esperanzas.

—Hakon —dijo en su lugar—. El jarl Hakon de Kopa es con quien tendrías que hablar.

—Jarl Hakon —repitió ella.

—Cuando se haya enfriado nuestra búsqueda y captura, te llevaré hasta él. Hakon tiene métodos para..., digamos que puede ayudarnos a entrar en la ciudad sin que nos vean.

—Sí —dijo alegremente, para sí misma más que para Rey—. Sí. —Empezó a tararear, y Rey esbozó una levísima sonrisa. Sin embargo, ella se detuvo bruscamente—. Reynir. Harpa te ha llamado Reynir.

Rey frunció el ceño porque sabía lo que vendría a continuación. Dioses, no tendría que habérselo contado.

—Dijiste que Kraki y tu abuela eran los únicos que te llamaban así. ¿Harpa es tu abuela? —Silla se rio con regocijo justo detrás de él—. Ay, ahora te entiendo mucho mejor.

Rey se quejó por dentro: casi podía oír cómo se elaboran algunas de las próximas preguntas.

—¿Te crio Harpa?

Como por instinto, Rey levantó sus muros de protección. Nadie entraba, ya no. Pero sabía que la muchacha era implacable y que estaría atrapado con ella en la casa de acogida durante un tiempo indefinido. Quizá, en este caso, la mejor defensa era responder y seguir adelante. Tomó aire para recobrar la compostura.

—Harpa nos crio a mi hermano y a mí cuando huimos al norte.

—¿Al norte?

Rey intentó no hacerle caso al dolor que sentía en el pecho y hurgó más profundo en el frío e impenetrable rincón de su interior.

—Mis padres nos enviaron al norte en cuanto Ivar desembarcó en Íseldur. Como unos de los más firmes partidarios de Volsik, sabían que si las cosas se torcían...

Se le hizo un nudo en la garganta. «Continúa», se instó a sí mismo. «Dilo una vez y no tendrás que volver a hablar del tema».

—Y no se equivocaban —prosiguió—. Cuando Ivar ocupó el trono, fue a por ellos. Fue a por todos los partidarios de Volsik. —Respiró hondo—. Ivar mató a mis padres. Les rebanó el talón de Aquiles y luego los obligó a entrar en las fosas de Askaborg con los osos que tenía por mascotas. No pudieron huir. Una multitud de urkanos y simpatizantes de Ivar aplaudieron y vitorearon mientras las bestias los devoraban.

De Silla brotó un gemido de congoja y Rey se preguntó si había dicho más de la cuenta. No obstante, no se trataba de ella, ni siquiera de él. Se trataba de aquellos que ya no podían hablar. De los que merecían justicia.

—Ivar reservó sus métodos más viles para los defensores de Volsik —prosiguió Rey—. Lo convirtió en un deporte. Y, aun así, mis tíos conservaron el honor y no huyeron.

—Eras un niño —intervino Silla—. No hay deshonor alguno en huir.

—Mis primos apenas tenían edad para empuñar las armas, pero lo hicieron. Murieron con honor, como cualquiera que llevara una gota de sangre Galtung en las venas. Solo quedamos nosotros dos, y Harpa que nos cuidaría.

El silencio fue tan horrible como las palabras que acababa de pronunciar.

—Lo siento —dijo ella al fin.

—No lo sientas —replicó él, y luego se esforzó por suavizar la voz—. Ahora ya sabes por qué hago lo que hago. Y por qué no puedo ser conformista.

—Ya —dijo ella con suavidad—. Lo sé.

Rey no pudo evitar preguntarse si Silla seguía pensando que era igual que Jonas, un hombre violento plagado de excusas.

Cabalgaron en silencio montaña abajo y la fatiga se iba apoderando de él. No recordaba la última vez que había hablado de sus padres, pero hacía diecisiete años que faltaban. Hacía tiempo que las heridas habían cicatrizado y se habían convertido en piel endurecida y cicatrizada. Su hermano, en cambio, era una herida en carne viva y sin curar, que llevaba supurando todos estos años sin cesar.

Rey decidió que haría lo de siempre: no pensar en Kristjan.

A SILLA YA LE GRUÑÍA EL ESTÓMAGO cuando atravesaron las protecciones de Runný, pero cuando oyó voces en el interior de la casa de acogida, se puso tensa.

—Es Gyda —dijo Rey—. La madre de Vig. Reconozco su voz. —Desmontó y sujetó las riendas de Parda para que Silla bajara de la yegua.

A regañadientes, lo siguió hasta el luminoso caos de la casa, parpadeando varias veces ante el asombro. El olor a comida recién cocinada hizo que se le revolviera el estómago de hambre. Había seis personas apiñadas en aquel pequeño espacio: Vig apoyado en la mesa mientras un par de chicos igual de desgarbados se revolcaban por el suelo, en un amasijo de codazos y puños voladores; Runný sentada en un banco, haciéndole una trenza de coronilla a un chaval más joven, y una mujer mayor que removía el caldero y chillaba por encima del hombro a los chicos que se peleaban.

—¡Rey! —exclamaron los chicos, que olvidaron su trifulca y se abalanzaron sobre él. Este absorbió el impacto con un suave gruñido y se quedó mirándolos con asombro.

—¿Quién de los dos es Haki y quién es Haddi? —preguntó—. Ay, dioses, cuánto habéis crecido.

—¡Apartaos, chicos! —vociferó la mujer—. Rey Galtung. Ven aquí, hombretón.

Con la respiración entrecortada, Rey se soltó de los gemelos y se acercó a la mujer, que Silla supuso que era Gyda. Llevaba un grueso vestido de lana rematado con broches y era alta y robusta. Sin titubear, estrechó a Rey en un abrazo asfixiante. Silla observaba la escena divertida. Esta era una faceta totalmente nueva de Ojos de Hacha.

Silla examinó el cabello de la mujer. Era negro con mechones grises y lo llevaba en un montón de trencitas adornadas con cuentas y aros de plata.

—Ella es Silla —dijo Rey en cuanto Gyda lo soltó.

Silla forzó una sonrisa y le tendió una mano nerviosa. Pero Gyda se abalanzó sobre ella y la envolvió en el mismo abrazo maternal con el que había atacado a Rey. Dioses, qué bien sentaba que la abrazaran a una. Silla se dejó llevar, no quería soltarse.

—Cualquier amiga de los Galtung es amiga nuestra —dijo Gyda, retirándose. Con unas manos firmes, la sujetó por los hombros para poder verle bien la cara. Por fortuna, la hinchazón había desaparecido, pero aún quedaban los restos de los moratones sufridos en Kopa—. Bendita seas, pobrecita. He oído que los klaernar te lo han hecho pasar muy mal.

Silla se llevó la mano a la pequeña calva, donde ya le había empezado a salir pelo, muy corto y punzante al tacto.

—Sí.

—¡Vig dice que ni siquiera sabías que eras galdra! —dijo el chaval sentado ante Runný—. ¿Es verdad?

—Me temo que sí —dijo Silla, forzando otra sonrisa mientras miraba al chico, que supuso era Snorri. Llevaba una capa de lana con los brazos desnudos debajo—. Ah, tú debes de ser el hermano de Vig.

Él asintió con orgullo.

—Snorri, ayúdame a convencer a Silla para que se dé un baño de hielo norduriano. —Vig se rio desde la mesa.

Una sonrisa cautelosa se dibujó en el rostro de Snorri.

—Ay, sí, tienes que probarlo. Solo pasas frío los primeros segundos. Luego ya no sientes nada. —Frunció el ceño—. Hasta que sales y te acercas al fuego y entonces la cosa está que arde. Pero en el buen sentido.

Silla se sentó en el banco junto a Runný.

—Ah, ¿sí?

—Calla, Snorri. —Gyda se rio—. Silla acaba de llegar. Dale un poco de tiempo para que se adapte antes de hacerla saltar por los agujeros del hielo. —La mujer se giró y siguió trasteando por la cabaña—. Quería venir anoche con las pieles y las provisiones, pero llegó una noticia preocupante. —Gyda se acercó a los armarios y seleccionó una vasija de barro que, desde luego, no estaba allí aquella mañana—. Uno de los amigos de Snorri ha desaparecido.

Un cosquilleo le recorrió la columna.

—Sí —murmuró Vig, pasándose una mano por el rostro cansado—. Parece que el joven Váli no hizo caso de mis advertencias. Salió a buscar setas blancas él solo y ya no volvió.

A Snorri le brillaban los ojos y giró la cabeza hacia otro lado.

Runný rodeó con un brazo los hombros de su hermano pequeño.

—Seguro que se ha refugiado en algún sitio. Lo encontraremos, Snorri.

—Todo Kalasgarde ha subido a la montaña en su busca —continuó Gyda, echándole una pizca de algo al caldero—. Hemos vuelto a subir esta mañana para buscar a plena luz, pero hasta ahora no hemos encontrado ni rastro.

—Deberíais habérmelo dicho —dijo Rey, sentándose a la mesa—. Me habría unido a la partida de búsqueda.

Gyda esbozó una sonrisa cómplice.

—Ya lo sé, Rey. —Miró a Rey, a Silla y luego otra vez a Rey—. Pero habéis viajado sin descanso y, además, pensamos que tal vez no querríais que os conocieran por aquí.

Él asintió lentamente.

—Es mejor que mantengamos nuestra presencia en secreto, sí, pero sé permanecer oculto y echar una mano al mismo tiempo.

Gyda suspiró y le acarició la mejilla con un gesto sorprendentemente afectuoso.

—¿Has estado comiendo bien? ¿Has dormido lo suficiente? —Echó un vistazo por la cabaña—. Parece que solo hay una cama en este lugar. Debería haber traído un jergón de más. —Hizo una pausa—. Siento que te hayas visto obligado a esconderte, pero no lamento que eso te haya traído de vuelta.

Rey apartó la mano de Gyda, refunfuñando algo sobre la leña antes de salir al exterior. Gyda se limitó a sonreír, fue a por una maltrecha tetera y se la entregó a Snorri, que salió corriendo por la puerta.

—Ese hombre no ha cambiado lo más mínimo. Sigue siendo tan serio y solemne por fuera, pero su corazón…, ay. —Suspiró cuando Snorri regresó y le dio la tetera llena, que luego puso sobre las llamas. Gyda se volvió hacia Silla—. ¿Y tú, dúlla? ¿Cuál es tu historia?

Historia. Silla supuso que debería tener una. Le picaba la piel y tenía un nudo en el estómago. La antigua Silla se habría integrado bien con aquella gente, habría absorbido toda la diversión y el afecto que tan generosamente compartían. Pero había visto demasiadas cosas, había sufrido demasiadas penas. La nueva Silla comprendió que acercarse demasiado a aquella gente solo pondría en peligro su vida.

—Pues me temo que no hay mucho que decir —murmuró, y se odió a sí misma—. Espero que me perdonéis, pero voy a acostarme. Esta jornada me ha agotado.

—¡Ay, cenizas! ¿cómo se me ha podido olvidar? —dijo la mujer, añadiendo corteza de róa a la tetera. El intenso aroma especiado impregnó el aire—. Acabas de conocer a Harpa. Eso sí que es una experiencia angustiosa. Claro, dúlla, claro. Ve a descansar. No estaremos aquí mucho rato y quedará alimento de sobra para cuando te despiertes.

Silla apartó la mirada, parpadeando furiosamente.

—Gracias, Gyda —dijo retirándose tras la cortina.

Por mucho que lo intentó, no conseguía conciliar el sueño, y permaneció ahí tumbada oyendo las voces al otro lado de la cortina, respirando el aroma del róa especiado y el guiso contundente; deseaba estar ahí fuera con ellos. Deseaba no ser un peligro para su vida.

Tras la cortina, la cabaña se llenó de voces. Oyó a Vig entregarse a una partida de dados con los gemelos, oyó a Snorri sacudirse la tristeza de encima para acribillar a Rey a preguntas: «¿Qué se siente al matar a un illmarr?», «¿De verdad prefieres un sable largo a un hacha?», «¿No te entraron ganas de darle un puñetazo al Devoracorazones cuando lo conociste?».

Silla escuchaba con atención, conmovida por la forma en que Rey respondía con paciencia las preguntas del muchacho. Con un gran pesar se dio cuenta de que habría sido un gran hermano mayor.

Cuando Rey se ofreció a entrenar a Snorri en el manejo de la espada, Vig resopló.

—Ningún verdadero norteño elegiría un sable largo en lugar de un hacha para combatir.

—Calla, bjáni —le reprendió Gyda.

Poco después, Gyda y su prole empezaron a ponerse capas y capas encima para el viaje de vuelta a la granja. Gyda informó a Rey de que ahora la cabaña estaba repleta de provisiones: manzanas, zanahorias, queso, corteza de róa, una hogaza de pan y una cantidad limitada de cereales. Los restos de la cena estaban guardados en una cámara fría bajo los tablones del suelo. Había leña recién cortada apilada en el porche y heno en los establos. Habían dejado ropa para los dos en el armario: túnicas de lino y lana, calzones y polainas, y una gruesa capa forrada de piel para Silla.

—Para su sangre sureña —proclamó Vig en voz alta, como si supiera que ella estaba escuchando.

Cuando se abrió la puerta de la casa de acogida, Rey carraspeó.

—Si alguna vez necesitas hombres para la búsqueda, quiero que vengas a por mí.

—Eso haré —dijo Gyda con voz risueña.

Al cerrarse la puerta, Silla exhaló. Dejó pasar unos minutos antes de rodearse los hombros con una de las pieles y salir de detrás de la cortina.

—¿A qué ha venido eso? —preguntó Rey. Ella vaciló al ver que se estaba abrochando las hebillas de la chaqueta acorazada.

—No me apetecían mucho las visitas —mintió—. ¿Qué estás...? —El corazón le palpitó con fuerza cuando cayó en la cuenta—. Vas a buscarlo. A ese chico.

Rey soltó un gruñido, incapaz de mirarla a los ojos. Silla se levantó y la piel cayó al suelo.

—Pues yo también voy.

Él la miró y sus ojos de hacha se le clavaron en la piel.

—No irás.

—¡Quiero ayudar!

—No —respondió con frialdad—. Es demasiado peligroso para ti.

—Así que... —dijo ella—, tú puedes salir de la cabaña, pero yo no. ¿Lo he entendido bien?

Muy a su pesar, se le llenaron los ojos de lágrimas. La estaba dejando sola para adentrarse en lo desconocido y encontrar al chaval desaparecido. ¿Y si no volvía? ¿Y si alguien la encontraba aquí, sola? La noche anterior había sido tortuosa; la había pasado ahí despierta, en una casa vacía, preguntándose si la había abandonado para siempre.

Rey le dio la espalda y se puso los guantes de piel de lobo.

—Puedo arreglármelas solo. Tú no.

A Silla le temblaban las manos, pero consiguió decir con voz firme:

—Está oscureciendo. ¿Qué posibilidades tienes tú si muchos otros han fracasado...?

—Tengo que intentarlo —repuso él, y luego suspiró. Se echó la capa de pieles sobre los hombros, que luego aseguró con un alfiler bronceado. Respiró hondo—. Llegaré tarde. Solo la familia de Vig sabe que estás aquí, y los grabados de abedul tardarán algún tiempo en llegar al pueblo. Con las protecciones, estarás a salvo.

Aturdida, Silla se dejó caer en el banco.

—¿Y tú? —preguntó—. ¿Quién velará por ti, Rey?

Notó su sorpresa desde la otra punta de la estancia. Supo que buscaba las palabras adecuadas.

—Yo me sé cuidar solo —respondió al fin. Y después cerró de un portazo y Silla se quedó sola en la cabaña por segunda noche consecutiva.

FALTABA POCO para que amaneciera cuando Rey regresó por fin a la cabaña. Le dolían las piernas de subir pendientes empinadas y el frío le calaba hasta los huesos. Se había pasado horas y horas buscando en la oscuridad.

Había buscado en todos los escondites de su juventud: la cueva excavada en la roca al otro lado del lago Kalasgarde y el valle donde Kristjan y él pasaban el rato tirándose en trineo. Sin embargo, no había rastro del chico. Ni huellas. Ni jirones de tela. Ni ramas rotas ni follaje aplastado. Cuando el Reino de Garra empezó a despertar y Rey notó que los párpados le pesaban como rocas, se había visto obligado a cejar en su empeño.

De nuevo, regresó a la casa de acogida con la culpa clavada en el corazón. Había dejado sola a Silla durante dos noches seguidas. ¿Estaría bien abrigada? ¿Se había dormido rápidamente? Soltando un amplio bostezo, empujó la puerta de la cabaña.

No estaba preparado para la oscura figura que saltó de entre las sombras. Cuando chocó contra su hombro y le hizo tambalearse hacia un lado, sus instintos guerreros entraron en acción. Se enderezó justo a tiempo para bloquear un golpe, agarrando la muñeca de su atacante y empujándolo contra la pared. Lo inmovilizó presionándole el cuello con el antebrazo.

—Silla —murmuró apartando el brazo de su garganta—. Pero ¿qué estás...?

Con el pecho agitado, ella lo miró con ojos grandes y oscuros. ¡Por los fuegos eternos! La muchacha estaba aterrorizada.

—Rey —dijo temblorosa—. Eres tú.

—¿Qué ha pasado? —le preguntó él, buscando en su rostro señales de haber sufrido algún daño—. ¿Estás herida?

—Pensaba... —comenzó a temblar— que eras un intruso.

—Soy yo —repuso Rey en voz baja. Dioses, era un imbécil. No

tendría que haberla dejado sola, no después de todo lo que había tenido que soportar—. Aquí estás a salvo.

—Oh —dijo ella, con voz débil y frágil—. ¿Lo has encontrado?

Rey negó con la cabeza; la tristeza le inundaba el pecho. Él ya sabía que era poco probable que encontrara al chico, pero tenía que hacer algo. Silla empezó a sollozar y él la estrechó contra su pecho, desesperado por consolarla. Unos puntitos rojos le nublaron la vista. Eso era culpa suya. La había hecho llorar. Y se sintió el mayor cretino de todo el reino.

La ayudó a cruzar la oscura cabaña y la acomodó en el banco. El fuego se había consumido hasta las brasas, pero se negó a soltarla para reavivarlo. Mientras Silla lloriqueaba cobijada en su pecho, se tocó la calva con las yemas de los dedos, y él cayó en la cuenta.

Kopa le había dejado moratones en la piel y cicatrices invisibles en el alma. Jonas. Los klaernar. Cada guerrero que la reina había enviado a por ella. En aquel momento, a Rey le entraron ganas de darles caza a todos y desmembrarlos pedazo a pedazo.

—Estás a salvo —repitió maldiciéndose porque sabía que aquellas palabras eran insuficientes. Lentamente, Rey atrajo a Silla hacia el punto donde su brazo se juntaba con el hombro. Conteniendo la respiración, esperó a que ella se apartara, pero no. Ella se recostó en él, suave y cálida.

El corazón le palpitaba con fuerza al sentirla tan cerca, y los muros que lo rodeaban se hicieron añicos.

—¿Tú c-crees? —farfulló—. Me da la sensación de que es solo cuestión de tiempo que deba huir, otra vez. Antes de que alguien más intente hacerme daño...

—Nadie sabe dónde...

—Todavía —dijo con la voz pastosa por las lágrimas—. Sé que confías en Vig y Runný, pero yo no los conozco. Además, ya viste en Jonas con qué rapidez puede cambiar una persona.

El martilleo de su corazón se volvió atronador de la cólera.

—Hizo algo vil y despreciable. Traicionó a la Hermandad del Hacha Sanguinaria, pero a ti... a ti te traicionó de la peor manera posible.

Silla no dijo nada, así que Rey continuó.

—Puedes confiar en mí. —Maldijo en voz baja. La muchacha temblaba como en los últimos estertores de una batalla—. Siento haberte dejado sola.

Ella inclinó la cabeza hacia el pecho de él con un movimiento tan íntimo que Rey pensó que el corazón se le iba a salir de las costillas. El brote de la confianza volvía a germinar, y esta vez no iba a pisotearlo. La cuidaría con sumo cuidado hasta que se hiciera fuerte. Le pasó el brazo por la espalda y se la acercó.

—No lo sientas —dijo ella contra su pecho—. Entiendo que salieras a buscar a Váli. No he podido dejar de pensar en él. Es tan joven... —Hizo una pausa—. No debería comportarme como una niña. No lo sabía, pero parece que no me gusta estar sola.

Rey le atusó el pelo con mucha ternura y prudencia, casi temiendo que se apartara. En lugar de eso, ella cerró los ojos. Exhalando, le acarició aquellos rizos que le habían provocado durante tanto tiempo.

—¿No... no lo sabías?

—Nunca me he sentido sola.

Rey frunció el ceño.

—¿Jamás?

—Toda mi vida hemos sido solo mi padre y yo. Cuando murió, me quedé sola en el Pinar Serpentino, pero... —Respiró hondo—. Ay, pensarás que estoy loca.

—Lo dudo mucho. —Con las yemas de los dedos trazó el contorno de un rizo.

Ella titubeó.

—Veía cosas. Veía a una niña rubia que hace poco comprendí que era Saga tal y como la recordaba. Ella... —Se estremeció—. Era una compañera fiel.

Rey sintió el estómago duro y pesado como una piedra.

—Las hojas de skjöld —murmuró. Kristjan también había visto visiones; se pasaba horas hablando con sus padres, muertos hacía mucho tiempo.

Silla asintió.

—La niña iba y venía y, aun así, era lo más constante que tenía en la vida. Como ves, nunca he estado sola de verdad.

—Pues yo siempre he estado solo —se descubrió diciendo Rey.

Silla se echó hacia atrás y se le encendieron las mejillas como si, de repente, fuera consciente de lo mucho que se habían acercado.

Se apartó unos centímetros y, aunque Rey sabía que debería sentirse aliviado, la pérdida de su contacto fue como una punzada de dolor.

—Lo siento —dijo ella y un rizo le cayó sobre la frente—. Por atacarte. Y por dejarte empapado con mis lágrimas.

—No tienes nada de lo que disculparte —dijo Rey, obligándose a no tocarle ese rizo. A no tensarlo y dejarlo rebotar hacia arriba.

Al mirarlo, Silla enarcó las cejas.

—¿De verdad siempre has estado solo?

—No con la Hermandad, pero sí entre un trabajo y otro, sobre todo, después de que mi hermano… —Se vio incapaz de completar la frase. Era demasiado descarnada, demasiado vulnerable. No era capaz de sobrevivir a contar dos veces la muerte de Kristjan. Era más fácil ser un lobo solitario y dejar al margen a todo el mundo.

—No me gusta estar sola —admitió Silla. Se apartó el bucle, pero este volvió a caerle sobre las frente.

—Te acostumbrarás —dijo Rey, mirando fijamente el rizo.

Silla soltó un largo suspiro.

—Mi comportamiento es atroz. Ni siquiera me reconozco.

Él negó con la cabeza.

—No debería haberte dejado sola.

Se quedaron mirándose fijamente y una nueva incertidumbre se cernió sobre ellos. A Rey no le gustó nada. Quería atraerla hacia él y abrazarla hasta que todos sus miedos desaparecieran.

Silla se levantó ahogando un bostezo.

—Ahora que sé que estás a salvo, tal vez pueda pegar ojo. —Vaciló un instante—. Buenas noches, Rey.

—Buenas noches, Silla.

Cuando la muchacha se retiró tras la cortina, Rey se quedó mirando las brasas anaranjadas del hogar. Ver tan destrozada a la mujer que se había enfrentado sin miedo a la Hermandad había removido y despertado algo en su interior. Trató de imaginar todo lo que debía de estar sufriendo ahora, sola, confundida y atormentada. Puede que Silla también fuera un lobo solitario, pero necesitaba una manada.

Con un largo suspiro, Rey echó otro leño al fuego.

DIECISÉIS

Sunnavík

A Saga le latía el corazón con fuerza cuando recorrió con la mirada los frascos de colores que llenaban las estanterías del estudio del maestre Alfson. Y puso en duda aquel plan por enésima vez en un minuto.

Había transcurrido un día desde que le administrara a lady Geira el polvo de raíz de luna y obtuviera una muestra de su escritura. Había reflexionado bastante sobre el descubrimiento de la curiosa afición de Geira. Por un lado, era poco probable que la mujer denunciara la desaparición de esa historia tan salaz. Y, por otro, estaba la posibilidad de utilizarla como baza. Era bastante indecoroso que la esposa del Alto Gothi escribiera historias eróticas sobre el dios Oso. ¿Podría utilizar esta prueba condenatoria para conseguir que Geira accediera a entregarle la correspondencia de la reina?

Sin embargo, parecía que la mujer seguía postrada en la cama, y Alfson había asegurado que la carta se enviaría dentro de dos días. A Saga le preocupaba cada vez más no poder hacerse con el cuño. Necesitaba ese sello. Con él, podría hacer que Eisa tuviera más tiempo mientras los Azuzalobos recorrían las tierras salvajes en la dirección equivocada.

Eso fue lo que había llevado a Saga al estudio del maestre Alfson con la petición de un tónico para «calmar sus nervios». La lata de raíz de luna le pesaba en el bolsillo, pero no quería usarla con él. Si el maestre contraía la misma dolencia que Geira inmediatamente después de reunirse con Saga, sería bastante obvio quién era la culpable. La llevaba consigo solo como último y desesperado recurso.

Pero cuando la joven servidora del maestre la había dejado entrar en el despacho vacío minutos antes, Saga se sorprendió de que la dejaran sola mientras Alfson se ocupaba con lo que fuera que hiciese un maestre durante el día. Por supuesto, ella había aprovechado la oportunidad para registrar el lugar.

Intentó no hacer caso de los ojos que la seguían mientras abría de par en par las puertas de los armarios, rebuscando en las estanterías cualquier cosa que pudiera ayudarla. Que el maestre tuviera una decena de animales muertos colgados en las paredes era repugnante, pero es que encima estos animales no tenían sus ojos de nacimiento.

Habían cambiado los ojos amarillos de un lobo por unos mucho más grandes y los del zorro por los azules espectrales de otra criatura. Los ojos del conejo parecían de reptil, de un verde brillante, con las pupilas en forma de línea vertical. Había muchos más, pero había intentado borrarlos de su mente.

Se acercó a la mesa de trabajo del maestre, con los ojos entornados al ver el desorden. Cogió un pergamino y leyó la escritura apretada:

- Salvia: desangrado (12)
- Ortiga mayor: debilitamiento del corazón (11)
- Zarpa de gato alpino: reducir dosis. Día 5 infección (13)

Saga se quedó mirando aquel documento, sin saber muy bien cómo interpretarlo. Al cabo de un momento, lo dejó a un lado y se arrodilló. Debajo de la mesa había un armario con dos puertas cerradas. Cuando rodeó el candado de hierro con la mano, notó un cosquilleo que le subió por el brazo y le bajó por la columna vertebral. Sintió una repentina y apremiante necesidad de descubrir qué había detrás de aquellas puertas cerradas. Sacudió el candado de hierro y tiró de las manijas en un intento inútil de abrirlas. ¿Por qué no había aprendido nunca a forzar una cerradura? Tenía que abrir ese armario...

—Pero ¿qué estás haciendo? —murmuró ella, sobresaltada. Cuando retiró las manos del armario, aquella extraña urgencia se esfumó. Se puso en pie y miró hacia la puerta. Su Sentido estaba activado, pero le costaba atravesar las paredes, y rezó a Marra, su diosa protectora, para que Alfson no se acercara con sigilo y la descubriera husmeando.

Clavó la mirada en el cajón del escritorio y corrió hacia él, pero se le cayó el alma a los pies al ver otro candado. Con un suspiro, le dio un tirón.

El candado se abrió.

Durante varios segundos, Saga lo miró con incredulidad. No, no podía ser. Pero ahí estaba. Sin tiempo que perder, quitó el candado y abrió el cajón. Se quedó con la boca abierta. Entre plumas y barras de cera, había un cuño. Lo cogió y examinó el sello. Una avispa norvalandesa.

El tiempo parecía transcurrir más despacio; tenía la mente completamente en blanco.

Este era el sello de la reina. Alfson tenía el sello de lacre de la reina.

Se notaba las piernas temblorosas ante semejante descubrimiento. Y solo podía pensar lo afortunada que era, no solo por haberse encontrado abierto el cajón, sino precisamente por dar con lo que llevaba buscando toda la semana. Frunció el ceño. Debía de ser una trampa. Había sido demasiado fácil. Demasiada suerte para una mujer como ella. A pesar de todo, se metió el sello en el corpiño.

Acababa de poner bien el candado cuando oyó un carraspeo al otro lado de la puerta. Se sentó en la silla frente al escritorio en el mismo instante en que las bisagras de hierro crujían y el maestre Alfson entraba arrastrando los pies. Calvo y achaparrado, el hombre llevaba siempre una túnica verde. Se le aceleró el corazón y tuvo que agarrarse a los brazos de la silla.

Tenía el sello de cera en el corpiño. ¡El sello de cera! Quería volver corriendo a su habitación, quería saltar de alegría sobre la cama y gritar contra la almohada. Pero se obligó a ser prudente. Ante todo, no debía levantar sospechas.

... «las dosis para el maestre Lekka», oyó que pensaba el maestre Alfson, lo que le recordó que aún tenía las barreras bajadas. Reconoció ese nombre; estaba en el pergamino oculto de Geira.

—Saga —dijo el hombre, acomodándose en la butaca tras el escritorio—. Me han dicho que sus nervios han empeorado.

... «una lástima que no sea Saga la portadora de un fuerte don guerrero», pensó el maestre. «Pero la sometí a pruebas tres veces en su adolescencia y el catalizador nunca tuvo efecto alguno...».

—Sí —dijo ella, tratando de comprender lo que significaba eso último.

¿Alfson la había puesto a prueba? Al darse cuenta de que lo estaba mirando fijamente, lo compensó asintiendo con entusiasmo, demasiado entusiasmo. «Actúa con normalidad, cabeza de chorlito».

Alfson la miró desde el otro lado del escritorio. Era imposible no ver la cicatriz roja que se extendía desde la frente hasta la mejilla, la masa pálida y abultada donde tendría que haber un ojo. Saga se centró en su ojo intacto, oscuro y perspicaz, como si pudiera leer sus secretos más profundos.

... «qué ojos tan hermosos...».

Saga juntó con fuerza las manos enguantadas.

—Los nervios... —dijo el maestre—. Sí. Puedo prepararte un tónico para aliviarlos.

—Muchas gracias. —Saga casi no era consciente de lo que decía, mientras los pensamientos del maestre penetraban en su mente.

... «qué fastidio que Geira esté en cama y tenga que ocuparme yo de la escritura, pensó. Seguro que podemos contratar a otro escriba. No es una labor digna de mis habilidades...».

Saga pestañeó varias veces, esforzándose por parecer natural. Por primera vez en años —y posiblemente en la vida—, Saga sintió vértigo. Tenía ganas de saltar de la silla y ponerse a bailar como una boba. Tenía el sello de cera. ¡Ya era suyo!

—Se me ocurre un tónico en particular. Se utiliza para tratar el trauma tras una guerra —decía el maestre—. Calma la mente y el cuerpo por igual.

—Suena esperanzador —murmuró Saga.

... «Svaldrin se comprometió», oyó al filtrarse los pensamientos del hombre. «Sin embargo, Rökksgarde no está preparada. ¿Nos arriesgamos a alojarlos aquí por el momento?».

—Pasiflora, raíz de valeriana y esencia de losna —dijo el maestre, levantándose de la butaca. Se dirigió hacia la pared llena de estantes y la recorrió con la mirada con un dedo levantado. Tras recoger varios objetos, se fue a la mesa de trabajo.

... «una gota de losna, pensó. Con manos firmes, dos gotas tumbarían a un caballo...».

Saga parpadeó.

... «al menos hay buenas nuevas del norte», pensó el hombre.

Con el pulso acelerado, Saga se mantuvo quieta como una estatua.

... «un avistamiento en el paso de Svangormr. No es una localización precisa, pero reduce considerablemente la búsqueda...».

—Veamos, querida —dijo el maestre, volviéndose con una taza de barro en la mano—. Esto la hará más valerosa. Pruébelo hoy y volveremos a vernos. Bébaselo y luego procure que le dé el sol en la cara.

Saga aceptó la taza.

—Muchas gracias.

... «sí, sí, hay que seguir adelante», pensó Alfson, mientras sacaba una llave y la introducía en el candado del cajón de su escritorio. «Tengo que escribir la carta a los Azuzalobos a primera hora. Si nos ocupamos de esta búsqueda desde el sur, deberíamos enviar a Manto Negro...».

Ese último pensamiento la dejó sin aliento. Quería enviar la carta a los Azuzalobos ya, no dentro de dos días. Sentía que su mente ya no estaba conectada a su cuerpo, sino que flotaba en algún lugar por encima de él.

Con los ojos muy abiertos, Saga se llevó la taza a la boca e inclinó el líquido hacia su garganta. Alfson había quitado el candado y tenía la mirada fija en el cajón.

... «mira que le dije a Gorm que me trajera el sello de cera de lady Geira», pensó, moviendo las plumas y los tinteros de un lado a otro. «Esta es la segunda metedura de pata de Gorm en lo que va de día. Una más y se le habrán acabado las oportunidades...».

Con una larga y lenta exhalación, Saga dejó la taza vacía sobre el escritorio del maestre.

Ya empezaba a sentir el efecto del tónico. Como si le hubieran roto un huevo encima de la cabeza, la sensación le goteó por el cuello y los hombros, y fue aflojándole los nudos de tensión allá por donde pasaba. Era maravilloso.

—Puede que tengamos que ajustar la dosis —dijo el maestre, mirándola—. Pero es un buen comienzo. Ya puede irse.

Saga asintió y se levantó. Confiaba en que Alfson atribuyera los temblores de su cuerpo a los efectos del tónico, pero no esperó a que le hiciera ningún comentario.

Girando sobre sus talones, salió escopeteada del despacho.

DIECISIETE

El Paso de Sangormr, pensó Saga, pasando la mano por los muros de piedra. Se había visto a Eisa en el Paso de Sangormr...

Se adentró en el pasillo, pasando frente a tapices, bustos y aquel horrible oso taxidermiado. Lo miró con el ceño fruncido. Tendría que estar en la naturaleza, con los pájaros, los lobos y las flores silvestres, no relleno de lana y plantado en este pasillo oscuro y mohoso. Bajó la mirada y se dio cuenta de que se le habían parado los pies.

Pensó en Eisa y se obligó a avanzar. Dioses, sus pensamientos eran como el agua, se le escurrían por la mente antes de que pudiera atraparlos. Y se sentía ligera como una nube, flotando por el pasillo. Se sentía bien. Dioses, hasta se sentía feliz. Era una sensación extraña, ajena, como los primeros segundos después de meterse en un baño caliente. Saga se llevó una mano a los labios y se sorprendió al encontrarlos desplegados en una sonrisa.

Miró hacia abajo. Sus pies se habían vuelto a detener. Se dio la vuelta y examinó lo que la rodeaba: un rellano de techos altos con dos puertas en arco. Conocía este lugar, y el choque de espadas al otro lado no hizo más que confirmarlo. Se acercó a la ventana y echó un vistazo al campo de entrenamiento. ¿Estaría él entre la gente, provocando a los klaernar y divirtiéndose ante el público?

—Lady Saga —se oyó una voz detrás de ella que la hizo dar un respingo.

Saga se giró para encarar al hombre en cuestión. ¿Cómo sabía que había estado pensando en él?

—Usted —soltó—. ¿Ha leído mis pensamientos?

Con los brazos cruzados sobre el pecho, Rurik se apoyó despreocupadamente en un arco en penumbra, observándola con esos ojos suyos, verdes como helechos... o hiedra venenosa. Pero cuanto más los miraba, más se parecían a los ojos verdes de un gato montés, esos a los que una no se atrevería a dar la espalda.

Por suerte, Rurik no hizo caso a su pregunta.

—Hace muchos días que quería hablar con usted.

Saga se quedó absorta en el hoyuelo del mentón. Parecía que se hubiera afeitado esta misma mañana, pero ya empezaba a asomarle la sombra de la barba.

—¿Qué hace aquí? —preguntó aturdida.

Él frunció las cejas.

—Creo que es mejor que se pregunte por qué está usted cerca del campo de combate, lady Saga.

—Pues no lo sé —respondió ella con sinceridad. Iba de camino a hacer un recado, pero había olvidado por completo cuál era. Le molestaba que se le hubiera ido de la cabeza algo tan importante.

—Hay algo —hizo una pausa, y la escudriñó con sus ojos de gato montés—... algo raro en usted. ¿Se encuentra bien?

—Muy bien —respondió Saga, volviéndose para mirar por la ventana—. ¡Nunca he estado mejor! —Casi palpaba su desconcierto, así que continuó—: Me he tomado un brebaje. —Saga se le acercó y susurró algo más alto—: Para los nervios.

—¿Un... brebaje?

—Un brebaje, un tónico —dijo ella, sonriendo tanto que le dolían hasta las mejillas—. ¡Repítalo!

—Ahora sé que no está... normal —dijo Rurik, mirándola con atención—. ¿Qué es? ¿Algo que ha bebido? ¿Está borracha?

Una tos procedente del fondo del pasillo hizo que ella le agarrara el antebrazo, sorprendida. Saga bajó la mirada, puso la otra mano e intentó rodearlo. Era tan grueso que no se tocaban los pulgares.

—Uy, ¿qué tiene aquí? ¿Placas de hierro?

—Es mi brazo —dijo él, divertido.

—Es duro como el acero —repuso ella, amasándolo como un gato.

—¿Qué había en este... brebaje?

—Raíz de valderión y pasiflora y esencia de fosna. Lesna. Algo con «na». —Hizo un ademán despectivo con la mano—. La verdad es que estoy bastante relajada.

—Eso parece —dijo él.

—Aunque... —continuó ella— tengo una sensación de lo más peculiar. —Se quedó callada, tratando de encontrar la idea que le rondaba por la cabeza—. Creo que tenía que hacer algo, pero no consigo recordarlo. ¿No sabrá usted qué era, Rurik?

—Kass —la corrigió—. Y no. Me temo que no lo sé. Pero quería pedirle disculpas.

—¿Disculpas? —Saga se rio. La simple idea le hacía gracia.

—Sí —dijo despacio—. Por lo que le dije en la galería. Tengo... una lengua desobediente. A menudo habla sin permiso. No debería haberle dicho eso.

Sin embargo, Saga estaba sumida en sus pensamientos, intentando recordar qué era lo que tenía que hacer.

Rurik carraspeó.

—Veo que hoy lleva pájaros en los guantes...

—¡Pájaros! —exclamó ella, llevándose una mano a la boca—. ¡Los halcones! —En un instante lo recordó todo: los mensajes, el sello de cera dentro del corpiño. Y sin excusarse, se dio la vuelta para huir. Pero solo pudo dar un par de pasos antes de tropezar. En un visto y no visto, Rurik estaba a su lado y le pasó el brazo por la cintura para que no cayera.

—Cuidado, lady Saga —le dijo con suavidad—. Debería ir a tumbarse. Deje que la ayude a llegar a sus aposentos.

Pero Saga le agarró el brazo con fuerza.

—La torre de cetrería —afirmó intentando controlar sus agitados pensamientos. Ahora que tenía el recuerdo, no podía dejarlo escapar—. Tengo que ir a la torre de cetrería.

—Si apenas puede andar —protestó.

—Me lo debe, Rurik —le espetó, sin darse mucha cuenta de lo atrevida que estaba siendo.

Él frunció el ceño.

—Y yo la llevaré a sus aposentos, lady Saga.

—A la torre de cetrería —repitió Saga—. Lléveme allí y... aceptaré sus disculpas.

Rurik se planteó la propuesta con el ceño fruncido.

—Muy bien —se resignó al fin, dirigiéndola hacia la salida—. Le haré este favor, y entonces podremos ser amigos. Venga, apóyese en mi hombro, sí, ahí.

Ella recostó la cabeza en su hombro, y captó un aroma fresco y herbáceo, como salvia o, tal vez, enebro.

—Huele bien.

Él rio por lo bajo.

—Veo que ese tónico hace que se suelte. Sus pies deben estar respondiendo. Ahora haga que se muevan. Bien, así.

Ella notó que él caminaba y la llevaba con él, y sus pies se movieron rápidamente para seguirle el paso. Accedieron a un pasillo sin ventanas iluminado por antorchas en las paredes, cuya luz danzaba por los antiguos muros de piedra. Los oscuros pasillos no hacían sino aumentar la pesadez de sus párpados. Pestañeó varias veces, tratando de mantener los ojos abiertos, pero estos solo querían cerrarse.

Rurik resopló.

—Por lo general, invito a una dama a cenar antes de que se me duerma sobre el hombro.

Eisa, se recordó Saga, tratando desesperadamente de mantenerse despierta. ¡Eisa está en peligro! Llevaba muchos días aguardando esta oportunidad y ahora no podía echarla a perder. Se apoyó en la robusta figura de Rurik y le pasó el brazo alrededor de la espalda. Intentó no pensar en los músculos que notaba tensarse y soltarse bajo sus dedos.

El sonido de unas voces que se acercaban hizo que a Saga se le ralentizaran los pies.

—No pueden vernos —murmuró—. Sería… inadecuado. —Al darse media vuelta para orientarse, su mirada se cruzó con la de Harald el Duro. Los fríos ojos del hombre la miraban desde los hilos de un tapiz, con la espada larga en alto mientras se preparaba para clavarla en el pecho del rey de Norvaland. Y, entonces, como por arte de magia, Saga supo cómo evitar que los descubrieran—. Por aquí.

Rurik dejó escapar un profundo suspiro.

—¿Me dirá adónde nos lleva?

Pero Saga estaba ocupada contando las placas de piedra. Cuando llegó a doce, se quedó mirando la pared en busca de la piedra adecuada, una que era cada vez más pequeña que las demás. Cuando la encontró, la empujó con el talón de la mano.

No ocurrió nada.

Las voces eran ahora más fuertes: un par de mujeres y... ay, dioses, pertenecían al séquito de la reina. No podía permitir que llegara a oídos de la soberana que estaba a solas en compañía de Rurik. Apretando los dientes, apoyó el peso de todo su cuerpo contra la pared, empujando con todas sus fuerzas.

A su lado, Rurik carraspeó.

—Creo que debería llevarla a su...

Se le quebró la voz al oír el ruido de la piedra raspando contra otra piedra. Saga captó el chasquido del pestillo antes de que una puerta se abriera.

—Un túnel —dijo Rurik, con una expresión de gran interés en el semblante.

—Antorcha —se limitó a responder Saga. Rurik cogió una de la pared y ella lo empujó a través de la puerta. Con un rápido empellón, Rurik cerró la puerta y quedaron sepultados entre los antiguos muros de piedra.

—Ahora no nos verán —murmuró ella, apoyando su cuerpo tambaleante contra la pared—. Este camino discurre bajo el torreón y llega hasta el ala oeste.

Rurik murmuró algo en zagadkiano, observando los muros de piedra medio desmoronados. La fuerza del tónico parecía aumentar con cada latido y empujaba a Saga cada vez más a los brazos de Morfeo. Por suerte, Rurik le rodeó la cintura con un brazo estabilizador y la condujo por el pasillo.

Mientras bajaban por unas escaleras de caracol, la presión de los dedos del hombre llenó su mente de pensamientos curiosos, como el de hundir el rostro en su pecho y aspirar profundamente su aroma, o introducir los dedos en su pelo para descubrir si era tan sedoso como parecía.

El aire se enfriaba y se volvía más pesado a cada paso, pero a Saga le parecía más reconfortante que otra cosa. En estos túneles estaba a salvo. Era su espacio secreto y protector.

«Ya no es secreto», la reprendió una parte de ella. Saga parpadeó a la tenue luz de las antorchas y cayó en la cuenta. Había compartido este túnel con él, lo que significaba que tenía un lugar seguro menos.

Eisa, replicó. Nada importaba salvo interceptar aquella carta.

—Cuénteme una historia mientras caminamos —dijo Rurik, distrayendo a Saga de la agitación que sentía por dentro—. Para que no se duerma.

Levantando la vista, ella parpadeó varias veces. Aquellos ojos de gato montés la observaban, aprendían su forma de moverse y a qué velocidad podía correr. Sintió un escalofrío.

—Dígame por qué siempre lleva pájaros —tanteó Rurik.

Saga se miró los guantes, mirando los pájaros bordados con delicadeza en los puños.

—Mi madre —murmuró.

—¿Cómo?

—Mi madre tenía pájaros de ala invernal.

Rurik levantó la antorcha y la ayudó a bajar el último escalón. Ahora estaban en las mismas entrañas de Askaborg, más profundas que la cripta y las mazmorras.

El aire era tan frío que les salían nubecitas al respirar.

Saga se sorprendió explicándole la historia:

—Estaban encerrados en una jaula dorada lo bastante grande para que cupiera incluso usted, Rurik. Pero a mi madre le entristecían. Pensó que no merecían estar una jaula, así que decidimos liberarlos. Abrimos juntas la puerta de la jaula.

Saga frunció el ceño. No le gustaba nada esta parte.

—¿Y qué pasó? —instó Rurik.

—Pues que... —Las palabras se resistían a salir, pero consiguió sacarlas—. Los pájaros no querían irse. Tenían demasiado miedo a salir de la jaula.

Rurik guardó silencio detrás de ella, y Saga trató de recordar el final de la historia, la parte buena.

—Les dejamos miguitas de pan. Poco a poco, los pájaros se fueron volviendo más valientes. —Tragó saliva cuando el recuerdo apareció ante sus ojos. Su madre y ella escondidas entre los arbustos del jardín, esperando a que los pájaros se dieran cuenta de que eran libres.

—¿Y salieron? —preguntó Rurik.

Saga asintió.

—Tardaron un rato, pero al final sí, salieron. Nunca olvidaré el espectáculo de aquellos pájaros desplegando las alas y alzando el vuelo. Libres al fin.

—Estoy pensando... —dijo Rurik— que tal vez los pájaros y usted tengan mucho en común. —Se hizo el silencio unos instantes, y continuó—: Sé que lo que la hizo desfallecer no fue perder sangre, lady Saga. ¿Cuánto hace que no sale al exterior?

Saga se retorció las manos enguantadas. Había dicho demasiado, había revelado cosas que era mejor mantener ocultas. Por suerte, en ese momento, el tónico la tenía como en una nube.

—Es demasiado perspi... perspicaz —dijo Saga con un bostezo. El tónico estaba haciendo efecto en ella y la arrastraba hacia sus turbias profundidades.

Por fin llegaron a la escalera de caracol que subía al ala oeste de Askaborg. Tras varios minutos, llegaron a la salida oculta. Saga se apoyó en la pared de piedra mientras Rurik buscaba el pestillo oculto de la puerta.

—¿Recuerda el busto de Harald el Duro? ¿El hombre sin sonrisa, como le llamó usted? —Rurik asintió—. Pues la puerta da allí. Está a un tiro de piedra de la torre de cetrería —murmuró ella, obligando a levantar los párpados caídos.

Rurik se giró sosteniendo la luz de la antorcha entre los dos, y mientras Saga examinaba el contraste entre las facciones duras y suaves del rostro del hombre, decidió que quería dibujarlo.

—¿Qué se propone? —le preguntó, señalando con la cabeza la puerta sellada—. ¿Qué tiene en mente?

Saga se metió la mano por el corpiño sin contemplaciones, recuperó el sello de lacre y lo levantó como si fuera un premio.

—Inter... interceptaré la carta. —Se tambaleó y Rurik le puso una mano firme en la cadera. Sí, parecía decir su cuerpo, inclinándose hacia él y su contacto.

El hombre empezó a hablar en zagadkiano, mezclando sonidos agudos y suaves. Ella cerró los ojos y sintió que las palabras se deslizaban por su piel como la caricia más tierna.

—No, lady Saga —instó Rurik, zarandeándola con cuidado—. No está en condiciones para interceptar cartas.

Rurik le quitó el sello de las manos y lo inspeccionó mientras Saga empleaba toda su energía en mantenerse erguida.

—Es el sigilo de la reina.

A Saga se le doblaron las rodillas y Rurik la ayudó a incorporarse.

—Solo hay que encontrar al secuaz de Alfson —murmuró Saga—. Quizá a su esclavo. Y conseguir la carta. Cambiar algunas cosillas. Y ella estará a salvo.

—¿Qué está haciendo, lady Saga? —preguntó Rurik—. ¿Quiere llevarse las cartas de la reina? Es peligroso.

Incluso entre la neblina del sueño, sabía que no tendría que habérselo dicho. Pero se negaba a rendirse y, con aquella mente confusa, no estaba en condiciones de llevar a cabo la tarea ella sola.

—Usted... —dijo, tratando de alcanzar el brazo de Rurik, sin conseguirlo—. Necesito su ayuda.

—Ya la he ayudado. —Saga captó la cautela en su voz.

—Debe conseguir las cartas —continuó ella.

—No puedo —repuso este. Tal vez fuera la estrechez del espacio o la luz de las antorchas lo que hacía que Rurik pareciera todavía más alto. Pero en su expresión, en aquellos impresionantes ojos verdes de cazador, Saga también vio remordimiento.

Rurik se agachó y bajó la voz:

—Quiero que comprenda... lamento su situación. Me repugna lo que han hecho esos urkanos. Pero no puedo implicarme en sus asuntos. Causaría grandes problemas a mi país.

«Problemas».

La palabra le retumbó en la cabeza; el efecto del tónico era cada vez más fuerte. A lo lejos, Saga sintió una rabia sofocante. Sabía que todo había ido demasiado bien... demasiado perfecto. Primero el sello y luego la información que le había caído en las manos con tantísima facilidad. Los dioses estaban jugando con ella y se regocijaban en su miseria.

—Le daré lo que quiera —susurró ella. Su vida ya estaba sentenciada. Pero Eisa estaba ahí fuera y tenía la oportunidad de vivir en libertad.

—No quiero...

—Lo que sea —suplicó ella. Rurik nunca la había mirado con lascivia, de ninguna forma que la hiciera sentir sucia, aun así, rezó para que no le pidiera... eso. Y cuando se obligó a mirarlo, tuvo claro que eso era lo último que le pasaba por la cabeza. Parecía que librara una lucha interior. Permaneció en silencio durante tanto rato que estaba segura de que se negaría. Sin embargo, cuando Rurik abrió la boca, salió la palabra más inesperada.

—Túneles.

—Túneles —repitió ella.

—¿Hay otros túneles en Askaborg?

—Muchos —respondió Saga. Dioses, no podía aguantar mucho más. Cerró los ojos un momento. Solo un instante. Pero cuando parpadeó mirando a Rurik, se dio cuenta de que aquel confiado y arrogante zagadkiano parecía algo descolocado.

El hombre se pasó una mano por el pelo y murmuró algo incomprensible en voz baja.

—Y necesita que yo...

—Intercepte la carta —dijo Saga. Sacó fuerzas de flaqueza. Señaló el sello con la cabeza—. Dígales que la reina le ha enviado con el sello de cera para que acredite su palabra. Que la información de la carta era incorrecta. Y cuando yo la haya modificado, se la llevará de vuelta para que las envíen.

Rurik entornó los ojos.

—Seré rápida —dijo Saga—. Solo tengo que cambiar unos detalles.

Él la miró con el ceño fruncido.

—¿En qué anda metida, Saga?

—Por favor —suplicó ella—. Hay vidas en juego. Por favor, Kass.

Muy vagamente, fue consciente de que tutearle y decir su nombre de pila le había impactado de algún modo. Rurik se frotó la cara.

—Todos los túneles —respondió con firmeza—. Haré esto por ti, Saga, una vez. Pero, a cambio, tú... tú me dibujarás un mapa con todos los túneles del castillo de Askaborg.

Saga asintió. Daba igual lo que le pidiera: ella lo haría. Eisa. Volvió a sobreponerse al sueño. Eisa era lo único que importaba.

—Un apretón de manos y sellamos el trato —dijo Rurik, estrechando la mano con la palma enguantada de ella. Era cálida y firme, y la apretó con una fuerza envidiable.

—Espera aquí —dijo con brusquedad—. Ahora vuelvo. —Se metió el sello en el bolsillo. La puerta se abrió y luego se cerró.

Saga se quedó sola en el pasadizo, sin más luz que la de una antorcha. Se acurrucó sobre un costado y dejó de luchar contra la fuerza del tónico.

Y al cabo de unos pocos segundos, se quedó profundamente dormida.

DIECIOCHO

Kalasgarde

Cuando Rey y Silla entraron en casa de Harpa, la muchacha sintió mariposillas en el estómago. Paseó la mirada de un jergón colocado en el rincón más alejado hasta Rykka, que se contoneaba y retorcía en las llamas de la hoguera, pero cuando la posó en Harpa, que la miraba atentamente, aumentó su desasosiego.

Estaba ansiosa por hacerlo de una vez por todas. Estaba ya más que dispuesta a pasar por el Rito de Cohesión y unirse a las filas de los galdra. Pero ¿y si la anciana había cambiado de opinión?

Harpa se centró en su nieto.

—Soy vieja y me aferro a mis costumbres —dijo rompiendo así el silencio—. Eso lo sabes bien, Reynir.

Rey se limitó a gruñir.

—Pero he pensado mucho en ello. Parece que los hilos, que durante mucho tiempo creí cortados, solo se han deshilachado. —Harpa hizo una pausa, frotando con el pulgar el precioso cinturón de tablillas que llevaba—. Mi honor me obliga a cumplir mi cometido.

Silla frunció el ceño.

Harpa parecía masticar aquellas palabras que no deseaba pronunciar.

—Me he dado cuenta de que esto es más grande que tú y que yo, Reynir —dijo tras un buen rato—. Es mi deber llevarlo a cabo.

Rey asintió.

—Después de esto, no te pediré nada más.

Harpa y Rey se miraron fijamente, como si mantuvieran una conversación secreta a la que Silla no estuviera invitada.

—Muy bien —dijo Harpa. Dirigió su adusta mirada a Silla—. Si acepto hacer esto, debes escuchar con atención lo que te diga. No debes cuestionar mis métodos.

Silla asintió con impaciencia.

—Eres mayor —dijo Harpa, haciendo que a Silla se le borrara la sonrisa.

—Tengo veinte...

—Es difícil enseñar galdur pasada cierta edad. Tu mente se ha endurecido y se opondrá a lo que hay que hacer.

—Creo que comprobarás que estoy bastante decidida.

Harpa no le hizo caso y se volvió hacia Rey.

—Explícamelo todo.

Rey suspiró pasándose una mano por sus rizos desgreñados. Silla se dio la vuelta, avergonzada por haberle atacado como una loca la noche anterior. Pero Rey... le había ofrecido ternura. La había estrechado contra él y la había dejado llorar en su pecho.

—El guardaespaldas del rey Kjartan se la llevó de Askaborg —le contó Rey—. La mantuvo oculta en tierras de Sudur durante diecisiete años, le hizo tomar skjöld para suprimir su iniciación. Parece tener la intuición de un Cinéreo; una luz blanca y fría. Y quizá también la fuerza de un Destructor de Espadas.

—¿Qué? —Harpa estaba de espaldas a ellos, rebuscando en las estanterías colmadas de frascos.

—Fuerza —repitió Rey—. Me empujó y me lanzó lejos en el campo.

La anciana se giró hacia Silla, con los ojos entornados.

—No eres gemela.

Silla se encogió de hombros con gesto indiferente.

—¿Cómo puede ser? —preguntó Harpa—. ¿O quizá tuviste una gemela, pero la otra no se desarrolló en el útero? —Volvió a coger tarros de las estanterías—. ¿Qué sabes de los galdra, Eisa?

—Por favor, llámame Silla. —Tragó saliva—. Sé que hay de dos tipos: guerreros y mentalistas.

—Eso es —dijo Harpa—. Y tú eres una galdra guerrera.

Al oírlo, se le encogió el corazón. Tenía que convertirse en guerrera, tenía que ser tan poderosa como Rey.

—Los galdra guerreros —continuó Harpa— incluyen a los Destructores de Espadas, dotados de una fuerza descomunal. A los Sabuesos

Oscuros, que doblegan la luz a su antojo. A los Pies de Liebre, que tienen una velocidad sobrehumana. A los Cinéreos, que conjuran fuego a voluntad. Y los Forjadores, que pueden cortar y forjar las partículas de este mundo.

—Un momento —dijo Silla—. No he oído hablar de los Forjadores. ¿A qué te refieres con esas partículas?

—Las partículas son los entramados de este universo —dijo Harpa—. Están en todas partes, en todo, son tan pequeñas que no se ven. Dan forma a las piedras y a cada brizna de hierba. Los Forjadores pueden cambiar estas partículas; pueden cortarlas o forjarlas de nuevo; pueden crear cosas nuevas a partir de lo que la naturaleza ha provisto.

—Como mi armadura —dijo Rey, pasándose una mano por las intrincadas escamas que parecían de cuero—. La hizo un Forjador al que llamamos el Sastre. Se especializa en la creación de nuevos tejidos; armaduras tan resistentes como la cota de malla, pero con una mínima parte de su peso, o mantas que retienen tanto calor como diez pieles.

Silla se mantuvo totalmente inmóvil, asimilando todas las palabras.

—Los edificios de Kopa y algunos de Sunnavík —continuó Rey— los construyeron los Canteros, que están especializados en romper las partículas de la piedra.

Un recuerdo revoloteó por la mente de Silla.

—La prótesis de Hekla.

Rey asintió.

—Fruto de la colaboración entre un Forjador del Metal y un Sastre. Juntos han fabricado muchas extremidades artificiales y dispositivos útiles para los galdra guerreros.

Silla frunció el ceño.

—Pero todo eso es tremendamente útil —comentó ella—. ¿Cómo podría el rey no querer aprovechar tales habilidades en su beneficio?

—¡Bah! —Harpa levantó la mano, con la espalda encorvada sobre la mesa de trabajo—. Ese hombre teme a los galdra. Intenta eludir su destino, pero ya debería saberlo: ni siquiera un rey puede escapar de algo así.

Silla miró a Rey, esperando una aclaración.

—Hay historias —dijo lentamente, mirando a su abuela—. Dicen que Ivar acudió una vez a una Tejedora para que le leyera el futuro. Nunca se la volvió a ver. Fue entonces cuando comenzó la venganza de Ivar contra los galdra. Los acorraló en grandes grupos y los ejecutó. Pero muchos escaparon y huyeron a los rincones más remotos del reino.

—¿Qué le dijo la Tejedora? —preguntó Silla.

—Que moriría a manos de un galdur —dijo Harpa.

—Habladurías —murmuró Rey.

Harpa se enderezó y le entregó una copa de arcilla a Rey.

—Échale agua, Reynir.

—¿Qué ocurrirá hoy? —preguntó Silla, incapaz de contener las preguntas—. ¿Cuánto tardará? ¿Seré tan poderosa como Rey?

—Hablas mucho, chica —dijo Rykka, levantándose de entre las llamas del fuego—. Te llamaré Trilla. Como la ardilla del jardín, siempre cotorreando en busca de comida.

—Rykka... —le advirtió Rey, pasándole la taza de líquido humeante a Silla—. Sé amable.

—Siempre lo soy, Reynir —ronroneó ella—. Las ardillas son los roedores más adorables.

—Fuera de aquí, Rykka —le espetó Harpa—. Necesitamos tranquilidad. —Se volvió hacia Silla—. Bébete eso y luego empezaremos el Rito de Cohesión.

—¿Ya? —preguntó Silla, dando saltitos. Llevaba toda la mañana pensando en este momento, pero ahora que había llegado, sentía un nudo de aprensión en el estómago.

—Sí, ya. Hoy te guiaré por el Rito y luego descansarás. Mañana trabajaremos en la expresión y tejeremos tu galdur para darle forma física. —Harpa miró la copa—. Bebe.

Al observar la copa, a Silla le entró un sentimiento de inquietud. Había aprendido por las malas los riesgos de aceptar comida y bebida de otros.

—¿Qué lleva?

—Una hierba que te ayudará a extraer los poderes del corazón de tu magia. Facilita que tu mente encuentre esa parte de ti misma y la vincule.

Rey la observó con atención.

—Te activará. Atraerá la luz a tus brazos, y nada más.

«Te activará». El corazón le palpitaba con fuerza mientras miraba la taza humeante.

—¿Es el catalizador?

Rey tensó la mandíbula.

—¿Cómo sabes eso?

Silla se llevó la mano a la calva.

—Valf. El comandante Valf me lo puso en la comida. —Acudieron a su mente unos tapices: unos vibrantes mechones castaños entretejidos con rubios; unas manos que le rodeaban la garganta, y «grita, querida. Me encanta».

Se le cayó la taza, cayó en el suelo con un repiqueteo y ella dio un respingo. Bajó la mirada, sorprendida de ver que el líquido le había salpicado las botas.

—Harpa —dijo Rey—. Necesitamos un momento.

Rey la sujetó con firmeza por los hombros y la hizo cruzar la puerta hasta el jardín. Una ráfaga helada le acarició las mejillas, y el frío la sacó del trance.

—No me lo habías dicho —dijo Rey en voz baja. Notó que le agarraba los hombros con sus grandes manos para girarla hacia él—. No me dijiste que te había dado el catalizador.

—¿Y por qué pensabas que brillaba como una aurora?

—Pensé que era la emoción de la batalla o el miedo. Ambas cosas pueden activarte.

A Silla se le desenfocó la mirada mientras llevaba la vista al bosque.

Rey maldijo con saña.

—La muerte que le diste a ese hombre fue demasiado rápida—. Ella levantó la mirada hacia sus ojos; las llamas doradas chisporroteaban en un océano marrón oscuro—. Yo habría sido mucho menos misericordioso.

Silla abrió la boca, pero no le salió nada.

—Estás a salvo.

«A salvo», se recordó ella. «No estás atrapada. Tú eliges».

—Podemos intentarlo otro día.

Sin embargo, Saga la necesitaba y no había tiempo que perder. Se alejó un poco y lo miró a los ojos.

—No. Dime qué va a pasar.

Rey la observó.

—Después de beber el catalizador, despejarás tu mente de cualquier pensamiento y te sumergirás en tu interior. Es un lugar de conciencia profunda, y no puedo decirte con certeza lo que verás. Algunos ven retazos de recuerdos, atisbos del pasado. Otros reciben la visita del espíritu de un antepasado. La mayoría ve una luz. Sigue la luz y encontrarás tu corazón: la fuente de tu poder. Pon tus manos sobre él, y el corazón y la mente se unirán y se cohesionarán.

Silla se mordió el labio.

—¿Y si no lo consigo?

—Si no lo consigues, tu galdur seguirá activándose, pero no podrás expresarlo.

—¿Qué significa eso?

—Cuando estás llena de tensión, miedo, rabia u otras emociones potentes, tu galdur sale a la superficie. Te activas. Pero tu mente no puede controlarlo. No puedes expresarlo ni darle forma. ¿Lo entiendes?

Ella asintió.

—Cuando estés cohesionada, podrás controlar la activación y enviar el galdur de vuelta a la fuente cuando no quieras encenderte cual antorcha.

Silla reprimió una sonrisa.

—Ya, eso sería útil. —Silla respiró con calma y lo miró fijamente. Tenía que seguir delante. No tenía más remedio que hacerlo—. No... no quiero perder el control.

Él respiró lentamente.

—Harpa lo ha hecho cientos de veces y, si quieres, puedo marcharme y...

—Quiero que te quedes.

—Muy bien. —Su mirada se clavó en la de ella y se mantuvo firme—. Me quedo.

A Silla se le puso la piel de gallina al prolongarse el momento. Carraspeó y se giró hacia la cabaña.

—Estoy lista.

Volvieron a entrar en la cabaña. Harpa había preparado una taza de agua caliente impregnada con el catalizador, y Silla se la bebió tan rápido como pudo sin quemarse la lengua. Siguió a Harpa hasta un jergón de caña, con decenas de velas dispuestas a su alrededor.

—Túmbate aquí —dijo la anciana, señalando el jergón. Mientras ella se estiraba, Harpa empezó—: Encendemos velas para el Padre de la Luz, pues es la fuente de nuestro galdur.

Los ojos de Silla se encontraron con los de Rey; las llamas de las velas danzaban en su mirada.

—Cierra los ojos —ordenó la mujer. Silla obedeció, con los latidos acelerados—. Invocamos al Luminoso. Te pedimos, Sunnvald, que concedas tu poder y tus bendiciones a Eisa. Llénala de tu gracia divina para que pueda vincular su mente a su corazón.

Silla ya sentía cómo actuaba el catalizador. La sensación empezó como un hilillo de poder, cada vez más intenso, hasta que un río helado le corría por las venas. Era una tensión... una tensión insoportable que imploraba que la liberaran.

Pronto. Pronto serían uno.

Soportando aquella extraña presión, sintió cómo se le acumulaba en los antebrazos. Abrió un párpado y vio el rostro de la anciana bañado en aquella luz blanca y pura.

—Cierra los ojos —le exigió Harpa—. Vacía la mente.

Acomodándose en aquel camastro duro, Silla respiró hondo y trató de despejar la mente. Le picaba la nariz. Un bulto se le clavaba en la columna. Pasó la lengua por el paladar, hacia delante y hacia atrás, hacia delante y hacia atrás.

Harpa exhaló con brusquedad; su impaciencia agitaba el aire. Silla sentía el cosquilleo de sus miradas como si fueran hormiguitas desfilando por su piel. Curiosamente, y para su desespero, cuanto más se esforzaba por despejar la mente, más se distraía.

—Cuenta las respiraciones —dijo Harpa—. Inspira profundamente, espira profundamente.

Silla inspiró hondo y luego exhaló con lentitud. Intentó despejar la mente, dejando que se relajara todo el cuerpo.

Unos ojos azules como el hielo centellearon en su mente. La sangre roja y herrumbrosa le enmarañaba el pelo y supuraba de sus heridas. Luego, unos ojos marrones, abiertos de par en par por el miedo. El pelo revuelto como el de un oso cavernario. Luego, Skeggagrim, un hombre al que nunca había conocido, con el cuello rebanado, los ojos abiertos y sin vida.

«Por tu culpa. Por tu culpa. Por tu culpa».

Silla abrió los ojos y respiró entrecortadamente.

—No puedo acallar mi mente.

Harpa suspiró, se inclinó hacia Rey y le susurró algo al oído. Este desapareció de su lado y regresó al cabo de un rato con un frasco. La anciana lo abrió, sacó una seta fina y nudosa y se la dio a Silla.

—Mastica. Te aliviará los nervios y te despejará la mente.

Notó el escozor de la amargura en la parte posterior de la lengua mientras masticaba y tragaba. Pero al cerrar los ojos, aquella mirada azul como el hielo, la culpa y la vergüenza, se derritieron como la nieve bajo un sol primaveral. Por fin, su mente quedó felizmente vacía.

Y, entonces, Silla se dejó llevar hacia el fondo, hasta que la envolvió la negrura.

DIECINUEVE

Silla aterrizó sobre manos y rodillas, y le crujió la barbilla por la fuerza de la caída. Aturdida, se quedó inmóvil varios segundos, captando todos los detalles pudiera. Abajo, un suelo de piedra gris se extendía en ambas direcciones: parecía un pasillo.

Había un silencio de lo más inquietante.

Incorporándose, se limpió las rodillas con las palmas de las manos y trató de orientarse. Pero antes de saber qué hacer, oyó el débil ruido de unas pisadas. Se le revolvió el estómago a medida que los pasos se acercaban. No tenía dónde esconderse; aquello no era más que un pasillo vacío en ambas direcciones. ¿Debería echar a correr?

Sin embargo, una especie de presentimiento la mantuvo anclada en el lugar. Un hombre no tardó en doblar la esquina; ella respiró hondo y contuvo la respiración. El hombre llevaba una corona en la cabeza; era de oro y no tenía adornos. Sus rizos plateados atraían la luz, y sus ojos azules resaltaban en un rostro profundamente marcado por la edad. Silla sintió que debería conocerlo, estaba segura de que era un rey, pero no el rey Ivar.

La tristeza se aferraba a este monarca; lo vio en la forma en que se le encorvaban los hombros, en su andar pesado. La negrura que moraba en un rincón de su mente sacudió su jaula, y entonces cayó en la cuenta; el dolor atenazaba a aquel hombre con toda fuerza.

¿Quién era este rey y qué le había ocurrido?

Lo curioso es que el hombre no parecía verla: pasó de largo.

—¿Disculpad?

Tampoco hubo reacción alguna. Presurosa, le puso una mano en el hombro y dio un grito ahogado cuando esta atravesó la espalda del rey.

Le vinieron las palabras de Rey: «Algunos ven retazos de recuerdos, atisbos del pasado. Otros reciben la visita del espíritu de un antepasado. La mayoría ve una luz».

«Luz», pensó. «Tal vez este rey me llevará hasta la luz».

Medio aturdida, Silla siguió al hombre. Caminaron juntos hasta que llegaron a un enorme tapiz de negros y naranjas vivos colgado de la pared. Con una rápida mirada hacia atrás, el soberano lo apartó y con el talón de la mano apretó una piedra con fuerza. Toda la pared se inclinó hacia dentro.

—Un portal —exclamó Silla, que no dudó en seguir al hombre a través de él.

La oscuridad los engulló cuando la puerta volvió a su sitio, pero el anciano rey no tardó en conjurar una fina llama anaranjada en la palma de la mano. Era Cinéreo. Una sonrisa se dibujó en los labios de Silla. ¡Este monarca era galdra! Lo que significaba... que debía ser un antepasado suyo.

Silla observó atentamente al viejo rey. Su llama arrojaba luz sobre el muro de piedra, y esta se deslizaba por él, como si estuviera buscando algo. Por fin, puso la palma sin llama sobre una piedra y la empujó con fuerza hasta que chasqueó suavemente. Silla soltó un grito ahogado cuando el suelo se hundió en espiral y dejó al descubierto una escalera retorcida y sombría.

Silla y el rey empezaron a bajar. La escalera era mucho más larga de lo que había imaginado; el aire se volvió pesado y húmedo, con una sensación extraña y vetusta. Por fin llegaron al final, y una pequeña habitación se desplegó ante ellos.

Le recorrió un escalofrío untuoso por las venas. La antigua presencia era más fuerte aquí y una oscura embriaguez se propagó en el seno de su ser. Se llevó la mano al pecho y buscó en vano la sensación reconfortante del vial.

Recorrió la pequeña habitación, examinando las velas colocadas en los recovecos tallados en piedra y el libro encuadernado en piel que reposaba sobre un pedestal.

Una extraña sensación se agitó en su sangre —era un recuerdo, más o menos—, como un sueño que no alcanzaba a recordar del todo. Aquella presencia la acogió como a una amiga ya olvidada, con espirales invisibles que se deslizaban por ella en una caricia oscura y seductora.

El rey prendió las velas hasta que la habitación resplandeció de luz y, de pie ante el libro, hojeó las páginas. Silla lanzó un gritito cuando el monarca sacó una daga de empuñadura blanca y se hizo un corte profundo en la palma de la mano. Mojó los dedos en la sangre y dibujó una serie de símbolos en la pared.

—Oscuro, yo te llamo —dijo en voz baja.

Silla contuvo la respiración mientras esperaban en silencio. No ocurrió nada.

—Oscuro, te lo imploro. —Al hombre se le quebró la voz y su desesperación se tornó tangible.

Las velas chisporrotearon y la temperatura disminuyó en un instante. El aliento de Silla empañó el aire. La presencia se hizo más fuerte, más dominante, y una repentina oleada de deseo serpenteó por la sangre de Silla.

«Una hojita para insensibilizarte. Una hojita más para ahuyentar la culpa. Tres para dejar de sentir del todo...». Silla se agarró el pecho, en busca de aquel frasquito. Tuvo antojo de aquellas hojas como no había tenido en semanas, y se dejó caer de rodillas con un grito agónico. Deseo. Las deseaba. Las necesitaba. Estaba incompleta sin ellas, moriría si no podía conseguirlas...

Otro parpadeo de la luz de las velas, y las ansias se desvanecieron en un instante. Con la respiración agitada, Silla se puso en pie, tratando de calmar su acelerado corazón. Un movimiento en las inmediaciones distrajo su atención: una sombra que trepaba por la pared. Poco a poco fue creciendo, las líneas difusas adoptaron la forma de un hombre, con una corona de púas altas y delgadas que le sobresalían del cráneo.

—Ya has elegido —dijo una voz sobrenatural. Profunda e incorpórea, parecía proceder de ninguna parte y de todas partes al mismo tiempo. Se le puso la carne de gallina.

El rey se volvió hacia la sombra; el conflicto se dibujó en su rostro.

—¿No hay más remedio?

—No —dijo la voz con una tranquila malignidad—. Lo diré una vez más, rey. Mi respuesta nunca ha vacilado, ni lo hará hoy.

El soberano cerró los ojos y las sombras se agolparon en los huecos de sus mejillas.

—Piensa que tu amada vuelve a estar en tus brazos —dijo la voz—. Te arrebataron el tiempo que pasaste con ella, Hrolf. Ahora podrás deshacer este terrible agravio.

—Pero... mi linaje.

—Tu hijo no es tan mayor. Aún podría engendrar más hijos.

La voz de una mujer invadió el aire.

—Hrolf, querido mío. Para mí es una agonía estar sin ti. Cada momento es un dolor que solo se cura con tu amor. Toma la decisión correcta, querido, para que podamos estar juntos una vez más.

En los ojos del rey refulgían unas lágrimas no derramadas, y se llevó la mano al corazón.

—¿Brida? —susurró.

—Toma la decisión correcta, amor mío —clamó ella—, te lo imploro.

El rey cerró los ojos y se abrazó a sí mismo. Así, ya no parecía un rey, solo un hombre destrozado y consumido por la aflicción. Pero al abrir los ojos, la dureza reemplazó al dolor y la congoja. Enderezó la columna.

—Lo haré.

La sombra se estremeció de alegría.

—Una vida por una vida —dijo esta.

El rey asintió solemnemente.

—Usa el cuchillo —dijo la voz incorpórea—. Tómalo. Entrégame la vida de la muchacha y volverás a abrazar a tu amada Brida.

Cuando comprendió la intención del rey, un lento escalofrío la recorrió de arriba abajo. Eso estaba mal, era un acto terrible y, sin embargo..., lo entendía. El dolor había destrozado a aquel hombre, había tergiversado sus pensamientos, de modo que pensara que lo que estaba mal era lo correcto. Que la oscuridad fuera su camino hacia la luz.

«Por tu culpa», canturreó aquella voz profunda y oscura, penetrando en su cráneo y escarbando profundamente en su mente. «Por tu culpa están todos muertos».

Por su mente pasó el rostro de Matías. Luego Ilías y Skeggagrim. Un hombre con una vara de hierro que se cernía sobre ella. Merecía ser castigada.

Deberían haberla colgado y atado a un pilar con el resto de su familia. La cruda y negra aflicción que había enjaulado se coló entre los barrotes, y supuró cual veneno hasta que empezó a atragantarse, ahogándose en todo aquel pesar...

Algo se le enganchó detrás del ombligo y tiró de ella. Y, entonces, una vez más, se sumió en la oscuridad.

Aterrizó. Parpadeó en la penumbra. Aquella presencia asfixiante había desaparecido y su dolor había quedado enjaulado en el rincón más remoto de su mente. Una luz crecía, en algún lugar distante de aquel espacio vacío.

—¿Adónde has ido? —le preguntó Harpa sin contemplaciones con unos ojos ambarinos brillantes mientras se acercaba a ella. Harpa. A Silla le entraron ganas de abrazarla.

—A una habitación —consiguió decir—. Había un libro...

—Ahora eso no importa —dijo la anciana enérgicamente—. Estás donde debes estar. Sigue las luces y confía en la sensación de conocimiento que hay en tu interior. Te guiará hacia tu poder.

Silla siguió con la mirada las luces parpadeantes. Tras ponerse en pie, se dirigió hacia ellas. A medida que se acercaba, comprobó que, en realidad, no eran luces. Eran flíta, miles de criaturas parecidas a las mariposas, que agitaban sus alas vaporosas y luminiscentes. Caminó entre ellas, maravillada. Algunas de las alas de las flíta se incendiaron, antes de arder en pequeños fogonazos y ceder el paso a la oscuridad. Y en algún lugar de esas cenizas, aparecía una oruga.

Muerte y renacimiento. Una nueva fase de su vida que comenzaba una vez más.

Como la suya propia. Cuando despertara, su vida como mujer normal y corriente habría terminado. Sería galdra. Una Cinérea. Y estaría un poco más cerca de liberar a Saga.

Caminando entre las flíta, a lo lejos, una luz más grande e intensa le llamó la atención. A diferencia de la luz amarillo fuego de las flíta, este orbe de mayor tamaño era de un blanco puro. Al acercarse, su forma se tornó nítida: era un orbe agitado y palpitante.

«Confía en la sensación de conocimiento que hay en tu interior», había dicho la anciana, y Silla descubrió que, en efecto, sabía exactamente qué hacer. La luz la atraía, no con la oscura seducción del libro, sino con un flujo brillante y constante, como una corriente lenta que la empujaba hacia delante. Y mientras que el libro le había parecido un deseo destructivo, aquella luz se le antojaba adecuada, como si se estuviera uniendo a otro fragmento de su propio ser.

La luz del orbe le calentó el rostro y la llenó de júbilo. Por fin acogería esa parte fundamental de sí misma. Pronto haría aquello para lo que había nacido.

Alargó el brazo y agarró el orbe.

La energía inundó su cuerpo y, durante un instante imperceptible, Silla comprendió los entramados del mundo. Vio las conexiones de las que había hablado Harpa; el complejo entramado de vínculos que mantenían unido este mundo, organizándolo en estructuras y seres y aire y agua. Vio los hilos de la emoción, el pensamiento y la memoria, los tejidos del pasado y del futuro venidero. Su equilibrio era exquisito —la urdimbre y la trama, la oscuridad y la luz, el caos y el orden—, era tan hermoso que le daban ganas de llorar.

Pero entonces, en un visto y no visto, se esfumó. La ola alcanzó su cresta. El conocimiento y la conciencia se volvieron líquidos, se le escurrieron entre los dedos y no pudo asirlos.

La embargó un resplandor blanco que se le asentó justo detrás de la caja torácica. Era un suave remanso de galdur, y con él llegó la certeza de que se parecía tanto a ella porque era ella misma: siempre había estado ahí. Pero ahora que su corazón y su mente estaban unidos, podía sentir su galdur.

Silla sintió que una sonrisa le curvaba los labios cuando abrió los ojos y se quedó contemplando las vigas de la cabaña de Harpa.

VEINTE

Sunnavík

Saga se despertó con una sacudida de sobresalto en todo el cuerpo. Desorientada, se quedó mirando los pliegues carmesí que caían y la envolvían como un capullo de seda. En cuanto lo identificó, se le relajaron los músculos: era el dosel de su cama.

Se masajeó con los dedos las sienes palpitantes. Había dormido como un tronco. Amodorrada, se incorporó y descorrió las telas que rodeaban el lecho. Se arrastró hasta el borde del colchón y miró con detenimiento el dormitorio. Las cortinas estaban abiertas de par en par. Parecía la última luz del día, lo que significaba que se había perdido la cena. Se había echado una siesta y...

—No —se lamentó cuando le vino el recuerdo. Kassandr Rurik.

«Necesito su ayuda».

—Lo he soñado —murmuró frotándose los ojos con las palmas de las manos. Estaba segura. Porque ni en sus peores pesadillas le revelaría esa información a un hombre como Rurik. Pero alcanzó a ver un fragmento de pergamino encima del tocador y entonces supo..., de algún modo, que no había sido un sueño. Pese al dolor de cabeza, cruzó a toda prisa la habitación y leyó la nota.

Torre Asla, mañana, campanada veinte.

Le dio la vuelta, pero no decía nada más. Rurik, al parecer, era un hombre parco en palabras. Saga supuso que el propósito del mensaje era entregarle la carta falsificada para que él pudiera cumplir su parte del trato. Además, el hombre querría el mapa que le había prometido.

Saga apretó los dientes con los ojos clavados en la nota. Lo último que recordaba era que sucumbió a la tentación del sueño en aquel pasadizo oscuro. ¿La había llevado el propio Rurik a sus aposentos? La idea de estar inconsciente —e indefensa— en compañía de un hombre al que apenas conocía hizo que se sintiera abochornada. Dioses, qué vergüenza, y también qué rematadamente arriesgado. Saga estaba comprometida con el hijo de Ivar Corazón de Hierro. ¿Y si alguien había visto a Rurik?

Echó un vistazo rápido al resto de la habitación en busca del pergamino. Detuvo la mirada en el cajón del tocador. Lo abrió de un tirón. Allí estaban: el cuño de sellar y un pergamino con el sigilo de avispa de la reina estampado en el lacre. Con las manos temblorosas, Saga sacó el rollo. Rompió el sello. Y leyó el contenido.

Han avistado a la muchacha y a su acompañante en el Paso de Svangormr, lo que confirma que la chica viaja por el camino principal hacia las tierras de Nordur. Han de ser apresados sí o sí. No hace falta que les recuerde lo que está en juego si los Azuzalobos fracasan otra vez.

Atentamente,

S.

La letra menuda de Alfson se amontonaba y se separaba al ritmo del retumbo del corazón de Saga. Esa era: la carta que buscaba. Rurik lo había hecho. Había interceptado el pergamino, y ahora Saga tenía en sus manos el poder de ayudar a Eisa.

El pecho se le llenó de gratitud y se sintió ligera como el aire. Y ahora solo tenía que cambiar una palabra o dos para enviar a los Azuzalobos en dirección contraria. Para cuando se descubriera el error, no le resultaría difícil demostrar su inocencia y, a la vez, conseguiría que Eisa ganara tiempo.

Saga sintió un hormigueo de emoción de pies a cabeza, aunque las náuseas lo atajaron rápido. Había conseguido la carta, pero ¿a qué coste? Ahora aquel hombre sabía que Saga estaba manipulando los mensajes de la reina —y que tenía el sello de lacre de Signe—. Cuando se dio cuenta, hundió la cabeza entre las manos; acababa de darle a Rurik el poder de acabar con ella.

Pero las palabras de Rurik le vinieron a la memoria.

«Me dibujarás un mapa con todos los túneles del castillo de Askaborg».

Saga frunció el ceño. Se había expuesto demasiado a Rurik, pero él también le había revelado algo. ¿Para qué querría un mapa? Tras sopesarlo en silencio, le cuadraron un par de detalles: el primer día, Rurik la había encontrado cerca de la torre de cetrería, una ubicación alejada donde él no tenía por qué estar; y, ahora, su interés por los túneles.

—Está buscando algo —murmuró apartándose un mechón rubio de la cara. ¿Qué quería encontrar Rurik? ¿Su druzhina lo buscaba también? ¿Habían venido realmente por motivos diplomáticos o era una mera estratagema? Entonces, reparó en otro hecho que le alivió el malestar abrasador del estómago. «Rurik no puede delatarme sin arriesgarse a que salga a la luz su propio secreto». Era una esperanza pobre y frágil, pero Saga se aferró a ella con todas sus fuerzas.

—Céntrate —se dijo poniéndose en pie con las piernas temblorosas. Ahora mismo, lo más importante era el pergamino. Lo más importante era Eisa. Saga vertió agua de una jarra en la palangana y se refrescó las mejillas. Y cuando tuvo la mente en calma, enumeró los pasos en orden.

«Modificar las instrucciones. Sellar los pergaminos. Reunirme con Rurik en la Torre Asla».

Y así, Saga se puso manos a la obra.

EL CORAZÓN DE SAGA palpitaba como un tambor de guerra mientras subía la escalera de caracol de la Torre Asla. Llevaba la nota falsificada y recién sellada remetida en una manga. Aunque había tardado varias horas en imitar la letra irregular del maestre Alfson, acabó consiguiendo que se asemejara mucho. Con las nuevas órdenes, los Azuzalobos se patearían toda la costa oeste de Nordur, lejos del Paso de Svangormr y, lo que Saga esperaba, de Eisa.

En la otra manga llevaba el mapa doblado de Rurik. Saga se había afanado para dibujarlo; añadió los túneles principales de Askaborg, incluyendo los que conocían los urkanos, y unos cuantos menos conocidos para satisfacer su curiosidad. Pero los demás se los reservó. No estaba en su sano juicio cuando acordó facilitarle esta información. Revelar todos los secretos de Askaborg no solo pondría en peligro su seguridad, sino que significaría darle a Rurik todo lo que quería.

Y su plan era dejarlo con necesidad de más.

Saga repasó la propuesta que le haría a Rurik: ser una especie de socios. Él interceptaría futuras cartas para ella, y ella le recompensaría con pasadizos nuevos. No tenía claro cómo reaccionaría Rurik ante la proposición, pero el hombre lo merecía por haber aceptado el trato a pesar de que ella tenía la mente aturullada por el tónico.

La Torre Asla llevaba tiempo abandonada, aunque seguía siendo accesible por los pasillos internos de las antiguas murallas defensivas del ala norte del castillo. Y no solo eso; además estaba solo a unos pocos minutos a pie de las dependencias de Saga. ¿Había elegido Rurik la torre por ese motivo? Era inquietante pensar lo mucho que este hombre conocía el castillo en tan poco tiempo.

Saga cruzó la puerta y entró en la sala vacía de la torre. El espacio circular tenía cinco ventanas acristaladas, y cada una ofrecía una vista imponente de los alrededores del castillo y de los distritos periféricos de Sunnavík. Se acercó a la que estaba más orientada al este y contempló las lunas hermanas que se reflejaban en las aguas de la bahía. Esa noche, la luna mayor estaba en su máxima plenitud.

«Una Malla llena es un buen augurio para quienes necesitan coraje», afirmó un curioso pensamiento. Antes de poder preguntarse dónde lo había oído, oyó un arrastrar de pies a su espalda.

—Tengo tu... —empezó a decir Saga, pero se detuvo en seco por la conmoción. No era la enorme silueta de Rurik la que había en el marco de la puerta, sino la de una mujer que Saga no conocía. El estómago le dio un vuelco y el pulso se le desbocó.

Ataviada con el delantal azul de sierva, la muchacha hizo una torpe reverencia.

—Buenas noches, Su Majestad.

—¿Quién...? ¿Qué...?

—Soy Ana, Su Majestad —dijo la mujer mientras entraba en la sala.

A Saga se le subió el corazón a la garganta. Estaba claro que no era Rurik.

—«Su Majestad» se usa exclusivamente para dirigirse a la reina —apuntó Saga, con más aspereza de la que pretendía.

—Sí —respondió Ana sin inmutarse—. Así es.

Saga sintió una inquietud que le envolvió las costillas y miró por encima del hombro de Ana.

—Creí que eras... —Apretó los labios.

—¿Lord Rurik? —adivinó la muchacha y, a continuación, negó con la cabeza—. Debo deciros que ese hombre es bastante imprudente. Si se hubiera encontrado a cualquier otro en la torre de cetrería, la noticia ya habría llegado a oídos del rey.

Saga se puso blanca.

—Estabas en la torre de cetrería. Tú le diste el... —Una vez más, se encontró con que no quería revelar demasiados detalles.

—Pergamino —terminó la frase Ana—. El hombre llegó a la torre de cetrería justo cuando estaba cerrándolo. Debo admitir que es bastante persuasivo.

Ana enarcó las cejas con un gesto divertido, pero Saga solo arrugó la frente. Debería haber visto que el tipo era un descarado seductor.

—Casi estuve dispuesta a entregarle las llaves del edificio —siguió Ana—. Menos mal que una parte de mi sensatez se mantuvo íntegra. Y su presencia inesperada me hizo pensar... me hizo recordar a la mujer que intentó cruzar el patio interior del castillo no hace mucho.

Saga se ruborizó cuando le vino la imagen del rostro que la miraba desde la ventana de la torre de cetrería mientras ella se rompía en mil pedazos.

—Tú viste...

—No sintáis vergüenza —dijo Ana, haciendo un gesto con la mano—. Por favor, Alteza, es lo último que pretendo.

—¿Y qué pretendes? —soltó Saga. Inspiró despacio, en un intento de recobrar la paciencia. Aunque preferiría hablar de la sabiduría de Ursir que de su aflicción con una extraña.

—Le entregué los pergaminos y la nota a lord Rurik porque quería deciros... —Ana frunció los labios antes de continuar— que en el caso de que necesitéis interceptar otra carta, tal vez yo pueda ser de ayuda.

La sorpresa recorrió la columna de Saga.

—¿Ser de ayuda? —repitió estupefacta.

—Así es —respondió Ana con cautela. Las dos mujeres se miraron evaluándose la una a la otra. Estaban cruzando una línea peligrosa, y ambas eran conscientes.

Saga analizó a la mujer que tenía delante, sin saber qué pensar. Relajó poco a poco sus barreras mentales y dejó que su Sentido se expandiera.

«... ¿Cómo puedo convencerla?», flotaba en el pensamiento de Ana. «Debo contarle algo para ganarme su confianza...».

—La ayuda sería... bienvenida —dijo Saga despacio—. ¿Me echarías una mano con esto?

«... ¡Por supuesto!», saltaron los pensamientos de Ana. «Cuéntaselo, pero controla tu ansia o la asustarás...».

—Por supuesto —dijo esta vez en voz alta—. Aunque debo pediros algo también. Una especie de intercambio. Creo que podríamos ayudarnos mutuamente.

—Ayudarnos...

Ana cerró los puños, y luego los relajó.

—Colaboro con un grupo de gente que busca información entre los muros de Askaborg. Y vos, Alteza, tenéis acceso a las áreas prohibidas para los esclavos de palacio.

Saga juntó las cejas.

—¿Información?

«... Ay, me van a cortar la cabeza por involucrarla en esto», pensaba Ana, observando a Saga en silencio, «pero es la única manera...».

—Eso es —dijo Ana en voz alta—. ¿Os parece bien el trato?

—Quieres que yo te consiga información —musitó Saga—. Y a cambio tú interceptarás las cartas de la reina Signe.

«... ¿Debería explicarle que leer las cartas de la reina nos ayuda a nosotros también?», pensó Ana. «Aparte de que ella tiene acceso al palacio y al sello de lacre...».

Ana asintió.

—Me han destinado a la torre de cetrería para investigar a la reina. Pero con el acceso tan limitado solo puedo conseguir sus direcciones de correspondencia.

—¿Las direcciones?

Ana asintió.

—Meras migajas de lo que buscamos.

Saga estudió a Ana en silencio.

—¿Cómo sé que puedo confiar en ti?

«... Díselo», pensó Ana. «Cuéntale algo para que vea que puede fiarse...».

—Galdra —dijo Ana en voz alta.

Saga pestañeó.

«... Ay, dioses», pensó Ana. «No sé si debería haber dicho eso. ¿Y si me entrega? No, cálmate. No lo hará. Es una Volsik...».

Ana carraspeó.

—Quiero decir, que soy galdra —explicó en voz alta—. Os lo digo para que confiéis en mí. Si no cumplo con mi parte del trato, podéis hacer que me pongan en un pilar.

«... ¿Para qué sugieres eso?», pensó Ana, presa de pánico.

—Yo no haría algo así —se apresuró a responder Saga. Pero esa información, junto con lo que su Sentido acababa de escuchar, suavizó ligeramente su espino protector.

—¿Quedan galdra en el reino?

—¡Claro que sí! —exclamó Ana y, a continuación, hizo un gesto de disculpa—. Lo siento... es lógico que no lo sepáis.

Saga observó a Ana con detenimiento y la curiosidad se apoderó de ella. Cuando el Sentido de Saga afloró a los dieciséis años, enseguida supo que era galdra. Recordó que, cuando sus padres aún reinaban, existía un ritual. Pero en aquel castillo, bajo el mandato de Ivar Corazón de Hierro, Saga no había pasado por él. En su lugar, había aprendido a levantar barreras mentales y a ocultar su Sentido.

Pero nunca había conocido a alguien como ella, y en su mente había mil preguntas dándose empujones.

—¿Qué sabes hacer?

«... Esto es bueno», pensó Ana. «Hace preguntas».

—Yo soy lo que llaman una Pies de Liebre —dijo Ana—. Significa que puedo desplazarme a grandes ráfagas de velocidad. Pero no me atrevo a usar esa habilidad aquí.

Saga se mordió el carrillo.

«Yo puedo leer el pensamiento», tuvo en la punta de la lengua. «¿Conoces a otros como yo?». Sin embargo, el instinto de protección la frenó. No se atrevía a decirlo. Todavía no.

—No se lo contaré a nadie —prometió en cambio—. Pase lo que pase, tu secreto estará a salvo conmigo, Ana.

«... Lo sabía», pensó Ana, y sus ojos empezaron a brillar. «Es como madre describió a los Volsik. Buena y honorable...».

—Gracias, Majestad —dijo Ana en voz alta.

Saga sintió un leve mareo cuando Ana se dirigió a ella con aquel tratamiento y apartó la mirada. Se sacó el pergamino de la manga y lo estudió. Se había esforzado mucho y había luchado para obtenerlo, para conseguirle a Eisa unas cuantas semanas. Pero pronto habría nuevos planes, nuevos mensajes, y Saga necesitaría ayuda para obstaculizarlos.

—Necesito saber más —dijo Saga—. ¿Qué información buscas?

—Un nombre —respondió Ana cautelosa.

—¿Un nombre? —repitió Saga.

«... Se van a enfadar mucho conmigo por implicar a lady Saga en esto», pensó Ana, «pero es la única manera...».

Ana dejó escapar un largo suspiro.

—Creemos que la reina está dirigiendo a los klaernar para llevar a cabo sus propios planes retorcidos.

—¿A los klaernar?

—Sí —contestó Ana—. Tenemos sospechas fundadas de que alguien está moviendo los hilos por ella. Una especie de intermediario. Y queremos saber quién es.

Saga la miró fijamente, con los pensamientos volando como locos por su cabeza.

—¿Qué están haciendo los klaernar en nombre de la reina?

«... Asesinar y traicionar en el mejor de los casos», saltaron los pensamientos exasperados de la mujer.

Ana hizo una mueca de dolor.

—Me temo que no puedo revelar los detalles. Basta con que diga que la gente para la que trabajo tiene un interés particular en averiguar de quién se trata.

Saga se dio la vuelta y miró por la ventana; los pensamientos de Ana se embotaban y los suyos le zumbaban. Los klaernar. Traición. Esto era más grave que la mera manipulación de la correspondencia. Entonces recordó aquella primera conversación que escuchó entre Alfson y la reina.

«¿Qué clase de idiota incompetente es tu amigo, maestre? El comandante del destacamento de los klaernar de Eystri. ¿Cómo ha podido vencerlo una chica sin entrenamiento?».

Los klaernar estaban implicados en la búsqueda de Eisa por orden de la reina. Con esa idea en mente, tomó la decisión.

—Lo haré —confirmó Saga, entregándole el pergamino a Ana—. Esto ha de enviarse con premura.

Ana cogió el pergamino y examinó todas sus partes. En uno de los movimientos, Saga alcanzó a ver un destello de tinta negra en la pálida piel del interior de la muñeca de Ana: su tatuaje de esclava.

—Brillante, Alteza —murmuró Ana—. El pergamino exterior sustituido, la réplica exacta del sello y la caligrafía coinciden a la perfección. Lo enviaré inmediatamente. —Ana hizo una pausa—. Debemos quemar las cartas originales. Pero el cuño… ¿tenéis dónde esconderlo?

—Sí, en una piedra suelta de la pared —respondió Saga.

Ana asintió.

—Necesitamos que averigüéis el nombre del enlace entre la reina y los klaernar.

—Conseguiré la información —prometió Saga, con voz de acero.

—Me encantaría hablar con vos todo el día, Su Majestad —prosiguió Ana—.Debéis saber que es un gran honor conoceros. Mis padres… Mi familia… —Le brillaron los ojos.

«… Anda, calla», la regañaron sus pensamientos. «No te pongas tan sentimental…».

—Sus padres fueron gobernantes buenos y justos, merecedores de nuestra devoción y sacrificio —dijo Ana en voz alta—. Los Volsik han sido durante mucho tiempo los protectores del reino. El trono os pertenece.

Las palabras de Ana hicieron que Saga se retorciera. Llevaba años enterrando esos sentimientos. Llevaba años amoldándose a sus ideales.

—Debéis saber también —prosiguió Ana— que todo este tiempo se han propuesto infinidad de ideas para liberaros de esta prisión. Y todas han fracasado por un motivo u otro.

A Saga le escoció la garganta y se tragó la emoción.

«... La tratan como si fuera una niña, cuando salta a la vista que tiene agallas», pensó Ana. «No entiendo por qué nunca la han incluido en los planes...».

—Creo —dijo Ana, recorriendo con sus ojos oscuros el rostro de Saga— que, cuando nos digáis el nombre, le pediré a mi responsable que haga un nuevo llamamiento para liberaros.

«... Y esta vez, les diré que cuenten con ella en sus planes», pensó Ana.

Saga se quedó sin palabras, con la mente dando vueltas. La idea de salir de Askaborg debería llenarla de euforia, pero llevaba cinco largos años sin poner un pie fuera de palacio. ¿Cómo iba a abandonar el castillo? La sensación de pánico que habitualmente le envolvía las costillas como una mano empezó a estrujarla, fuerte, más fuerte...

—Y recordad —siguió diciendo, ajena a su sufrimiento— que cuando veáis una cinta de lino blanco ondeando en la torre de cetrería significará que he interceptado la misiva de la reina. Esa noche nos reuniremos en este mismo lugar. Yo traeré la cera y un pergamino de repuesto y vos traeréis el cuño y cualquier dato que hayáis recabado. Y si el lino es de color negro significará que hay problemas. No os acerquéis a la torre de cetrería y negad que me conocéis.

Saga asintió y respiró hondo.

—Bajad vos primero —dijo Ana—. Esperaré diez minutos y os seguiré. Y me aseguraré de que esta carta sale inmediatamente. —Ana hizo una brusca reverencia—. ¡Esta colaboración va a ser extraordinaria, Majestad!

Saga logró esbozar una sonrisa temblorosa y se marchó. Había llegado a la torre con la esperanza de aliarse con Rurik y se iba con mucho más. Ahora tenía la oportunidad de hacer algo trascendental. Porque si la información que buscaba Ana destapaba los planes de Signe —si le demostraba a Ivar que su esposa estaba desacreditando su mandato—, Saga podría hacer mucho más que desviar a una banda de guerreros.

Podría detener a Signe de una vez por todas.

VEINTIUNO

Kalasgarde

Rey miraba con cara de sueño el plato de gachas. Le dolía la espalda de dormir en el duro banco, y para colmo ahora llegaba Vig hablando a gritos.

—He oído la voz de Silla en los establos —dijo Vig desde el otro extremo de la mesa mientras Rey se llevaba una cucharada a la boca—. ¿Puede que esté... hablando con tu caballo?

—Es posible.

—Sonaba bastante seria. Una charla íntima.

Rey suspiró profundamente.

—¿A qué has venido, Vig?

—Ha llegado un halcón con un mensaje para ti —respondió mientras se sacaba un pergamino enrollado de entre los pliegues de la capa y se lo entregaba—. Algún asunto importante de Kopa, supongo.

Rey se fijó en el sigilo de dragón estampado en la cera —el distintivo del jarl Hakon—. El corazón le latía con fuerza mientras rasgaba el sello y leía la carta.

> *Dedos tiznados,*
> *Diez hombres llegarán en seis días. Procura no morir.*
> *Atentamente,*
>
> *Lengua de Fuego*

A Rey se le puso una sonrisa inusual. Eyvind no había cambiado ni una pizca. Cabeceó, le dio la vuelta al pergamino y frunció el ceño. No decía nada de Metta, la chica que Silla le había rogado que liberara de la custodia de los klaernar en Kopa. Esperó que a Eyvind simplemente se le hubiera pasado por alto mencionarla y que no fuera un mal presagio para la mujer. Rey enrolló la nota y se la guardó en la capa.

Vig lo miraba con atención.

—¿A qué estás jugando, Galtung?

—Estoy terminando algo que se había quedado a medias. —Rey se llenó la boca de gachas. No estaba de humor para aguantar las mierdas de Vig.

—Qué impropio de ti, terminar cosas.

Rey engulló y cerró los ojos. «Marra, concédeme paciencia para tratar con este cabeza de anguila». Exhaló unos segundos y le clavó sus «ojos de hacha» más afilados.

—Estoy viendo la manera de concluir el trabajo que ya no puedo completar en Istré, para que deje de morir gente asesinada.

Era más de lo que debería decir —más de lo que pretendía decir—, pero ver a Vig parpadeando de asombro valía la pena. ¿Pensaría en serio que Rey se dedicaba a corretear por el reino jugando a ser un guerrero, como cuando eran niños?

—¿Qué está matando a la gente de Istré? —preguntó Vig.

—No lo sé —respondió Rey con sinceridad, que era lo que más le preocupaba. Podía enviar hombres para averiguarlo, pero el hecho de no estar allí él mismo para examinar las pruebas y el retraso de la correspondencia agravaban su inquietud. Lo último que quería era enviar a su Hermandad del Hacha Sanguinaria, rota y maltrecha, a enfrentarse al peligro sin la preparación necesaria; otra vez.

—Verdaderamente, son tiempos difíciles —dijo Vig.

—¿Qué quieres decir?

Vig miró a Rey y, por una vez, no hubo desprecio en su rostro.

—Puede que no sea nada, pero…

—Pero ¿qué?

—La desaparición de Váli me ha dado que pensar.

—Qué raro —murmuró Rey, pero arrugó la frente con desazón. Váli seguía sin aparecer. Rey había repasado la búsqueda del chaval en su mente; tenía pensado pedirle a Runný que se quedara con Silla para ir a buscarlo con la luz del día.

Vig le lanzó una mirada de odio.

—Hace unas semanas, nos desapareció un rebaño de ovejas. —Se acarició la barba oscura, y su expresión coincidió con la preocupación que se acumulaba en las entrañas de Rey—. Solo encontramos mechones de lana desperdigados por el pastizal.

—¿Había marcas de garras? ¿Niebla? —preguntó Rey antes de cambiar de parecer. Magnus había dicho que los problemas en Istré habían empezado con la desaparición del ganado...

—No, y no —respondió Vig, y Rey suspiró profundamente. Gracias a los dioses. —Pero había un... olor extraño.

—Un olor —repitió Rey—. ¿A qué olía?

—A podrido —explicó Vig—. A descomposición. Y, sin embargo, no había cadáveres.

A Rey se le despertó la curiosidad. «Llévame al pastizal», quiso pedirle. Pero la lógica hizo retroceder al instante el pensamiento. Tenía que estar pendiente de Silla. Las disposiciones para Istré. Contactar con los uppreisna. Y aún tenía que decidir cómo recomponer su vida.

—Probablemente se trate de una manada de lobos gigantes —dijo en su lugar, y volvió a centrarse en su plato de gachas.

—¡Vale! —exclamó Vig con un suspiro de alivio—. Vale. Me alegro de que un experto me saque de dudas. —Rey miró a su antiguo amigo con un leve aire de respeto. A pesar de sus diferencias personales, Vig haría lo que fuera necesario para garantizar la seguridad de los suyos.

—Vale —repitió Rey. Y, sin más, Vig se marchó.

EL ALIENTO DE SILLA empañaba el aire del norte mientras observaba las enormes montañas. Giró en círculo para contemplarlas, con sus cimas nevadas arponeando el despejado cielo azul. La belleza pura de Nordur era asombrosa, y su fiereza la hacía sentir como algo minúsculo a merced de la naturaleza.

Silla se estremeció y se animó por dentro, como había hecho ya una docena de veces o más esa mañana. Allí estaba: la esencia de su magia brillando en sus venas. Era real. No lo había soñado.

Esbozó una sonrisa, que se amplió cuando oyó la voz de Rey desde la casa de acogida. El calor se le extendió por las mejillas al recordar los acontecimientos del día. Después del Rito de Cohesión, habían regresado al refugio; Rey se quedó cepillando los caballos mientras que Silla se desplomó en el banco, completamente agotada.

Rey se reunió pronto con ella; se repantingó en el banco junto a ella y dejó un brazo colgando por el respaldo.

—¿Cómo te sientes? —le preguntó con tono brusco. Puede que estuviera delirando por la fatiga, pero Silla pensó que le gustaba esa voz suya, seria y cortante.

—Como... si fuera más yo misma que nunca —respondió Silla, observando el hueco entre el brazo y el pecho de Rey. Era como un bolsillo hecho a su medida, en el que ahora sabía que encajaba a la perfección. Dioses, necesitaba una mascota.

Rey asintió.

—Has descubierto una parte de ti que no sabías que te faltaba.

—¡Exacto! —De forma impulsiva, se deslizó en el banco y se acercó a Rey.

—Has gastado mucha energía —dijo mirándola—, pero una buena noche de sueño te dejará como nueva.

El muslo de Silla rozó el de Rey y la invadió una oleada de calor.

—¿Qué haces? —preguntó, con ese tono arisco tan propio de Ojos de Hacha.

—Es que tengo... frío. —Se quedó mirando su aspecto de bandido acogedor con la esperanza de que lo entendiera.

—Vaaale —cedió poniendo los ojos en blanco.

Silla se pegó a él entusiasmada y subió los pies al asiento.

—Eres como mi chimenea personal —murmuró acurrucándose a su lado e intentando ignorar la expansión de su músculo firme. Calor. Silla solo buscaba calor.

Rey se puso tenso, como si estuviera sumamente incómodo. A ella la invadió la incertidumbre y levantó la cabeza para mirarlo a los ojos. En ese momento se sintió estúpida al preguntarse en qué estaba pensando. Era Ojos de Hacha, no un perrito al que pudiera achuchar.

Justo cuando iba a apartarse, Rey deslizó el brazo por el respaldo del banco y la acercó aún más. A Silla se le aceleró el pulso. A decir verdad, se sentía aturdida. Acababa de pasar por el Rito y de extraer su magia. Y ahora estaba un paso más cerca de rescatar a Saga.

—No se lo contaré a nadie —murmuró al cabo de un rato. Hasta ese momento, apenas se había sentido capaz de hablar por el cansancio—. No le diré a nadie que el temible Ojos de Hacha tiene un lado tierno.

Y cuando la oscuridad la sumió en el sueño, juraría que le oyó decir... «solo para ti, Rayo de Sol».

Cuando salieron de la casa, Silla recapacitó. La tristeza la llevó a refugiarse en Jonas en busca de consuelo. No podía caer en lo mismo con Rey. Y menos cuando tenían que compartir espacios tan reducidos y él era su único vínculo con los galdra.

Respiró hondo y siguió cruzando el patio. Pero, a medida que se movía, percibió una neblina azul brillante que volaba de acá para allá en el bosque. Se le cortó la respiración. Esta vez, estaba segura, de que era un espíritu de hielo.

—Anoche te dejé mantequilla —susurró Silla entre los arbustos—. ¿Te gustó? —El espíritu no se movió. Quiso salir corriendo y perseguirlo, aunque sabía que era inútil. Los espíritus que no querían dejarse ver eran muy hábiles para esconderse. Suspiró y volvió a los establos.

Y allí lo vio: un símbolo dibujado en la escarcha resplandeciente en el poste del establo. Una línea vertical y dos brazos en diagonal apuntando hacia abajo. Silla lo reconoció de inmediato: era una runa de protección, aunque estaba del revés. El dibujo se iba derritiendo con la luz de la mañana, y Silla se giró para buscar al espíritu de hielo.

¿Había hecho el espectro aquel dibujo? ¿Qué quería decir?

Sin embargo, el espíritu no se dejó ver, así que siguió andando hacia las caballerizas. Al detenerse bajo el tejado, le llegó el olor a heno y a equinos.

—Buenos días, encantos —dijo con suavidad, acercándose a los dos animales. Caballo se aproximó y le acarició la palma con el hocico, pero Parda apartó la mirada. El disgusto la quemó por dentro, pero entonces tomó una decisión. Conseguiría que aquel animal la amara, aunque fuera lo último que hiciera.

Por lo menos, la obstinada criatura llevaba tiempo sin morderla. Así que, después de darle a Caballo media galleta de avena, Silla hizo acopio de valor. Estiró la mano y le ofreció la otra mitad a Parda. Observó que daba muestras de agitación, agachando las orejas y meneando la cola.

El animal abrió las fosas nasales para olisquear la golosina.

—Quizá estás acostumbrada a los guerreros temerarios y brutos —dijo Silla bajito—, pero con el tiempo te habituarás a mí. —Parda miró con sus ojos grandes y oscuros el premio y, durante unos escasos segundos, Silla pensó que, por fin, iba a ceder.

Pero esta yegua, por lo visto, era más terca que una mula. La fiera se giró y se puso de nalgas a Silla. Y, después, la muy maleducada levantó la cola y se cagó.

Silla se cruzó de brazos.

—Pues peor para ti —dijo entre dientes—. Que sepas que tengo mucha experiencia en tratar con bestias cascarrabias.

Cogió una pala que había apoyada cerca de la entrada del establo, recogió el regalito de Parda y lo arrojó al bosque.

—Y por si acaso lo dudas —dijo hablándole a las posaderas del animal—, mañana volveré. Y pasado mañana. Y al final, tú, criatura insolente, me querrás.

Salió furiosa de las caballerizas, pero se detuvo en seco. El caballo de Vig no estaba y Rey practicaba en solitario una de sus secuencias defensivas con la espada. Se había rapado los laterales del cráneo y se había arreglado la barba, y su aspecto limpio no hacía más que resaltar la intensidad de sus ojos.

—¿Puedo unirme? —preguntó—. Después de lo de Kopa, yo... —Silla respiró hondo—. Está claro que tengo que continuar con las lecciones de defensa.

Rey se detuvo y la examinó.

—Coge las espadas de entrenamiento. Veamos si logras golpearme el trasero.

Y, de repente, el enfado que arrastraba con Parda se canalizó en algo nuevo. Sin mediar palabra, agarró las espadas de madera, se plantó delante de él y le ofreció una.

—¿Y ahora qué? —preguntó mirándolo con ansia.

El sol atrapaba las motas doradas de los ojos de Rey.

—Primero, la posición —dijo revisando su postura. Silla se obligó a mirar al frente y a ignorar las palpitaciones de su corazón—. Separa los pies —siguió diciendo mientras paseaba a su alrededor—. Afloja las caderas.

Silla jadeó cuando sus enormes y cálidas manos se posaron en su cintura baja, provocándole un hormigueo que le recorrió la columna vertebral. Rey la ajustó a la izquierda—. Bien —gruñó—. Ahora la espada. —Su brazo rozó el de ella, y una cálida mano se deslizó por la extremidad con la que sujetaba el arma. Cerró la mano sobre la de ella para corregir el agarre—. Mantenla en alto. Eso es.

Silla cerró los ojos, intentando centrarse en las instrucciones. Pero solo podía pensar en la sensación de tenerlo detrás y en que la noche anterior se había dormido en sus brazos. Y en que se había despertado en su cama con las pieles remetidas alrededor.

—Tu otra mano se encargará del escudo —seguía diciendo. Le deslizó la mano izquierda por el codo y lo levantó suavemente.

Cuando se alejó de ella, el cuerpo de Silla palpitó en señal de protesta. Rey retrocedió unos pasos hasta colocarse justo enfrente y contrajo los labios.

—Ahora, te enseñaré los movimientos y luego los repetirás.

Tras la demostración, Rey le indicó con un gesto a Silla que probara. Él la miraba, con los brazos cruzados sobre el pecho y escepticismo en el rostro. Silla recordó las lecciones del Camino de Huesos.

—¿Qué crees que estará haciendo Hekla ahora? —preguntó, con un dolor creciente en el pecho.

Rey arrugó la frente aún más.

—Causar estragos en los salones comunales de Istré.

—Eso espero. —Silla sonrió—. La echo de menos. Y a Sigrún. Y a Gunnar y... —«a Ilías», no pudo decirlo. «Y a Jonas. Y a las cosas como eran antes». La inundó una intensa nostalgia por el pasado. Por la posibilidad de volver atrás en el tiempo y ocupar el lugar de Ilías.

El habitual resquemor de culpa se le extendió por el cuerpo. Silla frunció el ceño, agarró fuerte la espada y se esforzó por repetir la secuencia. Se movía con torpeza y blandía la espada con indecisión. Resopló enfadada y volvió a la posición inicial.

—Por todos los dioses —murmuró Rey, pasándose una mano por la cara—. ¿Te lo has inventado? Eso no se parece en nada a lo que te acabo de enseñar.

—Sé más amable, Reynir —le reprendió Silla.

—Intentaré ser más amable si tú intentas esmerarte. He visto moverse mejor a críos borrachos.

—¿Quién deja beber a los críos? —preguntó horrorizada.

Pero se le escapó una sonrisa y se preparó para probar de nuevo. Y así se pasó casi una hora, con Rey guiando a Silla durante todo el entrenamiento, rectificando su postura y el agarre cuando era necesario. Poco a poco, Silla se sumió en la práctica, evadiéndose en el movimiento de su cuerpo. Eso, decidió, era justo lo que necesitaba. Un propósito nuevo. Una forma de relajarse.

Y así, nació un nuevo hábito matutino.

VEINTIDÓS

Después de una hora de entrenamiento, Silla preparó los caballos y Rey se zambulló en el riachulo que estaba detrás de la casa. Luego, lo siguió por Lanza de Nieve hasta la casa de Harpa. Seguían sin noticias de Váli, y Silla no dejó de mirar por encima del hombro durante todo el trayecto. ¿Había algo peligroso acechando las desoladas tierras de Kalasgarde? ¿O el chico sencillamente se había perdido?

Ahora se encontraba en el patio de Harpa, entre la desconcertante mezcolanza del verano, el otoño y el invierno, intentando alejar esos pensamientos. El mediodía era gris, y la capa de nieve del día anterior había aumentado su espesura. En la distancia, las campanillas de viento de Harpa resonaban chocando entre sí y Parda masticaba hierba en cantidades impías.

Esa mañana, Harpa parecía una reina, recostada en un banco rodeada de súbditos. Si los pájaros pudieran ser siervos, claro está. Trinaban y canturreaban a su alrededor, revoloteando sobre las migajas de pan que ella arrojaba al suelo.

Silla oyó un fuerte golpe en la casa de Harpa. Rey estaba dentro, haciendo quién sabe qué.

—Ahora que estás cohesionada —empezó Harpa—, deberías ser capaz de sentir el corazón de tu galdur, tu fuente. ¿Lo notas?

Silla asintió. No necesitaba buscar la cálida y reluciente reserva de magia localizada detrás del esternón; aunque apenas había pasado un día desde el Rito, ya la percibía como una parte esencial de su ser.

—Tu fuente es única —continuó diciendo Harpa—. Genera la magia, sí, pero también le da una forma y un sello personal. Mi fuente le da a mi galdur forma de Tejedora; a Rey le da su habilidad cinérea. Pero incluso entre las clases de galdra hay diversidad. La habilidad cinérea de Rey, por ejemplo, se presenta en forma de humo, mientras que otros Cinéreos generan llamas.

Silla asentía todo el tiempo.

—Cada ser de este reino poseedor del don de Sunnvald tiene una fuente distinta.

Silla frunció el ceño.

—¿El don de Sunnvald?

Los ojos ambarinos de Harpa se volvieron acerados.

—Dime que Tómas no fue tan cabeza hueca como para olvidar las viejas costumbres.

—Él me habló de los dioses antiguos —se defendió Silla—. Dejábamos ofrendas para ellos y para los espíritus.

—¿Y te habló de las bendiciones de Sunnvald? —la cortó Harpa–. ¿Del origen de los Cinéreos?

Silla negó despacio con la cabeza.

—Los Cinéreos —empezó Harpa— son todas las cosas de este reino que han recibido la bendición de Sunnvald. —La anciana fruncía el ceño ante cualquier expresión que reflejara el rostro de Silla—. ¿Lo dudas? Son igual de reales que tú y que yo. La prueba está en tu propio cuerpo. ¿No lo notas?

Silla apretó los labios intentando controlar su rabia.

—Pensaba que ibas a enseñarme a sacar mi galdur.

—La impaciencia en esto es tu enemiga. —Harpa inclinó la cabeza a un lado—. Es algo que debes ir aprendiendo paso a paso. Lo primero es comprender la naturaleza de tu galdur. El origen de lo Cinéreo y el don que llevas dentro.

Silla se quedó callada. Dejaría que Harpa dijera lo que tuviera que decir. Luego la enseñaría a usar su galdur. Y, entonces, procedería al rescate de Saga.

—Es una leyenda de luz y oscuridad, de equilibrio entre el caos y el orden —explicó Harpa—. El hilado empieza con Sunnvald, El Padre de Luz, y su esposa Stjarna, La Estrella Madre. Como seguro que ya sabes, sus hijas son las diosas luna, Malla y Marra. Todos seres de luz, del orden y de la protección de Íseldur. Pero Sunnvald también tenía un hermano: Myrkur, el dios del caos y de la oscuridad.

»A diferencia del Padre de Luz, Myrkur está sediento de desorden y de malestar, y nada le gusta más que jugar malas pasadas a su hermano. Un día, Myrkur secuestró a Stjarna, a Malla y a Marra, las arrastró hasta la noche y las amarró a ella con una magia irrompible. Y así fue como las estrellas y las lunas quedaron separadas de Sunnvald y desde entonces solo brillan en la oscuridad.

»Cuando Sunnvald descubrió que habían secuestrado a su familia, se enfadó tanto que zarandeó el cielo y las estrellas se precipitaron sobre la tierra. Durante el descenso, ardieron hasta quedar hechas cenizas y la magia brotó allá donde cayeron. Las que aterrizaron sobre las plantas se convirtieron en los árboles hjarta, en las flores de luna y en las setas de las nieves. Las que acabaron en el suelo y sobre las rocas dieron lugar a la formación de los depósitos de halita. Y las que cayeron sobre los animales se transformaron en los zorros blancos, las flíta, los skarpling, y los demás.

Harpa hizo una pausa.

—Y cuando el polvo de estrellas cayó sobre las personas, estas quedaron bendecidas con galdur. Por eso a veces los galdra reciben el nombre de Cinéreos. Cada uno de estos seres, plantas o animales, tiene un corazón de galdur inconfundible, su toque de magia propio. Y así es como empezaron los tejidos.

Silla asintió distraída.

—Y los Volsik —continuó Harpa, frotándose la barbilla—. Eso, me temo que es una historia deshilachada, con demasiados detalles que se han ido perdiendo a lo largo de los siglos. Pero se dice que los Volsik poseen una bendición adicional de Sunnvald. El don de los Volsik no se conoce, pero se cree que es un arma formidable para vencer a Myrkur.

—¿Un arma?

Harpa asintió.

—Significa, niña, que Sunnvald escogió de entre toda la humanidad a tu linaje para mantener el orden del reino. Siempre ha de haber un Volsik en el trono para que Íseldur no caiga en el caos.

A Silla se le hizo un nudo en la garganta y le escoció la piel. Era demasiado; todo esto era demasiado. Ella solo quería aprender a expresar su galdur y poner en marcha el rescate de Saga...

—Durante mucho tiempo solo ha habido una Volsik en el reino, aunque está recluida. Pero ahora —Harpa se permitió una pequeña sonrisa—, ahora hay otra.

Con aquellas palabras, Silla sintió las esperanzas de todo un reino puestas en ella, y desvió la mirada. Aun así, Harpa siguió con los ojos clavados en ella, estudiándola con más detenimiento del que Silla hubiera querido.

—A veces pienso —dijo Harpa, casi para sí misma— que si los hubiera enseñado mejor, si hubiera actuado de otro modo, tal vez las cosas hubieran sido diferentes.

Silla volvió a mirar a Harpa.

—¿A ti también te enviaron al norte? —No pudo evitar la pregunta. ¿Por qué Harpa no murió junto al resto de sus parientes? ¿Por qué había ido al norte?

Harpa hizo caso omiso de la pregunta.

—Me temo que hoy he ido demasiado lejos para ser el primer día. Ya es hora de que te sientas preparada, Volsik.

—Silla —soltó.

Harpa puso mala cara.

—Tendrás que aceptarlo, antes o después.

—Hablas como tu nieto.

La más leve de las sonrisas se asomó a los labios de Harpa.

—Cierra los ojos y llega a tu fuente. Familiarízate con su forma y siéntela, luego extrae el galdur y llévalo a tu sangre.

Obediente, Silla cerró los ojos y encontró su fuente al instante. Se concentró en la luminiscencia y la hizo correr por sus venas; la sensación familiar de fría tirantez circulaba por su cuerpo. Abrió los ojos y vio la luz blanca brillando en sus brazos.

—Bien —dijo Harpa—. Ahora sácala. Libera la mente y entrégate a tu galdur. Confía en tu sabiduría interior y deja que fluya a su voluntad.

Silla se enderezó, hizo una inspiración profunda y luego exhaló como si eso fuera a liberar su galdur; era ridículo, por supuesto. Después de varios intentos prolongados de no conseguir absolutamente nada, se sacudió el cuerpo e intentó visualizar la luz blanca brotando de las palmas de las manos —se imaginó liberando aquella molesta tensión—, y ni con esas obtuvo una maldita respuesta.

Un golpe lejano proveniente de la cabaña le recordó a Silla que Rey estaba allí. ¿Qué hacía ahí dentro mientras ella y Harpa estaban a la intemperie?

«Céntrate en ti».

Silla respiró hondo.

«Expresión», se dijo. «Fuego. Zas. Luz blanca».

Pero el rostro de su padre cruzó por su mente como un relámpago.

«Por tu culpa. Por tu culpa. Por tu culpa».

—¡Venga, niña! ¡Rápido, vuelve a centrarte! —Silla dio un brinco ante las palmadas de Harpa; los pájaros presentes respondieron piando como locos.

—¿Cómo lo saco? —preguntó Silla—. No sé cómo hacerlo.

—La impaciencia —explicó Harpa, mirándola tranquilamente— te nubla el camino. Hasta que no la domines, no lo conseguirás.

De verdad, qué útil. Se sacudió el cuerpo. Intento contar de dos en dos, y luego hizo una cuenta atrás desde cien. Probó a enfocar un punto imaginario detrás de los párpados. Se centró en hacer respiraciones profundas.

Pero nada lograba sacar los pensamientos de su cabeza —de impaciencia por lo mucho que estaba tardando y de frustración porque le estaba saliendo fatal—. Los pensamientos volvieron hacia su padre, y se quedó atrapada en la espiral, en la culpa infinita y en el odio a sí misma, y en el por qué no conseguía hacer esta única cosa y sacar algo bueno por fin.

—Libera la mente —gritó Harpa.

—¡No puedo! —Silla abrió los ojos de golpe; le hormigueaba la piel por el fracaso y el hastío. No tenía tiempo que perder. Ahora mismo, Saga estaba en aquel castillo, rodeada de asesinos... los mismos humanos viles que habían masacrado a sus padres y a una niña creyendo que era Eisa.

Harpa la miró con su estilo analítico y Silla se dio la vuelta e intentó recomponerse.

—Aún no estás preparada —dijo Harpa con voz plana—. Debes dar un paso atrás antes de seguir hacia delante. Tienes que aprender a rendirte.

—¿A rendirme? —Silla contuvo las lágrimas.

—Venga, tomemos antes un poco de róa y entremos en calor.

Silla la siguió caminando con mucho esfuerzo hasta la cabaña.

A REY le dolió la espalda cuando se agachó para limpiar otra capa de mugre de las paredes de la casa de Harpa. El dolor se acentuaba cada mañana que despertaba en aquel maldito banco, pese a sus esfuerzos por ignorarlo. Estaba acostumbrado a apañárselas con lo que tuviera —llevaba años durmiendo sobre pedregales y caminos polvorientos—. Pero ese banco le estaba haciendo un nudo en la columna vertebral. Por el trasero de Hábrók. Era un viejo a sus veintiséis inviernos.

—Hola, Reynir —susurró Rykka; una nube de humo negro se arremolinó en la forma de una mujer en miniatura. El pelo de color carbón le caía por la cara y sus alas tenían delicadas vetas como las de una libélula.

—Rykka —gruñó, mientras frotaba una mancha rebelde.

—Harpa tiene mucha suerte de tenerte como nieto —dijo Rykka, paseándose y esparciendo ceniza a su paso.

—Estoy seguro de que no opina lo mismo que tú. —Frunció el ceño.

—Oh, no —sonrió Rykka, pasándose la mano por la cabellera ahumada—. Te hemos echado de menos. ¿Te quedarás mucho tiempo?

Rey negó con la cabeza.

—No, si puedo evitarlo.

El espíritu ahumado hizo un puchero.

—Pues qué pena.

—Rykka —se quejó Rey—. Estás dejando ceniza en las paredes que acabo de limpiar.

El espíritu soltó una carcajada y desapareció entrelazándose con el humo de la chimenea y dejó a Rey en paz.

Mientras quitaba la ceniza se preguntó cuánto tiempo llevaba Harpa sin limpiar aquel lugar. Al parecer, no lo había hecho desde la última vez que estuvo allí.

Hacía cinco años.

Habían pasado cinco años desde que colocó la última piedra en el túmulo funerario de Kristjan y le dio la espalda a aquel lugar para siempre. O eso creía.

La velocidad a la que su vida había dado un vuelco dejó a Rey desorientado. Había vuelto al lugar donde juró no regresar. Ocultándose como un cobarde mientras que sus hermanos los Hachas Sanguinarias se enfrentaban a enemigos letales en Istré, y sus hermanos y hermanas uppreisna luchaban contra el régimen de Ivar Corazón de Hierro. Sintió impotencia.

«No puedes hacer nada al respecto», se dijo. Si los klaernar tenían su retrato, Kalasgarde era el lugar más seguro para él de todo el reino. Y ella... Ella era Eisa Volsik. Desde el momento en que se dio cuenta, una parte de él lo tuvo claro. ¿Por qué si no se subió a su remolque, de entre todos los disponibles? ¿De qué otro modo, diecisiete años después, se habrían vuelto a encontrar? Si no era una jugada de los dioses, Rey no encontraba otra explicación.

Ella era más importante que Istré; más importante que la Hermandad del Hacha Sanguinaria. Dioses, era más importante que él mismo. Eisa era su futuro; el futuro de su gente.

Los uppreisna llevaban mucho tiempo trabajando en la clandestinidad, saciándose con pequeñas victorias. Aunque estaba orgulloso de lo que había conseguido, sabía que él y los rebeldes no habían supuesto más que un mínimo incordio para el rey —mosquitos zumbando alrededor de su cabeza—. Pero con una Volsik a su lado, conseguirían mucho más —sofocar las luchas internas en el norte y unirse bajo una sola bandera—. Y, siendo más numerosos, podrían hacer algo más que molestar. Podrían cambiar las cosas.

Ella lo era todo.

Rey frunció el ceño ante el pensamiento. La chica no quería ese papel. Lo veía en sus ojos cada vez que se atrevía a sacar el tema. «Tiempo», pensaba. «Necesita tiempo». Silla estuvo a punto de morir en Kopa; había hecho frente a tanto... Y Rey no soportaba pensar en presionarla; no después de todo lo que había vivido.

La puerta de la casa de Harpa se abrió y aparecieron las dos mujeres. Incluso bajo la tenue luz de la casa, Rey advirtió la frustración en sus rostros. Para ser justos, no era una expresión inusual en Harpa. Pero Silla... El corazón se le hundió al verla. Su enfado. Su rabia.

Rey estrujó el trapo que llevaba en la mano. Quería sacarla a rastras de allí. Llevarla a algún lugar hermoso y hacerla sonreír. Pero sabía que ella quería hacerse más fuerte y dominar su galdur, así que tenía que dejarla librar esta batalla por su cuenta.

Cruzaron las miradas mientras Silla se sacudía la nieve de las botas, y Rey no pudo evitar recordar la sesión de entrenamiento de esa mañana. Se le había calentado la piel con cada mínimo roce, y el corazón le latió con fuerza cuando acercó el pecho a su espalda. Al final de la sesión, estaba tan excitado que tuvo que sofocar el calentón en las gélidas aguas del arroyo.

Problemas. Aquello no traería más que problemas. Había estado contando los días para liberarse de su magnetismo, y ahora allí estaba, compartiendo una maldita casa de acogida con ella. La atracción que sentía era igual de fuerte, y lo que era peor, la chica no le tenía miedo. Rey necesitaba distanciarse. Tenía que fortalecer sus defensas.

Silla se desplomó en el banco frente a la chimenea y se quedó mirando fijamente las llamas. Harpa se ocupó de preparar la tetera y el caldero. Pronto el aroma de la corteza de róa y la comida cocinada llenarían la pequeña cabaña. Después de comerse un plato de cordero estofado, Rey siguió deshollinando e intentó no escuchar a su abuela. No tardó mucho en entender el problema.

—Trabajaremos primero en liberar tu mente. No pienses en el corazón de tu magia. No pienses en tu galdur. Céntrate en calmar tus pensamientos; en alejarlos de la cabeza.

Silla apretó los labios hasta formar una línea recta y asintió brevemente. Cerró los ojos y se sacudió el cuerpo, pero Rey vio la tensión persistente en los tendones del cuello y en cómo abría y cerraba los puños.

Tras quince minutos siendo testigo de su tortura, salió por la puerta. No iba a ser agradable, y sospechaba que su presencia solo empeoraba la situación. Harpa era severa e implacable, aunque su método era efectivo. Él se había convertido en uno de los galdra más poderosos del reino; su dominio era impecable y había acumulado fuerza tras años y años de práctica.

La voz de Harpa se oía desde fuera, dándole órdenes a Silla a gritos.

—Libera la mente.

—Relájate.

—Céntrate.

Se las repetía, una y otra vez, y a él se le retorcían las entrañas. Decidió canalizar su rabia cortando leña.

Las preocupaciones de Vig pasaron a primer plano en su cabeza. El ganado que desaparecía, quedando solo restos de lana y un extraño olor. Y Váli, perdido en algún punto de aquellas tierras agrestes.

El pequeño detalle del olor a podrido le recordó al skógungar y a las arañas lobo que les atacaron en el Camino de Huesos. Lo había olvidado con todo lo ocurrido en Kopa. Pero ahora se encontró valorando el olor antinatural que desprendían y sus ojos, rojos como brasas ardientes. ¿Estaba pasando algo extraño también en Kalasgarde? ¿Había alguna conexión?

Rey se había apresurado a descartar los temores de Vig, pero con cada hachazo, la sensación punzante iba en aumento. Pasaron horas, y el sol se fue ocultando desde su pináculo en el cielo. Partió tronco tras tronco hasta que la espalda le gritó y hubo cortado leña para todo un año.

Cuando apiló el último leño en el destartalado cobertizo de Harpa, tomó la decisión. Su instinto le dijo que merecía la pena echar un vistazo. Le diría a Vig que lo llevara al pastizal donde habían desaparecido las ovejas. En el mejor de los casos, examinar la zona calmaría sus preocupaciones. ¿Y en el peor? Bueno. Esa opción quedaba descartada de momento.

Se sacudió las manos y examinó el claro. El sol estaba bajo y proyectaba sombras largas. Era hora de volver a la casa de acogida.

Durante el trayecto montaña abajo, Silla estuvo en silencio; su sufrimiento era tan intenso que parecía propagarse por el aire. Rey abrió la boca una docena de veces para hablar, pero no encontró las palabras. Silla no había conseguido liberar la mente, saltaba a la vista. Lo sabía, era el problema de los aprendices de más edad. Si no podía ayudarla con eso, al menos podría hacer que se distrajera.

—¿Te apetece entrenar? —La miró por encima del hombro. Ella levantó la cabeza y sus ojos recuperaron el brillo. Vio que se mordía los labios—. Después de cenar. Te enseñaré una nueva secuencia. Y veremos cómo la destrozas.

Y si a Rey se le calentó la sangre ante la perspectiva de pasar otra noche de tortura a su lado, se negó a reconocerlo.

VEINTITRÉS

Sunnavík

A la mañana siguiente de su encuentro con Ana, Saga se sentó en el gran salón, removiendo la comida con la cuchara mientras consideraba sus opciones. El salón estaba más callado que de costumbre, pues el rey y su comitiva se habían aventurado al sur de la ciudad para recorrer con los zagadkianos los aserraderos donde se trabajaba la madera y los pantanos ricos en hierro. También se daba la circunstancia de que lady Geira seguía acostada. A pesar del silencio, Saga no lograba decidir por dónde empezar a buscar para averiguar la identidad de Manto Negro.

Un enlace entre Signe y los klaernar. Alguien que tuviera libre acceso. Alguien que no temiera a Ivar Corazón de Hierro. Esa persona debía ser muy valiente... o tal vez muy estúpida. El castigo por algo así sería, sin duda, una muerte lenta y dolorosa. Y si el rey descubriera que su esposa estaba reclutando a su ejército para sus propios fines, ni siquiera ella se libraría de su ira.

—Magnus ha estado presionando a tu padre para que te comprometas con el príncipe karthiano otra vez, cariño —dijo Signe, interrumpiendo los pensamientos de Saga.

Yrsa palideció.

—¿Y qué pasa con Leif?

Leif, por lo que Saga recordaba, era un primo norvalandés; uno a quien Signe había estado presionando para convertirlo en pretendiente de Yrsa. Pero Magnus quería utilizar a la princesa para establecer vínculos y no perder de vista los patios interiores de Karthia. Al igual que Saga, Yrsa no tenía voz ni voto sobre con quién se casaría. Pero al revés que Saga,

Yrsa no conocería a su futuro marido hasta el día de la boda. Una intensa oleada de empatía la invadió ante aquel pensamiento.

—No te preocupes, mi dulce niña —dijo Signe con un suspiro—. Encontraré el modo de convencer a tu padre de que Norvaland es una opción mucho más segura para su única hija.

Yrsa la miró como si quisiera decir algo, pero en vez de eso se llevó la taza de róa a los labios.

—¿Qué pasa? —preguntó Signe—. Ven, cariño, ahora que no está tu padre puedes hablar con libertad.

Yrsa jugueteaba con el bajo del vestido.

—¿Y por qué no Zagadka?

Las siervas de Signe se rieron nerviosas, lo que provocó que Yrsa se sonrojara. Pero la reina dejó la cuchara en el plato.

—Es que... —Yrsa parecía nerviosa—. He estado hablando con ellos y he pensado que tal vez...

—Cariño, no. —La voz de Signe sonó calmada pero firme—. ¿No has oído hablar de sus costumbres bárbaras? Te diré algo, de mujer a mujer, y espero que no salga de esta mesa. —Signe lanzó una mirada severa a cada uno de los allí sentados antes de dirigirse de nuevo a Yrsa—. Es un reino salvaje y retrógrado, Yrsa, inapropiado para un alma cándida como la tuya. El gran príncipe es un hombre viejo y senil. ¿Y el bruto de su heredero? No. No soportaría verte casada con un hombre como ese.

Yrsa agachó la cabeza y miró su plato.

—Además —prosiguió la reina—, no han permitido que un extranjero entre en su territorio en cientos de años. Este acuerdo será un paso adelante, pero dudo que estén preparados para dar ese salto.

Un silencio tensó llenó el aire, pero se interrumpió cuando el pequeño Hávar entró en el comedor corriendo y se subió al regazo de su madre. Por lo general cenaba con las niñeras, pero con Ivar y su séquito fuera, parece que se uniría a ellas en el comedor. El más pequeño de la prole de Signe, Hávar, de dos años de edad, era todo mejillas rechonchas, sonrosadas y pecosas, tenía los ojos azul claro y un surtido de sonrisas adorables. Saga no se consideraba amante de los niños, pero Hávar... le gustaba.

La reina se mostró paciente cuando su pequeño eligió un arándano jugoso y se lo echó a la boca con bastante brusquedad. Las sonrisas de Signe, reservadas solo para sus hijos, hacían olvidar con facilidad que era ella quien quería dar caza a su hermana.

Sin apenas tocar la comida, Saga decidió que el candidato con más posibilidades de ser el enlace de Signe tenía que ser algún alto mando de los klaernar —un capitán o tal vez un comandante—. Cuando la reina abandonó el comedor, con Hávar en brazos, Saga decidió visitar la sala de los registros.

Le soltó una historia al guardián del archivo —le contó que estaba recopilando datos para un álbum conmemorativo de las «hazañas militares» del rey Ivar que le regalaría en la celebración del Sueño de Ursir—. Con la promesa de incluirlo como coautor, el guardián se mostró encantado de dejarla acceder a los documentos y se comprometió a que el asunto no llegaría a oídos de la realeza. Tras explorar un sendero que atravesaba las antiguas murallas defensivas, Saga apartó una pila de documentos que fue llevándose en secreto poco a poco a su dormitorio.

Durante las primeras horas, se dedicó a revisar los ingresos y gastos de los klaernar en busca de pruebas de sobornos, pero pronto se perdió entre las listas de sanciones. Cuando llegó a Flóki Gundarsson, encontró una multa de veinte sólas por entrar borracho en una casa equivocada y orinar en la chimenea; y lo mismo con Ása Ingolfsson, multado con cinco sólas por llamar a su vecina «fulana holgazana». Saga dudó si el esfuerzo daría sus frutos.

Pasar a los gastos puso a prueba su voluntad. Muchos de ellos eran, en opinión de Saga, extremadamente irresponsables. Quinientos anillos de plata de ley con compartimentos para guardar dosis de polvo de berskio. Docenas de cabras adquiridas para ofrecerlas en sacrificio ante el rey Oso. Barriles y más barriles de cerveza para «crear armonía entre los soldados». Todos estos excesos mientras la gente de Íseldur pasaba hambre.

Saga puso los ojos en blanco tantas veces que se sorprendió de que no se le quedaran atrapados en el cráneo.

Los pergaminos eran desquiciantes, y su cometido parecía cada vez más imposible. Había registros de miles de transacciones. Encontrar un único gasto traspapelado era una misión desalentadora.

Cuando se encontró leyendo la misma línea por quinta vez consecutiva, Saga desistió y decidió descansar. Escondió los documentos en un cajón. Apagó las velas. Se desplomó en la cama. Y se quedó dormida en cuestión de segundos.

SAGA SOÑÓ con un hombre sentado a horcajadas sobre su pecho que la sujetaba por el cuello con una mano. Ella luchaba por sobrevivir. Intentaba en vano quitárselo de encima, pero pesaba mucho. Era demasiado fuerte.

—Un castigo —gruñía abofeteándola con fuerza—. Te mereces un castigo.

Sin saber cómo, se liberó. Alcanzó una estatuilla y le partió el cráneo.

Se despertó con un sudor frío en la frente. El corazón le latía con fuerza y respiró hondo varias veces para calmarse.

—No era real —se dijo intentando expulsar el pánico de su cuerpo. Pero lo había sentido tan de verdad, aquella mano aferrada persistentemente a su cuello...

—Lo has matado —se dijo Saga—. Lo has matado...

La idea se conformó como las nubes alrededor de la cumbre de una montaña. Los gastos se le antojaban interminables; era como buscar una aguja en un pajar. ¿Y si en lugar de sobornos buscaba klaernar fallecidos? En concreto, a los que habían ascendido para cubrir vacantes.

El cuerpo le pedía dormir, pero Saga apartó las sábanas y volvió al cajón. Seguía analizando los registros cuando, dos horas más tarde, Sunnvald comenzó su ascenso.

VEINTICUATRO

Kopa

Jonas caminaba por las calles adoquinadas de Kopa con las manos en los bolsillos. La gente bullía con una alegría irritante, haciendo su vida como si nada. Como si no estuviera hecha añicos. Recorrió con la mirada los pináculos y los tejados, más allá de las intrincadas torres de la fortaleza de Ashfall, hasta el volcán al que llamaban Brími.

Este se cernía sobre la ciudad, verde y desarbolado, y una capa de nieve cubría la cima. Jonas sabía que debía agradecerle a Brími los baños calientes que había llegado a disfrutar, y el calor del subsuelo que hacía de Kopa un lugar agradable para pasar los duros inviernos de Íseldur. Llevaba mucho tiempo inactivo, aunque seguía existiendo la amenaza de erupción: el pensamiento constante de que el pasado podía hacerse presente en cualquier momento.

«¿Alguna vez has pensado que, tal vez, nuestro pasado no sea nuestro futuro?».

Jonas se sobresaltó al recordar las palabras de su hermano. Con el pecho encogido, se obligó a respirar. Se obligó a seguir caminando. Recuerdos como aquel lo atravesaban una docena de veces al día, y el dolor punzante del duelo parecía no aliviarse nunca.

Al doblar la esquina, vio el salón comunal. Jonas suspiró profundamente y se dirigió hasta allí dando zancadas. Se estaba quedando sin salones donde pasar el rato en esta negra ciudad —ya le habían echado de unos diez hasta la fecha, por montar trifulcas—. Algunos decían que era un guerrero indisciplinado, un maleante. En realidad, las peleas eran el único momento en el que no pensaba en todo lo que había perdido.

Al llegar a la puerta del salón, se detuvo.

Los «ojos de hacha» de Rey lo miraban fijamente desde una tabla de abedul clavada en la puerta. La quemazón en el estómago se desató de inmediato ante la mirada de aquellos ojos juzgadores. «Traidor», parecían decir. «Impostor».

Jonas siguió bajando la mirada hasta las letras garabateadas bajo el retrato de Rey.

Se ofrece recompensa
a cambio de información sobre este hombre.
Diríjanse al capitán Ulfar,
en el cuartel del este.

Una parte inquebrantable de Jonas, todavía Hacha Sanguinaria hasta la médula, sonrió. Por lo visto, los klaernar no habían tenido suerte con la captura de su antiguo hermano de armas y ahora cambiaban de táctica.

Con un amago de sonrisa, entró en el salón.

Iluminado por un par de chimeneas y una enorme lámpara de araña de hierro, el salón estaba concurrido a esa hora de la tarde. Jonas se enorgulleció de no haber puesto los ojos en blanco al ver la decoración. Como si dos osos disecados de tamaño natural no fueran suficientes, veía a Ursir por todas partes. Arrugó la frente al fijarse en el tapiz —que representaba la gran batalla del dios Oso con el Lobo de la Luna— e ignoró las miradas de todos los rostros tatuados a su paso.

Jonas suspiró. Tendría que haberse imaginado que el salón comunal más cercano al cuartel sería la guarida de los klaernar en aquella ciudad de mala muerte.

Divisó un hueco en una mesa larga y tomó asiento. La camarera lo vio enseguida y le dejó un cuerno de cerveza. Con la mirada desenfocada, Jonas le dio un trago largo. Ver el retrato de Rey lo había dejado trastornado, y sus pensamientos vagaron a tiempos mejores. A medida que pasaban las semanas, el desconsuelo por Ilías se iba fundiendo con un nuevo tipo de dolor. No solo había perdido a su hermano, sino a las personas que consideraba su familia. Echaba de menos a los Hachas Sanguinarias más de lo que imaginaba —la camaradería y las bromas—.

Echaba de menos saber que tenía un respaldo, pasara lo que pasara. Pensó en lo impaciente que se había vuelto estos últimos años, y en cómo había seguido adelante. Y ahora se cuestionaba el porqué de esos pensamientos. ¿Tan malo había sido dormir en el suelo duro recorriendo el reino?

Si esa era la alternativa, la respuesta era «no».

Jonas estaba desorientado, completamente perdido. La rabia que había sentido tras la fuga de Silla se había enfriado, y el dolor se le instaló en el pecho. Y con él, la culpa.

No sentía el más mínimo arrepentimiento por haberla entregado —se merecía eso y mucho más—. Pero había dejado atrás a sus hermanos y hermanas Hachas Sanguinarias sin despedirse. Eso había sido un acto egoísta, cosa que Ilías habría despreciado. Y poco a poco el remordimiento lo fue consumiendo.

Durante toda su vida, Jonas había tenido claros y definidos sus objetivos. Pero ahora vivía en un estado intermedio. No tenía fondos suficientes para recomprar las tierras de su familia, y la idea de buscarse otra banda de mercenarios le revolvía las entrañas. Luchar con otra gente —sin Ilías— era más de lo que podría soportar.

Acordarse de Gunnar, Hekla y Sigrún en Istré le bajó aún más la moral. ¿Lograrían acabar el trabajo sin él y sin Ilías? ¿Sin Rey como líder? Debería estar luchando con ellos, ayudándoles a liberar a Istré de sus problemas letales.

Jonas le dio otro trago largo a la cerveza, tratando de ahogar la sensación de culpa.

Unas risas al final de la larga mesa lo sacaron del ensimismamiento, y, a pesar de querer seguir regodeándose en su desgracia, se dio cuenta de que se le iba el oído.

—Sí, nos han dado pistas, muchos kuntas intentado vender información falsa. —El que hablaba tenía pinta de ser un klaernar de alto rango, por la piel de oso que llevaba sobre los hombros.

—¿Y cómo sabes que es falsa? —preguntó su camarada.

—Hemos ocultado algunos detalles de los dos. Cuando los charlatanes no aciertan la respuesta, sabemos que lo que nos quieren vender es mentira.

—¿Y no te preocupa, Ulfar? —preguntó el compañero—. Cuanto más tiempo pasa, más difícil es dar con ellos.

—Lo único que sabemos es lo del Paso de Svangormr —refunfuñó el capitán; el sigilo de su anillo atrapaba la luz mientras daba golpecitos en la mesa con los dedos—. Pero de eso hace semanas. La puñetera banda debería haberlos encontrado. Parece que se los han tragado los bosques de Nordur.

«Kalasgarde», pensó Jonas con amargura. Rey mencionó su pequeña ciudad natal de pasada alguna de las incontables noches que habían pasado bebiendo brennsa junto al fuego. Aunque Rey nunca había expresado el deseo de volver, no sería raro que tuviera aliados allí.

«Para», se amonestó a sí mismo, con la culpa latente. No era problema suyo. Y, sin embargo, no dejaba de pensar que... si seguía escuchando la conversación, tal vez podría, de alguna forma, ayudar al cabecilla de su hermandad. Proporcionarle a Rey información para mantenerlo a salvo.

No. Eso implicaba ayudarla a ella. La rabia hizo arder a la culpa, y vació el cuerno de cerveza en varios tragos seguidos.

—¿Alguna novedad sobre el hindrio? —preguntó uno de los klaernar del final de la mesa.

—No debe tardar —respondió Ulfar—. Cuando esté listo, tal vez cambien las reglas del juego, muchachos.

—Esos galdra, los muy kuntas, no sabrán qué les ataca —dijo el compañero.

La camarera volvió y le entregó un nuevo cuerno de cerveza a Jonas.

—¿Cuánto tiempo lleva la banda buscando al Slátrari? —preguntó uno de los klaernar.

—Puede que una semana, tal vez dos. No lo entiendo. Los enviamos directos al sitio.

«A Kalasgarde», pensó Jonas, con el ceño fruncido.

—Alguien debe conocerlo por allí.

Ulfar gruñó.

—Sí. Alguien de este reino tiene que saber algo.

«¡Está en Kalasgarde!», gritó la mente de Jonas. Se empinó la cerveza y la engulló en varios tragos largos.

—Puede que esperen una recompensa mayor.

—Lo cierto es que —dijo el capitán bajando la voz— Manto Negro está dispuesto a pagar una verdadera fortuna. Los quiere. A los dos. Y se le está agotando la paciencia.

«Kalasgarde, Kalasgarde, Kalasgarde», coreaba su mente al compás de su pulso ensordecedor. Le pusieron delante otro cuerno. Jonas se lo tragó de una, antes de que se le escapara lo que sabía.

«Piensa en la recompensa», susurraba la voz, oscura y profunda. «Es dinero fácil. Para recuperar las tierras de tu familia».

No. Necesitaba conservar un mínimo de sí mismo, un poco de dignidad y de honor.

«¿Y qué tiene de honorable que te haya mentido todos estos años?», replicó la voz. «Te llevó a aquella batalla. Tiene parte de culpa en la muerte de tu hermano».

Jonas cerró los ojos. Respiró hondo varias veces.

«Kalasgarde», coreaba la voz.

Abrió los ojos. Miró al banco. El grupo estaba justo ahí. Una palabra. Solo tenía que decir una palabra y ganaría unas cuantas monedas... unas cuantas monedas que emplearía en recomprar sus tierras. Dejaría todo esto atrás y seguiría con su vida.

Pero era Rey. Era su hermano de armas. La única persona que quedaba en este reino que lo conocía y lo respetaba. Volverse contra él sería caer bajo otra vez. Tan bajo que no podría volver a levantarse.

Se puso de pie, con la cerveza goteando por el cuerno. Sintió que los klaernar lo miraban esperando a que traicionara a su antiguo hermano de armas.

Jonas dejó caer unas monedas sobre la mesa.

Salió tambaleándose por el pasillo. Se adentró en las negras calles de Kopa. Apoyó las manos en las rodillas y jadeó profundamente con desesperación.

«Kalasgarde», susurró.

VEINTICINCO

Sunnavík

Saga miraba hacia la puerta, irritada. Rurik llegaba tarde, y cada minuto que pasaba se ponía más nerviosa. En parte, era la expectativa de verlo por primera vez desde «el incidente», como decidió llamarlo. Saga le había dicho al hombre que «olía bien» y le había puesto en las manos toda la leña que necesitaba para quemarla hasta dejarla reducida a cenizas...

Cortó el pensamiento antes de que echara raíces. Bastaba con decir que no estaba lista para la humillación de ver a Rurik una vez más. Pero el mapa... se lo debía, y tras varios días visitando los aserraderos y los pantanos del sur de Sunnavík, por fin estaba de vuelta en Askaborg.

Saga había estado tan ocupada revisando los registros de los klaernar que los días habían pasado volando. Después de cambiar de táctica, no tardó en encontrar el nombre del primer sospechoso. Un año antes, un comandante de Reykfjord se cayó del caballo y sufrió una herida mortal en la cabeza. Fue reemplazado rápidamente por un capitán llamado Thord. Saga anotó diligente el nombre del soldado para investigarlo.

No habían pasado tres meses cuando, en Midfjord, el comandante Bjarki sustituyó al antiguo comandante, que había muerto mientras dormía. Tenía el corazón débil, decía el historial. Y luego estaba el comandante de Svaldrin, que se había mantenido en el puesto durante una década hasta que pereció como consecuencia de una enfermedad no revelada. Lo sustituyó un hombre llamado Hilja.

Ahora Saga tenía tres nombres, tres comandantes que, como poco, merecían una investigación. Se moría de ganas por contárselo a Ana, y se arriesgó a ir a la torre de cetrería en media docena de ocasiones. Pero hasta el momento no había habido rastro alguno del lino blanco. Eso era bueno, se reafirmaba Saga. Que no hubiera cartas de la reina —o de Alfson o de lady Geira— significaba que Signe todavía no había descubierto el resultado de la manipulación. Significaba más tiempo para Eisa.

Mientras hacía bailar el carboncillo por el pergamino, Saga se volvía un estanque, sereno y brillante en un día raso. Dibujar siempre tenía ese efecto: le permitía evadirse sin necesidad de poner un pie al aire libre.

Hizo una pausa y examinó su obra a la luz parpadeante de la antorcha. Svalla Volsik la miraba, pero fallaba algo. ¿Era la nariz, demasiado estrecha? ¿O tal vez demasiado puntiaguda? Entonces cayó en la cuenta: le faltaba la cicatriz. Frunciendo los labios, Saga dibujó una muesca con el carboncillo en la base del cuello de su madre y luego levantó el tablero para contemplarlo. Sí, ahora estaba completo.

Una piedra raspó contra otra y la puerta se abrió con un chirrido. Y allí estaba. Kassandr Rurik tuvo que agacharse para que su cuerpo fornido cupiera por la puerta. La luz de la antorcha proyectó sombras en su mandíbula marcada y en el hoyuelo del mentón. Y así, las olas agitaron las aguas de su estanque.

—¡Qué preciosidad! —murmuró, y el comentario hizo que a Silla se le encendiera algo en la parte baja del estómago.

«Se refiere al dibujo, boba».

Saga se puso en pie, se sacó el mapa del bolsillo y se lo entregó. Era mejor acabar cuanto antes.

Rurik levantó las cejas con gesto divertido y cogió el pergamino.

—¿Pudiste entregar la carta?

Saga asintió con firmeza.

—Aquí tienes tu mapa. A partir de ahora seguiré sola. —Pero el pasadizo era estrecho y Rurik no parecía dispuesto a ceder.

Ella se encontró con que la estaba mirando. Tenía los ojos insoportablemente brillantes a pesar de la oscuridad.

—¿Otra vez intentando deshacerte de mí?

—¿Tan obvio es?

El hombre tuvo la audacia de sonreír. La luz se reflejó en la curva de su labio superior y en los suaves surcos que le rodeaban la boca.

—Y yo que pensaba que te gustó mi compañía la última vez que nos vimos —replicó con suavidad—. Incluso pensé que nos habíamos hecho amigos.

Ella cerró los puños. ¿Acaso los amigos se negaban a ayudarse a menos que obtuvieran algo a cambio?

—Te aseguro, Rurik, que fue cosa del tónico —se defendió Saga, mirando con ansia la puerta—. Aunque debería darte las gracias por tu ayuda y por... llevarme a mis aposentos. —Dioses, cómo odiaba estar en deuda con aquel hombre. Saga se obligó a no aflojar—. Y te aseguro que nunca más volveré a tomar ese tónico.

—Mejor —dijo Rurik—, porque te estaba volviendo imprudente. —Se le levantó la comisura del labio—. Suerte que te encontré. Resultó ser bastante útil. —Agitó el mapa.

—Me alegro de que mi desgracia te haya resultado provechosa —soltó, y luego cerró los labios. Pero la humillación le reptó por el cuerpo solo de pensarlo. Él sabía que había manipulado el correo de la reina. Sabía de su dolencia. Sabía demasiadas cosas.

—Y estos últimos días que he estado ausente —la voz del hombre había adquirido un tono burlón y demasiado familiar—, ¿has echado de menos mis... exhibiciones en el campo de combate?

—¿A qué te refieres? —preguntó, pero se le fue el tono. Exceso de culpa.

—Te gustó lo que viste, ¿a que sí?

Se llenó de turbación, y luego de curiosidad. ¿Cómo había reparado en ella entre tantos klaernar sedientos de sangre?

—No vi nada que me impresionara.

—Quizá sea que te avergüenzas de que tu compatriota no lograra vencerme.

Ella exhaló con desesperación.

—Si no son capaces de darse cuenta de tus artimañas, no merecen ganar.

—¿Qué artimañas?

—Los provocas. Los agotas girando incesantemente a su alrededor. Al final los enfadas y consigues que sus ataques sean impulsivos e imprudentes.

Rurik se acarició la barbilla con su mano gigante mientras lo pensaba.

—Eres muy observadora.

—Es una pena —siguió ella, incapaz de contenerse—. Si hubieran estado más atentos, se habrían dado cuenta que proteges con celo tu lado izquierdo. Una vulnerabilidad evidente. ¿A qué se debe?

Los ojos verdes de Rurik adquirieron un tono alarmante.

—Eres demasiado observadora. Eso puede ser peligroso en este mundo, Saga. —Rurik avanzó hacia ella con un movimiento un tanto amenazador—. Es por mi costilla —se dio unas palmaditas en el lado izquierdo—, que se está curando. Y ahora que sabes algo más de mí, deberías contarme algo más de ti.

Saga dio un cauteloso paso atrás.

—No funciona así. Lo que yo he descubierto ha sido fruto de la pura observación.

—De observarme a mí.

Se puso colorada, pero se mantuvo firme.

—Ahora lo estás haciendo —gruñó—. Me estás acorralando. Me estás haciendo enfadar. ¿Qué quieres de mí, Rurik? ¿Pretendes que ataque?

Él sonrió y se acercó más a ella.

—Lo admito, me divierte incomodarte.

Ella pestañeó dos veces.

—¿Por qué?

—Porque eres —hizo una pausa— sincera. Eres real. No finges, como haces con los demás.

—Vale, ya basta.

Saga oyó su risa cuando habló.

—Pues tendré que encontrar otra forma de incomodarte.

Saga cerró los ojos. Dejó que las palabras penetraran en su torrente sanguíneo, calurosas y lánguidas, y llenas de ideas que acabarían matándola. Pero entonces la rabia se encendió en la parte baja de su estómago. Él podía jugar a este tipo de juegos sin miedo a las repercusiones. Porque así era como funcionaba: los hombres lo pagaban con un puñetazo y las mujeres con su vida.

—¿Sueltas todo lo que se te pasa por la cabeza? —Saga echaba humo, con su rabia cada vez más encendida—. ¿Cómo pudieron enviarte a ti a negociar el acuerdo? ¿De verdad eres el mejor intermediario que tiene Zagadka?

—El mejor de los mejores —respondió con ironía.

—Pues por lo que ha salido de tu boca hasta ahora, me cuesta creerlo.

Rurik se rio y bajó la mirada a la parte más tierna de la garganta de Saga.

—Tú no conoces aún la magia de esta boca.

Sus palabras enviaron una avalancha de placer y calidez que le recorrió el cuerpo. Y durante un breve instante, lo consideró: ¿qué sería capaz de hacer con esa boca?

—Tengo que irme —dijo aturdida. Dioses. Tantas noches repasando informes al parecer le habían debilitado la mente. Necesitaba una noche de sueño reparador para recuperar la cordura.

—Muy bien —dijo Rurik, aunque la reticencia de su voz le indicó a Saga que la conversación no había acabado. Cuando él retrocedió, ella soltó un largo suspiro.

—Nadie debe enterarse de mi participación —dijo Rurik, y toda la diversión se esfumó—. Yo guardaré tu secreto, y tú guardarás el mío. ¿De acuerdo?

Saga asintió.

—Bien —dijo Rurik, sin dejar de mirarla. Después de unos instantes, se giró hacia la puerta y la empujó con el hombro para abrirla. Al apartarse para dejarla pasar, se le puso una sonrisa divertida en los labios.

—Ha sido un placer, Saga, como siempre.

—Quisiera decir lo mismo —resopló—, pero ambos sabemos que estaría mintiendo.

A su espalda, Rurik soltó una risita incrédula y por un momento Saga sintió temor. ¿Había ido demasiado lejos? Pero cuando la risita se convirtió en carcajada, Saga sonrió para sus adentros.

La asaltó un pensamiento fugaz. Quizá hubiera algo de cierto en lo que había dicho sobre lo de no fingir. Porque cuando este hombre la provocaba, ella era incapaz de disimular su rabia. Y, por su forma de reírse, parecía que le gustaba jugar con fuego.

Apartó el pensamiento enseguida. Y después, con el tablero de dibujo debajo del brazo, Saga siguió caminando.

VEINTISÉIS

Días después, el corazón de Saga latía como un martillo golpeando un yunque mientras se preparaba para reunirse con Signe. Antes de cruzar la puerta, se revisó el vestido por si había algún hilo fuera de lugar. Habían pasado una hora o más trenzándole el cabello y dándole pinchazos y tirones hasta que Árlaug la proclamó digna de presentarse ante una reina.

Después de días de búsqueda infructuosa en los registros, no dudó en aceptar la invitación de la reina para tomar con ella un róa en el solárium de Askaborg. No solo significaba hacer algo más que leer, sino que este encuentro cara a cara era la oportunidad perfecta para utilizar su Sentido con la reina.

A Saga no se le pasó por alto que la invitación la había escrito lady Geira. De pasada, se preguntó si la mujer seguiría creyendo que su salud debilitada era cosa de Ursir o si sospechaba de ella. Aunque Saga supuso que daba igual; Geira no diría nada aunque pensara que Saga tenía una página de su lascivo relato con el dios Oso.

—La mesa se ha dispuesto junto a la fuente, mi señora —dijo la esclava, sujetando la puerta.

Saga asintió. En cuanto puso un pie en el solárium, el perfume de las flores de luna y el aroma del jardín la impregnaron con tanta fuerza que le flaquearon las piernas. Cerró los ojos y aspiró con intensidad mientras se acercaba a la fuente. Al igual que la chimenea del salón, el solárium estaba tallado en granito liso, aunque el color rezumaba a través de la piedra, destacando el verde, que se neutralizaba con salpicados de rosa y blanco.

El sol, que se filtraba a través de los ventanales del techo fabricados por los galdra, le calentaba las mejillas; eso, en combinación con la fragancia, desencadenó en Saga una intensa oleada de nostalgia.

Los recuerdos florecieron en ella como un vergel —cuando jugaba a dar vueltas con su hermana pequeña de pelo castaño y cuando se escondió entre los arbustos con su madre a la espera de que los pájaros de ala invernal salieran de su jaula—. Los jardines interiores fueron una vez el lugar favorito de Saga de todo Askaborg. Pero, como muchos rincones del castillo, ahora apenas los visitaba.

Al tomar la curva del camino de acceso, apareció la fuente ante sus ojos. Saga rezó en silencio a Marra mientras se sentaba en una silla. Iba a necesitar todo su ingenio para dirigir la conversación hacia los klaernar. ¿Cómo lo haría? Los Garras del rey no eran exactamente un tema de conversación habitual con la reina.

Por suerte, Signe llegó pronto, resplandeciente, con un vestido color marfil y joyas de oro. Saga se levantó para hacer una reverencia, respiró hondo y se deshizo de sus escudos mentales.

—Saga —dijo la reina mientras tomaba asiento—. Te ves deslumbrante, cariño.

«... Ese tono le da una apariencia enfermiza», flotó en el pensamiento de Signe. Saga esbozó una sonrisa, pese a que deseó que se la tragara la tierra. Una hora de tortura, ¿y de qué había valido?

—Igual que vos, Alteza —se obligó a responder, dejándose caer en la silla. Cuando cruzó la mirada con la reina, le dio un vuelco el estómago. Un cardenal de un morado descolorido le cubría el pómulo izquierdo.

Signe frunció los labios.

—Si tienes alguna pregunta, Saga, hazla.

—Lo siento, Majestad. ¿Cómo os habéis hecho...?

Los ojos glaciales de la reina se agudizaron.

—Me despisté y me golpeé con la pared.

Pero Saga sabía bien que no era cierto. No era la primera vez que le veía esas marcas a la reina, ni era la primera vez que veía su futuro. Un matrimonio sin amor. Un marido que se acostaba con otras muchas y empleaba la violencia para salirse con la suya.

—No te preocupes por mí, niña —siguió diciendo la reina, con voz recatada—. Debería haber prestado más atención.

«... Y sé muy bien que no he de expresar mi descontento en voz alta», pensó Signe, llamando con un gesto al copero. «¿Cómo decía Skraeda?: "El conejo va fácilmente al lobo astuto que sabe esperar..."».

El esclavo se apresuró a volcar la tetera para servir el róa humeante en un par de tazas de plata. Saga añadió una cucharada de miel a la suya y la removió con lentitud mientras el aroma especiado le invadía los sentidos.

—Gracias por acudir a la cita, Saga —dijo la reina, dejando la cuchara a un lado y mirándola a los ojos—. Hace tiempo que quería que habláramos con franqueza.

A Saga se le aceleró el corazón.

—De madre a hija —dijo Signe—. De mujer a mujer.

Saga juntó las manos enguantadas con fuerza en el regazo mientras surgían nuevos pensamientos alarmantes. ¿Había descubierto Signe el robo del cuño? ¿Alguien le había dicho que estaba manipulando las cartas? El corazón le daba golpes sordos cuando la sirvienta colocó sobre la mesa una bandeja de galletitas de avena humeantes con mantequilla y confitura de fresas. La necesidad de salir huyendo a sus aposentos era máxima, pero luchó contra ella recitando las salidas del solárium.

—Es un asunto delicado, cariño —prosiguió—. Pero hay que abordarlo. —La reina se acercó a ella—. Tenemos que hablar de tus deberes como mujer.

Saga se quedó mirando fijamente a la reina y exhaló despacio.

—Mis deberes como mujer —repitió.

La reina curvó los labios en una sonrisa tímida.

—De lo que se espera de ti en tu matrimonio con Bjorn.

«... Por su bien, espero que Bjorn no tenga los gustos masoquistas de su padre en la alcoba», pensó Signe, soplando el vapor de su róa.

Dioses, Saga pensó que iba a vomitar, allí mismo, sobre la mesa.

La reina frunció el ceño.

—No seas tan dramática, Saga. —Observó a Saga por encima del borde de la taza mientras le daba un sorbo—. Las cosas a veces pueden darnos miedo cuando no las entendemos.

Saga abrió la boca para decirle a la reina que sabía más de lo que debería, gracias a los libros del Continente Sur, pero decidió callarse. Mordió con ganas una galleta, dispuesta a dejar que la conversación llegara donde tuviera que llegar.

—Hoy por hoy estoy segura de que sabes lo que diferencia a un hombre de una mujer, ¿verdad, Saga?

Saga casi se atraganta; logró hacer un gesto de asentimiento a Signe.

—Cuando a un hombre le gusta una mujer, su... —Signe hizo una pausa y bajó la mirada a la mesa. Cogió la cucharita de plata—. Su cucharita puede aumentar de tamaño.

—¿Se convierte en una cuchara de sopa? —Saga no pudo evitar la pregunta, y empezaron a temblarle los labios intentando reprimir una carcajada.

—En algunos hombres —dijo Signe— puede convertirse incluso en un cucharón.

A Saga se le atascó el bocado y lo engulló con un trago de róa.

—Y cuando a una mujer le gusta un hombre, su... —Signe bajó la mirada a la mesa y se fijó en el tarro de miel— su mielera se recubre de...

—¿Miel? —sugirió Saga. —La cara entera le hormigueaba intentando mantener una expresión neutra.

—Sí, cariño —dijo Signe, curvando sus labios en una sonrisa—. Y el hombre toma a la mujer entre sus brazos y... —la reina hundió la cuchara en la miel— remueve su tarro de miel con su cuchara.

Saga cerró los ojos y se le escapó un sonido ahogado de la garganta.

—Ahora bien, Saga —dijo Signe—, es importante que sepas que esta no es la única forma de complacer a un hombre. También puedes... —Signe sacó la cuchara del frasco y empezó a levantarla.

No, por favor. A Saga empezaron a llorarle los ojos. No podía hacerlo.

Pero la reina se metió la cuchara a la boca y le sacó la miel con los labios. Miró a Saga a los ojos mientras extraía la cuchara y la dejaba de nuevo en la mesa.

—¿Lo entiendes, cariño?

Saga tenía los labios tan apretados que probablemente se le habían puesto blancos. Y, al fin, no pudo evitar que se le escapara una carcajada que resonó en el solárium y espantó a un grupo de pájaros de un árbol.

—Lo sé, cariño —dijo Signe, con una sonrisa extraña—. Es bastante raro, pero los hombres disfrutan así.

«...Y es una excepcional fuente de poder para las mujeres», pensó Signe mientras elegía una galleta.

—Te dolerá la primera vez que te acuestes con tu marido —continuó la reina—, pero luego no es tan malo. Tu solo tienes que... quedarte tumbada y dejarle hacer.

Saga sintió que se le juntaban las cejas. ¿No es tan malo? ¿Y qué pasa con el placer, el romanticismo y el deseo imperecedero? Aunque, de todos modos, cuando Saga pensaba en estas cosas, nunca tenía en mente a Bjorn.

—¿Quieres preguntarme algo? —inquirió la reina, mientras untaba confitura de fresa en su galleta.

Muchas cosas. Saga intentó reordenar sus pensamientos.

—¿Tuvisteis miedo? —se oyó a sí misma preguntar.

—Sí, claro —respondió la reina, en una sorprendente muestra de vulnerabilidad—. Estaba aterrorizada la primera vez que me acosté con Ivar. Acababan de masacrar a toda mi familia y a mí me entregaron a un hombre al que no conocía. Estaba muy asustada, la verdad. —La reina se inclinó hacia delante y sus ojos azul hielo ardieron de repente. Signe bajó la voz—. Pero no dejo que nadie vea mi miedo, Saga.

»Lo que me lleva al siguiente punto que tenemos que tratar. Veo que lo intentas, cariño. Te has unido a mí y a mis damas de compañía en muchos compromisos sociales y has retomado las comidas en el gran salón. Pero me temo que te queda un largo camino antes de estar preparada para ser reina.

«Los klaernar», se recordó Saga, buscando la oportunidad de redirigir la conversación y sacar el tema.

—En este mundo —siguió la reina— la percepción lo es todo. Si quieres tener poder, siempre has de proyectarlo. Y por eso, Saga, tienes que aprender a endurecer el corazón, a llevar una máscara. —La reina hizo una pausa y la miró directamente a los ojos—. Si perciben que eres un ratón, las serpientes irán a por ti.

Ante aquella afirmación, Saga sintió que se le cerraban los pulmones.

«... La muchacha tendrá que fortalecer uñas y dientes si quiere sobrevivir», pensó Signe, dándole un mordisco a la galleta. Masticó despacio y luego se la tragó.

—Cuando te cases con Bjorn, serás su consorte. Representarás a esta familia, y tendrás que mostrar tu fortaleza. Tu esposo ha de sentir que lo respaldas cuando se disponga a atacar y conquistar su reino. Y, si lo haces bien, tu recompensa será la corona. Es importante, Saga, que tu esposo sienta el apoyo incondicional de su mujer.

«... Pronto descubrirá las verdades de ser mujer en este mundo», pensó Signe, y la inquietud se expandió por el estómago de Saga.

—Como reina, tendrás que sacrificar tus propios deseos por el bien común de tu reino. Ser una buena esposa, proporcionar herederos, y mostrar ante el pueblo un frente común, esté o no conforme tu corazón.

Saga se dio cuenta de que la mirada se le iba hacia la mejilla magullada de la reina mientras sopesaba sus palabras. Estaba claro que la reina no sentía amor por su marido, y que había sacrificado mucho para ganarse la corona. Pero recordó su falta de sinceridad: detrás de sus palabras, Signe tramaba cosas que no debía.

—La nuestra no es una vida ligada al amor, sino al deber, Saga —dijo la reina—. Sé que Bjorn estará encantado con tus deberes como esposa. Es un buen chico. Tal vez no recibas amor, pero al menos tendrás un compañero.

«... y un enemigo en la cama en el peor de los casos», pensó Signe, dándole otro mordisco a la galleta.

—Pero seguro que existe la forma de tener ambas cosas. El amor y el deber juntos, ¿verdad? —Las palabras salieron de la boca de Saga antes de que pudiera tragárselas.

La mirada de Signe se cruzó con la suya, y Saga se obligó a sostenerla.

«... ¿Esta niña es tonta?», pensó Signe mientras masticaba. «Con todo lo que he dicho, ¿aún no lo ha entendido? Siempre he pensado que era dócil, pero si no entiende las reglas del juego...».

—No —dijo Signe una vez que había tragado—. No la hay. —La cara de la reina reflejaba calma y serenidad, pero bajo su belleza ardía algo—. Adoras esos cuentos de hadas del Continente Sur, Saga, pero permite que te diga una cosa: no son más que patrañas. En nuestro mundo, la princesa nunca encuentra el verdadero amor ni vive feliz para siempre. Y déjame recordarte que hay miles de chicas que morirían por ocupar tu lugar. —Su voz bajó una octava—. Que matarían por estar donde tú estás.

La temperatura del solárium pareció desplomarse.

«... A los urkanos les encanta mezclar los linajes reales», pensó Signe. «Pero ¿y si ocurriera un accidente? A ella podrían reemplazarla por alguna otra que esté intacta; por otra que lo ponga más fácil. Tal vez esa Anita de los ojos dorados...».

Con el pulso agitado, Saga se recordó que debía respirar.

—¿Lo entiendes mejor ahora, Saga? —preguntó Signe. Saga se percibió asintiendo—. Eres muy afortunada, cariño. Pero he visto temor en tus ojos, y espero que nuestra conversación haya aclarado tus dudas. Bjorn necesita una esposa que lo apoye. Que se entregue a él. Y ahora que estamos de acuerdo, sé que lo harás bien.

Saga estaba más que aturdida. De todos los temas que había imaginado que podría hablar con Signe, la seducción de su hijo de trece años no era uno de ellos.

—Es importante que las mujeres hablemos con sinceridad sobre estos asuntos. —Signe le dio un sorbo a su róa.

—Quisiera... —Saga no estaba segura de dónde llegaría, pero si había aguantado la charla sobre cucharas y tarros de miel y las amenazas veladas, por nada del mundo iba a marcharse sin la información que necesitaba—. Quisiera saber más sobre mis obligaciones como reina.

A Signe le brillaron los ojos de sorpresa.

—Ah, ¿sí?

—Siempre he tenido buena memoria para los libros —balbuceó—. He pensado que podría aprender por mi cuenta. Tal vez podría... estudiar los sistemas tributarios, o la jerarquía de los klaernar, o...

—Cariño —la interrumpió Signe—. Te aseguro que ninguno de esos asuntos recaerá en tus manos. —Mientras dejaba la servilleta de lino, puso una sonrisa cómplice.

«... A menos que», se filtró del pensamiento de la reina, «te armes de coraje y lo robes tú misma». La sonrisa cómplice desapareció y la mirada de Signe se volvió distante. «Deberíamos saber algo ya de la banda de guerreros. El instinto me dice que deberíamos enviar al propio Manto Negro tras Eisa...».

A Saga se le cayó la cucharilla de la mano y se estrelló en el plato. Sobresaltada, la recogió y se puso a remover el róa frenéticamente. Pero sus pensamientos traqueteaban por la cabeza. Manto Negro. Había oído ese nombre antes; lo había visto en la carta que había escrito lady Geira.

«Convendría enviar a Manto Negro tras Lengua Astuta».

Tenía que ser él. No entendía cómo no se había dado cuenta antes. El enlace de la reina con los klaernar se hacía llamar Manto Negro.

—¿Estás bien, Saga? —preguntó la reina, con sus ojos azul hielo brillando de preocupación.

«... Ni que hubiera visto un draugur...».

Saga asintió con frenesí.

—Sí, mi Reina —aseguró—. Estoy bien. Solo que... me tiembla la mano.

«... Alfson insiste en que Saga nunca ha dado muestras de tener galdur», pensó la reina, cruzando las manos sobre el regazo y mirando a Saga atentamente. «Pero tal vez sus pruebas hayan pasado algo por alto...».

Un escalofrío recorrió la espalda de Saga cuando su memoria la llevó de vuelta a su sesión con Alfson —en relación con comprobar su galdur cuando era adolescente—. Pero la magia de Saga no se manifestó hasta los dieciséis años, poco después de su primera regla. Le dijeron que los dieciséis ya era una edad muy tardía para que su corriente de mujer fluyera. ¿Pasaría lo mismo con su galdur? De todos modos, la pequeña sonrisa que Signe le dedicó le dijo a Saga que tenía que ir con cuidado para que no descubrieran su Sentido.

—Tú y yo nos parecemos mucho, cariño —dijo la reina—. Sé lo que es hacerse preguntas. —La voz de la reina tenía la suavidad que normalmente reservaba para sus hijos—. Sé que lo es sobrevivir cuando todos los demás han perecido.

Signe había sido la princesa de Norvaland; había presenciado la masacre de toda su familia cuando Harald el Duro tomó la isla. El paralelismo entre ellas era demasiado evidente para poder ignorarlo, y Saga sintió una sensación extraña: lástima por Signe. ¿Cuánto tuvo que soportar la reina cuando los urkanos invadieron su país tantos años atrás?

«... Síssel, Gymir, Arvíd, Falki y Eylín. La dulce y pequeña Eylín, que debería estar donde yo estoy ahora», pensó la reina.

Saga procuró mantener su rostro neutral, pero los cinco nombres le atravesaron el corazón. Cinco niños, asesinados por su sangre.

—Lo siento mucho, Majestad.

—No lo sientas —dijo Signe, con voz fría y suave como la nieve recién caída—. Ya han pasado muchos años. Por supuesto, en aquel momento fue un dolor insoportable, pero el tiempo cura todas las heridas. Ursir tiene planes para cada uno de nosotros, y desgraciadamente para mis hermanos, su destino era morir jóvenes.

«... Si hubieran sobrevivido, yo nunca habría sido reina», pensó Signe mientras le daba un sorbo a su róa. La tercera en la línea de sucesión y, encima, mujer...».

—Tomé la decisión de aceptar mi destino y no luchar contra él —dijo Signe en voz alta—. De amar a mi marido. De tomar la corona y el poder que se me concedió. —La reina la estudió con detenimiento—. Nadar a contracorriente solo te agota la energía, Saga. Debes dejarte arrastrar por el curso del agua.

«... y encontrar la oportunidad de hacer lo que de verdad quieres...».

—¿De verdad que estás bien, cariño? —preguntó la reina.

—Sí. N-no. Su Majestad. Tengo... Llevo todo el día con dolor de cabeza —tartamudeó Saga. Exhausta, buscó los escudos mentales y los volvió a tejer—.Tenéis razón. Pensar en el pasado, luchar contra el presente... es tan agotador. Gracias por los consejos. Han sido de gran ayuda.

Los labios de Signe se curvaron hacia abajo.

—Sí, cariño. Ve y descansa. Y cuando despiertes, piensa en el futuro, en lo que está en juego. Y te veré en la cena. ¡Ah! —Signe extendió el brazo por encima de la mesa y la cogió de la muñeca—. La fiesta de cumpleaños de Yrsa.

Saga se obligó a mirar a la reina.

—Tú y Bjorn haréis la entrada juntos en la fiesta de Yrsa la próxima semana, Saga. Será una oportunidad maravillosa para que demuestres tu afecto por él en público.

—Sí, Majestad —dijo Saga con los dientes apretados cuando la reina le soltó la mano—. Mis disculpas, pero necesito descansar. Ahora mismo estoy un poco mareada.

—Claro. Por supuesto, Saga. Márchate.

Saga se dio la vuelta y salió del solárium. El esclavo de palacio encargado de la puerta apenas tuvo tiempo de abrirla para que pasara.

Los pies la llevaban por los pasillos. Pese a lo que le había dicho a Signe, en realidad no quería descansar. Al contrario. Saga rebosaba una energía vital que la hacía avanzar con paso firme hacia la torre de cetrería.

Y cuando llegó, vio que allí ondeaba el lino blanco.

VEINTISIETE

Kalasgarde

El sol había derretido la nieve de los pastos del bosque, pero los mechones de lana adheridos a rocas y zarzas conferían al lugar un aire decididamente invernal. Rey se protegió de la brisa glacial, sin evitar pensar en Silla. Albergaba la esperanza de que su segundo día con Harpa fuera mejor que el primero. Con un movimiento de cabeza, se obligó a centrarse.

—Es lo mismo —murmuró Rey, con la desazón creciendo en sus entrañas. El hedor a descomposición no era del todo excepcional, pues al instante le recordó al skógungar y a las arañas lobo con las que se enfrentaron en el Camino de Huesos. Habían pasado varias semanas desde que las ovejas de Vig desaparecieron y, sin embargo, el olor persistía como si se hubiera impregnado en el suelo, en el aire y en los árboles.

—¿Qué piensas? —preguntó Vig detrás de él.

Rey inspeccionó el paraje. El típico de las tierras de Nordur, con los pastos forestales que ofrecían protección de los despiadados elementos del norte a la vez que permitían al ganado apacentarse en tierras en las que el cultivo se hacía difícil. Los altos pinos se intercalaban con hierbas y arbustos silvestres en la pradera, que estaba al menos a una hora a caballo de la granja de Vig.

—¿Cuántas ovejas? —preguntó Rey.

—Dos docenas. Las trajimos aquí a principios de verano para cebarlas hasta el rodeo del mes que viene.

Rey se estremeció por dentro. Dos docenas de ovejas suponían un duro golpe para la familia de Vig, que dependía de la leche, la carne y la lana para sobrevivir a las duras condiciones del invierno norteño. Y si el frío del aire le decía algo a Rey era que sin duda les esperaba otro largo invierno.

Dirigió la mirada de nuevo al pastizal. Se elevaba hasta un acantilado empinado, vallado para proteger al rebaño. Había pelusas blancas adheridas a las piedras y a las zarzas y colgando de las ramas bajas de los árboles. Pero no había sangre. Ni estaban los cuerpos. Al igual que Váli, las ovejas habían desaparecido sin dejar rastro.

Un extraño hormigueo le recorrió la columna vertebral: tenía la sensación de que lo observaban. Rey dio una vuelta en círculo lentamente, mirando hacia las sombras del bosque que rodeaban la pradera, sin encontrar más que distintos tonos de gris.

—El cercado está intacto —murmuró Vig, sacándolo de su ensimismamiento—. Lo hemos examinado en su totalidad. No hay barandillas sueltas y la puerta estaba bien cerrada. Tampoco hay nada que indique que las ovejas se escaparon por debajo.

—¿Y el perro? —preguntó Rey, intentando sacudirse la sensación de inquietud de camino al acantilado vallado. Un reguero de color azul oscuro atravesaba los espesos bosques más abajo, y siguió el trazado del río hasta las terrazas glaciales de la montaña contigua.

—Sabuesos —respondió Vig—. Dos de los mejores que tenemos. Tampoco hay rastro de ellos, y están entrenados para proteger al rebaño.

—No hay sangre —murmuró Rey al tiempo que se rascaba la barba—. Ni cadáveres. ¿Cuatreros? ¿Podrían haberlos robado?

Vig negó con la cabeza.

—De haber sido cuatreros, tendrían que haber cruzado con el rebaño por el paso...

—Y alguien habría reparado en las dos docenas de ovejas —acabó la frase Rey. Anduvo en zigzag por el bosque hasta que llegó a la valla. Seguía con la sensación latente de que lo vigilaban. Miró fijamente entre los arbustos, buscando cualquier signo de vida, pero no hubo suerte. Después buscó huellas de pezuñas o vellones de lana fuera del vallado, arañazos en los postes y en las barandillas que pudieran sugerir que había sido obra de lobos gigantes. Pero el suelo del bosque estaba prístino, y la valla desgastada, pero intacta.

Miró al cielo, y luego a los bosques en las faldas del pastizal.

—¿No te resulta extraño que haya tanto silencio, Brazos de Palillo?

—Brazos de Roble —corrigió Vig—. Ahora que lo dices... no hay pájaros.

Rey se cruzó de brazos y frunció el ceño.

—¿Te importaría decirme lo que estás pensando, Galtung? —preguntó Vig, irritado.

—Me pregunto —dijo Rey— si los pájaros saben algo que nosotros no sabemos.

Vig juntó las cejas y echó una ojeada nerviosa por encima del hombro.

—¿El olor? ¿Podría ser que los repele?

—Podría ser la marca territorial de alguna criatura —reflexionó Rey. Pero algo le llamó la atención antes de que pudiera explicarse. Salió disparado a paso rápido en dirección al tramo más elevado de la valla.

—¿Vas a decirme qué estás pensando, Galtung, o tengo que aprender a leer tu variedad de ceños fruncidos?

Pero Rey no contestó. Toda su atención estaba puesta en la esquina superior de la pradera. Entre los pinos se intercalaban matas de brezo y pastos silvestres de menor tamaño, por todo el paisaje, salvo en ese punto. El corazón se le iba acelerando a medida que se acercaba. Aquí las plantas estaban aplastadas formando un círculo enorme de unos cuatro metros de ancho.

Rey alargó el brazo de repente para indicar a Vig que no pisara el surco.

—¿Qué? —Vig se erizó.

—Algo ha reposado aquí —dijo Rey, poniéndose en cuclillas—. El tiempo suficiente para que la hierba siga comprimida varias semanas después. —Arrancó un puñado de hierba y se lo acercó a la nariz.

Vig arrancó unas briznas de césped, lo olió y le dio una arcada.

—Por las tetas de Malla, Galtung —refunfuñó limpiándose la boca con el dorso de la mano—. Tienes las tripas forjadas en acero.

—Es como si hubiera necesitado reposar después de atiborrarse con un buen festín —dijo Rey distraído—. O puede que eso fuera demasiado grande para escapar del pasto.

—¿Eso? —preguntó Vig, mirando hacia el bosque nervioso—. Quieres decir... ¿una criatura?

—Tal vez una bestia alada demasiado pesada para volar o algo que no podía saltar la valla.

—No pensarás... —Vig se aclaró la garganta— que pueda estar todavía por aquí, ¿verdad?

A Rey se le tensó el estómago cuando miró por encima del hombro.

—Dicen que a algunas criaturas les gusta volver al escenario para revivir la gloria de su matanza.

Vig parpadeó.

Rey se puso en pie y miró fijamente hacia el bosque más allá del cercado. Deslizó los dedos por la empuñadura de la espada, pero detuvo la mirada en un punto cercano.

—Ahí —dijo, dando pasos largos alrededor de la marca circular—. Eso. ¿Qué es?

—Parece una piedra, Galtung —respondió Vig con sequedad.

A primera vista, se podría confundir con un pedrusco. Pero Rey sabía que era otra cosa.

—Eso, Vig, es una mierda.

—¿Y qué es, entonces?

—Pues eso, una mierda —repitió Rey, tocándola con la punta de la bota—. Excrementos. Heces. El pan del campo. Llámalo como quieras. La bestia ha reposado aquí —señaló la zona circular—, luego produjo eso —señaló los excrementos— y solo entonces pudo marcharse.

Vig entrecerró sus ojos marrones.

—Es demasiado pequeña. ¿Y dónde están los esqueletos de las ovejas?

—Te sorprendería la capacidad digestiva de algunas criaturas, Vig —dijo Rey—. Ingieren muchas partes del animal que los humanos no comemos. Seguro que puedes imaginártelo.

—Los huesos —repitió Vig, tragando saliva con dificultad—. ¿Me estás diciendo que hay criaturas que pueden digerir huesos? —Palideció ante el asentimiento de Rey—. Por las pelotas de Hábrók. ¿Qué...? ¿Cómo...?

—Las respuestas —dijo Rey— están en los excrementos. —Se le erizó el vello de la nuca y Rey miró otra vez al bosque—. No me gusta la sensación de este lugar, Vig. Vamos a llevárnosla y la examinaremos en el patio de la casa de acogida.

Vig farfulló.

—¿La mierda? ¿Te quieres llevar la mierda?

—Las pistas están enterradas ahí —dijo Rey mientras se enderezaba. Miró a Vig muy serio—. Las respuestas a lo que les ha pasado a tus ovejas. Y puede que también a Váli.

Al mencionar al muchacho desaparecido, Vig controló de inmediato sus emociones.

—Muy bien. Nos la llevamos.

REY AGRADECIÓ haber tenido la previsión de arrastrar el trineo montaña arriba. Si bien esperaba que hubiera huesos o algún cadáver para examinarlo, parece que en su lugar solo tenían excrementos.

—Voy a tener que quemar la ropa —gruñó Vig mientras cargaban las heces en el trineo—. Y restregarme la piel con cenizas y sosa cáustica.

Rey estaba bastante acostumbrado a tratar con olores inconvenientes; cuando echó la vista atrás por encima de su hombro, se alegró de poner distancia entre él y aquel pasto.

—He estado pensando —dijo Vig, mientras volvían a por los caballos arrastrando tras ellos el trineo por la hierba.

—Qué raro...

—Sí, Galtung, es raro. Pero la mierda... es demasiado pequeña. Si fuera de una criatura alada tan pesada que no pudiera volar, o alguna otra cosa que no pudiera saltar la valla, seguro que expulsar eso tampoco la aligeraría tanto.

—¡Mmm! —dijo Rey lentamente—. Estoy de acuerdo contigo, Brazos de Palillo.

—Supongo que siempre hay una primera vez para todo.

Rey lo ignoró.

—La falta de sangre y de cuerpos sugiere que las ovejas fueron devoradas de una pieza. Lo que es llamativo, sí. Puede que obtengamos más respuestas cuando...

—Yo, por mi parte, te aseguro que no pienso escarbar en la mierda, Galtung.

Rey lo fulminó con la mirada.

—Me has pedido ayuda. ¿Esperas que lo haga todo yo?

—Solo las partes que tengan que ver con la mierda —contestó Vig como un resorte.

—Como siempre, Vig —dijo Rey, con desaprobación—. Te satisface quedarte mirando mientras otros se ensucian las manos.

—¡Y tú eres el mismo amargado que le dio la espalda a los de su sangre!

—¿A los de mi sangre? —repitió Rey, mientras se enfriaba por dentro—. Los de mi sangre están muertos, Vig.

—Harpa —soltó Vig—. Tienes a Harpa.

Rey se rio con un sonido mordaz.

—A Harpa solo le preocupan sus tejidos.

—¿Y Runný? —exclamó Vig—. ¿Y qué me dices de los gemelos? —«¿Y yo qué?», no necesitó decirlo—. No. Los dejaste tirados para irte en busca de la gloria.

—En busca de la gloria —repitió Rey con indiferencia.

Vig se pasó las manos por el pelo, irritado.

—¿Cómo prefieres llamarlo? Te largaste de aquí, mientras que yo… —conforme se le iba apagando la voz, Rey lo comprendió.

—Esto no tiene nada que ver con que me marchara —dijo lentamente—. Estás amargado por tu propia situación.

Vig resopló, pero no contestó.

—Siempre has sido un hombre de palabras, no de hechos —continuó Rey. Vig le había metido el dedo en la llaga, y Rey ansiaba devolverle el daño—. En realidad, te conformas con quedarte en el norte acobardado mientras que hombres y mujeres buenos mueren por nuestra causa.

—¿Acobardado? —balbuceó Vig—. ¡Tengo responsabilidades, Galtung! Nunca lo entenderías. Yo soy el hombre de la casa. Mi familia depende de mí, mi madre y mi hermana. Mis hermanos…

La mente de Rey tomó medidas drásticas en un esfuerzo inútil de autoconservación. Pero los recuerdos lo inundaron: la piedra colocada en el túmulo. El parpadeo de un búho mirándolo. Harpa tejiendo en su telar, como si nada hubiera pasado. Vig, con Snorri en su regazo. Cómo iba a ser justo que Vig tuviera tres hermanos y una hermana y que él no tuviera nada. Ni a nadie.

Pero al parecer Vig no había terminado aún.

—Prefiero ser feliz en el norte que vivir una vida miserable en el sur.

—¿Y eso qué quiere decir? —preguntó Rey ardiendo de rabia.

—Significa que has elegido una vida fría y sombría, y te enfadas porque yo no.

Rey siguió andando.

—No te preocupes por mi vida.

Vig se burló.

—Vale, Galtung, quédate con tu vida vacía y miserable. Prívate de lo que más deseas...

Rey se giró hacia él.

—Habla claro, Vig. No tengo tiempo para juegos.

—Veo cómo la miras —dijo Vig, presionándolo—. Niégalo si quieres. Podrías tenerla si tan solo...

—¡Basta ya! —Rey gritó tan fuerte que pareció que temblaba el aire. La rabia le corría por el cuerpo y le hervía la sangre.

Un silencio tenso pendió entre ellos hasta que llegaron al final del pastizal. Rey se moría de ganas de darle un puñetazo a Vig en la mandíbula. Quería maldecirlo. Quería montarse en Caballo y bajar la montaña y no volver a mirar a los ojos a su antiguo amigo nunca más.

Pero cuando llegaron a la cerca boscosa donde pastaban los caballos, Rey clavó la mirada en el tronco de un árbol en el borde del claro. Inmediatamente, su rabia se convirtió en confusión y luego en miedo. En la corteza había tallado un símbolo: una línea recta con dos brazos inclinados hacia abajo.

—¿La runa de protección?

—No —dijo Rey—. Está al revés, lo que significa... —se aclaró la garganta— que es la runa de la muerte.

VEINTIOCHO

Sunnavík

Saga llegó antes a la Torre Asla, y estuvo caminando de un lado a otro mientras esperaba la llegada de Ana. Agradeció que la luz de la luna entrara por la ventana, ya que había dejado la antorcha al pie de las escaleras para que no la vieran por los ventanales de la torre.

Con el pulso acelerado, rebuscó en la bolsa para asegurarse de que tenía todos los utensilios: un pergamino nuevo, la pluma, el tintero y, por supuesto, el cuño. Después de días de espera, esa noche tocaba pasar a la acción, y Saga apenas podía contenerse. Llevaba todo el día preguntándose si la carta que había interceptado Ana contenía... consignas para el norte. O tal vez novedades sobre Eisa.

Las bisagras de hierro de la puerta chirriaron y Saga se sobresaltó.

—Soy yo, Alteza —dijo Ana, cruzando la puerta con un par de pergaminos en la mano.

—¿Dos? —preguntó Ana, entusiasmada.

Ana asintió y se acercó a ella con premura.

—Una va dirigida a Reykfjord y la otra a Svaldrin.

—¿A Svaldrin? —Siempre estaba Svaldrin de por medio. Era bastante evidente que algo se estaba tramando en esa ciudad.

Se sentaron juntas en la franja del suelo donde daba la luz de la luna, y Saga procedió a abrir con cuidado el primer rollo. Conforme iba leyendo en un silencio solemne, el ánimo decaía con cada palabra. La carta de Svaldrin era una citación para una costurera solicitando sus servicios para la confección de un vestido de novia. Ana la miró, y ella apartó la carta sin decir una palabra.

Saga se afanó en abrir la segunda carta, fingiendo que no sabía quién era la novia. Pero conforme la leía, la escasa esperanza que albergaba se esfumó. La segunda misiva era una invitación para la familia del jarl de Reykfjord para asistir a la fiesta de cumpleaños de Yrsa.

El silencio llenó la habitación mientras las dos miraban fijamente los pergaminos.

—Bueno —suspiró Ana—, habrá más cartas. Tarde o temprano, encontraremos algo que merezca la pena. —Saga sintió que la mujer la miraba, sintió cómo se le amontonaban las preguntas. Pero Saga no conocía lo suficiente a Ana para revelarle lo que buscaba. Convenía que la existencia de Eisa siguiera siendo un secreto, y la ausencia de noticias era buena señal.

Apartó sus pensamientos y se sacó un pergamino doblado en un cuadrado del corpiño.

—¿Qué sabes de Manto Negro?

Ana juntó las cejas mientras reflexionaba sobre la pregunta.

—No me suena ese nombre.

—Creo que es el nombre del enlace de Signe —dijo Saga, entregándole la lista a Ana—. Tres comandantes han muerto en circunstancias dudosas y estos son los hombres que los han reemplazado. Puede que uno de ellos sea Manto Negro.

Ana abrió los ojos como platos mientras desplegaba el papel.

—¡Magnífico, Alteza! —Ana leyó los nombres y sus cejas formaron una sola línea—. A Thord lo hemos investigado. Al comandante Midfjord también. Pero Hilja, este es nuevo.

Saga hizo lo posible por mantener a raya su decepción.

Ana frunció los labios mientras pensaba.

—Es un comienzo, sin duda. Le llevaré esto a mi supervisor.

—Tal vez —dijo Ana con precaución—, si supiera más detalles sobre vuestras... inquietudes, me ayudaría a acotar la búsqueda.

Los recelos de Ana se sentían en el aire, y Saga se preparó para bajar sus barreras mentales. Pero Ana la sorprendió contestando a su pregunta.

—Los galdra han desaparecido. —Saga vio decisión en su mirada—. Los condenaron al pilar, pero no los ejecutaron. Desaparecieron de la vigilancia de los klaernar, como si nunca hubieran estado allí.

—¿Y tú crees que la reina Signe tiene algo que ver con eso? —Ante el asentimiento de Ana, la mente de Saga se aceleró. Galdra desaparecidos. La reina. Svaldrin. Eisa y su compañero galdra. Todo debía estar relacionado... de alguna forma.

—Creemos que la reina está conspirando contra su marido.

Saga meditó la afirmación en silencio. Coincidía con lo que Saga había deducido de los pensamientos íntimos de la reina... su ambición por hacerse con... un enemigo en la cama...

—Ivar la maltrata —murmuró Saga.

Ana frunció el ceño.

—En verdad, no nos preocuparían sus confabulaciones si no fuera por nuestros parientes desaparecidos.

—¿Parientes?

—¡Oh, cómo me molesta esto! —exclamó Ana, poniéndose de pie y caminando de un lado a otro entre las paredes de la sala de la torre. Se volvió y le lanzó a Saga una mirada que era fuego puro.

—Una vez más, los altos mandatarios quieren protegeros, pero estoy cansada de sus reglas... estoy cansada de ocultar la verdad. Sois una Volsik. Deberíais ser tratada como una reina, no como una niña.

Saga pestañeó, pero Ana no había terminado.

—El grupo con el que trabajo son los uppreisna. En el idioma antiguo significa «los que se sublevan». Somos los que aspiran a cambiar el reino.

Saga la miraba fijamente.

—¿Qué quieres decir?

Los ojos de Ana brillaban.

—Quiero decir... que hay mucha gente en Íseldur que se opone al Usurpador. Aquellos a cuyas familias ha perseguido sin motivo. A quienes despojó de tierras y títulos y los obligó a ocultarse. Queremos justicia y un futuro mejor para este reino.

—El Usurpador... —repitió Saga, atónita ante la osadía de Ana de expresar tales ideas.

Ana se dio la vuelta y volvió a mirar a Saga.

—Tenemos motivos para creer que la reina está usando a los klaernar para robar a los galdra para sus propios fines. Creemos que está construyendo un arma para tomar el control del reino.

—¿Un arma?

—O quizá esté formando un ejército —dijo Ana—. En realidad, sabemos muy poco de sus planes. Pero está claro que la reina está jugando a algo. Alfson está implicado, y varios comandantes de los klaernar...

—Svaldrin —gritó Saga.

—¿Alteza?

—Algo está pasando en Svaldrin. Están haciendo pruebas con pacientes de algún tipo. Y un maestre que responde al nombre de Lekka. Están... administrándoles dosis de hierbas. —Cerró los ojos, intentando recordar los detalles—. Zarpa de gato alpino es la que dio el mejor resultado. Y... su mejor reserva de alguna cosa la robó una persona llamada Skraeda.

—Skraeda —gruñó Ana—. Una traidora. —Se quedó pensativa—. No sé qué tipo de hierba puede convertir a los galdra en un arma. Pero enviaré un mensaje a los uppreisna de inmediato. Ellos enviarán a nuestros mejores Sabuesos Oscuros. Si los nuestros están retenidos en Svaldrin, los encontrarán.

—¿Los Sabuesos Oscuros?

Ana curvó sus labios en una sonrisa.

—Se me olvida, Alteza, que sabéis muy poco de los galdra. Un Sabueso Oscuro es un tipo de galdra capaz de tejer luz de varias formas. Casi siempre les ayuda mezclarse con las sombras, concediéndoles el don del sigilo.

¡Qué no daría Saga por eso!

—¿Son los galdra que pueden...? —Saga dudó, con su mente en guerra. Había logrado sobrevivir a base de mantener ciertas partes de sí misma ocultas. Pero después de pasar años haciéndose preguntas, Ana estaba aquí, llena de respuestas tentadoras. Y, después de lo que la mujer acababa de contarle, Saga se sintió lo bastante valiente para contarle su propio secreto incriminatorio.

—¿Hay galdra capaces de leer el pensamiento? —consiguió preguntar Saga. Sentía la piel ardiente y tirante mientras aguardaba la respuesta de Ana.

—Los Lectores —dijo Ana, bajito—. Son los galdra cuyo don les permite leer hilos de pensamiento. Son muy poco comunes.

Lectores. Saga juntó las cejas. Después de tantos años, por fin tenía conocía el verdadero nombre de su Sentido...

—Los Lectores —continuó Ana— pertenecen a la clase de los llamados galdra mentalistas. Estos galdra son muy intuitivos, lo que quiere decir que su don fluye pasivamente, sin necesidad de fuente ni de cohesión. Después del Rito de Cohesión, no obstante, pueden ejercer su voluntad sobre los hilos.

La mirada de Saga se centró en la de Ana.

—Todo eso me suena a otro idioma.

Ana se detuvo para pensar.

—Antes de la cohesión, un Lector puede leer los pensamientos, pero después de la cohesión, un Lector puede... —dudó— digamos que puede «escribir» en los pensamientos.

—¿Qué es la cohesión?

—Es un rito por el que pasan los galdra para alcanzar la plenitud de su poder.

Saga tragó saliva.

—Y después de ese rito, ¿qué quiere decir eso de que un Lector puede escribir en los pensamientos?

La sonrisa de Ana ahora era de emoción.

—Se dice que un Lector puede manipular el pensamiento. Que puede influir en él.

—Que puede influir en el pensamiento —repitió Saga. Aquella revelación hizo que se sintiera como un pececillo en un gran estanque. Había tantas cosas que desconocía...

Ensimismada, Saga se puso manos a la obra con las cartas. Cogió una hoja de pergamino exterior y copió las direcciones con la letra de lady Geira.

—Mi supervisor ha enviado un mensaje a los altos mandos de los uppreisna —dijo Ana entusiasmada—. Es hora de sacarlos de la comodidad de sus residencias del norte. Debemos intentar otro rescate.

Saga parpadeó.

—Vos no deberíais vivir entre esos crueles asesinos. —El tono de Ana era de crispación—. Ni deberíais estar entre los que traicionaron y engañaron a los Volsik.

A Saga se le encogió el pecho, y la emoción amenazó con abrirse camino. Logró contenerla concentrándose en el goteo de la cera mientras se derretía sobre la junta de la carta. Cuando se hubo formado una pasta, contó diez latidos antes de estampar el cuño.

—A mí no pueden rescatarme —acabó murmurando Saga.

—Seguro que sí…

—Tú me viste desde la torre cuando intenté cruzar el patio, Ana —la cortó Saga—. Viste lo que pasó. Mi… mal me impide salir al aire libre.

—Pues no saldréis al aire libre —fue la respuesta obstinada de Ana.

Saga se quedó callada, intentando apagar sin éxito las brasas brillantes de la esperanza. «Es peligroso», pensó. «Me da miedo».

—Hay hierbas—siguió Ana— que cuando se disuelven en la bebida, producen un sueño profundo.

—¿Y luego qué? ¿Me sacaréis de Askaborg? —Las manos de Saga temblaban ante la idea aterradora de salir de Askaborg, el único hogar en el que había vivido, con los pasadizos secretos que solo ella conocía. Pensar en despertar en un lugar desconocido, rodeada de extraños, la hacía enfermar de verdad. ¿Cómo iba a saber dónde estaban las salidas, los lugares oscuros donde esconderse?

—Hay muchas maneras de meter y sacar cosas del castillo —respondió Ana—. Los suministros entran y salen continuamente. Podría ser dentro de un baúl grande, o en un saco de grano, o bajo la armadura de un guerrero con protección facial. La división sur de los uppreisna se encuentra en Midfjord, una ciudad lo bastante grande para mezclarnos, y lo suficientemente cerca de Sunnavík para ir y venir con rapidez. No se tarda en llegar más que unos pocos días de viaje… —La voz de Ana se fue apagando mientras absorbía las expresiones del rostro de Saga—. Hay tiempo para estudiarlo, Alteza.

Pese al miedo que le infundieron sus palabras, el entusiasmo de Ana era contagioso. Saga no podía evitar soñar. ¿Qué pasaría si saliera? ¿Si echara raíces en un suelo menos tóxico? ¿Sería capaz de florecer de nuevo? Saga suspiró temblorosa y se preparó para expresar lo que nunca se había permitido desear. Siempre le había parecido imposible. Pensar en ello era incluso excesivo.

—Quiero marcharme —dijo, y levantó una mano para apretar su pendiente de ala invernal—. Pero en mi jaula me siento más segura.

Muy a su pesar, a Saga le temblaba el cuerpo. Ana tomó la mano enguantada de Saga y le dio un suave apretón. Esa ternura era extraña para Saga. Llevaba tanto tiempo viviendo en aquel lugar frío, envuelta en su espino protector.

—Pensadlo —dijo Ana—. Daos tiempo para haceros a la idea. Mientras tanto, tenemos otros menesteres.

—Svaldrin —murmuró Saga, respirando profundamente.

—Svaldrin —confirmó Ana, recogiendo los pergaminos recién sellados. Ella dudó—. Es posible que la información sobre Manto Negro esté celosamente guardada y no aparezca en los registros públicos —dijo Ana, dándole la espalda a Saga—. Puede que requiera medidas más audaces. Deberéis estar alerta a todo lo que se cierre bajo llave. Aparadores. Cajones. Armarios.

—¿Y cómo hago para acceder a ellos? —preguntó Saga, con la desesperación reptando por todo su ser.

—Eso no lo sé —dijo Ana, alisándose las faldas—. Pero estoy segura de que encontraréis la forma.

Saga asintió. De un modo u otro, lo conseguiría.

—Hasta nuestro próximo encuentro, Alteza —dijo Ana, mostrándole una sonrisa de cansancio al irse.

Y así, se marchó de la Torre Asla, dejando a Saga en un silencio contemplativo.

VEINTINUEVE

Mientras bajaba la Torre Asla con la bolsa bien agarrada en la mano, los pensamientos de Saga se iban persiguiendo en círculo por su cráneo. Los galdra desaparecidos. Manto Negro. Un plan de fuga. Pero antes, los armarios cerrados con llave. Al instante le vino a la memoria el cajón del escritorio del maestre Alfson. Por instinto, o por lo que fuera, cuando Saga palpó la cerradura tuvo la certeza de que tenía que acceder a ese cajón. Pero ¿cómo iba a conseguir la llave? Y, por otro lado, ¿cómo iba a entrar en el despacho donde se encontraba el dichoso cajón?

Eran demasiadas cosas en las que pensar a la vez. Necesitaba una taza de hidromiel. Un baño caliente. Necesitaba liberar la tensión que se le enroscaba alrededor de la columna vertebral. «Un pie delante del otro; un paso cada vez», le vino desde el fondo de la mente. Saga frunció el ceño y se preguntó dónde se había formado un pensamiento tan positivo.

Al llegar al pie de la escalera de caracol, Saga sacó la antorcha de la abrazadera de hierro de la pared y se detuvo. La Torre Asla se ubicaba en la remota ala norte, y eran las horas más oscuras de la noche, pero dejó que su Sentido se expandiera para que la avisara de las patrullas cercanas.

Había silencio.

Suspiró hondo y salió al pasillo con las barreras mentales bajadas. Inmediatamente, el vello de la nuca se le erizó. Se quedó quieta y echó una mirada detrás, pero solo encontró oscuridad absoluta.

Al doblar la esquina, Saga sostuvo la antorcha en alto cuando llegó al tapiz del berserker de ojos delirantes. La dejó a un lado, buscó a tientas el cerrojo y empujó la puerta con el hombro hasta se abrió.

—Es extraño que esta puerta no figure en tu mapa detallado.

Saga gritó y la antorcha cayó al suelo. Se dio la vuelta, con el corazón galopando en su pecho. La antorcha seguía encendida e iluminaba la mitad inferior del rostro de Rurik. Saga se quedó mirando el hoyuelo de su mentón, recubierto de una barba incipiente y desaliñada. Subió la mirada hasta su boca, torcida con gesto de puro disgusto.

—¿Qué haces aquí, Rurik? —Saga se erizó e intentó recobrar los sentidos. Dioses, este hombre estaba demostrando ser un completo metomentodo. ¿Y por qué no podía escuchar sus pensamientos? Saga lo miró detenidamente y se concentró. Tenía las barreras bajadas y, aun así, seguía sin oír nada.

Rurik se acercó a ella y Saga vislumbró sus penetrantes ojos verdes. Por lo general, le daban cierto aire de astucia, aunque siempre con un toque juguetón. Pero ahora todo indicio de diversión se había esfumado. Y con esa luz, las sombras que se acumulaban bajos sus ojos y su nariz le conferían un aspecto peligroso.

—Podría preguntarte qué haces aquí, Saga, en plena noche. Pero creo que me engañarías otra vez.

Saga tragó saliva y bajó la mirada al mapa que llevaba Rurik en la mano. Ese era el único túnel que había dejado sin dibujar deliberadamente. Aunque sabía que Rurik había visto la nota de Ana cuando se la dejó para que se la entregara: «Torre Asla, mañana, campanada veinte», de eso hacía días. ¿Cómo se había enterado de que estaría allí esa noche?

Saga cerró las manos enguantadas en puños.

—¿Me estás siguiendo, Rurik?

Rurik levantó un hombro con un ademán de indiferencia desquiciante.

—Te palpita el rostro.

El pecho se le encendió y las llamas le subieron por la espina dorsal.

—Eres como un mosquito.

Se quedó desconcertado con la comparación unos instantes hasta que desplegó una sonrisa.

—¿Quieres que te pique? Por mí, encantado.

Saga dejó escapar un suspiro tembloroso al imaginarse la escena: él recorriendo su piel para picarla, peligroso, pero provocador.

La risita de Rurik la sacó de su ensoñación.

—Veo que no te opones, Ala Invernal. ¿Probamos?

—Alguien debería ponerte un bozal —murmuró, intentando ignorar el hecho de que acababa de llamarla Ala Invernal—. ¿Debo recordarte, Rurik, que tú y yo estamos en paz? —dijo Saga—. Tú tienes tu mapa y yo tengo mi... —Se quedó sin voz cuando el hombre se acercó a ella. Era alto, extremadamente robusto, y en ese momento fue consciente de que estaban solos.

—No estamos en paz —gruñó Rurik, ondeando el pergamino arrugado en el aire—. Dame el mapa completo. —Llevaba el pelo revuelto, la barba descuidada, y Saga se dio cuenta de que, por primera vez, su habitual elegancia distendida se había esfumado. El tipo iba un tanto desaliñado.

Un cosquilleo le recorrió la espalda y se le posó en el vientre.

—¿Cuántos túneles te has dejado sin dibujar? —preguntó Rurik. La espalda de Saga chocó contra la pared mientras lo miraba. A la luz de la antorcha, su silueta era imposiblemente grande. Y, sin embargo, no sentía miedo sino... curiosidad.

—¿Qué ocurre? —preguntó.

—Ocurre que faltan túneles.

—No —murmuró observándolo—. Hay algo más.

—No hay nada más —la cortó, con los ojos verdes brillando.

Saga arrugó la frente, expectante.

—Ala Invernal —dijo suavizando un poco el tono—. Como siempre, tan observadora.

Saga apretó los labios, con la esperanza de que su silencio lo provocara.

—Me ha decepcionado descubrir tu engaño.

—Era lo justo —replicó ella, resistiendo la punzada de remordimiento—. ¡Hiciste un trato conmigo mientras yo estaba aturdida por aquel tónico! Nunca habría aceptado de haber estado lúcida.

—¿Por qué? —preguntó él; su rabia agitaba el aire.

Saga escrutó su rostro ensombrecido, demasiado alterado para cualquier otra cosa que no fuera la verdad.

—L-los túneles son mi único aliado. El único lugar donde me encuentro de verdad a salvo en este castillo. —Para su horror, sintió que la emoción le subía por la garganta—. Tú no lo entiendes.

—Tienes razón, no lo entiendo.

Estupefacta por la confesión, Saga tragó saliva.

—Pero —dijo Rurik, con evidente irritación en la voz—, teníamos un acuerdo, y a mí me queda poco tiempo.

Desconcertada, Saga intentó recordar cuándo se iban exactamente los zagadkianos de Íseldur. ¿Era ya esta semana? Una parte de ella ardía de culpa por haber engañado a Rurik, pero la parte de ella que necesitaba una salida —que necesitaba un refugio— luchaba con vigor.

—Las cerraduras —susurró Saga, con la idea en primera línea dentro de su mente. Era obvio que Rurik se estaba colando en sitios en los que no debía estar—. ¿Sabes abrir cerraduras?

Rurik la miró con una quietud sobrenatural.

—Sí.

—Enséñame.

—Eso no suena sensato —refunfuñó Rurik—. Una cosa son las cartas de la reina, pero esto… ¿qué pretendes, Saga? —Se pasó la enorme mano por el pelo, lo que desvió la atención de Saga, que se resistió al impulso de acercarse y acariciarlo.

Se obligó a centrar la mirada en su rostro ensombrecido.

—Dime lo que estás buscando y te contaré mis secretos.

La risa ahogada de Rurik en la oscuridad era en cierto modo más que un mero sonido… era un ser vivo que susurraba por su piel.

—Muy bien, Ala Invernal —dijo con tono áspero—. Tú te guardas tus secretos y yo me guardo los míos. ¿Pero cómo confío en que no vas a engañarme otra vez? Como suelo decir en Zagadka, si lo haces, tendré que castigarte.

—No estamos en Zagadka, Rurik.

—Kass —dijo él con un gruñido grave que recorrió el cuerpo de Saga hasta los dedos de los pies.

—No estamos en Zagadka, Kass —contestó ella con aspereza, y luego suspiró profundamente—. Añadiré dos nuevos túneles al mapa ahora mismo como muestra de buena voluntad. —Señaló con un gesto el pergamino arrugado que llevaba él en la mano. Rurik se lo entregó y Saga se agachó junto a la antorcha del suelo. Se acomodó allí mismo, alisó el mapa y sacó la pluma y el tintero de la bolsa.

Rurik se asomó por encima de su cabeza, examinando los rápidos movimientos de su muñeca. Su presencia no la dejaba pensar con claridad, y Saga tuvo que recabar toda su atención para poder colocar los túneles correctamente en el mapa. Al cabo de unos minutos, Saga había dibujado el que pasaba por detrás del tapiz del berserker y el pasadizo oculto en la despensa de la cocina.

—Las cocinas —se mofó Rurik a su espalda—. Debí haberlo adivinado, *Árlaug*.

Saga se puso de pie y lo miró a los ojos. Con la antorcha en el suelo entre ambos, sus ángulos toscos no hacían más que acentuarse, y provocaron en Saga un estremecimiento de excitación que le recorrió todo el cuerpo.

—Cuando me hayas enseñado a abrir cerraduras —dijo, con el pulso agitado— completaré el mapa. —Saga le puso una mano enguantada en el antebrazo para transmitirle confianza—. Te lo juro, Kass.

Él tensó la mandíbula e intensificó la mirada mientras observaba aquella mano.

—La última vez que hicimos esto nos dimos un apretón de manos —dijo—. ¿Cómo voy a confiar en ti ahora? A no ser que...

—¿A no ser que qué?

—Te creería si siguieras la costumbre zagadkiana. —Hizo una pausa y curvó los labios en una sonrisa maliciosa—. Con un beso.

A Saga se le paró el corazón.

—¿Un beso? —balbuceó—. ¿Qué tiene eso que ver con la confianza?

Bajó la mirada y la observó a través de sus pestañas indecentemente densas.

—Es... ¿Cómo lo llamáis aquí? ¿Una superstición?

Saga emitió un sonido, mitad risa, mitad resuello.

—No me digas que crees en esas cosas.

—Por supuesto. En Zagadka nos tomamos estas cosas muy en serio.

Saga dudaba de la veracidad de esa afirmación. Pero, para su enorme sorpresa, descubrió que no le importaba demasiado. El corazón le latía con la misma emoción que había sentido abriendo los pergaminos con Ana. La expectativa. El deseo de hacer lo que no debía. Cada mínimo acto de rebeldía parecía empoderarla. Eran decisiones que tomaba ella, por voluntad propia, y Saga descubrió que quería más.

—De acuerdo —dijo con cautela.

Rurik dejó escapar un sonido desde lo más profundo de su pecho y los ojos verdes le brillaron sorprendidos. Al parecer no esperaba que ella aceptara.

—Muy bien —dijo Rurik, rodeando la antorcha. Incluso en la penumbra, Saga sentía la intensidad de su mirada recorriéndole el rostro y deteniéndose en sus labios.

Saga inspiró temblorosa. No es que no hubiera pensado en cómo sería sentir aquellos labios sobre los suyos, o en cómo sería estar entre sus brazos. Pero el tipo era tan grande que su instinto la hizo retroceder y alejarse de la antorcha hacia la seguridad de las sombras. Una vez. Dos veces. Hasta que la espalda chocó contra la pared.

—El corazón te late muy deprisa —dijo Rurik, con un susurro. No era más que una silueta gigante que bloqueaba totalmente el paso de la luz.

La oscuridad era el consuelo que la envolvía como una manta. Segura. Oculta. Con salidas por todos lados.

—No temas.

Saga contuvo la respiración cuando Rurik le rozó la cintura con las yemas de los dedos y llegó hasta la parte baja de la espalda. Extendió la palma de la mano y la sujetó con firmeza. La bota de Rurik rozó la de Saga mientras le acariciaba la barbilla con la otra mano.

Saga cerró los ojos y se rindió a la oscuridad. Solo existían los latidos rítmicos de su corazón y el aroma a hierbas de él que la envolvía. Simplemente lo sentía, tan grande e inquebrantable y, sin embargo, su agarre era delicado. La sostenía como si fuera algo valioso; algo amado.

—Preciosa —dijo él, levantándole la barbilla con una suave presión—. He esperado tanto.

Rurik bajó la cabeza y se acercó a su rostro; su aliento calentó la piel de Saga. Sus labios se rozaron. Saga sentía frío y calor a la vez. Y por una milésima de segundo, se evadió de este mundo.

Pero todo acabó igual de rápido que había empezado. Rurik dio un paso atrás y alejó las manos de ella. Saga sintió la pérdida de contacto como una punzada de dolor.

Abrió los ojos; la rabia la atravesaba.

—¿Y ya está?

Saga sentía la sonrisa de Rurik en la oscuridad.

—¿Querías más?

Saga había quedado reducida a una criatura necesitada. Lo agarró de la chaqueta, le dio un tirón para acercarlo, se puso de puntillas y lo besó. No tenía ni idea de lo que estaba haciendo. Solo sabía que, si ese iba a ser su primer beso, quería que fuera memorable.

—Tu fuego —suspiró, mientras sus labios se separaban y volvían a unirse—. Me vuelve loco.

—No hables —dijo Saga, y le plantó las manos en la mandíbula para acercarlo.

Rurik emitió un sonido de satisfacción desde la profundidad de su garganta y a Saga le produjo un escalofrío que la recorrió en espiral abriéndose paso hasta su vientre. Deslizó las manos alrededor de su cintura, subió por la espalda y la estrechó contra él. Era tan grande, tan fuerte, tan rematadamente cálido que Saga se fundió con él.

Todas su partes afiladas, las defensas que había erigido durante años en aquel lugar se fueron desmoronando poco a poco. Su cuerpo se volvía cada vez más suave y flexible y Saga se dio cuenta de que se estaba dejando llevar. No temía por su seguridad. No buscaba una salida. ¿Era esto lo que significaba vivir el momento? ¿Sentir sin miedo?

—Debería estar en mis aposentos. —Saga jadeó de placer cuando Rurik la besó en el cuello; su barba incipiente la hacía enloquecer cuando raspaba su piel sensible.

—¿Quieres que pare?

—No te atrevas. —Saga echó la cabeza atrás y se dio un golpe en la pared.

Rurik se rio contra su piel, y la vibración la hizo palpitar de necesidad.

—Vale —dijo con voz ronca—. Aún me queda mucho por hacer.

Sus labios volvieron a los de Saga, los separó y le introdujo la lengua en la boca. Todo era tan líquido, tan fluido, tan libre... Sus entrañas eran lava, se le doblaban las rodillas, pero Rurik la sujetaba con firmeza.

Saga gimió en su boca, y los besos de Rurik se volvieron más urgentes, y sus manos acariciaron errantes el cuerpo de Saga como si no pudiera acercarla lo suficiente. Saga se arqueaba con cada caricia, jadeando de apremio y de deseo.

Los minutos se deshacían, la luz se atenuaba a medida que la antorcha se iba apagando. Solo había sombras, solo estaban ellos, y el calor del intercambio de sus jadeos cálidos y las manos que exploraban. Rurik le puso la palma de la mano en las nalgas y la acercó a él. La brusquedad con que la manoseaba hizo que el hambre se anudara a su estómago. Y tuvo el pensamiento fugaz de que aquel hombre no tenía miedo de quebrarla.

Saga arqueó su cuerpo contra el de Rurik, y sintió su dura cima presionando contra el centro de su ser. Allí estaban solos en la oscuridad. Allí estaban protegidos. Allí podía ser imprudente. Podía tirar todo por la borda a cambio de una noche de pasión carnal. Pero en algún lugar, en lo más profundo, de Saga quedaba una brizna de Sentido.

Retrocedió.

—Espera —jadeó, la mente le daba vueltas. Rurik presionó su frente contra la de ella y permanecieron así unos instantes, en silencio, recuperando el aliento.

—Por si te quedaban dudas —dijo Rurik al rato—, en Zagadka esto se consideraría un beso válido para cerrar un trato.

Saga no pudo evitarlo: se echó a reír. Y, poco después, Rurik se estaba riendo con ella. La confusión entre el deseo y la razón luchaba en su interior cuando se incorporó y lo miró.

Esto era fácil. Rurik era fácil.

Y, por mucho que le apeteciera quedarse un rato más, sabía que se hacía tarde.

—Tengo que volver a mis aposentos —dijo, por fin.

—Yo me voy por allí —dijo él, señalando en la dirección opuesta. Recogió la antorcha del suelo y la acompañó por el conducto del tapiz del berserker. Después de una mirada cargada de intención, Kassandr Rurrik cerró la puerta detrás de ella.

Sola de nuevo, en su lugar seguro, Saga se permitió sonreír.

Había tenido un momento de libertad. Y en ese momento, de entre todas las personas, lo había elegido a él.

TREINTA

Kalasgarde

Rey agradeció que la mañana fuera inusualmente fresca cuando procedió a revolver los excrementos con una espada sin filo. Sabía muy bien lo que implicaba una misión así a pleno sol de verano. Pero entre la ausencia de calor y el hecho de que la deposición tuviera ya varias semanas el olor que despedía era más bien escaso en ese momento.

—¿Por qué me da que no es la primera vez que haces esto, Galtung? —refunfuñó Vig a su lado.

—No lo es —respondió Rey—. Da gracias porque es de hace tiempo y está seca.

El día anterior se habían despedido de mala manera, y Rey había dado por sentado que Vig lo dejaría solo ante aquella desagradable tarea. Pero cuando vio a Vig llegar a caballo entre las protecciones esa mañana, sintió alivio y un cierto respeto. Ahora flotaba en el ambiente una frágil sensación de paz entre ambos, de la que se rompe fácilmente con solo decir una palabra más alta que la otra.

Le gustara o no, Rey estaba distraído, dándole vueltas a las palabras que Vig había dicho con tanta rabia.

«Veo cómo la miras. Niégalo si quieres. Podrías tenerla si tan solo...».

Dioses, ¿tan obvios eran sus pensamientos a los ojos de los demás? Rey esperaba que no, porque esa mañana, mientras la miraba desde el otro lado de la mesa, se había imaginado apartando los platos y quitándose la túnica y los pantalones. Y luego tumbándola sobre la mesa y explorando su cuerpo con la lengua...

Parpadeó para aclararse la mente. Ella no estaba hecha para un hombre como él, envuelto en tinieblas y sangre. Rey lo tenía claro mucho antes de saber su verdadero nombre. Pero descubrir que Silla era Eisa Volsik no hizo más que reforzarlo. Eisa necesitaba un compañero con poder político, alguien de familia noble y prestigiosa. Y Rey tenía más honor que Jonas. Haría lo que fuera mejor para ella, y no la tomaría por razones puramente egoístas.

Rey se obligó a centrarse en la tarea que tenía entre manos. Vig desmenuzó un trozo con las manos enguantadas, extrajo más lana apelmazada y unos cuantos fragmentos de huesos y los arrumbó con los demás.

—Entre la lana, las pezuñas y las astillas, yo diría que está claro que este bicho se ha comido el rebaño —dijo Vig—. ¿Seguimos?

—Sí —dijo Rey, mientras hacía palanca para separar una capa más densa de «masa», como insistía en llamarla Silla.

Vig suspiró por décima vez en una hora.

—¿Sí? ¿No tienes nada más que decir?

Rey miró la mierda fijamente.

—Te lo diré cuando lo encuentre. —En realidad, cualquier mínima pista podría abrir una línea de investigación. Una piedra, una membrana, una concha característica de una zona concreta. Buscaban… alguna cosa entre la deposición. Su cuchillo chocó con algo duro. Cuando lo separó del excremento, Rey supuso que se trataría de otra pezuña o de otra esquirla de hueso. Sin embargo, al apartar los desechos, enseguida vio que era diferente del resto.

—Esto —dijo Rey, sujetando el objeto entre el pulgar y el índice—. Esto es lo que estamos buscando.

Vig entrecerró los ojos. Medía un palmo de largo, y se curvaba y se estrechaba hasta formar una punta afilada.

—¿Es… un colmillo? —supuso—. ¿Y de quién va a ser? Es enorme. Nada parecido ronda por estos lares.

Rey giró el colmillo de un lado a otro, examinando todos sus lados.

—El colmillo está hueco —murmuró, y recordó un trabajo que la Hermandad del Hacha Sanguinaria llevó a cabo al sur de Íseldur. Holt y su infestación…

—Por el amor de los dioses, Galtung —exclamó Vig—. Te suplico que acabes los pensamientos. Colmillos, Galtung, ¡céntrate!

Rey le lanzó su mirada «ojos de hacha» más punzante.

—Hueco como el de una serpiente, cabeza de anguila. El veneno fluye por la parte interna y lo introduce en la presa.

—¿Una serpiente? No hay serpientes en las tierras agrestes del norte. —Vig se masajeó la frente para pensar mejor.

Rey puso el colmillo sobre la mesa, junto al surtido de huesos rotos y lana.

—Las serpientes no sobreviven aquí —dijo—. Lo que significa que la criatura se zampó a la serpiente en algún lugar del sur.

Vig parecía enfadado, y Rey no lo culpaba. Habían confirmado que la deposición pertenecía al asesino de ovejas, pero aquel colmillo suscitaba más preguntas.

—Así que esta cosa —dijo Vig— devoró una serpiente gigante del sur, después vino al norte y se comió un rebaño entero de ovejas. ¿Y luego la cosa se pegó una buena siesta antes de cagarlo todo? Esto es... de locos.

Rey separó otra capa de excremento de la masa. Encontrar el colmillo había incentivado su entusiasmo.

—No me lo puedo creer —murmuró Vig, mirándolo—. Pensaba que tú nos darías respuestas, no más preguntas.

Rey directamente lo ignoró. Y, tras farfullar un rato en voz baja, Vig se calmó. Llevaban cribando la mierda casi una hora cuando por fin Vig rompió el silencio.

—Ayer estaba enfadado y te hablé mal. Y quiero pedirte disculpas.

Rey se volvió hacia su antiguo amigo, sorprendido. Vig lo observaba con inquietud, y Rey apretó la mandíbula. Dioses, ¿de verdad era necesario?

—Yo también —respondió con desgana.

Vig desvió la mirada al toldo y volvió a Rey.

—Runný opina lo mismo, ¿sabes? —Rey esperó, expectante—. Dice que escondernos en el norte es de cobardes. Ella quiere tomar las armas y unirse a los uppreisna, pero le he prohibido que lo haga.

—No me puedo creer que Runný te permita prohibirle algo.

Vig se rio entre dientes.

—No. No creo que mis palabras la retengan mucho más —frunció el ceño—. Me preocupo por ella. Me preocupan los nuestros. Ha habido mucho sufrimiento y solo deseo la paz. Tal vez sea una cobardía por mi parte...

—No es una cobardía —aseguró Rey—. Hay que tener coraje para ver la vida que quieres llevar y tomarla. —Estaba incómodo. Por las malditas estrellas ardientes, detestaba hablar de sentimientos. Pero Vig había sido como un hermano en el pasado y había respondido a su petición de ayuda. Como mínimo, merecía respeto.

—Quizá también haya algo de verdad en lo que dijiste —siguió diciendo—. Puede que sí lleve una vida sombría. Puede que quiera autocastigarme por vivir mientras que él no lo hace.

El suspiro de Vig fue fuerte y prolongado.

—No puedes culparte por...

—No quiero hablar de eso —le interrumpió Rey—. Dejemos atrás nuestras diferencias. —Hizo una pausa y escrutó el rostro que había conocido tan bien en la infancia—. Y déjame que te diga una cosa más. Mi marcha no tuvo nada que ver contigo, Vig, fue solo cosa mía.

Rey pensó en Vig, rodeado de su familia, y pensó en el vacío que sintió cuando se dio cuenta de que él era el único Galtung superviviente. Solo le quedaba marcharse de Kalasgarde para que la oscuridad no lo engullera; solo la venganza mitigaría el dolor.

—Tendría que haber hecho alguna visita, o haber escrito, o... algo —murmuró Rey.

Vig se adelantó para ponerle una mano enguantada en el hombro. Cuando se dio cuenta de que estaba manchada de excrementos, por suerte, se detuvo.

—Ahora estás aquí, Galtung. Es lo único que importa.

Rey sintió alivio de un peso que no sabía que llevaba sobre los hombros.

—Y ahora —dijo Vig—, esta masa de mierda no se va a separar por sí sola. —Y, sin más, siguieron excavando.

Un momento después, Runný irrumpió entre las protecciones. Tiró de las riendas y su caballo brincó a un lado; la agitación era evidente en el animal y en su jinete.

—¿Qué sucede? —preguntó Rey, con la inquietud trepándole por la nuca.

—Es Ástrid —dijo, con el rostro retorcido de dolor—. Nuestra vecina. Estaba recogiendo al ganado, pero solo ha vuelto el perro pastor. Ella y una docena de ovejas se han esfumado.

Las náuseas revolvieron el estómago de Rey, y su mente se alzó en pie de guerra. Sabía que debía pasar desapercibido por la zona. Que debía ser discreto. Pero ¿cómo iba a quedarse de brazos cruzados mientras seguía desapareciendo gente?

—Llévame al prado —dijo.

DECIR QUE Silla estaba de mal humor cuando llegó Vig para recogerla de casa de Harpa hubiera sido un eufemismo. Otra tarde pasada entre los confines tóxicos de su mente. Otra tarde que fracasaba en la tarea. Era evidente que incluso Harpa se estaba cansando de esta rutina.

—¿Por qué quieres dominar tu galdur? —preguntó la anciana después de horas de práctica.

Silla se encontró con su mirada severa y se obligó a sostenerla.

—Por Saga —respondió—. Tengo que ser igual de fuerte que Rey para salvarla. Y luego... puede que salga algo bueno de todo el derramamiento de sangre.

—No puedes avanzar si te estancas en el pasado —fue la respuesta de Harpa—. Hay momentos para luchar y otros en los que hay que rendirse. Veo tu lucha interior. Tal vez no hayas conocido otra cosa. Pero no progresarás si no te entregas. Déjate ir. Ríndete.

—Ríndete —repitió Silla aturdida, intentando comprender. Pero solo sentía la frustración retorciéndose en el estómago, el miedo de las voces que la saludaban cuando intentaba encontrar un rincón tranquilo en su mente. Silla contestó con voz cansada.

—Vale.

Y tal vez por eso estuvo soñando con el rostro huraño de Rey cabalgando entre las protecciones durante la última hora de su entrenamiento. Y quizá por eso, cuando apareció Vig en su lugar, sintió una punzada de decepción. Pero cuando informó a Silla de que había desaparecido otro kalasgardiano, se sintió idiota. Se estaban llevando a gente —probablemente asesinándola— y ella, entre tanto, recreándose en la autocompasión.

Mientras Vig le contaba las horas que habían pasado él y Rey buscando a la mujer desaparecida con el resto de Kalasgarde, se esforzó por enderezar la columna. Para cuando llegaron a la casa de acogida y cruzaron las protecciones de Runný, Silla había conseguido empujar desdicha hasta lo más profundo. No podía dejar de pensar en Váli y en Ástrid. ¿Qué les habría pasado?

Ansioso por volver a su propiedad y vigilar la valla, Vig se excusó y se marchó. Con un suspiro, Silla desmontó y se dirigió al patio en busca de Rey. Quería ayudar, quería unirse a la búsqueda. Las piernas le fallaron a mitad del recorrido.

Rey doblaba la esquina, cubierto únicamente con una manta alrededor de las caderas. En sus rizos brillaban gotitas de agua y Silla siguió el recorrido de una que le resbalaba por el cuello y el pecho desnudo. Una vez lo llamó «la montaña andante» y en ese momento confirmó que no se había equivocado. Era ancho, desde los hombros hasta las caderas, y su cuerpo estaba esculpido por años de esfuerzo físico en el campo de batalla. Silla siguió con los ojos el recorrido de otra gotita que le caía por el hombro y le bajaba por el pectoral, pero se detuvo en la criatura tatuada en su piel.

«¿Era un dragón?».

Rey levantó la cabeza de repente y sus miradas se cruzaron. Se detuvo en seco y sujetó con más fuerza la manta. Silla miró al suelo.

—Has vuelto —dijo Rey—. ¿Cómo te ha ido hoy?

Silla descubrió que no era capaz de esbozar una sonrisa ni de resistirse a echar otra ojeada a su tatuaje de almacenamiento de galdur. Unas alas membranosas se desplegaban en los pectorales de Rey con garras afiladas en posición de ataque. El dragón tenía la boca completamente abierta y escupía llamaradas negras como la tinta desde la garganta hasta el hombro, mientras que la cola de púas serpenteaba por su brazo izquierdo. El nivel de detalle era asombroso, desde las escamas en forma de diamante hasta las protuberancias espinosas a lo largo del lomo del dragón.

—He pasado otro día soportando los insultos de Rykka —dijo con alegría forzada, dando una vuelta alrededor de él.

El silencio sugería que Rey estaba eligiendo las palabras.

—¿Tienes hambre? —preguntó al fin—. Gyda nos ha mandado la cena.

De espaldas a él, Silla negó con la cabeza.

—Vig me ha contado lo de la mujer. Quiero unirme a la búsqueda.

—No —respondió Rey con tono inamovible—. Sabes que debemos mantener nuestra presencia oculta. No podemos arriesgarnos a que nos vean la cara.

La frustración se acumuló en las entrañas de Silla.

—¿Y tú? —le preguntó, y la frustración le salió en forma de rugido—. ¿Qué pasa con tu identidad?

—Yo sé cuidar de mí mismo.

No podía liberar la mente. No podía unirse a la búsqueda de los desaparecidos. ¿Había algo de provecho que pudiera hacer?

—Los lugareños conocen la zona —continuó Rey, como si le leyera el pensamiento—. Las montañas son duras y peligrosas, sobre todo, después del anochecer.

—Supongo que lo intentas decir es que no haría más que estorbar —dijo Silla con amargura.

Rey suspiró.

—Si necesitas moverte, vamos a entrenar. Coge las espadas de práctica mientras me visto.

Silla oyó cerrarse la puerta de la casa de acogida e intentó no imaginarse aquella manta cayendo al suelo. Apartó el pensamiento.

«Espabila», se regañó, mientras guiaba a Parda a los establos.

Desensilló al animal, fue a por las espadas de madera y volvió al patio donde ya la esperaba Rey. Se había puesto una túnica de color carbón que dejaba al descubierto un zarcillo de humo tatuado en la nuca. Rey levantó una ceja interrogante y ella le pasó una espada.

Silla adoptó la posición defensiva que le había enseñado el día anterior. Rey le clavó sus ojos oscuros y sujetó la empuñadura con fuerza. Él lanzó una estocada y ella atacó; las hojas de madera chocaron entre sí.

—Bien —murmuró Rey, dando una vuelta en círculo alrededor de ella.

Silla se giró, con el corazón acelerado. Esta vez atacó ella a la izquierda de Rey. Él detuvo el golpe con un sencillo giro de muñeca y su espada saltó por los aires. Dioses, habían entrenado ese mismo movimiento por la mañana y le había salido mucho mejor. Era como si su incapacidad para dominar el galdur interfiriera aquí también. No obstante, Rey no hizo comentarios acerca del desastre.

Suspiró con irritación, llevó atrás la espada y cargó contra él nuevamente. Un paso lateral la hizo tropezar con una piedra y aterrizar en el suelo a cuatro patas. Aun así, Rey no dijo nada.

—Vale ya —gruñó mientras se ponía de pie—. Deja de ser amable conmigo.

—¿Servirá para que saques la cabeza del culo?

Ella lo fulminó con la mirada, y Rey curvó los labios hacia arriba en un desafío silencioso. Era justo lo que necesitaba. Que las cosas volvieran a ser como en el Camino de Huesos, antes de que todo se volviera tan puñeteramente enrevesado.

Silla se abalanzó sobre él, agachándose por debajo de la espada, pero no lo suficiente. Se golpeó con la hoja de madera en el hombro y se alejó dando bandazos y maldiciendo. Se enderezó y atravesó a Rey con la mirada.

—Vas a tener que ser más rápida, Rayo de Sol —la retó, pero solo consiguió que se le dibujara una sonrisa sombría en la cara. Ahora su frustración tenía una salida. Giró sobre sí misma y atacó lanzando un golpe tras otro sobre Rey.

—Esta noche estás inspirada —comentó, cambiándose de mano la espada y bloqueando todos sus ataques con la zurda sin esfuerzo—. Por desgracia, es a expensas de tu ingenio. —Con un movimiento repentino, la atrapó con el lado ancho de la espada y la envió al suelo.

Silla se puso en pie de un salto y se apartó el pelo de la cara. Rey la miraba entretenido con ojos brillantes.

—¿Te parece divertido? —preguntó.

—No especialmente —respondió con voz pausada—. Mantén la cabeza alineada y dame en el trasero.

Dioses; quería lanzar a ese hombre por los aires y borrarle la sonrisa del rostro.

—Digo que me pegues en el culo con la espada, Rayo de Sol, no con los ojos. —Hizo una mueca con los labios.

Silla apretó los dientes y balanceó la espada en un ataque ascendente.

Rey la bloqueó, le retorció la muñeca y la dejó desarmada. Él se movió tan rápido que a ella no le dio tiempo a reaccionar, y antes de darse cuenta le había dado la vuelta y ahora sentía toda su fuerza sólida a su espalda. Cuando le rodeó el cuello con el brazo y apuntó a su mejilla con el filo de madera, una ráfaga de calor le atravesó el cuerpo.

Rey bajó la cabeza a la altura de su oreja y, a su pesar, se le cerraron los ojos.

—Deja de decirme lo que vas a hacer —le dijo en voz baja.

Al oír aquello, abrió los ojos de golpe, le dio un codazo en las costillas y un pisotón en la bota. Silla se soltó y agarró su espada con un movimiento veloz. Se apartó el pelo de los ojos y lo miró fijamente.

—No te estoy diciendo una mierda —gritó furiosa.

—Oh, sí que lo estás haciendo —dijo Rey; la miró de arriba abajo, y a Silla se le bajó la sangre a los pies.

—Observa a tu oponente en busca de señales. Si miras con suficiente atención te dirán cuál es el plan. —Asintió con una mueca—. Tu muslo izquierdo. Tensas el músculo antes de avanzar. Te delata. —Curvó sus labios en su irritante Media Sonrisa.

—Estás muy orgulloso de ti mismo —dijo con aspereza—. Por superar a una principiante.

Rey arqueó una ceja.

—La lección más importante de hoy es: no te dejes dominar por tus emociones en la batalla.

—¡No lo hago! —exclamó.

Rey enarcó las cejas y ella perdió el control. Con un grito de rabia, cargó contra él. El pie de Rey salió disparado y el resto se quedó borroso. Sin saber cómo, se vio tumbada en el suelo de espaldas y con Rey encima. Ella parpadeó ante su expresión engreída y la ira se le acumuló en el estómago. Le dio una patada tan rápida que lo pilló desprevenido. Con un grito de sorpresa, Rey acabó patas arriba y estrellado contra el suelo.

Silla se abalanzó sobre él y le inmovilizó los hombros; sonrió victoriosa ante su mirada incrédula.

—¿Cómo era eso que me decías, Ojos de Hacha? —se relamió—. Ah, sí. «Tienes que aprender a reaccionar rápido y sin piedad».

Rey sonrió levemente y, Silla no pudo evitar mirar sus labios.

—¿Te gusta que te diga lo que tienes que hacer, Rayo de Sol? —La voz de Rey retumbó por todo su cuerpo y la sintió en todos los puntos de contacto.

—A ver si lo adivinas. —Con un impulso veloz y despiadado, él la hizo rodar sobre su espalda y se colocó sobre ella inmovilizándola con las caderas.

—Me gusta decirte lo que tienes que hacer.

A Silla se le escapó un suspiro excitado mientras intentaba comprender cómo había acabado en esa posición. Rey tenía los codos apoyados a ambos lados de su cabeza y su cara estaba a escasos centímetros de la suya. Qué fácil sería extender la mano y acariciar con los dedos el vello áspero de aquella barba. Y acercarle los labios y canalizar su frustración de un modo totalmente distinto.

Pero Silla había prometido que Rey no supondría otra distracción de sus problemas. Y tenía razón: las emociones se habían apoderado de ella esa noche.

—¿Vale por hoy? —preguntó Rey, con voz fría e inmisericorde.

Silla inspiró hondo.

—Vale por hoy —susurró.

La garganta de Rey se movió, y por un momento pensó que tenía algo más que decir. Pero rodó para apartarse y se pasó las manos por el pelo. Se puso de pie y se acercó a su rostro.

—Voy a calentar la cena.

Y así, entró en la casa de acogida y dejó a Silla tumbada sobre la hierba intentando calmar su corazón acelerado.

TREINTA Y UNO

Sunnavík

Saga daba golpecitos en el muro de piedra con los dedos mientras aguardaba a Rurik, que iba a enseñarla a forzar cerraduras. Durante la espera en el pasadizo oculto, se le erizó el vello de la nuca al oír las pisadas de la patrulla de guardias a su paso por la entrada al túnel. Pero pronto se alejaron, y Saga se quedó oyendo el crujido de las vigas de madera y el correteo de criaturas diminutas invisibles escabulléndose.

Después del día que llevaba, Saga estaba deseando encontrarse con Rurik. No solo se había visto obligada a escuchar una interpretación escáldica de los urkanos asaltando Askaborg, sino que Signe había aprovechado el momento para regalarle un velo de novia.

—Lo llevé —había dicho la reina— cuando me casé con Ivar y unimos los linajes urkano y norvalandés. Y por eso considero apropiado que lo lleves cuando te cases con Bjorn, uniendo Íseldur y Urka para siempre.

Con los ojos de la aristocracia de Sunnavík puestos en ella, Saga había aceptado el velo haciendo acopio de todo el donaire que pudo. La boda parecía una tormenta inminente acercándose más y más. Pero Saga se obligó a concentrarse en la tarea que tenía entre manos. Si quería acceder al cajón de Alfson, necesitaba aprender a abrir cerrojos.

Y, por supuesto, Rurik llegaba tarde, lo que llevó a Saga a poner en duda su buen juicio por milésima vez. El misterio de qué buscaba aquel hombre en los túneles de Askaborg la torturaba. ¿Sería una arma? ¿Joyas? ¿Un libro, tal vez?

Se replanteó por enésima vez la participación del hombre en sus planes. Pero habían llegado a un acuerdo y no había vuelta atrás. El mero pensamiento de cómo habían sellado el trato le irradiaba calor desde la boca del estómago. La noche anterior, Rurik había invadido sus sueños, y durante todo el día sus pensamientos, y Saga decidió que era mejor que se marchara de Íseldur cuanto antes.

La puerta se abrió de repente y se estrelló contra la pared con un fuerte golpe. Saga gritó y se llevó la mano al pecho.

—¿Estabas soñando de pie? —preguntó Rurik, llenando el marco de la puerta con su enorme silueta.

Ella frunció el ceño.

—Estaba soñando que te tiraba desde una torre.

—Vaya, pero entonces tendrías que salir al exterior, ¿verdad, Saga?

Le rechinaron los dientes mientras pensaba una respuesta, pero antes de dar con ella apareció una segunda figura. Yuri Rovgolod entró en el pasadizo, con una mirada de auténtico desprecio en el rostro.

—Rov —exclamó Saga—, llevándose la mano al pecho—. ¿Qué haces aquí? —A Saga se le hizo un nudo en la garganta cuando cayó en la cuenta: ahora alguien más conocía el túnel, además del propósito del encuentro, sospechó. Aquello no era... una situación ideal. Miró a Rurik alarmada.

Al menos él tuvo la delicadeza de mostrar su enfado.

—Se ha enterado de que anoche llegué tarde —suspiró mientras se pasaba una mano por el pelo ondulado—. Este tipo es demasiado bueno sonsacándome verdades.

—Yo no te sonsaqué nada, ladrón nocturno. Llevabas la verdad escrita en la cara.

Saga sintió que se ponía colorada. Eso no era bueno. No era bueno en absoluto.

Rov dirigió su deslumbrante sonrisa a Saga.

—Es un placer verla, mi señora. —Su sonrisa se atenuó levemente cuando miró a Rurik—. Estoy... ¿cómo se dice?... de carabina.

—No me cree —se quejó Rurik.

—Tengo mis motivos. Te conozco bien, Rurik. Y por eso estoy aquí... de niñera. Para asegurarme de que este hombre impetuoso se comporta y no provoca una guerra.

Rurik murmuró algo en zagadkiano y Rov le respondió con un suspiro exasperado.

—Me ha hecho un juramento —dijo Rurik volviéndose hacia Saga—. Te lo prometo, Saga. No le contará nada a nadie.

El nudo del estómago de Saga se aflojó mínimamente.

—La Torre Ravine —dijo ella, ansiosa por empezar—. Está cerrada con llave. En el ala oeste. Por aquí.

Rurik se acercó sigiloso a ella, le tomó la mano enguantada y la apoyó en su antebrazo, como si pasear así por un pasadizo abandonado fuera lo más natural del mundo.

—Estás poniendo a prueba mi voluntad —murmuró Rov detrás de ellos.

—¿Qué vistas vas a enseñarme hoy? —preguntó Rurik cordial, ignorando a su compatriota.

—A tu izquierda, hay piedras —dijo Saga—. A tu derecha, más piedras desmoronadas.

—¿La Torre Ravine queda lejos?

—A unos cinco o diez minutos. —Saga intentó ignorar la sensación de su cuerpo grande y cálido junto a ella; intentó desprenderse del recuerdo de ese mismo cuerpo presionándola contra la pared.

—Juguemos a un juego mientras caminamos —dijo Rurik.

—¿A qué juego?

—Al juego de meterte una dosis de sentido común en la cabeza —refunfuñó Rov.

Rurik no le hizo caso.

—Al juego de los descubrimientos. Yo os cuento algo que he descubierto y vosotros hacéis lo mismo.

Saga apretó los dientes mientras pensaba.

—Como buen honorable caballero…

A Rov y Saga se les salió la risa por la nariz. Ella lo miró por encima del hombro e intercambiaron una mirada de consenso.

—Creo que haré como que no he visto ni oído nada, mi señora —dijo Rurik, jovial—. Ni a vos, mi limpiabotas. —Miró de reojo a Rov—. Como iba diciendo, empezaré yo para dar ejemplo. He descubierto que no me gustan las famosas tortas de avena iseldurianas.

—Galletas de avena —corrigió Saga, y ya no pudo detenerse—. ¿Cómo puedes decir eso? ¡Nuestras galletas son célebres!

Rov hizo un sonido de desdén.

—¿También las llamáis galletas de «arena»?

Saga resopló indignada.

—De textura terrosa y sin sabor —dijo Rurik—. Algún día probarás los blinis de Zagadka. Y, entonces, lo entenderás.

Detrás de ellos dos oyeron más murmullos incoherentes.

—Ignóralo —dijo Rurik—. Se le ha pasado la hora de irse a la cama.

Saga contuvo la risa.

—Creía que las tierras de Zagadka estaban cerradas a los extranjeros.

Rurik tensó la mandíbula.

—Así es. De momento.

Saga levantó una ceja.

Él suspiró.

—Como las galletas de avena, la generación más antigua de Zagadka también está hecha de piedra; de creencias inamovibles.

Rov gruñó en señal de conformidad.

—Los zagadkianos de más edad están anticuados —siguió Rurik—. Piensan que el hermetismo mantiene la paz y la seguridad en el reino. Viven acomodados y son perezosos ... no. Esa no es la palabra. —Hizo una pausa.

—Conformistas.

—Conformistas —repitió Rurik—. La generación más joven está ansiosa por el cambio: por modernizarse, para ganar aliados y aprender de ellos.

—¿Para eso has venido a Íseldur? —preguntó Saga—. Sé que estás buscando algo. ¿De qué se trata?

Rov soltó una ráfaga de amenazas detrás de ellos, pero Rurik solo se rio por lo bajo.

—Debo tener cuidado con lo que te cuento, Saga. —Levantó la cabeza y la miró con sus ojos verdes, y a Saga le bailó un hormigueo por la piel—. Intentarás hechizar a mi lengua desobediente.

La mención de su lengua provocó que la turbación le subiera por el cuello.

—Te toca, Ala Invernal.

—Hombre problemático —balbuceó Rov.

Rurik le lanzó una mirada penetrante por encima del hombro.

—Creo que la carabina tiene que estar calladita. —Ante el gruñido de Rov, Saga no pudo evitar reírse.

—He descubierto que aun cuando la vida parece un camino recto, siempre cabe la posibilidad de que se produzcan giros inesperados. —Saga nunca podría haber adivinado que estaría en aquel túnel con dos dignatarios zagadkianos en plena noche.

Sintió la intensa mirada de Rurik en su piel, como si percibiera cada mínimo movimiento.

—No eres la única que lo piensa.

—Ah, ¿no? —preguntó Saga—. Supongo que pensabas que Íseldur estaba lleno de guerreros adoradores de un oso y de mujeres dóciles. ¿No es eso lo que esperabas?

—En absoluto.

Sabía que él hablaba del reino, pero un escalofrío le recorrió la espina dorsal igualmente. Llegaron al final del pasadizo, subieron un tramo de escaleras y accedieron al ala oeste por una entrada oculta. Un minuto después, estaban delante de una puerta con bisagras de hierro.

—La Torre Ravine —susurró. Rurik le soltó el brazo y tiró del picaporte, pero no se movió. Saga lo miró un tanto divertida cuando él pegó la oreja a la madera. El hombre trabajaba rápido, se sacó dos objetos afilados del bolsillo y los insertó en la cerradura. Con unos cuantos giros hábiles de los dedos, logró abrir la puerta.

—Y ahora —dijo Rurik, haciéndola cruzar por ella y sosteniéndola de mala gana para Rov—, te enseñaré a hacerlo.

Aquel se sentó en el suelo refunfuñando, con la espalda apoyada en la pared.

—Diría que el abuelo va a tardar unos cinco minutos en dormirse —dijo Rurik con una sonrisa traviesa.

Saga hizo una mueca con la cabeza.

—¿Alguna vez hablas en serio?

—Hay cosas sobre las que nunca bromeo. —Su mirada se hizo más intensa, los ojos le brillaron a la luz de la antorcha, y luego se volvió hacia la puerta.

—Vamos, empecemos.

Y cuando Kassandr Rurik le enseñó cómo abrir una cerradura, Saga decidió que, en efecto, había muchos giros inesperados en su camino aparentemente recto.

—GIRA EL PESTILLO —repitió Rurik.

—¡Ya lo hago! —gruñó Saga, arrojando las ganzúas al suelo hecha una furia. Rov resopló por la nariz, con la cabeza colgando a un lado, y volvió a dormirse. Llevaba una hora intentándolo; una hora infructuosa. Y lo único que Rurik decía era «gira el pestillo», una y otra vez, como si al decirlo mil veces funcionara de repente.

—Tu ira es hermosa —murmuró agachándose para recoger las ganzúas.

—¡Tu ira es hermosa! —repitió Saga, con la esperanza de que fuera el insulto más desalmado que pudiera lanzarle.

Él se rio entre dientes y se enderezó.

—En verdad no es eso lo que quieres decirme, Ala Invernal. —Rurik hizo una pausa—. Lo has dicho bastante bien. ¿Seguro que no sabes zagadkiano?

Ella suspiró enojada.

—Tengo facilidad para los idiomas —explicó—. Pero no para las cerraduras, por lo visto.

—Es fácil.

Abrió la boca para contestar, pero las palabras se le secaron en la lengua cuando sintió el calor corporal de Rurik extendiéndose por su espalda y la fuerza de sus brazos deslizándose por los de ella. Rurik le puso las ganzúas en las manos con delicadeza, y abrazó con sus enormes palmas el reverso de sus guantes.

Le habló al oído, bajito y suave.

—Deslízala por el ojo de la cerradura y busca la muesca del pestillo. —La mano de Rurik sujetaba la suya, y Saga estaba tan distraída por la firmeza de la presión de su pecho contra su propia espalda que apenas prestaba atención. Y, de repente, lo notó, la ganzúa encajando en la ranura.

—Ahora —susurró—, empujamos justo aquí —la presión de su mano aumentó— y la rotamos así. —Sus manos guiaron las de ella, el cerrojo giró con un chirrido y luego cayó con un golpe sordo.

Saga exhaló.

—Haces que parezca tan fácil.

—Con la práctica, es fácil. —Él se apartó y ella extrañó su calidez al instante. Saga tragó saliva e intentó forzar pensamientos coherentes en su cabeza. Miró a Rov, apoyado en la pared con la cabeza inclinada en un ángulo impío, con la babilla brillando en la comisura de la boca. Como Rurik había predicho, el hombre no había tardado ni cinco minutos en quedarse frito. Y Saga empezaba a sentir que el cansancio iba en aumento.

—Empiezan a dolerme las manos —dijo bajito. Se dio la vuelta y miró a Rurik—. Supongo que no debería esperar milagros.

Él la miró expectante, y Saga se sacó el mapa completado del bolsillo. Una parte de ella no quería entregárselo —una vez que lo tuviera, ¿para qué iba a necesitarla?—. Pero tenía cosas que hacer y era evidente que este hombre la distraía demasiado. Con la determinación reforzada, Saga le entregó el mapa.

A él se le movió la nuez al cogerlo.

—Muchas gracias. —Pero no se movió, y cuando Saga levantó la cabeza para mirarlo, Rurik tenía esa misma expresión en el rostro: como si luchara consigo mismo. Se le escapó un intenso suspiro—. Saga. —Le cambió la voz. Le dio peso al nombre. Un significado que ella no podía desentrañar.

—Eres extraña. No, esa no es la palabra. Eres excepcional. Nada que ver con lo que esperaba. —Avanzó para acercarse a ella, tanto que sintió el calor que desprendía su cuerpo. Sintió que estaba asombrosamente familiarizada con su estatura. Con su cercanía. Con su aroma masculino.

—Quiero verte sin reservas.

Saga lo miró fijamente. Tenía el pensamiento obnubilado y un hormigueo en las piernas. Sintió su mirada, tan intensa que le abrasaba la piel.

—¿Qué significa? —susurró.

—Que te deseo lo mejor —dijo con voz queda.

El ronquido de Rov rompió el silencio. El zagadkiano se enderezó alarmado mirando en todas las direcciones.

—¿Qué? —preguntó posando la mirada en Rurik—. Estoy despierto. No me he dormido.

Rurik sonrió, y un instante después Saga también lo hizo. Con un suspiro reticente, se dirigió a su compatriota:

—Claro que no, abuelo. He supuesto que solo estabas descansando los ojos.

Rov se puso de pie y parpadeó varias veces sus ojos amodorrados.

—¿Habéis acabado? ¿Sí? Bien. —Y así, terminó la clase.

A medida que avanzaban por el pasadizo en silencio, Saga no dejaba de darle vueltas a las palabras de Rurik. En cierto modo, las sintió como una despedida. Era lo mejor. Pero por algún motivo, Saga no lograba apartar la decepción.

TREINTA Y DOS

Kalasgarde

Para Silla, los días pasaban renqueantes como un animal tullido, cada día más arduo que el anterior. Ella y Rey habían adoptado una especie de rutina. Empezaban las mañanas con el desayuno y luego con los intentos desafortunados de alimentar a Parda. Lo siguiente eran las lecciones de entrenamiento y luego cabalgaban hasta la casa de Harpa. Durante las horas de luz, Rey se marchaba con Vig para recorrer los bosques en busca de algún rastro de Ástrid o de Váli, y mientras Silla pasaba las horas en los desapacibles confines de su mente. Por la noche, estaba agotada, lista para extraer los recuerdos de sus lecciones con una segunda sesión de entrenamiento.

Practicar esgrima con Rey era la mejor parte del día. En ese momento se sentía al mando. Notaba que se hacía más fuerte. Rey le había enseñado rutinas de ataque y defensa y, aunque estaba lejos de su destreza, los movimientos iban arraigando en su memoria.

Pero pasar tanto tiempo junto a Rey parecía haberle confundido la mente. Esa semana había soñado dos veces que repasaba con los dedos la curvatura del ala de un dragón, y seguía el trazado de cerca con los labios y la lengua. Se despertó empapada en sudor, con el cuerpo tenso por el deseo insatisfecho. Por el día, se sorprendía mirando a Rey desempeñando las tareas rutinarias. La forma que tenía de cerrar los ojos cuando tomaba el primer bocado de gachas. Cómo se le marcaban los músculos de los hombros cuando los levantaba para colocar la silla de montar. Cómo contraía los labios cuando acariciaba el hocico de Caballo.

Eran las distancias cortas. Era mera consecuencia de compartir con él la casa de acogida. No podía permitirse que la pillara en esas cosas.

Silla pasaba los días sentada durante horas y horas tortuosas, practicando lo que Harpa llamaba «la rendición». Era un absoluto fracaso. Silla lo sabía; Harpa lo sabía. No lograba controlar la mente. Cada vez que cerraba los ojos, cada vez que intentaba viajar a su interior, todos ellos estaban allí:

«Ilías Svik. Matthias Nordvig. Skeggagrim».

Todos ellos la esperaban. Se deleitaban con su desdicha. Se burlaban de ella empleando la combinación perfecta de palabras para hundirla. Los metió a cada uno en una jaula y las cerró dando un portazo. Se tragó las llaves e intentó reorientar su mente. Pero el esfuerzo era en vano y el tiempo se le escapaba.

El tiempo; había perdido mucho tiempo, y no había conseguido nada.

SILLA BLANDIÓ EL HACHA, la estrelló contra el borde del tronco y cayó al suelo. Con un gruñido de frustración, se secó el sudor de la frente. Le dolía la espalda y le estaba saliendo una ampolla en el pulgar. De todos modos, era mejor que quedarse sentada en esa cabaña escuchando a Harpa corear «ríndete» una y otra vez.

La frustración le retorcía las entrañas con solo pensar en esa choza. Francamente harta de los fracasos de Silla y de que Rykka le recordara que «por eso no debes aceptar alumnos mayores», Harpa se había cansado y había decidido probar algo nuevo.

—Cortarás la leña —dijo Harpa—. Y cuando ya no puedas levantar el hacha, descansarás en el baño de vapor.

—Pero Rey ha cortado suficiente leña para que te dure todo el año...

A Harpa se le encendieron sus ojos ambarinos.

—No lograrás controlar tu galdur hasta que te rindas. Haz lo que te digo y no cuestiones mis métodos.

Ahora estaba en el patio, exhalando bocanadas de vaho en el aire frío del norte. Un movimiento en el bosque hizo que Silla agarrara con más fuerza el hacha. Parecía que estos últimos días todo le erizaba el vello de la nuca, y miraba continuamente detrás por encima del hombro en busca de criaturas devoradoras de humanos. Según Vig, aquella cosa tenía a todo Kalasgarde en vilo. A pesar de las numerosas búsquedas, no habían hallado ni rastro de Váli ni de Ástrid. Y cada día que pasaba, la inquietud de Rey aumentaba.

—Ataca siguiendo un ciclo de siete días —oyó decir a Vig—. Primero fueron tus ovejas. Luego Váli y Ástrid. No bajéis la guardia. Que Runný refuerce las protecciones a diario.

Silla se apuró para entrar en la casa de Harpa, pero cuando miró al bosque, vio un claro destello azul que iba directo a ella.

—Es un espíritu de hielo —murmuró observando la forma azul y blanca de una mujer minúscula. La luz del sol iluminaba sus alas diáfanas, cristalinas y resplandecientes por la escarcha.

Unos días antes, Silla había intentado vislumbrar al espíritu de hielo en el bosque cerca de los establos, pero no alcanzó a ver más que unas volutas azules moviéndose a gran velocidad entre el follaje. Pero ahora el espíritu se mostraba por completo ante Silla. De algún modo, sintió que era especial.

—Eres preciosa —susurró sonriendo tontamente. El espíritu hacía piruetas, el cabello y el vestido fluían como si se pavoneara ante Silla—. Rykka dice que no debo confiar en ti. —Hizo una pausa—. Y luego me llamó ardilla, así que tal vez no debería escucharla.

El espíritu de hielo dejó de bailar y abrió la boca, dejando entrever unos dientes puntiagudos. La criatura emitió un sonido sibilante que le puso la piel de gallina.

—Vaya —murmuró Silla levantando las cejas—. Eres muy feroz.

El espectro se movía de un lado a otro sin dejar de sisear. Silla lo miraba intrigada. ¿Estaba intentado comunicarse? ¿Por qué no hablaba con ella, como lo hacía Rykka?

—Pareces nerviosa —dijo. El espectro dio una vuelta completa con un movimiento agitado a la vez que emitía una tanda de silbidos más suaves—. ¿Lo estás?

El sol desapareció detrás de una nube y Silla bajó la mirada al hacha.

—Tengo que terminar la tarea. Pero me ha encantado conocerte. —Sacó el hacha del tocón y la levantó por encima de la cabeza.

Pero el espíritu de hielo no se dejó disuadir y se colocó enfrente de ella con una velocidad pasmosa. Silla retrocedió y observó a la mujer alada dar otra ágil voltereta.

—¿Este es tu territorio? —adivinó Silla.

El espíritu siseó. Con un destello azul brillante, salió volando y luego volvió.

—¿Qué pasa? —preguntó Silla un tanto molesta.

Mostrando los dientes, el espíritu de hielo estalló en una pequeña ventisca que se desvaneció en el aire. Y, con un rápido remolino, tomó forma de nuevo, revoloteando de acá para allá en la periferia de su visión.

Silla meneó la cabeza y volvió a su tarea. Colocó un tronco en el soporte y lo puso en vertical.

El espectro pasó por delante de ella dejando un borrón azul hielo y blanco brillante.

—¿Qué? —soltó Silla. La visión salió disparada hacia una pequeña roca expuesta en el suelo y señaló un símbolo esmerilado que parecía haber dibujado ella misma. Era la runa de protección, pero del revés.

—Agradezco tu protección, espíritu bondadoso —dijo Silla todo lo calmada que pudo.

El espectro parecía estar a punto de silbar una vez más, pero se escabulló entre los arbustos cuando Harpa abrió la puerta de golpe. Cruzó el patio avanzando penosamente y miró a Silla con una expresión indescifrable. Luego la llevó del codo a una pequeña choza junto al cobertizo de donde salía humo de un agujero en el tejado.

—Desnúdate —le ordenó Harpa, mirándola expectante.

Silla abrió la boca; las quejas se le acumulaban en la lengua.

—Deja de hacerte preguntas —gruñó Harpa, y Silla cerró la boca de golpe—. Ríndete. Quítate hasta la ropa interior y caliéntate en el baño de vapor.

—Un baño de vapor —repitió Silla, quitándose el vestido.

Mientras entraba en el baño de vapor, prácticamente desnuda salvo por las enaguas, suspiró de contento. El vapor salía de un horno de piedras ardiendo y flotaba espeso en el aire, adhiriéndose pegajoso a la piel fría de Silla. Se acomodó en el banco y Harpa echó agua a las piedras y se quedó plantada en la puerta.

—Libera la mente —dijo, y dejó a Silla encerrada en la más absoluta oscuridad.

Silla parpadeó. Allí dentro solo había oscuridad y las piedras crepitantes. Le dolía el cuerpo, exhausta por el esfuerzo de cortar la leña, pero a medida que el calor penetraba en su cuerpo lentamente, empezó a relajarse.

Cerró los ojos. Intentó concentrarse en la parte interna de los párpados.

«Es una pérdida de tiempo», dijo su padre.

Furiosa, agitó los hombros. Se centró en el latido de su corazón y en el sudor que le bajaba gota a gota por la sien.

«Di mi vida por ti y ahora tú la desaprovechas».

Silla localizó esa jaula y metió de un empellón a la voz que había hablado. La cerró con llave y la tapió.

«Ven a buscarme, hermana», dijo Saga. «Te necesito».

—Eso intento, pero antes tengo que...

«¡No hay tiempo!».

Con reservas, Silla encerró la voz de Saga en su jaula. Si el objetivo de Harpa era agotar su mente hasta la sumisión, no funcionaba. Estaba defraudando a quienes habían dado su vida por ella; a quienes se habían sacrificado por ponerla a salvo. Le escoció la garganta cuando le asomaron las lágrimas.

Una tensión fría le vibró en las venas y Silla abrió los ojos. La luz blanca rezumaba por sus antebrazos y atrapaba las nubes de vapor que ondulaban en el aire. Recordó vagamente que Harpa le había dicho que el calor y la ira facilitaban la imprimación y la expresión. Dijo algo de barreras de energía.

—Sal de una vez —murmuró imaginando que la luz resplandecía en el baño de vapor—. ¡Sal de una vez! —Con la mandíbula apretada, intentó domarla como a un caballo salvaje, impulsarla, empujarla, doblegarla a su voluntad. Pero no respondía.

«Ríndete», escuchó decir a Harpa en su cabeza. «Cede. Tienes que rendirte».

Las lágrimas brotaron y resbalaron por sus mejillas. ¿Por qué no lo conseguía? ¿Por qué seguía fallando una y otra vez?

Silla irrumpió en el patio desprendiendo la luz blanca y vapor. Miró a los ojos a Harpa.

—¡No puedo hacerlo!

Harpa se quedó impasible.

—Por eso sigues fracasando. Tienes que creer. Deja de luchar. —Hizo una pausa—. Y, luego, ríndete.

Rendirse.

Silla quería arrancarse el cabello; necesitaba lanzar, romper, golpear. Ya había renunciado a sus sueños. A su felicidad. A la vida que conocía. ¿Acaso no era suficiente?

Se llenó de rencor. No. No era suficiente. Porque los dioses deseaban su sufrimiento. Y, al parecer, no estarían satisfechos hasta que estuviera completamente devastada.

TREINTA Y TRES

Sunnavík

Hacía mucho que Saga se consideraba una mujer con una suerte horrorosa. Pero el día que se hizo una gotera en el techo de la Casa de Ursir, se preguntó si los vientos del cambio por fin soplaban a su favor. Se cancelaron los oficios, por lo que una sangría a puerta cerrada entre las paredes de la habitación de Saga supuso una mejora notable con respecto a hacerlo delante de la multitud. Después de reponer fuerzas con una taza de milenrama, Saga dio un paseo hasta el ala oeste de Askaborg, emocionada por lo que había visto.

Una cinta de lino blanco ondeando.

El resto del día había transcurrido a paso de tortuga. La expectativa de verse con Ana la tenía una vez más vibrando de emoción. ¿Sería esta carta más reveladora que la anterior? ¿Cómo le iría a Eisa por el norte? ¿Habría ofrecido alguien información sobre su cómplice?

El nerviosismo se le instaló en el estómago mientras se peinaba el cabello. Esta vez no tenía información para Ana, aunque no era por falta de intentarlo. Cada minuto que le sobraba lo dedicaba a practicar la apertura de cerraduras. Tardó un día entero en conseguir dominar el cerrojo de una puerta. Uno más para lograr hacerlo con el candado de su baúl. Se sentía preparada. Y, conforme se desarrollaban las cosas, se iba encontrando cada vez más optimista.

Dejó el peine quieto y se quedó mirando su reflejo en el espejo de metal pulido.

Todo iba demasiado bien.

—Dioses, Saga —se reprendió. ¿Por qué no podía aceptar la buena suerte sin más? ¿Por qué no esperar lo mejor? No era capaz. La esperanza era como una planta carnívora, hermosa y brillante para atraerte. Y era entonces cuando los dioses tendían su trampa.

Se puso los guantes y miró hacia la puerta. Árlaug vendría pronto para preparar a Saga para el banquete de esa noche. Respiró hondo y se llevó una mano al estómago. Su primera celebración en muchos años. En comparación con los cincuenta o más que habían acudido a rezar, esa noche cientos de nobles de Sunnavík se congregarían en honor a los zagadkianos y para celebrar el nuevo acuerdo sobre el cereal. Habría ruido y alboroto, y la presencia de Saga después de una larga ausencia sería un hecho notable. Desearía que fuera una noche en que la usurpación de los osos de Ivar fuera el entretenimiento principal.

—Ahora eso no importa —se dijo intentando reprimir las náuseas. Aguantaría la celebración y acudiría al encuentro de Ana en la torre con la esperanza de que la carta contuviera información útil.

«Deja de luchar», dijo una voz que desencadenó en Saga un sentimiento amargo. «Ríndete. Llevo rindiéndome toda la vida. ¿Qué más quiere de mí?».

El vello de la nuca se le erizó cuando se dio la vuelta. Estaba sola. ¿Quién había…?

—Buenas noches, señora —dijo Árlaug, entrando afanosa en la habitación—. Hay que prepararla para el banquete.

Saga se dejó caer en la silla del tocador y sondeó su interior para confirmar que tenía las barreras mentales intactas. Las bajó con sumo cuidado.

«… esta niña tiene el pelo igual de seco que la escoba de una bruja. Quizá un tratamiento de grasa de oso le aportaría brillo…».

Saga arrugó la nariz. Los pensamientos de Árlaug subían y bajaban el tono, aunque no era así como la había oído hablar en realidad. ¿Estaría perdiendo la cabeza?

Se sacudió los pensamientos, subió de nuevo las barreras y se obligó a centrarse en el momento presente. Árlaug trenzó hilo plateado en una sección lateral del cabello y enrolló las puntas con fuerza. Luego la ayudó a ponerse el vestido, de color negro y tejido fino con abundante pedrería en la parte delantera.

—Preciosa —dijo Árlaug, admirando el fruto de su esfuerzo.

Y cuando Saga se miró en el espejo, pensó que estaba, en realidad, elegantemente vestida para una mujer que planeaba acabar la noche cometiendo un pequeño fraude.

EL MURMULLO de varios cientos de invitados se mezclaba con el redoble de tambores y las suaves notas de una lira. Sentada junto al príncipe Bjorn en el gran salón, Saga ignoró intencionadamente al extremo opuesto de la larga mesa. En ningún momento se percató de que Kassandr Rurik estaba sentado junto a la princesa Yrsa, hablando en voz baja y con las cabezas juntas. Pero cuando oyó la voz irritante de Rurik en la distancia, seguida de la tenue risa de la princesa Yrsa, Saga le dio un bocado al pan con un poco de vigor extra.

Había filas y filas de mesas de banquete completas, y los jarls y los mercaderes más poderosos de Sunnavík bebían hidromiel y cerveza en cuernos ceremoniales. No dejaban de mirarla y apenas se molestaban en bajar la voz. Saga se resistió al impulso de subirse a la mesa de un salto y dar una vuelta en círculo para que todos la vieran bien.

«Aquí está, la mascota de Ivar».

Saga miró con cara de pocos amigos a una mujer de pelo negro que la observaba descaradamente. La mujer abrió los ojos, se dio la vuelta y se alejó mientras inclinaba la cabeza y susurraba al oído de su amiga. Molesta, Saga miró a la mesa principal y posó la mirada en lady Geira, que llevaba un vestido de cuello alto, presumiblemente para ocultar marcas persistentes.

Saga se estremeció y centró nuevamente la atención en su prometido.

Esa noche, Bjorn llevaba recogido el pelo rubio en una trenza de guerrero, aunque el hecho de no tener barba no hacía más que pronunciar su juventud. Con anillos demasiado grandes adornando sus dedos y una túnica carmesí que enfatizaba la estrechez de sus hombros, parecía que Bjorn intentaba emular el estilo de su padre, con resultados dudosos.

—Y luego probamos el nuevo acero karthiano, y cortamos una liebre como si fuera mantequilla —le contaba Bjorn a la vez que hacía girar la cerveza en la copa.

—Eso es… maravilloso —logró decir Saga. Llamó con un gesto al copero para que rellenara la suya mientras pensaba que no había suficiente hidromiel en el reino para lograr que la velada fuera placentera.

—Es muy prometedor. Apenas pesa algo más que el metal iselduriano y… —De repente, dejó de hablar y Saga siguió su mirada, que se posó en un hombre cuya presencia le heló la sangre.

El jarl Skotha estaba allí.

En otro tiempo, Skotha había sido un miembro de confianza del séquito del rey Kjartan. Pero cuando los urkanos desembarcaron, y quedó claro quién saldría victorioso, Skotha le dio la espalda al rey al que había jurado lealtad. Con el paso de los años, Saga oyó rumores de que fue Skotha quien reveló a los urkanos dónde se escondían Saga y Eisa.

Y el jarl Skotha había alcanzado una posición prominente en el nuevo régimen de Ivar. Pero sus tierras estaban más al sur, y ella agradeció no tener que verlo durante algún tiempo.

—El pan está seco —se quejó Signe, distrayendo la atención de Saga—. ¿Es que no puede ir nada bien en este castillo?

Sentada al otro lado de Bjorn, la reina había estado callada hasta ese momento. Se inclinó hacia delante con sutileza para mirarla. Llevaba una delicada corona de garras de acero pulido en la cabeza y el cabello de oro blanco inmaculado. Pero lo más hermoso a los ojos de Saga era la irritación impresa en su rostro.

¿Habrían averiguado finalmente Signe y los Azuzalobos que la banda había desperdiciado semanas deambulando en otra dirección? ¿O se habían torcido los planes de Signe en Svaldrin?

—¿Te refieres al robo, Madre? —preguntó Bjorn.

—¿Qué robo? —preguntó Signe.

—El del sótano de la sala de guarnición. Lo desvalijaron; volcaron barriles de cerveza y desperdigaron el armamento.

«Rurik», pensó Saga al instante, «eres un delincuente». ¿Quién otro que no fuera él saquearía de forma tan impetuosa? Su partida era inminente. El hombre debía estar desesperado por encontrar lo que fuera que buscaba. ¿Qué sería? Sin pensarlo, dirigió la mirada a la mesa del lord zagadkiano. Él sonreía abiertamente mientras entretenía a la princesa y a varias esclavas de la reina. Saga torció el gesto al fijarse en Yrsa. La princesa miraba a Rurik con descarada admiración.

—Qué horror —dijo la reina, y Saga volvió a centrarse nuevamente en su lado de la mesa.

—Padre está bastante enfadado.

—Ya me imagino —dijo Signe—. He oído más bien poco de lo que ha sucedido con los zagadkianos. ¿No vas a contarme un poco, mi osito?

Bjorn se puso colorado.

—Madre —dijo en voz baja—. Te he dicho antes que no me llames así cuando haya gente. Y no voy a contarte nada de nuestros asuntos. Ni a ti ni a nadie.

La cara de Signe hizo una mueca de dolor.

—Seguro que sí que puedes contárselo a tu madre, cariño.

Bjorn se cruzó de brazos.

—Signe, no molestes al niño —gruñó Ivar mientras se sentaba en la silla de respaldo alto junto a Signe—. Ahora está haciendo cosas de hombres. Nada de lo que tenga que preocuparse una mujer.

Sí, esto se ponía interesante. Por el rabillo del ojo, Saga vio que la cara de la reina se tiñó de un rojo furioso. ¿Cómo había vivido toda su vida sin darse cuenta de que Signe era una bola de ira silenciosamente contenida?

—Por supuesto, querido —dijo Signe con su voz recatada y majestuosa. Por desgracia para Saga, la mirada de la reina recayó directamente sobre ella.

—Saga, cariño, te ves tan hermosa cuando te esfuerzas un poco, ¿verdad, Bjorn?

—Sí —respondió él, y el rubor le subió por el cuello—. Tus ... —tartamudeó— tus ojos... son azules como los de... —hizo una pausa para pensar y se le iluminó el rostro— como los de los perros sabuesos norvalandeses —concluyó Bjorn—. Y tu pelo es dorado como las escamas de una serpiente de fuego.

Saga pestañeó, sin saber cómo tomárselo.

—¿Gracias? —probó a decir.

El rey Ivar arrastró la silla en el suelo de piedra cuando se puso de pie. Iba ataviado con una túnica color vino, una capa de piel de oso y las trenzas idénticas de la barba estaban adornadas con anillos de oro. Los presentes guardaron silencio y tomaron asiento.

—Gracias a todos por venir —exclamó Ivar a la vez que alzaba su cáliz. La multitud levantó las copas al unísono—. Esta noche tenemos mucho que celebrar. Hemos llegado a un acuerdo con nuestros hermanos zagadkianos. —Ivar inclinó la copa hacia Rurik y su druzhina—. Nos han traído cereal de la mejor calidad y han prometido enviar barcos con más cargamento. —Un murmullo recorrió el salón; algunos nobles asintieron y otros mostraron alivio—. Esta noche rendiremos homenaje a nuestros invitados zagadkianos y los nombraremos Hermanos Honorarios de nuestro pueblo. Los invitados gritaron en señal de aprobación.

Las puertas del gran salón se abrieron de golpe. El Alto Gothi entró, seguido por acólitos con el altar de piedra y varios animales amarrados... un cisne, una oveja, un cerdo y, para consternación de Saga, un hombre.

Le palpitaban las sienes.

—A la druzhina de Zagadka, os honraremos con una tradición que se ha transmitido de generación en generación entre los urkanos. Un sacrificio para garantizar un regreso seguro a vuestro país.

Rurik estaba de pie con los ojos en llamas.

—Os agradecemos el gesto, Su Majestad. Pero no es necesario.

Un grito ahogado colectivo llenó el comedor; la multitud guardó silencio absoluto.

Saga se quedó de piedra. Majadero impulsivo. Por muy horrible que sonara, rechazar este sacrificio era un insulto flagrante para el rey. Vio que los ojos oscuros de Ivar se volvían fríos y afilados. Pero Rurik no se inmutó y sostuvo la mirada de Ivar. Tantas semanas para negociar un acuerdo entre ambos reinos y el insensato podía haberlo truncado en un momento con aquella frase.

—Os lo agradecemos, Su Majestad —prorrumpió Rovgolod, lanzando una mirada a Kassandr que podría atravesar el acero. Rov consiguió al fin que Kassandr se sentara—. Por favor, disculpad a mi compatriota. Es por la diferencia de costumbres. Aceptamos encantados el presente. Es un gran honor.

El rey hizo un gesto de asentimiento a Rov y dedicó una mirada de disgusto manifiesto a Rurik. Y, con un movimiento de mano, dio comienzo el derramamiento de sangre.

Sacrificaron a los animales con una efectividad despiadada, recogieron la sangre y la derramaron sobre el altar de piedra. Saga no podía apartar los ojos de Rurik, que observaba impertérrito.

El humano fue el último en recibir el gesto para avanzar. Tenía el pelo cano y era huesudo y de facciones angulosas. Y aun así conservaba un aire de dignidad serena mientras caminaba voluntariamente hacia el altar. Saga trató de consolarse pensando que aquel hombre estaba allí por decisión propia y que, tal vez, lo consideraba un gran honor. Pero eso no borraba la naturaleza de la barbarie.

El Alto Gothi inclinó la cabeza del hombre hacia atrás para dejarle el cuello al descubierto y dos acólitos lo sujetaron para que no se moviera. Saga se obligó a mantener la mirada en la mesa mientras recordaba las cosas buenas de este mundo. Dibujar; sus pendientes de ala invernal; la almohada de seda con borlas rojas...

La hoja rebanó la garganta del hombre. Saga parpadeó varias veces y sintió que se le aligeraba el cuerpo. Oía el suave borboteo de la sangre llenando un cáliz tras otro y derramándose por el altar. Cuando por fin se decidió a mirar, el Alto Gothi, el altar de piedra y los acólitos se habían ido; y se llevaban a rastras los cuerpos sacrificados para los osos mascota de Ivar.

Ya está. Había terminado.

El rey estaba de pie, pero su timbre de voz sonaba distante en los oídos de Saga.

—Honraremos a nuestros hermanos zagadkianos con un festín de jabalís. Se trata de una de las criaturas más veneradas de Ursir, y yo solo deseo ofrecer lo mejor a nuestros nuevos amigos. —La nota de intensidad en la última palabra no fue accidental; era una advertencia de cuán endeble era realmente esta amistad—. Mañana os marcharéis, pero los lazos de nuestra hermandad perdurarán.

Ivar dejó que los asistentes mostraran su conformidad. Un hueso salió disparado en una esquina; los osos habían comenzado su propio festín.

—A mis compatriotas iseldurianos. Nuestra Yrsa cumplirá dieciocho años la próxima semana y esperamos veros a todos en su fiesta de cumpleaños. Mi encantadora esposa se ha encargado de los preparativos: vino y comida con especias del Continente Sur. Habrá un torneo, cuentos escáldicos e hidromiel fermentado especialmente para la ocasión.

»¡Que disfrutéis de la comida y de la bebida! —Ivar levantó su copa de plata hacia el centro del salón, se la bebió de dos tragos largos y la dejó en la mesa dando un golpe sordo. El resto de los presentes lo imitó y en el salón resonó un estallido de cuernos y copas chocando entre sí. Saga frunció los labios y se obligó a hacer lo mismo.

La conversación cobró vida cuando los sirvientes entraron en masa al salón. Por desgracia, Saga estaba acostumbrada a pasar del derramamiento de sangre al jolgorio, y enseguida le rugió el estómago con los aromas que emanaban los platos trincheros que iban colocando sobre la mesa: conejo aderezado con enebro y rodajas gruesas de jabalí cubiertas con rica salsa y verduras asadas. La copa de plata de Saga volvió a llenarse y ella se la bebió rápidamente. Sentía acidez en el estómago, pero el hidromiel le proporcionó un abotargamiento agradable y mullido.

—Me alegro de veros otra vez, señora —dijo una voz fría y profunda. Sorprendida en sus pensamientos, Saga se encontró con unos ojos grandes y oscuros. Apretó los dientes. Era el jarl Skotha. Tenía el mismo aspecto que cuando era persona de confianza del séquito de su padre, aunque ahora las arrugas de su piel morena eran más profundas y el pelo negro y la barba estaban salpicados de gris.

Saga se tragó su amargura.

—Buenas noches, jarl Skotha.

—Me alegro de ver que gozáis de buena salud, mi señora —dijo Skotha con suavidad mientras escrutaba su rostro.

«Solo soy la mascota real que han sacado a relucir para que todos la vean», pensó Saga, atestando la cuchara de nabos con mantequilla.

—Lady Saga pronto llevará el nombre de Ivarsson —dijo Signe, tomando la mano de Bjorn y dándole un apretón.

—Ah, ¿sí? —preguntó Skotha.

Bjorn asintió, retiró la mano y se ajustó los anillos demasiado grandes.

—Nos casaremos antes del invierno.

Saga retorció las manos por debajo del mantel.

—Es una noticia maravillosa —dijo el jarl Skotha. Su voz era tranquila, pero algo le pasó por la mirada.

—Y he oído que también hay que felicitar a su familia, Skotha —dijo Signe recatadamente—. Me han dicho que el marido de su hija ha ascendido en el rango de los klaernar con una velocidad impresionante.

El jarl Skotha sonrió orgulloso.

—Sí, Su Alteza. Estamos muy satisfechos. Me han dicho que el comandante Hilja es el más joven de su rango que ha habido en Svaldrin.

Saga arrugó la frente cuando le vino un vago recuerdo. Atizó su mente intentando recordar los detalles. El comandante de Svaldrin había estado en su lista. Un comandante respetado que había sufrido recientemente una enfermedad no revelada. Había sido reemplazado con bastante rapidez, y por un muchacho joven.

Un muchacho joven que respondía al nombre de Hilja.

Saga fijó la mirada en Skotha y lo examinó abiertamente. No había dudado a la hora de darle la espalda a su padre, y no era descabellado pensar que podría darle la espalda al rey Ivar. Pero si había un vínculo entre Skotha y la reina, ninguno de sus rostros dejaba ver la traición.

El jarl Skotha centró la atención en el rey Ivar.

—Mi Rey —dijo—. Quisiera comentaros algo. Mis perros han encontrado una pista sobre el ladrón.

—Bien. —El rey miró hacia arriba con gran interés y se puso de pie sin vacilar—. Busca a Magnus. Bjorn, acompáñame.

Cuando el rey y Bjorn desaparecieron por una puerta y Skotha fue a buscar a Magnus, Saga miró a Rurik. Completamente despreocupado, había vuelto a su yo más jovial y ondeaba la cuchara en el aire mientras deleitaba a dos esclavas de Signe contándoles un cuento.

Saga hizo un gesto a su copero para que volviera a llenarle la copa.

Iba a ser una noche larga.

TREINTA Y CUATRO

Poco antes de la undécima campanada, Saga se abría camino por el estrecho pasillo de las antiguas murallas defensivas del ala norte. Con la antorcha en una mano y la bolsa con los utensilios en la otra, trepó por encima de un montón de piedras apiladas y se agachó bajo una telaraña colgante.

La celebración continuaba en el gran salón con los cuentos escáldicos, los tambores y abundante cerveza, lo que facilitaba en gran medida que Saga se escabullera sin llamar la atención. Ahora, mientras subía las escaleras de la Torre Asla de dos en dos, se preguntaba qué información contendrían las cartas y si ella y Ana podrían hacer algo más provechoso esta vez.

Saga dejó la antorcha al pie de la torre y subió a oscuras. Cuando entró en la sala, la luz de la luna delató a Ana al instante. Con las piernas encogidas y la cabeza apoyada en la pared, el rostro de la mujer denotaba cansancio.

—Buenas noches, Su Majestad —dijo Ana, poniéndose de pie y haciendo una reverencia.

—Ana, por favor... —Saga suspiró y luego le ofreció un paquete envuelto en lino—. Pensé que te apetecería un panecillo dulce.

—¡Muchas gracias! —dijo Ana, aceptándolo con entusiasmo—. Con los preparativos de la fiesta no ha quedado mucho para los sirvientes.

Saga frunció el ceño mientras se sentaban el suelo y la inquietud le hormigueó en el estómago. Sabía que había escasez de cereal; sabía que el hambre era una verdadera amenaza para la clase baja, pero había estado tan aislada en Askaborg que ahora se sentía una necia. Debería haberle traído a la chica una fuente llena de panes.

—Tenemos noticias de Svaldrin —dijo Ana, después de tragarse el último bocado—. Los Sabuesos Oscuros siguieron al maestre Lekka hasta un antiguo fuerte en la frontera de la ciudad, pero me temo que llegaron demasiado tarde.

—¿Por qué?

—El lugar estaba abandonado; había hileras de camas vacías en una habitación y algo parecido a una cocina en la otra. Pero estaba llena de crisoles, marmitas y viales enteros o hechos añicos. Y dicen que el sitio olía fatal: a ácido sulfúrico, como a huevos podridos.

Saga juntó las cejas.

—¿Y eso qué significa?

—No tenemos ni idea, Alteza —dijo Ana con poca energía—. La Tejedora busca respuestas, y nuestra gente se ha quedado en Svaldrin para buscar pistas sobre el paradero del maestre Lekka.

—Ese fuerte... debe ser el lugar que se menciona en la carta —dijo Saga—. «La mujer se ha apoderado de nuestras reservas más potentes», ha escrito Lekka. ¿A qué se referiría con «reservas»?

Ana hizo una mueca de incertidumbre con la cabeza.

—Suministros, bienes, mercancías, ganado...

—¿Algún tipo de remedio a base de hierbas?

Intercambiaron una mirada silenciosa.

—¿Había alguna prueba que vinculara a los galdra desaparecidos con esas camas?

Ana se mordió el labio.

—Está claro que las camas se habían utilizado, por las manchas de sangre y orina, pero no había nada que revelara su identidad. Y me temo que hay más. —Ana apretó la mandíbula—. Los Sabuesos Oscuros excavaron el patio trasero del fuerte. Y hallaron cadáveres.

A Saga se le hizo un nudo en el estómago. Tomó la mano de Ana y le dio un leve apretón.

—Unas dos docenas de cuerpos, hacinados en una fosa común. Estaban... amontonados, unos encima de otros. Sin dignidad. Sin rituales. Sin ajuar para el otro mundo. —La mirada de Ana se volvió distante—. Llevaban allí varias semanas, como poco. Y, por las manchas de sangre, parece que se llevaron a los que ocupaban las camas cuando Lekka huyó.

—Se los llevaron... —repitió Saga, aturdida.

—Os lo cuento en contra de los deseos de los uppreisna —dijo Ana con evidente amargura—. Porque merecéis saberlo. Pero también porque solo vos estáis en posición de encontrar respuestas. Creemos que Manto Negro coordina la sustracción de los galdra de la custodia de los klaernar y se los entrega al maestre Lekka. Pero ahora que Lekka ha huido de Svaldrin, debemos averiguar dónde ha ido. Y todavía desconocemos la identidad de Manto Negro.

—Tiene que ser Skotha —sugirió Saga, avivando el fuego en sus tripas—. El marido de su hija es el comandante Hilja de Svaldrin. Me han dicho que es el comandante más joven que ha habido nunca.

Miró a Ana, esperando una mirada de convicción... o cualquier tipo de reacción. Pero Ana simplemente se miró las manos.

—Skotha traicionó a mi padre —continuó Saga con rotundidad—. Estoy segura de que no dudaría en traicionar al rey Ivar a cambio de una buena recompensa.

Ana negó despacio con la cabeza.

—¿Qué pasa?

Ana suspiró y levantó la mirada.

—No es Skotha.

Saga abrió la boca para preguntar cómo lo sabía, pero la mujer sacó un par de rollos y dos cajitas.

—¿Y esas cajas? —preguntó Saga, con el cuerpo estremecido.

—Parece que nuestro maestre Alfson pretende enviar artículos al norte y al oeste —dijo Ana, con un toque de entusiasmo de nuevo en la voz—. Su adepto las ha dejado esta mañana.

—¿De veras? —Saga examinó el primer par—. Este va dirigido al comandante Ulfar de Kopa —leyó impaciente. Con el corazón acelerado, rasgó el lacre y desenrolló el pergamino. Por el tipo de la letra apretujada, lo había escrito el maestre Alfson.

Calentar la aleación de hindrio hasta que esté líquida. Sumergir las púas hasta que estén cubiertas y dejar fijar. Administrar cada medio día. Sujetos vistos en el Paso de Svangormr.

Saga le dio la vuelta al pergamino, pero no había nada más.

—¿Hindrio?

—Es un metal neutralizador de galdur —explicó Ana en voz baja—. A menudo lo usan en grilletes y celdas de la prisión. Aunque —hizo una pausa— si han encontrado una forma de fundirlo... —Se le fue apagando la voz, pero Saga lo comprendió. El metal en estado líquido podría usarse en espadas y flechas, neutralizando a distancia a sus objetivos.

Saga tragó saliva; las palabras del pergamino se emborronaban. Con la mención del Paso de Svangormr, quedaba claro que Alfson pretendía usar el hindrio con Eisa y su compañero.

—La otra carta —dijo Ana, pasándole el rollo a Saga—. El paquete es más grande, pero pesa menos.

—Lo envían a Rökksgarde —dijo Saga—. ¿Dónde queda eso?

Ana se encogió de hombros.

«Zarpa de gato alpino», leyó Saga. «Dejar secar dos semanas y moler hasta obtener polvo fino».

Se quedó mirando la carta, deseando que aparecieran más palabras. Pero por mucho que parpadeara, seguía siendo igual de exasperantemente escasa.

—Tenemos que cambiar las direcciones —dijo Ana, ansiosa—. Enviaremos la zarpa alpina al norte y el hindrio al este.

Saga asintió con una sonrisa en el rostro y sacó los instrumentos. Era bastante sencillo; solo tenía que cambiar las direcciones de los rollos exteriores sin necesidad de modificar el mensaje interior. Saga copió letra a letra reproduciendo la caligrafía apretujada de Alfson y luego volvió a sellar la carta con el sigilo de avispa de la reina. Se le puso una sonrisa en los labios.

Se apoyó en la pared de piedra y miró a Ana.

—¿Puedo hacerte una pregunta personal, Ana? —dijo con cautela—. ¿Por qué haces esto? ¿Por qué te arriesgas así?

Ana se acercó las rodillas al pecho y las rodeó con los brazos.

—No quiero que otra hermana corra la misma suerte que la mía.

Saga notó un dolor creciente en su interior.

—A tu hermana...

—La pusieron en una pica —dijo Ana. Levantó la cabeza y abrió la boca como si quisiera seguir hablando. Pero, fuera lo que fuera, Ana decidió no hablar.

—Lo siento mucho, Ana.

Ana negó con la cabeza.

—Fue hace mucho. Apenas me acuerdo de ella. Pero no la he olvidado.

—Entiendo bien ese sentimiento, Ana —dijo Saga.

Una expresión cruzó el rostro de Ana. Duró menos de un segundo, pero fue suficiente. Porque en ese momento Ana le había revelado algo crucial.

—Ibas a contradecirme.

Ana frunció los labios, como para evitar hablar.

—Tú lo sabes —susurró Saga, entendiendo la situación.

La máscara tras la que Ana quería ocultarse se desprendió.

—Yo sé algo. ¿Vos sabéis… algo también?

La mente de Saga intentaba frenéticamente encajar las piezas. Pero antes de poder improvisar las palabras, Ana habló.

—Vuestra hermana está viva. —A Ana se le llenaron los ojos de lágrimas—. Debería habéroslo dicho, pero necesitaba estar segura…

—¿Cómo? —preguntó Saga; fue lo único que logró pronunciar.

—Lo sé porque… —Cruzaron las miradas durante un segundo desgarrador—. Porque mi hermana fue empalada en lugar de Eisa.

Saga sintió que se mareaba.

—Fue por los Volsik. Por Íseldur. Un Protector del Reino ha de ocupar siempre el trono. Y para eso era necesario un sacrificio. —Una mirada angustiada y vacía cruzó el rostro de Ana—. Yo apenas tenía cinco años y la pequeña Bryndís tenía casi tres…

—Eso no es cierto —murmuró Saga, mientras la repulsión le recorría el cuerpo—. Asesinaron a una niña…

—Fue decisión de mis padres —dijo Ana, con la ira agudizando sus palabras—. Ellos eligieron ese destino para Bryndís.

Las náuseas revolvieron el estómago de Saga.

—El cuerpo… —susurró, incapaz de seguir. Los urkanos montaron un espectáculo; convocaron a todo Sunnavík al foso de Askaborg para que presenciara las muertes de su familia. Cuánto terror tuvo que sentir la pequeña Bryndís. Y dejaron los cuerpos expuestos allí mismo durante un año completo; los sometieron a todas las formas de vilipendio en las que Saga intentaba desesperadamente no pensar.

Saga le pasó el brazo a Ana por los hombros con torpeza.

—Lo siento —dijo, incapaz de encontrar las palabras adecuadas. No había palabras adecuadas. Pero su mera presencia parecía calmar a Ana.

—Yo también lo siento. —Ana sorbió y se secó las lágrimas de las mejillas—. No he podido contenerme, Su Alteza...

—Llámame solo Saga —dijo juntando las cejas—. No más «Su Alteza» entre nosotras. Somos amigas, Ana.

A Ana seguían fluyéndole lágrimas por las mejillas y Saga le acarició el pelo.

—¿Quién más lo sabe, Ana? —le preguntó—. ¿Los uppreisna saben lo de Eisa?

Ella negó con la cabeza despacio.

—En aquel entonces no existían los uppreisna. El asunto se llevó en secreto. Solo lo sabían mis padres y algunos miembros del séquito de tu padre. Nos ordenaron que no se lo contáramos a nadie. Hubo filtraciones y traidores; no sabíamos en quién confiar. La mayoría de los que lo sabían fueron asesinados cuando los urkanos asaltaron el castillo. Mi madre sobrevivió, pero nunca logró recomponerse mentalmente. Se quitó la vida cuando yo tenía doce años. Y ahora yo soy la única que conoce el secreto. Lo he llevado en el corazón todos estos años, para que el sacrificio de mi hermana no fuera en vano. Me pareció que así sería más seguro para Eisa.

—Eisa está en el norte —dijo Saga—. Pero Signe la busca, y yo... haré lo que sea necesario para mantenerla a salvo.

Saga apretó la mandíbula y la emoción le subió por la garganta. «No llores», se dijo. «No llores». Gracias a los dioses, el momento pasó pronto y la emoción se convirtió en determinación firme. Conocer la historia de la hermana de Ana reforzó su deseo de seguir adelante.

—¿Qué hacemos ahora, Ana? ¿Por dónde continuamos?

—Seguiremos insistiendo—respondió Ana—. ¿Has descubierto algo nuevo?

Saga negó con la cabeza.

—Lo he intentado, pero...

—Sigue intentándolo —la animó Ana—. Sigue investigando. Si averiguamos quién es realmente Manto Negro, enviaremos a nuestros mejores asesinos tras él. Lo harán desaparecer. Y si logramos enterarnos de dónde se ha llevado Lekka a los galdra, trazaremos un plan para rescatar a los nuestros.

Saga asintió.

—Lo has hecho bien, Saga —dijo Ana en voz baja—. Pero si queremos obtener respuestas, tendrás que ir más lejos. —Hizo una pausa—. Cuando hayamos acabado con Lekka y con Manto Negro, te sacaremos del castillo. Te llevaremos a Midfjord.

Saga estaba exhausta. El banquete de esa noche y enterarse de la historia de la hermana de Ana fueron dos advertencias de lo que le deparaba el futuro. Si se quedaba en Askaborg, se convertiría en uno de ellos. Sería cómplice del derramamiento de sangre de inocentes. El pensamiento ahuyentó hasta la más leve sensación de pánico ante la perspectiva de salir del castillo.

—¿A Midfjord?

Ana asintió.

—Cerca de la frontera sur del Bosque Occidental. Es un punto de encuentro para los galdra del sur. Allí estarás a salvo. Con el tiempo, podríamos traerte a Kopa.

Saga se tragó las náuseas. Ana le estaba ofreciendo la oportunidad de ser libre. La oportunidad de elegir por sí misma. La oportunidad de ver a su hermana algún día. En realidad, no era una alternativa; era el único camino.

—Conseguiré la información, Ana. Te lo juro ahora mismo. No descansaré hasta que la tengamos.

Ana asintió, con los ojos brillantes.

—Bien. —Se puso en pie, cogió los rollos y los dos paquetes y los guardó en una bolsa—. Los enviaré esta noche. Comprueba la cinta de lino blanco.

Ana hizo ademán de darse la vuelta, pero se detuvo.

—Gracias, Saga —dijo—. Gracias por todo.

La emoción le quemó la garganta cuando pensó en la pequeña Bryndís, que había muerto para que Eisa pudiera vivir. No permitiría que Signe se aprovechara del sacrificio de Bryndís. Haría lo que fuera para que no capturara a Eisa.

Ana se despidió con un gesto tímido antes de salir por la puerta de la Torre Asla y Saga se quedó sola.

Sentada a la luz de la luna, Saga intentó ordenar sus pensamientos en una especie de plan. Su próximo cometido sería el estudio de Alfson. Había estado practicando la apertura de cerraduras. Sabía dónde estaba exactamente el cajón. Por la mañana planearía cómo llegar al despacho, contaría los pasos y estudiaría el patrón de comportamiento de la patrulla klaernar para poder llegar hasta allí en plena noche.

Pero esa noche solo sentía agotamiento. Esa noche tocaba dormir. Después del día que llevaba, la idea de meterse en la cama era tentadora. Conteniendo un bostezo, Saga pensó que había pasado tiempo suficiente para regresar a salvo a sus aposentos.

Y, en ese momento, lo oyó: un leve chirrido de bisagras de la puerta de la entrada.

Alguien había entrado en la torre y estaba subiendo las escaleras. Saga buscó con desesperación algún sitio para esconderse, pero la sala estaba desamueblada, abierta y expuesta.

Estaba atrapada, completamente atrapada, sin salidas a la vista. Estaba acorralada, como aquel día hace mucho tiempo…

La puerta se abrió.

Y entró Kassandr Rurik.

Se le escapó un suspiro entrecortado y el pánico se transformó rápidamente en rabia.

—¿Qué haces aquí, Rurik?

—He venido a enseñarte una cosa —dijo. Apoyó su largo cuerpo en el muro de piedra con una despreocupación irritante.

Dioses, la había asustado tontamente, ¿y para qué? Avanzó y le dio un empujón en el pecho, pero era inflexible.

—Pues enséñamelo mañana. ¡No vengas aquí sigiloso y me des un susto, bobo!

Rurik chasqueó la lengua y levantó una ceja, divertido.

—No quería esperar. —La cogió por los hombros con sus grandes manos y la hizo darse la vuelta—. Mira —dijo.

Pero era imposible concentrarse teniéndolo detrás. Las pestañas de Saga aletearon mientras Rurik la empujaba con su fornido cuerpo hasta la ventana.

—Mira —repitió.

—¿Qué es? —preguntó con un gruñido. El ventanal daba a los jardines del castillo y más allá estaba Sunnavík. La noche era clara y las lunas hermanas brillaban intensamente: Malla, una media luna intrépida, y Marra, llena y delicada.

—¿La luna llena? —adivinó.

—Ahí—susurró, y su aliento le hizo cosquillas en la oreja.

Todo le parecía difuso y peligrosamente abrasador, pero Saga se obligó a buscar el horizonte. Lo encontró en los confines más lejanos de Sunnavík, en lo que parecía ser el puerto de la ciudad: un resplandor naranja intermitente.

—¿Es fuego? —Saga entornó los ojos y se acercó—. En el puerto. —Contuvo la respiración—. ¿Es tu barco?

Rurik se echó a reír, y el sonido retumbó directamente en los pies de Saga. Rurik le soltó los hombros y Saga parpadeó. Fue entonces cuando un olor extraño le llegó a las fosas nasales.

Olía a humo. Kassandr Rurik olía ligeramente a humo.

Saga se dio la vuelta y lo miró.

—Has sido tú.

Él la observaba con una mirada extraña e ilegible.

—¡Tú has quemado el barco! ¡Tu barco! —exclamó—. ¿Qué...? ¿Por qué? ¿No se suponía que os marchabais por la mañana?

—Sí. En realidad, me ha dado pena. Rovgolod ha gritado mucho y se ha tirado de los pelos.

—¡Tú... estás loco!

—Me gusta más si me llamas «creativo».

Saga frunció las cejas.

—¿Por qué me lo enseñas?

Rurik recorrió el rostro de Saga con la mirada con una expresión indescifrable.

—Ambos tenemos nuestros secretos —dijo con suavidad—. Eso me gusta.

Saga pestañeó, y la realidad le desbordó la mente a toda velocidad. A esta distancia, y con la luz brillante de Marra, Saga logró ver más de Rurik que nunca: una cicatriz superficial en la mejilla y la ceja que arqueaba ligeramente más que la otra.

Lo agarró de los codos para estabilizarse.

Rurik le apartó un mechón de cabello suelto de la cara y las yemas de sus dedos le susurraron en la piel.

—Hoy llevas el pendiente —dijo él con suavidad, acariciando el pájaro colgante. Rurik se inclinó y su aliento le calentó la mejilla. Estaba tan cerca, tan tan cerca, y era tan deliciosamente fuerte.

—Me quedo —susurró—, hasta que logre culminar asuntos pendientes.

«Culminar». La palabra le produjo palpitaciones en el cuerpo.

Pero las campanas acabaron con el cálido aturdimiento de su mente. Saga corrió hacia la ventana. Abajo, los perros sabuesos se dispersaban por los alrededores del castillo seguidos de cerca por los klaernar. Dos hombres de espalda ancha caminaban detrás sin prisa, supervisando el proceso. La luz de Malla se derramó sobre las figuras y reveló la silueta inconfundible de Magnus Hansson. Rápidamente miró al segundo hombre: ancho como Magnus, de tez más oscura y mechones claros en su cabello negro. Se quedó sin aliento cuando el hombre se dio la vuelta. Era el jarl Skotha.

Y sobre los hombros de Skotha, una capa negra de piel de lobo.

Saga cerró un puño.

«Manto Negro», pensó furiosa.

—Deberías volver a tus aposentos —dijo Rurik con brusquedad—. Yo vigilaré. Si alguien se acerca a ti, lo ahuyentaré.

No tuvo que repetírselo dos veces. Saga cogió su bolsa. Bajó las escaleras corriendo. Y no se detuvo hasta que estuvo segura —y sola— tras la puerta de su dormitorio.

TREINTA Y CINCO

Kalasgarde

La mañana era fría y gris, acorde con el estado de ánimo de Silla. Miró atrás y revisó el bosque en busca de algún indicio de que la bestia estuviera merodeando. Pero solo vio a Rey, plantado en el marco de la puerta de la casa de acogida, observándola mientras cruzaba el patio. Su fatídico vaticinio —de que el monstruo atacaría en un ciclo de siete días— lo tenía a la expectativa.

—Cinco minutos —dijo Rey desde la puerta.

Silla entró en los establos con un leve rayo de esperanza. ¿Sería hoy por fin el día en que Parda aceptara su premio? Pero el animal agitó la cola y se alejó de ella, y Silla tuvo que esforzarse mucho para no llorar. Había jurado que no se rendiría, pero su empeño se estaba desmoronando.

Todo se estaba desmoronando.

«Espabila», se dijo, aunque tenía la mente vacía.

«Ten pensamientos amables», pero no consiguió hallar nada acogedor.

—¿Silla? —Era la voz de Rey desde el patio.

«Él», pensó. «Él es mi pensamiento amable». Silla hizo un gesto negativo con la cabeza. No. El entrenamiento era su pensamiento amable.

Silla inspiró hondo y salió de los establos para reunirse con él y practicar. Pondría un pie delante del otro, hasta que no pudiera avanzar más.

—CONCÉNTRATE en los latidos de tu corazón —dijo Harpa varias horas más tarde—. Siente la sangre correr por tus venas. Siente el alma de tu galdur, serena y sosegada.

Aunque anteriormente ya lo había probado todo, Silla se obligó a intentarlo una vez más. Luchó por concentrarse en las sombras que se arremolinaban en sus párpados cerrados. Los círculos giraban hasta convertirse en uno solo y no, no era un círculo sino una cara con dos ojos azules como el hielo que la miraban.

«La culpa es tuya. Tendrías que haber sido tú».

Silla estaba sobrepasada por la impaciencia. Y por la rabia. Donde una vez albergó calidez y confianza en que todo saldría bien, ahora solo había frialdad y vacío. Quedó despojada de todo cuando él murió, y ahora empezaba a darse cuenta...

«Tu optimismo es superficial y falso».

Eran palabras de Rey. La había calado. La había considerado una niña ingenua. Y... vaya si tenía razón. ¿Y qué contestó ella? «No debes dejar que lo malo te defina». Qué rematadamente necia había sido.

Una risa amarga le salió de los labios.

—Ríndete —dijo Harpa, por milésima vez esa hora—. Ríndete a tu pasado. No le des poder a lo que no puedes cambiar.

—Es fácil decirlo —contestó Silla.

Harpa soltó un suspiro largo y fatigado. Estaba claro que ella también estaba cansada de esta rutina.

—Es verdad —dijo Harpa para sorpresa de Silla—. Incluso el más valiente de los guerreros sigue luchando con estas cosas.

Silla buscó en los ojos de su mentora y lo encontró: un herida abierta; partes inconclusas que Harpa ocultaba al mundo.

«¡Hipócrita!», quiso gritar. Qué fácil le resultaba a Harpa decirle que se rindiera, cuando ella no era capaz de seguir su propio consejo. El vacío en su interior la llenó de un sentimiento horrendo. Quería herir a Harpa, quería romper cosas, quería hacer daño a otros como se lo habían hecho a ella.

Cerró los puños y abrió la boca. Pero antes de que pudiera hablar, la puerta de la cabaña se abrió de golpe. Al darse la vuelta, vieron a un par de guerreros irrumpiendo en el interior; el más alto llevaba en brazos el cuerpo de una mujer. Saltaba a la vista que los dos hombres eran parientes, ambos con la piel pálida y ojos azules. Pero el más alto tenía una barba negra y espesa con un solo mechón blanco y el otro llevaba el cráneo afeitado luciendo tatuajes azules en espiral. Este último miró a Silla y se le endureció la expresión. Durante unos instantes, la habitación se quedó en silencio, y solo se oía el goteo de la sangre golpeando el suelo.

—¿Hef? ¿Ketill? —Harpa corrió hacia ellos—. ¿Qué ha pasado?

—Es Freydis —gruñó el hombre de barba—. Algo la ha atacado. Se ha comido una docena de ovejas antes de ir a por ella. Los perros han sobresaltado a aquella cosa. La han espantado antes de que ocurriera algo peor, Hábrók los guarde.

Silla se llevó una mano a la boca. Rey tenía razón. La criatura había vuelto a atacar.

—Silla, la cama —ordenó Harpa, y Silla lo entendió al instante. De un brinco, corrió hacia la cama en la esquina de la cabaña, apartó un libro y el huso y retiró las pieles.

Harpa tenía la mirada dura como las piedras.

—Acuéstala, Hef.

El guerrero más alto colocó a la mujer sobre el lecho y ella se retorció, dejando escapar un sonido agudo entre los labios. La habitación se llenó de un aroma extraño —el olor metálico de la sangre mezclado con el hedor a tierra putrefacta, descompuesta—. Sangre, había mucha sangre apelmazada en la parte delantera del vestido de lana de la mujer.

—Tranquila, Freydis —dijo Heff, acariciándole la frente con una mano—. Estás en casa de Harpa. Ella hará que te pongas bien.

La habitación se tambaleaba ante los ojos de Silla y tuvo que apoyar una mano en la pared. Eran muy similares, prácticamente las mismas heridas mortales que había sufrido su padre. Oyó la risa burlona del guerrero que la retuvo en el camino cerca de Skarstad, y el gañido de un halcón negro en el cielo.

La brusca rasgadura de la tela devolvió a Silla a la realidad. Harpa había desgarrado el vestido de la mujer y lo estaba abriendo con cuidado. La herida que asomó era una visión tan espeluznante que a Silla se le quedó el aire retenido en los pulmones.

Parecían ser dos heridas del mismo tamaño en el abdomen. Silla las miró con atención. Algo taponaba una de ellas, pero era imposible verlo con tanta sangre. Dioses. Había tanta sangre. Los conocimientos curativos de Silla eran muy básicos, pero intuía que, si se lo extraían del cuerpo, solo conseguirían que la muerte se llevara antes a Freydis.

Harpa levantó la cabeza y miró a Hef, y ambos se quedaron en silencio. Silla lo comprendió sin necesidad de palabras. Era una herida mortal.

—Agua —ordenó Harpa—. Ketill, deja de holgazanear en la puerta y trae un cubo lleno de agua del arroyo. Silla, acércame las setas del tercer estante de abajo, el cuarto tarro de la derecha.

El guerrero rapado se apresuró a salir por la puerta y Silla fue a buscar a toda prisa las setas. Mientras se movía, se sintió aturdida, como si los pies no pisaran suelo firme. De repente, sintió que sus problemas de hacía un rato eran mínimos.

Escaneó con los ojos los frascos de los estantes de Harpa, y se detuvo en uno en la esquina de arriba. El reconocimiento la sacudió como una bofetada en todo el cuerpo. Silla se apoyó en la mesa de trabajo para estabilizarse cuando su visión se estrechó.

Hojas verdes y nudosas apiñadas en un frasco.

Silla tomó aire, luego lo soltó. Las hojas le trajeron el recuerdo de su hogar, del consuelo, del veneno y de las mentiras. «Diez años», suspiró. «Nos iba tan bien juntas. ¿Por qué lo dejaste?».

Se clavó las uñas en las palmas cuando sintió que el cuerpo le temblaba por la abstinencia. Sentía la piel tirante y el corazón acelerado por la necesidad.

«Una hoja para sentirme mejor. Una más para olvidarlo todo».

—¡Silla! —chilló Harpa.

—Ya las he visto —mintió. Se movía como si estuviera en trance, lenta e inestable. Acercó un taburete al estante y miró por encima del hombro. Harpa y los dos guerreros estaban inclinados sobre el cuerpo destrozado de Freydis, de espaldas a Silla. Estiró la mano. Cogió el frasco de las hojas de skjöld. Se bajó y lo ocultó en su zurrón.

La culpa corrió por sus venas, pero ya la consideraba una vieja amiga.

Suspiró profundamente, localizó el tarro de las setas deshidratadas y se lo llevó a Harpa. Ella las reconoció por el olor: eran las mismas que tomó durante el Rito de Cohesión para llegar a los pliegues más recónditos de su mente.

Silla lo entendió. El objetivo de Harpa era aliviar el sufrimiento de Freydis. Aportarle paz en su muerte.

Con el corazón acelerado, Silla siguió las breves instrucciones de la anciana y preparó un té de setas. Al cabo de varios largos minutos, se acercó a la cama con una taza llena del brebaje en la mano. A Hef le brillaron los ojos; tenía el rostro tenso de dolor. Ketill miró a Silla de reojo mientras se acercaba. Harpa tapó el estómago de Freydis con una manta y le lavó la cara. Encendieron velas alrededor la cama, y Harpa inclinó la cabeza y murmuró algo incomprensible. La mujer herida emitió un quejido agónico cuando le acomodaron la espalda en la cama.

—Os dejaremos un momento para despediros —dijo Harpa, le quitó la taza de la mano y la dejó en el suelo junto al lecho—. Avísame cuando estés listo.

Harpa cruzó la habitación y cogió la capa y el zurrón de provisiones de Silla. Ella la siguió al exterior, con el corazón martilleándole el cráneo, las rodillas y las yemas de los dedos.

—Hemos acabado por hoy —dijo Harpa—. Descansa el cuerpo y la mente. Medita bien qué es lo que quieres.

Silla contuvo el aliento. ¿Sabía Harpa lo que había cogido? ¿La había visto? Pero cuando Harpa le entregó el zurrón y la capa, Silla se permitió respirar.

—No vuelvas hasta que estés preparada para dejar de huir. —Harpa hizo una pausa y la observó con esa mirada clarividente que la caracterizaba. A ella se le pusieron las mejillas coloradas y se quedó mirándose los pies como un niño sermoneado.

En aquel momento sintió muchas cosas: pena por Freydis; rabia por la rotundidad de Harpa; vergüenza por sus propios fracasos. Y el siempre presente resquemor de culpa. Anheló la sensación de letargo, que le daba un respiro de todo lo demás. Silla separó la espalda de la pared.

Y, mientras caminaba bordeando las protecciones iluminadas, la voz de Hef resonó en el claro.

—Ha llegado el momento, Harpa.

TREINTA Y SEIS

Un frenesí de suaves píos llegó a los oídos de Rey desde la caja que mantenía en equilibrio en la parte delantera de la silla. El sol poniente brillaba intenso a su espalda mientras cabalgaban por el sendero. Después de pasar el día de ronda por Kalasgarde y las granjas circundantes, Rey estaba agotado. Que él supiera, la criatura no había atacado después de todo, lo que le dejó pensativo. ¿El ciclo de siete días era una mera coincidencia?

Durante la última visita a la granja de Vig, el chico había mencionado una nueva eclosión de polluelos, y a Rey se le ocurrió una idea. Durante días se había devanado los sesos para encontrar la manera de hacer que Silla sonriera. Él mismo sonrió cuando se imaginó la sorpresa que se llevaría cuando le entregara un puñado de pollitos.

—Tendrás que devolvérmelos mañana, o de lo contrario Runný me hará otro agujero en el culo —le advirtió Vig mientras él y Rey avanzaban a caballo por la senda—. Se ha encariñado bastante con esta nidada. Su madre no los quería, así que no la echarán de menos. Solo dales de comer y te adorarán. Las gallinas son así de simples.

Vig hizo una pausa y Rey sintió su inquietud.

—Congregaré a los vecinos para vigilar los muros esta noche, pero mañana me necesitarán en la granja. ¿Te las apañarás sin mí?

Rey asintió e intentó trazar un plan. Sin saber qué era la criatura no podía preparar una trampa, pero sí que podía intentar atraerla, tal vez con el cadáver de una oveja.

Cruzaron el umbral de los protecciones de la casa de acogida y se encontraron con Silla cortando el aire con una espada de madera. ¿Había vuelto sola de la casa de Harpa con la bestia acechando por aquellos lares? La ira se le acumuló en las entrañas, pero pronto dio paso a la preocupación.

Rey siempre había sentido conexión con ella: hacía mucho que la observaba por el rabillo del ojo, fijándose en cada sonrisa, cada estremecimiento, cada mínima expresión. Así que no se sorprendió cuando lo notó de inmediato.

Algo malo pasaba.

—Vete a casa, Vig —ordenó Rey.

—Gracias por tu ayuda, Vig —replicó el propio Vig con voz sarcástica—. Gracias por tus excelentes dotes de guía, Vig. Gracias por prestarnos tus gallinas, Vig.

A Rey le costó no poner los ojos en blanco.

—Da las gracias a Gyda de nuestra parte —dijo, para cabrearlo—. Por mandarnos la cena contigo.

—Imbécil —murmuró Vig con tono burlón, pero Rey oyó las señales que indicaban que ya había dado la vuelta y se marchaba a caballo por el sendero.

Rey desmontó y se quedó mirando a Silla mientras acompañaba a Caballo al establo. El pelo suelto le ocultaba parte del rostro mientras practicaba con una falta de atención inusual. Al virar la espada de madera con un movimiento ascendente, se tropezó con una piedra, se tambaleó hacia delante y soltó una maldición.

Rey había observado un centenar de pequeños errores en aquel peculiar movimiento, pero supo que era mejor no señalarlos. Tras retirar la montura de Caballo y darle de beber, decidió dejar a los polluelos en el establo hasta que hablara con Silla.

Se acercó con cautela.

—¿Necesitas un compañero de entrenamiento?

Se apartó los rizos enredados de la cara y Rey vio con claridad que tenía los ojos enrojecidos.

—¿Qué ocurre? —soltó, con más dureza de lo que pretendía. No pudo evitarlo; la muestra evidente de sus lágrimas le hizo desear hundirle el hacha en el cráneo a alguien.

—Deberías ir a ver a tu abuela —respondió sin mirarlo a la cara.

—¿Qué ha pasado? —preguntó procurando mantener un tono de voz calmado.

—Ha muerto una mujer.

—¿Quién? —preguntó Rey, intentando calmar su corazón acelerado.

—Freydis —respondió Silla.

—La mujer de Hef —murmuró, pasándose las manos por el pelo—. ¿Cómo ha sido? ¿Qué ha pasado?

—Tu criatura, supongo —dijo Silla.

Rey soltó un largo suspiro. Vig había oído que Hef y Freydis estaban fuera de la ciudad. Habían pasado por su granja y la encontraron vacía, por lo que dieron por sentado que el rumor era cierto. Demasiado tarde; habían tardado mucho en detener a aquella cosa, y ahora pasarían otros siete días antes de tener otra oportunidad...

—Tienes que ir a casa de Harpa.

—La criatura no atacará hasta dentro de una semana —dijo Rey, mirándola.

Silla se estremeció.

—Dejó... algo dentro de su cuerpo.

—¿Algo como qué? —Rey se contuvo para no salir corriendo a casa de Harpa para ver qué de qué se trataba. Pero algo en la voz de Silla lo frenó.

—No sé qué era. Me dijeron que saliera. —Le temblaba la voz.

Rey dio un paso adelante y la abrazó. Verla así le abrió un abismo de pesadumbre en el corazón. Si pudiera, le quitaría el dolor y lo soportaría él mismo. No había logrado detener a aquella cosa, y tampoco había logrado ayudar a Silla en sus propias batallas en los días y semanas anteriores. En ese momento sintió que no estaba haciendo nada bien.

—Tienes que ir a casa de Harpa —repitió, con la voz amortiguada contra el cuerpo de Rey.

—No —respondió, con más contundencia de la que quería mostrar. Pero la decisión radicaba en la profundidad de su pecho. La intuición le decía que hacía más falta allí esa noche. Con ella.

—La criatura ha atacado. Ahora tengo siete días para ir a ver a Harpa. —Le puso una mano en el cabello y lo acarició con suavidad—. ¿Fue desagradable verlo?

—La mujer murió y yo... yo... —Enterró la cara entre las manos. Rey le acarició los rizos con ambas manos mientras buscaba las palabras apropiadas. Internamente, se maldijo.

—¿Por qué estoy aquí, Rey?

Detuvo las caricias. No se esperaba esa pregunta.

—Por seguridad. Para aprender de Harpa.

—No puedo hacerlo —susurró, tan bajito que apenas la oyó.

—Has matado a uno de los comandantes más infames del reino. Acabaste con una asesina profesional, que incluso me venció a mí. —Se le llenó el pecho de orgullo y esperó haber dado por fin con las palabras adecuadas—. Puedes hacer todo lo que te propongas.

Sin embargo, ella lo empujó con una fuerza sorprendente. Se apartó el pelo de la cara y le lanzó una mirada de puro fuego que le dejó con el ceño fruncido. No, por lo visto no había acertado con el discurso.

El silencio se prolongó durante varios minutos hasta que ella habló.

—Entrena conmigo.

Rey asintió, cogió la espada de madera y ensayaron los movimientos. Silla estaba lenta y descentrada, pero Rey entendió que no era el día de trabajar la precisión sino de conseguir hacer «algo». Y así, durante una hora, él bloqueó sus ataques descuidados y la dejó ganar terreno, cosa que normalmente no le permitía.

Cuando se abalanzó sobre él con un ataque totalmente predecible, dejó que lo alcanzara y soltó la espada de madera de la mano.

—No quiero que me tengas lástima —dijo furiosa, secándose la frente empapada en sudor.

Rey arrugó el ceño.

—Yo no...

—No me dejes ganar.

—De acuerdo. —Recuperó su espada y la miró con recelo. Silla parecía un animal enjaulado, deambulando con una energía inagotable.

Rey apretó la mandíbula y abrió la posición; Silla observó sus movimientos. Y luego Rey hizo alarde de dos décadas de práctica: con la parte plana de la espada golpeó la mano armada de Silla y con un brinco hacia delante le atrapó la delgada muñeca con la mano. Le dio media vuelta hasta colocarla de espaldas contra su pecho.

El olor de la chica se introdujo en su torrente sanguíneo y le aturdió el pensamiento. Intentó apaciguar su respuesta corporal ante la extensión de su roce; intentó ignorar el pecho de ella subiendo y bajando mientras su mente se recuperaba.

Bajó la cabeza a la altura de su oreja y le susurró:

—Necesitas descansar, Silla.

—¡Deja de decirme que descanse! —Rey frunció las cejas ante su arrebato. Forcejeó para soltarse y él la liberó. Se dio media vuelta y se colocó frente a él.

—No necesito descansar. Necesito rescatarla.

La mente de Rey se apresuró a llenar los espacios en blanco de sus palabras.

«Saga».

Silla recuperó su espada y se le encaró con ojos ardientes.

—Otra vez.

—No —gruñó Rey. Ella se alejó rabiosa—. Silla.

Silla se colocó en posición de ataque, preparada para repetir la secuencia una vez más.

—¿Cuánto tiempo llevas con esto, Silla?

Ella se encogió de hombros.

Él entrecerró los ojos.

—¿Cuánto tiempo llevas con esto?

Silencio.

—¿Cuándo has comido por última vez?

Ella no contestó.

El gruñido grave de Rey sacudió el aire.

—Entra en la casa y descansa. Come algo. Después, si quieres seguir, sal.

—Ve tú. Yo me quedo.

Rey apretó los dientes.

—Vas a reventarte.

—Suena a grata mejora —murmuró.

Rey la agarró por los hombros antes de que pudiera darse la vuelta. Esto no era solo por la muerte de Freydis. Ni por el fracaso en sacar su galdur.

—¿Qué ha pasado?

Ella no lo miraba a la cara.

Él le dio una suave sacudida.

—Qué. Ha. Pasado.

—Nada.

Ella tiró para soltarse, pero él la sujetó con la otra mano, blindando el agarre.

—Si tú no te cuidas, tendré que hacerlo yo. —Y, sin más, le pasó un brazo por la cintura, se la echó al hombro y la llevó al interior de la casa. Silla gritaba, aporreándole la espalda, dándole patadas por delante, pero no era rival para su envergadura ni para su fuerza.

Rey abrió la puerta de una patada, dejó a Silla en el banco junto a la chimenea y tuvo que sujetarle los brazos firmemente cuando ella se defendió como un gato rabioso.

—¿Traigo una cuerda o vas a quedarte quieta?

Para alivio de Rey, Silla se calmó. La barbilla le sobresalía mostrando obstinación, pero no hizo amago de ponerse de pie.

—Ahora —dijo Rey—, no sé qué ha pasado, pero sé que algo te preocupa. Aunque detesto —curvó un labio— hablar de estas cosas, creo que hacerlo te vendrá bien.

Ella no respondió, así que él continuó.

—Como no soy Lector de mentes, si tú no me dices lo que te atormenta, daré por supuesto que la práctica no te ha ido bien. Te cuesta liberar la mente y creo que sé el motivo. —Le ardía el estómago. Por todos los dioses, no quería sacar el tema, pero había que decirlo. Rey respiró hondo y se obligó a pronunciar las palabras—. Creo que te obsesiona lo que te hizo Jonas. Fue algo vil y horrible. Una cobardía. Sí, actuó movido por el dolor, pero...

—Él no me preocupa —soltó.

Rey parpadeó.

—Ah, ¿no?

—¡No!

Se pasó una mano por el pelo.

—¿Por qué no? —Era una pregunta que no tenía por qué hacer, pero no pudo aguantarse.

Silla se mordió el labio inferior.

—Él... Yo... —Silla echó la cabeza hacia atrás y suspiró—. Es complicado.

Rey se agachó para ponerse a su nivel y estudiar su rostro. Quería saberlo… Necesitaba saberlo.

—Tiempo es lo único que tengo.

Cruzaron la mirada y ella suspiró sorprendida.

—No vas a querer oírlo…

—Puedes contármelo todo —se vio diciendo Rey— si eso te hace sentir mejor. —Inmediatamente, sintió una punzada de arrepentimiento: se había expuesto demasiado, y anheló poder retirar lo dicho. Pero, después de una mirada escrutadora, las palabras brotaron de ella.

—Pensé que tal vez sentía afecto por él. Pero ahora… ahora entiendo que estaba sola y triste, y él me hizo sentir bien durante un tiempo. —Silla cerró los ojos y tomó aire, temblorosa—. Jonas era como las hojitas de skjöld. Una forma de ahogar las penas. Un tónico para el dolor. Una distracción que acabó mal, muy mal.

Aunque no había más que tormento en sus palabras, algo en el pecho de Rey se despertó y tarareó. Estaba mal que se alegrara y, sin embargo, no podía reprimirlo…

Rey se esforzó por endurecer la mirada. Deslizó una mano sobre la suya y la apretó con suavidad. Silla tenía los dedos helados. ¿Cuánto tiempo llevaba fuera?

—Distracción o no —dijo él— lo que te hizo fue despreciable. No te merecías…

—Era exactamente lo que merecía.

Apretó más fuerte la mano de Silla.

—¿Qué?

—Ilías —dijo, con la voz quebrada. Y, entonces, Rey empezó a comprender—. Ilías está muerto por mi culpa. Dime que tú no habrías hecho lo mismo si hubiera sido tu hermano.

Rey se obligó a hacer una respiración profunda y constante mientras intentaba acorralar sus pensamientos. Cuando habló, al fin, su voz era suave.

—No, yo no haría eso, Silla. —Ella buscó su mirada, con los ojos muy abiertos y brillantes—. Ahora escucha, Silla, porque solo te lo diré una vez. La muerte de Ilías no es culpa tuya.

Ella frunció las cejas y a Rey le dieron ganas de extender la mano y alisar la arruga que se formó entre ellas.

—Yo quería a Ilías como a un hermano, pero él murió porque en esa batalla le faltó control. Si hubiera esperado a Jonas, o a Hekla, o a Gunnar para cubrir su flanco, lo más seguro es que hubiera salido vivo de allí. No tienes por qué cargar con su muerte.

—Él no habría estado en esa batalla si no fuera por mí.

—Qué egoísta por tu parte querer responsabilizarte enteramente de su muerte —dijo Rey—. ¿Acaso yo no tengo parte de culpa por llevarlo a esa batalla? ¿Y el propio Ilías? Sí, esa lucha fue la que acabó con su vida, pero si no hubiera sido esta vez, habría sido en otra. Se lanzó al combate sin esperar a que alguno de nosotros lo protegiera. ¿Sabes cuántas veces intenté que dominara ese impulso? ¿A cuántas batallas sobrevivió por pura casualidad? Le advertí una y otra vez que trabajara su autocontrol. Y, al final, se le acabó la suerte.

Silla se quedó en silencio un buen rato y Rey siguió hablando.

—Entiende esto, Silla: cada campo de batalla que pisamos, lo hacemos sabiendo que puede ser el último. Es el riesgo que corre un guerrero. Y no olvides que nos sentamos alrededor de la hoguera y votamos participar en la batalla. Ilías aceptó el riesgo; todos lo aceptamos. Deja de culparte por su muerte. Sé que Ilías no querría que fuera así. Preferiría que te perdonaras y que siguieras con tu vida.

Siguieron sentados en silencio varios minutos. Rey agachado delante de Silla, tomándole la mano. En ese momento, podría haberle pedido lo que fuera y él lo habría hecho. Cualquier cosa por hacerla sonreír, por hacer que volviera la luz a sus ojos.

—Tengo una cosa para ti —dijo acordándose de los polluelos. Le soltó la mano y salió a buscar la caja. Pero cuando regresó a la casa de acogida, Silla no estaba donde la había dejado y la cortina estaba echada.

Rey se sentó en el banco y levantó la tapa de la caja. Sacó una bolita de pelo amarillo, se la puso en la mano y le acarició la cabecita. Se le puso una sonrisa en los labios mientras miraba aquella cosa. El pollito miró hacia atrás.

—Supongo —dijo Rey— que tendrás que conformarte conmigo esta noche.

El pollito pio.

Rey miró la cortina y suspiró largamente. Al menos, dormir le vendría mejor que entrenar con el frío.

TREINTA Y SIETE

Los pájaros trinaban y el sol brillaba alegre cuando Silla cruzó el patio; sin embargo, en su interior solo había desolación. El tarro le pesaba en el bolsillo y le iba golpeando la cadera a cada paso que daba. Pero no necesitaba notarlo para sentir su presencia. Desde que Silla volvió de casa de Harpa, era plenamente consciente de su existencia.

El ansia le trepaba por el cuerpo, los susurros eran incesantes. Era demasiado, como si no tuviera ya suficiente, y Silla temió que fuera una piedra angular extraída, y que podría desmoronarse de un momento a otro.

Se había entregado a las sesiones de entrenamiento para distraerse hasta que Rey las puso fin. Tibiamente, agradecía sus intentos de mitigar su sentimiento de culpa, pero sus palabras no llegaban al nivel de resquemor que la devoraba. Había robado las hojas mientras que una mujer agonizaba y, con eso, Silla había perdido la noción de quién era. Había sido un acto vil, tan despreciable, que no se reconocía.

¿Quién era ella?

Alguien detestable, y con sentimiento de culpa, y muy cansada.

Rozó el tarro con la mano y acarició la superficie lisa.

Una señal. Silla apartó la mano de golpe. Necesitaba una señal. Cualquier cosa —lo que fuera— que le dijera que siguiera intentándolo. La noche anterior estuvo a punto de caer. Se quedó mirando las hojas nudosas colocadas en fila sobre la cama. Pero entonces un caja se deslizó por debajo de la cortina de la que salía un frenesí de suaves píos.

Rey le había traído sus gallinas.

Fue la señal que necesitaba. Para mantenerse fuerte esa noche. Con la esperanza de que un buen descanso le aportaría claridad mental. Y cuando

Silla miró a través de las tablillas de la caja y vio a las criaturitas dentro, se quedó dormida.

Y ahora era por la mañana, y la claridad que buscaba no aparecía. Parda. Si su yegua aceptaba una galleta de avena, podría ser la señal que necesitaba. El sentimiento de culpa la abrasó al recordar la expresión de Rey cuando le dijo que ese día no iría a casa de Harpa.

—¿Por qué no? —le preguntó, alejando a un pollito de la esquina de la mesa. Los polluelos se tambaleaban por ella como bolitas de pelusa borrachas, atiborrándose de granos de maíz apilados en el centro. En circunstancias normales, la escena le habría parecido encantadora. Pero hoy era diferente.

—Pregúntaselo a ella —le contestó Silla, corriendo la cortina y recluyéndose tras ella.

Rey armó un escándalo tremendo dando golpes por la casa a la vez que iba colocando a los polluelos en la caja. Sonó como si uno se hubiera escapado mientras él se movía acelerado por la habitación. En cuanto cerró la puerta tras él, Silla sacó el tarro del zurrón. Lo apretó contra el pecho. Levantó la tapa y aspiró el aroma.

Solo una. Y después pararía.

Un mínimo de sentido común seguía en pie, colgando de un hililllo. Porque Silla sabía que no se detendría en una. Que tomarse una hoja significaría abrir una puerta casi imposible de cerrar. Intentó recordar el martilleo en las sienes, el sudor frío resbalando por la frente, los sueños febriles que parecían tan espantosamente reales.

—Una señal —dijo en voz alta, camino de los establos. Ya está. Si Parda se tomaba la golosina, ella no se tomaría las hojas. Pero si no…

Había aguantado mucho. Se merecía una. Solo una.

Silla sacó la galleta del bolsillo y sostuvo la mano abierta bajo el hocico de Parda. Contuvo la respiración, el último vestigio de esperanza culebreaba por su pecho esperando el gran momento. Parda agitó la cola. Agachó las orejas. Y luego dio un paso atrás con un fuerte resoplido de advertencia.

A Silla se le doblaron las rodillas y se dejó caer en el suelo frío y duro del establo. Ahogó un sollozo. Estaba tan perdida.

«Ya sabes cómo encontrar el camino de regreso a la luz».

El pensamiento fue como un cuchillo que atravesó su angustia. Con total serenidad, Silla metió la mano en el bolsillo de la capa. Sacó el frasco. Era pequeño, anodino. Y, sin embargo, contenía su salvación, la cura a su tormento.

«Eres veneno», susurró, pero las palabras sonaron poco convincentes.

«Soy el antídoto», le respondió en otro susurró.

«Me darás problemas», replicó ella.

«Te daré paz», ronroneó.

Silla agitó el frasco adelante y atrás. Adelante y atrás. Qué fácil resultaría quitar la tapa, sacar una hoja y metérsela en el carrillo. La culpa desaparecería al instante, el calor la inundaría por dentro. Sería como volver a casa: reencontrarse con una antigua amistad.

Todo parecía desvanecerse a su alrededor. Solo estaban las hojas y su atracción constante e implacable. Cada segundo que pasaba debilitaba su voluntad. ¿Por qué se resistía? ¿No había dicho Harpa que tenía que rendirse?

No era lo mismo. Pero ¿cómo se rendía? ¿Cómo se liberaba para salir adelante?

Su padre se lo habría explicado. Pero se había ido, y estaba sola, y lo echaba de menos con tanta ferocidad que le dolía el cuerpo. Silla apartó los pensamientos de su padre a un lado y, entonces, se detuvo.

Eso era lo que siempre hacía: apartar el dolor, encerrarlo en una jaula.

Pues claro que apartaba el dolor; era humano, instintivo.

«Ríndete», resonó la voz de Harpa en su cabeza.

El instinto de Silla le advertía que no lo hiciera. En realidad, cada parte de ella se sublevaba. ¿Cómo iba a ser algo tan dañino bueno para ella?

Silla se entretuvo en ese rincón de su mente y analizó las espinas de su dolor. Llevaba tanto tiempo buscando dónde guarecerse de la herida abierta y dolorosa que le había dejado su padre. Era una mezcla de emociones completamente enmarañada: lo echaba de menos y lo amaba, y aun así no lograba desprenderse del rencor por su traición ni del remordimiento por su muerte.

«Por tu culpa», susurró él en la mente de Silla. Las palabras la abrasaron, como siempre. Pero esta vez Silla ignoró el instinto que le gritaba que lo enjaulara. En vez de eso, le dio libertad para hablar.

«Por tu culpa», repitió.

«También es culpa tuya», respondió ella con dureza, sorprendida de sí misma.

«Morí para protegerte», susurró él. «Y ahora lo desaprovechas».

«Yo no te pedí que murieras por mí», dijo Silla; las palabras salieron de lo más profundo de su ser. «Y yo no quería que tú murieras». La confianza de Silla iba en aumento. «Me abandonaste», le acusó. «Me dejaste sola y vulnerable».

Silla recordó la noche en el Pinar Serpentino y el sentimiento de abandono que silenció con una hoja extra de skjöld. El reconocimiento la sobresaltó. Ese fue el comienzo, el inicio de su huida desesperada, no solo de los klaernar sino también de su pasado. Y no había dejado de huir desde entonces.

«No me contaste nada», estalló Silla. «Tus mentiras me han causado aún más dificultades. Han puesto mi vida en peligro».

«Solo quería ahorrarte el dolor».

«Pues no hiciste más que empeorarlo».

Como las hojas de skjöld. Como Jonas. No habían sido más que un dique temporal para su pena. Cuando desaparecieron de su vida, solo habían conseguido que la corriente fluyera con mucha más fuerza.

¿Ocurrió lo mismo con su padre? Puede que empezara a mentir en un intento de protegerla de niña, pero con el tiempo la tensión no hizo más que crecer. Contarle la verdad, admitir lo que había hecho, habría provocado rabia y conflictos entre ellos, cuando ya se habían enfrentado a tanto.

Una extraña especie de compasión se le instaló en el estómago. A su padre lo pusieron en una situación imposible: proteger la identidad de la princesa Eisa. Él no fue padre por elección, sino que era un guerrero, posiblemente no apto para la tarea que le habían encomendado. Tras la muerte del rey Kjartan, Matthias podría haber abandonado a Silla y vivir una vida más fácil; pero no lo hizo. En cambio, le dio amor; dedicó su vida a protegerla; sacrificó su propia seguridad, su propio bienestar. Y puede que, a su entender, ocultarle la verdad fuera una forma de extender esa protección.

Las lágrimas le brotaron de los ojos.

—Padre —susurró—. No estoy conforme con tu forma de proceder, pero creo que lo entiendo. —Hizo una pausa, consciente de lo que tenía que hacer a continuación, a pesar de sus instintos. Era como caminar a contracorriente en un río caudaloso y, aun así, siguió adelante—. Te perdono —susurró—. Y me perdono.

Silla no acababa de creerse esas palabras. No las sentía en el fondo de su corazón. Pero el hecho de pronunciarlas, aunque fuera en un débil susurro, fue grandioso. El primer paso hacia algo.

«Ríndete», dijo Harpa, y Silla abrió la jaula más recóndita de su mente, y se rindió a una marea de sufrimiento. El dolor era agudo e invadía cada rincón de su cuerpo. Lo capeó como un temporal, aferrada para soportar el azote de la tormenta.

El tiempo dejó de existir. Solo había sentimientos —emociones crudas, básicas, y Silla se permitió sentirlas todas—. Se regodeó en el dolor y en la rabia. Se deleitó con el amor y el dolor. Siguió y siguió, y justo cuando pensaba que nunca acabaría, la corriente empezó a calmarse.

Silla se dio cuenta de que estaba temblando en el frío suelo del establo. Se sentía frágil y exhausta: completamente agotada. Respiró temblorosa y se fijó en el tarro de hojas de skjöld que sujetaba con fuerza en una mano. Lo dejó caer, asustada. El tarro impactó en el suelo y las hojas se desparramaron por la tierra compacta.

Las miró y se le aceleró el pulso.

—¿Qué…?

Silla abrió los ojos de golpe y vio a la enorme silueta de Rey que tapaba la entrada del establo. No le había oído acercarse y ya era demasiado tarde: había visto las hojas. Lo sabía.

Le ardía la piel de vergüenza, y la caja torácica se le expandía y se le contraía por los jadeos. Silla se preparó para su ira, pero se sorprendió cuando escuchó una voz suave.

—¿De dónde las has sacado?

—De casa de Harpa.

Rey maldijo en voz baja.

—¿Las has…? —Se quedó sin voz.

Ella hizo una mueca negando con la cabeza y le dio una patada al frasco. Qué fácil habría sido tomarse una… Qué rápido podrían haberle cambiado la vida…

Rey se puso en cuclillas, recogió las hojas y las metió de nuevo en el tarro. Luego, para su sorpresa, se sentó a su lado.

En el momento en que pronunció las palabras de perdón, Silla tuvo claro lo que quería. Y la presencia tranquilizadora de Rey la afianzó y consolidó su decisión. Era, posiblemente, lo más difícil que había hecho nunca.

—¿Puedes llevártelas lejos de mi vista? —preguntó en voz baja. El alivio y el arrepentimiento luchaban en un confusa apuesta por la supremacía—. Devuélveselas a Harpa o... —Un olor acre le impregnó la nariz. Se giró y vio una voluta de humo saliendo de los puños de Rey. Él se sacudió las manos y la ceniza cayó al suelo del establo.

Ya no estaban. Habían desaparecido.

No había caído. Esta vez.

Un sollozo le estalló en el fondo de la garganta.

—Calma —dijo Rey. Sintió cómo se acercaba; le rodeó los hombros con uno de sus fuertes brazos y la atrajo hacia él.

—Está bien, Silla. No te las has tomado.

Suspiró estremecida.

—He estado a un mal paso de echarlo todo a perder. —El temblor de manos se intensificó—. Casi lo echo todo a perder.

Ahora le temblaba el cuerpo entero. Rey le rodeó la cintura, la levantó y la puso en su regazo. Era cálido y sólido, podía aferrarse a él, y se hundió entre sus brazos, con la mejilla apoyada en el reconfortante latido firme de su corazón.

—Pero no lo has hecho.

No se las había tomado. ¡No se las había tomado!

Silla se había resistido a la atracción de las hojas. Había dejado de huir del dolor. Había perdonado a su padre y había dado el primer paso para perdonarse a sí misma. Y todo eso era completamente nuevo.

Se sentía un poco diferente. Como si todo se hubiera hecho añicos y empezaran a forjarse nuevos vínculos. Quizá, con el tiempo, esos vínculos podrían hacerse más fuertes que antes de romperse.

Rey deslizó una mano por su cabellera y le acarició suavemente el cuero cabelludo.

—No has caído. Tu lucha dice lo fuerte que eres.

Un sollozo se formó en su interior e intentó soltarse en su garganta;

Silla le puso la mano inconscientemente en el pecho y se agarró a la hebilla de su chaqueta lébrynja.

—Estoy cansada de ser fuerte. Estoy cansada.

Rey retiró la mano del pelo, la bajó a su espalda y le dio suaves pasadas arriba y abajo por la columna.

—No tienes que ser fuerte todo el tiempo. Déjame ser fuerte por ti.

Era el permiso que necesitaba para entregarse, para permitirse derrumbarse por dentro y dejar que sus emociones llenaran el vacío interior. Una vez que las lágrimas brotaron, no pudo detenerlas. Rey estiró los brazos hasta rodear con los dedos su cadera y su hombro y la abrazó más fuerte.

No estaba segura de cuánto tiempo estuvieron sentados así, pero, en algún momento, dejó de llorar. Tal vez sus emociones estaban agotadas, o puede que se hubiera quedado sin lágrimas. Rey le puso los dedos en las mejillas y las secó. Después de un momento de duda, le dio un beso en el pelo con una ternura dolorosa.

—Entremos en la casa —dijo Rey en voz baja, ayudándola a ponerse de pie—. Vamos a calentarnos junto a la chimenea. Podemos comer algo. Y luego descansar. O acariciar un pollito. Admito que son... soportables.

Silla sonrió y, en ese momento, algo suave y cálido le acarició el rostro. Silla contuvo el aliento y parpadeó. Seguramente era lo que se imaginaba, pero... ¡Sí! Un suave tirón de pelo, el cálido aliento en el cuello.

Despacito, Silla se dio la vuelta. Parda le devolvió la mirada, con varios mechones rizados sujetos entre los labios. Silla intentó no llorar de incredulidad.

—¿Tienes hambre? —le preguntó bajito, temerosa de romper el hechizo.

—Aunque no es exactamente una muestra de respeto —gruñó Rey, pero alcanzó la galleta de avena y se la puso a Silla en la mano—. Toma.

Silla levantó la palma. La estiró. Se quedó inmóvil, estoicamente.

Entonces, ocurrió.

Parda le soltó el pelo y agachó la cabeza. Acercó el hocico y le quitó la galleta de la mano.

Las lágrimas cayeron sin reservas por el rostro de Silla y el pecho se le llenó de calidez.

Parda.

Parda se había acercado voluntariamente a ella. Había dejado que le diera de comer.

Si eso no era una señal de los dioses, no sabía qué otra cosa podía ser. La esperanza se encendió en su pecho y la llenó de calor.

De repente, recordó las palabras de Matthias... Las pronunció después de que ejecutaran a su madre. Habían huido del pueblo, dejando atrás a sus amigos, su casa, sus gallinas.

«Recuerda, Flor de Luna, siempre oscurece antes de amanecer».

Las lágrimas le corrían por las mejillas y susurró a Parda.

—Ya tengo nombre adecuado para ti, chica. Es un nombre de esperanza y nuevos comienzos. Un recordatorio de que siempre oscurece antes de la primera luz.

Rey la miró en silencio.

—Te llamaré Amanecer.

TREINTA Y OCHO

Kopa

Inclinado sobre un cuerno de cerveza, Jonas disimulaba su interés por la pareja que tenía sentada al lado. A medida que avanzaba la noche, el salón comunal se llenaba de gente y los klaernar iban apareciendo conforme les llegaba el relevo del turno de noche. Era perfecto, la verdad. Con tantos guerreros corpulentos apiñados, y cada vez más borrachos, se veían obligados a levantar la voz para escucharse unos a otros entre la multitud.

Durante las últimas semanas, la visión de rostros tatuados y hombreras de plata con osos de fauces abiertas se había convertido en algo habitual. Jonas se decía a sí mismo que seguía acudiendo a aquel salón porque lo habían echado de todos los demás en Kopa. Pero no era del todo cierto.

Era como una costra que no podía dejar de rascarse. Lo que empezó como una mera curiosidad, pronto se convirtió en una espiral. Jonas se dio cuenta de que no le quitaba ojo al capitán Ulfar, que se encontraba en el otro extremo del salón. Luego, al final del banco corrido. Y ahora, pegado a él. Poco a poco iba enterándose de pequeños detalles de la investigación de los klaernar sobre el Slátrari. Desde el hombre que afirmó que Rey se escondía en los Dragones Durmientes, al que aseguró que trabajaba en los campos de Midfjord, los klaernar no habían recibido ninguna información que fuera ni remotamente verdadera.

Al principio, Jonas sintió alivio. Alivio porque su hermano de armas estuviera escondido. Por lo que conocía a Rey, sabía que estaría urdiendo un plan, dos pasos por delante de sus enemigos. Pero a medida que pasaban los días, y los klaernar iban perdiendo la paciencia, sus pensamientos iban cambiando.

Nadie había ofrecido información veraz. Cada vez era más evidente lo bien que Rey había mantenido su identidad en secreto.

Jonas no pudo evitar preguntarse si la Hermandad del Hacha Sanguinaria había sido una mera tapadera para Rey mientras él se dedicaba a matar gente. ¿Por qué nunca había confiado en la banda... ni en Jonas? Cinco años, luchando codo con codo: se habían salvado la vida el uno al otro en infinidad de ocasiones. Pero ahora que sabía la verdad, el pasado adquiría un nuevo significado.

Todas las hazañas que había llevado a cabo con los Hachas Sanguinarias parecían... absurdas. Solo eran una tapadera para sustentar y encubrir a Reynir Bjarg. Era galdra. Probablemente pertenecía a uno de esos grupos rebeldes que luchaban contra el rey. El pensamiento le supo amargo, pero cuantas más vueltas le daba, más sentido tenía.

La memoria lo llevó a la reunión con Magnus Hansson en Reykfjord muchas semanas atrás. Hablaron del maldito Slátrari, con Rey sentado a su lado. Seguro que de camino a sus aposentos se echó unas buenas risas a su costa.

Las náuseas le revolvieron el estómago. Ese era uno de los muchos encuentros que habían mantenido con Magnus Hansson. Jonas los repasó todos. ¿Había estado Rey más hablador que de costumbre? ¿Había presionado a Magnus con detalles de cosas raras? No se acordaba. Pero el propio pensamiento le hacía sentirse mancillado. Utilizado.

—¡No tiene sentido! —murmuró el capitán Ulfar, entregándole la carta al guerrero de barba negra a quien llamaban, según había oído, Hagbard.

Hagbard, al parecer, no era un lector muy atento.

—«Magra de pato al vino» —se esforzó.

—Por el maldito hígado de Ursir —replicó Ulfar, recuperando la carta—. «Zarpa de gato alpino, imbécil. Secar durante dos semanas y luego moler hasta obtener un polvo fino». —Miró a Hagbard—. ¿Qué quiere decir?

Hagbard pestañeó, igual de iluminado que Ulfar.

—Las órdenes son las órdenes —dijo el hombre, encogiéndose de hombros.

—¿Es para que lo tomemos con el róa? ¿Para que nos lo untemos en la piel? No hay instrucciones. —Con el ceño fruncido, Ulfar le dio un trago largo a su cuerno de cerveza—. Por lo que sé, podría ser algún veneno... quizá un somnífero que nos ayude a capturarla.

—No puedes capturar a alguien si no lo encuentras antes —dijo Hagbard, desanimado.

La mirada que le lanzó Ulfar podría hacer añicos un cristal.

—Los encontraremos. —Bajó la voz y Jonas se acercó—. Tenemos una pista nueva. —Cuando Hagbard lo miró desconcertado, Ulfar continuó—. Haeth.

—¿Haeth? —repitió Hagbard, sin entender.

—Sssh, calla, cabeza hueca —susurró Ulfar—. Sí. Ahí. Lo hemos sabido por una fuente fiable, alguien que conoce al tipo desde que era un niño. Contestó a todo lo que le preguntamos sobre el Slátrari, aunque no le sonaba la chica. Al parecer, se criaron juntos en Haeth. Dice que el tipo se volvió loco hace algunos años. Que quemó unas cuantas casas antes de irse de la ciudad.

—No me extraña —murmuró Hagbard.

Jonas cerró los ojos. Apretó la mandíbula. Quien hubiera proporcionado esa información estaba equivocado, por desgracia. Haeth era la ciudad más al sur de las tierras de Nordur; la que quedaba más alejada de Kalasgarde. Entonces, vio claramente que era una pista falsa: un desvío intencionado.

Por supuesto, Rey tendría aliados misteriosos que le salvarían el culo. Se le vinieron más preguntas a la mente, y sabía que no le gustarían las respuestas.

Su interior estaba en guerra. Rey había sido siempre como un hermano para él, pero todo este tiempo le había mentido a la cara. No con mentiras pequeñas ni intrascendentes. Mentiras enormes. Mentiras que ponían la vida en riesgo. Y, entre tanto, exigía sinceridad absoluta a los Hachas Sanguinarias.

Rey y su puñetero honor.

¿Qué honor tenía un hombre tan hipócrita? ¿Un hombre que mentía sin reservas? ¿Dónde estaba el honor de Rey cuando llevó a Ilías a la batalla sin la preparación adecuada?

A la mierda el honor.

Y a la mierda Rey.

Se volvió hacia el capitán Ulfar. Le puso la mano en el hombro. Ulfar se dio la vuelta y miró a Jonas a los ojos.

—Kalasgarde —dijo—. El hombre que buscas está en Kalasgarde.

SEGUNDA PARTE

AMANECER

DAHN

1. La primera aparición de luz matutina.
2. El comienzo de algo nuevo.

TREINTA Y NUEVE

Kalasgarde

Por una vez, Silla no soñó con la muerte. En lugar de eso, se vio corriendo por un jardín, persiguiendo mariposas con su hermana. Tenía el corazón tan lleno de amor que creía que iba a estallar y su sonrisa era tan amplia que le dolían hasta las mejillas. En este sueño era libre, estaba a salvo y la querían. Y cuando despertó, se sintió más fresca y renovada que en muchas semanas.

La melancolía no había desaparecido por arte de magia, pero sí se había instalado en ella una extraña especie de aceptación. Durante semanas, había aborrecido esa parte suya, la había reprendido y vapuleado, pero lo único que había conseguido era sumirse aún más en la oscuridad. Solo ahora se daba cuenta de que lo que necesitaba esta versión de sí misma era compasión. Paciencia. Perdón.

Apartando las pieles y las mantas, salió de la cama. A medida que se acercaba el otoño, el sol salía más tarde cada mañana y el aire se volvía más fresco. Se puso unas polainas y una túnica roja holgada, y apartó la cortina. Y parpadeó varias veces, sorprendida.

—¿Runný?

Runný estaba recostada en el banco, con un pollito amarillo acurrucado en la palma de la mano. Esbozó una sonrisa culpable.

—Los echaba de menos —dijo acariciándole la cabeza al polluelo.

Silla vaciló. Había estado distante con Runný. No había sido muy amistosa que dijéramos, pero levantar esos muros había sido tan agotador como enjaular su dolor.

Y en ese momento, decidió que las cosas cambiarían. Se sentó en el banco junto a la muchacha y sacó otro polluelo de la caja.

—Gracias por prestárnoslos.

—Ese es Bandido —dijo Runný, señalando con la cabeza a la bolita que Silla tenía en la mano—. El muy bribón le roba la comida al gato.

—Bandido. —Silla rascó con cariño la cabeza del pollito—. ¿Y el tuyo?

—Este es Cuervo —respondió Runný—. Es de los que van a lo suyo y no se meten en líos ajenos, pero le encantan los mimos.

Con la mirada, Silla recorrió la cabaña, por lo demás vacía, y se detuvo en el duro y estrecho banco donde Rey había estado durmiendo. Las pieles y mantas que había usado estaban bien dobladas.

—¿Adónde ha ido Rey?

Runný se encogió de hombros.

—No lo sé. Solo sé que me ha pedido que me quede contigo.

—Ah —dijo Silla, con las mejillas encendidas—. Esto... pues... muchas gracias.

Runný hizo un ademán para quitarle hierro al asunto.

—Y ese de ahí es Hábrók —dijo señalando la caja—. El más bestia de todos.

Silla no pudo evitar sonreír al ver la bolita amarilla que la miraba desde el interior de la caja. Se sentó sobre las piernas y se relajó. Runný y ella siguieron así, charlando un buen rato. Runný le habló de la granja y satisfizo su curiosidad sobre todos los animales que tenían. Le habló de la cabra llamada Helga y del ganso canalla que le había declarado la guerra a Vig. Le habló de los largos inviernos en Kalasgarde, de estar encerrada en una pequeña casa con cuatro hermanos asilvestrados. De sus sueños de ir al sur algún día. Para gran alivio de Silla, la muchacha no le preguntó gran cosa.

Al final, le rugió el estómago y le devolvió a Bandido. Después de lavarse las manos, se dedicó a preparar el almuerzo. Las últimas semanas habían sido tan duras que no había podido cocinar. Ahora, pelar manzanas, tostar el grano y remover las gachas burbujeantes se le antojaba tan reconfortante como ponerse un par de zapatos cómodos.

Justo cuando estaba sirviendo la comida en un par de cuencos, se abrió la puerta y una ráfaga de aire fresco de montaña entró en la cabaña. Rey cerró la puerta tras de sí. Lo miró a los ojos desde el otro lado de la chimenea y mil pensamientos se agolparon en su mente.

Sin embargo, Runný estaba aquí y darle las gracias parecía algo que debía hacer a solas.

—Has cocinado —dijo Rey.

Silla asintió, cogió un tercer cuenco y lo llenó con un cucharón mientras él colgaba la piel de lobo en una percha. Se reunieron a la mesa; los polluelos picoteaban a sus pies mientras comían. Rey repitió una vez y luego otra. Silla ahogó una sonrisa al verlo raspar el fondo del caldero con una cuchara de madera y lamerlo hasta dejarlo bien limpio.

Cuando la sorprendió mirándolo, enarcó una ceja.

—Echaba de menos tu comida —dijo encogiéndose de hombros.

Las palabras la envolvieron como si fueran un abrazo y le infundieron una calidez deliciosa.

Runný se marchó después de comer. A solas con Rey, Silla se sintió un poco insegura. El día anterior, había visto lo más feo de ella. Aun así, no se había acobardado ni había huido. Y cuando este le hizo señas para que saliera a entrenar como cada mañana, Silla empezó a relajarse.

—Va, túmbame, Rayo de Sol —dijo él, con un destello en los ojos.

Y así, ella encontró la forma de aliviar el nerviosismo. Si a Silla le había preocupado que lo del día anterior pudiera cambiar las cosas entre los dos, las pullas de Rey la tranquilizaron de inmediato: «Tendrás que hacerlo mejor», «¿Por qué te cuesta tanto respirar?», e incluso «Hoy eres más lenta que las mareas».

Para gran placer de Silla, Rey no la dejó ganar ni una sola vez.

—Tienes público —le dijo, mientras ella se secaba el sudor de la frente. Un puñado de refulgentes espíritus de hielo azul la observaban desde detrás del follaje y salieron pitando bosque adentro cuando se dieron cuenta de que los había visto.

Decidió que aquellos espíritus alados tan hermosos eran una señal de esperanza de los dioses.

—Deben gustarles mis ofrendas —dijo Silla, complacida. En efecto, las ofrendas de leche de oveja y mantequilla que había dejado en un tocón cerca de los establos habían desaparecido.

Mientras Rey guardaba las armas que usaban para los entrenamientos, Silla se fue al establo. Se acercó primero a Caballo y se sacó una golosina de avena del bolsillo. Como era de esperar, le hincó el hocico enseguida. Lentamente, se acercó a Amanecer, observando cómo el animal hinchaba los ollares al oler el premio.

—A ver, Amanecer, sé que no ha sido un camino de rosas, pero ayer fue especial, ¿no? Un nuevo comienzo. Puedo hacerlo sola, amiga, pero prefiero hacerlo contigo. Así que te voy a ofrecer esta golosina y prometo no mirar. Está ahí si la quieres.

Silla se sacó la golosina del bolsillo. Aplanó la palma y giró la cabeza. «Entrégate», se instó a sí misma, prometiendo que amaría a su terca yegua tal como era, aunque no aceptara la…

Notó un soplo cálido en la palma. Silla abrió los ojos, pero no se volvió. Un suave hocico se pegó a la mano… y la golosina desapareció.

Una explosión de luz, calor y felicidad inundó a Silla cuando le lanzó una mirada a Amanecer. El caballo sacudió las orejas.

—Buena chica —susurró mientras retrocedía poco a poco.

Al salir del establo, se detuvo. Cerró los ojos y se contoneó de puro placer. Cuando abrió los ojos, se percató de una figura alta y oscura apoyada despreocupadamente en la puerta de la casa de acogida. A Rey se le dibujó una ligerísima sonrisa en los labios.

Y Silla le devolvió la sonrisa.

SI HARPA SE SORPRENDIÓ al ver a Silla traspasar las protecciones de su propiedad, no lo demostró lo más mínimo. Tenía los brazos cruzados sobre el pecho y el mechón blanco de su melena negra resplandecía como la nieve en la cima de una montaña.

Al desmontar, Silla se sintió un poco insegura. Al igual que Rey, Harpa había visto su faceta menos encomiable. Tras meditar un momento cómo abordarla, decidió que lo mejor era hacerlo directamente.

—Lo siento… —empezó a decir.

Sin embargo, Harpa la interrumpió con un ademán.

—No lo sientas. Ábrete. Muéstrate dispuesta.

Silla tragó saliva.

—Estoy lista.

Una lenta sonrisa se asomó al rostro de Harpa.

—Por fin. Ven, hay mucho que hacer. —Y mientras Silla seguía a su mentora al interior de la cabaña, sintió algo de lo más extraño: una posibilidad.

LOS DÍAS TRANSCURRIERON sin un éxito aparente. Pasaba las mañanas trabajando la atención plena en la cabaña de Harpa y las tardes cortando leña en el jardín. Cada día la encontraban más espíritus del hielo, que se empujaban y siseaban unos a otros mientras ella blandía el hacha. Silla los saludaba y les contaba su día a día, mientras estos daban vueltas y vueltas, y escribían aquellas curiosas runas en rocas y postes.

Su prolongado descanso en la tibia calidez del baño de vapor era lo mejor de la jornada. Los susurros seguían ahí, como siempre, pero en lugar de acallarlos, los toleraba. Este tipo de rendición y entrega era contraintuitiva porque, en lugar de buscar paz y refugio, era como exponerse a elementos peligrosos. Y, aun así, la única forma de salir de la tormenta era cruzándola.

En el sexto día desde su crisis, Silla sabía lo que se avecinaba. No se resistió cuando Harpa señaló el montón de leña con la cabeza. No maldijo para sus adentros, ni cuestionó la razón de su mentora. Se mostró estoica y decidida. Su camino estaba trazado y lo único que había que hacer era seguirlo.

La aceptación daba mucha paz.

Silla recogió el hacha y se dirigió al tronco. Se puso a parlotear distraídamente con la veintena de espíritus del hielo que se movían de un lado a otro al borde de su visión y blandió el hacha una y otra vez, hasta que le dolieron los hombros y el sudor le empapó la frente.

Mientras trabajaba, reflexionó sobre los progresos que había hecho aquella semana. Gran parte de su sufrimiento se debía a la lucha contra sí misma. Había luchado contra la culpa y el dolor, había reprimido las cosas que había vivido, se había aferrado a sus sueños mucho después de que quedaran hechos trizas. Durante mucho tiempo, había pensado que rendirse significaba darse por vencida, pero, para su gran sorpresa, rendirse solo le había traído libertad.

Silla lo meditó. ¿Sucedería lo mismo con ella, Eisa Volsik?

La habitual espiral de náuseas le oprimió el estómago.

«Perderás tu libertad. Ese apellido equivale a grilletes. A más muerte. Más miseria».

Aceptó estos temores y dejó que la calaran. Había muchas incógnitas con Eisa. Muchos peligros. Pero ¿qué conseguía luchando contra su verdadero nombre? ¿Qué sentiría al rendirse, al aceptar a Eisa Volsik? Al soltar lo que nunca podría ser y soñar con lo que sí podría.

Las náuseas no cesaban, por lo que volvió a las costumbres de siempre: reprimir el miedo. Enterrarlo. Se perdonó por hacerlo. Solo era algo temporal. Y se juró a sí misma que, día tras día, iría desenterrándolo y se abriría un poquito más.

Los milagros no solían ocurrir de la noche a la mañana.

Por fin sucedió lo inesperado: se quedó sin troncos que partir. Secándose la frente, se fue hacia la cabaña. Entró y, al principio, todo estaba tan silencioso y en calma que pensó que Harpa había salido a hacer algún recado. Sin embargo, el suave golpeteo de las piedras hizo que dirigiera la vista hacia el rincón más alejado. La anciana estaba ante su enorme telar de urdimbre; movía los dedos con una rapidez y destreza increíbles. Por debajo, los pesos repiqueteaban con un ritmo extrañamente relajante.

El aire tenía una cualidad peculiar: un leve murmullo que le rozaba la piel. Abrió la boca para hablar, pero se detuvo al ver los ojos de Harpa, de un espeluznante blanco lechoso. Volviéndose en silencio, Silla volvió a salir y se dirigió hacia el baño de vapor.

Se desvistió hasta quedarse con la túnica interior y echó agua sobre las piedras; un chisporroteo muy gratificante impregnó el aire. Se reclinó en el banco. El calor le destensó los músculos y alivió el frío de la sangre. Templada y lánguida por las emociones y las horas pasadas cortando leña, se concentró en los latidos del corazón.

Pronto le empezaron a brillar los antebrazos y notó el zumbido frío del galdur en las venas. Cerró los ojos y se abandonó a los susurros; los dejó hablar antes de soltarlos. Sintió que se hundía en lo más profundo, invadida por la más absoluta conciencia. La sangre le bombeaba por las venas a un ritmo constante. Sus pulmones aspiraban aire caliente y húmedo, y luego lo expulsaban. Y el galdur susurró con calma a través de ella, aumentando aquella tensión tan conocida.

Y, entonces, lo sintió: la tensión se fue atenuando. Como si hubiera una pequeña grieta en una taza, el galdur se escurrió. Abrió los ojos.

Miró con incredulidad.

De sus antebrazos salieron unas diminutas motas de luz que se elevaron por encima del baño de vapor y se fundieron ante sus ojos. La embargó un estremecimiento de triunfo. Tras semanas intentándolo, ¡por fin lo había conseguido! Pero en cuanto se permitió celebrarlo, la grieta se cerró y las motitas de luz desaparecieron. Y la tensión empezó a crecer de nuevo.

Silla indagó en su interior. Ahora que sabía cómo era la sensación, solo tardó unos minutos en volver a encontrar el punto fracturado. Lo sentía como una grieta: fría y profunda, con una superficie que podía congelarse o descongelarse a voluntad. Como si fuera un músculo, controlar aquella cosa requeriría un esfuerzo continuo. Pero, a la larga, puede que fuera tan intuitivo como respirar.

Con una sonrisa, se puso la ropa y corrió hacia la cabaña. Harpa estaba recostada en una silla y un paño húmedo le tapaba los ojos. Al oírla entrar, la anciana se quitó el paño y la miró expectante.

—Lo he conseguido —dijo Silla, conteniendo la sonrisa—. He logrado expresarlo.

Harpa asintió con cansancio.

—Sabía que lo conseguirías.

Y cuando el leve atisbo de sonrisa se dibujó en el rostro de Harpa, Silla sintió que podía volar.

CUARENTA

Algunos dirían que Rey era tenaz, otros que era terco como una mula. Pero cuando se proponía algo, siempre lo conseguía. Y hacía seis días, cuando examinó el diente que Harpa había extraído del abdomen de Freydis, supo que estaban un paso más cerca de resolver el desconcertante misterio de qué era lo que estaba dando caza a los ciudadanos de Kalasgarde.

El colmillo coincidía perfectamente con el que habían extraído de los excrementos.

—¿Qué significa? —había preguntado Vig con impaciencia.

Rey había permanecido en silencio durante un buen rato, pensativo, examinando el surco hueco que cruzaba el centro del colmillo.

—No se ha comido a una serpiente. Es una serpiente.

—¿Esperas que me lo crea? —dijo Vig, burlón.

—No tiene sentido —respondió Rey—. No tiene ningún sentido que una criatura así pueda sobrevivir en las tierras más agrestes del norte. Pero los hechos son los que son: se sabe que las sierpes se tragan sus propios dientes y digieren los huesos de sus presas. Comen a intervalos regulares y pueden alcanzar tamaños descomunales tras una buena comilona. Encaja, Vig.

—¡Por los huevos en llamas de Hábrók! —exclamó Vig—. ¡Dos docenas de ovejas, Galtung! ¿Qué clase de serpiente se come dos docenas de ovejas?

—Eso ya no lo sé. —Y, sinceramente, no estaba seguro de querer saberlo. Pensó entonces en el skógungar que había atacado a Jonas en el Camino de Huesos. Otra criatura que obraba de acuerdo con su naturaleza. También desprendía el hedor a podredumbre, que impregnaba el cadáver de Freydis y el prado de Vig. Pensó en Istré, con aquella niebla palpitante y las curiosas muertes de los klaernar. ¿Qué demonios estaba pasando en el reino?

—Al menos ahora está desdentada —dijo Vig.

Rey había arrugado el ceño.

—Lo dudo mucho. A las serpientes les crecen los dientes muy deprisa.

—Una vez más, encontramos respuestas, pero solo generan nuevas preguntas —había dicho Vig—. Muy bien, Galtung, haré correr la voz... y me prepararé para que se rían de mi cara en la Calavera Partida.

Y eso fue precisamente lo que ocurrió. Vig difundió la noticia en el salón comunal de Kalasgarde y corrió la voz por las aldeas vecinas. Y lo único que recibieron fueron unas carcajadas de lo más sentidas. Rey no los culpaba. Una serpiente gigante campando a sus anchas por las tierras salvajes de Nordur era algo tan creíble como que Ivar Corazón de Hierro aceptara de repente a los galdra.

A Rey no le importó mucho aquella reacción.

—Construiremos una trampa —dijo, lo que le llevó a pasar días diseñándola.

El artilugio que construyó era largo y estrecho, con dos cepos que hacían que se abriera un panel por debajo, atrapando así a la criatura. Rey y Vig montaron la trampa en un estrecho valle detrás de la granja de Vig y la cebaron con el cadáver de una oveja recién muerta. Equipado con valor y un buen plan, Rey estaba deseando que llegara el día en que la serpiente saliera de su nido.

Esta vez estaría preparado.

—VENTE A LA CAMA, GALTUNG —le suplicó Silla—. Hay sitio suficiente para los dos. —Tal vez fuera la influencia de Vig y Runný, pero hacía unos días que había empezado a llamarlo por su apellido. Y Rey había descubierto que le gustaba.

Intentó no mirar, pero se sintió atraído por su mirada oscura. La vela que sostenía la muchacha proyectaba una luz titilante sobre sus mejillas, rosadas tras un día de entrenamiento con Harpa. Rey sintió una oleada de orgullo.

—¡He expresado mi galdur! —había exclamado Silla cuando este fue a buscarla a casa de la anciana. Se había abalanzado sobre él, rodeándolo con los brazos—. ¡Lo he conseguido!

Y Rey lo había celebrado como si hubiera sido su propia victoria. Silla se había esforzado muchísimo por llegar hasta ahí.

Tras la crisis en los establos, todo había cambiado. La pena y la culpa persistían en los ojos de la chica, pero había una ligereza en ellos que antes no estaba ahí. Consagraba el día entero al entrenamiento galdra de su abuela y luego se entregaba al combate con él. Por desgracia, el cuerpo de Rey interpretaba su cercanía como algo totalmente distinto, de modo que, al acabar, tenía que ir a bañarse en las aguas gélidas del arroyo que había detrás de los establos.

Por si fuera poco, las burlas de Vig se habían vuelto incansables.

—Dioses, ya no aguanto más esta cara larga y lastimera —le había soltado un día, exasperado.

—No siento lástima ninguna, Brazos de Palillo.

—Y encima te lo creerás... —había respondido Vig, sacudiendo la cabeza—. Pues dile que quieres que te acaricie el hacha y punto.

—Cierra la boca, Vig, o lo haré yo por ti.

Pero Vig no había hecho más que empezar.

—Dile que quieres incursionar en sus costas.

Rey intensificó la mirada.

—Que te mueres por saquear su cueva de fémina con tu serpiente de varón.

En ese momento, Rey se abalanzó sobre su amigo para obligarlo a cerrar la boca.

—No remuevas más la olla, Brazos de Palillo.

—Brazos de Roble —le había corregido Vig, con unas palabras medio ahogadas por el puño de Rey.

Sin embargo, las provocaciones de Vig no habían hecho más que crisparle los nervios. Tenía que mantener las distancias con ella, por él y también por Silla. Era mejor que Jonas. Dominaba mejor sus propios deseos.

—Pero si ya compartimos una tienda —le recordó Silla—. ¡Métete en la dichosa cama!

—No me gusta compartir —se limitó a contestar él en voz baja. Las distancias eran buenas. Las distancias eran necesarias.

Con un resoplido, ella se fue a la cama con la vela y corrió la cortina. Él observó su silueta mientras esta dejaba la vela en el suelo. Y se quitaba la túnica. A Rey le subió el calor por todo el cuerpo y no pudo apartar la mirada. Recorrió con la vista los contornos de aquella silueta: la pendiente del cuello y la curvatura del pecho. Acababa de coger un peine y se lo estaba pasando ahora por los rizos.

Qué sencillo sería acercarse a esa cortina. Y descorrerla. Quitarle el peine de la mano y empujarla sobre las pieles...

El hombre se notaba el cuerpo tenso como antes de una batalla y dolorido por el deseo. Apretó los dientes y cogió el jabón y tela con la que secarse después.

—¡Me voy a bañar! —gritó y salió disparado hacia la noche. Le esperaba otro baño frío.

Rey no había estado tan limpio y aseado en la vida.

DORMÍA COMO UN TRONCO —algo nada fácil en aquel duro banco que le estaba destrozando la espalda— cuando alguien aporreó la puerta. La lógica traspasó el manto del sueño, se puso en pie en un instante y abrió la puerta en calzones.

—¿Vig? —murmuró frotándose la cara.

—Otro chaval —dijo Vig a modo de respuesta—. Me lo acaba de decir Ketill. Cerca de la Encrucijada del Arquero.

Rey parpadeó.

—Pero si solo han pasado seis días.

—Será que esta serpiente no sabe contar.

Rey cogió su túnica. Se la estaba poniendo por la cabeza cuando Silla salió a tientas de detrás de la cortina. Llevaba el pelo alborotado y llevaba una túnica.

Rey se colocó entre ella y la puerta para que Vig no la viera.

—¿Quién es? —preguntó ella, con los ojos oscuros vidriosos por los retazos del sueño.

—Soy yo, Silla —gritó Vig desde detrás de él, y a Rey le entraron ganas de clavarle el puño en el cráneo. Vig puso los ojos en blanco—. Ensillaré tu caballo, Galtung.

Con buen criterio, el hombre salió al jardín.

Rey se volvió hacia Silla, incapaz de evitar que la mirada bajara hasta los dedos desnudos de sus pies y volviera a subir.

—Ha desaparecido un chico. Tengo que... —Se interrumpió con un suspiro. Le había prometido que no la dejaría sola por la noche—. Me quedaré —dijo resignado—. No te dejaré aquí.

Sin embargo, como tantas otras veces, ella le sorprendió.

—Vete —le dijo, dándole un empujoncito alentador hacia la puerta—. Hay un chico ahí fuera que te necesita. Vete, Galtung. Estaré bien.

Rey la observó con detenimiento, buscando cualquier rastro de miedo o recelo, pero solo vio determinación.

Ella volvió a empujarle con delicadeza.

—Estaré bien. Ahora tengo a los polluelos. Es algo que debes hacer.

El alivio se apoderó de él. Ella comprendía su necesidad de encargarse del asunto. Y estaba dispuesta a enfrentarse a sus propios miedos. Gracias a los dioses, esta vez no insistió en acompañarle. Tenía las protecciones. Nadie sabía que estaba aquí. Y solo estarían fuera una hora..., tal vez dos.

Cuando Rey se abrochó la última hebilla de la armadura, Silla se le echó encima y lo abrazó con fuerza. Él le agarró la nuca y la estrechó contra su pecho. Le costó horrores no hundir la nariz en su pelo.

—Ten cuidado —susurró ella.

Él se apartó y la miró. Era extraño ver la inquietud en sus ojos, saber que alguien se preocupaba por él. Era una sensación muy agradable de calidez. Como un motivo para volver a casa.

Pero por dentro se le revolvía el estómago de inquietud.

—Descuida —se limitó a decir. Y con eso, salió de la casa de acogida.

CUANDO LA PUERTA SE CERRÓ, Silla se acurrucó en el banco y se tapó las piernas desnudas con una piel. Olía a él, y no podía evitar preocuparse por su seguridad. No obstante, había desaparecido un crío y la gente confiaba en Rey y en Vig para que dieran caza a aquella criatura del demonio.

—Volverán —susurró Silla a los polluelos mientras los sacaba de la caja. Se acomodaron en su regazo, apiñados en un montoncito esponjoso. Solo Hábrók permanecía alerta, vigilando al resto de sus hermanos y hermanas.

La casa de acogida estaba en silencio, pero sabía que no le iba a servir de nada acostarse. No pegaría ojo mientras Rey y Vig estuvieran ahí fuera.

«Ese hombre tiene serrín en lugar de cerebro», oyó que decía una voz extraña. «Mira que quemar su propia nave. ¿En qué estaría pensando?». Silla se irguió y echó un vistazo a la cabaña para confirmar que estaba sola.

—¿Hola? —susurró concentrándose con todas sus fuerzas. Pero solo oyó el chasquido de las brasas en el hogar y el lejano relincho de un caballo. Trató de destensar los músculos contraídos, de volver a recostarse en el banco. ¿Qué había sido eso? ¿Su mente le estaba jugando una mala pasada?

—No ha sido nada —dijo en voz alta, y Hábrók pio como si le respondiera—. A ver si te consigo un martillo como el de tu tocayo. —Acarició la mullida cabecita del pequeño Hábrók.

Sin embargo, un caballo volvió a relinchar, esta vez más cerca. Le dio un vuelco el corazón.

—Va, no seas ridícula —se reprendió a sí misma.

Un tronco cayó en la hoguera y la sobresaltó. Los polluelos piaron en señal de protesta, pero ella los recogió y la piel le cayó al suelo. Cuando devolvió a los pollitos a la caja, el pequeño Hábrók la miró, gorjeando con insistencia.

—Calla —lo arrulló—. Solo será un momentito.

Cerró la tapa y se dio la vuelta.

Y del susto se tambaleó hacia atrás.

Tenía delante a cinco hombres. Altos. Barbudos. Con cuerdas en la mano. Y decenas de espadas envainadas a las caderas.

—¿Es ella? —preguntó un hombre con el pelo rubio revuelto.

Horrorizada, Silla se dio cuenta de que el hombre calvo del grupo llevaba algo en la mano: un trozo de corteza de abedul. Más tiempo; pensaba que tenían más tiempo antes de que sus retratos llegaran a Kalasgarde. Silla se fijó en los tatuajes azules que decoraban la pálida piel de la cabeza rapada del hombre.

—Tú —dijo—. Tú estabas en casa de Harpa. Con Hef y Freydis. —Y rebuscó en su mente para dar con su nombre—. Ketill.

Ketill la miró con el ceño fruncido y le enseñó el grabado.

—Ya os dije que era ella. Y ese que hemos visto hace un momento era Galtung.

Un hombre mellado de pelo negro hizo un bailecito de victoria, mientras el rubio le daba palmadas a Ketill en la espalda.

—¡Que me aspen! Es ella. Y escondida en Kalasgarde, ni más ni menos. Seremos ricos, camaradas.

«Me lo acaba de decir Ketill», había dicho Vig. «Cerca de la Encrucijada del Arquero».

«Pero si solo han pasado seis días», había respondido Rey.

—No hay ningún chaval perdido, ¿verdad? —supuso—. Lo dijisteis para alejarlos. —Se notó la piel de gallina en las piernas desnudas.

Ketill no se molestó en contestar. Dio un paso firme hacia delante. A su vez, ella retrocedió. El fuego estaba entre ellos. Y un banco. Pero la estancia era muy pequeña y solo había una salida... y cinco guerreros bloqueándola.

El rubio se sacó un trapo del bolsillo y un olor empalagoso impregnó el aire. Lentamente, rodeó el otro lado del fuego.

—Ven, muchacha. Huele esto, échate una siestecita y cuando despiertes todo habrá acabado.

Silla se llevó la mano al mechón de pelo que le había cortado el comandante Valf.

—No pienso volver —murmuró.

Su mirada reparó en un hacha de mano apoyada en el hogar. En algún momento, Rey se daría cuenta de que lo del chico desaparecido era una treta y volvería a la casa de acogida. Si pudiera ganar algo de tiempo y retrasarlos, tal vez tuviera una oportunidad de salir de esa. Porque sabía que a pesar de la práctica y los entrenamientos, incluso con las probabilidades a su favor, no podría vencer a cinco hombres.

Al otro lado del fuego, el rubio se acercó a ella.

—Si es dinero lo que queréis, hablemos.

—Ya está decidido —gruñó Ketill—. Te llevaremos a Kopa y cobraremos una recompensa.

«No pienso volver», pensó desesperada. Y cuando miró hacia el guerrero rubio, vio la señal: el aleteo de sus fosas nasales. Corrió hacia el hacha. Giró sobre sus talones y la blandió hacia abajo.

La sangre le salpicó la cara, caliente y pegajosa, pero como no había tiempo que perder, se giró y fue a por Ketill. La hoja encontró carne y luego hueso. El hombre bramó de dolor y le propinó un puñetazo en la mandíbula.

El mundo de Silla se convirtió en una masa blanquecina de dolor, pero se dio la vuelta, gritando. Le quitaron el hacha de las manos. La empujaron y le inmovilizaron las muñecas a la espalda. Parpadeó y al recuperar la visión, vio a Ketill arrancándose el hacha del hombro.

—Vaya, vaya —se mofó—. Mírala, la gatita salvaje. El hombre se fijó en la figura que yacía en el suelo: el rubio, con un enorme tajo en el cuello. Ketill clavó la mirada en los ojos de Silla, y un rubor furioso le subió por el cuello—. Has matado a mi amigo —gruñó. Señaló con la cabeza a los hombres que la retenían—. Soltadla.

—La necesitamos viva, Ketill —advirtió uno de sus compañeros, el que le tenía el hombro agarrado con fuerza—. Dale la valeriana y...

—¡Ha matado a Bredi! —bramó este—. ¡Soltadla, he dicho!

Con un fuerte suspiro, el hombre que estaba detrás de ella la soltó.

—Nada de heridas mortales —le advirtió.

A Silla se le contrajo el pecho, y la confusión nubló sus pensamientos. Ketill le ofreció el hacha ensangrentada y se sacó la suya de la presilla del cinturón. Y entonces lo comprendió: el tipo quería luchar. Miró hacia la puerta y luego de nuevo a Ketill.

Tenía que alargar el asunto y darle tiempo a Rey para que volviera.

Cogió el hacha. Los guerreros se apartaron y los dejaron a ambos en el espacio que había entre el banco y la pared. El fuego del hogar proyectaba duras sombras sobre el rostro de Ketill, pero los ojos le ardían de furia. Y, en aquel momento, ella solo pudo pensar en aquella celda de Kopa; en el comandante y sus tapices tejidos con pelo humano. No. No pensaba volver.

Se abalanzó sobre él, hacha en ristre. Ketill se agachó como si nada y extendiendo una pierna la hizo tropezar. Silla aterrizó de espaldas, con el cráneo a escasos centímetros del borde del banco. Los vítores del guerrero eran lejanos, pero intuía lo que vendría a continuación. Alzándose sobre ella, Ketill empuñó su arma... y ella echó a rodar justo a tiempo: el hacha se clavó en el suelo a un pelo de su cabeza y astilló la madera en todas direcciones.

—La quieren viva, imbécil —le recordó uno de los guerreros.

—Levántate —le espetó Ketill, y Silla no vaciló. Se puso en pie y se lanzó contra su hombro herido. Sorprendido, el hombre gruñó de dolor, lo que le dio la oportunidad que necesitaba para clavarle el hacha en la bota.

Ketill aulló y se dio contra el banco. Silla desprendió el hacha, haciendo caso omiso de los gritos de los guerreros mientras analizaba a Ketill. Parecía que le había herido algo más que el pie.

El hombre arremetió contra ella con la intensidad de un toro embravecido, y el hachazo de Silla llegó un segundo demasiado tarde. Ketill se agachó y todo su peso le impactó en el estómago. Salió disparada, chocó contra la pared y cayó al suelo.

Tenía el pecho encogido y era incapaz de respirar. Mientras intentaba tomar aire, una forma oscura engulló la luz del fuego: era Ketill, que la miraba con un odio absoluto.

—Levanta —gruñó.

Por fin, pudo aspirar aire hacia los pulmones. Jadeando, Silla cogió el hacha y se incorporó como pudo. Apartándose el pelo de la cara, adoptó una postura defensiva. Con las piernas desnudas y los pies descalzos, la túnica ensangrentada, el pelo alborotado y la mirada decidida. La furia se agitaba en sus venas.

—No volveré —dijo apretando los dientes, esperando. Observando.

Inspiró rápidamente y supo que él vendría. Ketill le asestó un golpe y ella lo bloqueó, pero la fuerza del golpe hizo que le temblaran los brazos. Otro golpe. Otro bloqueo. Le rechinaron los dientes.

El hombre era demasiado fuerte y ella apenas podía sostenerse.

Una fría tensión le recorrió las venas y supo que el miedo la había activado.

Ketill dirigió la mirada hacia sus antebrazos, que brillaban allá donde se le habían subido las mangas. Y se burló.

—¿Ahora usamos el galdur? —Dejando caer el hacha, Ketill se esfumó en el aire.

«Es un Sabueso Oscuro».

Silla no estaba tranquila. No estaba relajada. Sin embargo, en el fragor de la batalla, se sentía sorprendentemente lúcida. No había espacio para nada más que el aquí y el ahora.

En un abrir y cerrar de ojos, encontró las líneas fracturadas de la grieta que había en su interior y la abrió a la fuerza. La luz brotó de sus antebrazos y vibró en el aire cálido de la casa de acogida.

Sabía a invierno. Parecía el destino.

La forma invisible de Ketill chocó contra ella e hizo que ambos cayeran al suelo. El miedo de Silla se canalizó directamente hacia su galdur. Con un estallido de luz blanca, el hombre gritó por encima de ella y volvió a aparecer. Ella lo empujó y observó incrédula cómo se retorcía en el suelo.

Los guerreros que la rodeaban rugieron y, entonces, se desató el caos: Ketill se revolvía; los guerreros la agarraron por los brazos y se los retorcieron a la espalda; los polluelos se asomaban frenéticamente desde la caja, ahora volcada en el suelo.

La puerta de la cabaña se abrió de golpe, una gran figura llenó el marco, y a Silla le invadió un momento de puro terror. Era Rey como no lo había visto nunca: una combinación letal de la intensidad brutal de Ojos de Hacha con la rabia ardiente del Slátrari. Y, en ese instante, supo que aquel hombre no tenía rival. Era el más mortífero de los guerreros y los galdra por igual.

Los ojos de Rey eran un estallido de ira, rabia y cólera. El humo brotaba de sus palmas, se enroscaba alrededor de los brazos y llameaba con ráfagas de ascuas ardientes.

Los guerreros soltaron a Silla y empezaron a alejarse a trompicones, pero ya era demasiado tarde.

—Seis días —dijo Rey, con una voz grave y letal—. Solo han pasado seis días. Acabáis de cometer un grave error.

—Espera —suplicó el guerrero que más cerca estaba de Silla, con las manos levantadas en actitud apaciguadora.

—Qué valientes habéis sido, cinco contra una, ¿eh? —musitó Rey, adentrándose en la casa de acogida. Unas volutas de humo se abrieron paso en el aire, agitándose como nubes de trueno iracundas—. Miraos ahora, pidiendo clemencia. ¿No tenéis honor?

El hombre se puso de rodillas, protegiéndose la cara del calor del galdur de Rey.

—¡Fue Ketill! Nos prometió sólas. Era su plan.

—Ahhh, pero tú decidiste seguirle —dijo Rey con acritud—. Acepta ahora tu elección.

Unas brasas estallaron entre el humo crepitante, lo que hizo que los guerreros se estremecieran.

—¡Piedad! —suplicó el hombre.

Rey se echó a reír; era una risa oscura y mordaz.

—Te concederé la piedad de elegir tu muerte. ¿Morirás como un cobarde de rodillas o de pie y con honor?

El hombre tragó saliva. Se puso en pie tembloroso. Recuperó el hacha y corrió hacia Rey.

Silla sabía que debía apartar la mirada, pero no podía. Vio cómo el humo se abalanzaba sobre el hombre con la virulencia de un incendio salvaje y hambriento. Le bajó abrasador por la garganta, sofocándole los gritos; le recorrió la piel dejando ampollas a su paso. Los demás guerreros se lanzaron contra Rey y corrieron la misma suerte. Silla observó cómo se les desorbitaban los ojos. Cómo les chisporroteaba la carne. Cómo gritaban y se arañaban, y cómo caían luego al suelo y se contorsionaban como posesos.

Rey pasó por encima del guerrero más cercano, que se revolvía y retorcía, y fue directo a Silla. El corazón le latía con fuerza, los músculos le temblaban y, cuando este se agachó, se arrojó a sus brazos.

—Gracias —sollozó en su hombro—. Gracias. Gracias.

Rey se quitó la capa y se la puso sobre los hombros. Agarrándole la barbilla, le inclinó la cabeza de izquierda a derecha, y la examinó con la mirada. Cerró los ojos. Respiró hondo. Y cuando volvió a abrirlos, le ardían de la rabia.

Tragó saliva y miró a su alrededor. Ketill gemía desde un rincón de la estancia, con la cara todavía oculta entre las manos. Sin embargo, Rey se fijó en el rubio, con el cuello rebanado por el hacha de Silla. Esbozó una ligera sonrisa.

—¿Se lo has hecho tú?

Ella asintió.

—He intentado... retenerlos... para ganar tiempo...

—Lo has hecho muy bien. —La miró a los ojos—. Nadie cruzará esa puerta sin mi permiso.

Rey se acercó a Ketill y se agachó delante de él. Ketill debió notar su presencia, pues dejó caer las manos y mostró su rostro. Silla dio un grito ahogado. Allí donde ella había lanzado su luz, se habían formado cráteres rojos.

—Tú —murmuró Rey, mirando fijamente al hombre.

—Galtung —suplicó Ketill—. No sabía...

—Claro que sí, Ketill —repuso Rey, con una voz fría y cruel—. Me engañaste. Has intentado hacerle daño. Y ahora morirás agonizando.

«No más muertes», quiso gritar Silla. No quería que más gente muriera por su culpa.

Rey se había girado hacia ella. Seguramente había leído su expresión.

—Tu piedad será tu perdición. —Enderezándose, caminó hacia Silla. Con un único y ágil movimiento, la levantó, pasó por encima de los cadáveres y salió por la puerta de la casa de acogida. El caballo de Vig cruzó las protecciones a toda velocidad, y este desmontó sin perder un segundo.

—Joder, Galtung, te había perdido... —Se interrumpió al ver a Silla—. ¡Silla! ¿Estás...? ¿Está...?

Silla no podía articular palabra y agradeció que respondiera Rey.

—Han entrado en la casa de acogida. Necesitamos un lugar para...

—Vete —dijo Vig—. Id a la granja. Quedaos mi habitación y que Runný coloque protecciones nuevas.

Un grito procedente del interior de la casa hizo que Silla se aferrara más al pecho de Rey.

—Ketill —estaba diciendo Rey—. No conozco a los demás. Él... nosotros... —Gruñó—. Tengo algo que contarte, pero tendrá que esperar de momento. —Sentó a Silla en la montura de Caballo y subió detrás de ella.

Vig se acercó a la puerta, maldiciendo en voz alta al ver la masacre en el interior de la casa.

—¡Maldito seas, Ketill —gritó Vig. Se volvió hacia Rey con una expresión fulminante—. Vino a mí, sabiendo que yo acudiría directamente a ti, Galtung. Debió seguirme. Me vio atravesar las protecciones.

—La casa de acogida —dijo Rey bruscamente—. Tengo que saber si nos han delatado. Tendré que interrogarle.

Se hizo un gran silencio.

—Sí —dijo Vig, de mala gana—. Voy a inmovilizar a esta mierda con ojos y empezaré a limpiar mientras la instalas en otro sitio.

Silla tragó saliva y apoyó la cabeza en el pecho de Rey. La realidad empezaba a calar: Kalasgarde no era un sitio seguro. Como no podía ser de otro modo.

—Rey... —susurró, mientras cabalgaban hacia la oscuridad. Las preguntas habían empezado a agolparse. Los grabados de corteza de abedul habían llegado al norte. ¿Qué quería decir eso? ¿Que tendrían que abandonar Kalasgarde?

—Sssh, mi guerrera —dijo con una suavidad excepcional—. Ahora no pienses en eso. Descansa. Yo te protejo.

Y así era.

Gracias a los dioses por su protección.

CUARENTA Y UNO

—Mi daga de hueso de lobo. —Una voz grave penetró en sus sueños—. Mi daga con empuñadura de obsidiana. Mi hevrít. Mi piedra de afilar...

Silla abrió los ojos y vio la luz de una antorcha danzando entre las vigas de una habitación desconocida. Se le aceleró el corazón cuando afloraron los recuerdos. Estaba atrapada. No estaba a salvo. ¿Dónde estaban las salidas?

—... despellejarle la cara a Jonas... —Era la voz de Rey.

Se giró hacia él y entonces se le calmó un poco el pulso. Reconoció el escudo colgado de la pared —era el de Vig— y recordó que era su habitación en la que dormía. Una antorcha en la pared iluminó a Rey, apretujado en una silla demasiado pequeña para él.

—Estás despierta —dijo observándola con curiosidad.

Ella le miró a los ojos.

—¿Qué haces?

Al hombre le temblaron un poco los labios.

—Pienso en cosas amables.

Rey estaba aquí. A salvo. Ella misma estaba a salvo. Respirando con calma, se puso la mano bajo la mejilla.

—¿Debo suponer que todos tus pensamientos amables tienen que ver con espadas?

Él parpadeó lentamente, y bajó la mirada hasta los labios de ella.

—También pienso en Caballo. —Rey se inclinó hacia delante y susurró en voz alta—: Y en los pollitos.

Silla se atragantó de la risa. Ay, dioses. ¿Estaba borracho?

—¿Y en qué más?

Rey se llevó la petaca a los labios. Echó la cabeza hacia atrás y frunció el ceño cuando no salió nada.

—Está vacía —murmuró dejándola caer al suelo—. En panecillos dulces —dijo, con la mirada oscura clavada en ella.

—¿Panecillos dulces?

Asintió.

—Y en rayos de sol.

Volvió a posar su mirada en los labios, y Silla sintió de repente mucho calor.

—Rayos de sol —repitió.

—Ahuyentan las tormentas.

Nerviosa, Silla se incorporó a medias e hizo una mueca por el dolor punzante que sentía en las sienes, la espalda, las costillas... le dolía todo. Aun así, Gyda la había examinado antes de que se acomodara en la cama y había dictaminado que solo eran magulladuras. Y, después, tras dejarla bajo la atenta mirada de Gyda y Runný, Rey había regresado a la casa de acogida para ocuparse de Ketill.

—Deduzco que estás borracho —dijo ella con cuidado.

Rey se encogió de hombros en un gesto frívolo y despreocupado, impropio de él. Incluso a pesar de la bebida, advertía en su mirada una expresión de tormento.

—Tenía que interrogar a Ketill —murmuró este, golpeándose la cabeza contra la pared mientras miraba al techo. Silla pensó en Anders, allá en el Camino de Huesos. Con los dedos cortados. Los huesos rotos. La mirada de Rey cuando degolló al hombre...

—Lo has matado.

—Tenía que saber si había corrido la voz...

—Pero matarlo...

Él la atravesó con la mirada.

—Nada de cabos sueltos, Silla. Nunca.

—Cabos sueltos...

—Ya dejé uno en Kopa. Y por eso conocen mi aspecto ahora, porque dejé a uno con vida.

Silla frunció el ceño, el malestar le atenazó el estómago.

—Ya me buscan por asesinato, Silla. ¿Qué problema hay en que me acusen de uno más? —Pero había algo en sus palabras, un cierto autodesprecio que no le gustó nada—. Los pollitos están bien —dijo, y la petaca le cayó al suelo—. Runný ha ido a por ellos.

—Bien —dijo Silla y, sin querer, pensó de nuevo en la casa de acogida. Aquellos hombres ávidos de su sangre. Ketill, con el rostro abrasado por su galdur. Se estremeció.

—Los cadáveres los tiene Kálf.

—¿Kálf?

—Es... el jefe de la zona.

Silla estaba cada vez más intranquila.

—¿Y... la casa de acogida? ¿Crees que es segura?

A Rey se le contrajo un músculo de la mandíbula.

—Tendría que haber sido segura desde el principio. ¿Cómo debió de descubrir Ketill...?

—Harpa —le interrumpió Silla—. Ketill estaba con Hef cuando llevó a Freydis a su casa. Debió de reconocer mi rostro.

Rey frunció el ceño.

—Ketill. ¿Sabías que me crie con él? Siempre pecó de falta de honor, pero nunca pensé que... —Se frotó la cara con una mano. Parecía agotado—. Nos ha obligado a salir. ¿Qué quieres hacer, Silla? Si quieres irte, así lo haremos.

«Lo haremos», había dicho. Silla no estaba segura de cuándo se habían convertido en «nosotros», pero la sola idea hizo que se le hinchiera el corazón.

—Quiero quedarme. —Nunca había estado tan segura de algo—. Por fin estoy haciendo avances con Harpa. —Giró la muñeca, examinándose los antebrazos otra vez.

—Te has expresado —dijo Rey—. Y lo dirigiste a su cara. Ojalá hubiera podido verlo.

—Te debo la vida, una vez más. —Ella vaciló, luego se movió para hacerle sitio en la cama—. Pareces agotado, Galtung. Ven.

Rey se puso en pie y luego se precipitó sobre la cama boca abajo, con la misma gracia que una morsa. Silla soltó una risita y se colocó encima de él, sobre la parte baja de su espalda. Mientras se inclinaba hacia delante, masajeando los rígidos músculos de los hombros, intentó no pensar en todas las partes de ella que estaban en contacto con él.

—No has dormido —supuso.

Rey se encogió de hombros y giró la cabeza hacia un lado.

—Descansa —dijo Silla—. Yo te protejo.

—Eh, eso es mío. —Le oyó una risita suave y áspera, y vislumbró una sonrisa. El corazón le dio un vuelco.

—Estás sonriendo.

—Es obra tuya —se limitó a responder, pero entonces se le borró la sonrisa—. ¿De verdad quieres quedarte? ¿Y si...? —Se le apagó la voz.

Silla deslizó las manos entre los omóplatos de él, masajeando con suavidad, y Rey soltó un gemido que ella sintió por todo el cuerpo.

—Lo que sé, Galtung, es que ningún lugar de este reino es seguro para mí. Puedo seguir huyendo o tomar las riendas de este asunto. Tengo que aprender a usar mi galdur. Aquí tenemos a Harpa. Aquí, tenemos amistades y aliados en los que podemos confiar. Quiero quedarme.

—Muchacha valiente. La más valiente que conozco.

Sus elogios la inundaron de calidez. Buscó un grupo de músculos tensos que le flanqueaban el cuello y movió los dedos en círculos relajantes. Rey cerró los ojos con otro gemido suave.

—Querías cogerme la mano —dijo somnoliento.

—¿Cómo?

—El día que te hiciste la cicatriz. La Eisa de dos años quería cogerme de la mano mientras caminaba por la fuente de Sunnvald.

—Debiste de quedarte horrorizado.

—Asqueado, más bien. Pero entonces te caíste... —Exhaló—. Y me sentí muy idiota, por mi orgullo habías acabado haciéndote daño. Cuando lloraste, te llevé al castillo y busqué al curandero. Y mientras te cosían —hizo una pausa, como si se recompusiera—, no te solté la mano.

Silla entreabrió los labios.

—Y tú —comentó Rey con cariño— siempre has carecido de sentido común.

Ella resopló y retiró las manos. De mala gana, se bajó de él, se acercó al extremo de la cama y le aflojó las hebillas de las botas. Después de quitárselas, las dejó bien colocadas en el suelo. Luego se metió en la cama a su lado, y se tapó con las pieles y las mantas.

Rey se removió torpemente sobre la espalda.

—Pensé que la sangre y la venganza lo mejoraría un poco, pero solo lo ha empeorado.

Silla se puso de lado y le miró la cara. Las suaves pestañas negras se extendían a lo largo de las mejillas, pero tenía la frente arrugada por la tensión.

—¿Qué iba a mejorar, Rey? —preguntó con delicadeza—. ¿Qué sangre?

—La oscuridad. Sus muertes. Todo. —Levantó las manos para mirárselas—. Tengo mucha sangre en las manos.

A ella se le revolvieron las entrañas con un instinto protector. Con cuidado, le tomó una mano y se la puso en el pecho.

—Son buenas manos —susurró entrelazando los dedos con los suyos—. Las mejores manos.

Si Rey la oyó, no reaccionó. Su respiración se volvió lenta y uniforme y, por fin, se le relajó el ceño. Silla lo miró fijamente hasta que se apagó la antorcha y la oscuridad los envolvió del todo.

El último pensamiento que tuvo ella antes de quedarse dormida fue que, incluso después de dieciocho inviernos, seguía deseando con todas sus fuerzas tomar la mano de aquel hombre.

REY SOÑÓ CON KRISTJAN. Corrían a caballo campo a través y Kristjan echaba la cabeza hacia atrás, poseído por una risa salvaje. El pino y el musgo y el aire fresco de la montaña le colmaban los sentidos, y Rey sintió una sensación curiosa. Libertad. Felicidad. Satisfacción absoluta. Todo fue perfecto durante un segundo infinitesimal. Y, entonces, se le escapó de las manos.

Abrió los ojos y percibió un aroma totalmente distinto. Dulce, quizá floral. Ella.

Mientras dormía, se había vuelto hacia él, como si buscara consuelo en su contacto. Tenía los brazos pegados al pecho y la mejilla apoyada en su clavícula. Le hundió la nariz en el pelo y respiró hondo. Apoyó la mano en su cadera y la estrechó contra él.

Otro momento de perfección antes de que llegara la mañana y se lo arrebatara.

CUARENTA Y DOS

Sunnavík

La noche en que Kassandr Rurik quemó su barco, todos los planes de Saga se torcieron. Según Bjorn, el rastro que habían captado los sabuesos de Skotha demostraba que el pirómano y quien había saqueado el sótano de la sala de la guarnición eran la misma persona. Tras el incidente, los klaernar entraron en tropel al castillo a instancias del rey y barrieron los pasillos día y noche.

A Saga le era imposible salir de sus aposentos sin encontrarse cara a cara con un guardia. Y huelga decir que todos los planes de colarse en el despacho de Alfson se vieron truncados. Tenía que reconocer que sentía cierta preocupación por Rurik. Quería advertirle, pero con todos los ojos de más que había en Askaborg, no podía arriesgarse.

Y muy a su pesar, no podía quitarse de la cabeza las palabras del hombre.

«Me quedo hasta que logre culminar asuntos pendientes», había dicho, lo que solo suscitó más preguntas. ¿Qué tenían los urkanos que Rurik y su gente necesitaban? ¿Un arma? ¿Un libro? No tenía ni idea de qué podía ser.

Los zagadkianos, obligados a permanecer allí, tenían todos cara larga y un aire sombrío. Por lo que le había podido sonsacar a Bjorn, habían salvado la estructura del barco y solo tenían que recubrirlo de tablas y volver a sellarlo. Si Rurik pretendía ganar tiempo, lo había conseguido. Y por lo que había oído decir a las doncellas de Signe, el retraso de la partida de los zagadkianos no entristecía a ninguna de ellas. Yrsa, en particular, estaba encantada de que pudieran asistir a su fiesta de cumpleaños.

Saga vivió todos aquellos días como se esperaba de ella: asistiendo a las comidas con la familia real; aguantando la conversación sobre la boda con Signe y sus doncellas; bordando y tomando medidas para el vestido que llevaría en la fiesta de cumpleaños de Yrsa. No se atrevió a acercarse a la torre de cetrería para comprobar si había una cinta de lino blanco y estaba segura de que Ana sabía muy bien que ahora no era el momento de enfrentarse a la soberana. Tenían que ser pacientes, pasar desapercibidas y esperar a que se calmara la búsqueda del pirómano.

Saga se mantuvo ocupada practicando la apertura de cerraduras y buscando en los registros de los klaernar cualquier relación entre Skotha y el Manto Negro. Sin embargo, tras enrollar el último pergamino, llegó a la conclusión de que si había alguna prueba, no estaba en esos documentos. Cabizbaja, los devolvió a la sala de registros.

Al final de la semana, estaba inquieta e irascible. Necesitaba desesperadamente reanudar sus planes. Podía forzar una cerradura en menos de un minuto. Había contado los pasos hasta el despacho de Alfson. Había ubicado todas las hornacinas y rincones sombríos en los que podría esconderse. Estaba preparada.

Y tras una larga semana, sucedió. Una pelea en el mercado por la última hogaza de pan no tardó en convertirse en una trifulca de las buenas. Enviaron a los Garras del Rey, pero la multitud se les echó encima. Al anochecer, la ciudad entera se había amotinado.

Y cuando los klaernar salieron corriendo de Askaborg para reprimir toda aquella la violencia, Saga supo que había llegado el momento.

DENTRO DEL OSCURO PASILLO, Saga se tapó el pelo trenzado con una capucha negra. El cuerpo entero le vibraba de la expectación, de emoción por hacer al fin algo para ayudar a Eisa.

Con una mano sujetaba el morral con los suministros —un tintero, un pergamino de repuesto y plumas— y con la otra agarraba los broches dobles dentro del bolsillo. Hacía un mes, el simple hecho de salir de su habitación se le hacía un mundo. ¿Quién le habría dicho que acabaría merodeando por los pasillos a altas horas de la noche para colarse en el despacho del maestre Alfson?

Una tos seca le puso los pelos de punta. Retrocedió contra la pared y se refugió más en las sombras, mientras un par de klaernar pasaban por delante. Al cabo de unos largos instantes, dejó de oír sus pisadas a lo lejos, y echó a correr por el pasillo antes de que pudiera cambiar de parecer.

No pasó mucho tiempo antes de que el estrecho pasillo diera paso a la extensa negrura de la gran escalera. Saga bajó rápidamente, sin detenerse ni siquiera cuando crujió un peldaño suelto. A la velocidad del rayo, se metió en un pasillo sombrío, esperando por si aparecía algún klaernar a investigar el ruido. Contó hasta diez y volvió a bajar.

No apareció nadie.

Pronto se escabulló por el pasillo hacia el despacho del maestre Alfson. Y se quedó mirando la puerta. Respirando hondo, dio un paso al frente, recordando a todos los que dependían de ella. Ana, Eisa, los galdra desaparecidos.

Y así, con manos temblorosas, introdujo los alfileres del broche en el ojo de la cerradura y se puso manos a la obra. Con solo una semana de práctica, distaba mucho de ser una experta, pero al menos ahora sabía cómo se hincaban los alfileres en el agujero y la fuerza con la que debía girarlos. No esperaba que sus manos temblorosas y su corazón acelerado complicaran el asunto.

—Por las sierpes del pantano —maldijo en su quinto intento fallido de encontrar el agujero del perno.

—... cincuenta muertos, en total...

Saga se quedó helada y se le puso la piel de gallina en los brazos. Por el pasillo se oían pisadas que se acercaban con cada latido. El pánico se apoderó de ella. Ya era demasiado tarde para retroceder: seguro que la verían. Solo podía escapar por aquella puerta.

Esforzándose más, siguió empujando los alfileres a medida que las voces se volvían más fuertes.

—... tanto jaleo por pan...

Entonces notó cómo entraba el alfiler y le dio un vuelco el corazón.

—... por lo visto fue una batalla campal muy fea. Se arañaban como animales, se aplastaban unos a otros...

Saga giró el alfiler con fuerza y notó que el cerrojo chirriaba contra la madera al salir de la cerradura. Se sintió aliviada, pero no había tiempo para celebraciones. Sigilosa como un gato, se escurrió por la puerta y la cerró en silencio tras de sí.

—... y yo que creía que se calmarían las cosas cuando llegara el cereal zagadkiano...

Las voces atenuadas pasaron frente a la puerta, justo donde Saga había estado escasos segundos antes. Y después se hizo el silencio. Tras volver a colocar el cerrojo en posición de cierre, trató de liberar la tensión de los músculos. Había cruzado la puerta. Ahora tenía toda la noche para rebuscar en el armario.

Las cortinas estaban descorridas, y una franja de luz de luna se derramaba por el suelo e iluminaba la mesa de trabajo del maestre. Saga se acercó con cautela y se arrodilló ante el armario. Cuando tocó la cerradura con los dedos, una sensación extraña y oscura le susurró por la piel. Con un escalofrío, se puso manos a la obra y forzó la cerradura en menos de un minuto.

Había dos estantes: en el superior, un surtido de pergaminos. En la parte inferior, un montón de rollos atados con hilo. En lo más profundo de su estómago se despertó un anhelo, una necesidad de devorar toda aquella información.

Desprendiéndose de esa sensación, cogió un pergamino. Tras retirar el pergamino encerado exterior, Saga desenrolló con cuidado el primer pergamino en el suelo. Leyó con atención las palabras escritas con tinta. «Extracción del Míkrób», leyó. «Aseguraos de que el Eructo del Dragón esté tranquilo. Recoged las formas de vida en lana limpia del interior de su interior, introducidlas en un frasco de cristal y selladlo. Guardadlo todo cerca de una cazuela y cebadlo frecuentemente con caldo. El Míkrób debe mantenerse lo más cálido posible...».

Un curioso dibujo le llamó la atención. Acercó la vela y examinó la ilustración. Aunque era algo tosca, parecía representar un chorro de agua que salía disparado hacia el aire en medio de una llanura plana de piedras. El Eructo del Dragón. Saga no lo había visto nunca, pero este dibujo coincidía con las descripciones de un lugar donde el agua sulfúrica estallaba a intervalos distintos.

Con el ceño fruncido, cogió el siguiente pergamino. En este había un extraño dibujo de platos y tubos curvos e instrucciones para aislar el Míkrób de otras criaturas diminutas mediante la separación repetida en viales que contenían distintas recetas de caldo.

Fue el tercer pergamino el que le heló la sangre. Introducción del Míkrób a un portador, decía. «Ingerido bajo la luna negra, el portador debe mantenerse cerca del fuego y bien abrigado. Un ciclo de luna llena basta para que el Míkrób se alimente del galdur y produzca suficientes crías para introducirlas en el siguiente portador. Un fuerte olor sulfúrico lo confirma».

Empezó a latirle con fuerza el corazón. Eso... eso era lo que estaban haciendo con los galdra que habían desaparecido. Utilizar a estas... criaturas para que se comieran su galdur. Al darle la vuelta al pergamino, la embargaron el horror y la repugnancia. «Siega», rezaba. «Cortad piernas, brazos, nalgas». Un diagrama de un humano indicaba estas zonas. Le entraron náuseas, pero siguió leyendo. «La carne debe consumirse cruda. El portador secundario debe ayunar un día entero antes y después de consumirla». Se había añadido una nota con la letra apretada de Alfons: «Impedid la cicatrización de la herida para acelerar el crecimiento de las crías», junto a la cual se leía: «zarpa de gato alpino».

Quería parar, pero había más, y tenía que saberlo... necesitaba decírselo a Ana. «El portador secundario puede rechazar el Míkrób durante las tres primeras lunas. Si sobrevive, el portador secundario podrá reproducir el galdur del portador primario».

A Saga le tembló la mano al coger el último pergamino. Lo desenrolló. Era la letra de Alfson. En la parte superior, ponía «Para Rökksgarde», y debajo había una especie de lista de tareas. Leyó la lista rápidamente, eligiendo elementos al azar. «100 láminas de lino... 1 libra de hojas de losna, cosechadas con la luna llena más grande... Rodio, sterkio, hierro, acero para la mazmorra:100 libras cada uno...».

Saga dejó el pergamino. Se llevó una mano al vientre; pensaba que iba a vomitar. Porque la imagen que empezaba a vislumbrarse era de una repugnancia de lo más vil: la recolección de galdur de los galdra que no estaban dispuestos a ello. El consumo de su carne para que este portador secundario adquiriera magia. Era abominable pensarlo siquiera. Sin embargo, las cocinas abandonadas, aquellas camas, los galdra desaparecidos, los cadáveres enterrados tras aquel fuerte de Svaldrin..., todo encajaba en una historia enfermiza.

Rökksgarde. Daba la impresión de que Rökksgarde era el sitio al que habían trasladado aquella horrible práctica de recolección de galdur después de Svaldrin. Saga respiró con calma. Debería copiar estos pergaminos. Pero cuando se fijó en el estante inferior del armario —en el montón de pergaminos enrollados y atados con cuerda—, se le erizó el vello de la nuca.

La invadió una extraña sensación de reconocimiento, de algo más antiguo que el propio castillo. Extendió la mano y sintió que la energía rozaba sus dedos al pasarlos por encima de la primera página. Introdujo el dedo índice bajo el cordel, levantó el fajo y lo depositó suavemente en el suelo, frente a ella.

Un soplo de aire le acarició la mejilla y dio un respingo. Pero desapareció tan rápido que se preguntó si se lo había imaginado.

Saga examinó el montón. Las marcas de la encuadernación punteaban el borde largo de cada pergamino, lo que sugería que, en algún momento, aquellas páginas habían estado cosidas a un libro. Faltaban la cubierta y la portadilla, y al hojear el manuscrito, encontró muchas partes dañadas por el agua y números de página ilegibles que saltaban en grupos considerables, como si le faltaran secciones enteras.

Por fin, llegó a una página con partes de texto legible. Ansiosa, Saga engulló todas las palabras que pudo leer.

... «de las raíces más profundas del bosque, hecho del mismísimo corazón de Sunnvald, la luz no lo destruirá, solo algo hecho de la misma oscuridad...».

Pasó la página, impaciente por leer más, pero solo encontró una ilustración que le heló la sangre. Criaturas que conocía y, al mismo tiempo, desconocía. Había extraños lobos gigantes mutados con unas fauces demasiado anchas; cuervos con garras enormes y alas destrozadas; osos con colmillos y extremidades alargadas.

Siguió buscando en el libro, hojeando curiosas secciones carbonizadas, como si alguien hubiera intentado prenderle fuego y hubiera fracasado. Sus dedos se detuvieron al llegar a una página titulada Kraugeir. Frunciendo el ceño, se quedó mirando el nombre. Hacía semanas que le había hablado a Rurik de Kraugeir, el dragón de las leyendas que antaño despertó para quemar el mundo. Al contemplarlo, Saga notó una extraña agitación en el pecho, como el leve batir de unas alas y unos miembros largos y oscuros que se estiraban.

Un frío cosquilleo le trepó por el cuello. Era un libro raro, pero, a la vez, le resultaba muy familiar. Era fascinante. Tenía que poseerlo, embeberse todo su conocimiento, debía...

Alguien tosió al otro lado de la puerta.

La sensación se desvaneció en un instante y dejó tras de sí un vacío doloroso. La invadió un extraño anhelo. Parpadeó varias veces, tratando de imponer la lógica en su cabeza. Había algo malo en aquel manuscrito y tenía que alejarse de él. Con manos temblorosas, apiló el pergamino y ató el cordel como estaba.

Se oyó el traqueteo del pomo.

Rápida como un rayo, volvió a meter los pergaminos en el armario y puso el candado en su sitio.

Una llave se introdujo en la cerradura.

Presa del pánico, Saga levantó el morral del suelo y se lanzó a un rincón oscuro del despacho. Se le aceleró el corazón y se le entrecortó la respiración.

El metal chirrió contra la madera cuando el cerrojo se corrió hacia un lado.

¡Ay, dioses, ay, dioses! En un instante, alguien entraría en la habitación y la descubriría. Estaba atrapada, no había salidas...

Saga se pegó aún más a la pared, deseando que se la tragara. Se le clavó una piedra en la parte baja de la espalda, pero, de repente, esta se hundió en la pared. Y toda esa parte de muro giró hacia dentro.

Era una puerta. Alfson tenía una puerta oculta en el despacho.

Se coló por la puerta sin perder un segundo y se vio en una oscura alcoba. No había tiempo para pensar, ni para hacer otra cosa que empujar la puerta, que se cerró con un chirrido y la sumió en una negrura oscura y un aire húmedo y mohoso.

A salvo. Se apoyó en la pared y se le calmó el pulso. Estaba a salvo en la oscuridad.

Al otro lado de la puerta, oyó movimiento en el despacho. Fuera quien fuese, sus pensamientos quedaban amortiguados por la piedra, pero supuso que tenía que ser el maestre Alfson. ¿Sabría que alguien había estado en su despacho? ¿Conocía esta puerta?

Frunció el ceño. Ni ella conocía esta puerta y, como alguien que atesoraba los secretos de Askaborg del mismo modo que Signe los vestidos marfil, era inquietante descubrir que había cosas que ignoraba.

Girándose, tanteó el espacio y dio gracias a los dioses por no tenerle miedo a la oscuridad. ¿Sería un simple armario? Pero al recorrer con los dedos ese oscuro rellano, dio con el borde de una escalera. Con cautela, bajó el primer peldaño y comenzó lo que pronto descubrió que era una larga bajada.

Desorientada, confió en su sentido del tacto mientras avanzaba a tientas por la oscuridad. Tras una serie de tramos curvos y un largo pasillo, dobló una esquina y se le aceleró el pulso al percibir un tenue resplandor de luz. A medida que se acercaba, distinguió una antorcha colgada de unos muros de piedra en ruinas, en la intersección de tres puertas. Al llegar a ese punto, se detuvo, aguzó el oído y extendió su Sentido. Pero solo había silencio.

Se armó de valor, con la mano envolvió la argolla de hierro de la puerta de su derecha y la empujó.

Se encontraba ante otro pasillo, iluminado por antorchas fijas en las paredes. Parpadeó mientras se le adaptaba la vista a la luz. Había una sensación de pesadez en el aire, como algo desagradable que no era capaz de nombrar. Agarrando con fuerza el morral, se obligó a caminar.

La luz de las antorchas iluminaba una celda a su derecha con una mancha roja y oxidada en mitad del suelo de piedra. Pasó junto a más celdas, todas vacías, pero impregnadas de un fuerte olor a hierro y orina.

Con cada paso que daba por el pasillo, aumentaba la sensación ominosa. Llegó a la puerta del final del pasillo. Posó la mano en la argolla y un escalofrío premonitorio le recorrió la espalda.

Respirando hondo, empujó la puerta y entró.

CUARENTA Y TRES

Saga no estaba segura de qué podía esperar al otro lado de la puerta, pero desde luego no fue lo que encontró. La habitación era larga, con paredes de piedra tosca que se curvaban hacia un techo bajo y abovedado. Una gran chimenea situada en el extremo opuesto de la estancia emitía una luz suave y envolvente que iluminaba las ordenadas hileras de camas arrimadas a las paredes.

Al instante, se le aceleró el corazón.

Camas. ¿Podrían ser los galdra desaparecidos? ¿Los que se habían llevado de Svaldrin? Cerrando la puerta en silencio, se adentró en la habitación. Cogió una antorcha apagada de la pared y se acercó sigilosamente a la chimenea, donde la sumergió en las llamas hasta que el paño empapado de brea se prendió. El corazón le latía con brío y fuerza mientras se arrastraba hacia la cama más cercana. Había tantas pieles amontonadas encima que era imposible saber si estaba ocupada.

Saga apartó las pieles y una fría sensación de presentimiento le creció en el vientre. Al instante, llegó a su nariz el olor sulfúrico de los huevos podridos. Se improvisó una mordaza con la manga del vestido y parpadeó para contener las lágrimas. Dioses, qué asco. Con el paso de los segundos, el olor se disipó y levantó la antorcha para examinar bien la cama.

Con un robusto armazón de hierro y un colchón de paja hecha jirones, le pareció una cama típica. Hasta que vio las esposas sujetas al cabecero. Se fijó entonces en la hilera de camas. ¿Habría alguna ocupada?

Sus ojos se posaron en un mechón de pelo castaño rojizo que asomaba entre las pieles de una cama más allá.

—¿Hola? —susurró acercándose.

Al apartar las mantas, el mismo olor penetrante le envolvió el rostro y la cegó momentáneamente. Sin embargo, cuando se disiparon las lágrimas, advirtió el rostro dormido de una mujer. Saga se inclinó hacia ella y levantó la antorcha para verle la cara. La tez de la mujer era de un tono enfermizo y el sudor le empapaba el pelo. Pero lo más curioso de todo era la red de venas azul oscuro que le trepaba por el cuello.

Saga bajó la mirada hasta la esquinita de un vendaje en el hombro izquierdo. Al bajar las pieles, observó las vendas de lino que envolvían los brazos de la mujer. Esta gimió y luego se calló; a Saga le retumbaba el corazón en los oídos.

De repente, parecía que el tiempo se había ralentizado. Saga estiró la mano, sujetó el lino entre el pulgar y el índice y tiró suavemente.

La venda se desprendió, lo que levantó otra oleada de tufo sulfúrico.

Sabía lo que encontraría, pero no estaba preparada para lo que iba a ver. La herida era totalmente rectangular, iba desde el hombro hasta el codo, y coincidía a la perfección con el diagrama de los pergaminos de Alfson. El horror y la repulsión se le revolvieron en el estómago. Esta mujer, esta pobre mujer, estaba en medio de su Cosecha: le habían arrancado parte de la carne llena de Míkrób para alimentar a otros.

La mujer abrió los ojos de golpe.

Saga no tuvo tiempo de asegurarle que no quería hacerle daño. La mujer retorció el rostro en una mezcla de terror y furia y se abalanzó sobre ella, chasqueando los dientes como un perro salvaje. La cadena de las esposas llegó al tope y rechinó con un estruendo que hizo gritar a Saga, que retrocedió dando tumbos. Con las piernas chocó con la cama que tenía detrás y se le cayeron el morral y la antorcha, que se apagó.

—Espera —susurró con urgencia—. Estoy aquí para ayudar...

Pero ya era demasiado tarde.

—¡No! —gritó la mujer, abalanzándose sobre ella una vez más y haciendo restallar las esposas. Se le llenaron de espuma las comisuras de la boca y la locura se desbordó en sus ojos—. ¡No, no lo harás! No podrás.

Saga miró hacia la puerta y luego de nuevo a la mujer, con las manos en alto en un gesto con el que pretendía apaciguarla. Aun así, la mujer estaba demasiado furiosa y se agitaba contra las cadenas.

—Deja que te ayude —suplicó Saga, y con las manos buscó los

alfileres del broche que llevaba en el bolsillo. ¿Podría forzar los candados de las manillas? Pero la mujer no la oyó, y pronto se unió la voz de un hombre, y luego otra. Dioses, esto era malo… muy malo. No podían descubrirla aquí, en esta sala, de ninguna de las maneras.

Escapar…, ¡tenía que escapar! Miró aterrorizada a su alrededor en busca de alguna salida, pero no había más puertas en la habitación, solo aquella por la que había entrado, y se quedó ahí paralizada y tan angustiada que no vio la forma grande y oscura que se le acercaba por la espalda. Una mano le tapó la boca y otra la rodeó por la cintura. Fue vagamente consciente de la antorcha y el morral que había debajo de la cama, de las mantas que ahora cubrían a la mujer que gritaba. Gritando contra aquella palma áspera y seca, Saga forcejeó con su captor, sacó los alfileres del broche del bolsillo y se los clavó en la mano. Por desgracia, no consiguió más que arrancarle una retahíla de palabras toscas e incomprensibles.

—Calma, Ala Invernal. —Era la voz de marcado acento de Kassandr Rurik—. Ya vienen.

Se quedó inmóvil.

El hombre se detuvo en la cama desocupada frente a la mujer que gritaba y apartó las pieles. Le puso la mano en la espalda y la empujó con suavidad. Al comprenderlo, Saga se tiró sobre la cama y se tapó la nariz con la sangradura del brazo para ahogar el mal olor. Para su horror, Rurik se metió en la cama con ella y tapó a ambos con las pieles.

—Una vez más, ves cosas que no deberías ver —susurró Rurik.

—¿Qué haces aquí? —siseó ella.

—Buscando otra cosa que no estaba en tu mapa —fue su exasperante respuesta.

—¡Callaos! —gritó un hombre, enfadado, desde más allá de las pieles. Entonces se oyó cómo se cerraba una puerta de golpe—. ¡Cerrad el pico, bestias inmundas!

Se acercaban unas pisadas amortiguadas y a Saga se le desbocó el corazón, que ahora le latía a intervalos irregulares. La emoción de hacer algo que no debía se había transformado en remordimiento y terror puro. Se agarró al brazo que Rurik le había puesto encima.

—¡Por el escroto peludo de Ursir! —dijo un hombre—. Tendría que haber sabido que eras tú. ¿Cómo te has soltado la venda? —Se hizo el silencio—. Tienes que mantener el calor, y no son órdenes mías. No puedo permitir que te roce el frío.

A Saga le temblaba todo el cuerpo.

—Tranquila —susurró Rurik—. Calma, pajarillo.

Ella aspiró con fuerza el aire maloliente e intentó relajarse contra el cuerpo enorme que tenía detrás.

—Solo tenías que hacer una cosa, Gorm —dijo una voz desde el otro extremo de la sala. Incluso amortiguada por las pieles, la reconoció de inmediato: el maestre Alfson—. Y has metido la pata hasta el fondo. ¿No te he dicho que su silencio es obligatorio? ¿Y lo precaria que es nuestra situación hasta que podamos trasladarlos a Rökksgarde?

—Perdóneme, maestre —dijo ese tal Gorm—. ¡Algo los ha alterado! Han empezado a chillar como cerdos en la matanza. Seguro que ha sido Draugur. A esta se le ha soltado la venda.

—Draugur —repitió el maestre, mucho más cerca ahora—. Serás necio, los muertos no se molestan en venir aquí. —Después de unos instantes de movimiento sin palabras, el maestre continuó—: Por suerte, acabo de volver de recoger más losna. Una dosis extra los calmará.

—Pero..., maestre, ¡me van a morder!

El maestre murmuró una retahíla de maldiciones airadas.

—A este grupo le quedan semanas de Cosecha, Gorm. No permitiré que se desperdicien por tu incompetencia. Hazlo como te digo. —Al cabo de un rato, los gritos de la mujer se fueron amortiguando y luego se acallaron por completo—. Administra la losna a las camas tres, cinco, siete y doce... o tú mismo serás voluntario para el consumo, Gorm.

—S-sí, maestre —balbuceó Gorm—. ¿Adónde va?

—Tengo un extraño presentimiento. Voy a buscar a los sabuesos de Skotha.

Un escalofrío le recorrió la espalda a Saga y se le acumuló en el estómago. Debería estar en su cama, durmiendo a pierna suelta, no escondida en este almacén de los horrores. Dejaron de oírse las pisadas del maestre y Gorm se ocupó de calmar a los pacientes que gritaban, pero su miedo no disminuyó.

—¿Y ahora qué hacemos? —le susurró a Rurik—. Tenemos que irnos antes de que lleguen los sabuesos.

Él guardó silencio un buen rato.

—No —dijo, para su sorpresa—. Los sabuesos no nos molestarán.

—¿Y eso cómo lo sabes?

—Pues porque este olor enmascara mucho.

Ella se mordió el labio; no estaba muy convencida.

—¿No puedes, no sé, darle un golpe en la nuca a Gorm o algo así?

Notó el temblor de una risita baja en la espalda.

—¿Tanta violencia ansías, Ala Invernal? Solo hay una forma de salir de este sitio, y me temo que vendrán antes de que podamos escapar. Que vengan los sabuesos y no descubran nada. Así el maestre sabrá que no hay nadie aquí. Y, entonces, sí podremos irnos.

—No sé yo...

—¿Confías en mí? —preguntó.

Saga se lo pensó unos instantes.

—Muy a mi pesar.

—Ya verás —dijo este, removiéndose en el colchón.

—Quiero que perfumen este lugar —oyeron que decía el maestre desde el otro lado de las pieles.

—Será todo un reto, maestre —respondió alguien con voz ronca—. ¿Qué es esa peste?

—No es asunto tuyo —respondió Alfson, escueto—. ¡Olfatea el lugar!

A Saga le retumbaba el corazón en el pecho y las náuseas se le arremolinaban violentamente en el vientre. ¿Y si los descubrían? El traqueteo de una correa se acercaba cada vez más; un perro resoplaba con suavidad desde más allá de las pieles. Cerró los ojos, esperando a que se levantara las mantas, imaginándose ya cara a cara con un sabueso que gruñía...

Como si leyera sus pensamientos, Rurik le dio unos suaves golpecitos en la cadera, lentos y rítmicos, y sin duda alguna, tranquilizadores. Ella se concentró en la sensación con toda su mente.

Tap. Tap. Tap.

Un gruñido grave impregnó el aire. Parecía provenir de todas partes a la vez: de delante, de abajo, de detrás. El aliento se le agolpó en la garganta; estaba convencida de que había llegado el momento. En unos instantes los descubrirían. Pero el perro del otro lado de las pieles gimió.

Tap. Tap. Tap.

Arriba parecía abajo y la izquierda parecía la derecha; todo se retorcía y giraba en el aquel terror oscuro que habitaba bajo las pieles. Saga percibía de lejos un ruido metálico y un traqueteo que se iba suavizando poco a poco, pero no confiaba en sus sentidos, no con el vertiginoso remolino de su mente.

Tap. Tap. Tap.

—Nada, maestre —gritó un hombre—. Siento decírselo, pero aquí no se puede rastrear nada, no con este hedor.

—Idos —ordenó Alfson—. Fuera.

Después de que desaparecieran del todo los sonidos del hombre y el sabueso, Gorm dijo con cautela:

—Ya están las dosis, maestre. ¿Qué debo...?

—Ven conmigo, Gorm —dijo el maestre con un tono uniforme—. Tenemos que acelerar los planes de traslado. A mi despacho, ya.

Los hombres salieron de la sala y Rurik se puso encima de ella, apoyándose en los codos. A Saga le dio un vuelco el corazón cuando levantó el borde de la piel y se asomó.

—Se han ido —dijo, echando las mantas hacia atrás y mirándola—. No deberías estar aquí.

Saga apartó a Rurik con un resoplido.

—Tú tampoco. —Bajó los pies de la cama y examinó la estancia. La mujer que gritaba estaba completamente inmóvil.

—Tenemos que ayudarles —susurró.

—Este no es un lugar de descanso. Es un lugar de muerte —murmuró Rurik.

Mirando hacia la puerta, Saga se acercó a la mujer.

—Se los han llevado contra su voluntad. Tenemos que ayudarles.

Rurik maldijo en zagadkiano, le puso una mano en el hombro y la detuvo.

—No puedes, Saga. Debes volver a tus aposentos y fingir que no has visto esas cosas.

—Pero esta gente...

—¡Ya no se les puede ayudar! —le espetó—. Están transformados de un modo que no se puede deshacer.

Ella guardó silencio, recordando la mirada salvaje de la mujer y la espuma que le salía por la boca.

—¿Acaso no tienes piedad? —preguntó—. No podemos dejarlos sufrir así. Que tengan una buena muerte, por lo menos.

—Ala Invernal —dijo Rurik con tiento—. No tendría que haberte enseñado a forzar las cerraduras. Me maldigo por permitir que te busques semejantes problemas. —Ella notó que le daba la vuelta; unos dedos ásperos se deslizaron bajo la barbilla y se la inclinaron hacia arriba—. Prométeme, Saga, que no volverás aquí. Solo te pondrá en peligro.

Saga apretó los dientes y no respondió. Con un suave gruñido, la mano de Rurik le rodeó la parte superior del brazo.

—Tu fuego es fuerte, Ala Invernal, pero se necesita precaución para mantener la llama encendida. —Tras un momento de silencio, la arrastró hasta la puerta y pegó la oreja a la superficie—. Por aquí está despejado ahora.

—¿Cómo...?

—Tengo un oído excelente.

Saga tragó saliva. Empujando la puerta, Rurik la hizo salir al pasillo lleno de celdas.

—Te llevaré a tus aposentos, Saga, y luego te vigilaré.

—¿Perdona?

Se detuvieron y el guerrero se volvió para mirarla.

—Eres valiente, Ala Invernal, pero acabarás muerta por culpa de tu corazón blando. Llevas los planes escritos en tu rostro.

—Tengo que ayudarles —dijo ella, con el estómago revuelto.

—Lo siento —dijo él, con una sinceridad sorprendente—. Pero los que están en ese cuarto inmundo ya están perdidos. No ganas nada echándote en brazos del peligro. Si quieres ayudarles, debes ser inteligente y silenciosa. —Rurik tiró de ella directamente a través de la unión de puertas, en lugar de hacia la izquierda, hacia el despacho de Alfson. Con cautela, subieron unas escaleras iluminadas por antorchas.

—Tienes razón —susurró Saga, cuando se detuvieron en un rellano—. Debo pensar de una forma más racional. —Frunció el ceño—. Como tú. Bjorn me dijo que los sabuesos han relacionado al pirómano con la persona que saqueó la sala de las guarni...

—Te agradezco la preocupación, Saga, pero los sabuesos no me importan lo más mínimo.

Ella arrugó la frente todavía más.

—¿Cómo puedes estar tan tranquilo e indiferente?

El hombre se encogió de hombros con displicencia y ella apretó los dientes. Tomó aire y susurró:

—¿Y tú has encontrado lo que buscabas?

Rurik sacó un alfiler del bolsillo y forzó la cerradura.

—No.

—Lo siento. —Saga se mordió el labio mientras él acercaba la oreja a la puerta y la empujaba para abrirla—. Si me dices lo que es, tal vez...

—No puedo.

—Ya veo —dijo ella, contrariada.

—Traicionaría a los míos si te hablara de eso —añadió, con un deje de tensión en la voz—. Es una cosa tomada que debe ser devuelta.

—¿Has buscado en la vieja armería? —preguntó Saga—. Te la dibujé en el mapa.

Él asintió.

—Dudaba que estuviera allí, pero miré de todos modos. Y nada. He mirado en todas partes. Parece que ha desaparecido. —Mientras la acompañaba a la seguridad de su habitación, Rurik dijo en voz baja—. Vigilaré tus aposentos, Saga. Y basta de ideas problemáticas.

Y con eso, le cerró la puerta.

Sin muchas fuerzas, Saga se quitó la ropa y se acercó al lavabo. Sumergió un paño en la palangana e intentó quitarse el olor a podrido de la piel frotándose a conciencia. Pero no consiguió borrar de su mente el rostro de aquella mujer.

La rebanarían una y otra vez, hasta que Alfson tomara todo lo que ella pudiera ofrecerle. Se puso el camisón y se metió entre las sábanas.

Tenía un nudo en el estómago y la cabeza le daba vueltas. Rurik custodiaba su puerta: esta noche no iba a poder salir. Sin embargo, no podría quedarse ahí plantado toda la eternidad.

Tarde o temprano, tendría obligaciones que atender.

Y así, mientras el sueño se apoderaba poquito a poco de ella, Saga empezó a urdir planes. Esa sala era la prueba que necesitaba para condenar a Signe. A la primera ocasión que tuviera, iría directamente a ver al rey Ivar y expondría las mentiras y patrañas de la reina.

CUARENTA Y CUATRO

Kopa

—Vuelve a describir los tatuajes —ordenó el capitán Ulfar.

Jonas se aferró a los brazos de la silla para tratar de apaciguar un mal humor que iba en aumento. Llevaban así días y días. Había tratado de explicarlo decenas de veces, pero esos necios klaernar se contentaban con holgazanear en los aposentos privados del capitán y atiborrarse a comida y cerveza.

Daba la impresión de que el capitán había heredado la decoración de su predecesor, el infame comandante Valf. Durante los días que había pasado en aquella habitación, Jonas se había acostumbrado a los bustos de obsidiana que llenaban las estanterías, pero los tapices que colgaban sobre la chimenea tenían algo extraño que le inquietaba.

—Un dragón —se forzó a decir—. En el torso. La cola le baja por un brazo. Humo por el otro.

Ulfar se pasó la mano por la larga barba gris y el sello de su anillo reflejó la luz de las antorchas. Corría el rumor de que los klaernar guardaban una dosis de polvo de berskio en los anillos para aquellos momentos en los que necesitaran un aumento rápido de fuerza.

—Y afirmas que no sabías que...

—¿Que estaba quemando viva a la gente que pasaba por Camino de Huesos? —Se le escapó una risa nerviosa—. No.

El capitán cogió una jarra de la mesa y se sirvió una copa de cerveza.

—Cierto es que conoces detalles que no hemos hecho públicos. Pero también otros nos han contado que...

—Os han estado desinformando a propósito —repuso Jonas.

Hagbard entró en la habitación arrastrando los pies y observó a Jonas con auténtico desagrado.

—Otro halcón de Sunnavík —dijo mientras le entregaba un pergamino a Ulfar—. Ella está... ¡uf! —El capitán hundió el codo en el estómago de Hagbard y se le derramó la cerveza—. Él nos exige información nueva.

Jonas movió el cuello de un lado a otro, armándose de paciencia.

—Sé que habláis de la reina —dijo sin entusiasmo—. Y si cree que puede dirigir la búsqueda desde Sunnavík, una de dos: o le están bailando el agua o es una insensata.

El capitán Ulfar miró bruscamente a Jonas.

—No te atrevas a...

—No digo que lo sea. —Jonas miró a Ulfar de una forma fría y calculadora—. ¿Qué le habéis contado? ¿Que lo tenéis todo bajo control? —Conforme el capitán palidecía, Jonas supo que había dado en el clavo. Aguardó su momento y fue a por la yugular—. ¿Cuánto tiempo cree que tolerará vuestros fracasos?

Ulfar y Hagbard se miraron nerviosos.

—Esta búsqueda es un caos —continuó Jonas—. Estáis recopilando información sobre Ojos de Hacha mientras las guerrillas peinan el culo de Nordur y la reina intenta coordinarlo todo desde el sur. —Sacudió la cabeza. Le habría gustado arremeter llamándoles «necios incompetentes», pero en su lugar dijo—: Los conozco. Sé cómo piensan. Sé cómo luchan. Son listos, Ulfar, y si creéis que este desastre de caza va a tener algún éxito, estáis abocados a un fracaso tras otro.

—¡Ya basta! —Ulfar dio un puñetazo sobre la mesa que hizo bambolear una manzana—. ¿Qué propones, Svik?

Hagbard protestó, pero Jonas no le permitió hablar:

—Para empezar, no puedes continuar doblegándote ante los caprichos de la reina. Dile que tienes que dirigir la búsqueda desde el norte, que la mantendrás al día. —Por todos los dioses, su incompetencia era agotadora—. Enviar una guerrilla tras ellos no será suficiente, Ulfar. Tienes que ser astuto. Necesitas un plan.

Jonas se recostó en la silla y apoyó el tobillo en la rodilla.

—Tal vez deberías ser tú quien vaya —dijo Hagbard con una mueca—. Y a ver de qué pasta estás hecho.

Jonas contempló al bárbaro y se le endureció la mirada.

—He dicho «astuto» por algo, escarabajo pelotero. No soy tan temerario como para enfrentarme a Ojos de Hacha yo solo. He luchado a su lado durante años, sé cómo empuña una espada. Y ahora que sé que ha contado con galdur todo este tiempo… —La ira le quemaba por dentro, con persistencia, al rojo vivo. Dejó que la rabia le consumiera, que lo avivara—. Tendréis que igualar su ingenio.

Ulfar se levantó y comenzó a caminar de un lado a otro por la habitación, murmurando algo entre dientes. Jonas esperó a que el hombre llegara a la inevitable conclusión Ulfar se detuvo. Se giró.

—¿Qué propones, Svik?

—Necesitaréis tanto soldados como el factor sorpresa —respondió despacio—. Acorraladlo. Explotad sus puntos débiles. —Esbozó una sonrisa ladina—. Conseguiréis que se arrodille sin tan siquiera desenvainar la espada.

Rey era un protector, sin embargo, por el momento, no pensaba revelarlo. Le vino a la memoria el recuerdo de Rey sacándoles a Ilías y a él de las calles. Los había salvado. Había dicho que admiraba la lealtad de Jonas. El recuerdo se desfiguró ante una nueva perspectiva: lo que Rey encontró fueron dos muchachos lo bastante desesperados como para confiar en él. Para creerse sus mentiras. A fin de cuentas, estaban demasiado ocupados mostrando gratitud como para reparar en quién era Reynir Bjarg.

—¿Crees que con tan simples tácticas lograrás recompensa alguna? —preguntó el capitán Ulfar con una mirada fulminante.

Jonas se inclinó hacia delante y colocó los codos sobre las rodillas.

—Exijo la mitad del pago por adelantado. En cuanto tenga los sólas, os proporcionaré todo lo necesario para vencerlo.

—¡Por adelantado! —Hagbard soltó una risotada—. ¿Qué te crees que es esto?

—Lo que creo —contestó frunciéndole el ceño al guerrero— es que los klaernar ya me timaron una vez. Le llevé la chica al comandante Valf. Hice que la encerraran en su torre. Yo sí cumplí con mi parte del trato y, sin embargo, no me pagaron. Porque su predecesor era un incompetente.

La penetrante mirada de Ulfar lo atravesaba como un cuchillo.

—El conocimiento que tienes sobre los tatuajes del hombre y la cicatriz de la chica no demuestra que sepas cómo piensan. Para confiar en tus palabras necesitaremos... pruebas.

—Envía una carta a tus guerreros. Envíalos a Kalasgarde solo a observar. —A Jonas se le tensó la mandíbula; le costaba formular las siguientes palabras. Le parecía todo demasiado personal. Era... demasiado. Sin embargo, su mente tuvo a bien mostrarle a Ilías precipitándose a la batalla. El acero emergiendo de su espalda. Los últimos momentos de su hermano pequeño, parpadeando mientras le hablaba a Jonas sobre el olmo.

Jonas envolvió el colgante que llevaba colgado al cuello con la mano y lo apretó.

—Rey tenía un hermano pequeño —se obligó a decir—. Se llamaba Kristjan. Supongo que está enterrado en Kalasgarde. —Cerró los ojos. Intentó relajar la mandíbula y detener la creciente marea de odio hacia sí mismo—. Imagino que es cuestión de tiempo que aparezca por el túmulo funerario.

Ulfar asintió mientras lo examinaba excesivamente de cerca.

Jonas tragó saliva. Dirigió la mirada a las llamas de la chimenea.

—Que vigilen el cementerio en busca de Rey. —El remordimiento le sabía amargo, pero no tenía tiempo para pensar en aquello ahora. Se había comprometido a seguir este camino y ya no había vuelta atrás—. Cuando confirmen que están en Kalasgarde, recibiré la mitad de mis honorarios. Después, te diré cómo vencer a Ojos de Hacha en combate.

Ulfar lo observó con atención.

—¿Cómo sabemos que no eres como el resto de los cazarrecompensas?

—Porque —dijo Jonas—, para ellos, no son más que sólas. —Miró desafiante al capitán Ulfar—. Pero, para mí, es algo personal.

CUARENTA Y CINCO

Kalasgarde

Rey había decidido que los pájaros lo odiaban. ¿Por qué, si no, iban a apelotonarse justo al lado de la ventana a piar como bárbaros? Se habían colado en sus sueños. Lo habían sacado del trance con violencia. Fue a echar mano a su daga, dispuesto a enviarla volando a través de la ventana, pero en lugar de la inquebrantable superficie del dichoso banco se encontró con una suavidad que no reconocía.

Se incorporó. Se frotó las sienes palpitantes. Determinó que los pájaros podrían ser en realidad cabras dando alaridos porque estaba en la habitación de Vig. Y ahí estaba la voz de Vig, colándose por la ventana...

—Bien, Helga, acércate un poco más. Ahí está. ¡Ahora canta!

Volvieron los chillidos y se le insertaron en el cráneo como si de afilados cuchillos se tratasen.

—¡Vig! —bramó mientras arrojaba las pieles a un lado. Una risilla disimulada al otro lado de la ventana confirmó sus sospechas.

—Déjalo dormir —dijo Silla, lo que hizo que se le encogiera el estómago, y le vino un curioso recuerdo a la mente: Silla, acurrucada en su pecho, respirando suavemente contra su piel. Había tendido el brazo sobre sus caderas, arrastrándola hacia él. Había dormido con la nariz enterrada en sus rizos.

Con un gruñido, dejó colgando un brazo por un lado de la cama y tocó la suave curva de un odre de agua. Se incorporó para recogerlo y se lo bebió. ¿En qué había estado pensando la noche anterior cuando tomó más brennsa que Kraki durante el Día Más Largo?

Lo cierto es que no había pensado. En absoluto.

Le cegaba el ansia por aniquilar sus sentimientos. Ya había tenido bastante con encontrarse a Silla, vestida con solo una túnica, empuñando un hacha y cubierta de sangre. Pero descubrir que Ketill, un galdra con el que se había criado, lo había traicionado en cuanto se le había presentado la oportunidad era algo completamente distinto.

Después de acomodar a Silla en la habitación de Vig, la había mirado a los ojos. Le había dicho algo que deseaba evitar.

—Tenemos que contarle a Vig la verdad sobre tu identidad; también a Runný y a Gyda.

La había visto tragar saliva y cómo su mirada parecía cada vez más distante.

—Se lo puedes decir —susurró—. Puedes decirles quién soy.

Le había permitido contar su secreto y eso era suficiente; no obstante, Rey se sentía frustrado. ¿Cuánto tiempo iba a necesitar para sentirse cómoda siendo Eisa? El tiempo que podía mantener a raya a los uppreisna tenía un límite y, después de esta noche, eludir al jefe de la tribu local iba a ser cada vez más difícil. Nadie se iba a creer que un pusilánime como Ketill se enfrentaría cara a cara con Reynir Galtung. ¿Cómo iba a explicar lo de los cadáveres?

Tiempo. Ella solo necesitaba tiempo.

Rey les había confiado a Vig y Runný su verdadera identidad con una fría calma. Les había ordenado que se lo contaran únicamente a Gyda. Les había amenazado con darles una buena paliza si dejaban de tratarla como de costumbre. Y entonces Rey tuvo que recuperar la compostura antes de afrontar lo que tocaba después.

Había regresado a la casa de acogida, donde se encontró con los cadáveres esparcidos por el suelo del jardín. Se había quedado mirando a estos hombres, intentando ponerles nombre, pero ni él ni Vig los conocían. Y así, se había vuelto hacia Ketill.

Rey, conocido por su implacable eficacia, sabía exactamente qué hacer para obtener respuestas. Sin embargo, este caso era distinto: el hombre había querido hacerle daño a ella. Así pues, quizá sus estocadas no habían sido demasiado precisas. Quizá no se había controlado tanto como habría hecho Ojos de Hacha.

Ketill le había explicado sollozando que había estado en Eystri vendiendo pieles de oveja para Hef y Freydis. Que se había encontrado con un tablón de abedul con un retrato de Rey que reconoció al instante. Le contó que había reclutado a la banda con unas cervezas en el salón comunal y los había llevado al norte, a Kalasgarde, con el propósito de capturarle a él, a Rey. Habían planeado echarle unas semillas en la cerveza cuando se dejara caer por el salón comunal, pero no apareció ni una sola noche. Y cuando Ketill vio a Silla en casa de Harpa, había cambiado de planes.

Para gran alivio de Rey, Ketill prometió que nadie más en Kalasgarde sabía lo de la recompensa, juró desconocer el auténtico nombre de la chica. Pero tenía que estar completamente seguro.

«Nada de cabos sueltos».

Había errado en Kopa y no volvería a suceder.

Cuando hubo terminado y Ketill yacía sin vida sobre su propia sangre, orín y vómito, Rey se había sorprendido al ver que le temblaban las manos. Se le había revuelto el estómago y, con gran horror, tuvo que correr hacia los arbustos para vomitar.

Otra vida arrebatada. Más sangre en las manos.

Lo único que pudo hacer para contener los temblores fue vaciar la petaca. Después de lavarse, había arrasado con sus reservas de brennsa y había llegado tambaleándose hasta la habitación de Silla en la granja de Vig, donde la contempló mientras dormía.

«Está a salvo», se calmó. A salvo.

Pero entonces ella se había despertado y al momento se había dado cuenta de lo que escondía tras la máscara. Por supuesto que se había dado cuenta. Desde el principio. Cuando lo había atraído hasta la cama, cuando le había masajeado los nudos de tensión en la espalda, el corazón de Rey, congelado durante tanto tiempo, se derritió gota a gota.

No obstante, ahora le quemaba el remordimiento con la sensación de que había hablado demasiado.

«Querías cogerme la mano».

Rey se pasó una mano por la cara. ¿De verdad le había contado esa parte de la historia? Sentía que lo habían abierto en canal y lo habían exhibido, deseaba que aquellas palabras nunca hubieran salido de su boca..., igual que muchas otras. Gracias a los dioses, Silla no estaba en la cama. Aún no era capaz de verla.

Y se juró que no volvería a beber brennsa.

Un dolor punzante le atravesaba la cabeza mientras vaciaba el odre de agua. Teniendo en cuenta la luminosidad de la habitación, pensó que era al menos media mañana y oía las voces de Vig y Silla desde el exterior. Soltó una palabrota. Era el séptimo día: la sierpe aparecería hoy para alimentarse.

Rey se levantó de la cama, con ganas de ponerse a trabajar. Se puso una túnica limpia y la armadura lébrynja, cuyas escamas colocó en su sitio con los dedos. Se quedó inmóvil nada más entrar a la sala común. Al contrario que la casa de acogida, la casa comunal de Gyda parecía un auténtico hogar: hierbas aromáticas colgando de las vigas, tapices y estanterías que cubrían las paredes y un enorme caldero borboteando en el hogar central. Las gallinas picoteaban el terreno compactado, un gato merodeaba por ahí y sentada en un banco frente al fuego estaba la propia Gyda.

—Anda, ya estás en pie —dijo. En la mano derecha sostenía una rueca envuelta en lana cruda, con un huso que la retorcía y transformaba las fibras en hilo. Le brillaban los ojos con picardía—. Has descansado bien, ¿eh, Rey? —Este asintió con brusquedad—. He traído bollitos dulces del pueblo —dijo señalando la mesa con la cabeza.

—Gracias, Gyda —refunfuñó Rey. Agarró un bollo de la mesa y lo partió por la mitad.

—Está en el jardín, entrenando con Vig.

Se le tensó la mandíbula.

—¿Te lo ha contado él?

—¿Lo del ataque? —preguntó Gyda—. Sí, eso me temo. Gracias a los dioses que regresaste a tiempo. —Hizo una pausa y giró el huso con saña—. Ketill era un kunta estúpido. —Rey enarcó las cejas—. Es cierto y lo sabes. —Gyda se encogió de hombros.

—Sí que lo era, sí —reconoció antes de hincarle el diente al bollito blando y hojaldrado.

—Vig me contó lo demás —dijo como si tal cosa mientras tiraba hacia abajo de la lana a lo largo de la rueca—, que es Eisa Volsik. Ahora todo cobra sentido. —Lo miró a los ojos—. Esa chica es una superviviente.

—No conozco a nadie más valiente que ella —admitió Rey—, aunque le ha costado... acostumbrarse a ese nombre.

Gyda asintió.

—Te tiene... mucho cariño, Rey.

Él frunció el ceño y dirigió la mirada al fuego, sin saber bien cómo responder.

—Y es evidente que tú sientes lo mismo.

Rey exhaló disgustado. Se le había olvidado lo perspicaz que era Gyda.

—Le han hecho daño, la han traicionado.

Gyda esbozó una sonrisa cómplice.

—Y cada semana sana un poquito más. Lo que te digo, una superviviente. Tal vez más resiliente de lo que imaginas. —Lo miró a los ojos con una mirada que emanaba pura picardía—. Por lo que veo, ahora compartís cama.

—No es lo que crees —dijo Rey con brusquedad. Sin embargo, hizo una pausa mientras masticaba: se acordó de sus cuerpos, apretados el uno contra el otro, de la piel caliente—. No está hecha para un hombre como yo, Gyda.

—¿Qué demonios significa eso?

Terminó de tragarse lo que le quedaba del bollo y le dedicó unos ojos de hacha de lo más afilados.

—He hecho demasiadas cosas horribles. No soy el hombre indicado para ella. —Con un claro escepticismo, Gyda puso el huso a dar vueltas con un rápido giro de muñeca—. Soy un asesino, Gyda.

—Pero tu corazón...

—Es de hielo. Soy incapaz de expresar ternura. La crueldad y la violencia son mis especialidades —Ella tan solo sacudió la cabeza—. Soy lo que soy. Y no soy apropiado para ella. Es mejor que lo entiendas —dijo con el ceño fruncido. Agarró otro bollo y se fue al jardín hecho una furia.

Y frenó en seco.

La robusta silueta de Vig envolvía a Silla. Le decía algo en voz baja con la boca pegada a su oído, una mano colocada en su cadera y la otra rozándole la clavícula. Silla asentía en respuesta.

Los rizos, que llevaba apartados del rostro, dejaban a la vista sus mejillas rosadas y la elegante curva de su cuello. Y sus ojos, por todos los dioses, esos ojos podían hacer que un hombre se olvidara hasta de su propio nombre: oscuros, pero siempre brillantes, bajo unas alargadas y densas pestañas.

Mierda, ¿era algún efecto óptico o siempre había sido así de hermosa?

Pero aquella palma sobre su clavícula hizo que un pensamiento ponzoñoso le surcara las venas. Quiso quitarle las zarpas de Vig de encima y partirle la cara a su amigo.

La cabra dio un chillido que interrumpió la escena.

Silla sonrió, con unos ojos dispuestos a brillar que dirigió a Rey. Le flaquearon las rodillas; el corazón le palpitaba con violencia.

—Buenos días, Rey —le saludó, y habría jurado que el rosado de las mejillas se le extendió hasta el cuello. ¿Estaría pensando en la noche anterior? ¿En el cariño que se habían mostrado? No. No se había sonrojado. Pero, desafortunadamente, su verga se dio cuenta y comenzó a palpitar y a llenarse de sangre mientras repetía la misma palabra.

«Ella. Ella. Ella».

—Joder —murmuró, y dio gracias porque la armadura lébrynja ocultara su estúpido y obcecado miembro.

—Vig me está enseñando cómo funciona la intuición de un Destructor de Espadas —dijo con entusiasmo—. ¿Sabías que se parece mucho a la de los Cinéreos, pero se manifiesta desde el interior?

Dirigió rápidamente los ojos a su amigo Vig, que tenía una ceja arqueada y los labios curvados en una sonrisa cómplice. Rey intentó disciplinar su expresión con una mirada impasible, pero sabía que era demasiado tarde.

—Joder, me cago en la puta —se quejó Rey para sus adentros.

Vig recorrió la clavícula de Silla con los dedos y observó a Rey mientras articulaba en silencio un «mentiroso». Dioses, era la primera vez en la vida que ansiaba tanto darle un puñetazo a alguien.

—Vig lo llama «quemadura» —continuó Silla, ajena a la situación—. Quema el galdur para transformarlo en energía, y la energía, en fuerza. Sucede tan rápido que apenas tiene que pensarlo.

—Ya sé cómo funciona. —Rey echaba chispas por los ojos.

Silla se mordió el suave labio inferior.

Por el culo peludo de Hábrók. Se obligó a mirar a la cabra Helga, que estaba mordisqueando la fachada de la casa comunal, y después al montón de estiércol al otro lado del jardín. Lo que fuera menos esos... labios...

Sin embargo, ella continuaba hablando.

—Curiosamente, Vig y yo no sentimos lo mismo al quemar el galdur —dijo Silla distraída.

—¿Qué quieres decir? —dijo Rey con demasiada brusquedad otra vez.

Ella le frunció el ceño de una forma encantadora, y su helado e inerte corazón se descongeló un par de gotitas más. Se zafó de Vig y se puso una mano en la cadera.

—No nos tienes que castigar a los demás por tus malas decisiones, Reynir. —Rey soltó una exhalación larga y sufrida—. Si quieres respuestas, tendrás que preguntar con amabilidad —continuó Silla. Detrás de ella, Vig soltó una risita que le valió una mirada fulminante.

Estaba poniendo a prueba su compostura. ¿Es que no tenía instinto de supervivencia? No cuando se trataba de Rey. Jamás le había dado miedo. Recordó su cara cuando se había precipitado hacia él y le dijo aquellas palabras que le habían hecho hervir la sangre por primera vez.

«No te tengo miedo».

Con una exhalación áspera, Rey probó otra vez.

—¿En qué se diferencia tu habilidad Destructora? —preguntó con la voz más suave y calmada de la que era capaz.

—Así mejor —dijo divertida—. La semana que viene veremos cómo se usa el «por favor».

«Por favor», la escuchó suplicándole en la mente. «Por favor, Rey. ¡Por favor!».

Rey sacudió los hombros.

—No me tomes el pelo, mujer —gruñó—. No estoy de humor.

—¿Acabas de gruñir, Galtung? —dijo Vig entre risas.

—Es algo que suele hacer —dijo Silla con indiferencia—. Tranquilo, no me afecta.

A Vig le brillaban los ojos de alegría mientras se deleitaba con aquella conversación, y Rey dio otro paso amenazante hacia él. La cabra Helga chilló.

—Venga, Ojos de Hacha. Depón las armas —suspiró Silla—. Cuando te empujé al otro lado del campo sentí como una... vibración en las manos. Como miles de burbujas estallando. Pero Vig siente su habilidad Destructora como un calor intenso que le radia desde el pecho.

Rey arrugó el ceño. Pues sí que era curioso, sí.

—¿Utilizaste tu habilidad Destructora anoche?

Ella negó con la cabeza.

—La última vez fue en Kopa.

Desde su enfrentamiento contra Skraeda, entonces. Rey recordó cómo lo había empujado con tanta fuerza que había salido volando. ¿Cómo podría haberlo hecho sin una habilidad Destructora? Sin embargo, si tuviera una segunda fuente, seguro que lo sabría de alguna forma...

—Supongo que todo llega en su momento. Tienes que seguir entrenando.

—Lo haremos juntos —dijo Vig con una sonrisa pícara que Rey quiso arrancarle de la cara. Se mofaba de él, lo desafiaba para que pasara a la acción.

—No deberíais estar aquí fuera —dijo en voz baja—. La sierpe atacará hoy. Y tú —le lanzó una mirada a Vig—, tú y yo tenemos trampas que tender.

—Vig ya ha preparado la trampa —respondió Silla. Rey arqueó las cejas, sorprendido—. Runný ha añadido una capa extra de protecciones, y Vig es demasiado valeroso como para permitir que me ocurra ninguna desgracia en su propio jardín.

—Valeroso —repitió Vig con una gran sonrisa—. Creo que me gusta. Vig el Valeroso de las montañas, defensor de cabras y de mujeres de cabello rizado.

—Vig el Valeroso, al que le tuvieron que coser el morro por bocazas —murmuró Rey.

Silla hizo una mueca.

—Gracias, querido Rey, por tu preocupación, pero no puedo permanecer a cubierto. No cuando tengo cosas que hacer.

Rey se percató de su mirada decidida, sabía que no habría manera de convencerla. Giró sobre los talones y se acercó a los establos para ensillar a Caballo y comenzar las rondas. Esperaba que Vig hubiera guardado un poco de brennsa en la alforja. Lo que necesitaba ahora mismo era un buen trago de whisky de fuego.

Mucho le había durado lo de estar sobrio...

CUARENTA Y SEIS

Sunnavík

Saga se frotó las palmas enguantadas mientras se encontraba fuera del despacho del rey Ivar. Maldijo su corazón, que latía errático, y se obligó a respirar hondo para calmarse.

Tan solo era Ivar. Sin embargo, pensar aquello no la tranquilizaba. Tan solo era el hombre que había asesinado a sus padres. Tan solo era el hombre que la había entregado a su hijo como si fuera un mero objeto. Saga detestaba que Ivar viera una victoria cada vez que la miraba, así que, por norma general, pasaba con él tan poco tiempo como le era posible.

Sin embargo, esto era más importante que su malestar. Aquellos galdra, atados a las camas en las salas debajo del despacho de Alfson, la habían atormentado durante toda la noche. Cada vez que conseguía cerrar los ojos, veía el rostro retorcido de la mujer, los profundos cortes en los brazos. Alfson la estaba descuartizando, alimentando a otros con su carne. Y Saga la había abandonado allí.

«Los que están en ese cuarto inmundo ya están perdidos», había dicho Rurik.

Puede que tuviera razón, pero ella haría lo que fuera necesario para evitar que les sucediera a otros. Durante la intranquila y larga noche, Saga se había prometido que reuniría todo su valor y acudiría al rey Ivar. El rey que había prohibido la mismísima existencia de los galdra se pondría furioso al descubrir que su esposa estaba jugando con galdur en sus narices.

En estas extrañas circunstancias, Ivar era un aliado para Saga. Y así, en cuanto tuvo la certeza de que Rurik había dejado de vigilar su habitación, se dirigió al despacho del rey Ivar.

«Solo tienes que contarle lo de los pergaminos y el manuscrito del despacho de Alfson», recitaba mientras se presionaba el estómago revuelto con una mano. «Lo del pasadizo a esa horrible sala».

Respiró profundamente y llamó a la puerta. Tras un largo silencio se abrió y un esclavo la miró con detenimiento.

—¿Tenéis audiencia?

—No.

El hombre frunció el ceño.

—Podéis volver mañ...

—Es urgente. Tengo que ver al rey.

El esclavo forzó una sonrisa.

—Me temo que se requería de la presencia del rey fuera de Sunnavík.

—Apártate, Kul —dijo una voz grave que le resultaba familiar, una voz que hizo que la atravesara un escalofrío. Y, en ese momento, la enorme figura ocupó la puerta—. Lady Saga.

Saga tragó saliva para tratar de ralentizar las pulsaciones. Era el último hombre al que deseaba ver, al que había eludido con éxito durante años.

—Magnus —acertó a decir.

Ataviado con una túnica de exquisita lana negra, el huscarle jefe del rey era tan alto como imponente. Saga miró aquellos fríos ojos marrones con impostada neutralidad. En su fuero interno se tambaleó, se estremeció, se hizo un ovillo y se meció.

De haber sido Ivar, dejaría caer las barreras mentales. Que su Sentido le revelara sus pensamientos. Sin embargo, el último lugar del reino en el que deseaba estar era la mente de este hombre.

—Tengo que hablar con el rey Ivar —dijo—. ¿Sabes cuándo regresará?

Vio cómo se le curvaban los labios bajo la tupida barba.

—Me temo que estará fuera varios días, Mascota.

Apretó los puños mientras una violenta oleada de náuseas brotaba en su interior. Pero pensó en los gritos de la mujer, en cuántos otros habrían maniatado a esa cama antes que a ella. Tenía que hablar en su nombre y poner fin a las maquinaciones de Signe. Y Magnus era la mano derecha del rey. Si alguien profesaba el mismo odio que Ivar hacia el galdur, sin duda era él.

Saga respiró hondo y se obligó a mirar a Magnus a los ojos.

—Tal vez me puedas ayudar tú, Magnus.

Clavó la mirada en ella durante un buen rato, hasta que abrió la puerta lo suficiente como para permitirle pasar.

«Puedes hacerlo», se dijo a sí misma mientras se le aceleraba la respiración al entrar. Recorrió la habitación con la mirada, anotando cada vía de escape: ventanas acristaladas que se podían abrir, la salida oculta del esclavo junto a la chimenea, la puerta por la que acababa de entrar. Volvió a llenar sus pulmones con una profunda inspiración y sus pulsaciones disminuyeron un poquito.

Magnus señaló a un conjunto de sillas frente a un escritorio de dura madera de fresno.

—Siéntate. —Le lanzó una mirada afilada a su esclavo—. Róa, Kul.

La puerta se cerró de golpe tras el siervo y Saga se quedó a solas con el Devoracorazones. «Un aliado», se dijo. «En esto es mi aliado».

—Me sorprende verte buscando consejo del rey —dijo Magnus—. ¿Por qué no le has pedido audiencia a la reina?

—Es... complicado —dijo Saga mientras se frotaba los brazos, intentando disimular la piel erizada.

—Estás nerviosa, Mascota. Algo te inquieta.

—Alf... —Se le quebró la voz y trató de hacer acopio de valor.

—Alfson —apremió Magnus—. ¿Qué ha hecho ese hombre ahora?

Sacudida por la sorpresa, Saga escudriñó su cara: Magnus parecía exasperado, aunque no con ella.

—Que quede entre nosotros, Mascota, el maestre Alfson está en la cuerda floja. Ha estado desatendiendo sus obligaciones. Ya no se puede confiar en él. —Se inclinó hacia delante sobre el escritorio y bajando la voz continuó—: El rey y yo hemos estado buscando una razón para despojarlo de su túnica de maestre.

Saga se mordió el labio con la mente hecha una maraña de desconcierto. Se recordó que Magnus era la mano derecha del rey. Ahora mismo era el único hombre del castillo con el poder para detener a Signe. Dioses, ojalá se le sosegara el corazón.

—Si sabes algo —dijo Magnus despacio— que pudiera ayudar a nuestra... causa, tengo la certeza de que el rey estaría muy agradecido.

—El maestre Alfson planea algo retorcido.

Magnus torció el gesto.

—Retorcido.

Ya no había vuelta atrás, así que ella prosiguió con determinación.

—Tiene una sala bajo su despacho; hay varios galdra encadenados a camas. Les rebana la carne de los brazos y se la da de comer a... otros. —Magnus permaneció en silencio, esperando a que continuara—. Utiliza algo llamado Míkrób para robarles el galdur y utilizarlo a su antojo.

Kul irrumpió en la habitación con una bandeja en la que había una tetera de róa y tazas de plata. Saga se obligó a respirar con profundidad y tranquilidad mientras Kul servía el líquido humeante en dos tazas.

—Retírate —dijo Magnus con frialdad, y al esclavo le faltó tiempo para salir.

Magnus tomó la taza y sopló el vapor mientras miraba por la ventana. Saga contuvo el aliento. El crepitar de las llamas era lo único que aliviaba el angustioso silencio que se prolongaba entre ambos.

—Alfson está recolectando galdur —dijo desesperada—. Hay pergaminos y un manuscrito. El rey debería saber...

—No sigas —dijo Magnus dejando la taza de róa en la mesa. Le dirigió una mirada fulminante—. ¿Cómo osas proferir semejantes mentiras? —Se le dilataron las fosas nasales—. El rey y su familia han sido muy pacientes contigo. Mucho más indulgentes de lo que sería yo, debo añadir. —Le lanzó una mirada perspicaz.

«No», pensó ella apretando con fuerza las manos enguantadas.

—Sabemos que has estado indispuesta durante estos años, Mascota. Es una lástima que te hayas estado escondiendo cuando mirarte es todo un deleite. —Posó su empalagosa mirada sobre ella—. Estás delirando e imaginas cosas. Es la única explicación razonable. —Tomó un sorbo de róa y miró pensativo por la ventana—. Puede que la fama por mi crueldad me preceda, pero también tengo corazón. —Rio sombríamente—. Te haré un favor.

Saga sintió la ligera vibración de un temblor que terminó propagándose por todo su ser.

—Esta conversación quedará entre nosotros. —Se apoyó sobre el escritorio y una sonrisa escalofriante se dibujó en sus labios—. Será nuestro secreto, Mascota. Si se corriera la voz sobre estas acusaciones, estoy seguro de que no sería nada agradable para ti.

Lo miró aturdida, aferrándose a los brazos de la silla.

... «si Signe me lo permitiera, la haría entrar en vereda...».

Saga inhaló. Sus muros mentales debían de haberse desmoronado por los nervios. Saben los dioses que no podría sobrevivir a la mente de este hombre vil y depravado.

... «iría sin prisas. Marcaría hasta el último centímetro de su piel...».

Ella notó que su semblante de hielo empezaba a resquebrajarse y el creciente pánico dificultaba sus intentos de volver a tejer las barreras. Se puso en pie mientras tomaba aliento.

—Eres muy generoso, Magnus. Si me disculpas, me siento un poco indispuesta. Iré a tumbarme.

... «supongo que ya no necesitamos que los sabuesos rastreen el morral...».

Saga tropezó mientras se apresuraba a salir por la puerta.

Morral.

¿Morral?

«Mi morral».

Las piezas empezaron a encajar, una tras otra, hasta que una horrible imagen tomó forma ante sus ojos. Rurik había ocultado el morral y la antorcha debajo de la cama antes de esconderse. Y con las prisas por salir de ahí se le había olvidado por completo. Era evidente que los habían encontrado.

Y que Magnus sabía de su existencia.

—No —susurró Saga—. No. No. No. No. No.

La revelación le reptó por las venas. Se había obcecado tanto en pensar que el jarl Skotha pudiera ser Manto Negro que no había visto las cosas con claridad. ¿Quién tenía trato acceso a la reina como a los klaernar? ¿Quién viajaba libremente por el reino? ¿Quién estaba sediento de poder? De violencia. De venganza.

Magnus Hansson era Manto Negro.

Y le acababa de contar todo lo que sabía.

CUARENTA Y SIETE

Kalasgarde

A raíz del ataque de Ketill, Silla pasó tres noches en la granja de Gyda mientras Rey y Vig intentaban dar caza a la sierpe. Sin embargo, parecía que a la criatura le había entrado la timidez de un día para otro, cuando hasta ahora había sido extremadamente de puntual. Runný y los vecinos montaron guardia en los alrededores del conjunto de granjas noche tras noche, sin aventurarse ni siquiera a ir al retrete sin la compañía de un sabueso. Entretanto, Vig y Rey no le quitaban ojo a la trampa. Sin embargo, ya habían pasado siete días desde el último ataque de la serpiente, luego ocho y nueve, y no había rastro alguno de ella.

A Rey le salía humo de la cabeza; por su parte, Vig hizo una ronda de preguntas por el salón comunal, pero a su regreso solo tenía una cosa que contarle:

—Kálf está cada vez más impaciente. No puedo retenerlo mucho más, Galtung.

Entre la sierpe y las repercusiones del ataque de Ketill, las cosas en Kalasgarde se estaban poniendo cada vez más feas. Silla intentaba ignorarlo, quedarse al margen y centrar la mente en dominar su galdur; sin embargo, se sentía fuera de lugar con Gyda y su escandalosa prole.

Tres días después del ataque de Ketill, Rey consideró al fin que era seguro regresar a la casa de acogida. Durante el rato que habían estado sentados frente a la chimenea, Silla había notado cómo la observaba mientras ella miraba fijamente el lugar en el que se defendió de los hachazos de Ketill. Aunque, en lugar de miedo, solo sintió que su determinación se volvía más férrea. Su destino estaba en Kalasgarde. Estaba mejorando con el galdur, se estaba haciendo más fuerte. No había vencido a Ketill, pero lo había mantenido a raya. Y aquello ya era un avance en sí mismo.

A consecuencia del ataque, Rey se había vuelto más precavido y tenía los hombros más tensos. Cada mañana rastreaba el jardín en busca de amenazas. Y, para gran alivio de Silla, había accedido a compartir la cama.

—Es por seguridad —había gruñido él mientras deslizaba la daga bajo su almohada—. Mantén tus pies helados lejos de mí —le había advertido, y ella se tuvo que aguantar una sonrisa.

Colocándose entre Silla y el resto de la casa de acogida, Rey se había acomodado de espaldas a ella. Pero por la mañana se había despertado con el pecho acurrucando su espalda y la nariz enterrada en su pelo. A ella se le había dibujado una sonrisa somnolienta mientras había estrechado su brazo contra el pecho y volvió a dormirse.

El hombre que una vez había huido de ella como de la peste parecía ahora incapaz de no tocarla: lo mismo le recogía un bucle de pelo detrás de la oreja que le colocaba una mano en la parte baja de la espalda mientras la conducía hasta los establos. Y por las noches, cuando se estiraba en el banco y la pillaba mirando con atención al hueco que quedaba justo de su tamaño, él se limitaba a poner los ojos en blanco y hacerle un gesto para que se acercara.

Ella sabía que la observaba. Percibía el hambre en sus ojos en aquellos escasos momentos en los que bajaba la guardia. Y mentiría si dijera que no le hacía sentir bien.

Aun así, no podía quitarse de la cabeza la traición de Jonas; a pesar de lo que le había contado a Rey —que no había sido más que un pasatiempo—, se vio obligada a reconocer que, aun así, le había hecho daño.

Silla pasó días enteros con Harpa trabajando en la expresión. Había descubierto que, si las soltaba con la suficiente gentileza, las partículas de luz se podían unir y se cohesionaban en un orbe tembloroso. Curiosamente, parecía que de esta forma se estabilizaban, lo que hacía que la luz aguantara desde unos minutos hasta una hora.

—Son vínculos —explicó Harpa—. Imagina diminutos lazos entre cada partícula de luz que se adhieren entre sí. Eres tú quien moldea estos vínculos. Dótalos de una estructura y de un orden, téjelos en un bordado uniforme, y verás que serán aún más resistentes.

Era difícil de imaginar, pero Silla lo hacía lo mejor que podía. La comparación con un tejido no le sirvió de mucho, pues la costura no era su fuerte. Así que se vio bregando con la luz e intentando obligarla a obedecer, pero no hacía más que rebelarse.

Pese a todo, esa luz era un progreso, y se negó a permitir que la impaciencia se la jugara.

Habían pasado cinco noches desde que Ketill los atacara cuando Silla tuvo el sueño. Corría por un pasillo cubierto de telarañas, y una presencia fría y sombría se hacía cada vez más palpable. Se despertó un intenso impulso que le recorría las venas y la obligaba a avanzar. Entró en la habitación. La sombra del Oscuro se imponía nítida en el muro de piedra. Este se rio y el sonido le retumbó en el pecho, como si pellizcaran las cuerdas de un arpa.

«Demasiado tarde», le susurró el Oscuro. «Llegas demasiado tarde».

Silla se giró. Y ahí estaba: Rey, maniatado a una cama, con los brazos y las piernas desgarrados que dejaban al descubierto tendones y huesos.

«Demasiado tarde», coincidió, con las lágrimas cayendo por el rostro. Había llegado demasiado tarde para salvarlo. Había llegado...

Se despertó con un sobresalto y el corazón palpitando con latidos ensordecedores. «Solo ha sido un sueño», pensó y se volvió hacia Rey. Necesitaba verlo, quedarse tranquila, pero la cama estaba vacía.

Un escalofrío le recorrió la espalda. Se había despertado a su lado cada mañana; que no estuviera allí después de aquel sueño era perturbador. Salió de la cama y se secó el sudor frío de la frente.

Tras vestirse, descorrió la cortina. Arrugó el ceño: Runný estaba sentada donde debería estar Rey. Hace algunas semanas no le habría dado mayor importancia, pero ahora, en combinación con el sueño, su malestar no hizo más que aumentar.

—Dichosos los ojos, Runný —murmuró—. ¿Y Rey?

Runný se limitó a encogerse de hombros y los aros de plata que adornaban las trenzas negras tintinearon.

—Ha salido.

Silla se acercó hasta la ventana y apartó las pieles que la tapaban. Una ligera capa de nieve cubría el suelo y unas huellas conducían hasta pasadas las protecciones.

—¿Qué sucede? —preguntó Runný.

—Unos sueños oscuros, y ahora... —Se echó el cabello hacia atrás, intentando deshacerse de la sensación de que el sueño había sido un mensaje de los dioses—. No me gusta que Rey se haya ido.

Runný la observó en silencio.

—Ha ido a visitar a su hermano.

Silla miró a Runný a los ojos.

—¿A Kristjan?

Runný asintió.

—Al cementerio de Kalasgarde.

En el jardín se movió algo que atrajo la atención de Silla: un enorme pájaro negro se había posado sobre el inmaculado manto de nieve. Levantó la cabeza poco a poco y se quedó mirándola fijamente con unos ojos oscuros y penetrantes. Se le hizo un nudo en la garganta. Un pico curvo y amarillo, una franja blanca en las plumas de la cola.

—Un halcón negro —susurró. El emisario de la muerte. La última vez que había visto uno fue el día en que su padre había muerto. Y en aquel momento una corazonada en lo más profundo de su ser le dijo que tenía que ir a buscar a Rey. Se puso la capa en un abrir y cerrar de ojos, seguida de las botas y el cinturón de las armas.

—Tengo órdenes de no dejarte salir —dijo Runný mientras se levantaba—. Es peligroso.

—Algo va mal —dijo, enderezando la espalda—, lo siento en las entrañas. —Sostuvo la mirada de Runný tratando de transmitirle que no había tiempo que perder—. ¿Crees en las señales de los dioses? Porque ahora mismo hay un halcón negro en el jardín. Tal vez no sea nada, pero no puedo correr el riesgo si se trata de Rey.

Para el gran alivio de Silla, Runný se limitó a asentir.

—Vámonos —dijo mientras cogía la capa y abría la puerta con fuerza. Ambas siguieron las huellas de Rey a lo largo del camino y hasta Kalasgarde. En cuestión de minutos estaban atravesando a toda prisa el muro de empalizadas, zigzagueando entre las casas y las tiendas, hasta detenerse ante el cementerio: una gran extensión de tierra rodeada de foresta y salpicada de gruesas arboledas. Había túmulos alineados y cubiertos de nieve, situados allá donde daba la luz del sol. Y allí estaba él, una figura oscura sentada apoyada sobre las rodillas cerca de una arboleda.

—Está a salvo —exhaló Silla. El fervor de la batalla que la recorría por dentro comenzó a decaer en cuanto lo vio. Tal vez debería advertirle sobre el extraño sueño..., sobre el halcón negro. Echó un vistazo a los túmulos funerarios y observó el bosque que limitaba la parte trasera. Tan solo le avisaría, después regresaría a la casa de acogida.

—Runný —susurró—, ¿puedes esperarme aquí?

La galdra de pelo oscuro soltó un suspiro de exasperación que se fue suavizando conforme posaba la mirada en Rey.

—Como quieras.

—¡Gracias! —susurró tras sorprenderla con un abrazo y antes de seguir las huellas de Rey hasta el cementerio. Cuando estuvo cerca de la pequeña arboleda, lo examinó para comprobar que estaba bien.

—¿Por qué has venido? —refunfuñó Rey sin mirarla.

—He tenido un... sueño oscuro —dijo sintiendo que estaba haciendo el ridículo. No obstante, ver que estaba sano y salvo alivió un poco su malestar—. Necesitaba saber que estabas bien. —Carraspeó y miró a su alrededor. Que ella supiera, la sierpe nunca había traspasado el muro de empalizadas de Kalasgarde, pero había algo que no le daba buena espina—. Tal vez no deberías quedarte demasiado...

—Siéntate —dijo Rey mientras le hacía un hueco en la capa sobre la que estaba sentado—. Solo un segundo y luego nos vamos.

A regañadientes, Silla se acercó y se sentó a su lado. Sintió un cálido hormigueo allí donde se rozaban sus cuerpos —los muslos, las caderas, los hombros— que poco a poco le fue aliviando la tensión. Contempló el túmulo funerario y se percató de que los tres montículos de piedras no tenían ni un copo de nieve encima.

—No teníamos nada que enterrar, pero necesitábamos un lugar donde visitar a nuestros padres.

A Silla no le hizo falta preguntar quién era la otra persona que incluía en aquel «nuestros»: Kristjan, el hermano que las hojas de skjöld le habían arrebatado, del que nunca hablaba. El corazón le palpitaba con fuerza mientras esperaba a que siguiera hablando.

—Ya apenas me acuerdo de mis padres —dijo—. Cada año los recuerdos se van deshilachando un poco más. A veces —se le quebró la voz— pasan los días y no pienso en ellos ni una vez.

Él descansaba los codos sobre las rodillas dobladas y ella pasó el brazo por debajo del suyo con un suave apretujón. Se quedaron un rato en silencio antes de que Rey continuara hablando.

—No había vuelto a Kalasgarde desde que... —carraspeó—. Cinco años. No he visitado su túmulo funerario en cinco años. ¿Qué clase de hijo soy?

—Ahora estás aquí —le susurró.

—Es por ti.

A Silla le latía el corazón con fuerza.

—¿Por mí?

—Te he visto enfrentarte a tu dolor día tras día. Y pensé que si tú eras capaz, lo mínimo que podía hacer era intentarlo.

Una calidez se propagó por el pecho de Silla y no tuvo más remedio que sonreír.

—Echaba de menos tus sonrisas —murmuró él—. Me alegro de que hayan regresado.

Avergonzada, presionó la nariz contra su hombro, respirando todo su ser.

—Tú —dijo con suavidad— me has ayudado más de lo que crees. Tenerte cubriéndome las espaldas me ha dado la fuerza que necesitaba.

Él parecía escéptico.

—Yo no he hecho nada. Las palabras no son... Se me da mejor la acción.

—Tanto tus palabras como tus acciones me han ayudado —dijo girando la cabeza para que la mejilla descansara en su hombro—. ¿Me cuentas algo sobre ellos? —Le daba apuro preguntar por miedo a que se apartara.

—No recuerdo mucho —dijo con la mirada fija en las piedras funerarias—. Pero me vienen algunas imágenes. Mi madre era igual de estricta que Harpa, pero mi padre era vivaracho y juguetón como un lobezno. Pasaba horas guerreando con nosotros: nos enseñó a empuñar la espada y a reconocer a un mentiroso, a hacer trampas jugando a los dados y a pasarles a los sabuesos la comida que no queríamos sin que madre nos pillara. —Dejó escapar un largo suspiro—. A primera vista no parecía que mis padres hicieran buena pareja, pero creo que se equilibraban: él sacaba a relucir su lado más alegre, mientras que ella le ayudó a lograr cosas que no podría haber conseguido él solo. Eran más fuertes juntos que separados.

Silla le dio un suave apretón.

—¿Y tu hermano? —le preguntó, ávida por saber más. Sin embargo, la expresión cauta de Rey le dijo que no lo abrumara—. Lo siento —rectificó—. Si… si alguna vez quieres hablar de él, aquí me tienes.

Él permaneció en silencio y Silla se apresuró a pensar en qué decir para que volviera a abrirse, para volver a donde estaban hacía tan solo unos momentos.

—El trabajo para los uppreisna… —tanteó—. Lo haces por ellos, por tus padres.

Los músculos que ella agarraba entre los dedos se relajaron un pelín mientras él dejaba salir una larga exhalación.

—Sí.

Ella se quedó callada para meditar un momento en silencio.

—Eres un cuidador —dijo cuando al fin lo comprendió—. Cuidas de los demás, estén vivos o muertos. Haces lo que sea por otras personas. Por la Hermandad del Hacha Sanguinaria, por tu familia, por mí. —Hizo una pausa y alzó la vista hacia él. El sol brillaba más resplandeciente tras Lanza de Nieve y se reflejaba en sus ojos: hilos de oro entretejidos con los marrones más profundos—. Pero ¿quién cuida de ti, Rey?

Le sostuvo la mirada durante un rato largo y cargado de sentimientos.

—Yo mismo.

—Podría hacerlo yo —le dijo, las palabras sonaban ligeras y pesadas al mismo tiempo—. Si me lo permitieras.

—No necesito que me cuiden. —Le dirigió una mirada fulminante.

Ella rio, no pudo evitarlo.

—Qué obstinación la de este hombre.

—Qué alegría insidiosa la de esta mujer. —Le pellizcó en el costado y ella se revolvió.

—Te calentaría la cama con rocas calentadoras. —Ahogó un grito y se retorció cuando la volvió a pellizcar—. Te masajearía los hombros cuando te dolieran. Te daría una buena tunda cada noche para que no se te subieran los humos.

Rey resopló sin dejar de mirarla. Le temblaron los labios y, en ese momento, sucedió.

Sonrió.

Para ella fue como si por las venas le fluyera luz solar fundida. Le devolvió la sonrisa, acercándose, rozando con los dedos el suave contorno de sus labios.

—Tus sonrisas —susurró—, estoy dispuesta a hacer cualquier cosa por verlas. —Puso el dedo en el surco de su labio inferior y lo presionó—. Y me pregunto... —Se impulsó con las rodillas para que sus rostros estuvieran a la misma altura.

Conforme acortaba la distancia observaba las pupilas de Rey hacerse cada vez más grandes, hasta un punto imposible. Algo revoloteó en lo más profundo de su ser. Silla se inclinó hacia delante de manera impulsiva y le rozó los labios con los suyos.

En lo que se refería a besos, no era de los mejores. Se le fue un poco la mano con la presión que ejerció en los labios. Perdió el equilibrio mientras el mundo parecía desnivelarse. Se sujetó colocando una mano en suelo y se apartó, con la cara ardiendo como mil soles.

—No me quería morir sin hacer eso —le soltó mientras se retiraba. El pánico se apoderó de ella. ¿Qué había hecho? Acababa de besarlo, a él, a Reynir Galtung. Ay, dioses.

Sin embargo, este le pasó una mano por el hombro antes de deslizarla por su cuello y acunar su rostro.

—Pues hazlo bien —murmuró. Y posó los labios sobre los suyos.

Silla estaba dividida entre una curiosa mezcla de sorpresa y alivio: por un lado, la sorpresa de que Reynir Galtung le estuviera sosteniendo el rostro con tanta devoción y besándola con toda la ternura del mundo; por otro, alivio de que, por fin, aquello estuviera sucediendo. Una cálida oleada de hormigueos recorrió todo su cuerpo, y parecía que el tiempo se había detenido durante un instante perfecto.

Pero el instante se hizo añicos.

Un grito resonó a través del cementerio y sus bocas se despegaron.

—¿Runný? —llamó Silla girando la cabeza hacia todos lados. Sin embargo, antes de que pudiera ver nada, la estrellaron contra el suelo y rodó una vez, luego otra. Un frío se le coló por la espalda: el vigoroso cuerpo de Rey la cubría. Por un segundo pensó que estaba soñando.

Pero la voz baja de Rey la devolvió a la realidad enseguida.

—Cuando me levante, corre lo más rápido que puedas hasta los árboles y no salgas.

CUARENTA Y OCHO

Con el corazón desbocado y a punto de estallar, Rey levantó a Silla y la empujó hacia el bosque. Al principio pensó que era la sierpe la que estaba atacando, pero ahora sabía que no.

—Arqueros —susurró con apremio, siguiendo el movimiento con el rabillo del ojo. La luz que caía sobre Lanza de Nieve era casi cegadora, y las sombras en el cementerio era cada vez más profundas—. ¡Refúgiate en los árboles!

—¡Pero yo quiero luchar! —protestó cogiendo la espada.

Otra flecha pasó cerca de su oído.

—Esta vez no. —Rey no dejó espacio para concesiones—. Es demasiado peligroso. Escóndete entre los árboles y no salgas hasta que te dé la señal.

Tras lanzarle una mirada mordaz, Silla corrió hacia los árboles y, justo a tiempo, otra flecha pasó zumbando, sin alcanzarla por escasos centímetros, y se incrustó en un tronco. Esta flecha, advirtió Rey, era mucho más pequeña que la de un arco largo, y tenía unas curiosas púas rojas.

Desenvainando la espada, Rey se agachó y corrió hacia el mayor de los túmulos, girando de un lado a otro para confundir a los arqueros. Estaba a dos pasos de las piedras cuando unos guerreros salieron de detrás del túmulo. Apretó los dientes y evaluó la situación en un suspiro. Eran ocho, vestidos con armaduras de cuero hervido y grandes hachas que empuñaban con ambas manos. Se fijó en su sigilo y maldijo.

Azuzalobos.

Rey se tiró al suelo y fue rodando hasta detrás del túmulo mientras tiraba de su galdur con toda las fuerzas de que era capaz. Cuando se puso de rodillas, tenía las venas de las manos negras como el aceite negro, y el calor punzante de su galdur aumentaba con cada latido.

Solo disponía de unos segundos para que funcionara; los arqueros tendrían que esperar mientras él se enfrentaba a los guerreros que corrían por el montículo. Abrió la palma de la mano y extrajo el halda que llevaba tatuado en el pecho, expresando el humo en un torrente de oscuridad.

Con una exhalación, dividió su poder en ocho volutas de humo y canalizó hasta el último ápice de ira en su galdur. El humo invadió el rostro del guerrero que estaba más cerca.

Los ya familiares gritos de dolor y el crepitar de la carne quemada impregnaron el aire, y el guerrero que tenía delante cayó al suelo justo cuando el humo batiente fue a por su siguiente víctima. Una flecha pasó silbando junto a la oreja de Rey y desvió su atención un instante. Su galdur flaqueó, pero no tardó en volver a concentrarse. Tres guerreros cayeron, pero el resto se acercaba a él.

—Mierda —murmuró intentando no perder la concentración. Sin embargo, estaban demasiado cerca y él usaba mejor el galdur a distancia.

—Muy buen truco —gruñó un guerrero detrás de él—, pero no puede compararse con el frío acero.

—Por desgracia para ti, cuento con ambas cosas —rugió Rey, desenvainando la espada.

Giró justo a tiempo para esquivar el hacha enorme que blandía aquel tipo. Igual de imponente que Rey, la barba roja del guerrero centelleaba bajo el magnífico resplandor de Sunnvald. Levantando la espada para repeler un golpe seco, Rey se vio obligado a aflojar un poco el galdur. Se le erizó el vello de la nuca y se agachó un segundo antes de que otro guerrero lo atacase por la espalda.

—Ríndete y seguirás de una pieza —le espetó el hombre—. O continúa y acabarás en pedazos. Tú mismo.

Poniéndose en pie tras una vuelta, Rey adoptó una postura más amplia, mientras los guerreros avanzaban hacia él.

—Ríndete tú y no te usaré como leña. —No quería que supieran que no era capaz de manejar la espada y el galdur al mismo tiempo.

Rey había aprendido hacía tiempo a blindarse de las emociones durante la batalla. El impulsivo era más propenso a perder la razón, como le gustaba decir a Kraki. Así pues, Rey encontró ese lugar frío en su interior y se convirtió en el guerrero despiadado que necesitaba ser. Se abalanzó sobre el guerrero de barba roja con un arranque de furia y lo pilló desprevenido. Al esquivarlo, la espada de Rey salió despedida por los aires, pero no le importó. Rey lo agarró por el cuello y le puso la palma de la mano ardiente en la cara, con un agarre implacable, mientras la carne del hombre se volvía tan roja como su barba.

Una espada surcó el aire y Rey soltó el cuello del hombre y se agachó; se libró por un pelo. El hacha del guerrero chocó contra el hombro del tipo de barba roja y le resquebrajó el cuero al atravesarlo entero.

Rey desprendió la gran hacha y la blandió por encima de la cabeza para luego clavarla profundamente en el cuello de un adversario que iba a por él. El último guerrero, tras perder el arma, lo derribó al suelo. No era un combate nada agradable. No había espadazos elegantes ni gráciles movimientos con los pies. Era más que una pelea; era una lucha a muerte.

El guerrero tenía unos puños enormes con los que devolvía los golpes de Rey con la misma fuerza. Cuando el puño de su oponente se estrelló contra su nariz, Rey apretó las manos aún calientes contra la cara del hombre, palpó las suaves curvas de sus globos oculares y se los empujó hacia dentro.

El guerrero gritó, sacudiéndose como un animal salvaje, e hizo volar a Rey. Pero aquello le bastó. El hombre había perdido la vista. Respirando con dificultad y tratando de recuperar el sentido, Rey se puso en pie. Desenvainó la daga y acabó con el guerrero que se retorcía sin parar. De repente, sintió una punzada de dolor en la nuca. Tras el susto le sobrevino rápidamente el miedo y luego el alivio. Si hubiera sido la flecha de un arco largo, estaría muerto.

Consciente de que se acercaban más guerreros, se sacó la flecha y examinó la extraña punta. No era una flecha como tal, sino la púa de un skarpling. Lo más alarmante era que, con cada segundo que pasaba, el alma de su magia se iba acallando hasta que, al final, dejó de sentirla. Rey se aferró al pecho, al lugar hueco donde debería estar su fuente de energía. Pero no era una sensación de drenaje. No era que lo sintiera vacío, simplemente no estaba allí.

¿Qué le habían hecho?

Rey luchó contra el pánico a medida que más guerreros se le acercaban desde todos los rincones posibles del cementerio. Trató de analizar la situación, intentó encontrar ese lugar frío e impasible, pero le perturbaba la ausencia de galdur. Los gritos de guerra lo envolvieron, y recuperó la espada, preparándose para el ataque... un ataque que nunca llegó.

Contempló incrédulo cómo un guerrero se desviaba inesperadamente hacia un lado, chocaba contra sus compañeros y caía al suelo de sopetón. Una herida se abrió en la garganta del hombre, la sangre se elevó en el aire y tiñó la nieve de carmesí.

—Runný —dijo con la respiración entrecortada—. Gracias a los dioses.

En ese mismo instante, vio a Vig por el rabillo del ojo: corría con los brazos desnudos blandiendo una gran hacha por el aire y atravesando al hombre de hombro a cadera. Antes de que el tipo cayera suelo, Vig ya estaba abatiendo a otro Azuzalobos.

—Parece que te persiguen los problemas —gritó Vig, con una amplia sonrisa en el rostro teñido de sangre, mientras se cargaba a otro Azuzalobos.

—Pues mi vida era bastante tranquila hasta que apareció ella —murmuró Rey, arremetiendo contra un guerrero que se había abalanzado sobre la espalda de Vig y asestándole un tajo en el cuello—. Los líos la persiguen como un amante despechado.

—Bueno, por estos lares había demasiada tranquilidad —replicó Vig, esquivando una estocada mientras le asestaba un tajo en las rodillas al tipo—. Echaba de menos una buena pelea para animar las cosas.

—Sobre todo procura que no te pinchen —le gritó Rey—. Esas flechas apagan el galdur.

El mundo se transformó en un torbellino de espadas mientras Rey luchaba codo con codo con el Sabueso Oscuro y Destructor de Espadas. El rojo salpicaba la nieve mientras se acercaba a los árboles donde se había refugiado Silla. Parecía que cada guerrero al que abatía era sustituido, al instante, por otro.

—La chica está en el bosque —dijo un hombre, seguido de un grito de Silla. A Rey se le revolvió el estómago. Ya le había fallado demasiadas veces y hoy no sumaría otra más. Con un grito desgarrado, se lanzó como pudo hacia el bosque.

—¡Atrapadla! —gritó alguien—. ¡Que alguien la coja!

—¡Arqueros! —bramó otro.

—No —gruñó Rey, empujando con el hombro la barriga de un hombre y haciéndolo retroceder a trompicones. No podía fallar, no otra vez.

El dolor le estalló en la parte posterior del cráneo y fundió a negro todo su mundo.

REY RECOBRÓ EL SENTIDO notando cada latido insoportable de su corazón. Parpadeó una y otra vez. Tumbado de espaldas, la nieve se derretía y se filtraba por su armadura. El frío acero le oprimía la garganta: tres guerreros lo miraban fijamente.

Se le emborronó la vista y los hombres que tenía encima cambiaron de posición. Uno se giró y gritó por encima del hombro:

—Tenemos a tu hombre, cielo. Guarda eso y no le haremos daño.

«¿Guardar qué?», quiso preguntar Rey, pero tenía la lengua de trapo.

Un rugido masculino invadió el aire y fue creciendo cada vez más hasta alcanzar un tono estridente. No era el sonido de la victoria, sino el de la agonía.

—Suéltalo —gruñó Silla— y te dejaré vivir.

Rey esperaba una carcajada, tal vez una risa condescendiente, pero en lugar de eso, el guerrero se estremeció.

—¡Disparadla! —bramó.

Todo sucedió tan deprisa que no tuvo tiempo de procesarlo: pisadas y gruñidos, el alarido aterrado de un guerrero. Algo pesado cayó sobre su pecho y lo dejó sin aliento. Y se vio mirando fijamente a los ojos vacíos de la cabeza cortada de un hombre.

Al levantar la vista, parpadeó varias veces. Iluminada por el sol naciente, una diosa de cabello escarchado y pestañas cristalinas se alzaba sobre él, con una espada de brillante fuego helado en la mano.

Silla abrió los ojos de par en par y la espada se disolvió en el aire, como si estuviera hecho de polvo de estrellas.

—Ay, dioses —dijo con un grito ahogado, tapándose la boca—. Le he cortado la cabeza. —Se giró y vomitó en la nieve, lo que rompió al instante el hechizo en el que se encontraba Rey.

Este se quitó la cabeza cortada del pecho, se arrastró y consiguió ponerse en pie. El cráneo le palpitaba con fuerza en señal de protesta, pero trató de librarse del aturdimiento. Apoyándose en las rodillas, observó los cadáveres que tenía a ambos lados, tan cubiertos de escarcha que parecían fundirse con la nieve. Otros dos yacían cerca del bosquecillo donde se había escondido Silla. Sintió entonces una punzada de crispación. Esos cadáveres mostraban una imagen clara: había salido del escondite para enfrentarse a ellos por su cuenta y riesgo.

Los indicios de la retirada de los Azuzalobos le devolvieron la concentración. Vig había aparecido a un lado y Runný, sigilosa, en el otro.

—Nadie puede salir de aquí con vida —dijo Rey con voz ronca mientras recogía su espada—. No hay que dejar ningún cabo suelto.

Vig asintió y, juntos, los tres se adentraron en el bosque que bordeaba el cementerio, rastreando a los arqueros y despachándolos sin contemplaciones. Vig era un prodigio digno de espanto: acuchillaba un hombre tras otro, mientras que Runný era más escurridiza: se acercaba con sigilo a los arqueros y les rebanaba el cuello antes de que advirtieran su presencia. Y Rey, bueno, la rabia había afilado su espada al máximo. Esos hombres habían derramado sangre precisamente en este lugar, y se lo hizo pagar. Cuando cayó el último de los Azuzalobos, la nieve brillaba sanguinolenta y los gritos de los cuervos inundaban el cementerio mientras se daban un festín.

Rey se acercó a Silla como pudo, tenso por la cólera. Quería zarandearla, quería gritarle. Quería regocijarse en esta nueva revelación de su poder. Pero, por encima de todo, quería abrazarla y terminar lo que habían empezado momentos antes del ataque de la banda. Todavía le martilleaba el cráneo y no le salían las palabras, así que se limitó a observar cómo ella miraba a Vig y Runný.

—¡Una espada! —exclamó Vig, dándole una palmada a Silla en el hombro—. ¡Has tejido tu galdur en forma de espada! ¿Cómo lo has hecho?

Silla esbozó una sonrisa vacilante mientras se miraba los antebrazos pálidos.

—Pues no sé, ha pasado todo muy deprisa —murmuró—. No sabría decir exactamente cómo ha sido.

Runný asintió.

—La primera vez que tu galdur adopta su forma natural suele pasar, sí. A menudo ocurre en momentos de apuro.

—Tienes que ir a ver a Harpa —dijo Vig con entusiasmo—. Hay que moldearlo mientras la sensación siga reciente en tu memoria.

Mientras charlaban sobre el galdur de Silla, Rey sintió una desazón que lo carcomía por dentro. No sentía el alma de su magia. Era algo antinatural, como si faltara una parte de sí mismo. Aplacando esos nervios, se acercó al cadáver de un arquero y arrancó una de las curiosas púas de skarpling para llevársela a Harpa. Tenían que identificar la sustancia que llevaba en la punta y determinar si había alguna forma de contrarrestarla.

—Fui a la casa de acogida y la encontré vacía —explicaba Vig, a quien le empezaba a salir lo que pronto sería un moratón de los buenos en el ojo—, así que seguí vuestros pasos.

—Bueno, pues gracias a los dioses que Vig el Valeroso ha llegado a tiempo —dijo Silla—. Por no hablar de Runný la Ruda. Sois implacables, chicos.

Volvieron renqueando a la casa de acogida sin decir nada más. Runný se mantenía invisible; iba delante de ellos por si detectaba algún peligro. Por suerte, no encontró nada. Y mientras el sol ascendía en el cielo, sus pasos se fueron disipando con la nieve que se derretía.

Ya en la casa, Silla avivó el fuego e hirvió agua para curar las heridas. Rey se dejó caer en el banco y Vig, a su lado.

—Hablaré con Kálf —dijo Vig en voz baja—. Pero necesitará una explicación sobre los cadáveres del cementerio. —Miró a Silla durante un instante—. Debes decírselo. Hoy ha quedado más que demostrado que hacen falta más ojos y espadas para manteneros a salvo.

Rey gruñó en señal de claudicación. La reunión que había pospuesto durante tanto tiempo ahora le estaba pisando los talones. Con una larga exhalación, se planteó las opciones que tenía. No quería obligar a Silla a hacer nada con lo que no se sintiera cómoda, pero mantener oculta su identidad era más difícil cada día que pasaba.

De reojo, la vio limpiar un corte en el brazo de Runný. Tarareaba mientras la curaba y el enfado de Rey empezó a crecer. Había salido de la casa de acogida. Se había puesto en peligro. Podrían haberla doblegado porque eran muchos más que ella. Podrían haberle hecho daño y haberla capturado. E incluso matarla.

Aun así, canturreaba, acercándose a Vig para ponerle ungüento en la mejilla hinchada. Al cabo de un rato, Vig y Runný se marcharon con una rápida despedida, y Rey y Silla se quedaron a solas en la casa. Una astilla estalló en la chimenea mientras ella se movía por la estancia. En cualquier momento admitiría su error. Se disculparía por haber incumplido sus órdenes. Pero no, no lo hizo. De hecho, no le prestó ni la más mínima atención.

En su mente se agolparon miles de pensamientos furiosos, pero lo único que salió fue:

—Cuando digo que te quedes en la casa de acogida, quiero decir que te quedes en la dichosa casa de acogida. —Clavó la mirada en la hoguera—. Y cuando digo que te refugies entre los árboles, quiero decir que no salgas de los malditos árboles.

Oyó que se daba la vuelta y notó su mirada penetrante en la espalda.

—Creo que lo que querías era darme las gracias, Galtung.

Rey se levantó y al darse la vuelta la vio con los brazos en jarra.

—Muchas gracias, Silla —prosiguió ella— por salvarme la vida. Una vez más. ¿Ves? No es tan difícil de decir.

Rey frunció el ceño.

—¡Dioses, mujer! ¿No le tienes aprecio a tu vida o qué?

—Más que tú, parece —le soltó con un bufido—. Te dije que cuidaría de ti y lo decía en serio. No quiero ver cómo te rajan la garganta solo porque te nubla demasiado el orgullo para pedir ayuda.

—Orgullo... —balbuceó este, acercándose a ella—. ¡El orgullo no tiene nada que ver! No puedes arriesgar tu vida así. ¡Tiene valor!

Silla se le acercó. Era pequeña, pero muy feroz. Quería abrazarla, zarandearla, besarla y estrangularla a la vez.

Cuando ella habló usó un tono grave y amenazador.

—Más vale que no sugieras que tu vida no merece el riesgo, Galtung, porque lo volvería a hacer.

Él le sacaba una cabeza, pero estaba claro que ella no se sentía nada intimidada. Lanzándole una mirada asesina, Silla le clavó un dedo en medio del pecho.

—Que se te meta en la cabeza: tu vida bien vale el riesgo.

Todos los demás pensamientos en la mente de Rey se esfumaron al asimilar esas palabras. Llevaba mucho tiempo solo en este mundo ingrato, apartando a todo el mundo. Pero la calidez de su indignación le recordó lo que era tener a alguien al lado. Sentirse cuidado. De repente, sentía las costillas demasiado prietas y la piel demasiado tensa.

Cuando reparó en la expresión de dolor de Silla, se le oprimió el pecho.

—¿Y qué pasó con el hombre que dejó que me atacara un ciervo vampiro?

—Eso fue antes...

—No —le espetó ella—. Tenía buena opinión de ti. Siempre confiaste en mí, incluso cuando yo no las tenía todas conmigo. Y eso es exactamente lo que me da miedo..., ese es el motivo por el que no quiero ser ella. —Silla arrugó la frente; la incertidumbre se reflejaba en su rostro.

A Rey le costó dar con las palabras adecuadas.

—Eres capaz y más fuerte que nadie que conozca. Cuando te vi... y pensé que te podía perder...

No pudo terminar la frase. No podía decírselo en aquel momento; no podía decirle que Eisa Volsik era la última en quien pensaba y que era Silla por quien temía.

El dolor de Silla se desvaneció a medida que iba cayendo en la cuenta. Aquellos ojos oscuros se posaron en su boca, y el aire pareció crepitar entre ellos. Rey solo podía pensar en lo suaves que eran sus labios.

La puntera de su bota rozó la de ella. Así, tan cerca, podía contar hasta la última peca de su nariz, reseguir con la mirada la cicatriz en forma de medialuna en el rabillo del ojo. Ella levantó la vista y él sintió como si le hubiera estrujado el corazón. Y, entonces, Rey le acarició la mandíbula y no pudo hacer otra cosa que besarla.

El calor lo invadió cuando sus labios se encontraron. Suave, ella era suave y tierna, tan sensible a su tacto... Silla le envolvió las manos con las suyas, bien sujetas, y cuando este movió los labios contra los suyos, se le esfumaron todos y cada uno de los pensamientos. ¿Por qué se había resistido tanto a esto? ¿Por qué había pensado que era una mala idea?

A su mente acudió entonces el rostro de Silla, magullada y aterrorizada, mientras huía por los bosques de Kopa. Jonas. Jonas le había hecho daño. El pensamiento racional volvió a brotar, junto con todas las razones por las que no debería besarla. Era la dichosa, la condenada Eisa Volsik, y él había jurado hacer lo correcto por y para ella.

Interrumpió el beso y se pasó una mano por la cara mientras trataba de recobrar la cordura. Sin embargo, toda la sangre de la cabeza parecía haberle bajado hasta la verga. El deseo se apoderó de él y, por todos los dioses, necesitaba volver a besarla.

—¿Qué te pasa? ¿No me deseas? —Había un matiz de incertidumbre en su voz, un matiz que dio al traste con el control.

Le puso las manos en la cintura y atrajo sus caderas hacia sí. Silla jadeó, mirándolo con unos ojos oscuros como la medianoche, y él intuyó que hasta ella sentía lo equivocada que estaba.

—Te deseo cada minuto del día. —Giró las caderas contra ella. La fricción era enloquecedora y, al mismo tiempo, no lo suficiente—. Si supieras los sórdidos pensamientos que he tenido, Silla, echarías a correr en otra dirección.

Rey le hundió la nariz en el pelo y aspiró profundamente su aroma. Olía a pradera, maldita sea. Y la sentía como todo lo que él jamás podría permitirse tener siquiera.

Ella levantó la barbilla.

—¿Entonces qué pasa?

—Es que no debo desearte.

Pero su boca estaba ya sobre la de ella una vez más y se le escapó un gemido suave. Besarla era más que un mero deseo. Era pura urgencia y él no podía evitarlo. Más cerca, necesitaba estar más cerca de ella. Necesitaba abrazarla, tocarla y aprenderse sus formas de memoria. Aun así, apartó la boca de la suya y le pasó la nariz por la sien.

—No soy un buen hombre.

—No estoy de acuerdo.

Por fuera, Rey fruncía el ceño, pero por dentro era como si un anzuelo se le hubiera clavado en el vientre; un gancho que tiraba y le retorcía las entrañas.

—Necesitas a alguien respetable. Alguien que pueda guiarte…

—Tú —respondió ella, deslizando los dedos por su barba y atrayendo sus labios hacia los suyos—. Te deseo a ti.

El corazón le latía con fuerza y la verga le apretaba los calzones. Rey supo que estaba en apuros. Le agarró con fuerza la cintura, hincándole los dedos en la piel, mientras pugnaba desesperadamente por recuperar el control.

—No soy una persona amable, Silla.

—A mí no me espantas tan fácilmente, Galtung.

Con un gruñido de frustración, los labios de él encontraron los suyos en un beso exigente. «No soy suave», le decía con los labios y la lengua, «y no soy gentil». Pero en lugar de retirarse, ella se agarró a sus codos y se arqueó más. Y cuando le salió un suave sonido de la garganta, la lujuria se apoderó de él. Rey gimió y se echó hacia atrás a la fuerza. Tenía los labios hinchados pidiendo más, y le costó horrores no devorarla entera.

—Soy violento —dijo. Pendía de un hilo. Pronto se desmoronaría y ya no habría vuelta atrás.

—Soy un asesino.

—Tienes motivos.

—¡Maldita sea, Silla! Deberías salir corriendo. —Pero él la hacía retroceder con pasos lentos y deliberados—. Nunca has tenido la sensatez de tenerme miedo.

Le rozó el trasero con la palma de la mano.

—Eres preciosa y mereces que te trate como tal.

Luego le subió la mano por la columna y la posó en la nuca.

—Eso es... muy bonito, Rey.

Su lenta marcha por la habitación se había detenido al llegar a la cama, y, al darse cuenta, Rey apretó los dientes con fuerza.

—Mereces algo bonito, Silla. Mereces amabilidad. Mereces que te adoren, te respeten y te traten bien.

—Muéstramelo —susurró ella—. Y yo te mostraré al hombre que está tan ocupado cuidando de los demás, que se olvida de sí mismo. Déjame enseñarte lo que significa que te cuiden.

Sus ojos se encontraron en un mudo desafío.

—Te estás quedando sin excusas, Galtung. Dime por qué otras razones no debería desearte.

Rey abrió la boca, pero no le salió sonido alguno.

—Bien —dijo ella. Se tumbó en la cama y lo arrastró consigo.

CUARENTA Y NUEVE

Cuando los labios de Rey se movieron contra los suyos, a Silla le dio la sensación de que su cuerpo suspiraba y se arqueaba hacia el suyo. Esto..., y el corazón latía con fuerza. Él... Mientras la besaba, la embargaba tal felicidad que parecía derramarse por todas partes.

Apoyándose sobre ella, Rey intensificó el beso, y ella se aferró a sus antebrazos como si fuera a caerse. Poco importaba cómo habían empezado. Daba igual que no fueran el uno para el otro. Besarle era como el primer día de primavera tras un invierno largo y despiadado. Como encontrar un último bollito escondido en el fondo de la cesta. Era como la fusión de todos los pensamientos amables.

Hubo un momento en que pensó que se había equivocado con él, que lo había malinterpretado. Ese bucle de miedo, nacido de la traición de Jonas, se había retorcido y aumentado de tamaño. Pero cuando le introdujo la lengua en la boca, cuando la mano que tenía en la cadera le arrugó la túnica, todas sus preocupaciones se esfumaron con el resto de ella. Ay, dioses, cuánto deseaba a ese hombre. Quería descubrir su sabor, su olor y su tacto.

Rey le arrastró la nariz por el cuello.

—¿Sabes cuánto tiempo he deseado hacer esto? —susurró en su piel.

Ella emitió un sonido incoherente, tratando de atraer su boca hacia la suya, pero Rey se resistía.

—Semanas —murmuró este, recorriendo con la boca el borde de su mandíbula—. Meses.

Su tacto era enloquecedor, pero no era suficiente, no le bastaba.

—Silla —suplicó—. Tu tacto es... —Lo que iba a decir quedó en nada cuando volvió a besarla. El mundo se intensificó allá donde se tocaban: en los labios inclinados, el calor de su pecho fundiéndose con el de ella, el recorrido de la mano por la cadera, luego la cintura, cada vez más arriba.

Las manos de Rey estaban por todas partes: debajo de su trasero y alrededor de su espalda, aprisionándola contra su sólido cuerpo como si no pudiera acercarse lo suficiente. Y ella se deshacía, hebra a hebra, con sus caricias; se volvía mansa y blanda, como si careciera de huesos.

Era demasiado y, sin embargo, no bastaba.

—Rey —susurró.

Un gemido ronco procedente del fondo de la garganta de este la volvió líquida y ardiente por dentro. Ella le recorrió la espalda con las manos, buscando el borde del chaleco blindado. Necesitaba tocarlo, recorrer su suave piel con las yemas de los dedos. Al descubrir una túnica debajo, Silla gruñó.

—¿Acabas de gruñir? —se burló Rey.

—Quítatela —suplicó tirando de la túnica.

—Pídemelo con educación —dijo Rey en un tono bajo y oscuro.

Silla frunció el ceño.

—Por favor.

Rey emitió un sonido grave de satisfacción, y ella lo sintió en todos los lugares sensibles de su cuerpo.

Él bajó de la cama. Mirándola fijamente con ojos oscuros, se quitó las botas con los pies, y cada ruido sordo provocó escalofríos en Silla. Cuando Rey empezó a desabrocharse las hebillas de la armadura lébrynja, Silla se apoyó en los codos para verlo mejor. Poco a poco, se quitó la armadura manchada de sangre y se desnudó hasta quedarse en calzones y túnica interior.

Ay, dioses, esto le estaba haciendo sentir... cosas.

«¿Esto está pasando por fin?», pensó Silla mientras él se acercaba a la cama.

—Solo si tú quieres —respondió Rey, con un brillo de incertidumbre en los ojos. Silla parpadeó. ¿Lo había dicho en voz alta?

—Dioses, sí —dijo ella, agarrándolo por el cuello de la túnica y tirando de él hacia abajo con impaciencia. Él se colocó encima, apoyándose en los codos. Se cernió sobre ella, tan y tan cerca que sus alientos se mezclaban en la oscuridad.

—¿De verdad? —preguntó.

Ella asintió. Y entonces las palabras fluyeron de ella, sin filtros y de una sinceridad vergonzosa.

—Desde la primera vez que sonreíste, creo. Ya no pude dejar de pensar en eso. En tus hoyuelos. Ay, dioses, cuando sonríes... —Soltó un suspiro tembloroso—. No puedo soportarlo. Quiero sentir tu peso encima de mí. Quiero sentir tu piel desnuda sobre la mía. Quiero ver tu cara mientras te desmoronas...

«¡Cállate!», le advirtió su parte más protectora, y Silla cerró los labios antes de que se le escaparan más palabras.

—Dioses, mujer —exclamó Rey en voz baja—. Vas a ser mi perdición, ¿no?

Y tras eso, se esfumó todo el pudor. Abrió los ojos y se encontró con su mirada ardiente. «Él», marcaba su corazón con los latidos, una y otra vez. Este bajó las caderas contra las suyas y... ah. Lo sintió todo, a todo él.

Y entonces los labios de Rey se posaron en los suyos, y Silla se dejó llevar por la corriente de la lujuria.

REY SE HABÍA CONVERTIDO en deseo puro y visceral. La necesitaba más que el aire. Más que la venganza. Más que cualquier otra cosa que hubiera deseado antes. Durante muchísimo tiempo se había resistido a su atracción, pero siempre había sido en vano. Ella era inevitable.

Retrocediendo, le pasó un dedo por la cintura de las calzas.

—Quítatelas.

Silla respondió con tanto entusiasmo que la lujuria y la diversión rivalizaron en su interior; parecía que, por una vez, a esta obstinada muchacha no le importaba que le dijeran lo que tenía que hacer. Sin embargo, Rey debería haber sabido que Silla le sorprendería. Tras quitarse las calzas, se agarró la túnica interior, se la quitó de un tirón y la tiró a un lado. Y volvió a acomodarse en las pieles, completamente desnuda.

A Rey se le cortó la respiración un momento, mientras contemplaba a la diosa que tenía ante sí. Unos mechones oscuros y salvajes le rodeaban el rostro, y su piel desnuda era todavía más blanca sobre aquellas pieles marrones.

—Ahora tú —dijo ella en voz baja.

Pero Rey solo podía mirar absorto y estupefacto su piel desnuda.

—Qué hermosa. Qué deliciosa eres —fue lo único que alcanzó a decir. Era realmente exquisita, por dentro y por fuera. Quiso tocarla, pero ella le rodeó la muñeca con una mano e hizo que le saltaran chispas por todo el brazo.

—Tú —insistió ella, como si solo pudiera decir esa palabra y nada más.

Unos dedos hábiles se deslizaron bajo el dobladillo de su túnica, y a Rey le retumbó el corazón con tanta fuerza que estaba seguro de que ella podía oírlo. Pero la idea de su piel deslizándose contra la suya lo volvió salvaje y temerario, y antes de darse cuenta de lo que hacía, Rey se había quitado la túnica.

—Este dragón —murmuró ella, mirándole el pecho. Con los dedos rozó el cuerpo curvado de la criatura, a lo largo de un ala membranosa—. Quiero cartografiarlo.

—Luego —murmuró, acariciándole con fuerza la mandíbula.

La besó con más ahínco, con más ímpetu que antes, deleitándose en el dulce sabor de su boca, en las curvas y ondulaciones mientras exploraba su carne desnuda.

—¿Sabes lo mucho que te deseo? —La voz de Rey era áspera como la arenisca y su cuerpo, duro como el granito, mientras se hundía en la parte más suave de ella.

—Puede que yo te desee más —jadeó ella, arqueándose hacia él y enviándole escalofríos de placer por la columna.

Dioses, la moderación de Rey se había ido al garete. Empujó contra ella, imaginando cómo sentiría el cálido y resbaladizo agarre de su cuerpo, y hasta dónde podría penetrar. Se movió contra ella con un suave gemido; una satisfacción pura y desbordante lo llenaba mientras ella temblaba de deseo.

Las palabras brotaban de él, sin filtro alguno. «Tan hermosa» y «tan valiente» y «te he deseado durante tantísimo tiempo». Se estaba deshaciendo en pedacitos que luego le entregaba a ella. «Tómalo todo», quería decirle. Nada importaba salvo ella. Aquí. Ahora.

—Más —gimió ella. Rey se tumbó boca arriba y Silla se subió encima con una determinación divertida. El pelo caía alrededor de ambos en una cascada de rizos salvajes, y ella se lo echó por encima del hombro.

—Tranquila, mi chica impaciente —dijo Rey con una risita suave.

—Tu risa.... —susurró ella. Dioses, qué hermosa era, sonriéndole, con aquel pelo salvaje y la piel desnuda—. Estás sonriendo. —Le pasó los dedos por los labios, y él se dio cuenta de que, en efecto, estaba sonriendo—. Las quiero todas, Rey. Tus sonrisas. Tus risas.

—Ven a cogerlas —dijo, atrayéndola contra él y besándola. Rey le rozó el vientre con los dedos y luego bajó hasta su carne más íntima y los sumergió en su interior. Notó lo húmeda que estaba y se estremeció de pies a cabeza.

Era la prueba de que ella también lo deseaba.

Rey se incorporó para atraerla hacia sí y acomodarla en su regazo. Con una mano le acarició la columna y se sirvió de la otra para introducirle dos dedos, mientras ella se frotaba contra él. Era una fricción enloquecedora, embriagadora.

—Dioses, mujer —ronroneó, mientras metía y sacaba los dedos. Con una tensión casi insoportable en los calzones, Rey se removió un poco y se frotó contra la piel sensible de ella. No podía contenerse más. No veía nada ni podía razonar—. Contigo me es imposible controlarme.

—No quiero que te controles —dijo sin aliento—. Te quiero imprudente. —Se le escapó un gemido mientras apretaba los músculos internos más y más.

Entonces apretó los muslos alrededor de él. Le hincó los dedos a la espalda y soltó un gritito suave. Hundió la cara en su hombro e intentó amortiguar los gemidos. Y cuando empezó a temblar toda ella por el éxtasis, le clavó los dientes en la piel. El dolor era agudo y le distraía mientras este seguía tendiéndola aprisionada y arremetía, una y otra vez, implacable en su deseo de desgarrarla como ella le había desgarrado a él.

Cerrando los ojos, Rey apretó los dientes mientras ella se desplomaba. Intentó distraerse de la tremenda erección concentrándose en el estruendo del corazón de la joven.

Al fin, ella se echó hacia atrás, con una sonrisa de saciedad en los labios, pero su verga errante se estremeció contra ella, y se le borró la sonrisa.

—No hace falta... —Pero resolló cuando ella deslizó una mano de ella bajó sus calzones y se la envolvió. De repente, Silla se detuvo y frunció las cejas.

—¿Qué escondes aquí abajo? —preguntó echándose hacia atrás sobre los muslos de él. Lo miró a los ojos—. ¿Qué os dan de comer en el norte? —Y acto seguido, le bajó los calzones para liberarla.

—Silla —le advirtió—. No es...

—Ah, claro que sí —insistió ella—. Dioses, Rey, estás... —Se la agarró con una mano pequeña y cálida, y aquello fue ya demasiado. Dioses, se lo había imaginado miles de veces, pero el tacto de ella era mejor de lo que podría haber soñado. Su otra mano se unió a la primera y empezó a moverse de arriba abajo con una lentitud tortuosa—. Rey, no sé si... si podré... si...

—No te tenía por una cobarde —gruñó él, empujando en el firme agarre de sus manos, tratando de instarla a seguir. Silla hizo una mueca y él captó el brillo competitivo de sus ojos. Y, en ese momento, vio cómo sería todo con ella. Las bromas. Los juegos a los que jugarían.

No tardó demasiado en encontrar su propio placer; una lluvia de chispas le nubló la vista y le recorrió la columna mientras empujaba contra su mano. Gimió en su pelo y la abrazó mientras el calor brotaba de él con fuerza. La olía y sentía por todas partes y, en aquel momento, sintió tanto que dolía.

Apoyó la cabeza en su hombro, respirando con dificultad. Había sido mejor que sus imaginaciones carnales más descabelladas. Mejor que cualquier mujer de su pasado. Porque era ella.

Silla le hizo tumbarse boca arriba, los limpió a ambos con su túnica y luego se hizo un ovillito a su lado con un suave suspiro. El corazón de Rey parecía latir al compás del suyo.

—Esto ha sido... —Ella dejó escapar una exhalación temblorosa.

«Bueno», quería decir él. «Como si estuviera predestinado por los dioses». Pero en vez de eso dijo:

—Sí.

Rey le levantó la barbilla y le dio un suave beso en los labios. Su cuerpo irradiaba una ráfaga desorientadora de calor que lo dejó algo descolocado. Sentía que ella estaba en el lugar que le pertenecía, acurrucada a su lado.

Entonces, sintió una punzada de pánico en el pecho. Kristjan, intentó recordarlo, pero ni siquiera el recuerdo de aquella pérdida le sirvió para reconstruir sus defensas. Esta mujer —que era tan tierna y encantadora y, sin embargo, defendía su vida con la ferocidad de un lobo gigante— las había derrumbado, pedazo a pedazo. Pero en lugar de sentirse expuesto y vulnerable, sintió alivio. Había luchado muchísimo y con todas sus fuerzas. Rendirse a ella era lo más fácil que había hecho nunca.

—¿Por qué un dragón? —preguntó ella, trazando el espolón de un ala tatuada.

—Es por un sueño que tuve una vez —respondió él, agradecido por la distracción de sus confusos pensamientos—. Es mi halda.

—¿Halda? —preguntó Silla, mirándole—. ¿Por qué conozco esa palabra?

Rey empezó a divagar.

—Por Harpa, seguramente. Cuentan que la ceniza de Sunnvald cayó sobre las piedras y creó depósitos de halda. Algunos dicen que cuentan con su propia fuente de galdur, pero como son de piedra, carecen de mente para controlarlo. Cuando se muelen, se convierten en polvillo y se tatúan en la piel, sirven como una especie de… reserva. Un lugar donde almacenar galdur fuera de la propia fuente. Es útil cuando se necesita un suministro grande.

—En la batalla —caviló Silla, mientras rozaba con las uñas el espolón de un ala. Con las yemas de los dedos encontró la marca de la mordedura en su hombro y la besó suavemente—. Lo siento. Te he dejado marca.

¿Debía decirle que la llevaría como una insignia? Era como si lo marcara como suyo.

—Gracias —dijo en su lugar.

Ella parpadeó varias veces.

—Gracias, Silla, por salvarme la vida. Otra vez.

Silla se echó a reír.

—Te ha costado, ¿eh?

Frunció el ceño de un modo afectuoso.

—Ha sido horrible. Pero invocaste una espada de luz y te convertiste en una diosa del hielo para protegerme. Darte las gracias es lo menos que puedo hacer.

Ella le acarició suavemente la barba con los dedos.

—Lo haría mil veces más, Galtung.

Le dio un suave beso en la sien y luego se apartó con la frente arrugada. Había estado tan distraído que había olvidado la ausencia de su galdur. Ahora, mientras indagaba en su interior, lo invadía una sensación de calor e inquietud. Era algo antinatural, como un espacio vacío donde debería estar el alma de su magia. Era como si se hubiera desprendido una parte de su ser.

—¿Qué pasa? —preguntó Silla.

Separó los labios para hablar, pero luego los cerró con fuerza. Se puso los calzones y buscó la túnica.

—Tenemos que ir a ver a Harpa —dijo bruscamente.

Y antes de que Silla pudiera responder, él ya había salido por la puerta.

CINCUENTA

Kopa

—¿Cómo que hemos perdido el contacto? —gruñó el capitán Ulfar. Jonas se removió en la silla. El klaernar que tenían delante era joven, con una barba rubia y rala que apenas le cubría la barbilla.

El muchacho le recordó al instante a Ilías, lo que hizo que se le oprimiera el pecho de dolor. Dioses, cuánto echaba de menos a su hermano. Echaba de menos a la Hermandad del Hacha Sanguinaria. Se preguntaba por qué las cosas habían sucedido de aquel modo. Pero ahí estaba Jonas, aliándose con los klaernar para cumplir el juramento que había hecho en el sepulcro de Ilías.

Carraspeando, el joven klaernar se movió nervioso.

—Es que... a ver, digamos que...

—Desembucha, muchacho —dijo el capitán en una voz baja y peligrosa.

—Todos nuestros halcones han vuelto sin respuesta. Hemos perdido contacto con los Azuzalobos.

A Ulfar se le sonrojaron las mejillas.

—Fuera —le dijo al muchacho.

Cuando se cerró la puerta, el capitán se volvió hacia Jonas.

—Kalasgarde —espetó—. Los enviamos a Kalasgarde, Svik. —El hombre se puso en pie, con las manos apoyadas en la mesa llena de arañazos—. ¿Me tomas por tonto?

Jonas mantuvo la mirada impasible: no le era ajeno el mal humor de los guerreros. Aun así, era consciente de que la situación requería un enfoque prudente.

—Estás compinchado con ellos —dijo Hagbard desde el rincón más alejado de la sala. El hombre tenía los brazos gruesos cruzados sobre el pecho y unas garras tatuadas en las mejillas—. Enviaste a los Azuzalobos a Kalasgarde para que cayeran en una trampa.

—No estoy compinchado con ellos —murmuró Jonas, dándole vueltas a este asunto. Conocía bien la reputación de los Azuzalobos: no eran tan indisciplinados como para ignorar las órdenes directas—. ¿Cuáles fueron vuestras instrucciones, concretamente?

—¡Ya está bien de compartir información con gente como él, capitán! —exclamó Hagbard, que se apartó de la pared y se acercó a la mesa dando grandes zancadas.

Jonas se puso de pie y miró fijamente al guerrero de pelo negro. Su ira iba en aumento y lo invadía una sensación de inquietud. Necesitaba una válvula de escape…, necesitaba una buena pelea. Y le encantaría partirle la cara a este patán.

—He dicho —gruñó Jonas— que no estoy compinchado con ellos.

—Pero…

—Pero nada. Si hubiera enviado a los Azuzalobos a una trampa, ¿por qué esperaría aquí sentado a que lo descubrierais, cabeza de chorlito?

Hagbard frunció las cejas mientras cavilaba sobre la pregunta.

Jonas volvió a centrar su atención en Ulfar.

—¿Cuáles fueron las instrucciones?

Ulfar arrugó la frente.

—Se les dijo que esperaran en el cementerio hasta que apareciera el Slátrari. Que lo siguieran hasta su escondite y nos avisaran de inmediato.

Jonas se incorporó. Comenzó a pasearse por la habitación. ¿Qué había pasado en Kalasgarde? Se detuvo y se giró hacia Ulfar.

—¿Les ordenaste que no atacaran hasta que tuvieran noticias nuestras?

Ulfar y Hagbard se miraron.

Jonas apretó los puños, intentando comprender a los imbéciles que tenía delante.

—Debíais confirmar su ubicación, pagar mi recompensa y luego yo os diría cómo derrotarlos. ¿No os dije ya que no es un guerrero cualquiera? ¿No os dije que tendríamos que ser astutos para desarmarlo?

Ulfar no respondió.

—Los Azuzalobos no se han puesto en contacto —dijo Jonas, tratando de comprender la situación—. ¿Cuántos guerreros son en total?

Ulfar lo miró fijamente y con dureza.

—¿Quieres decírselo tú a la reina o se lo digo yo?

—Veinticuatro —murmuró Ulfar, apartando la mirada.

—Veinticuatro —repitió Jonas con incredulidad—. Veinticuatro guerreros experimentados abatidos por un solo hombre. —Una pequeña parte de él sentía orgullo, pero lo reprimió enseguida. Frunció el ceño ante el mapa clavado en la pared, en el que se dibujaban las montañas que rodeaban Kalasgarde—. No. Rey es un guerrero capaz, pero veinticuatro...

—Asó a veintiuno a las puertas de Kopa —repuso Hagbard.

Jonas se acarició la barba y contempló esa nueva faceta de Ojos de Hacha, una cara que no le había visto antes.

—En Kopa, Rey contaba con el elemento sorpresa —dijo Jonas—. Pero en Kalasgarde los Azuzalobos sabían que era galdra y tenían ventaja. Les enviaste los viales de ese.... —Trató de recordar el nombre del paquete que había llegado hacía poco de Sunnavík tras una especie de confusión.

—Hindrio líquido —dijo Hagbard.

—Eso, hindrio líquido —espetó Jonas—. Esta era la batalla que los Azuzalobos tenían que perder.

—Tenían órdenes de cogerlos solo si ambos objetivos eran avistados —dijo Ulfar, enfurruñado.

Así que ella estaba allí con él. A Jonas se le retorció el estómago al descubrir que Rey había compartido algo tan personal con ella. Al mismo tiempo, se dio cuenta de que apenas conocía a Rey. Pero sabía muy bien lo buena que era Silla para conseguir que alguien se abriera con ella.

«No quería mentirte», reverberó su voz en su cabeza. Y todo mientras le sonsacaba sus esperanzas y sueños, su mayor vergüenza. Y, después, lo había hecho saltar todo por los aires.

El fuego en su estómago ardía y se elevaba cada vez más.

—En ese caso es que ella estaba con él —dijo casi a regañadientes—. Y habrá habido una batalla. Imagino que habrán derrotado a los Azuzalobos; si no, a estas alturas ya habrían avisado.

Ulfar asintió.

—Eso parece. —Suspiró—. ¿Qué propones?

—¿Que qué propongo? Propuse que los Azuzalobos esperaran. Que evaluaran bien la situación. Que definieran los efectivos, fuerzas y formaciones. —Estaba repitiendo las formas de Rey cuando guiaba a la Hermandad del Hacha Sanguinaria en la batalla, y al percatarse se le revolvió el estómago. Aun así, siguió hablando—: Y ahora mismo, pues no lo sé. Necesitaréis alguna forma de ganar ventaja y recuperar el elemento sorpresa.

Ulfar y Hagbard lo miraban expectantes.

Jonas exhaló un largo suspiro. Se había alegrado de dirigir a los Azuzalobos desde la distancia. De proporcionarles los puntos débiles de Rey e información útil. Pero al mirar al capitán y a su segundo al mando, que era medio tonto o tonto entero, empezaba a comprenderlo.

Si Jonas quería hacer bien el trabajo, tendría que hacerlo él mismo.

Llamaron a la puerta.

—¡Entra! —ladró Ulfar.

El joven guerrero klaernar entró en la sala y le entregó un pergamino.

—Acaba de llegar esto de Kunafjord. —Ulfar abrió el sigilo de avispa con la daga y aplanó el pergamino sobre la mesa. Una sonrisa lobuna se dibujó en el rostro del capitán mientras leía.

—Fuera —dijo Ulfar, y el joven klaernar se marchó.

—¿Qué es eso? —preguntó Hagbard al cerrarse la puerta—. ¿Qué dice?

Le pasó el pergamino a Hagbard.

—Dice que ya tenemos el elemento sorpresa. —El capitán miró a Jonas a los ojos—. Los Elegidos de la reina llegarán dentro de dos días.

CINCUENTA Y UNO

Kalasgarde

Silla estaba en el jardín de Harpa, con el regusto amargo del té reconstituyente en la lengua. Miró por encima del hombro en busca de Rey y lo encontró apoyado en la cabaña de la anciana, con su enésima taza de té en la mano. Por la expresión preocupada de su rostro, aún no había recuperado el corazón de su magia.

Silla intentó alejar de su mente la preocupación que sentía por Rey, pero no podía evitar recordar el aspecto que había tenido antes de salir corriendo de la cama: sus miradas se habían cruzado y él había abierto la boca como si quisiera decir algo. Dímelo, quiso suplicarle. ¡Habla conmigo!

—Tenemos que ir a ver a Harpa —había dicho en su lugar, poniéndose la ropa a toda prisa antes de salir.

No quería confesarle que su repentina frialdad la hacía sentir insegura. Lo que sentía por Rey era muy distinto de lo que había sentido por Jonas, y ahora se preguntaba qué había entre ellos dos.

Intentó disipar sus dudas, centrándose en la hermosa espada de luz blanca. Aún podía sentir su impronta en la palma de la mano, recordaba el poder que había sentido al blandirla. Aquella espada había sido perfecta, su galdur había adoptado la forma que le correspondía.

Tras innumerables tazas de té reconstituyente y el paso por el baño de vapor, se dio cuenta de algo. Parecía que ciertas motas de luz tenían afinidad entre sí y que solo había que guiarlas en conjunto para que esas conexiones encajaran. Era algo intuitivo, imposible de explicar a otra persona. Mientras Harpa lo concebía como tejer, para Silla era más como arrear o pastorear. Y en cuanto empezó a pensar en sí misma como una especie de pastora, todo cobró sentido.

Cuando por fin bajó la mirada hacia la espada de luz blanca, la embargó la euforia. La notaba fría contra su palma humeante, con el consabido sabor del invierno en el fondo de la lengua.

—Bendita sea Malla —dijo Harpa en voz baja y con tono de asombro—. No había visto nada semejante en todos mis años.

Silla vio a Rey apoyado en el marco de la puerta de Harpa. En sus labios había una media sonrisa, pero su mirada era distante, como si su mente no estuviera en este reino. La frialdad empezó a brotarle en la boca del estómago.

—Suelta la espada —ordenó Harpa, lo que obligó a Silla a volver a concentrarse en su tarea—. Vuelve a practicar la invocación.

Y así se pasó las horas siguientes. Mientras practicaba, Silla se preguntaba si de verdad una espada era algo tan extraordinario. Otros Cinéreos podían lanzar ráfagas de fuego que aniquilaban a varios guerreros a la vez. Pero cuanto más lo reflexionaba, más potencial veía en el arma. Una hoja irrompible, más afilada que cualquier metal del reino. Una espada que no necesitaba llevar consigo, pero que podía invocar en cualquier momento. Además, era ligera como el aire, muy fácil de blandir para una mujer de su estatura.

—Tienes afinidad con este objeto —murmuró Harpa, que volvió al jardín mientras el sol se ocultaba tras Lanza de Nieve—. Es la estructura natural para tu galdur.

Y así era: parecía natural, pues hacía los movimientos con mucha más facilidad que con las espadas de práctica que manejaba con Rey. Una vez invocada, la sentía firme mientras extraía energía de su fuente para mantenerla encendida.

Cuando Silla se subió a Amanecer al final del día, rebosaba de emoción. Tras semanas de arduo trabajo, ¡por fin había invocado la espada! Pero tras a una mirada a Rey, se puso tensa.

—¿Algún rastro de tu galdur?

Este asintió lentamente.

—Gracias a los dioses —dijo ella.

Rey impulsó a Caballo hacia delante y Silla instó a Amanecer a hacer lo mismo.

—¿Vamos a luchar esta noche? —preguntó ella, desesperada por romper aquel extraño silencio que se había instalado entre ambos—. ¿Practicamos la rutina que me enseñaste ayer?

Pero Rey no respondió. De hecho, no estaba segura de que la hubiera oído siquiera.

Y mientras Amanecer bajaba la colina, la incertidumbre que Silla había reprimido durante todo el día se apoderó por completo de ella.

UNA HORA DESPUÉS, la espada de madera de Silla cortaba el aire fresco del atardecer. Hacía tiempo que el sol se había puesto, y Malla y Marra empezaban a ascender en el cielo. Rey le había informado de que su fuente se fortalecía con el paso de las horas. Debería ser un alivio para ella, pero la frialdad que sentía por dentro era inapelable.

Aquella mañana había sentido el alborozo de sobrevivir a los Azuzalobos. Todo habían sido sentimientos cálidos y fuertes convicciones. Se había sentido muy segura, se había sentido bien. Sin embargo, durante el resto del día se habían creado espacios vacíos, silencios y recovecos por los que se colaba la duda. Se sorprendió diseccionando hasta la más mínima expresión del rostro de Rey. ¿En qué estaba pensando? ¿Por qué no confiaba en ella?

En su mente se agolpaban pensamientos irracionales. Después de lo de Jonas, Silla había perdido toda la fe en su propio criterio. ¿Quería Rey divertirse entre las pieles y ya? ¿No comprendía que cuando ella decía que cuidaría de él, se refería en todos los sentidos? Deberían haberlo hablado más a las claras. Ahora, Rey se estaba retrayendo, y la preocupación de Silla no hacía más que aumentar.

Se echó la gruesa trenza por encima del hombro, molesta, y trató de despejarse un poco. Separó más las piernas y se preparó para una secuencia de ataque.

—¿Necesitas un compañero? —preguntó Rey desde la puerta de la casa de acogida.

—¿Qué? —dijo ella, clavando la mirada en la suya, que sintió por todas partes.

Rey se acercó a ella.

—¿Necesitas un compañero? —repitió.

Asintiendo con cierta aprensión, Silla trató de acallar y ahuyentar sus temores. Rey se acercó, con una mano en la espalda. Había algo en sus ojos que no alcanzaba a descifrar. Una vez más, no comprendía lo que pasaba por la cabeza de aquel hombre, y se puso tensa.

—¿Qué ocurre? —le preguntó con brusquedad.

—Esto... tengo algo para ti —dijo él al tiempo que sacaba la mano de detrás y aparecía una prenda.

Ella la aceptó, arrugando el entrecejo mientras pasaba los dedos por las relucientes escamas negras.

—Una armadura lébrynja —murmuró ella, y levantó la mirada hasta sus ojos.

—Es para ti —dijo él, con la más leve de las sonrisas—. Póntela, así podré ver qué aspecto tendrás en la próxima batalla.

Una sonrisa reacia se dibujó en el rostro de ella. Era un regalo, pero también mucho más que eso: era una disculpa por haberla obligado a esconderse en los arbustos del cementerio; una promesa de que confiaría en sus habilidades en el futuro.

—Muchas gracias. ¿De dónde la has sacado? —Dejó caer la espada de práctica y se puso la chaqueta acorazada por encima de la túnica. Le quedaba como un guante y se ceñía a las curvas de su cuerpo.

—Se la encargué al Sastre —dijo—. Se la entregó a Vig, por eso ha venido a la casa de acogida esta mañana. —Se le encendió el fuego en la mirada cuando la repasó desde los dedos de los pies hasta la coronilla—. Te queda bien.

Su atención se detuvo en su boca, pero Silla se distrajo recogiendo la espada. Si esperaba que Rey no se ensañara con ella en el entrenamiento tras los acontecimientos de la mañana, estaba muy equivocada. Este bloqueó cada golpe y contraatacaba con fuerza. La sangre le bombeaba con más fuerza con cada estocada y pudo dejar de lado sus preocupaciones anteriores.

Ella volvió a abalanzarse sobre él y este blandió la hoja de madera con brío, chocando contra la suya. Silla esbozó una sonrisa al esquivar un nuevo golpe.

Tras varios minutos, Rey rompió el silencio.

—¿Estás preparada para hablar del tema? —preguntó, y Silla retrocedió a trompicones.

—¿Cómo? —preguntó ella, recuperando el equilibrio.

—De lo que sea que te preocupa.

—No es nada.

—Mentirosa.

Se secó el sudor de la frente y lo miró por encima del hombro.

—Es por los Azuzalobos —acertó a decir, pero la expresión de Rey le indicaba que no la creía lo más mínimo.

Él balanceó la espada hacia abajo y ella retrocedió al segundo.

Rey se movía siguiendo sus maniobras, con movimientos tan rápidos que ella solo podía esquivar sus golpes.

—Puedes seguir mintiendo —dijo haciéndola retroceder— o puedes contarme la verdad. —Silla chocó de espaldas contra la pared de la casa de acogida. Estaba acorralada.

Tragó saliva, intentando decidir qué decir, pero Rey se le adelantó.

—¿Quieres que te cuente yo la mía? —preguntó él, con aquella voz profunda, suave y áspera a la vez—. Hoy he estado muy intranquilo. —Se pasó la lengua por los dientes—. No sentía el galdur y pensaba que lo había perdido para siempre. —Una expresión de incomodidad se asomó a su rostro—. E hice lo que siempre hago: he mantenido a todo el mundo al margen y he aguantado solo el chaparrón.

Su mirada se posó en ella y la inmovilizó.

—No estoy acostumbrado a abrirme a la gente —reconoció—. Y no estoy acostumbrado a expresar mis... sentimientos. —Hizo una mueca de desagrado.

La tensión que Silla sentía en el estómago se redujo solo un poco.

—Debería haber imaginado que podrías interpretar mi comportamiento de otro modo. —Su mano buscó la cintura de ella y le acarició la espalda—. Deja que te lo aclare, Silla: que no te quepa duda alguna sobre lo mucho que te deseo.

Ella no pudo apartar la vista ante la intensidad de su mirada.

—Es la certeza más enloquecedora que he sentido nunca. Te deseo todo el tiempo. Te deseo en todas partes. Se ha convertido en un auténtico problema.

El estómago le dio vueltas y más vueltas; el corazón le latía con fuerza en el pecho.

Rey apoyó una mano en la pared, inclinándose hacia ella. Incluso en la penumbra, vio el ardor en su mirada.

—Te deseé el Día Más Largo, cuando apareciste con aquel vestido —dijo, con la voz entrecortada—. Te deseé cuando me empujaste en aquel campo de camino a casa de Kraki. Te deseé cuando mataste al ciervo vampiro, cuando me chantajeaste, incluso cuando intentaste robarme el dichoso caballo. Te he deseado desde la noche en que te me encaraste y me dijiste que no te daba miedo. Me ganaste con eso, Rayo de Sol.

Donde antes pesaba la tensión en sus extremidades, ahora las sentía ligeras como el aire. Silla no sabía qué decir; parecía que su mente había dejado de funcionar.

Rey se inclinó más hacia ella y su aliento se mezcló con el suyo.

—Y ahora que te he probado, la cosa no ha hecho más que empeorar. No puedo dejar de pensar en esta mañana. En lo contento que estoy de que fueras lo bastante valiente por los dos. Y en la incredulidad de que pudieras desearme como yo te deseo a ti. —La vulnerabilidad se reflejó momentáneamente en su rostro, pero pronto la siguió una mirada de pura sed—. ¿Ha quedado claro?

Ella asintió, casi sin aliento.

—Bien. —Le subió la mano por la columna hasta posarla en la nuca—. Porque en mi mente te he tenido desnuda y expuesta ante mí en todas las superficies de la casa de acogida. Y te he hecho cosas de lo más perversas.

Silla miró fijamente sus ojos de motitas doradas y se tragó la preocupación que había tenido hasta entonces.

—Demuéstramelo —se oyó susurrar.

Y antes de que su mente pudiera reaccionar, Rey la había cogido en brazos y abría de una patada la puerta de la casa.

CINCUENTA Y DOS

Rey dio gracias a los dioses mientras la entraba a la casa. Aquel día había sido muy confuso. El espacio vacío donde debería estar su fuente había sido un vacío en el pecho. Y aunque él mismo se jactaba de que los nervios eran una emoción inútil, no podía contener la preocupación que se había apoderado de él. ¿Y si no volvía? ¿Quién era sin su galdur? ¿Y sin su trabajo para los uppreisna?

Al primer atisbo débil del corazón de su magia, había exhalado un largo suspiro y se había desprendido la tensión de los huesos. Inquieto no alcanzaba a describir cómo se había sentido. Perder el galdur le había conmocionado hasta la médula.

Había tardado demasiado en darse cuenta de lo que había hecho. Ella se habría entregado a él, había sido lo bastante valiente para abrirse a él. Y el muy cabrito había salido corriendo de la cama. La había mantenido excluida y al margen todo el día.

Ahora que la tenía en sus brazos, esa certeza había vuelto. Eso estaba bien; ella era la adecuada.

Percibió su sorpresa cuando se detuvo junto a la larga mesa. La cargó sobre un brazo y echó toda la vajilla al suelo con el otro. Los platos de madera rebotaron, las tazas de barro se rompieron, y los cubiertos y los candelabros tintinearon.

—Pero ¿qué…?

—Te quiero aquí —murmuró dejándola de pie en el suelo y buscando el dobladillo de su túnica—. Sobre esta mesa.

—Puedes tenerme donde desees —jadeó ella, levantando los brazos para que él le sacara la túnica por encima.

Sus manos encontraron su trenza y tiraron de ella hasta que arqueó la espalda.

—Te deseo en todas partes —le susurró en su piel, arrastrando la nariz por la curva inferior de su pecho—. Te deseo todo el tiempo.

Silla gimió y él notó el sonido directamente en la verga.

—Siempre que acabamos de pelear, tengo que refrescarme en las aguas heladas del arroyo. —Soltándole el pelo, la besó con rudeza—. Cuando te agachas para remover las gachas, tengo que contar las vigas de la pared. —Meneó las caderas contra ella—. Y cuando se te cae el pelo a la cara —le arrastró la boca por el cuello—, tengo que armarme de valor y toda mi fuerza de voluntad para no enterrar las manos en él.

Silla jadeó cuando este le fue dejando un reguero de besos hacia abajo, evitando su pecho. Era suave como la seda y cálida como el sol. Ella soltó un gritito ahogado de indignación, con las manos deslizándose por su pelo, mientras intentaba atraerlo hacia sí.

—¿Intentas decirme algo, Rayo de Sol? —preguntó, con la lengua recorriendo su terso vientre, acompañada por el vello hirsuto de su barba. Ella se retorció y él repitió el movimiento—. ¿Aquí?

Le besó un camino ascendente hasta el esternón.

—¿Aquí? —repitió. Ella quiso levantarse y trató de atraer su boca hacia su pecho. Pero Rey se resistió—. Te gustan las prisas, ¿eh? Pues a mí me gusta ir despacio.

La besó en la parte inferior del pecho.

—Para saborearte.

Le subió la nariz por el esternón.

—Quiero aprenderlo todo de ti. Saber lo que te gusta. Y no pienso ir con prisas, Silla.

Él se percató del momento en que ella comprendió que esta era una nueva versión de su juego, de su tira y afloja. Si ella creía que podría controlarlo, su tacto le demostraría lo contrario. La provocó con otra caricia con la boca, y luego se detuvo sobre su pecho, justo donde sabía que ella lo deseaba. Y, por fin, accedió. Rey se metió el suave pezón en la boca y le arrancó un gemido.

Dioses, la deseaba tantísimo. Quería hundirse profundamente en su interior. Sin embargo, Silla ya había acelerado las cosas antes y él quería asegurarse de que estuviera preparada. Y había muchas otras formas de divertirse. Las atenciones de Rey descendieron lentamente por la sensible piel de sus costillas, la curva de la cadera y la cinturilla de sus calzas.

—Quítatelas —dijo con su voz más severa de Ojos de Hacha. Vio cómo la invadía un escalofrío mientras se apresuraba a obedecer. Recorrió con la mirada todos los recovecos de su cuerpo, tratando de decidir por dónde empezar. Era hermosa, absolutamente arrebatadora. Se encontraron sus miradas. Y las mantuvieron.

—Túmbate. Agárrate a la mesa.

Él se puso de rodillas, pero Silla permaneció apoyada en los codos, con las cejas fruncidas.

—¿Qué estás…?

Rey levantó la cabeza y le sobrevino una oleada de puro fuego.

—Quiero saborearte.

—Saborearme… —repitió ella, estupefacta. Y, al segundo, enarcó las cejas; acababa de darse cuenta.

A él se le escapó una respiración temblorosa, con los dedos hincados en sus muslos.

—¿Quieres decir que nunca te han…?

Lentamente, Silla negó con la cabeza.

A Rey no le importaba que fuera su primera vez; es más, le complacía.

—Déjame saborearte, Silla. Déjame adorarte. Déjame mostrarte todas las formas en que mereces que te traten.

—De acuerdo —consiguió decir, con la voz temblorosa. Y la confianza en aquellas dos palabras hizo que el corazón de Rey se derritiera en un charquito de puro calor. Ella se echó hacia atrás y apoyó los pies en el borde de la mesa, pero Rey le apretó los dedos en los muslos.

—No seas tímida —dijo en voz baja, tirando de ella hacia el borde y apoyándose los pies de la joven en los hombros.

Con el pecho agitado, sintió que Silla le miraba mientras agachaba la cabeza. Le pasó las yemas de los dedos por la piel lisa y suave del interior de los muslos, que luego remató con besos provocadores. Y entonces Rey le introdujo los dedos.

—Qué suave —murmuró en su piel—. Eres tan hermosa…, preciosa en todas partes.

La penetró con los dedos, acariciándola suavemente y luego los acompañó del calor húmedo de su boca. Silla dio una sacudida y se medio incorporó, mirándole aturdida.

—Túmbate —le ordenó él, reacomodándose. Ella se echó hacia atrás con un gemido, y el placer de Rey aumentó mientras movía la boca lentamente contra ella. Con la lengua y los dedos, la exploró, encontrando los puntos que la hacían insensible, aquellos que la hacían contraerse. Se daba cuenta de que estaba muy cerca, muy tensa. Silla flexionó los pies como buscando tracción, pero él retrocedió, dándole besos a lo largo de los muslos.

Silla le agarró la cabeza, tratando de guiarlo hacia donde le necesitaba. Los ojos de Rey se encontraron con los de ella.

—Te lo he dicho, Silla. No pienso ir con prisas.

Con un grito frustrado, ella cerró los puños, pero Rey se limitó a sonreír. Quería provocarla y llevarla al borde de la locura. Inclinándose, la atrajo hacia su boca con una succión suave.

—¡Ah, dioses! —gritó ella, arqueándose sobre la mesa. Una sacudida recorrió todo el cuerpo de Rey, que la agarró con más fuerza para inmovilizarla.

Volvió a introducir los dedos, provocándola más, incitándola, mientras trazaba círculos con la lengua, y pronto sintió que ella se removía y subía y se acercaba...

Volvió a aflojar cuando la notó a punto de llegar al clímax. Ella volvió a gritar de frustración. Movía la cabeza de un lado a otro y de sus labios brotaban sonidos incoherentes. Pero Rey se limitó a sonreír.

—¡Por favor! —le suplicó. Toda ella se contoneaba y retorcía como si no tuviera el control. Y no, no lo tenía en absoluto. Estaba totalmente a su merced.

Esta vez, cuando su lengua la encontró, ella recibió todo el peso de su atención. Rey empezó a marcar un ritmo y fue implacable en sus caricias. Ella le hincó los talones en la espalda y tenía los nudillos blancos de agarrarse al borde de la mesa con fuerza, pero Rey la mantuvo firmemente pegada a él.

Por fin, llegó a la cumbre del placer, con la respiración entrecortada mientras arqueaba la espalda. Silla gritó mientras su cuerpo se contraía una y otra vez. Parecía no tener fin, hasta que al final quedó tendida y exánime sobre la mesa.

—Ha sido… —Su incapacidad para encontrar palabras era el mayor de los elogios. Silla se pasó las manos por el pelo, como si intentara que su mente volviera al cuerpo.

Rey se puso en pie y la cubrió con toda su corpulencia mientras se inclinaba sobre ella.

—Eres exquisita —dijo pegando sus labios a los de ella—. Esos ruiditos que haces… quiero oírlos todas las noches, Silla.

Ella le acarició el pecho con la mano que luego posó sobre su corazón palpitante. Sus ojos se encontraron y se sostuvieron la mirada. Y, entonces, la expresión de ella se tornó pícara.

SILLA ESTABA ATURDIDA; tenía la mente embotada y el corazón demasiado grande para el pecho. Las caricias que le había dispensado Rey la habían debilitado y, al bajar de la mesa, le temblaron las rodillas. Sin embargo, él le tendió la mano para sostenerla y la ayudó a caminar hasta la cama. Al llegar, Silla le giró para que Rey se tumbara de espaldas.

—Silla… —Este tenía los ojos vidriosos de deseo, y ella quería… no, necesitaba… verlo completamente desatado.

—Quiero hacerte sentir bien. —Le miró a los ojos cuando se subió a la cama y se colocó sobre sus muslos. Poquito a poco, introdujo la mano bajo sus calzones y se la sacó—. Yo también quiero saborearte.

Al guerrero se le iluminaron las motitas doradas, como si un fuego ardiera tras aquel tono marrón. Rey tembló de la contención y cerró los ojos mientras ella lo acariciaba.

—Silla —dijo con voz ronca y llevó la mano a la mandíbula de ella—. No hace falta…

—Pero quiero —fue cuanto dijo ella, mientras encontraba con los dedos la gotita de líquido en la punta y se la acariciaba.

—Joder —soltó Rey, agarrándose a ella.

—Esa boca, Reynir —dijo, provocativa, con un estremecimiento. Él la había llevado a la locura y ahora pagaría por ello. Bajó la cabeza y se la llevó a la boca, haciendo girar la lengua. Este gimió y se llevó un brazo a la cara—. Y ahora —dijo, mientras se retiraba un poco—, a ver qué puedo aprender yo de ti.

Le lamió a lo largo del miembro, estudiando todas y cada una de sus reacciones. Cuando volvió a metérselo en la boca, Silla se alegró de verle una capa de sudor en la frente.

—¿Qué te parece, Reynir? ¿Te gusta que te provoquen?

Reynir se limitó a gruñir, con la mirada cada vez más intensa. Silla volvió a deslizar las manos por las caderas de él y las posó en su vientre, donde empezó a moverlas en suaves círculos. Pero si bien Rey era el paradigma del control, ella siempre había sido abiertamente ávida, y aquel juego empezaba a atormentarla. Incapaz de mantener mucho más tiempo ese juego, le sostuvo la mirada mientras lo atraía hacia su boca, tomándolo tan al fondo como podía.

—Joder —murmuró Rey, cerrando los ojos. El pulso le latía furiosamente, el pecho le vibraba, y una pequeña sonrisa se dibujó en los labios de ella.

—Te he estado imaginando así —confesó ella, dándole un lametón provocativo—. El gran Ojos de Hacha, a mi merced. —Volvió a metérsela hasta el fondo y luego lo acompañó de una mano para trabajar en tándem.

Se apartó de él, sonriendo ante su gemido.

—¿Qué te gusta, Rey? Enséñamelo.

Él la miró a los ojos.

—No seas suave —dijo con voz ronca.

Ella emitió un sonido algo estrangulado. Intentó reponerse, pero se sentía mareada, como desconectada de su cuerpo. En lugar de eso, volvió a metérsela en la boca, respondiendo al empuje de las caderas de él. Ya lo había hecho antes, pero nunca se había sentido tan perdida y tan excitada por el placer de otra persona.

Cada gemido que le arrancaba hacía aumentar su propio deseo.

Cada movimiento involuntario de las caderas la volvía loca de deseo. Él maldijo con brusquedad y apoyó las manos en el pelo de ella, pero sin llegar a empujar. Eran unas manos que la acunaban y le acariciaban el cuero cabelludo, que le hacían saber cuánto le complacía.

—Estoy cerca —murmuró Rey.

Ella succionó todavía más, sumiéndose en la sensación embriagadora de estar volviéndolo loco. Rey levantó las caderas en breves e involuntarios empujones, y del fondo de la garganta le salieron unos sonidos guturales. Y mientras ella tragaba, lo observó. Ya no había máscara; ese hombre duro y brusco que tan bien conocía. Aquí estaba el Rey de verdad, desarmado. Deshecho. En su estado más puro.

Estaba tumbado boca arriba y jadeaba. Y mientras se acomodaba en el pliegue del brazo, Silla volvió a ponerle la palma de la mano en el pecho: su corazón palpitaba con rápidos latidos contra su pecho. Él y su propio corazón que latía en respuesta. Él. Él. Él.

—Dioses, mujer —exhaló Rey. Se giró sobre un costado y apoyó la cabeza en el brazo doblado.

Estaba saciado y lo notaba suave e imposiblemente cálido, y mientras lo miraba fijamente, Silla no pudo evitar sonreír.

—Ya te dije que cuidaría de ti.

Rey esbozó una sonrisa y se le marcó el hoyuelo en la mejilla. Sacudió la cabeza, sin dejar de mirarla.

—Me alegro de que hayas recuperado el galdur.

Él inspiró hondo y luego dejó fluir la respiración.

—Yo también. —Su mirada se clavó en la de ella—. Lo siento.

Ella parpadeó.

—Me esforzaré por dejarte entrar. Y por no ser tan terco como una mula.

—Y yo —dijo Silla— intentaré que no me domine el miedo. —Se tumbó de espalda, armándose de valor—. Creía que lo había superado. Creía que lo había superado a él. No sentía por él lo mismo que... —«siento por ti», quiso pero no pudo añadir—. Pero me hizo daño de todos modos. Y no puedo permitir que ese hombre me arrebate nada más.

—No te daré motivos para que dudes de mí. —Rey se inclinó sobre ella y la besó en los labios.

Ella quería creérselo a pies juntillas, pero todas las personas que había conocido en su vida le habían mentido. Era difícil imaginar que él fuera a ser distinto.

Cuando Rey retrocedió, Silla expresó su luz sin proponérselo. Se formó un orbe, que se tambaleó por encima de ellos.

—Mira lo mucho que has avanzado —dijo Rey, expresando a su vez una voluta de humo. En silencio, observó cómo la luz y la oscuridad se arremolinaban juntas, maravillada por cómo la oscuridad de él hacía brillar mucho más la luz de ella. Y por cómo su luz ahuyentaba las sombras más profundas de la oscuridad.

—¿Cómo le das un toque de luz? —preguntó ella—. Como si quisiera bañarte en la luz de las estrellas, en lugar de... extraer partes del cuerpo.

—A golpe de práctica —respondió Rey. Extendió una mano, tratando de alcanzar el orbe. Pero cuando la luz entró en contacto con su dedo, este siseó y lo apartó.

Silla soltó el galdur, tomó su mano entre las suyas y se llevó el dedo a la boca. Mirándolo a los ojos, se lo chupó suavemente y derritió la escarcha que lo había cubierto al instante. De inmediato, a Rey se le encendió la mirada. Se le apagó el humo cuando este se le puso encima y ella sintió que su cuerpo volvía a despertar.

—¿Otra vez? —preguntó ella; su propio deseo empezaba a agitarse desde lo más profundo de su vientre.

—Ya te lo he dicho —gruñó él, frotándole la nariz con la suya—. Te deseo siempre. Es un problema.

Silla lo besó en los labios y susurró:

—Pues busquemos una solución.

CINCUENTA Y TRES

Rey le deshacía los nudos de los rizos con suaves movimientos del peine. Sentado sobre las pieles y solo con los calzones puestos, se había acomodado a Silla entre los muslos mientras le peinaba los enredos. La luz del sol se colaba por debajo de la piel que hacía las veces de cortina y atrapaba las motitas de polvo en el aire. En la habitación apenas cabía la cama en la que estaban sentados, y las vigas de madera del techo mostraban signos de deterioro. Para cualquier otra persona, la casa de acogida sería un lugar lúgubre donde descansar. Sin embargo, a Rey no se le ocurría otro lugar mejor. Aquí vivían en una burbuja en la que solo importaban ellos dos.

Silla dio un gran bostezo y Rey sonrió. La había despertado con besos suaves y perezosos, había sonreído al oír sus protestas somnolientas y ver cómo se acurrucaba en su pecho e intentaba volver a dormirse. Silla era de las que se levantaban al amanecer con una alegría irritante, pero hoy estaba muy cansada. Su actitud gruñona, además del pelo revuelto y enmarañado, lo había llenado de satisfacción.

Pronto le había cambiado el humor con suaves caricias procuradas con las manos, retirando las mantas y arrastrándose por su cuerpo. Y mientras la despertaba con los dedos y la lengua, Rey decidió que podría acostumbrarse a aquello. Despertarse con su olor en la nariz. Rendirse a su idea de venganza. Mientras ella se acurrucaba a su lado y le pasaba un brazo por encima del pecho, él se preguntó si alguna vez había tenido una mañana tan perfecta.

—¿Y después de Geirborg? —preguntó él mientras insistía en un nudo rebelde.

Silla gimió en señal de protesta y él aplicó menos fuerza.

—Nos instalamos en Holt —respondió ella, algo enfurruñada—. Qué manía con lo de destrenzarme el pelo, Galtung.

Rey pensó en los mechones deslizándose entre los dedos cuando le había deshecho la trenza la noche anterior.

—Culpable.

Ella guardó silencio un momento.

—Era panadera, lo que significaba que me pasaba la mayor parte del tiempo encorvada sobre la piedra del horno, moliendo el grano horas y horas.

Rey frunció el ceño.

—Debía de ser un trabajo agotador.

Ella asintió, pero se estremeció cuando le dio un tirón en el pelo.

—Todavía tengo las cicatrices de las ampollas. Mira, justo aquí.

Levantó la mano y le enseñó la marca roja del pulgar. Rey le agarró el codo y se llevó la mano a los labios, donde depositó un beso en la cicatriz. Luego, volvió a centrarse en los enredos.

—¿Y tú, Galtung? —instó Silla con suavidad—. El jarl Hakon y los jefes de los uppreisna te enviaron al sur para que aprendieras con Kraki. ¿Qué pasó después? —Rey se percató del tono vacilante en su voz, como si le diera miedo que fuera a reprenderla por preguntar.

Como por instinto, se le hizo un nudo en el estómago; Rey había luchado contra esos sentimientos protectores durante toda la mañana. Abrirse a otra persona era un proceso incómodo, pero se obligó a responder a su pregunta.

—Pues más o menos lo que te contó Kraki, supongo. Yo me había entrenado con una gran hacha, pero no quería aceptarme a menos que aprendiera a manejar un sable largo.

—Imagino que Vig daría media vuelta y regresaría al norte en ese mismo momento.

Rey rio entre dientes.

—Supongo.

Arrugó el ceño al recordar aquellos días. El orgullo que había sentido por ser el guerrero infiltrado más joven de los uppreisna. El optimismo juvenil de pensar que podría llevar el cambio al reino. Por aquel entonces, aún no había sentido la frustración que conllevan años de esfuerzo sin apenas recompensa.

—Practiqué con el sable largo al amanecer y al anochecer, todos los días durante años. Sigrún, Jonas e Ilías se unieron a nosotros unos años más tarde en Sunnavík. Hekla aquella primavera en Midfjord. Gunnar dos años después en Kunafjord. Y, poco a poco, nos convertimos en la Hermandad del Hacha Sanguinaria que conociste.

Solo estaba contando la mitad de la historia; se había saltado la parte en la que su mundo se hizo añicos. No obstante, Rey se dijo que incluso aquello era un comienzo.

—Ja —murmuró este cuando consiguió deshacerle un nudo con el peine. Empezó a dividirle el pelo en mechones finos. Durante mucho tiempo, había tenido ese pelo delante de sus narices, un pelo que lo hacía enloquecer. Ahora quería cuidarlo como la cuidaba a ella—. Habrás visto que en el norte se estila llevar trenzas estrechas con aros de plata entrelazados. —Con los dedos empezó a trenzar los mechones.

—Sí, me he dado cuenta —dijo Silla con un pronunciado suspiro de satisfacción—. Aunque reconozco que me sorprende mucho que el temible Ojos de Hacha tenga interés alguno en el pelo.

—Bueno, solo en este pelo. —Apretó la nariz contra su cabello y, al inhalar, captó el escalofrío que la invadía. Rey volvió a concentrarse en la tarea, entrelazando varias trenzas y sujetándolas con tiras de cuero. Decidió que le compraría unos aros de plata en cuanto tuviera ocasión.

—¿Quieres las buenas o las malas noticias, Galtung? —proclamó una potente voz masculina, y la puerta de la casa de acogida se abrió de golpe.

Silla dio un grito ahogado, y Rey echó mano a la daga, pero en cuanto reconoció que la voz era la de Vig, se relajó y le acarició la espalda a Silla en un gesto tranquilizador.

—¿Todavía en cama? —bramó Vig desde el otro lado de la cortina—. Serás holgazán...

Aun así, se notaba que lo decía con afecto y le arrancó una pequeña sonrisa a Rey.

—¡Un momento, Brazos de Palillo! —dijo—. Hablaré con él —le susurró a Silla al oído—. Descansa un poco, tómate tu tiempo.

Ella asintió soltando otro bostezo. Rey se levantó de la cama y se puso la túnica interior. Al cabo de un instante, desapareció tras la cortina, que se afanó a correr para ocultarla.

La sonrisa de Vig era franca y cómplice, y Rey se dio cuenta de que él también estaba sonriendo. Forzó la expresión para fruncir el ceño.

—¿Qué pasa, Vig?

Vig se sentó en el banco y apoyó un codo en la larga mesa.

—Hablemos fuera —dijo Rey rápidamente. No había forma de mantener una conversación seria sentado en aquella mesa. Tras ponerse las calcetas y las botas, salió al patio.

—¿Galtung? —preguntó Vig, con una sonrisa picarona mientras avanzaba hacia él—. ¿Hay algo que quieras contarme?

—No. —Pero Rey maldijo para sus adentros mientras reprimía un bostezo con la mano.

Vig soltó una risita.

—Mmm. Entonces debo suponer que os habéis pasado toda la noche despiertos contemplando las estrellas.

Rey no le hizo ni caso a su amigo.

Una mirada de complicidad se asomó al rostro de Vig, que cruzó los brazos desnudos sobre el pecho.

—Gracias a los dioses, Galtung, me estaba hartando de tantas miraditas de deseo…

—Basta ya, Brazos de Palillo.

Entre la barba negra de Vig brillaban unos dientes blancos y relucientes.

—Oye, qué susceptible estás, Galtung. Y yo que pensaba que un buen revolcón entre las pieles te sacaría esa escoba que llevas metida por el culo.

Rey se limitó a fruncir el ceño.

—Allá van las buenas noticias, pues —dijo Vig encogiéndose de hombros—. La sierpe ha vuelto a atacar, pero la víctima ha conseguido escapar ilesa. Y tenemos un avistamiento.

A Rey le mejoró el humor de inmediato. La sierpe… dioses, después del ataque de los Azuzalobos, no había pensado en ella ni una sola vez. Intentó contar los días transcurridos desde el último ataque de la bestia, pero pronto perdió la cuenta. Fuera cual fuera la cifra, eran mucho más de siete días.

—Bjalla el Canoso —continuó Vig—. Suele ir a tomar su cerveza a la Calavera Partida. Vayamos a hablar con él hoy.

—De acuerdo —gruñó Rey.

Vig se rascó la barba y adoptó una mirada cautelosa.

—La mala noticia es que Kálf ya no pide verte. Digamos que, más bien, ha exigido tu presencia en la reunión de los uppreisna de esta noche. Ha amenazado con llevarte a rastras ante él si no respondes por Ketill y los Azuzalobos.

Rey soltó una larga exhalación. En realidad, ya se había estado preparando para esto. Si hubiera estado solo, habría ido a ver al jefe de los uppreisna de Kalasgarde nada más llegar. Pero había querido ganar tiempo para Silla y darle el espacio que necesitaba para convertirse en Eisa...

Ahora parecía que el tiempo escaseaba.

—Muy bien —murmuró Rey. ¿Cómo iba a explicar la invasión de su pacífica aldea por parte de una violenta facción guerrera? ¿Se creerían que los Azuzalobos habían ido a cazar al Slátrari? Sin embargo, Ketill había hecho salir a Rey y había intentado llevársela a ella. Y seguramente aquellas cortezas de abedul se estarían distribuyendo por todo el norte. Era muy posible que hubieran llegado ya a Kalasgarde.

Tras quedar en verse más tarde en la Calavera Partida, Vig se marchó y Rey entró en la casa. Silla estaba inclinada sobre el caldero y lo envolvió de inmediato el intenso aroma de los cereales tostados. Vestida con una túnica roja y unos calzones negros, Silla se enderezó y se giró. El calor se apoderó de Rey cuando posó la mirada en las pequeñas trenzas esparcidas entre sus rizos.

—¿Qué...? —preguntó todavía somnolienta.

—Necesito que vengas a una reunión conmigo —dijo él con premura.

—¿Qué ha sido de lo de descansar y tomarme un tiempo? —refunfuñó ella.

—Ven aquí —murmuró él, agarrándola del brazo y atrayéndola hacia él. Le acarició la mandíbula, le acunó el rostro y le rozó los labios con los suyos. Tenía una piel tan suave, tan sublime, que tuvo que esforzarse al máximo para no arrastrarla de nuevo a la cama. Se obligó a retirarse.

Tomándole la cara, la miró a los ojos.

—Necesito que me acompañes a una reunión.

Ella frunció el ceño.

—¿Quieres convencerme a base de besos?

Una carcajada retumbó en su pecho.

—¿Ha funcionado?

Sin embargo, una expresión de preocupación se adueñó de su rostro.

—¿De qué reunión estamos hablando?

Rey se lamió los labios, tratando de dar con la formulación más adecuada.

—La dirige el jefe de los uppreisna de Kalasgarde. —El pánico en sus ojos era real—. Es una reunión de galdra de la zona. Tengo que explicar por qué hay dos decenas de cadáveres esparcidos por el cementerio, Silla.

—Bueno, es ahí es donde descansan los difuntos, ¿no? —murmuró ella, zafándose de sus manos y evitando el contacto visual.

—Puedo ir solo, pero no quiero mentir. No a los uppreisna. No tenemos mucho tiempo... —Rey no quería presionarla, pero no lo entendía—. ¿Me lo puedes explicar? —preguntó con toda la delicadeza de que fue capaz—. ¿Por qué no tienes interés en ella?

Silla se apartó, pero no antes de que él percibiera la rojez que le subía por la garganta.

La frustración se le concentró en las entrañas.

—¿Por qué sigues teniendo miedo? —preguntó, con más severidad de la que pretendía.

Silla se volvió hacia él, atónita.

—¿Cómo?

—Eisa —dijo Rey, echándose tercamente hacia delante—. Te has enfrentado a muchísimas cosas. Has llegado muy lejos. Aun así, siempre desvías la conversación sobre ella. No creas que no me he dado cuenta de que nunca has preguntado por tus padres biológicos.

Silla no le miraba a los ojos, pero Rey leía bien su lenguaje corporal: estaba tensa y dispuesta a huir. No parecía preparada todavía para eso.

—Dejé que revelaras mi identidad a tus amigos —murmuró—. ¿No te basta?

—El ataque de ayer demuestra que no podemos hacerlo solos. Volverán a por nosotros. Necesitamos hombres: más ojos y más espadas. Ven esta noche a la reunión de los uppreisna y desvela tu identidad. Así comprenderán la urgencia de nuestra situación. Pueden ayudarnos y ofrecernos una mejor protección.

—No —dijo ella, tajante—. No puedo. Todavía no...

—Son galdra, Silla —dijo Rey—. Son galdra honorables y de buen corazón. No debes tenerles miedo. Nunca traicionarían a los suyos...

—¿Como hizo Ketill? —le espetó ella.

Rey se frotó la frente, tratando de escoger bien sus palabras.

Sin embargo, Silla ya se había dado la vuelta.

—Necesito más tiempo.

Y dicho eso, corrió hacia el dormitorio y echó la cortina.

SENTADA en la cama, solo la cortina la separaba del resto de la casa de acogida. Ojalá hubiera salido al jardín, así no habría una única tela separándola de Rey y no tendría que oír cómo este se movía por la estancia, echando leña al fuego y vertiendo agua en el caldero.

Respiró hondo, tratando de dominar el pánico que le corría por las venas. No sabía cómo podía querer pegarle un puñetazo a Reynir Galtung en esa boca hermosa y cruel y, al mismo tiempo, querer acurrucarse en su regazo y darle un beso en los labios.

«¿Por qué sigues teniendo miedo?».

Qué cretino. La ira bullía en su interior. Rey siempre había sido asertivo, siempre la había presionado, pero también había ejercido siempre cierta moderación.

Ahora le había sacado el tema de Eisa con la sutileza de un alfanje.

¿Cómo podía explicarle que no se trataba de un simple cambio de nombres? Que convertirse en Eisa significaba reescribir todo su pasado. Significaba llorar la pérdida de los sueños que había albergado durante tanto tiempo y aceptar lo que le deparaba el futuro: el deber, la responsabilidad y unas expectativas que jamás podría cumplir.

Cada día intentaba rendirse a Eisa. Y sí, cada día le resultaba un poco más fácil. Aun así, le quedaba mucho trecho por recorrer antes de llegar a la cumbre de esa montaña.

Tiempo. Necesitaba más tiempo.

Sin embargo, los puñales con los que había apuntado a Rey pronto se habían vuelto hacia ella. ¿Por qué Eisa la atemorizaba tanto? ¿Por qué era incapaz de hacerlo? Soltó un sollozo y apoyó la cabeza entre las manos. Necesitaba calmar sus pensamientos acelerados y volver a un lugar estable y seguro.

Quizá las técnicas de Harpa para despejar la mente le sirvieran para mucho más que para controlar el galdur. Sentada en el borde de la cama, cerró los ojos y encontró el rinconcito tranquilo de su mente. Era oscuro, apacible y muy muy silencioso.

«Nunca estarás preparada para ser Eisa», no tardó en susurrar Matthias. Silla oyó las palabras, las asimiló y las soltó.

«Puede que no lo esté», flotó el pensamiento. Quizá nunca estaría preparada para ser Eisa. Tal vez siempre se lamentaría por los sueños de llevar una vida tranquila rodeada de gallinas. También reconoció y dejó pasar el pensamiento.

«No eres lo bastante fuerte para ser Eisa», susurró Matthias. «Eres demasiado blanda. Demasiado asustadiza». Aquellos pensamientos escocían, pero no los apartó. Se permitió sentirlos, dejó que hicieran lo que quisieran antes de dejarlos pasar.

«Magnus es Manto Negro», dijo una nueva voz, una voz de mujer. «¿Cómo no lo había visto? ¿Cómo voy a avisar a Ana si me están vigilando?».

A Silla se le cortó la respiración. La voz de la mujer... le sonaba muchísimo. «¿Quién es?», pensó Silla. Desde el otro lado de la cortina, Rey tosió, pero ella mantuvo los pensamientos concentrados en su interior.

«Anda, este nuevo delirio es espléndido», dijo la voz sarcástica de la mujer.

Silla se llevó la mano al pecho. «Silla Margrét, te estás volviendo loca».

«Si tú estás loca, es lo que me faltaba», dijo la voz. «Yo ya me he vuelto majara. Y ahora he empezado a hablar sola. Me pregunto si Alfson tendrá un tónico para esto».

«¿Quién eres?», pensó Silla, desconcertada.

«Muy bien», dijo la voz. «Te seguiré el juego. Soy yo, Saga Volsik. Es un enorme placer conocerte, Silla».

Silla apretó las pieles sobre las que estaba sentada. «¿Esto es una broma de mal gusto? ¿Quién eres? ¿Alguien te ha incitado a esto?».

«Fantástico», pensó la supuesta Saga. «Ahora mi voz ilusoria me está gritando».

«¿Quién eres?», exigió Silla. «Dímelo».

Silla sintió un hililllo extraño de irritación. «Mira», pensó la supuesta Saga. «No es el mejor momento para oír voces. Estoy en un buen lío y necesito mi mente para mí sola, por favor».

«Tampoco es el mejor momento para mí», pensó Silla; sus problemas actuales se abrían paso y le inundaban la mente. «¿Cómo voy a ir a una reunión de los uppreisna y decirles quién soy? Si se lo digo, esperarán cosas de mí. Cosas que nunca podré darles...».

Saga pareció dudar. «¿Los uppreisna? ¿Qué es esto? ¿Una broma?». Se hizo otra pausa. «¿Eres amiga de Ana? ¿Eres galdra de la mente?».

«¿Galdra?», pensó Silla, mientras sus pensamientos entraban en una espiral vertiginosa. «¿Crees que... esto es... un truco de galdra? ¿Te has... infiltrado en mi cabeza?».

Una pausa por parte de Saga y luego: «Pues no lo sé. En realidad sé poco de mi Sentido. Pero Ana lo sabría. Ojalá los ratones de Signe no me estuvieran observando...».

Un sentimiento de incredulidad invadió a Silla. Oía el crepitar de la hoguera de la casa de acogida, sentía el tacto de las pieles debajo de sus dedos. Aun así, también percibía unas sensaciones extrañas: el olor húmedo de la piedra antigua en la nariz, el susurro de una tela de lino contra la piel.

«Pero ¿es posible? ¿Puede ser real?», pensó Silla, removiéndose en la cama. «No, no. Esto es una locura. Pero lo de Signe... y conoce a los uppreisna. Y yo no sé nada de galdra con poderes mentales. ¿Y si de verdad se trata de Saga?».

«Tus pensamientos me están rebotando por todo el cráneo», pensó la supuesta Saga. «Piensas como una ardilla tras tomarse una quinta taza de hidromiel. Acabo de mirar fuera de mis aposentos y no hay nadie. No entiendo nada...».

«Dime algo, Saga de mi mente», pensó Silla. «Algo que solo la auténtica podría saber. Háblame de la cicatriz de tu hermana».

Notó cierta confusión al otro lado, pero luego: «Eisa se cortó el ojo en la fuente de Sunnvald...».

«Por las cenizas sagradas de los dioses», pensó Silla; la confusión, el asombro y la incredulidad pugnaban en su interior. «Saga, ¿de verdad eres tú?».

Del otro extremo llegó una oleada de duda y vacilación.

«¡Eres tú!», exclamaron los pensamientos de Silla. «Lo sé. Dioses, Saga, no sé cómo ha pasado esto, y no espero que me creas, pero soy yo, Eisa, aunque prefiero que me llamen Silla. Tómas me sacó del castillo y no llegó a tiempo para rescatarte a ti. Pero ahora está muerto y yo he huido al norte. Ay, dioses, quizá no debería haber pensado esto». Silla se apretó las manos con más fuerza.

«¿Cómo sabes esas cosas?», preguntó Saga. «Si esto es una broma, no tiene la menor gracia. Dime por qué te has puesto en contacto conmigo».

Silla hinchó las narices, enfadada de repente. «Oye, yo no me he puesto en contacto contigo; tú te has puesto en contacto conmigo. Solo quería despejar la mente y entonces he oído tu voz. Has pensado en Magnus el Manto Negro y en una persona llamada Ana…».

«¡Sapos y culebras!», pensó Saga.

Silla parpadeó varias veces y luego sonrió. «¿Acabas de pensar en sapos y en… culebras?».

«¿Cómo narices sabes lo de Manto Negro?», respondió Saga.

«¡Me lo has contado tú!».

«Estoy delirando», replicó Saga. «La reina debe de haberme echado algo en la comida. Me ha debido descubrir. Seguro que sabe que he estado interviniendo en su correspondencia».

«Espera», pensó Silla. «¿Que has hecho qué?».

«Envié a los Azuzalobos al este, pero estoy segura de que no tardarán en descubrir que era una carta falsa».

A Silla se le saltaron las lágrimas. «Pero eso es… increíble. Aunque me atrevería a decir que no hace falta que te preocupes más por los Azuzalobos».

«¿Qué ha pasado?», preguntó Saga, y a Silla se le hizo un nudo en el estómago de preocupación.

«Los matamos».

Un hilillo de alivio brotó del extremo de Saga. «Gracias a los dioses. Aunque, por supuesto, tampoco puedo fiarme mucho. Si la reina me ha drogado, ¿qué hará después?».

«¿Estás a salvo?», preguntó Silla, apretando los puños. «¿Te han hecho daño? Por favor, Saga, dime que estás a salvo».

«Define "a salvo"», pensó Saga, con un marcado deje de inquietud.

«¿Qué ha pasado, Saga?», pensó. «Percibo preocupación».

«Temo haber cometido un error», pensó Saga. «He dado con algo. Y a estas alturas seguro que la reina ya lo sabe..., seguro que habrá consecuencias».

A Silla se le encogió el corazón. «Lo siento. Ojalá pudiera estar allí contigo».

Del extremo de Saga brotó un sentimiento amargo. «Ojalá fueras real, Eisa de mi mente. Te echo de menos cada día. Ojalá pudiera verte. Abrazarte. Sentir que tengo a alguien en este mundo...».

«Claro que tienes a alguien en este mundo, Saga», insistió Silla. «Me tienes a mí».

Saga no respondió.

«Estoy practicando», continuó Silla. «Voy mejorando cada día. Y cuando domine mis habilidades como galdra, iré a buscarte yo misma. Nos iremos del castillo, cogidas del brazo».

«Quiero creerte», pensó Saga. «Pero hace tiempo que aprendí que la esperanza es un sentimiento inútil».

Silla tenía los ojos desorbitados y las mejillas surcadas de lágrimas. Una sensación de ternura atravesó el vínculo, como si un rayo de sol la hubiera envuelto en calor.

«Te metías en mi cama cuando tenías una pesadilla», pensó Saga. «Te acariciaba el pelo y te cantaba aquella canción tonta sobre la gatita Kisa. Siempre nos metíamos en líos; robábamos panecillos dulces y nos escondíamos debajo de la mesa para comérnoslos, nos saltábamos las clases para perseguir mariposas en los jardines».

«Yo... no te recuerdo, Saga», pensó Silla con el corazón encogido. «Pero siempre te he llevado en el corazón. He soñado contigo. Con aquella noche».

«Aquella noche», dijo Saga con un suspiro.

«Háblame de nuestros padres», le suplicó Silla. Hacía unos instantes, la sola idea de preguntar le había dado náuseas, pero con Saga se sentía como la hermana pequeña que le pide a la mayor una historia más. Subió las piernas a la cama y se sentó con las piernas cruzadas.

Se produjo un largo silencio. «Padre era severo, pero al final conseguías que hiciera lo que quisieras».

«¿De verdad?».

Saga se rio, y el calor arropó a Silla como si fuera un abrazo. «Sí. Habías conseguido dominar esa miradita..., con una inclinación de cabeza y los ojos extremadamente grandes. Con una mirada, padre ya no podía decirte que no. Y madre se enfadaba, claro».

«¿Y madre? ¿Cómo era?», preguntó Silla.

«Padre la llamaba su luz. Se querían mucho. Ella sonreía muy a menudo y se inventaba unos cuentos increíbles para dormir». Saga hizo una pausa y la calidez se desvaneció como si una nube oscura cruzara por delante del sol. «Ya casi no los recuerdo».

Entre ellas se produjo un silencio.

«No está bien», pensó Silla al final. «Lo que le hicieron a nuestra familia. Y lo que le han hecho a Íseldur».

Saga no dijo nada.

«Encontraré la forma de liberarte, Saga. Un día nos miraremos a los ojos, nos abrazaremos y ya no nos soltaremos».

«Eso me encantaría, Eisa de mi mente», pensó Saga. «Aunque, igual que tú, estoy segura de que esto no es más que un sueño. Empiezo a sentir cómo te desvaneces».

Silla también lo sentía: la presencia de Saga se volvía más distante a cada segundo que pasaba. «Quédate», le suplicó, desesperada por retenerla. «Aunque sea un minuto más. ¡Por favor!».

Saga respondió algo, pero quedó amortiguado y le fue imposible de entender. Y, al fin, se marchó de verdad. Silla sintió un vacío, un dolor, en el pecho. Durante un rato, la había tenido ahí. Por imposible que pareciera, creía con todo su ser que aquella voz sarcástica y triste había pertenecido a Saga.

Frunció el ceño al pensar en su hermana. Sola, pudriéndose en aquel castillo venenoso. De repente, su miedo y aprensión le parecieron insignificantes en comparación con lo que tenía que soportar Saga.

Saga la necesitaba.

Desde el otro lado de la cortina, oía cómo crepitaba el fuego y una cuchara de madera raspaba el fondo del caldero; eran sonidos normales y cotidianos. Sin embargo, en su fuero interno, todo había cambiado.

Cerró los ojos e intentó imaginarse a su familia. Solo podía imaginar a una joven Saga, una niña fantasma con un camisón roto. No se acordaba de sus padres biológicos. Ni siquiera podía verlos en su mente.

Apretó los puños con fuerza.

Los urkanos le habían arrebatado a su familia. Habían asesinado a sus padres. Habían mantenido cautiva a su hermana y habían ido a por Silla una y otra vez. Entonces pensó en Metta, encerrada en una celda de Kopa. En su madre adoptiva, Ina, colgada en un pilar. En todos los inocentes asesinados sin motivo. En todos los iseldurianos que se vieron obligados a lanzar una piedra.

Alguien tenía que hacer algo. Alguien tenía que poner fin a esto. Alguien tenía que hacerles pagar.

Sus pensamientos se cristalizaron; se volvieron fríos y afilados.

Apartó la cortina con tanta fuerza que se desgarró, y Rey se giró sorprendido. Plantado junto a la hoguera, enarcó las cejas oscuras. Fue directa hacia él, le arrancó la cuchara de madera de la mano y removió las gachas con saña.

El calor del fuego acrecentó la rabia que le hervía en la sangre.

—¿Estás bien? —le preguntó Rey con cautela.

—No —respondió ella.

Respiró hondo, apoyó la cuchara en el borde del caldero y se volvió hacia Rey.

—No estoy preparada para ser Eisa —dijo bruscamente—, pero puede que nunca lo esté. Así que supongo que lo intentaré sin más. —Se cruzó de brazos y le lanzó una mirada desafiante—. Iré a tu reunión, Galtung. Lo explicaré todo.

Rey exhaló despacio y la atrajo hacia sí. Este olía a gachas y a humo, y le infundía una sensación de seguridad. Y, en aquel momento, Silla supo que no tenía por qué sentirse preparada. Podía saltar de aquel acantilado como había hecho con las hojitas de skjöld. Una vez más, sintió miedo. Y, una vez más, Reynir Galtung estaba a su lado.

Silla parpadeó y se le saltaron las lágrimas al darse cuenta: ya no estaba sola. Rey estaba allí y la protegía.

—Un pie delante del otro —le susurró ella en el pecho.

CINCUENTA Y CUATRO

Sunnavík

Tras aquel encuentro desastroso con Magnus Hansson, Saga regresó a sus aposentos y descubrió más malas noticias. En su ausencia, le habían pasado un pequeño cuadrado de pergamino por debajo de la puerta. Lo desplegó y lo leyó con impaciencia.

> *Ala Invernal:*
>
> *La sala ha desaparecido. Se lo han llevado todo. No vayas en busca de más peligros. Y quema esto después de leerlo.*
>
> *Tuyo,*
>
> *Kass*

Arrugó el pergamino en el puño y lo arrojó al fuego con rabia. Paseó de un lado a otro de su habitación en un intento de ordenar sus pensamientos. Habían vaciado la sala de los horrores, lo que probablemente significaba que también habrían cambiado de sitio los pergaminos y el manuscrito del despacho de Alfson. ¿Qué pruebas tenía que relacionaran a Alfson y a Signe con los galdra desaparecidos? Tras quemar toda la correspondencia que había interceptado con Ana, lo único que le quedaba a Saga era su palabra.

Aquella noche no pudo pegar ojo. Habían descubierto su morral en aquella horrible cámara y, después de su encuentro con Magnus, sabían a quién pertenecía. A esas horas, ya habrían informado a Signe. Puede que la soberana relacionara a Saga con los desmanes de los Azuzalobos.

Ana. Seguramente Ana sabría qué hacer. Tal vez podría hablar con su grupo de uppreisna. Tal vez podrían adelantar los planes para sacarla a ella del castillo. Pero Saga no podría escabullirse hasta la torre de cetrería sin marcar una diana en la espalda de Ana. A esas alturas, Signe ya debía de tener a sus ratones husmeando. Tendría que ser astuta y encontrar otra forma de llegar hasta Ana.

Pero fuera como fuera, Saga sabía que habría consecuencias. Por lo menos, la reina Signe no podía hacer que la mataran, no sin levantar las sospechas de Ivar, claro. Además, un asesinato sería demasiado burdo para la reina.

«Un pie delante del otro; un paso cada vez. A veces, es lo único que se puede hacer».

Las palabras salieron de algún lugar profundo de su interior; era el tipo de positividad enervante que le daba ganas de vomitar. «Eisa de mi mente, ¿eres tú?», dijo Saga. Ay, dioses, estaba perdiendo la cabeza de verdad. Aun así, el recuerdo de la conversación la llenó de una calidez inexplicable. Saga era una Lectora... una de los galdra mentalistas. ¿Tanto le costaba creer que pudiera haber sido la auténtica Eisa?

Tal vez la Eisa de su mente estuviera durmiendo, o puede que su mente no estuviera en sintonía, porque Saga solo encontró silencio. Arrugó la frente. No podía hacer nada, salvo afrontar las consecuencias de sus actos. Con un suspiro, se entregó a los preparativos del almuerzo; se puso un vestido de seda negra zagadkiana y dejó que Árlaug le trenzara el pelo.

Saga fue la última en llegar y todos los presentes en la gran sala posaron la mirada en ella cuando entró, excepto el rey, que estaba ausente. Saga se había propuesto mantener la calma e interpretar la versión más dócil de sí misma. No era necesario que la monarca supiera que Saga había crecido y cambiado en las últimas semanas, y que ya no podía volver a ser la chica que había sido hasta ahora. Y si Signe creía que Saga le permitiría llevar a cabo experimentos tan espantosos con la buena gente de Íseldur, se llevaría una buena sorpresa.

Pero de momento, debía ser obediente. Adoptó una expresión serena y apacible y se dirigió a la mesa principal. Magnus estaba sentado junto a la reina Signe, y tuvo que hacer un esfuerzo enorme para no fruncir el ceño. Si alguna vez se había preguntado qué ganaba Magnus con aquel acuerdo, al contemplar la facilidad con que se había sentado en el trono de Ivar, ahora lo comprendía perfectamente. Poder. ¿No era siempre cuestión de poder? Los hombres que lo tenían se esforzaban por conservarlo. Los hombres que no lo tenían maquinaban para arrebatarlo.

Saga se sentó junto al príncipe Bjorn e ignoró su mirada curiosa. La comida estaba servida, y ella se afanó en llenar su plato de bayas y tortitas y cucharadas de skyr, tratando de fingir que todo era como siempre, como tenía que ser.

—Veo que por fin nos has honrado con tu presencia, Saga —dijo la reina Signe, llevándose una copa de plata a los labios—. ¿Por qué te perdiste la cena de anoche?

«Porque pensé que me darían arcadas en la mesa», pensó Saga. Miró a la soberana a los ojos.

—No me encontraba bien.

La reina apretó los labios y miró hacia la mesa del guerrero con aquellos ojos azules como el hielo.

—Thorir, ven aquí. —Un guerrero descomunal de barba pelirroja se puso en pie—. Saga, querida, Thorir ha accedido a ayudarte a llegar a tiempo a tus compromisos.

Esa mole de hombre gruñó en señal de confirmación. Era alto como un oso, con unos bíceps muy gruesos y unas manos que podrían aplastarle los huesos sin pensárselo dos veces. Al verlo notó una punzada de inquietud.

—Qué amable es usted, Thorir —dijo Saga, forzando un tono anodino. No podía reaccionar. Así que Thorir le haría de niñera, de niñera enorme. En lo referente a castigos, no era tan malo como había esperado.

Mirando hacia la mesa, Saga se encontró con la aguda mirada de Rurik, que se llevaba una copa de plata a los labios. Se dio cuenta de que estaba haciendo eso tan suyo de ver más allá de lo que ella querría que viera. Sintió el extraño impulso de pedirle que se reuniera con ella en un pasadizo oculto, de confiar en él. Pero su mirada le dijo que Rurik sabía que ya se había metido en más líos. Con suerte, no intentaría hacer ninguna tontería como ser caballeroso.

—Saga, querida —continuó Signe, untando mantequilla—, como anoche te perdiste la cena, no estás al corriente de lo emocionante de hoy. Es el día de las ejecuciones en los fosos de Askaborg.

Saga tuvo que emplearse a fondo para mantener un rostro impasible, pero le empezaron a temblar las manos ante la mención de las fosas.

—Fantásticas noticias, Su Majestad.

Signe contempló a Saga con un desagrado que no se molestó en disimular.

—Hace muchos años que no asistes a una ejecución, ¿verdad, Saga?

—Sí.

—Menudo regalo para ti. —Signe remarcó su comentario con un mordisco al pan—. Thorir se asegurará de que llegues pronto, ¿verdad, Thorir?

Thorir gruñó y Saga se obligó a mirar el plato. «¡El foso!», le gritaban sus entrañas. El foso donde sus padres... donde la hermana pequeña de Ana... Saga no pudo terminar el pensamiento. El corazón se le agitaba con fuerza, de modo que recorrió la sala con la mirada para repasar las salidas.

A medida que la tensión que oprimía el pecho fue remitiendo poco a poco, empezaron a surgir los murmullos a su alrededor. A su lado, sintió que Bjorn la miraba de reojo. Pero fuera lo que fuese lo que estuviera pensando, decidió no expresarlo en voz alta. En lugar de eso, se volvió hacia los zagadkianos.

—¿Cómo van las reparaciones de su nave, lord Rurik?

—Van bien —dijo Rurik, con la mirada fija en la de Saga durante unos instantes. «¿Qué has hecho ahora?», parecían preguntarle—. Zarparemos después de la fiesta de cumpleaños de la *printsessa.*

—Me alegra oírlo —respondió Bjorn—. Con un poco de suerte, habremos capturado al pirómano antes de esa fecha, para que puedan presenciar el ajusticiamiento con sus propios ojos.

Saga le dio un sorbo a su róa, que estaba demasiado caliente, y dejó la taza a la mesa mientras se abanicaba la lengua con la mano.

—¿Os encontráis bien, lady Saga? —preguntó Rurik, con un levísimo rastro de advertencia. «Recobra la cordura, insensata», parecía decirle su mirada.

—Me he quemado la boca —dijo con la voz ronca; se había chamuscado la lengua y sabía que notaría aquella sensación durante días.

Él la miró con dureza.

—Debéis llevar más cuidado. No es nada divertido quemarse.

Ella se atragantó con la risa.

—Es demasiado tarde para eso, lord Rurik.

«Demasiado tarde, desde luego», pensó con amargura, mientras le daba un mordisco al pan.

CINCUENTA Y CINCO

Kalasgarde

—Por allí —le dijo el tabernero a Rey, señalando con la cabeza a un hombre en un rincón oscuro de la Calavera Partida.

El salón comunal de Kalasgarde no había cambiado en los cinco años transcurridos desde su última visita. Las mismas largas mesas llenas de marcas y arañazos. Las mismas chimeneas ruinosas. El mismo busto de Ivar Corazón de Hierro, astillado y agrietado por años de prácticas de tiro con él. No prestó atención a las cabezas que se giraban a su paso, su mirada se centró únicamente en el anciano que se aferraba al cuerno de cerveza como si fuera el mismísimo elixir de la vida eterna.

Rey dudó un instante. ¿Podría este hombre darle de verdad una descripción fiable de la sierpe?

No le había hecho ninguna gracia dejar a Silla a solas con Harpa tras el ataque de los Azuzalobos, pero tenía que oír lo que había visto Bjalla el Canoso. Vig le había asegurado que Runný y un amigo de confianza vigilaban el estrecho valle, la única ruta de entrada y salida de Kalasgarde. Si entraba algún guerrero sospechoso, se le echarían encima al momento. Con eso en mente, había accedido a regañadientes a dejar a Silla en casa de Harpa durante una hora, mientras Vig y él cabalgaban hacia Kalasgarde e interrogaban al hombre que había visto a la sierpe.

—El viejo Bjalla ha estado contando cuentos últimamente —dijo el tabernero, mientras servía cerveza de una jarra—, pero no distingue una puerta de una pared. —Le pasó el cuerno lleno a Vig y miró a Bjalla—. Lleva diciéndole a todo el que quiere escucharle que ha visto a Svangormr por estos lares. —El hombre se echó a reír, meneando la cabeza.

—Gracias —murmuró Rey, volviéndose hacia Bjalla.

—La sierpe hambrienta. Eso nos ayudará, sí. —Las palabras de Vig destilaban puro sarcasmo.

Rey no respondió mientras se acercaban a Bjalla el Canoso. Como su nombre indicaba, el anciano tenía una mata desgreñada de mechones grisáceos y los observó con una mirada férrea mientras se aproximaban.

—Canoso —dijo Rey con una inclinación de cabeza—. Soy Ojos de Hacha, y él es Brazos de Palillo...

—¡Brazos de Roble! —protestó Vig.

Rey no le hizo ni caso.

—Hemos oído que has visto algo inquietante. ¿Podríamos compartir una copa contigo y nos lo cuentas?

El hombre le dio un buen trago al cuerno.

—¿Habéis venido a reíros de mí?

—No —dijo Rey—. Solo queremos oír lo que has visto.

Bjalla no respondió; se limitó a observarles con recelo.

—Ha habido ataques en la zona, Bjalla —dijo Rey con cuidado—. Vig y yo estamos investigando. Han asesinado a una mujer, otra ha desaparecido, y también un niño.

Bjalla exhaló un fuerte suspiro.

—Era Svangormr, os lo juro. Es largo como diez sementales uno detrás de otro, con escamas de un azul reluciente y largos colmillos blancos. Pero sus ojos... —la mirada del hombre se volvió distante— esos ojos eran rojos como la sangre.

—¿Dónde lo viste? —preguntó Rey.

El hombre tenía una mirada atormentada.

—Salí del salón comunal y me iba a casa cuando lo vi al otro lado de los muros de la empalizada. Primero pensé que había empinado demasiado el codo. Pero luego se giró y clavó sus ojos en mí, y supe... supe que era real, y que yo estaba sobrio como un recién nacido.

—¿Y qué ocurrió después? —preguntó Vig.

—Pues que me asustó —murmuró Bjalla, volviendo la atención a su cerveza.

Vig y Rey se miraron cómplices.

—Ha matado a Freydis —intentó Rey—. Váli y Ástrid han desaparecido sin dejar rastro. Queremos ofrecer paz a sus familias y evitar que no haga daño a nadie más.

Bjalla pareció sopesar esas palabras, pero no respondió.

—Nadie ha visto a la criatura salvo tú, Bjalla. Tenemos que saber exactamente lo que viste. Ningún detalle es insignificante. Es una cuestión de vida o muerte.

—Ojos de Hacha y yo somos norteños hasta la médula —intervino Vig. Rey observó a su amigo y lo invadió una cálida oleada de gratitud. Se alegraba de que Vig estuviera ahí con él, de que hicieran eso juntos—. Somos amigos de todos los iseldurianos —prosiguió—. Puedes confiarnos detalles que, de no hacerlo, podrían acarrearte problemas.

Bjalla los miró a ambos de hito en hito y bebió otro largo trago de cerveza. Se limpió la boca con el dorso de la mano y se inclinó hacia ellos.

—Ni yo mismo estoy seguro de creérmelo. —Con un movimiento de cabeza, Bjalla murmuró en voz baja—: Espíritus del hielo.

—¿Espíritus del hielo? —repitió Rey algo aturdido.

Bjalla continuó y agitó la mano con un gesto enloquecido.

—Un enjambre entero de espíritus se le echó encima. La bestia se detuvo en seco, empezó a gruñir e hizo amago de morderlos, pero los otros eran pequeños e insidiosos, y pronto tuvo que darse media vuelta. Se movía sin garbo alguno, como si le estorbara su gran tamaño. Eso sí, cuando se metió en el río, se alejó nadando a toda prisa.

Rey sintió que la voz de Bjalla se desvanecía ante el torrente de sangre de sus oídos. Le dio la sensación de que el banco en el que se sentaba se movía mientras él mismo se debatía con todos aquellos pensamientos. Los espíritus del hielo habían estado visitando a Silla cada vez en mayor número. De hecho, una decena o más habían estado jugando entre los arbustos mientras los dos entrenaban aquella misma mañana. ¿Por qué la buscaban? ¿Tenía algo que ver con la sierpe? Se le hizo un nudo en el estómago.

—Gracias, Bjalla. —Rey se levantó bruscamente, sin prestar atención a la mirada perpleja de Vig. Ya había oído todo lo que necesitaba saber. Ahora mismo, había asuntos más urgentes—. Tenemos que volver a casa de Harpa.

CINCUENTA Y SEIS

El aire era tan frío que le quemaba las mejillas a Silla, y cada bocanada de aire era como si se le clavaran pequeños cuchillos en los pulmones. Aun así, avanzó paso a paso por el sendero que llevaba a las terrazas glaciares, agradecida por los árboles que la protegían de aquel viento despiadado.

—Hoy recogerás agua del deshielo del lago de Jökull —le había dicho Harpa, mientras le tendía un cubo.

—¿Por qué? —preguntó ella antes de poder contenerse.

La mirada de la anciana se parecía tanto a los ojos de hacha de su nieto que le dieron ganas de reír.

—Aceptaste no cuestionar mis métodos, ¿te acuerdas? Creo que esto te ayudará a desarrollar tu habilidad de Destructora de Espadas, así que debes hacerlo.

Silla se había mordido el labio.

—Pero la sierpe gigante…

—¿No confías en mí? —Harpa había cruzado los brazos sobre el pecho y la miraba desafiante.

—Sí que confío —dijo Silla lentamente. Puede que Harpa no fuera la mejor explicando los porqués, pero tenía que reconocer que sus métodos eran eficaces.

—Ahora vete —la apremió su mentora, señalando la puerta con la cabeza.

Y con un suspiro, Silla había claudicado. Aceptó el cubo, cruzó las protecciones sin mediar palabra y emprendió el camino hacia las terrazas glaciares.

Mientras subía, Silla miraba con frecuencia hacia atrás por encima del hombro, pero por fortuna no encontró rastro de la sierpe. El frondoso pinar de las montañas más bajas pronto se redujo a breves abetos ralos en medio de densos montones de nieve. Y al poco tiempo, incluso aquellos escasos árboles desaparecieron, y no vio más que campos de nieve, tan barridos por el viento en algunos lugares, que la roca negra había quedado al descubierto. El viento arreciaba con fuerza y tuvo que subirse más la bufanda.

Jökull se alzaba ante ella; las gigantescas moles de hielo teñido de azul se extendían hasta donde alcanzaba la vista. Desde la distancia, tenían unas formas lisas y elegantes, todas encajadas en la curva de la montaña de Jökull. Pero de cerca, se hacía evidente la superficie rugosa del hielo, los picos dentados y las grietas pronunciadas, el hielo erosionado y moldeado durante siglos. A medida que se acercaba, parecía que se atenuaba el frío. Silla se sintió pequeñita y humilde ante algo de semejante envergadura.

Bajo la terraza inferior, el hielo se curvaba en torno a una abertura oscura; un pesado saliente de nieve sobresalía por encima de la entrada. Parecía una cueva, pero ¿no le había dicho Harpa algo de un lago? Silla observó el árido paisaje que se extendía entre ella y la cueva de hielo, y se fijó en una placa de hielo barrida por el viento. Estaba claro que el lago se había congelado. ¿Habría oído mal las instrucciones de la anciana?

Se encaminó hacia la entrada de las cuevas de Jökull, donde le llegó a los oídos el rumor del agua. Con una respiración profunda y vigorizante, se agachó bajo aquella plataforma de nieve y entró en la caverna. Y miró a su alrededor, completamente maravillada.

El túnel era de un azul más radiante que el más hermoso de los cielos despejados. La luz se difuminaba desde un techo glacial ondulante, y se dio cuenta de que no podía apartar la mirada. Rastreó la forma y la cresta de cada ola ondulante. Aquel lugar tenía ritmo, como el flujo de un océano atrapado durante toda la eternidad.

Sacudió la cabeza y se puso manos a la obra. Un pequeño arroyo fluía por las rocas negras del suelo de la caverna. Una parte de ella ansiaba explorar aquel lugar, pero se recordó que estaba ahí por una sola razón. Arrodillándose, sumergió el cubo en el arroyo.

Un movimiento le llamó la atención y levantó la vista: era un espíritu de hielo. Sus alas azul escarcha combinaban casi a la perfección con el techo de la cueva, y cuando el espíritu trazó un nervioso bucle, dejó a su paso una estela de diminutos fragmentos cristalinos.

—Hola, amiguito —saludó—. No esperaba encontrarte aquí.

Un par de espíritus del hielo se unieron al primero, silbando y señalando hacia el interior de la caverna.

Frunció el ceño y dejó el cubo en el suelo.

—¿Es este vuestro hogar?

Otra media decena de espíritus salieron volando de las entrañas de la caverna, empujándose unos a otros para llamar la atención de Silla.

—Es un sitio precioso —dijo ella con cierto recelo. Notaba algo de agresividad en aquellos espíritus que no había visto antes—. ¿Ocurre algo?

Los espíritus del hielo volaron rápidamente por el pasillo y volvieron. Parecía un sí. Observaron a Silla, expectantes.

—¿Queréis que os siga? —Otra respuesta feliz de los espíritus. Aun así, en lo más profundo de su mente, persistía la duda—. No sé si es lo más sensato.

Sin embargo, un lamento grave y lejano llegó a sus oídos y le erizó el vello de la nuca. Se quedó quieta como una estatua, preguntándose si se había imaginado el sonido. Le había parecido humano. Como si fuera de un niño.

—¡Socorro! —gritó una voz, y sintió un escalofrío.

Tiró el cubo y se puso en pie.

—Enseñádmelo —dijo, con determinación. ¿Sería Ástrid o Váli? Fuera quien fuera, echó a correr tras los espíritus de hielo por las cuevas de Jökull.

Los gritos se volvían más fuertes y los espíritus de hielo, más inquietos, cuanto más se adentraban. Y mientras corría tras los espíritus, un oscuro bucle se agitó en su interior.

—¡Socorro! —gritó la voz, más fuerte, más frenética. El inconfundible olor a podredumbre le llegó a la nariz, y tuvo la sensación de que sería mejor dar media vuelta. Pero ese bucle oscuro se desplegó y se estiró como una caricia seductora que le calmaba cualquier temor.

Al doblar un recodo, accedió a un espacio cavernoso y se topó con una escena escalofriante. A su izquierda, había unas extrañas formaciones rocosas bulbosas, algunas agrietadas. Justo delante, matas de lana, huesos y cadáveres de ovejas desgarrados y desperdigados por doquier.

Y el olor: conocía bien ese olor. Era como el del caminante del bosque que había matado Jonas en el Camino de Huesos: era el hedor de las cosas muertas y enmohecidas. Lo más curioso de todo eran los extraños y retorcidos trozos de material, finos como el pergamino, pero con escamas como...

Silla dio un grito ahogado y retrocedió a trompicones. «Es un nido», le dijo su mente. Era la guarida de la sierpe. Y aquella materia parecida al pergamino era piel de serpiente. Casi sin atreverse a respirar, buscó cualquier señal de movimiento. Nada. Miró con más atención aquella piel que se le había desprendido a la bestia. Era demasiado corta para pertenecer a la sierpe que habían descrito Vig y Rey. Y al observar el nido con otros ojos, se formó una imagen.

El curioso grupo de rocas a su izquierda no eran rocas en realidad. Algunas de las superficies abovedadas se habían resquebrajado y mostraban cavidades huecas y vacías. Huevos. Dioses, eran huevos. Habían dejado ahí los cadáveres de las ovejas para las crías, y al examinar el estado de los restos, adivinó que los habían despedazado en trozos del tamaño de un mordisco.

Y, de repente, tenía lógica que Rey y Vig no hubieran encontrado rastro de la gran serpiente durante varias semanas. La madre se había refugiado en el nido, poniendo huevos, algunos de los cuales ya habían eclosionado.

Tenía que salir de ahí a toda velocidad. Tenía que contárselo a Rey...

—Ayúdame —oyó que decía un niño desde el otro extremo de la cueva. Los espíritus del hielo se habían reunido cerca y se arremolinaban por encima de algo.

—¿Váli? —susurró Silla, pegándose a la pared para rodear el nido—. ¿Ástrid?

—¡Estoy aquí! —dijo la voz—. Ayúdame.

Con el corazón desbocado, Silla pasó por encima de otra piel de serpiente, evitando la caja torácica abierta de par en par de una oveja muerta. El fondo de la caverna se mostró ante ella y ahogó un grito. En un rincón había un montón de restos de esqueletos destrozados.

—¿Váli? —susurró. La impresión y las náuseas se agitaban en su interior—. ¿Ástrid?

Pero entonces vio los símbolos esmerilados alrededor del cadáver. La runa de protección invertida estaba dibujada una y otra vez, había docenas... quizá cien. Junto a los huesos, había una sima, una abertura en forma de cuña en el suelo de la cueva de la que salía vapor. Los espíritus del hielo volaban en espirales, nerviosos, siseando y haciendo gestos hacia la fosa. Eso era, al parecer, lo que querían enseñarle.

«Acércate, querida», susurró una voz. Era una voz que ya había oído antes, una voz que no venía de ninguna parte y, a la vez, venía de todas. Era lo que había oído y sentido en su visión durante el Rito de Cohesión.

El Oscuro.

Su presencia se filtró con libertad desde aquella grieta en lo más profundo de la cueva de hielo de Jökull; un estruendo procedente de las profundidades le hizo vibrar hasta los huesos.

—No debería estar aquí —susurró ella, resistiéndose a la seductora tentación de acercarse al abismo, de entregarse a los oscuros bucles que se deslizaban por ella. Volvió la vista hacia el montón de huesos. Se fijó en un alfiler de capa hecho de bronce y con forma de hoja. Si conseguía recuperar aquel alfiler, tendría la prueba de que sabía dónde se hallaba el lugar de descanso final de Váli y Ástrid.

Dio un paso adelante; las náuseas se agitaban en sus entrañas mientras luchaba contra el intenso deseo de lanzarse al abismo, de dejar que la fuerza oscura que emanaba de él la consumiera. Pero Silla estaba acostumbrada a la lucha contra los anhelos más potentes; quizá por eso debiera estar agradecida a las hojitas de skjöld. Apretando los dientes, rechazó la presencia.

Un espíritu del hielo se acercó a ella; se le aproximó tanto que alcanzó a verle las pestañitas diminutas y escarchadas que enmarcaban sus grandes ojos azules y distinguió las delicadas venas heladas de sus alas.

—¿De aquí salió el monstruo? —preguntó Silla, desabrochando el broche de la capa de Váli y metiéndoselo en el bolsillo. El espíritu de hielo asintió—. Encontraré ayuda. Traeré a otros que sabrán qué hacer.

El espíritu de hielo zigzagueó en un bucle alegre.

Otro ruido sordo hizo temblar el suelo y le puso la carne de gallina. «Acércate», dijo la voz. «Ven a mí, bendecida por Malla».

Silla luchó contra aquella coacción embriagadora y se obligó a dar un paso atrás.

—No.

«Hija de Svalla», dijo la cosa. «Deja que te vea».

El nombre de su madre la sobresaltó, pero cuando el suelo retumbó bajo los pies, recobró el sentido de repente. Retrocedió a trompicones y gritó:

—¡No!

En ese momento, la invadió un pulso de la ira de aquella cosa, pero ella lo repelió. «Pronto te tendré. Ríndete ahora y ahórrate el dolor».

Ante el silencio de Silla, hubo otro pulso de ira. Mala elección, dijo la cosa. Un extraño ruido como de astillamiento empezó a oírse detrás de ella. Se dio la vuelta poco a poco. Junto a la salida de la cueva, se abrían grietas por uno de los huevos. Se desprendió un fragmento, que cayó sobre el oscuro suelo de la cueva.

Y del interior de la pequeña abertura, salió una lengua larga y delgada.

—Ay, dioses —murmuró Silla, echándose hacia atrás.

Y echó a correr.

CINCUENTA Y SIETE

A Silla le invadió el pánico más absoluto mientras corría por las cuevas de hielo, tropezando con las rocas y resbalando en las placas heladas.

—¡Socorro! —Los gritos de Váli la perseguían—. ¡Vuelve! —Pero, de repente, se transformaron en la voz del Oscuro. «¡Ahórrate el sufrimiento y entrégate!».

La risa resonó en su cráneo, pero sabía que no podía rendirse a aquella voz. Y, entonces, empezó a oírse el siseo.

—Ay, dioses —susurró Silla, haciendo acopio de todas las fuerzas de que disponía. Tenía que salir de ahí. El suelo tembló de nuevo y se atrevió a echar un vistazo por encima del hombro. Ojalá no lo hubiera hecho.

Habían eclosionado media decena de sierpes con escamas azul hielo y unos ojos rojos y brillantes. Cada una era tan larga como dos guerreros adultos y tenían unos colmillos largos y relucientes. Sin embargo, sus movimientos eran torpes, se ondulaban a lo ancho y chocaban entre sí. Cuando un par de serpientes chocó y una de ellas golpeó la pared, toda la caverna vibró.

«¡Ay, dioses, ay, dioses, ay, dioses!». Silla intentó no dejarse llevar por la desesperación, pero las serpientes la estaban alcanzando. En ese momento, le brotó una luz de las palmas que brilló a través de las costuras de los guantes de piel de lobo. Se los quitó y los tiró. Se había activado y aquella fría tensión pedía que la liberara.

Las bestias chasquearon los colmillos detrás de ella, y no tardó en oír un siseo furioso. En ese instante vio la lejana luz de la salida de la cueva y la embargó de esperanza. Estaba tan cerca...

Notó un estallido de dolor en el tobillo: un par de colmillos le habían atravesado la bota. Con un grito, Silla giró, encontró la grieta de su interior y la abrió. La criatura retrocedió ante la llamarada de luz, lo que le dio tiempo para recolocar los vínculos.

Apenas tardó unos instantes en empuñar la espada de luz fría. Las serpientes retrocedieron, observando a Silla con sus ojos rojos, que brillaban como si estuvieran iluminados desde dentro. Tenían las escamas de color azul hielo, aunque su vientre era más bien blanco.

—¡Buscaos otra cosa que comer! —gruñó Silla, blandiendo la espada en el aire, que luego rebotó inofensivamente en las escamas de la criatura más cercana. No tuvo ocasión de sorprenderse, porque las serpientes estaban arremetiendo contra ella...

Un enjambre de figuras azules y cristalinas se abalanzó sobre las criaturas desde abajo. Las serpientes retrocedieron, chocando entre sí, mientras los espíritus del hielo las asediaban y las hacían retroceder.

Silla observó que los espíritus del hielo atacaban desde abajo y se centraban en la parte inferior de las crías. Y se le ocurrió una idea. Se agachó y clavó la espada en el estómago de la criatura que tenía más cerca: se hundió como si fuera mantequilla.

Se giró sin detenerse y salió a la carrera, pero le costaba por las cuevas y se resintió la coordinación. Tropezaba con las rocas y resbalaba en las placas de hielo. El suelo retumbó tras ella y supuso que las crías habían podido atravesar la barrera de los espíritus.

No podían escapar de ninguna de las maneras. Tenía que bloquear la salida. El techo de la cueva se volvió más delgado y pronto estalló la luz cegadora del exterior de la caverna. Sentía la mente como si estuviera rellena de lana, pero se giró de espaldas y cortó con la espada la repisa de hielo que sobresalía por encima de la entrada.

Golpeó una y otra vez con la espada, desmenuzando el hielo y la nieve, con la esperanza de que bastara para taponar la salida. Cayó entonces un trozo de hielo, luego otro y otro más. El suelo retumbó y ella retrocedió. La nieve cayó en cascada, aterrizando con un golpe seco y lanzando nubes de polvo en el aire.

El estruendo cesó y oyó un silbido sordo al otro lado de la nieve. Silla soltó un largo suspiro. La salida de la cueva había quedado sellada, de momento.

Necesitaba salir de ahí, tenía que llevar refuerzos para destruir a las criaturas de una vez por todas.

Sin perder un segundo, se dio la vuelta y se alejó corriendo de las cuevas de Jökull.

MIENTRAS BAJABA A TROMPICONES de Jökull, se dio cuenta de que la mordedura de la serpiente no era una simple herida superficial. Había empezado con un leve latido en la pierna, pero crecía y se extendía con cada paso, hasta que un calor febril la abrasó por todo el cuerpo.

«Una vida a cambio de otra», susurró aquella voz malévola, filtrándose como veneno en su cabeza.

Resbaló por el sendero cubierto de nieve y se agarró a un árbol ralo. El sudor le salpicaba la frente y el suelo se movía bajo sus pies.

«Usa el cuchillo».

Se levantó y siguió avanzando por el sendero. Parecía que necesitaba concentrar toda su energía en el suelo, para no tropezar con las raíces de los árboles y las rocas. Por suerte, la nieve pronto desapareció y los árboles se hicieron más altos.

«Qué buena niña eres, mi querida Svalla».

Empezó a ver borroso y las voces se volvieron más fuertes. Aparecieron varias imágenes en su mente: una fuente, un rosal, una daga manchada de sangre. Dioses, debía de haber veneno en los colmillos de aquella serpiente.

«La echo tanto de menos».

Se le distorsionó la visión y notó que se tambaleaba entre los pinos, sin rumbo. Luchó por mantener el control de su mente, pero esta se le escapaba de las manos. La realidad se desdibujó y se retorció a su alrededor. Y, de pronto, se precipitó al reino de su mente.

SILLA VIO A UNA NIÑA de ojos azules como los de Saga y rizos oscuros como los suyos. Y, entonces, se fundió con aquella niña, dando saltitos por un patio empedrado, con una muñeca bajo el brazo. Sonrió cuando el sol le calentó las mejillas y percibió el olor de la primavera: dulces flores, tierra recién removida y plantas de un verde radiante.

Se dirigía a la fuente. Qué maravilloso era ver cómo se derretían las últimas nieves del invierno. Pronto habría flores y almuerzos en el jardín y viajes a la costa. Y también significaba que la cocinera serviría bayas frescas con cada comida, y esas eran sus favoritas: arándanos con un chorrito de miel.

Pero hoy iría a la fuente y le pediría tres deseos a Sunnvald. El primero, por supuesto, sería un hermanito o hermanita. El segundo sería que el abuelo volviera a ser feliz. Echaba de menos sus sonrisas y las historias que contaba antes de que la abuela enfermara y se fuera a las estrellas. El tercer deseo aún no lo había elegido. ¿Cien días de sol? O tal vez debería desear algo más... como diría su padre, «noble». ¿La mejor cosecha de la historia, pues? ¿La pesca más abundante para todos?

Silla hizo un mohín y pasó frente al arbusto que había ayudado a plantar a mamá. Un rosal, le había dicho su madre, del Continente Sur. Al parecer, pronto se llenaría de exuberantes flores rosas, pero no estaba segura de que le gustara. Tenía espinas por todas partes que se le clavaban. ¿Qué clase de bella flor tenía partes así de punzantes?

Al doblar la esquina, apareció la fuente de Sunnvald con el suave tintineo del agua. Se sacó la ofrenda del bolsillo del vestido, desató el cordel del pequeño saquito de cáñamo y lo volcó. Las virutas de metal cayeron a la fuente, golpearon el agua con brusquedad y luego se hundieron poco a poco hasta el fondo.

«A Sunnvald le gustan los espectáculos de fuego y fuerza», le había dicho su padre. Cuando hagas una ofrenda, pon en el altar hidromiel, carne o un arma bien forjada. Pues bien, el hidromiel no cabía en un bolsillo y la carne era un engorro. Y Silla no tenía armas, salvo la pequeña espada de madera que usaba para luchar con papá. Pero como era una niña muy lista, se había colado en la fragua del herrero y había recogido restos de metal del suelo.

Se besó los nudillos y cerró los ojos.

—Oh, Luminoso —susurró, pero algo crujió detrás de ella. Silla abrió los ojos de golpe y se giró. Había un anciano de pie, flanqueado por una decena de guardias—. ¡Abuelo! —exclamó muerta de la vergüenza. La

habían pillado escapándose de su niñera por tercera vez en ese ciclo lunar. Seguro que ahora le esperaba una buena reprimenda. Se llevó un dedo a la boca y se mordisqueó la uña.

—Ven aquí, cielo —dijo la voz temblorosa del rey, sentado en un banco de piedra. Ella parpadeó y se fijó en las ojeras y las profundas arrugas de su frente. Siempre había sido anciano, pero nunca le había parecido tan débil y enfermizo hasta la muerte de la reina.

Pero ahora, cada vez que lo miraba, había un brillo muy concreto en sus ojos, un atisbo del hombre que le había hablado de la gran batalla de hielo y fuego. Con una sonrisa cautelosa, ella se acercó y se sentó en el banco a su lado. Mordiéndose la uña, esperó nerviosa.

—Fallgerd —dijo el rey, saludando al comandante de su guardia—. Permíteme un momento con mi nieta.

Fallgerd era el hombre más imponente que hubiera visto jamás y le daba un poco de miedo. Sin embargo, mamá le había dicho que era un hombre amable y gentil, y que su trabajo era infundir miedo. Ahora Fallgerd tenía una mirada extraña y a Silla le dio la impresión de que no quería irse.

—Sí, Su Majestad —dijo haciendo señas a los guardias para que salieran del jardín con él.

Sentada sobre las manos, balanceó las piernas, preguntándose qué le iba a decir el abuelo. Una confesión burbujeaba en su interior, pero apretó los labios para no soltarla.

—Qué buena niña eres, mi querida Svalla —dijo el rey, para su sorpresa. Parecía triste, pero eso no era inusual—. Pero la echo tanto de menos. —El rey soltó un largo suspiro y pareció que todo él se encogía—. Lo siento.

Silla le miró, confundida.

—¿Qué quieres decir?

—Una vida a cambio de otra —dijo el rey. La hoja de un cuchillo centelleó en su mano.

Sintió un dolor punzante en el cuello y todo se volvió cálido y frío a la vez. Fallgerd apareció de inmediato y tiró al abuelo al suelo. Se oyó un clamor horrible cuando el resto de los guardias se agolparon a su alrededor.

Silla abrió los ojos de par en par y se quedó boquiabierta al asimilar todo aquello. Un cuchillo de empuñadura blanca había caído sobre las piedras y

Silla lo miró fijamente. Había algo maligno en aquel cuchillo, una presencia vil y horrible que se desprendía de él y se propagaba por el aire. La punta estaba roja y un hilillo caliente le goteaba por el cuello y le mojaba el vestido.

—Una vida a cambio de otra —le susurró alguien al oído.

«¿Qué?», quiso decir, pero no podía emitir sonido alguno. El calor del cuello se le extendía por el vientre y, cuando levantó la mano, la vio manchada de sangre.

Fallgerd parecía furioso. Ella retrocedió, pero la voz del hombre era tranquilizadora.

—Callad, princesa —dijo con voz suave, poniéndole la mano en el cuello. Unas lucecitas flotaban ante ella, como flíta que danzara a su alrededor—. Un curandero viene ya hacia aquí y te sanará, pero necesito que te aprietes el cuello con una mano y que estés tranquila. ¿Puedes hacerlo, Svalla?

Ella asentía, mirando fijamente a Fallgerd e intentando comprender la situación. Había voces por todas partes, temerosas y aterradoras, pero Fallgerd estaba allí, y ella se concentró en su rostro y en su voz. Se le ennegreció la visión, como si la noche se cerrara por todos lados.

—El rey ha muerto —gritó alguien.

Y, entonces, la oscuridad fue absoluta.

CINCUENTA Y OCHO

Sunnavík

Saga estaba cada vez más desesperada por hablar con Ana, pero no sabía cómo hacerlo. Acercarse a la torre de cetrería se había vuelto más difícil en las últimas semanas, pero ahora que Thorir la seguía a cada paso, era imposible.

No obstante, tenía que avisar a Ana. No solo tenía que informar a los uppreisna de la identidad de Manto Negro, sino que ahora que Signe sabía que Saga se había entrometido en sus asuntos, estaba impaciente por planear su propia huida de Askaborg. Hasta entonces, escapar no había sido una posibilidad. Con su dolencia, no podía poner un pie en el exterior. Pero la semilla que había plantado Ana —y la constatación de que había otras personas dispuestas a ayudarla en ese empeño— había florecido en su mente.

Tras pasar un día barajando distintas razones para evitar ir a las ejecuciones, Saga sabía que no tenía más remedio que ir. Tendría que asistir para apaciguar a Signe; tendría que ver cómo mataban a otros en los mismos pilares en los que mataron a su familia. Haciendo acopio de todo el coraje y determinación que poseía, se prometió a sí misma que no se desmoronaría.

Thorir se aseguró de que Saga llegara a tiempo a los fosos. Con un extenso techado sostenido por decenas de columnas de granito, los fosos habían servido antaño como lugar de reunión en la fría estación invernal. Las gradas rodeaban la pista central, llena de tierra, con bancos planos de piedra que ocupaban montones de hileras.

Durante diecisiete años, había evitado este lugar.

Bajo el gobierno de su padre, esos fosos habían sido una plaza, un lugar de reunión acogedor para todo tipo de celebraciones. Saga recordaba haber visto de todo, desde concursos de lucha hasta espectáculos ecuestres, pasando por artistas del Continente Sur que se contorsionaban de mil y una formas imposibles. Había sido un lugar donde hasta el más pobre de los iseldurianos podía disfrutar de unas horas de alegría.

Los urkanos habían hecho lo que mejor sabían hacer: estropear este lugar.

Habían clavado tres pilares en forma de V en el suelo de tierra y ahora apestaba a violencia. Aquí era donde habían llevado a los partidarios de Volsik, donde los habían torturado en una exhibición perturbadora con concurrencia pública obligatoria.

Saga tenía entonces cinco años y la habían apartado de tales actos, pero eso no la había protegido de los murmullos que corrían por todo el palacio. Había oído hablar de buenas personas a las que untaban en carne cruda y enviaban a los fosos con los sabuesos y los osos que Ivar tenía de mascota. Había oído hablar de las que habían pasado hambre durante un mes y luego habían empujado a los fosos para que se enfrentaran al séquito armado de Ivar. Se decía, incluso, que a algunos los amarraban a los pilares y les iban haciendo cortes durante días, semanas, hasta que suplicaban la clemencia de la muerte.

Mientras los nobles se sentaban en el estrado y las gradas circundantes, los campesinos y aldeanos de Sunnavík permanecían en la pista. Y cuando Saga pisó el suelo de tierra compacta de los fosos, se giraron para observarla. Ella se forzó a avanzar. «No reacciones a nada», se recordó a sí misma, buscando ese lugar frío de su interior.

—Seguid —gruñó Thorir, empujándola con firmeza entre los omóplatos. La multitud allí congregada se calló mientras se separaba, y todos los ojos se posaron en ella mientras se abría paso por el medio.

Al caminar junto a los pilares, sintió como si el corazón quisiera salírsele de las costillas. Obligándose a seguir caminando, mantuvo una expresión neutra. No estaba atrapada. Había salidas públicas por todas partes. Trató de estabilizar la respiración, pero cada inspiración era rápida y entrecortada.

Aunque no se tardaba mucho en cruzar la pista, le pareció una eternidad. La amplitud de aquel espacio la mareaba y ya empezaba a notarse las palmas resbaladizas por el sudor.

Al fin llegaron al estrado. Situado en el centro y ligeramente elevado, para su desgracia, aquel tablado tenía la mejor vista de los pilares. Subió las escaleras, cruzó el estrado de madera y se sentó junto a su prometido, por fin, pudo exhalar.

Signe no tardó en entrar a los fosos, con un par de robustos guerreros que separaban a la multitud mientras sus siervas le sujetaban la cola del vestido marfil. Cada vez había más gente en los fosos, todos con las relucientes piedras de obsidiana negra en las manos.

Recitando las salidas, Saga trató de ignorar la creciente expectación que inundaba el lugar. El ruido de las botas al arrastrar los pies y los suaves saludos a su izquierda interrumpieron sus pensamientos, y cuando se giró para investigar, clavó la mirada en unos ojos de un verde insondable.

Rurik la miró y ella lo comprendió enseguida: el muy necio estaba ahí por ella. El hombre declinó tomar asiento, cruzó los brazos sobre el pecho y se apoyó en el muro de piedra que separaba el estrado de las gradas. Rov se le unió un momento después; no parecía nada impresionado.

De la multitud surgió una ovación y, al girarse, Saga vio a los klaernar arrastrando a tres personas hacia los pilares. Las condenadas, amordazadas con bridas de hierro, estaban sujetas a los pilares en forma de V con los brazos abiertos.

Sería como una roca, impasible y endurecida contra el mundo. Vería pero no sentiría. Posó una mirada vacía en las condenadas. No apartaría la vista, no se estremecería, no...

No.

Se le cortó la respiración. No podía pensar. No podía hacer otra cosa que mirar fijamente a la mujer que había en el centro. Aquellos inconfundibles ojos marrones, que tanta determinación habían tenido la última vez que los vio, estaban ahora enmarcados por una brida de hierro.

No. Ella no.

Pero por muchas veces que intentara despejar la vista, por muchas plegarias que pronunciara, nada cambiaba. Era Ana.

Ana, que le había dado una brizna de esperanza.

Ana, que lo había arriesgado todo para salvar a la hermana de otros de los pilares.

Ana, con quien Saga no se había atrevido a ponerse en contacto en más de una semana.

Se quedó blanca, lívida. ¿Cómo podía ser? Habían tenido mucho cuidado. ¿Cómo habían descubierto a Ana? El rugido de la multitud se volvió amortiguado, como si la hubieran sumergido bajo el agua. Inspiró con fuerza; la cena se le revolvía en el estómago. Saga intentó pensar, trazar un plan, pero fue en vano. Todas las opciones conducían a la muerte.

No podía salvarla.

Se dio cuenta de la magnitud de aquello y se le heló la sangre. Thorir no era su castigo, ni tampoco asistir a esta ejecución.

Su castigo era Ana.

Qué tonta había sido al pensar que sería ella misma quien pagaría por la insumisión. Tendría que haber sabido que Signe tenía cuchillos más afilados y sabía cómo utilizarlos. Cerró los labios e intentó borrar el pánico de su rostro. Entonces clavó la mirada en los ojos de Ana, abiertos y temerosos.

El Alto Gothi acababa de aparecer y estaba recitando los alegatos de brujería, pero sus palabras no llegaron a oídos de Saga. Mantuvo la mirada fija en Ana, decidida a ser un ancla tranquilizadora en un mar de horror. Era lo único que podía hacer. Un último acto de bondad.

Notó un tirón en su interior, puede que fuera el instinto, y sin pensarlo, dejó caer las barreras mentales y permitió que despertara su Sentido. Un estridente muro de ruido se abalanzó sobre ella; los pensamientos de la multitud enfurecida, intensos e implacables, que la invadían por todas partes. Era un ruido desorientador y muy fuerte; sus pensamientos violentos la abrumaban sobremanera.

«Matad a esa escoria».

«Acabemos con esto de una vez».

«Que paguen con sangre».

Saga trató de no dejarse dominar por esos pensamientos inquietantes y se concentró en Ana: se extendió hacia ella a través del caos.

«Lo haría todo de nuevo. No me arrepiento de nada. Era lo correcto».

Era Ana. Saga agarró aquel hilo y lo atrajo hacia sí.

«Ana», pensó. «Ana, lo siento. Es culpa mía».

Pero Ana no dio señales de haberla oído. El Gothi le cortó una vena y recogió la lenta llovizna carmesí en una taza. «Voy a ver a mi hermana. Por fin volveré a casa con ella».

Saga se llevó una mano a la boca.

—Ya podéis emitir vuestro juicio —proclamó el Gothi, y la multitud se inclinó hacia delante.

Saga se aferró con todas sus fuerzas al hilo de la conciencia de Ana, asiéndolo a través del violento flujo de pensamientos. Algo se rompió, el hilo se soltó y Saga lo transformó en un ovillito que acercó al calor de su corazón.

Y, entonces, la gente empezó a lanzar las piedras. Saga era vagamente consciente de los vítores de la multitud, del ruido sordo de las piedras, del crujido de los huesos y los cartílagos.

Una piedra golpeó la parte más blanda del estómago de Ana y Saga notó una punzada de dolor en el torso. Resolló mientras la incredulidad se apoderaba de ella: Ana ni siquiera se inmutó. El dolor atravesó a Saga cuando una gran piedra impactó en el hombro de Ana con un ruido repulsivo.

Saga apretó los dientes. Ana tenía la mirada perdida, el rostro tranquilo y sereno. Una piedra afilada se estrelló contra un lado de su cara, y a Saga se le nubló la vista: el dolor le perforaba el cráneo y consumía todo su ser. El hilo de Ana se estaba desvaneciendo, como las huellas de la playa cuando las barre el oleaje. Pero Saga se aferró a él, decidida a no soltarlo.

Agarrándose a los brazos de su asiento, sostuvo la mirada vacía de Ana mientras el dolor la desgarraba poquito a poco; las piedras se estrellaban contra su pecho, su pelvis, su cara, su hombro. Le ardía todo el cuerpo; aquella explosión de calor y dolor anulaba a la multitud, el ruido, el estrado y los pilares. Solo estaban Saga y Ana, solas en el foso, y los últimos hilillos de Ana se desvanecían hasta que, al final, desaparecieron.

El dolor se esfumó en un fogonazo brusco y recuperó la visión de golpe. La cabeza de Ana se inclinaba hacia un lado, pero la sed de sangre de la multitud no se había saciado todavía. Con lo que le quedaba de energía, Saga volvió a colocar las barreras en su sitio y se recostó en la silla. La ejecución continuó durante una eternidad insoportable, hasta que se arrojó la última piedra y las tres mujeres quedaron ahí colgadas, inertes y bañadas en sangre.

Había terminado. Ya no sentirían más dolor. Y Ana pronto estaría entre las estrellas con su hermana.

Saga cerró los ojos para contener las lágrimas. No iba a llorar. No le concedería a la reina semejante victoria. Aun así, cuando menguó el ruido de la multitud, sintió un hormigueo en un lado de la cara. Abrió los ojos y, al girar la cabeza a la derecha, clavó la mirada en la de Signe.

La soberana esbozó una sonrisa.

A Saga la invadió el odio más puro, un odio que se le acumuló en el estómago.

—¿Saga? —dijo Bjorn, lo que hizo que Saga apartara la mirada de Signe—. Te sangra la nariz. —Le tendió un pañuelo de lino. Con mano temblorosa, ella se limpió la nariz ensangrentada—. ¿Te encuentras bien? Tienes mal aspecto.

—Estoy bien —soltó ella, cerrando los ojos mientras se llevaba el paño a la nariz. Se arrepintió de haberle respondido así; tendría que haber sido más amable con él. Inspiró profundamente y expulsó el aire poco a poco, en un intento de calmar ese pánico que sentía y que cada vez iba a más.

Oyó movimiento a su lado. La realeza se marchaba ya. Saga se levantó y se agarró a la silla para no perder el equilibrio. Dioses, necesitaba tumbarse. Se dirigió hacia la salida y sus ojos se posaron en Rurik, que tenía el ceño arrugado mientras la miraba con una expresión ilegible. Pero entonces se apartó de la pared, bajó las escaleras detrás de Rov y salió de los fosos.

Aún aturdida, Saga echó a andar detrás de Bjorn. Este caminaba algo envarado, como si estuviera ofendido, pero ella estaba demasiado cansada para prestar atención. Después, no recordaba cómo había regresado a sus aposentos por su propio pie. Se desplomó en la cama y se sumió en un sueño sin sueños.

Hasta que Thorir aporreó su puerta a la mañana siguiente, ordenándole que se vistiera para el almuerzo.

CINCUENTA Y NUEVE

Kalasgarde

Rey pasó el pulgar por la hoja recién afilada del hacha de Harpa. Estaba tan amolada que era letal, como los cuchillos de cocina de Harpa, las dagas y cualquier otra hoja que tuviera a mano. Sin embargo, por muchas pasadas que le diera al acero sobre la piedra, no conseguía aliviar la opresión que sentía en el pecho.

El sol se estaba ocultando tras Lanza de Nieve y la luz oblicua proyectaba unas sombras pronunciadas sobre el jardín de Harpa. No se oía nada. Ninguna voz.

Ella debía de estar durmiendo todavía.

Apretando los dientes, se dirigió a la cabaña. Ya era suficiente.

Estaba de mal humor desde que había salido corriendo del salón comunal hacia la casa de su abuela y había descubierto que la anciana había enviado a Silla a Jökull. Rey había mirado a Harpa con incredulidad. Sabía muy bien qué métodos utilizaba su abuela con sus alumnos; al fin y al cabo, había sido ella quien le había enseñado los beneficios de que sus aprendices experimentaran el peligro. Y sí, en alguna ocasión, Rey había permitido que un ciervo vampiro o dos atacaran a miembros más inexpertos de la Hermandad del Hacha Sanguinaria, y eso le había parecido estupendo.

Pero se trataba de la dichosa Eisa Volsik, y había una sierpe enorme merodeando por aquellos parajes. No entendía qué tipo de golpe en la cabeza se había dado su abuela para que se le hubiera ocurrido una memez semejante.

Cuando había descubierto a Silla dando tumbos por el bosque cercano a la finca de Harpa, su mal humor se había convertido en una cólera abrasadora. Silla tenía la frente empapada de sudor, y de sus labios brotaban palabras incoherentes. Y cuando la había examinado con desesperación en busca de una herida, solo encontró una mordedura en la parte trasera de la bota. Curiosamente, era demasiado pequeña para pertenecer al colmillo que Vig y él habían encontrado en los excrementos.

Tras llevarla corriendo a casa de Harpa y quitarle la bota, frunció el ceño. Era una herida superficial y, aun así, la mujer temblaba y murmuraba lo mismo una y otra vez:

—El rey ha muerto.

¿Se refería a Ivar? Pero no tenía ningún sentido. Rey se quedó mirando la montaña: las placas de hielo de Jökull brillaban entre los árboles. Quería subir y descubrir qué le había hecho aquello. Pero estaba confundido... más que confundido, en realidad. Si hubiera sido la serpiente gigante que había descrito Bjalla, seguramente no habría vivido para contarlo.

Empujó la puerta y, al ver a Silla dormida, se le hizo un nudo en el estómago. Necesitaba que se despertara. Necesitaba saber que se encontraba bien.

Harpa salió de entre las sombras y Rey apretó tanto los dientes que por poco se le rompieron.

—Está durmiendo, Reynir. Déjala descansar.

—No tenemos tiempo para dejarla descansar —gruñó él—. Tengo que saber lo que vio allí arriba. Tengo que saber si era la sierpe.

Harpa se apretó el cinturón con una expresión ilegible en el rostro.

—Llevará su tiempo —dijo en voz baja—. Me da la sensación de que es magia del caos, que causa trastornos en el cuerpo. Pero no tiene un efecto permanente y debería desaparecer dentro de unas horas.

—No sé en qué estabas pensando, la verdad —murmuró.

Su abuela guardó silencio un momento.

—Vi unos hilos curiosos. Interrupciones en los tejidos que procedían de Jökull —admitió la anciana—. Pensé que tal vez fuera un ciervo vampiro y que podría ser útil para sacar a la luz su habilidad como Destructora de Espadas.

A Rey le palpitaban las sienes.

—Es Eisa Volsik, Harpa.

—Quizá fuera algo arriesgado, sí —confesó su abuela.

Sorprendido por su inusual reconocimiento de culpa, la miró a los ojos. Dioses, se parecían tanto a los de Kristjan: eran de un suave color ámbar, como la miel cuando la luz del sol incide en un ángulo concreto. Apartó la mirada.

—Estás enfadado conmigo —observó ella, y de algún modo él supo que ya no hablaba de Silla.

Rey se volvió hacia la chimenea, observando la danza de Rykka entre las llamas. Las brasas estallaban en sus alas humeantes mientras ella giraba y giraba.

—Te entiendo —dijo Harpa—. Yo también estoy enfadada conmigo misma.

Rey frunció las cejas y se volvió.

Su sobrevestido engullía su pequeña figura, y Rey se percató de las demacradas líneas del cuello y los surcos de su frente. Harpa siempre le había parecido una auténtica fuerza de la naturaleza, intocable e indestructible. Pero ahora, su imponente abuela parecía... anciana.

—Di lo que tengas que decir, Reynir. Me temo que me lo merezco.

La rabia ardió en el estómago de su nieto y apretó un puño.

—Fuiste egoísta. Solo te preocupabas de ti misma.

Harpa hizo una mueca de dolor, pero a Rey no le produjo satisfacción alguna.

—Tendrías que haber ido a verlo. Deberías haber visto... —Inspiró profundamente y luego soltó el aire con brusquedad—. Tendrías que haberme llamado.

Harpa asintió.

—Tendría que haberlo hecho, sí. —Su abuela cerró los ojos un momento. Cuando los abrió, brillaban de la emoción—. Cuando eres niño, crees que los adultos lo saben todo. Pero luego te haces mayor y te das cuenta de la verdad: todos somos unos necios.

Rey parpadeó.

—Ojalá lo hubiera hecho de otra manera. —Harpa paseó la mirada por su cama, donde los rizos oscuros de Silla se desparramaban por la almohada—. Nunca sentí vocación por la maternidad, y cuando mis hijos crecieron, reconozco que me sentí aliviada. Empecé a trabajar en Askaborg, entrenando a galdra jóvenes y utilizando mi habilidad de Tejedora para mejorar el reino. Sentía que había encontrado mi destino.

Harpa respiró hondo.

—Pero entonces estalló la guerra. El rey Kjartan envió a muchos Tejedores a los confines del reino para que preserváramos las historias de nuestros antepasados, en caso de que cayera Íseldur. El rey era un hombre sabio, aunque yo no lo veía así. Mientras mis compañeros luchaban en el frente, a mí me relegaban al norte, a la clandestinidad. No me pareció una medida nada honrosa. Cada día, me resistía a la tentación de marcharme al sur. Cuando os pusieron a Kristjan y a ti a mi cargo, me sentí... resentida. Amargada. No fui una buena madre para vosotros... y lo sabía.

La sorpresa se apoderó de él y, por primera vez en su vida, Rey sintió un atisbo de comprensión.

—Echo de menos a tu hermano —confesó—. Lo echo de menos todos los días, Reynir. Me siento en el jardín y doy de comer a los pájaros e imagino que Kristjan está a mi lado, poniéndoles nombre a todos y cada uno de ellos.

A Rey se le hizo un nudo en la garganta, pero se obligó a contener la emoción.

—Las casetas de los pájaros —dijo tras un carraspeo.

—Las mandé construir para Kristjan —dijo Harpa, observándolo—. Para que tuviera un motivo para visitar a su vieja abuela. Para que supiera cuánto lo siento.

Rey intentó disipar ese ardor que sentía en el pecho.

—No puedo retroceder en el tiempo y estar al lado de Kristjan, pero sí puedo estar contigo y ayudarte. —Harpa tragó saliva—. Quiero que seas feliz, Reynir. Te mereces ser feliz. —Su mirada se posó en la cama—. Es buena para ti.

Rey se removió incómodo.

—Veo que has cambiado desde que llegasteis. Sonríes más...

—No puedo hacerlo... —murmuró Rey, pasándose una mano por la cara—. No puedo... —«perderla», quería decir, pero no pudo terminar la frase.

Sin embargo, su abuela lo había entendido.

—Se pondrá bien. Solo tiene que eliminar el veneno de su organismo. Dale otra hora. Si no ha despertado entonces, la despertaremos y podrás obtener tus respuestas.

Rey se limitó a gruñir. Se le revolvía el estómago, que se le antojaba lleno de nudos.

—Tengo que enseñarte una cosa, Reynir —dijo Harpa, apartándolo de sus pensamientos. Le hizo señas para que se acercara a un rincón de la habitación, donde el telar estaba apoyado contra la pared. De él colgaba un tapiz a medio tejer, todo gris y negro.

—¿Qué es?

—Hilos oscuros —murmuró Harpa, frunciendo el ceño—. La oscuridad que percibí al principio en Jökull ha aumentado hoy. También se está acumulando en otros lugares del reino. Aún no sé qué significa.

Él examinó el tejido, tratando de adivinar lo que podría revelar. Había una curva oscura en el lado izquierdo del tapiz y se acercó más para inspeccionarla.

—¿Es una hoja? —preguntó.

—Tal vez —dijo Harpa. Su mirada se volvió distante—. Tengo que seguir tejiendo. Tenemos que descubrir qué secretos nos quiere revelar.

Una tos procedente del otro lado de la estancia hizo que Rey se diera la vuelta de sopetón. Y allí, en la cama, estaba sentada Silla, frotándose los ojos. Corrió a su lado y le cogió la cara entre las manos.

—Estás bien —le dijo, se dijo a sí mismo. Y por primera vez en horas, sintió que podía respirar. Estaba bien.

Sin embargo, ella lo miró con unos ojos enormes y llenos de terror.

—La cueva de Jökull. Tenemos que volver.

SESENTA

Malla y Marra habían comenzado su ascenso, derramando luz de luna por las calles empedradas de Kalasgarde mientras Silla seguía a Rey al salón comunal. Había tanto silencio y tanta quietud que parecía que toda la aldea estuviera conteniendo la respiración.

Y Silla contenía la suya también. Estaba a punto de conocer a los uppreisna, otros como ella. Les contaría su verdad y les hablaría de las cuevas y de lo que había visto ahí dentro. El corazón le latía con fuerza en el pecho y en las sienes. Por fortuna, su organismo había expulsado ya todo el veneno, aunque seguía un poco mareada.

Después de despertar, todo había sucedido en un torbellino frenético. Se lo había contado todo a Harpa y a Rey: lo de la cueva en la base de Jökull, las crías de la sierpe, la grieta y aquella voz extraña y malévola.

—Los hilos oscuros..., la magia del caos —murmuró Harpa mientras le tomaba el pulso a Silla—. Parece mucho más siniestra de lo que percibí al principio. No quiero que vuelvas allí sola.

—La reunión de los uppreisna es esta noche —había dicho Rey—. Tal vez podamos sumar a los galdra a nuestra causa...

—Les contaré lo que he visto —dijo Silla, retirando las pieles y levantándose de la cama. Se sacó del bolsillo el alfiler de la capa de Váli y se lo dio a Rey—. Les enseñaré esto.

—La grieta —murmuró Harpa, echando un vistazo al tejido—. La magia del caos... los espíritus del hielo... los hilos oscuros. Todo debe de estar conectado. Esa grieta o sima que viste puede ser el origen de la sierpe.

—Iremos y la cerraremos —concluyó Rey.

—Te acompañaré —había declarado Silla—. Necesitas a alguien que haya visto a las criaturas. Que conozca la sensación del veneno y dónde está esa grieta.

Se había fijado en que Rey batallaba contra sus impulsos protectores y había temido que volviera a decirle que no, pero al final se había callado los temores y había asentido con la cabeza.

Primero tenían que ir al salón comunal. Podía hacerlo. Le hormigueaba todo el cuerpo ante la expectativa, pero tenía un nudo en el estómago de la aprensión. «Ella no», reverberaba en su cabeza una y otra vez. «No estás preparada». Pero pensó en Saga en aquel castillo; pensó en los cadáveres de Váli y Ástrid en el fondo de aquella caverna.

Estuviera preparada o no, había llegado el momento de ser Eisa.

—¿La Calavera Partida? —preguntó, haciendo una mueca al ver el cartel—. El nombre no da mucha sed, ¿no?

Rey aporreó la puerta.

—Imagino que tú lo llamarías algo insoportablemente alegre o reconfortante como Al Calor del Hogar. —Hizo una pausa—. O, mira, conociéndote, puede que hasta le pusieras un animal en el nombre. El Jabalí Jubiloso...

—¡La Gallina Granuja! —dijo Silla con regocijo.

—Ningún guerrero que se precie se dejaría ver en un establecimiento con ese nombre —murmuró Rey. La miró de reojo—. Lo harás bien, Rayo de Sol. Procura no hablar demasiado.

Silla iba a decirle cuatro frescas, pero calló cuando se abrió la puerta del salón comunal y se asomaron un par de ojos azules.

—Galtung —dijo una voz masculina grave—. Ha pasado una eternidad.

—Así es —dijo Rey—. Hola, Erik. He traído una invitada por la que respondo.

Se oyó el arrastre de la madera contra la piedra cuando aquel hombre abrió la puerta del todo. Era un tipo rubio de hombros anchos. Silla se fijó en la hevrít que empuñaba con fuerza y se mordió la mejilla por dentro.

—Te presento a Silla —dijo Rey—. Silla, él es Erik.

Erik no le devolvió la sonrisa.

—Ella no es de aquí.

—No.

—Y tú no te has dejado caer por estos lares desde hace cuánto... ¿ocho años?

—Cinco. —Rey frunció el ceño.

—Es extraño que vuelvas después de tantos años acompañado de una desconocida, justo cuando están pasando tantas cosas sospechosas —dijo Erik, mirando a Silla una vez más—. No me gusta la sensación, pero que lo decida Kálf. —Por suerte, Erik se hizo a un lado y les permitió entrar en la Calavera Partida.

Silla entró con Rey al salón comunal, y todas las miradas se posaron en ellos.

—Dos hombres vigilan la entrada: Erik en la puerta y otro en las sombras de la calle —explicó Rey, saludando con la cabeza a una mujer que fruncía el ceño—. Si hubiera problemas, hay una puerta trasera y un sótano bajo el bar con túneles de salida.

Ante la mirada de preocupación de Silla, Rey añadió:

—Nunca ha habido problemas en Kalasgarde. —Pero oyó las palabras que no decía: había habido problemas en otros lugares. Porque esta reunión estaba prohibida. Los presentes no solo llevaban una vida clandestina, sino que conspiraban activamente contra el rey Ivar. De repente, la desconfianza de Erik le pareció totalmente legítima.

Como en todos los salones comunales, había hileras de mesas dispuestas de extremo a extremo, y el olor de la cerveza se mezclaba con el humo de la leña y la orina. En el techo, unos candelabros de hierro arrojaban una luz titilante sobre los curtidos guerreros: dos decenas, supuso Silla. Saludó a Vig y a Runný, pero Rey los pasó de largo y se encaminó a la parte delantera de la sala.

Un guerrero corpulento estaba sentado en el centro de la larga mesa; su brillante calva oscura contrastaba con la espesa barba negra que le cubría la mandíbula. Observaba a Silla con ojos severos e inquietantes, como si analizara hasta el más mínimo detalle. Supuso que ese hombre era Kálf. Silla miró después a la izquierda del hombre y se fijó en un guerrero de piel pálida con un mechón blanco en la barba negra. Lo reconoció enseguida: Hef, que había llevado a Freydis a casa de Harpa y cuyo primo Ketill la había atacado con un hacha.

—Kálf —dijo Rey enérgicamente y la empujó hacia delante—. Te presento a Silla. Respondo por ella.

Los demás guerreros se alineaban en el banco a ambos lados de Kálf y Hef, y la observaban con acusada suspicacia.

—Buenas —consiguió decir ella.

Kálf le lanzó una dura mirada a Rey.

—¿Por qué has tardado tanto en aparecer, Galtung? Según dicen, llevas semanas por aquí.

—No pretendía faltar a nadie al respeto —dijo Rey, con cuidado—. Mi identidad quedó expuesta y me vi obligado a esconderme.

—Qué interesante —dijo Hef con cierta acritud— que en la carta que Vig nos proporcionó no se te mencione. —Sacó un pergamino y leyó las palabras lentamente—: *Alojamiento para una galdra, una Cinérea.*

A Silla empezaron a sudarle las palmas de las manos mientras miraba de Kálf a Hef. Más que una reunión, aquello parecía una inquisición.

—Han acontecido muchas cosas curiosas desde tu llegada, Galtung —dijo Kálf—. Y ahora te presentas ante nosotros con mentiras...

Rey se removió, inquieto.

—No he dicho ni una sola falsedad.

—Las medias verdades equivalen a mentiras, Galtung —repuso Kálf—. Explícate. Y empieza por Ketill.

Rey carraspeó.

—Atacó a Silla y me vi obligado a impedírselo.

La intensa mirada de Kálf se posó en Silla; frunció el ceño.

—¿Y por qué haría algo así? Sé que Ketill no era el más avispado, pero incluso él habría tenido una razón.

A ella le latía con fuerza el corazón. Ahora era el momento de revelar su identidad. Pero las palabras se le atascaron en la garganta.

—Silla ha visto las serpientes —dijo Rey, en un esfuerzo evidente por cambiar de tema—. Ha descubierto una cueva debajo de Jökull donde anidan las crías. Venimos a pedirte ayuda para destruirlas antes de que causen estragos en el norte.

Kálf le dio un buen trago a la cerveza y luego se limpió la espuma del bigote.

—¿Ahora hay más de una? ¿Te has dado un golpe en la cabeza, Galtung? Hablas igual que el Canoso.

—Rey dice la verdad. —Silla rebuscó en su bolsillo y sacó el alfiler de la capa de Váli—. Lo encontré en una cueva debajo de Jökull antes de que me persiguieran unas serpientes de hielo que me doblaban en tamaño.

Kálf observó a Silla con frialdad y dureza, y volvió a mirar a Rey.

—¿Esperas que nos creamos que esta chica se enfrentó a esas... sierpes?

Silla se cruzó de brazos, indignada.

—He visto veinte inviernos ya, lo que, de hecho, me convierte en una mujer adulta.

—No cometas el error de subestimarla, Kálf —dijo Rey en voz baja—. Yo hice lo mismo cuando nos conocimos y me ha demostrado que me equivocaba más veces de las que puedo contar.

Kálf entornó los ojos mientras examinaba a Silla.

—¿De dónde has salido?

Ahora. Tenía que revelar su identidad ahora. Aun así, sus entrañas se rebelaron. «¡Ella no, ella no!», gritaban.

—Skarstad —fue lo único que pudo decir.

—¿Y qué te trae por aquí?

—Seguridad. Un refugio donde no me encuentren los klaernar.

Kálf golpeó con sus gruesos dedos la superficie rayada de la mesa.

—¿Has tenido problemas con los Garras del Rey, eh? ¿Escapaste del pilar?

—Algo así. —Su mente le recordó la imagen del cráneo aplastado del comandante Valf y se le revolvieron las tripas.

—¿Y huiste de Skarstad a Kalasgarde tú sola? —Kálf la miraba con expresión burlona.

—Me ayudaron —dijo ella, molesta.

—Entrena con Harpa —intervino Rey.

Kálf pareció sorprendido por aquella información.

—Creía que Harpa ya no aceptaba aprendices.

—Silla es especial y despertó la curiosidad de Harpa.

Un guerrero rubio apoyó su pálido codo en la mesa.

—¿Qué intuición tienes, dulzura?

—Es Cinérea —respondió cortante Rey—. Y te aseguro, Rannver, que no es nada dulce.

Los hombres de la larga mesa se rieron al oír aquello. Todos menos Kálf.

—Exigimos pruebas que demuestren que eres una de los nuestros.

Ante la mirada alentadora de Rey, Silla tragó saliva.

—A veces es algo tímida —dijo, en un intento de quitarle hierro al asunto. Pero no parecía que a los guerreros que tenía delante les hiciera gracia. Con un suspiro, buscó su fuente y la llevó a las venas con una suave exhalación.

Se oyeron murmullos cuando se le enfriaron los antebrazos y empezaron a emitir una luz blanca y mortecina.

—Todavía estoy aprendiendo —dijo Silla, mientras su aliento helaba el aire—. La activación me sale natural, pero la expresión... —Cerró los ojos, tratando de relajarse. Pero la estaban observando, y ya tendría que haberles dicho su verdadero nombre, y ver cómo iban a sumar a estos guerreros a su causa...

Cuando abrió los ojos, se encontró con una versión débil del orbe, que rápidamente se rompió en esquirlas de escarcha cristalina.

—Tengo que reconocer que nunca había visto una habilidad Cinérea como esa —dijo Kálf—. Pero me cuesta creer que hayas conseguido enfrentarte a ninguna criatura con eso.

Silla volvió a guardarse el galdur en el corazón y movió las manos para sacudirse el frío de encima.

—Como he dicho, es una fuerza algo tímida. Parece que necesitaré más tiempo para perfeccionar mi habilidad.

Kálf la observó impasible.

—¿Cómo es posible que hayas visto veinte inviernos y empieces ahora a dominar el galdur? Vas unos diez inviernos tarde, diría.

—Harpa envió a Silla a Jökull como ejercicio de entrenamiento —dijo Rey—. Descubrió la cueva y se encontró con las crías de la criatura. Coinciden con la descripción que nos dio Bjalla el Canoso...

—¿Y te has creído los desvaríos de un chiflado? —se burló una guerrera. Sus ojos oscuros y el tono moreno de su piel eran idénticos a los de Kálf, pero sus mejillas carnosas y el peinado corto y cuidado la hacían destacar. Supuso que sería su hermana o una sobrina.

—Sí, Mýr —respondió Rey, con frialdad—. Así es. Pedimos media decena de guerreros que nos ayuden a cazar a las crías.

Su petición fue recibida con un silencio absoluto.

—Todavía no nos has dicho por qué has traído tu miserable culo hasta aquí, Galtung. —Hef frunció el ceño—. Ni por qué mi primo está criando malvas.

—Los klaernar... —refunfuñó Rey tras una larga pausa—. Me vi obligado a revelar mi identidad y circulan grabados con mi imagen. Tu primo —miró fijamente a Hef— intentó ganarse un dinero fácil.

Hef arrugó la frente, pero Kálf no se dejó impresionar.

—Vig dijo que te habían sacado de la casa de acogida —dijo Kálf—. Lo que significa que, una vez más, me estás soltando medias verdades, Galtung. Ketill iba tras ella, ¿no?

«Dilo», se instó Silla. «Soy Eisa Volsik». Pero por dentro se había quedado inmóvil como un cervatillo asustado.

—Y luego están los cadáveres que se descubrieron en el cementerio hace unos días. Azuzalobos, al parecer. También habían venido por ella, ¿no, Galtung? —preguntó Mýr.

Rey apretó los dientes, pero no contestó.

—Eres un insensato —gruñó Kálf—. ¿Qué has hecho, Galtung? ¿Por qué has atraído tanta atención a este rincón del reino?

Dioses, se estaban ensañando con él como cuervos picoteando un cadáver. Y él estaba ahí plantado, soportando los embates. Protector. Era un protector. Y ella había jurado cuidar de él.

—¡Basta! —exclamó Silla—. Tenéis razón. Ketill iba a por mí. Y también los Azuzalobos.

Todos los ojos se posaron en ella. A Silla le latía el corazón con fuerza y tenía las palmas de las manos húmedas de sudor. «Ella no», gritaba su interior. Pero se obligó a pensar en aquellas sierpes..., en Váli y Ástrid. Tenía que impedir que esto le ocurriera a más gente. Rey le rozó la bota con la suya para transmitirle su apoyo. Sintió que la fortalecía y le daba ánimos, como hacía siempre. Era hora de capitular.

Era hora de ser dueña de su verdad.

Cerró los ojos. Inspiró hondo.

—Soy Eisa Volsik.

Lo había dicho con voz alta y tranquila a la vez, pero antes de que le asaltaran las dudas, empezó a contar su historia.

Empezó por Skarstad. Con Matthias, Tómas para estas personas. Les habló de Reykfjord, de subirse al carro de Rey, del asedio de Skraeda. Cuando relató lo acontecido en Skutur —y el descubrimiento de su verdadero nombre—, el salón había enmudecido por completo. Silla continuó, y les habló de Kopa e Istré, y de cómo Rey y ella habían huido a Kalasgarde.

—Como veis —terminó—, no teníamos otra opción.

Vio incredulidad y recelo en los ojos de algunos y asombro en los de otros. Y lo entendía perfectamente: a Eisa Volsik se la creía muerta desde hacía mucho tiempo. Era algo tan conocido como que el cielo era azul.

—Ni yo misma me lo creí cuando me lo contaron. —Silla se rio con aspereza—. Supongo que todavía tengo que aceptarlo. Pero hay demasiadas cosas que no puedo explicar. El engaño de mi padre y su habilidad con la espada. Mi cicatriz... —Se tocó la marca en forma de medialuna que tenía junto al ojo—. Y el hecho de que me he pasado la vida soñando con mi hermana, Saga.

Silla se dio cuenta de que muchos seguían sin estar convencidos del todo.

—Os he contado mi verdad y no puedo hacer más. Si no me creéis, no hay nada más que pueda decir para convenceros. Pero ¿de verdad importa? Podría ser un gato volador y eso no cambiaría el hecho de que vuestro refugio del norte ya no es el refugio seguro que creéis.

Kálf le lanzó una mirada cortante, pero ella prosiguió.

—Ha muerto gente buena por culpa de esas criaturas y nadie ha movido un dedo, salvo Rey. Ha recorrido toda esa maldita montaña en busca de pistas, se ha metido hasta el cuello en excrementos y hasta ha construido un artilugio para atrapar a esa cosa.

—¡Y Vig también! —exclamó Vig, desde el fondo del salón comunal.

—Y Vig el Valeroso —añadió ella con cariño, antes de fulminar con la mirada a los guerreros que rodeaban a Kálf—. Creed mi historia o no lo os la creáis, vosotros mismos. Seguid guardándole ese rencor ponzoñoso a Rey si os da la gana. Pero si alguno quiere hacer algo para proteger Kalasgarde, estaré en esa mesa de ahí, esperando para contaros todo lo que sé. —Y dicho eso, se dio media vuelta y arrastró a Rey consigo. Este le pasó un brazo por el hombro y se la acercó.

—Lo has hecho muy bien —le susurró en el pelo.

Se sentaron en un banco junto a Vig y frente a Runný, y Silla los vio animados.

—Cerrarle la boca a Kálf no es cualquier cosa —dijo Runný con una sonrisa irónica—. Ha sido impresionante.

—¿Me he pasado? —preguntó Silla, echando un vistazo al salón comunal—. ¿He sido demasiado desagradable? —Los guerreros se habían agrupado y varios la miraban con desconfianza.

—¡¿Demasiado desagradable?! —exclamó Vig—. Tu ser desagradable tiene la fiereza de la cabra Helga. —Ante la mirada de Silla, continuó—: Supongo que solo el tiempo lo dirá. Por triste que sea, los galdra son como borregos: les da miedo separarse del rebaño. Pero si uno se desvía, otros le seguirán.

—No se lo tengas en cuenta —añadió Runný—. El miedo puede hacer que hasta el guerrero más grande se sienta pequeño.

Silla suspiró.

—Al menos, he hecho todo lo que he podido para convencerlos...

Se calló cuando una figura imponente se sentó en el banco al lado de Runný. Silla miró fijamente los ojos azules como el hielo del guerrero.

—Hef —dijo ella. Su primo estaba muerto por su culpa. ¿Querría vengarse? ¿Desearía su vida como pago por la de Ketill?

Hef cruzó los brazos sobre la mesa y se inclinó hacia ella. Sus ojos eran como el frío acero.

—Mi primo era un kunta llorón que ha deshonrado a nuestra familia. Te debo una disculpa.

—Esto... —Silla parpadeó asombrada—. ¿Puedo expresar mis condolencias por Freydis?

En la tenue luz del salón comunal, a Hef le brillaron los ojos.

—Preferiría que me contaras lo que viste en esa cueva..., Alteza.

SESENTA Y UNO

Para gran alivio de Rey, después de que Hef se sentara a su mesa, no tardaron en llegar los demás. Kálf había sido el primero en venir, después de Hef; habló poco y escuchó con atención. Y, a continuación, le habían seguido muchos otros. A Rey no le importaba si los hombres y mujeres que se unían a ellos lo hacían movidos por la curiosidad o por un deseo sincero de ayudar. Cuanta más gente se sumara, más posibilidades tendrían en Jökull.

En media hora se había trazado un plan. Silla describió cómo había cerrado la entrada de la cueva con una avalancha de hielo y nieve, pero no estaba claro si aguantaría mucho. Dicha tarea no podía esperar hasta el amanecer. Los guerreros debían recoger sus armaduras y reunirse en el sendero de Jökull dentro de una hora. Habría que perforar la entrada de la cueva y eliminar a las crías y a la sierpe madre.

Entonces, recuperarían los cuerpos de Ástrid y Váli y, luego, los Cinéreos derribarían el techo de la caverna sobre la sima mientras los Destructores de Espadas mantendrían abierto un pasadizo por el que pudieran escapar.

Rey sintió que un calorcillo le inundaba el pecho cuando el plan empezó a cobrar forma. Tras varias semanas sintiéndose impotente, buscando infructuosamente a la criatura, ahora sí estaban avanzando. Solo esperaba que a la Hermandad del Hacha Sanguinaria le fuera igual de bien con la misteriosa y palpitante niebla de Istré.

Por fin se levantaron de los bancos y los guerreros fueron a buscar provisiones. Rey se entretuvo esperando a Silla. Kálf se acercó a él.

—A pesar de la atención que has atraído a nuestro tranquilo rincón del reino, me alegra que hayas vuelto, Galtung —admitió aquel hombre mayor.

—A mí también me alegra haber vuelto —dijo Rey, sacudiendo la cabeza. Nunca habría pensado que se sentiría así por Kalasgarde.

Al otro lado de la sala encontró a Silla, que se apartaba un mechón de pelo de la frente. Tenía las mejillas sonrojadas y una sonrisa en el rostro. El calor en el pecho se extendió a todas las extremidades de Rey. Había estado increíble al enfrentarse a esos guerreros y contarles su historia. No se había puesto tímidamente en el lugar de Eisa, no. Se había metido en su piel con una valentía asombrosa.

—Han llegado a nuestros oídos historias de tus hazañas en el sur, cortesía de los grandes jefes —decía Kálf mientras se dirigían hacia la puerta—. La explosión en las minas de berskio de Reykfjord... ¿fue cosa tuya?

A Rey le temblaron un poco los labios.

—Sí.

Soltó una risita.

—Seguro que esos klaernar se indignaron al ver destruidos sus almacenes de berskio. ¿Y lo del comandante Valf en Kopa? Eso tuvo que ser cosa tuya también.

Rey señaló a Silla con la cabeza.

—Me temo que no puedo atribuirme el mérito de eso.

Kálf abrió y cerró la boca, como un pez.

—No me lo puedo creer —balbuceó—. No es posible...

—Como ya he comentado —dijo Rey con ese calor de las entrañas que brillaba con fuerza— ella es mucho más de lo que parece.

—Su historia es... difícil de digerir —continuó Kálf, dejando pasar a un par de guerreros—. Pero tengo que reconocer que no entiendo por qué una persona se inventaría algo así.

—A veces, la verdad es más descabellada que el cuento más fantasioso —dijo Rey.

—¿Qué? ¿Preparado para matar serpientes, Galtung? —preguntó Vig en tono jovial, mientras él y Silla se unían a ellos.

—Ni te lo imaginas —respondió Rey, clavando la mirada en Silla—. Nos vemos al principio del sendero, Vig. —Sin darle a su amigo la oportunidad de replicar, acompañó a Silla hacia la puerta y el gélido aire nocturno.

Cuando salieron de la Calavera Partida y se adentraron en las calles de Kalasgarde, Silla levantó la cabeza y dio un grito ahogado. En el negro cielo de la noche había pinceladas de un verde luminoso.

—Por aquí arriba lo llaman el amanecer del norte —dijo Rey, incapaz de apartar la mirada del asombro que reflejaban sus ojos. Ojalá poder capturar aquella mirada. Verla una y otra vez. Y, en ese momento, supo que tenía que enseñárselo.

La cogió de la mano, tiró de ella y caminaron en silencio hasta las puertas de Kalasgarde. Luego se detuvo.

—Tenemos algo de tiempo antes de reunirnos con los demás —dijo desviándose de la ruta de regreso a la casa de acogida—. Y quiero enseñarte una cosa. —Ella lo siguió por el sendero mientras comenzaban a subir una pequeña ladera. A la luz de la luna se desplegaban los líquenes blancos que se aferraban a los delgados troncos de los pinos; la aurora boreal proyectaba un ligero tinte verde sobre aquellas branquias luminiscentes.

—Esta noche lo has bordado —dijo él.

—Me alegro de haberlo hecho —le confesó ella—. Hemos conseguido la ayuda que necesitábamos. Y, además... —hizo una pausa— sienta bien formar parte de algo.

No tardaron en llegar a la cima de la colina. Rey se quitó la capa de piel de lobo y la extendió en el suelo, al límite de los árboles. Cuando Silla y él se sentaron sobre la capa, ella se quedó boquiabierta.

Estaban al borde de un precipicio que descendía bruscamente hacia el lago Kalasgarde. A su alrededor había montañas nevadas de una altura imposible y plantas de floración lunar que salpicaban el paisaje. En el cielo estrellado ondulaba una luz verde que se reflejaba en la superficie vidriosa del lago.

Sin embargo, mientras Silla observaba aquel río verde que surcaba los cielos, Rey no podía dejar de mirarla a ella.

—Algunos dicen que es una muestra de Sunnvald para la familia a la que echa tanto de menos —dijo forzando la mirada hacia el lago e intentando verlo a través de los ojos de ella. Pero al mirar, Rey se vio transportado a otra época. En vez de Silla, a su lado estaba Kristjan, y los dos refunfuñaban sobre Harpa. Rey hacía algún comentario irónico sobre su abuela, y Kristjan echaba la cabeza hacia atrás y se reía a carcajada limpia. Así era su hermano pequeño. Nunca se reía a medias.

—¿Venías aquí con tu hermano? —preguntó Silla, leyendo lo que fuera que llevara escrito en la cara.

Tragó saliva y solo pudo asentir con la cabeza. De repente, le entró el arrepentimiento. ¿Por qué había tenido que traerla aquí, precisamente? Estaba claro que él reaccionaría así y que ella querría saber más.

—¿Me cuentas algo de él? —preguntó. Alcanzó a oír la cautela en su voz y, rascando un poco, también un deseo apremiante de saber más.

Años de instinto defensivo se activaron de golpe y bloquearon todos los recuerdos, todos los pensamientos sobre Kristjan. Y mientras Rey se obligaba a mirar las botas sin decir palabra, se maldijo para sus adentros. ¿Por qué no podía hacerlo?

—Lo siento —murmuró ella.

Rey entendía su decepción; se daba cuenta de la hipocresía de sus propios actos. ¿No la había empujado él a presentarse ante los uppreisna? ¿A decirles su verdadero nombre? No obstante, la herida que había dejado Kristjan llevaba demasiado tiempo sin curarse. Había aprendido a vivir con ese dolor sordo. Hablar de él ahora sería como volver a abrirla y someterse de nuevo a la tortura.

Un sonido procedente de arriba le arrancó a Rey un suspiro incrédulo.

—Ya está aquí —dijo sacudiendo la cabeza.

—¿Quién?

—La lechuza. —Dioses, esa lechuza era como un cuchillo cuya hoja le abría la herida sin su consentimiento.

Silla levantó la vista y resolló cuando miró a la lechuza, que se había posado en una rama más arriba.

—Kristjan rescató a una lechuza una vez —se oyó decir Rey. Desesperado, buscó el lugar frío e insensible dentro de sí mismo—. Hizo que Harpa le recolocara el ala. Atrapaba ratones en los campos para alimentarla y la cuidó hasta que se recuperó. Nunca lo había visto tan feliz como el día que la soltó. —Se sentía el pecho en carne viva; el dolor y la tristeza, pulsátiles, le latían con fuerza.

—Después de enterrarlo, vine aquí a emborracharme hasta perder el sentido. Pero entonces levanté la vista y vi la lechuza, y sentí como si estuviera allí conmigo. Seguro que te parecerá una locura.

Mientras miraba fijamente a la lechuza, Rey lo sintió todo: la intensa y aguda culpa de haberle fallado a su hermano, la pena de haber enterrado al último de los suyos, la oscuridad que le había perseguido durante todo un año. Entregarse al trabajo para los uppreisna había sido la única forma de salir de esa oscuridad. Había aceptado todas las misiones, por peligrosas que fueran. Había construido sus muros internos, altos e impenetrables, para evitar que eso volviera a suceder.

¿Cómo lo había olvidado? Rey había sobrevivido a duras penas.

—¿Y tú te creerías que una lechuza me estuvo guiando por el Pinar Serpentino? —Silla hablaba rápido y con emoción, pero Rey se sentía como si estuviera bajo el agua, y solo oía fragmentos de sus palabras: «Posada de la Cueva de la Lechuza», «señal de los dioses» e «hizo que nos encontráramos».

Sus palabras no consiguieron llegar hasta él. Rey se quedó mirando a la lechuza, abrumado por el dolor que recordaba. Era peor que cualquier herida de batalla que hubiera sufrido, peor que cualquier cosa que pudiera imaginar. Y justo en aquel momento, comprendió la presencia de la lechuza.

—Es un recordatorio —murmuró. Inclinándose sobre las rodillas, se pasó los dedos por el pelo—. No puedo sobrevivir a esto dos veces.

—¿Qué pasa, Rey? —preguntó Silla preocupada—. Me lo puedes decir.

Rey se puso en pie y empezó a pasearse. ¿Por qué le costaba tanto? Ella acababa de ponerse delante de un salón comunal entero y había contado su incómoda verdad. ¿Por qué no podía hacer él lo mismo?

«¡No puedo!», le gritaba su interior. «No podré sobrevivir a esto».

—Cuéntame algo, aunque sea poco —dijo ella con tacto—. Sé que se trata de Kristjan. Habla conmigo, Rey. Cuéntame cosas de él, seguro que te ayuda. Sé que perderlo te afectó muchísimo...

—No puedo darte lo que quieres.

Ella abrió mucho los ojos y Rey apartó la mirada.

—¿Qué significa eso?

—¡No lo sé!

Sus palabras fueron enérgicas y tajantes, y al ver que ella se acobardaba, él se odió a sí mismo. Sentía que ella lo observaba, sentía cómo desmenuzaba el significado de sus palabras y sintió el momento en que se dio cuenta de que ya no estaban hablando de Kristjan, sino de algo totalmente distinto.

Rey la miró a los ojos. No le pasó inadvertido el fuego de su mirada.

—Me pediste que no albergara dudas sobre lo mucho que me deseabas —le soltó, poniéndose en pie.

—Quererte no es suficiente.

Silla lo miró con dureza.

—¿Y qué significa eso?

El odio de Rey hacia sí mismo alcanzó nuevas cotas. ¿Cómo podía decirle que la deseaba tantísimo que la idea de perderla le aterrorizaba? ¿Cómo explicarle que las personas a las que amaba no duraban mucho en este mundo? ¿Que no podría sobrevivir a esto dos veces? Rey nunca había sido muy ducho con las palabras y, en aquel momento, se sentía como un animal acorralado, desesperado y arremetiendo contra todo.

—He dejado que esto haya ido demasiado lejos. Debería haberle puesto fin a esto mucho antes.

Se preparó para sus lágrimas, se preparó para que ella se desmoronara. Pero Silla tan solo cruzó los brazos sobre el pecho.

—No —dijo esta, con una mirada inquebrantable—. Veo lo que estás haciendo y no lo acepto. Quieres asustarme, Reynir Galtung, y no te lo permitiré. —Y tras eso, giró sobre los talones y se alejó ladera abajo.

Rey la siguió con la mirada, estupefacto.

Ella había sabido leer su corazón a través de aquellas palabras tan feas. Él se sentía expuesto. Vulnerable. Pero, dioses, tendría que haber sabido que con ella no había lugar donde esconderse.

Y la cólera que había visto en su rostro fue toda una revelación, que despertó el calor en su pecho entumecido y le devolvió la vida. Se dio cuenta de que eso era lo que se sentía cuando te cuidaban. Ella veía todas sus facetas y no apartaba la mirada. Era tierna cuando necesitaba ternura, y brava cuando él no podía serlo.

De entre todos los guerreros del reino, todavía no sabía cómo, pero ella le había elegido a él. Silla se enfrentaba a él. Le sacaba de sus casillas. Pero ahora Rey comprendía también que lucharía por él, que lucharía por los dos.

Empezó a temblar al caer en la cuenta de que podía haber perdido lo mejor que le había pasado nunca por culpa de esta herida sin curar. Dioses, era un auténtico mentecato. Un tonto con mucho trabajo que hacer.

Pero primero tenía que ocuparse de las sierpes. A regañadientes, caminó tras ella.

SESENTA Y DOS

Sunnavík

Los ojos de carbón de Ana sonreían a Saga desde el pergamino que había fijado al tablero de dibujo. Suspiró, lo dejó sobre el banco y se acercó a la ventana. Todavía faltaban varias horas para que amaneciera y la negrura era absoluta. Sin embargo, mientras miraba, le dio un vuelco el corazón.

Una estrella surcó el cielo y, al poco, centelleó en la oscuridad.

—Ana —susurró Saga; la tristeza y las náuseas batallaban en su interior.

Entonces, como ocurría a menudo tras una ejecución, la última imagen de Ana le llegó de repente: la cabeza inclinada hacia un lado, parte del cráneo aplastado, sangre brotando por el sacrificio e innumerables heridas por todo el cuerpo.

Tenía el estómago revuelto y corrió hacia el baño, donde llegó al orinal justo a tiempo. Empezó a tener arcadas y a vomitar, hasta que el ácido le escoció en la garganta y ya no le quedó más que bilis. Se levantó con las manos temblorosas, cogió la jarra de agua que había en el lavamanos y se sirvió una taza.

Se dejó llevar por la sensación de apatía y confusión derivadas de la falta de comida y sueño. Era mejor no pensar con demasiada claridad; mejor evitar que su mente se pusiera a analizar la expresión de Signe tras la ejecución de Ana. En este estado, podía convencerse a sí misma de que hacerse dócil y menuda la protegería de cualquier daño.

Sin embargo, Eisa…

Eisa. Era una china en su zapato; era un pelo solitario en su galleta de avena. El nombre mismo lo echaba todo a perder. No podía ceder. No podía dejar que Signe le hiciera daño a su hermana.

Pero Saga no sabía cómo luchar sola contra la reina. Ana había sido su punto de apoyo, su vínculo con los uppreisna. Y ahora que ya no estaba, Saga se encontraba sola y en evidencia. ¿Por qué? Porque ese maldito zagadkiano había metido el morral debajo de la cama. Era pueril culparle, pero necesitaba un lugar donde canalizar la rabia.

Suspiró. Después de enjuagarse la boca, regresó a sus aposentos y a punto estuvo de dar un brinco.

—¿Rurik? —dijo con un grito ahogado. Por un instante, pensó que el insomnio le estaba jugando una mala pasada. Acababa de pensar en él y ahora lo tenía delante, con esos hombros anchos, la mandíbula cuadrada y aquellos ojos verde esmeralda.

—¿Estás... —Rurik hizo una pausa— arrojando?

Y al oír eso, supo que debía de ser real. Una desconcertante mezcla de enojo y vergüenza afloró en su interior. Puso los brazos en jarra y lo miró con dureza.

—No deberías estar aquí.

—Discrepo —dijo él, estudiándola con atención. El cansancio se reflejaba en su rostro, pero los ojos le brillaban con una extraña avidez—. Necesitaba ver cómo estabas.

Saga desvió la mirada hacia la puerta del balcón, ligeramente entreabierta.

—Rurik, ¿has entrado por el balcón?

Se encogió de hombros.

—Son cuatro metros de columna lisa. No es posible...

—Ese trol pelirrojo está custodiando de tu puerta. Era imposible entrar por ahí. —La intensidad de su mirada le provocó una oleada de calor en el centro del estómago—. Dime, Ala Invernal. ¿Estás a salvo? ¿Estás bien?

—Sí, bien —repitió Saga, tambaleándose sobre sus pies. «¡No!», quería gritar. Nunca volvería a estar bien.

—Tu amiga —continuó Rurik, alzando el tablero de dibujo. Saga frunció el ceño. No acababa de plasmar bien el semblante de Ana. Tal vez fuera la sonrisa, demasiado forzada y muy sombría. Saga respiró entrecortadamente y luchó con todas sus fuerzas para no derrumbarse. Se negaba a llorar. Aun así, se le había hecho un nudo en la garganta y le escocían los ojos. Ya no vería la auténtica sonrisa de Ana y no tendría la oportunidad de capturarla en un dibujo.

Saga arrancó el pergamino del tablero, lo arrugó y lo arrojó a la chimenea, donde se curvó por los extremos y luego se convirtió en ceniza, uniéndose a decenas de dibujos anteriores.

—Lo siento —dijo Rurik, justo detrás de ella. Saga miraba abatida hacia las llamas—. Le hiciste un favor, ¿verdad?

Ella se giró despacio.

—No sé a qué te refieres —dijo, pero su estúpida e insufrible voz la traicionó.

—Absorbiste su dolor —continuó Rurik.

Saga se obligó a mirar por encima del hombro, tratando de aliviar el nudo que tenía en la garganta. Su mente le enseñó el cráneo aplastado de Ana y luego la mujer maniatada a la cama, con la carne arrancada del brazo. ¿Cuál sería su destino si descubrieran su Sentido?

Suavemente, Rurik le envolvió las manos con las suyas.

—Puedes confiar en mí, Saga. Nos guardamos los secretos el uno al otro, ¿no?

—Este no —susurró ella.

Él la observó con atención, demasiada atención.

—¿Saben que eres una... cómo le llamáis a eso?

—Galdra —dijo ella en voz baja.

—¿Galdra? ¿Lo saben, Saga?

Se miraron a los ojos, pero ella solo pudo sostenerle la mirada un instante antes de apartar la vista.

—Puede que lo sepan ahora.

Rurik le rodeó la espalda con las manos y la atrajo hacia sí. Era un tacto cálido y firme, un recordatorio de resistencia cuando ella misma sentía que empezaba a desfallecer. Aturdida, se entregó al abrazo. Dejó que le acariciara el pelo. Escuchó sus suaves murmullos, tranquilizadores, aunque no los entendiera.

—¿Qué has hecho, pajarillo? —dijo él—. Estás en peligro. —Saga no respondió, pero tensó los brazos—. Vendrás conmigo cuando me vaya.

Ella se zafó y empezó a caminar de un lado a otro.

—No puedo, Rurik. No puedo irme de aquí.

—Yo te ayudaré —afirmó él—. Rovgolod tiene semillas para el mareo. Las tomarás y dormirás, y te sacaré de aquí.

«Pero, ¿y Eisa?», quería gritar. Si se marchaba, ¿quién protegería a Eisa? ¿Quién le pararía los pies a Signe? La habitación empezó a darle vueltas y vio el cadáver ensangrentado de Ana amarrado al pilar. Saga se apartó de Rurik y cerró los ojos.

No quería llorar.

—Mírame, Ala Invernal. —Con unos dedos suaves le agarró la barbilla y le inclinó la cabeza hacia arriba. Saga miró fijamente a Rurik. Aquel hombre implacable estaba acostumbrado a conseguir lo que quería... y ahora quería sacarla de ahí. Era una oferta tentadora. Y sin embargo...

—No puedo irme —susurró Saga—. No se trata solo de mi dolencia. Tengo que mantenerla a salvo.

—¿A quién?

—A mi hermana.

—¿A Yrsa? —preguntó Rurik.

Saga apartó la mirada.

—No es Yrsa. —Rurik guardó silencio un momento—. Lo que significa que debe de ser otra. Elsa.

—Eisa. —Saga tragó saliva. Se sentía desconectada de su cuerpo, de toda esta conversación. ¿De verdad acababa de decírselo?

—Eisa —repitió Rurik—. Entonces no está muerta. —No esperó respuesta—. Y tú la ayudas... ¿haciendo qué? ¿Leyendo las cartas de la reina? ¿Escabulléndote por los túneles y oyendo cosas que no deberías? —Rurik chasqueó la lengua, murmurando algo en zagadkiano—. No podrás ayudarla si estás muerta, Saga.

El corazón le golpeaba las costillas con fuerza. Porque, por supuesto, el hombre tenía razón.

—Si te quedas, corres peligro —dijo Rurik en voz baja—. Así que tienes que marcharte.

—Pero el tratado...

Dejó escapar una risita sombría y la miró con unos ojos verdes depredadores.

—Aquí va otro secreto, Saga. —Se inclinó más hacia ella y dijo—: El tratado no me importa.

Saga frunció el ceño.

—¿Cómo?

Rurik se encogió de hombros, con un gesto despreocupado.

—Me temo que no puedo decir más.

Saga le observó con suspicacia. Aquel hombre era un enigma de lo más exasperante y no podía olvidarse de una cosa: Rurik conocía sus secretos más profundos y ella sabía muy poco de los suyos.

—Ayudaré a tu hermana si quieres —dijo él como si tal cosa—. Dime, Ala Invernal. ¿Qué hay que hacer?

—No me fío de ti —siseó ella.

Una lenta sonrisa se dibujó en su rostro.

—No estás en posición de elegir. Soy yo o los urkanos.

Dioses, detestaba que tuviera razón. Ana estaba muerta. Signe conocía sus maquinaciones. En cualquier momento, el mundo se le vendría encima. Y Rurik tenía razón: no podría ayudar a Eisa ni al reino si la mataban o la encerraban.

—Te daré una droga para dormir para sacarte del castillo. Te conseguiré una bonita habitación en el barco. Muchas pieles suaves y libros para leer.

—¿Puertas? —preguntó ella, con el corazón palpitándole fuerte.

—Una puerta a la cubierta inferior. No al exterior.

—¿Ventanas?

—Una ventana abierta para que puedas mirar al océano si lo deseas. O cubierta si no quieres.

—¿Gente?

—Rov y la Druzhina. Hombres buenos y de confianza. La tripulación se queda en cubierta; arriba siempre tiene refugio.

Saga se pasó las manos por el pelo con aire distraído.

—¿Y si me ven? ¿Y si me entra el pánico?

—Puedo quedarme en tu habitación si quieres —añadió—. Puedo ayudarte con esos toquecitos para relajarte. Y si te apetece, puedes tomarte las semillas. —Se le dibujó una pícara sonrisa—. Y Rov me ha dicho que la *medovukha* se salvó del incendio, gracias a la diosa Madre. Puedes darle al a la bebida si lo prefieres.

Medio a regañadientes, Saga sonrió.

—¿Qué es eso?

Rurik rio entre dientes.

—Que te emborraches, pajarillo. Puedes empinar el codo con *medovukha* durante todo el viaje. No se lo diré a nadie.

—¿Otro secreto? —preguntó con sorna. A pesar del tono burlón, Saga se sentía curiosamente halagada por la forma en que se anticipaba a sus necesidades y porque no la juzgaba. Y no podía negar que se le erizaba el vello ante la idea de compartir barco con aquel hombre... un camarote, tal vez...

—Mi hermana —dijo tratando de entrar en razón.

—Cuando lleguemos a Zagadka, hablaremos con el Alto Príncipe y trazaremos algún plan para tu hermana.

Saga se mordió el interior de la mejilla; tenía el estómago revuelto. No era solo la idea de abandonar el castillo o aventurarse en el espacio desconocido del barco lo que la inquietaba tanto. Era Zagadka.

—Te agradezco tu ofrecimiento, Rurik —dijo al fin—. Pero no puedo abandonar a mi pueblo ni a mi hermana cuando más me necesitan. Me gustaría que me llevaras a Midfjord.

Rurik tensó la mandíbula.

—Zagadka.

—No.

La irritación se instaló en el rostro del guerrero.

—Midfjord no está de camino. Los urkanos podrían alcanzarnos.

Saga se cruzó de brazos.

—Tiene que ser Midfjord.

—¡Zagadka! —le espetó.

—¡No!

La desesperación se instaló en los huesos de Saga. Su hogar estaba en Íseldur. Su reino. Pero ¿cómo iba a convencer a aquel hombre tan irritante y testarudo?

—No estás aquí por el tratado —dijo ella—. Estás buscando algo, pero no lo has encontrado. Ni en la armería. Ni en los pasadizos ocultos. Quizá no esté ni en Askaborg. Pensó en el nombre de Rökksgarde, que había surgido una y otra vez.

Cuando Rurik frunció las gruesas cejas oscuras, supo que había dado con algo.

—Descubrí algo en el despacho de Alfson, antes de toparme con esa horrible sala llena de camas. Si lo que buscas no está en Askaborg, puede que se lo hayan llevado a otra parte.

—¿Adónde? —preguntó, con un tono cercano al gruñido.

—Llévame a Midfjord —dijo Saga— y te lo diré.

—Dímelo ahora, Ala Invernal —insistió—. Hay vidas en peligro.

—También las hay si no llego a Midfjord.

El aire entre ellos chisporroteaba de la intensidad y Saga dudó hasta de sí misma. Él se acercó, y ella retrocedió hasta que golpeó la pared con la espalda.

—En Zagadka, nadie se atreve a decirme que no —dijo Rurik arrastrando las palabras.

—Será por eso por lo que eres tan arrogante —repuso ella. Dioses, este hombre era insufrible y exasperante. Y, sin embargo, en sus ojos salvajes centelleaba un cierto placer.

—Saben bien lo que ocurre cuando noto que me faltan al respeto.

Saga entornó los ojos. Lo tenía tan cerca que sentía el calor que desprendía su cuerpo. Él levantó una mano y la pasó lentamente por su garganta. Ella sintió una oleada de calor en el estómago.

—¿Te lo enseño? —preguntó.

—Deja de provocarme —murmuró ella.

—Pero me gusta tu fuego, Saga. —Rurik rio por lo bajo—. Es algo que solo me muestras a mí. Es otro de nuestros secretos. —Se le acercó tanto que su aliento le rozó la mejilla. Bajó la mirada y la posó en el pulso agitado del cuello—. Estás asustada. Tu corazón late rápido como las alas de un colibrí.

Saga respiró con dificultad, tratando de recobrar un poco el sentido común.

—No estoy asustada, estoy enfadada.

Él se quedó quieto de un modo antinatural, con los ojos como llamaradas verdes que la cegarían si los miraba demasiado tiempo.

—Háblame de este lugar. Tengo que saber si tu información merece tanto la pena.

—Es una especie de fortaleza, creo. He descubierto una lista: objetos que quieren enviar, incluyendo hierbas, metales para una mazmorra y...

—¿Una mazmorra? —la interrumpió Rurik.

Ella asintió.

Con esa mano tan grande le rodeó el hombro con firmeza.

—Tienes que decírmelo.

—Midfjord —susurró conteniendo la respiración. Esto tenía que funcionar. No tenía nada más.

Él murmuró en zagadkiano en voz baja y la miró a los ojos.

—¿Qué hay en Midfjord? ¿Cómo sabes que es seguro?

—Ana —susurró Saga.

Vio en la mirada del hombre que lo había comprendido. Hizo un gesto rápido con la cabeza en señal de aprobación.

—¿Estás de acuerdo, entonces? —insistió ella—. ¿Midfjord?

Dejando escapar un largo suspiro, Rurik miró la chimenea.

—No está de camino. Rov se pondrá como loco. —Al final, la miró a los ojos—. Muy bien, Saga. Te llevaré a Midfjord. Y tú me hablarás en el barco sobre este lugar.

Saga asintió, llena de alivio. El barco. Luego le hablaría de Rökksgarde. Y después... Midfjord. Ay, dioses, estaba a punto de ocurrir por fin...

Una lenta sonrisa se asomó a su rostro.

—Bien—dijo, mientras le acariciaba el brazo con lentitud y calidez—. Partimos a la mañana siguiente del banquete de la *printsessa*. En el almuerzo, bebe una taza grande de tu... —hizo una pausa— róa. Machacaré las semillas y las pondré dentro.

—¿Cómo?

Rurik le puso las manos en la mandíbula y le pasó el pulgar por la barbilla.

—No te preocupes por eso, Ala Invernal. No te preocupes por nada. Pronto estarás lejos de aquí. Estarás a salvo.

Cielos abiertos. Lugares nuevos. Su concepto de seguridad se parecía mucho al peligro.

Con el pulgar le rozó el labio inferior y Saga agitó los párpados.

—*Glaza boyatsya, a ruki delayut*. Es un dicho zagadkiano que significa que los ojos tienen miedo, pero las manos actúan. ¿Lo entiendes, Saga?

Entumecida, asintió. El miedo era algo que había que sentir, pero no obedecer.

Rurik sonrió; le brillaban los dientes y sus ojos tenían un punto de depredador.

—Bien. Eres una luchadora. Hace tiempo que lo he visto. Pero los urkanos son astutos. Tenemos que ir con cuidado y ser inteligentes.

Saga volvió a asentir. Esta conversación la había agotado, pero al menos había un plan. Un nuevo propósito.

—La mañana posterior a la fiesta de cumpleaños de Yrsa —repitió ella.

—Eso es —dijo Rurik, llevando a Saga hasta la cama—. Ahora descansa, pajarillo. Pronto saldrás de este lugar. —Y la arropó con la manta.

Luego, salió por la puerta del balcón y la dejó en la calma y el silencio de sus aposentos. Saga miró fijamente el dosel carmesí y dejó que sus palabras la tranquilizaran.

De un modo u otro, saldría de este lugar.

SESENTA Y TRES

Kalasgarde

Vestida con su armadura lébrynja, Silla se sumó a más de una decena de hombres y mujeres abrigados con pieles que subían ya por Jökull para derrumbar las cuevas de hielo. La aurora boreal se había desvanecido poquito a poco y había dejado tras de sí un manto de estrellas que iluminaban el cielo. Silla las contempló mientras subía, preguntándose si sus padres biológicos estarían allí arriba, observándola. Si estarían orgullosos de ella por ponerse, al fin, en la piel de Eisa.

La última vez que había subido a esta montaña, estaba sola. Pero, ahora, en plena noche y rodeada de galdra, la sensación era totalmente distinta.

Claro que también podía ser la rabia que sentía en el pecho cada vez que se acordaba de la lechuza. A Reynir Galtung no le entraba en esa cabezota suya. La lechuza era una señal —ya fuera de los dioses o del espíritu de su hermano— de que estaban destinados a estar juntos.

«He dejado que esto vaya demasiado lejos», había dicho él con frialdad. Ella había sabido leer entre líneas. Rey solo veía el recuerdo de su hermano; estaba asustado y quería alejarla. Tal vez tendría que haber sido más suave con él, pero su predisposición a renunciar a su relación como si nada la hacía hervir de rabia.

Por el momento, trató de no pensar en sus sentimientos y se centró en sus actos. Había que destruir a la sierpe madre y sus crías. Recuperar los cadáveres de Ástrid y Váli. Derrumbar la cueva de hielo sobre aquella misma sima.

Así pues, subió la montaña detrás de un Destructor de Espadas fornido llamado Nefi, que, por el olor que desprendía, hacía tiempo que no se lavaba las pieles. Las lunas estaban en lo alto del cielo y el follaje brillaba a su alrededor: plantas extrañas con tentáculos que se desplegaban por los recovecos de los árboles y entre las rocas, grupos de flores lunares que refulgían con intensidad. Tendría que haber sido algo mágico, pero se sentía algo aturdida.

«Pensamientos amables», se dijo mientras caminaba. «El baño de vapor de Harpa. Los espíritus del hielo. La leve sonrisa de Rey».

Al cabo de una hora, el lago plano y helado se extendía ante ellos. La última vez que lo había visto, la masa de agua estaba cubierta de nieve, pero los vientos ululantes lo habían despejado. Ahora las estrellas se reflejaban en una capa enorme de hielo negro.

Miró hacia la otra orilla del lago y se fijó en la entrada de la cueva. Dejó escapar un suspiro de alivio al ver la nieve y el hielo que sellaban la entrada: el pequeño derrumbe que provocó había resistido. Cuando cruzaron el lago, Silla miró hacia abajo. El lago, ya sin nieve, era más grande de lo que había esperado. Era imposible saber la profundidad que debía tener; bajo sus pies solo veía el reflejo de las estrellas. En esas que oyó un fuerte gemido desde abajo. Se detuvo en seco y miró fijamente, pero solo vio el destello negro del hielo.

—No es más que el hielo moviéndose —dijo Mýr, dándole una palmadita en el hombro—. No te preocupes, Eisa, este hielo es grueso como el cráneo de Rannver.

Rannver refunfuñó por detrás de ella. Con una exhalación, Silla corrió a unirse al resto de los galdra que se habían reunido a la entrada de la cueva de hielo.

—Pero ¿cómo habrá aparecido semejante caverna? —preguntó Hef, mientras se descolgaba una pala de la espalda—. ¿Creéis que la habrá excavado la sierpe madre?

—Puede —dijo Rey, haciéndoles señas para que se acercaran más y pudieran repasar el plan.

—A ver. Abrimos la cueva y nos cargamos a todas las crías a medida que vayan saliendo.

—¿Y si aparece la madre? —preguntó Nefi.

Rey le lanzó una mirada severa.

—La madre no está en la cueva porque, de lo contrario, habría desaparecido la obstrucción de la entrada. Pero si aparece, trabajaremos juntos. Apuntad a los ojos y al vientre de las criaturas. —Miró entonces a Silla y fue como si quisiera decir algo más. El hombre parecía incómodo. Triste, incluso. Tragó saliva con fuerza y apartó la mirada—. Cuando hayamos despejado la entrada, nos moveremos por la cueva en grupo.

Hef y el otro guerrero empezaron a excavar la entrada de la cueva, mientras un par de Cinéreos apuntaban hacia un punto concreto con su fuego. Silla sabía que habían previsto ensanchar solo una pequeña zona para permitir la salida de una sola cría a la vez, pero no tardaron en darse cuenta de que esos escombros de nieve y hielo eran inestables. Cada vez que intentaban crear un único agujero estrecho, la parte superior de los restos se derrumbaba. Al poco, se había formado un agujero involuntario en la parte superior de la capa de nieve, y una lengua bífida se coló por el hueco. Uno de los guerreros retrocedió con un grito, mientras Hef clavaba la pala en el manto de nieve. Con un fuerte ruido metálico, golpeó el morro de la serpiente, maldijo y sacudió el brazo.

—El vientre —le recordó Vig.

La lengua se había sumergido en la cueva ennegrecida, pero ahora que el agujero se había ensanchado, oían al resto de las sierpes sisear al unísono. ¿Cuántas serpientes había en la cueva?

Detrás de ellos, el hielo rugió tan fuerte y durante tanto rato que a Silla se le erizó el vello de la nuca. A su lado, Rey expulsaba humo de las palmas de las manos, mientras Kálf formaba un látigo de llamas sibilantes. Con el corazón acelerado, Silla se preparó y cerró los ojos mientras expresaba y concentraba su luz. Al cabo de unos instantes, empuñaba una espada de resplandeciente fuego helado.

Los galdra murmuraron, pero pronto se concentraron en la entrada de la cueva. La expectación hizo vibrar el aire mientras el grupo oía cómo las serpientes empezaban a arremeter contra la pared de nieve.

Se oyó un estruendo procedente del lago que había detrás y a Silla le dio un vuelco el corazón. De un árbol cercano cayó nieve y, al poco, los escombros helados que bloqueaban la entrada de la cueva estallaron: las crías de serpiente estaban cruzando ya.

Cualquier esperanza de matarlas de una forma rápida y ordenada se truncó de inmediato. Las crías salieron en tropel de la cueva y los galdra retrocedieron sobresaltados al ver a semejante marabunta. Cuando Silla había sellado la cueva, la perseguían unas seis crías. Ahora eran fácilmente diez veces más.

El mundo se sumió en el caos. Notaba el calor radiante del galdur de Rey por la izquierda, y el humo se introducía por la garganta de las serpientes y les envolvía el cuerpo. Una bestia de escamas de hielo se abalanzó sobre ella y Silla blandió la espada con fuerza. Le atravesó la mandíbula y se la clavó en el cráneo; los brillantes ojos rojos de la criatura se apagaron mientras se desplomaba al suelo.

Todos los galdra luchaban a su alrededor, el hedor putrefacto de las sierpes se mezclaba con la carne carbonizada. Pero había demasiadas serpientes y era imposible contenerlas a todas. Una y luego dos se escabulleron entre el grupo de guerreros y escaparon hacia los árboles que había más allá.

—¡Que no escapen! —bramó Rey, lanzándose sobre una cría que se estaba colando entre Hef y Mýr. Tres sierpes aprovecharon el hueco y avanzaron con aquellos inquietantes ojos rojos de reptil clavados en Silla. Una de ellas se le abalanzó, Silla esgrimió la espada y se la clavó profundamente en el vientre. Cuando extrajo la espada de la criatura, las otras dos aprovecharon para pasar serpenteando a su lado, directas al bosque.

—¡No! —gritó corriendo tras ellas cuando vio que se acercaban a la orilla del lago. No pensaba dejarlas escapar. No permitiría que le hicieran daño a otro niño. La rabia y la emoción de la batalla se apoderaron de ella, y tras lanzarse contra la cría más cercana, le clavó la espada en el vientre. Pero unas lágrimas de frustración le ardieron en los ojos al ver cómo la cola de la tercera serpiente se perdía en la oscuridad del bosque.

—¡Silla! —bramó Rey—. ¡Ven!

Empezó a correr hacia el grupo, pero la sorprendió una nube azul rugiente; los espíritus del hielo, que acababan de salir de la caverna, estaban como enloquecidos y se empujaban y chocaban entre sí mientras apuntaban a la superficie del lago. Frunciendo las cejas, Silla bajó la mirada.

Duró un suspiro antes de desvanecerse, pero el instante bastó para que Silla captara movimiento debajo del hielo; el inconfundible fulgor rojo de un ojo. Se le puso la carne de gallina en los brazos. Había algo bajo el hielo y parecía muy grande.

Silla echó a correr.

El hielo que había bajo ella se levantó con un impacto brusco que la hizo tropezar. Un sonido atronador invadió el aire y los espíritus del hielo empezaron a volar febrilmente. Con los ojos muy abiertos, Rey se lanzó hacia ella, y Silla aceleró el paso.

No llegó muy lejos.

El siguiente embate rompió el hielo: un ser de pesadilla acababa de irrumpir en la superficie unos pasos por delante de Silla. Tenía el cuerpo, largo y serpentino, cubierto de escamas heladas y le vio unos colmillos afilados como lanzas cuando abrió la boca y empezó a gritar. El ruido era demoníaco y endiablado; no era de este mundo.

La sierpe madre. Seguro que era ella.

De repente, el tiempo se ralentizó. Sus pies dejaron de moverse, pero el ímpetu y la superficie lisa del hielo la llevaron sin remedio hacia el monstruo, hacia el agujero que se ensanchaba cada vez más en el hielo. Los espíritus golpearon a la criatura y le arrancaron otro chillido, pero no pudieron apartarla de su presa. Más rápida que un rayo, la bestia giró hacia ella, con las fauces abiertas mientras esperaba a que se le acercara lo suficiente para atraparla.

El instinto tomó el control y Silla arremetió contra el vientre de la criatura. La bestia se echó hacia atrás antes de que la espada pudiera tocarla y se zambulló en el hielo. Ella apenas era consciente de los gritos de Rey mientras este se dirigía hacia ella, pero, de golpe, el hielo que tenía debajo desapareció.

Y, de repente, estaba en el agua.

Mil cuchillos se clavaron en la piel de Silla; el dolor era tan intenso que la despojó de la capacidad de pensar. Podría haber sido un latido, o cinco, o tal vez treinta, antes de que la embargara la conmoción y adormeciera su dolor. Silla pataleó hacia la superficie, aunque se notaba los músculos rígidos y aletargados.

Algo le rozó la pantorrilla.

Milagrosamente, había logrado mantener la espalda bien agarrada. Lo curioso era que la hoja no congelaba el agua, pero emitía una extraña vibración al proyectar una luz refulgente en la oscuridad. Por primera vez, vio la magnitud de la serpiente. Era enorme, de al menos treinta pasos de largo, y ondulaba el agua al moverse. Y aquellos ojos —esas brillantes ascuas rojas— la miraban con fijeza.

Mientras se enfrentaba a una muerte segura, su conciencia se agudizó y pudo sentirlo todo: la frenética agitación del corazón, la quemazón en los pulmones y un extraño hilo oscuro que se retorcía en algún lugar de su interior.

La serpiente arremetió contra ella. Silla se balanceó torpemente, pues la fricción del agua era un nuevo obstáculo. A pesar de su torpe movimiento, la bestia retrocedió y ella pataleó frenéticamente. Cuando rompió la superficie, aspiró grandes bocanadas de aire y buscó una salida. Tenía que subirse al hielo y, luego, echar a correr.

—¡Silla! —Rey estaba tumbado en el borde irregular del agujero, con un brazo extendido—. ¡Nada hasta aquí!

Silla pataleaba con desesperación y la esperanza brotó con más fuerza a medida que se acortaba la distancia.

Diez brazadas.

Nueve.

Ocho.

Lo iba a conseguir.

Siete.

Seis.

Antes de que se le ocurriera gritar siquiera, Silla se vio arrastrada hacia atrás por la túnica; se hundía de nuevo bajo la superficie. El ensordecedor rugido del agua ahogó todo lo demás y su pavor fue en aumento a medida que la serpiente la arrastraba más y más profundo.

Y, entonces, la soltó.

Estaba más negro que la medianoche del Día Más Corto. Por alguna especie de milagro, seguía aferrada a la espada a pesar de la confusión y el terror de la inmersión, aunque su luz era mortecina y vacilante. Giró hasta que vio a la criatura enroscada muy cerca, observándola con sus inquietantes ojos rojos.

Estaba jugando con ella.

Silla se estremeció, aunque a esas alturas ya no sentía frío; la sensación era tan intensa que hasta tenía calor. La oscuridad la asfixiaba y notaba su presión por todos lados.

«Escapa», le dijo una vocecilla desde el interior. «Busca salidas. No estás atrapada». Con un ojo puesto en la serpiente, Silla agitó los pies y empujó hacia la tenue penumbra azul que veía arriba. Le flaqueaban los músculos, le dolían los pulmones, pero siguió moviendo los pies.

Sus sentidos se agudizaron y el instinto le advirtió de que la criatura se acercaba. Era como si se observara a sí misma desde arriba. Se giró, con la espada baja. Giró hacia arriba por las aguas turbias y hundió la espada profundamente en la suave parte inferior de la mandíbula de la sierpe.

El alarido de agonía de la serpiente vibró en el lago y el agua se agitó al retroceder. Retorciéndose y estremeciéndose, la bestia se fue más abajo hasta que la luz de la espada ya no llegaba a iluminarla.

Silla no tenía mucho tiempo. Veía motitas negras y tenía los pulmones a punto de estallar. Empujó, pateó y forcejeó para abrirse paso a través de las aguas heladas.

Chocó con una superficie dura y la recorrió a tientas con las manos.

Hielo.

Estaba en la superficie del lago, pero atrapada bajo el hielo.

Fue en ese momento cuando se dio cuenta de que iba a morir.

SESENTA Y CUATRO

—¡Silla! —gritó Rey, tratando de zafarse del agarre de Vig para asomarse al borde del abismo.

—Piensa, Galtung —gruñó Vig, sujetándolo aún con más fuerza—. No podrás ayudarla si mueres.

Rey tenía el corazón en la garganta y las náuseas le revolvían las tripas. Tenía que llegar a ella. Tenía que llegar hasta ella. No le preocupaba que se hubieran escapado buena parte de las crías, o que Nefi hubiera recibido un mordisco y estuviera inconsciente con el veneno expandiéndose por su cuerpo. Mýr, Rannver y Kálf habían formado un círculo protector alrededor del guerrero, dispuestos a abatir a cualquier criatura que se acercara.

—Si saltas al agua, morirás —le recordó Vig—. Piensa, Galtung. No dejes que la emoción...

—¡Silla! —chilló Rey. —Le dio un codazo a Vig en la barriga y se retorció para liberarse. Se arrojó al suelo sobre el estómago y alcanzó el borde de la cuenca del lago. Las docenas de espíritus de hielo que revoloteaban frenéticos no hacían más que aumentar su pánico. ¿Cuánto tiempo hacía que la bestia la había arrastrado a las profundidades?

Cada latido era una eternidad. Se le cerraba la garganta. Le costaba respirar. ¿Dónde estaba Silla? Inspeccionó el paraje en busca de sus rizos, de sus ojos oscuros y vibrantes. Pero no había rastro de ella. Donde antes se había formado espuma con los violentos coletazos de la sierpe madre, ahora había serenidad.

Se obligó a respirar hondo varias veces. Recorrió con la mirada el lago, intentando formular un plan. Si algo le pasara... En su garganta se generó un sollozo y Rey se lo tragó. Silla era una luchadora; no se rendiría nunca.

Y él tampoco.

Los espíritus se congregaron sobre una placa de hielo no lejos de allí, dando volteretas y silbando nerviosos. Entonces lo vio: debajo de ellos, un exánime destello palpitante. Se puso en pie de un salto y sus piernas reaccionaron antes de darles la orden. Rey extrajo su galdur y apuntó a la zona donde parpadeaba la luz blanca, pero se apagó.

—¡Silla! —bramó. Y, entonces Kálf, que estaba a su lado, y Rannver, los dos Cinéreos, se afanaron para derretir el hielo. Vig echó a correr detrás de Rey, con el hacha en la mano, y Erik al instante lo siguió.

La superficie helada del lago chisporroteó cuando el fuego colectivo impactó en el hielo. Vig y Erik picaron con cuidado para agrandar el orificio mientras los espíritus siseaban, metiéndoles prisa. Poco a poco, el surco se fue haciendo más profundo hasta que asomó un espejeo de agua.

Tenían que ser más rápidos. Un cálido hormigueo recorría el tatuaje de Rey a medida que vaciaba su halda. Se abrió un agujero en el hielo, de medio palmo, luego un palmo entero. Luego dos. Luego cinco.

Silla flotaba boca abajo, con el cabello desplegado en abanico.

«No». Reptando sobre su estómago, Rey tiró de su cuerpo inerte para sacarla del agua, la abrazó y la acunó contra su pecho. Era tan menuda. Tan vulnerable.

La sangre se le agolpó en los oídos y amortiguó el bullicio circundante. Esto no tenía que estar pasando. Las mejillas de Silla eran de un gris pálido, cadavérico. Deberían ser rosadas. Deberían redondearse y formar las manzanitas que le salían cuando se reía. Entonces fue consciente, y darse cuenta de lo que ocurría lo dejó en bucle. Podría perderla.

—Rayo de Sol —suplicó palpando torpemente su garganta con los dedos. Sentía un miedo alarmante. Y no era por volver a soportar una tormenta de dolor. Era el miedo a que ella muriera con sus palabras resonando en los oídos. «He dejado que esto vaya demasiado lejos».

Pero, en ese preciso instante, lo percibió: el débil latido bajo las yemas de sus dedos.

—Tiene pulso —dijo, y un murmullo de alivio se propagó entre los galdra. Rey se apresuró a colocar a Silla boca arriba; un par de espíritus de hielo salieron volando antes de que los aplastara. Tenía los labios azules y la tez pálida, antinatural, el pecho inmóvil. No respiraba.

Como todos los galdra, Rey creía en los dioses antiguos, aunque no solía rezar. Pero en ese momento, con la mirada fija en su cuerpo inerte, les rogó... les suplicó. «Por favor... por favor, salvadle la vida».

Rey le hizo una compresión en el pecho.

«Por favor, dadme la oportunidad de hacer las cosas bien».

Otra compresión.

«Si me dais otra oportunidad, no la desaprovecharé».

Otra compresión.

«Lo haré mejor. Seré más valiente».

Silla tosió y expulsó agua por la boca. Rey dejó escapar un llanto entrecortado y apoyó la frente en la de ella. Respiraba. Estaba respirando. Pero si no conseguía que entrara en calor, el frío le arrebataría la vida.

—Mi luchadora —susurró, la tomó en brazos y se puso de pie, tambaleándose. Media docena de manos le ayudaron a estabilizarse—. Estás bien. ¡Estás bien!

No sabía si pretendía tranquilizar a Silla o a sí mismo, pero eso era lo de menos. Lo importante era que entrara en calor. Estaban a una hora andando de la casa de acogida, así que tendría que apañarse con lo que tuviera a mano. Rey corrió al abrigo del bosque, donde la nieve era menos profunda y el viento menos cortante.

—¡Capas! —ordenó; tiró de su fuente con suavidad y envolvió a Silla en una manta de humo. Su pequeño cuerpo iba golpeándole el pecho con cada paso frenético.

Vig extendió una manta de pieles en una zona árida, y Rey acostó a Silla encima, le sacó las botas y le desabrochó el cinturón. Tenía que quitarle la ropa mojada.

Vig se quedó a su lado, colocando más pieles en el suelo.

—¿Qué necesitas, Galtung? —preguntó.

—Fuego —murmuró Rey—. Y espacio.

Rannver extrajo rápidamente una llama y la depositó en el suelo junto a ellos. Después, Rey oyó la voz gruñona de Vig pidiendo a los demás que se alejaran.

Rey le quitó el cinturón de combate y le sacó la túnica por la cabeza.

Silla abrió los labios azulados, y de ellos salió un embrollo ininteligible de palabras antes de volverlos a cerrar.

—Sssh —dijo—. No hables. Guarda tu energía, mi chica valiente. No dejaré que te pase nada. No puedo perder... —Se le quebró la voz, incapaz de terminar la frase. La emoción se desató en su interior con tanta fuerza que se estremeció.

Resguardándola de las miradas, Rey le quitó la ropa mojada y cubrió su piel desnuda con el peso de las mantas secas. Con las manos temblorosas, se sacó la armadura lébrynja, la túnica y los pantalones; se metió bajo las mantas y se acurrucó piel con piel junto a Silla.

Estaba más fría que el hielo.

Abrumado por el miedo, se encontró divagando, sin filtro, soltando palabras inconexas de desesperación.

—Vuelve conmigo, Silla —dijo—. No puedo hacer esto sin ti. —Ella era la ternura que no sabía que necesitaba, la luz que ahuyentaba sus sombras más oscuras—. Perdóname —le rogó—. Por favor, Rayo de Sol, vuelve conmigo.

Ella gimió y Rey la abrazó más fuerte, presionando su cara contra su cabello empapado.

—Soy un tonto y un cobarde. Por favor, Rayo de Sol, deja que lo arregle.

Rey se pegó a ella y ambos se calentaron con el humo de su galdur, sin dejar de rezar a todos los dioses para que saliera de esta. Las lunas atravesaron el horizonte y el cielo se iluminó gradualmente. Apenas se enteró cuando Vig se marchó con los galdra camino de la caverna; ni notó la sacudida del suelo poco después desde las profundidades de la montaña. Toda su atención estaba puesta en Silla. Y, por algún milagro, los temblores se redujeron a escalofríos y su piel helada se volvió tibia.

—Rey —carraspeó Silla. Tenía el pelo enmarañado y la piel de un blanco mortecino, pero era lo más bello que había visto en su vida. Se le inundó el pecho de pura emoción; se inclinó sobre su rostro y apoyó la frente en la suya.

—Gracias a los dioses —dijo, con la voz ronca y rasgada.

Ella temblaba entre sus brazos.

—M-me has salvado.

—Te has salvado tu sola. Yo no he hecho más que derretir el hielo. Dioses, Silla. Creí que te perdía.

Ella lo miró con ojos oscuros y brillantes. Y, a pesar del castañeteo de los dientes, logró esbozar una pequeña sonrisa.

Rey se sentía flojo. Agotado. Como si fuera él quien acababa de enfrentarse y de sobrevivir a la muerte.

—Me has dado un susto de muerte —susurró—. No puedo... Yo no...

Le pasó una mano por el pelo sin dejar de mirarla. El color iba volviendo a sus mejillas, pero sus ojos eran de extenuación absoluta.

Silla estaba viva, contra todo pronóstico. Rey notó que el frío había salido de su cuerpo. ¿Cómo no iba a sentir calor en este momento? Los dioses habían respondido a su petición.

Silla intentó incorporarse, pero Rey le puso la mano suavemente en la clavícula.

—Despacio —susurró—. Los demás están aquí, y tengo que decirles que estás bien. Descansa. Déjame cuidar de ti.

Gracias a los dioses, esta vez la obstinada y encantadora mujer lo escuchó.

DESPUÉS DE VESTIRSE, Rey le pidió a Runný que vigilara a Silla. Los espíritus de hielo revoloteaban a su alrededor, guardando la distancia del fuego cada vez que Runný añadía leña.

Rey caminó arduamente hasta la entrada de la cueva, donde yacían los cadáveres de Ástrid y Váli. La tristeza le inundó el pecho cuando vio el destrozo. Miró a Vig.

—Ya está. —Vig suspiró—. Hemos derrumbado la cueva por el precipicio.

Rey asintió, aliviado porque al menos esta parte de la misión había ido según el plan.

—¿Y los huevos?

Vig se frotó la frente, con el cansancio grabado en el rostro.

—Contamos ochenta y siete huevos eclosionados. —Vig señaló con la cabeza el lago congelado donde habían lanzado los cuerpos de las serpientes—. Veintidós cadáveres de crías.

Rey se quedó horrorizado.

—Se han escapado sesenta y cinco. —Dioses, era una pesadilla. Sesenta y cinco crías de serpiente campando a sus anchas por las tierras agrestes del norte.

—Por las pelotas en llamas de los dioses, ¿por qué estaba la sierpe madre en el lago? —preguntó Vig, desviando la atención de Rey de los estragos ocasionados.

—Bjalla el Canoso —murmuró Rey—. Él dijo que la serpiente era... torpe en la tierra. Que entraba en el río y se desplazaba por el agua. —Cruzaron la mirada, encontrando el sentido.

—Los ríos —dijo Vig—. Prefieren el agua. —Se frotó la frente—. Enviaremos un mensaje a todo el norte. Las bestias prefieren trasladarse por vía fluvial y pueden atraerse con cadáveres de ovejas.

Rey exhaló y apoyó la mano en el hombro de Vig.

—Cuídate, Brazos de Palillo —le dijo.

Vig asintió y miró a Silla.

—Y tú cuida de ella.

Rey se tragó el ardor de la emoción, agradecido porque Vig volviera pronto con los galdra. Ordenó que construyeran trineos para transportar los cadáveres y el cuerpo inconsciente de Nefi. Al poco tiempo, estaban bajando la montaña cargados y ansiosos por difundir la noticia de las crías sueltas por el norte.

Rey se ocupó de Silla. La vistió con su sobretúnica y las perneras de Mýr, la envolvió en las mantas de pieles y la levantó en brazos.

Ella hizo amago de protestar.

—Esto lo hago porque yo quiero —le dijo Rey. Afortunadamente, Silla se guardó el orgullo y cedió.

Cuando se incorporaron al sendero que atravesaba Jökull, lo bajaron rápido. En menos de una hora, Rey estaba montado a la grupa de Caballo detrás de Silla, con el cuerpo encorvado para protegerla.

—Me has asustado —susurró. En silencio, ella le dio unas palmaditas en la mano.

Se obligó a respirar. Estaba a salvo. Silla se recuperaría.

Y Rey tendría la oportunidad de hacer las cosas bien.

SESENTA Y CINCO

Kopa

El choque del acero era música para los oídos de Jonas. Su aliento empañaba el aire helado, las piernas separadas sobre la tierra ennegrecida detrás del cuartel del este de Kopa. Esquivó la estocada, le dio una patada a Hagbard, y el enorme klaernar cayó derribado como un árbol.

Los abucheos y el aporreo de los escudos resonaron por todo el patio; la euforia le bombeaba la sangre cuando le ofreció la mano. Dioses, cómo lo echaba de menos. La emoción de la batalla; el cuerpo en movimiento; la estrategia para derrotar al adversario. En el campo de batalla, volvía a sentirse en su elemento.

¿Era eso lo que buscaba cuando montaba peleas en los salones comunales de Kopa? Tenía pensamientos confusos. Siempre había anhelado renunciar a la espada a cambio de noches tranquilas en su recuperada casa comunal familiar. Se había convencido a sí mismo de que su vida con la Hermandad del Hacha Sanguinaria era algo temporal.

«¿Alguna vez has pensado que, tal vez, nuestro pasado no sea nuestro futuro?», le había preguntado Ilías. Pero esas eran palabras de un hermano menor. Él no había mirado a los ojos a su abuelo moribundo mientras juraba sobre un talismán defender los valores de la familia Svik.

Jonas se llevó la mano al amuleto que llevaba colgado al cuello y lo apretó con fuerza.

«Familia, respeto, deber».

Daba igual lo que Jonas quisiera. Le había jurado a su abuelo que defendería esos valores. Había jurado venganza sobre la tumba de Ilías. Y, con la mitad del pago de los klaernar enterrado en un escondite cercano, Jonas estaba a medio camino de alcanzar su meta. Cuando Silla y Rey estuvieran encerrados en las mazmorras de los klaernar, recibiría la otra mitad de la recompensa. Tendría suficiente para recomprar las tierras de su familia. Podría dejar todo esto atrás y seguir adelante con su vida.

Pero ahora debía centrarse en la tarea que tenía entre manos.

—El hombre al que llamáis Slátrari —dijo Jonas, volviéndose hacia el contingente de klaernar— es un maestro en el combate.

Aquellos guerreros acababan de llegar de Kunafjord en barco desde el sur de Íseldur. «Los Elegidos de la reina», había dicho el capitán Ulfar. «La élite». No eran muchachos inexpertos. Eran hombres curtidos en la batalla. Y ahora estaban a sus órdenes.

—Él no se limita a una táctica específica cuando pelea —siguió Jonas—. Él emplea todo el cuerpo. Un montón de armas distintas. Es astuto y brutal, y eso era antes de saber que era el maldito Slátrari. Ahora tenemos que contar también con su... fuego mágico.

Los guerreros refunfuñaron.

—¿Eso es para animarnos?

Jonas miró su rostro tatuado de garras.

—No —contestó—. Es para desmontar las ilusiones que podáis tener. Es solo un hombre, sí, pero lucha como diez juntos.

—Parece que lo admiras —desafió uno de los Elegidos del fondo.

Jonas frunció el ceño.

—Lo admiraba. Hace tiempo —admitió.

Los hombres empezaron a protestar entre ellos.

—¿Por qué deberíamos confiar en ti cuando tú has luchado codo a codo con él? —dijo uno—. ¿Qué nos asegura que no vas a cambiar de opinión?

—Recibió una flecha en el muslo izquierdo y todavía le duele cuando hace frío. Lleva cinco dagas enfundadas en el cinturón y una en la bota. Es capaz de empuñar la espada con la zurda y con la diestra por igual. —Jonas miró al grupo, esperando que entendieran el mensaje—. Tiene espíritu protector. Toma malas decisiones cuando los demás están en peligro.

Ilías había pagado el precio por la decisión impetuosa de Rey de proteger a Silla en el Camino de Huesos. A Jonas le ardía el estómago, pero no hizo caso. Solo podía seguir adelante. Solo quería venganza.

—Aprovecha el terreno a su favor.

—Contra eso no podemos hacer nada —murmuró uno de los guerreros.

—Oh, por supuesto que sí —dijo Jonas, examinando al hombre—. Si controlamos el terreno, controlamos la batalla.

—¿Y qué propones? —preguntó otro.

—Todavía no lo tengo claro —admitió Jonas. Los hombres se quejaron—. He dicho que todavía no —repitió Jonas—. Si estáis ansiosos por pelear, entonces adelante, id a Kalasgarde a buscar la misma suerte que los Azuzalobos. —Ante esta afirmación, los soldados se calmaron—. No vamos a apresurarnos. Lo planearemos y lo ejecutaremos bien. Sé cómo piensa, sé cómo lucha, sé cómo se toma el maldito róa. Él no sabe que os estoy entrenando. Eso nos da ventaja... El elemento sorpresa.

Jonas observó al grupo atentamente.

—Por ahora, entrenaremos. Planificaremos. Esperaremos. Tarde o temprano, cometerá un error, Y cuando lo haga, estaremos preparados.

SESENTA Y SEIS

Kalasgarde

Silla siempre había pensado que las siestas en el remolque de los Hachas Sanguinarias habían sido las más espléndidas de su vida. Pero la que se echó después del ataque de la sierpe madre las superó a todas. Tras regresar a la casa de acogida, se fue directa a la cama. Y ahora se despertaba preguntándose si todo había sido un sueño.

Pero el hombre sentado junto a su cama al instante le dijo lo contrario.

Silla miró la enorme mano que envolvía la suya. Observó sus dedos entrelazados —los de él, de color marrón cálido; los de ella, pálidos como la luz de la luna—, en zigzag, como el tejido de un tapiz.

—Me tienes bien agarrada. —Él la miró a los ojos y el rostro se le derritió aliviado—. ¿Cuánto he dormido? —Silla buscó pistas por la casa de acogida, pero con las pieles de animales tapando las ventanas era difícil adivinar el momento del día.

—Toda la mañana y toda la tarde —respondió Rey, acariciándole la cara—. Está anocheciendo. —Él la estudió en busca de algún signo de enfermedad.

—¿Llevas ahí sentado todo el rato? —preguntó con cautela.

—Quería ser lo primero que vieras cuando despertaras.

Silla parpadeó intentando leer su cara exhausta.

—¿Y la grieta? —preguntó.

—Vig y los demás la cerraron.

—¿Y las crías?

Rey cerró los ojos y se le tensó un músculo de la mandíbula.

—La mayoría escaparon. Vig ha estado trabajando sin descanso, enviando mensajes a todo el norte. Por allí ya están construyendo más trampas... —Negó con la cabeza—. De momento, no es problema nuestro. Las serpientes están en buenas manos.

Ella lo miró fijamente, tratando de interpretar su expresión. Tenía la mandíbula tensa y se aferraba a los brazos de la silla. Su mirada era oscura e inescrutable. Y, en ese momento, recordó sus palabras bajo la aurora boreal.

«He dejado que esto vaya demasiado lejos».

Silla había tenido un sueño de lo más extraño: Rey se disculpaba y le rogaba una segunda oportunidad. Pero ahora que estaba del todo despierta, supo que solo había sido eso: un sueño. Con cada inspiración, la calidez que sentía en el pecho se iba transformando en enfado. Rey tenía el mismo aire de confusión que bajo la aurora boreal.

Se rascaba la barba; se mostraba inquieto, y Silla se preparó para escuchar lo que tuviera que decir. Los reparos se le amontonaban en la lengua.

—Kristjan era... vida —dijo Rey.

Se quedó perpleja, pero guardó silencio.

—Él era alegría. Igual que tú, a decir verdad. Veía lo mejor de las personas. —Rey miraba a la pared detrás de ella, pero por fin estaba hablando, y tuvo que parpadear varias veces para aclararse la vista—. Kristjan era una luz en mi vida. La persona que me hacía vivir. Me arrastraba a pescar, a los salones comunales, me obligaba a jugar a incontables juegos de dados con él. Me mantenía alejado de los rincones oscuros a los que a veces me lleva el pensamiento.

Rey se frotó el mentón.

—Ahora pienso que quizá no era solo por mi bien. Puede que Kristjan me necesitara para evitar también él la oscuridad. Y en eso fracasé estrepitosamente.

Silla le apretó la mano, y deseó decir algo que aliviara su dolor, pero sabía que esas palabras no existían.

Rey siguió.

—Creí que la muerte de nuestros padres no le afectaría tanto como a mí, al ser más pequeño, pero me equivoqué. Por esta zona se decía que las hojas de skjöld te levantaban el ánimo. Estoy seguro de que él se las tomaba para aliviar la pena, pero... empezó a verlos. A nuestros padres. Me dijeron que tenía alucinaciones, que hablaba con ellos. Y a partir de ese momento, no hubo manera de que dejara de tomarlas.

A Silla se le contrajo el pecho y la invadió el dolor.

—Tú no tienes la culpa, Rey...

—Debería haber vuelto a casa —la interrumpió—. Yo era su hermano, el único de su sangre con vida, además de Harpa. Debería haber cuidado de él —tendría que haber visto las señales y haberle ayudado—. En vez de eso, me fui con Kraki a luchar, a beber, a intentar hacerme un nombre.

—Así que confiaste su cuidado a Harpa —supuso Silla.

—Eso es —dijo entre dientes.

Silla le pasó la mano por el antebrazo, tratando de aliviar la tensión de sus músculos.

Y, cuando enterré a Kristjan, juré que jamás volvería a poner un pie en este lugar.

Todo cobraba sentido: la marcha de Rey y el rencor entre él y Harpa. ¿Seguro que no consideraba la muerte de Kristjan culpa suya?

—¿Alguna vez lo has hablado con ella? —preguntó Silla con delicadeza.

—Lo hice ayer —respondió con sequedad—. Ahora lo entiendo mejor. Sin embargo... No sé si soy capaz de encontrar el perdón.

Silla frunció las cejas mientras evaluaba sus palabras.

—No sé cómo piensa Harpa. Lo que sí sé es que la gente que amamos es la que más daño nos hace. —Se le enturbiaron los ojos—. Mi padre me mintió durante años. Me dio esas hojas venenosas. Me parece lamentable que no me contara la verdad. —Tomó aire y lo soltó despacio—. No estoy conforme con lo que hizo, pero lo he perdonado. Y ha sido una carga que me he quitado de los hombros.

Rey la escuchaba en silencio.

—No sé si Harpa merece el perdón. Pero sé que tú sí, Rey. El odio es un lastre que pesa como una losa. Encontrarás paz en la aceptación. —Respiró hondo—. No eres responsable de su muerte.

Notó que se le tensaba la mano.

—Si yo hubiera estado aquí, Kristjan no se habría tomado el skjöld.

Silla deslizó el pulgar por el dorso de su mano.

—«Qué egoísta por tu parte querer responsabilizarte enteramente de su muerte».

Rey dejó escapar un largo suspiro.

—Acabas de utilizar mis propias palabras en mi contra.

—Son palabras sabias dichas por un sabio —dijo ella bajito—. No dejaré que cargues con la muerte de Kristjan. No lo conocí, pero seguro que te amaba, y él no querría que fuera así. Tu hermano desearía que fueras feliz.

Silla contó sus respiraciones mientras esperaba la respuesta de Rey. Él dudó. Pero luego le apretó la con la suya, fuerte y robusta.

La luz de las antorchas iluminaba sus rizos marcados y la curvatura de sus pómulos. Apretó la mandíbula.

—Te quiero —dijo en un susurro—. Más que al aire. Más que a nada en este maldito mundo, Silla.

Ella parpadeó para contener las lágrimas.

Él respiró hondo.

—Me haces feliz, Rayo de Sol; tan condenadamente feliz que me da pavor. Pero pensar que puedo perderte me aterroriza más todavía. Quiero que estemos así. Quiero que estemos... juntos. —Hizo una pausa—. Y aunque no aceptaras ser Eisa, mis sentimientos no cambiarían. Si decides no serlo, te protegeré de todo daño. Si quieres luchar, empuñaré mi espada por ti. Y si quieres un centenar de gallinas, te construiré una fortaleza para ellas.

Se le amontonaban las lágrimas. No sabía que necesitaba escuchar esas palabras. Pero ahora que las había dicho, sintió un gran alivio.

—Pero ya has visto cómo soy: un hombre temperamental y, a veces, un cobarde. —El arrepentimiento se reflejaba en su rostro—. Si tu corazón ya no confía en mí, respetaré lo que decidas.

Rey se quedó mirándola fijamente y, por fin, Silla comprendió lo que estaba pasando. Atrás quedaba Ojos de Hacha, serio, duro e intocable. Este era Reynir Galtung, abierto, dispuesto y esperanzado.

—Me da miedo —admitió Silla, y su bravura airada se desvaneció hasta dejarle ver lo que sentía: el temor a que le hicieran daño; a que la utilizaran y luego la desecharan—. Quizá... —dijo en un susurro, luego vaciló. «Ten coraje, Silla», se animó—. Quizá podamos... sentir miedo juntos.

Por un momento le pareció que Rey había dejado de respirar, atrapado en algún punto entre la aprensión y la incredulidad. Silla deseaba borrarle la preocupación de la frente con un beso; masajear la tensión de sus hombros. Con un tirón de la mano, lo atrajo a la cama. Le hizo un hueco, y él se tumbó a su lado y la miró profundamente a los ojos.

—Yo no soy... Las palabras no... —Rey torció el gesto—. Suelo equivocarme al elegir las palabras. No tengo tacto. Puede que a veces te haga daño sin querer —admitió—. Pero quiero que sepas que lucharé por ti, Silla. Por ti me esforzaré en ser más paciente, en ser mejor persona.

—Eso no —saltó ella, con el rostro pálido. «Pensé que me convertirías en un hombre bueno», le había dicho Jonas en una ocasión—. Me gustas como eres. Y yo también lo siento —dijo—, por haberte presionado con lo de tu hermano.

—Eres una mujer increíble —murmuró Rey—. La mejor que he conocido nunca. Delicada, pero fuerte. Dulce, pero perspicaz. —Analizó su rostro—. Te he visto crecer y cambiar, y sé que aún te quedan montañas por escalar. Pero quiero estar a tu lado cuando las conquistes. Y disfrutaré viendo a los que te subestimen.

—¿Cómo que disfrutarás? —preguntó divertida.

—Sé que no debo dudar de ti, mi chica valiente —dijo Rey—. Tú nunca me has tenido miedo, ¿a que no?

—Sí que me dabas miedo —susurró—. Pero solo hasta que comprendí el tipo de hombre que eres. Un hombre de honor. Protector.

Él le acarició las mejillas con los nudillos y curvó los labios en una media sonrisa.

—¿Cómo te sientes? —le preguntó.

—Tengo... —Silla se mordió el labio— frío.

Rey frunció el entrecejo. La miró con preocupación. Se acercó a ella y le tocó la frente con el dorso de la mano.

Silla entornó los ojos, le cogió de la muñeca y tiró de ella con suavidad hasta colocarle la mano sobre su pecho. A Rey se le encendió la mirada.

—¿Me ayudas a entrar en calor, Galtung?

SESENTA Y SIETE

Silla contuvo la respiración cuando vio el rostro preocupado de Rey.

—Has estado a punto de morir —afirmó él.

—Me pasa todas las semanas.

—¿Estás segura? —le preguntó, con una consternación desgarradora.

Ella asintió lentamente.

—Más que de ninguna otra cosa.

Rey apretó la mandíbula y su voz disminuyó una octava.

—¿Y dónde? —La bajada de tono en su voz le produjo un escalofrío de anticipación a Silla—. ¿Dónde tienes frío exactamente?

—Debajo de las mantas.

—Me temo que eso no es suficiente —dijo. Se colocó a los pies de la cama. Con una lentitud tortuosa, Rey fue retirando las pieles centímetro a centímetro hasta dejar al descubierto el contorno de su cuerpo bajo la ropa interior. Al llegar a la altura de sus piernas desnudas, Rey inspiró hondo. Silla se retorció ante la intensa profundidad de su mirada.

Con la palma de la mano, cálida y áspera, le levantó el talón para inspeccionarlo. El camisón se le subió ligeramente por los muslos, pero Rey tenía la mirada centrada en su extremidad.

—¿Aquí? —Le arrastró un nudillo a lo largo del arco del pie.

A Silla se le puso la piel de gallina y se retorció otra vez. Negó con la cabeza despacito.

—Mmm —susurró Rey, con un sonido tan erótico que a Silla le palpitó todo el cuerpo. Muy lentamente, deslizó la palma de la mano por su pantorrilla hasta llegar a la parte interna de la rodilla. Silla jadeó—. Ajá... —respondió Rey—. ¿Aquí?

Aquella zona parecía tener pulso propio, y transmitió una sinfonía de vibraciones directamente por todo su organismo. Dioses buenos, aquel hombre la había dejado empapada con solo rozarle la rodilla. Silla abrió la boca para protestar, pero Rey ya se había arrodillado a los pies del colchón y ahora arrastraba su nariz por la piel sensible de su corva. Cuando sintió el calor húmedo de su boca, se le escapó un jadeo desde el fondo de la garganta.

—Rey —gimió, con la cabeza apoyada en la almohada. Era demasiado, casi insoportable...

Pero ahora su palma subía por el muslo, y fue como si la atravesara un relámpago. Y cuando el vello de la barba le raspó la suave piel de la entrepierna, el cuerpo le dio una sacudida; Rey alivió la aspereza pasándole la lengua.

—¿Aquí? —preguntó, frotando su nariz de un lado a otro, una y otra vez.

—Ufff... —replicó, retorciéndose con vergüenza.

—Palabras, Rayo de Sol —dijo él, levantando la cabeza—. Utilízalas.

Ella miró fijamente su expresión engreída y accedió.

—Más arriba.

Con una lentitud enloquecedora, Rey le subió el camisón, desnudándola, solo para él.

—Cuánta belleza —murmuró, mientras acariciaba su cuerpo con el dedo índice—. Ah, ya lo sé. —Levantó el dedo para mostrárselo—. Es aquí donde tienes frío. —Se introdujo el dedo en la boca y lo sacó sin prisa—. Esta parte va a requerir toda mi atención.

Y, sin más, se acomodó en el colchón, apoyó los muslos de Silla sobre sus hombros y los inmovilizó. Se quedó absorto un instante y luego inició un recorrido abrasador con la lengua hasta su sexo. Ella arqueó la espalda separándola del colchón y gimió. Pero solo sirvió para que Rey la retuviera con más firmeza.

—¡Vas a matarme! —exclamó ella, cuando él atrapó su pequeño montículo carnoso entre los labios y lo succionó. A medida que su lengua iba dando toquecitos concentrados, el cuerpo de Silla pedía más. Vacío, sentía el vacío, necesitaba...

Como si le hubiera leído el pensamiento, Rey deslizó un dedo dentro de ella. Ambos gimieron. Enseguida encontró el ritmo, y un segundo dedo se unió al primero.

—Necesito... —Giró la cabeza a un lado mientras el placer aumentaba y su cuerpo se contraía. Inconscientemente, Silla hundió los dedos entre los rizos de Rey y tiró suavemente de él, pero él seguía lamiendo con tenacidad. El placer alcanzó un nivel máximo, repentino e inesperado, que la alcanzó como una ola gigante. Silla gritó, arqueándose de nuevo, pero él la sujetaba con una fuerza despiadada. Sin tregua, la tensión siguió aumentando y abriéndose paso hasta que se le oscureció la vista y se quedó tumbada sin fuerzas sobre las pieles.

Rey subió hasta su estómago dejando un reguero de besos y solo se detuvo para acabar de quitarle el camisón. Le lamió los pechos con dulzura hasta que la lujuria se despertó con hambre en el estómago de Silla. «¿Otra vez?», pensó ella. Pero, para este hombre, supuso, no existía el término «suficiente».

Y Rey ya había aprendido a leer su cuerpo. Fue bajando beso a beso hasta llegar al vértice de sus muslos.

—Espera —rogó Silla, tirando suavemente de sus rizos para levantarlo.

—Quiero que pierdas el sentido, Silla —dijo, con sus ojos oscuros ardiendo de deseo—. Quiero ver cómo te estremeces. Quiero oírte suplicar.

—Tú... —fue lo único que logró decir mientras trataba de atraerlo hasta ella. Dioses, era incapaz de decir dos palabras seguidas. Lo intentó de nuevo—. Te quiero dentro.

—Aún no, Silla —gruñó resistiéndose a su intento de detenerlo—. Antes quiero que me des otro.

Con un quejido de frustración, volvió a recostarse sobre las pieles para someterse al movimiento tortuoso de su lengua. Al principio estaba sensible y se contorsionaba con su tacto enloquecedor, pero un rescoldo de necesidad se fue calentando, brillando, hasta que un fuego salvaje le corrió por las venas.

Ni siquiera era consciente de sus propias palabras. «Sí», «más» y «tú, tú, tú...».

El fuego salvaje prendió su cuerpo y la hizo arder hasta que solo quedaron los sentidos. El placer se propagaba por su piel, su cuerpo se estrechaba bajo el roce de sus dedos, gloriosos, talentosos, que acariciaban el lugar donde todo había detonado y ahora lo prolongaba.

Acabó por tumbarse, completamente relajada, con los ojos entornados. Él se tumbó a su lado y ella se giró para mirarlo.

—¿Qué me estás haciendo? —preguntó con un jadeo.

—Todo lo que llevo soñando mucho tiempo —respondió. A Silla le brillaron los ojos, intensos, oscuros.

—¿Qué más? Dime qué más.

—Quiero follarte —contestó, y sonó tan salvaje, tan brutal, que a Silla se le estremecieron hasta los dedos de los pies—. Quiero tomarme mi tiempo. Hacer que grites, y que maldigas, y que te olvides de tu nombre. —Se acercó a ella y le susurró al oído—. Quiero hacer que te olvides de los que te han tocado antes que yo.

Silla gimió mirándolo.

—Sí. «Por favor». —Silla bajó la mano por el cuerpo de Rey y se entretuvo acariciando la dureza que apenas lograban contener sus pantalones—. Te quiero a ti. Me muero por ti...

Sin saber cómo, Silla se vio de repente tumbada boca arriba mirando a Rey a los ojos. Con los codos a ambos lados de su cabeza, la atrapó con su cuerpo fornido y le acercó la nariz tanto que casi rozaba la de ella.

—¿De verdad me quieres, Rayo de Sol? ¿Estás segura?

Conmovida, asintió.

Una fuerte exhalación hizo vibrar su piel.

—Silla... —Acercó sus labios a los de ella—. Hace tanto que soy tuyo.

Ella quiso abrazarlo, pero él ya estaba quitándose la túnica por la cabeza y aflojándose el cinturón. Se bajó los pantalones, y Silla tragó saliva. Momentáneamente, sintió temor. Porque Reynir Galtung era grande por todas partes.

—¿Estás segura? —le preguntó, con los ojos ensombrecidos.

Ella asintió y vio que a Rey le costó tragarse el nudo de la garganta. Mientras lo observaba, cada latido de su corazón irradiaba calor a todo el cuerpo. Era un momento trascendental. Se miraron a los ojos, y ambos lo comprendieron. Esto era más que unir dos cuerpos. Era una promesa. «Sentir miedo juntos». Porque juntos, eran más fuertes.

—¿Tienes hierbas anticonceptivas? —susurró Silla.

—Sí. —Rey se aclaró la garganta y miró al techo con gesto de fastidio—. Me las trajo Vig, de broma.

—Bien —respondió, y atrajo nuevamente su atención.

Se quedaron mirándose, sin decir nada, y luego Rey la besó. Descansó sobre ella su exquisita envergadura y Silla se movió para acomodarlo. Las manos acariciaban cada rincón. Silla sintió la fuerza sólida de aquel hombre y se maravilló de su forma de abrazarla, como si ella fuera todo su universo. El calor de su pecho se expandió de tal manera que pensó que no había espacio suficiente para contener lo que sentía.

—Eres tan hermosa —le susurró en el cabello—. Tu pelo, tus labios, tu corazón. —Rey la envolvía, la acunaba, la abrazaba, la devoraba. Y, aun así, no era suficiente.

Alargó la mano, tomó la suya, y la llevó donde lo necesitaba.

—Silla —exclamó Rey, enterrando la cara en su cuello y colocándose en su entrada.

Ella tuvo un momento de inquietud, pero él empujó, con una presión lenta y suave. A Silla se le quedó el aliento retenido en la garganta. Su cuerpo instintivamente se estrechó. No era su primera vez, pero con él, sintió como si lo fuera.

—Respira —susurró, retrocedió y sujetó la mandíbula de Silla.

Rey acarició con el pulgar suavemente su pómulo y rozó su boca con los labios. Despacito, poco a poco, Silla se relajó, dejando que su cuerpo se abriera para él, y Rey empujó un poco más profundo.

A Silla se le escapó un suave gemido.

—Tienes capacidad, Rayo de Sol.

—Siempre has tenido una confianza infundada en mí —dijo ella, respirando.

—No es infundada —murmuró seduciéndola para adentrarse un poco más—. Dioses —gimió, con los párpados entreabiertos—, podría morir así, y moriría feliz.

—No te atrevas —le advirtió, clavándole los dedos en los bíceps.

Rey se mostró paciente mientras dejaba que el cuerpo de Silla lo admitiera, aunque, por el pulso que le palpitaba en el cuello, Silla supo que no estaba tan calmado como parecía. Y entonces, entró de lleno.

—¿Lo ves? No es infundado.

Se sintió plena. Más plena de lo que se había sentido nunca. Y cuando Rey empezó a moverse, fue increíble. Él no dejaba de mirarla, y ella percibió que estaba atento a cualquier molestia que pudiera sentir.

Silla se incorporó y se apoyó sobre los codos y, juntos, miraron al lugar donde se unían sus cuerpos. Rey maldijo suavemente en voz baja y perdió el ritmo durante algunos empujones, pero pronto encontró de nuevo la cadencia, lenta y lánguida, como si quisiera alargar el momento todo lo que pudiera. Y, con cada golpe medido de él, ella se derretía un poco más, se suavizaba un poco más, se entregaba un poco más. Silla envolvió sus piernas alrededor de sus caderas y le invitó a que entrara más profundo, y él alcanzó el punto que hizo a Silla perder el sentido. Ella le clavó las uñas en los brazos, inclinó la cabeza hacia atrás y cerró los ojos con fuerza.

—Mírame —le dijo Rey en voz baja.

Ella abrió los ojos. Lo miró fijamente. Y ya no pudo apartarlos. Rey la miraba como si ella fuera la respuesta a todas sus preguntas. Como si se sintiera el hombre más afortunado del mundo. La hacía sentir una diosa.

El placer aumentaba, profundo y arraigado, más intenso y sublime con cada latido. Rey extendió un brazo para acoplar las caderas de Silla y luego presionó su pequeño bulbo firmemente con el pulgar.

—Oh, ¡dioses! —gritó Silla. Veía estrellitas, todo crecía y se apretaba alrededor de él. Cerca, estaba muy cerca…

—Rayo de Sol —murmuró. La miró, con una intensidad ardiente, y aceleró el ritmo con una serie de embestidas cortas y rápidas que hicieron a Silla jadear y aferrarse a las pieles. Pero él era implacable, y siguió bombeando, sin dejar de mirarla.

El calor en el pecho de Silla —el que él le provocaba— alcanzó su clímax. Y estalló, llegando a todos los rincones de su cuerpo.

Y en ningún momento Silla apartó la mirada.

VERLA desmoronarse entre sus brazos lo llevó al borde del abismo. Apretó la mandíbula, poniendo a prueba su voluntad, reprimiéndose mientras Silla seguía dando sacudidas. Le pareció una eternidad hasta que su cuerpo se quedó hecho un trapo, y fue entonces cuando salió de ella. Enterró su cara entre su cabello y lo aspiró con intensidad.

—Rey, tú…

—Dame un minuto —gruñó intentando dominarse. Tomó aire lentamente y lo soltó entre los dientes.

—Pero tú no has...

Él levantó la cabeza y la miró. El pelo revuelto, los ojos vidriosos de placer.

—No, no he terminado —dijo con tosquedad—. Te lo he dicho, Silla. Planeo tomarme mi tiempo.

—¡Tres! —exclamó—. ¡Tres es mucho! ¡Tres es maravilloso!

Él sonrió despacio.

—Podemos hacerlo mejor.

Rey vio que los ojos de Silla se oscurecían mientras recorría su cuerpo con la mirada.

—¿Has dicho mejor?

Rey alcanzó sus caderas, desesperado por sentirla, pero Silla lo sorprendió tumbándolo de espaldas y subiéndose encima de él.

—Tal vez... —dijo ella, con una sonrisa provocadora—. ¿Así?

Con un movimiento suave, Rey la levantó y la colocó sobre su verga dolorida. Ella apoyó las manos sobre su pecho y se deslizó lentamente por su falo. Ambos gimieron a la vez.

Él la miró fijamente, tan hermosa, tan dulce, y la emoción le embargó el pecho. «Sentir miedo juntos», le había dicho ella. Aquellas tres palabras habían cambiado su vida. A pesar de todo, Silla le había abierto su corazón. Y, si los acontecimientos del día le habían enseñado algo a Rey, era que no podía desperdiciarlo.

Silla empezó a moverse con un ritmo lento y sinuoso, con el cabello suelto derramado por sus hombros.

—Eres tan hermosa —murmuró Rey.

—Tú también eres hermoso —susurró, y se apoyó con más fuerza sobre su pecho para levantar las caderas y conseguir que entrara más profundo—. Tan altruista. Tan dispuesto a sacrificarte por los demás. Te haré ver cada día lo encantador que eres.

Sus palabras eran rayos de sol, puros y brillantes, que iluminaban las grietas más oscuras de su pecho. Rey deslizó la mano por su espina dorsal, subió hasta la nuca, metió la mano entre sus rizos y la acercó a él. La fricción de sus pechos contra su torso era enloquecedora; y sus gemidos lo eran aún más. Con la otra mano, Rey la agarró de la cadera y la inmovilizó para ser él quien bombeara desde abajo.

—Quiero que sientas lo que tú me haces sentir —susurró, y le tiró con delicadeza del pelo para que inclinara el cuello hacia atrás. Quería mirarla directamente a los ojos mientras aceleraba el ritmo de sus caderas.

—Es todo tuyo. Para ti, Rayo de Sol.

Ella respondió con un gemido. Las palpitaciones de su musculatura interna la avisaban de que estaba cerca del éxtasis otra vez.

—¿Lo sientes?

Le clavó los dedos en la cadera para sujetarla mientras daba estocadas a un ritmo frenético.

—Y tú creías que no podías tener otro.

El calor le hacía crepitar, se acumulaba en la base de su columna vertebral, y Rey supo que esta vez no lograría contenerse. Tiró despacio de su pelo para tensarle la espalda como la cuerda de un arco y siguió embistiendo. Silla estaba a su merced, absolutamente entregada, y él iba a corresponderla. Adoraba esa entrega. Juró protegerla con todo su corazón. Gimiendo, Silla llevó atrás su pelvis para recibirlo.

—Y aún puedo hacerlo mejor.

La carnalidad de sus palabras la disparó. Arqueó la espalda al máximo, y sus paredes internas lo envolvieron con tanta fuerza que a Rey se le nubló la vista. Estaba a punto, igual que ella. Sus acometidas se volvieron erráticas, su cuerpo ardía por el calor y el anhelo y la emoción, y por el placer puro y absoluto que se enroscó con fuerza justo antes de estallar. Y Rey se deshizo en un gemido, se aferró a sus caderas y se derramó dentro de ella.

Totalmente ido, notó cómo Silla se desmoronaba encima de él. Los dos intentando recuperar el aliento en un entramado de miembros resbaladizos, cuerpos sudorosos y corazones atronadores.

Rey se sentía como si se hubiera hecho añicos y se hubiera vuelto a recomponer. Diferente, pero mejorado. Porque ahora ella estaba con él, muy dentro de su corazón.

Tardaron varios minutos en recuperar la capacidad de hablar. Silla cruzó los brazos sobre el pecho de Rey y levantó la barbilla. Lo miró con sonrisa perezosa.

—Bueno —dijo ella—. Parece que he entrado en calor.

Rey se rio entre dientes. Le apartó un mechón de pelo y sonrió. Porque con esta mujer a su lado, nunca volvería a sentir frío.

SESENTA Y OCHO

—Las manos arriba o te hago cosquillas —gruñó Vig, presionando con la espada el cuello de Silla.

Mientras se liberaba de la sujeción de Vig, Silla no pudo evitar acordarse de la mujer que le había inspirado esos movimientos. La invadió una punzada de tristeza, y deseó con todo su corazón que a Hekla le fuera bien por Istré, y que volvieran a encontrarse algún día.

Con un suspiro, se obligó a centrarse en el presente y sondeó su interior. No quedaba ni rastro de la extraña sensación efervescente ni de la increíble fuerza con la que había empujado a Rey al otro lado del campo.

—Tu intuición de Destructora de Espadas es tímida —murmuró Vig, retirando el arma.

Silla se sacudió las extremidades y miró hacia la casa de Harpa. Los espíritus de hielo revoloteaban sobre los platos de las ofrendas, chocando entre ellos y enseñándose los dientes, y las campanillas de madera resonaban al viento. Pero Harpa seguía recluida. Según Rey, estaba tejiendo; al parecer llevaba así desde el enfrentamiento de Silla con la sierpe madre.

—Está buscando respuestas a lo acontecido en Jökull —le había dicho, como si eso lo explicara todo. Silla sabía que Harpa urdía los hilos de los tejidos del mundo, pero no entendía el proceso lo más mínimo. Solo sabía que los tapices que tejía contaban historias del pasado, del presente y del futuro.

Se volvió hacia Vig y Runný y suspiró. Tenía que admitirlo: era divertido entrenar con ellos; sin embargo, el resultado hasta la fecha era bastante mediocre.

Vig inspeccionó el bosque. Silla sabía que buscaba algún indicio de las crías de serpiente. Desde el ataque, no había dejado de enviar mensajes por todo Nordur y también al sur. Habían capturado a tres crías con la trampa de Rey, por lo que construyeron una docena más y las colocaron cerca de las vías fluviales de la zona. En total habían cazado y matado a ocho, lo que generó la esperanza de que atrapar a las demás fuera cuestión de tiempo. Pero todavía quedaban cuatro docenas de serpientes sueltas.

En cuanto a la serpiente madre, aún no había salido a la superficie del lago. Pero nadie creía que hubiera muerto por la herida. Una teoría era que la madre había llegado al lago de Jökull atravesando los túneles subterráneos. De ser así, explicaría cómo había llegado al lago sin romper la capa de hielo. Pero también significaría que la serpiente madre podía salir de allí sin llamar la atención.

Runný saltó del poste de la valla donde se había encaramado y se acercó a ellos.

—Quizá no haya prendido su fuerza de Destructora de Espadas porque tú, querido hermano, das el mismo miedo que una cría de foca.

—Las focas bebé son adorables —exclamó Silla.

Vig arqueó sus negras cejas.

—¿Quieres decir que soy adorable?

Silla se encogió de hombros.

—Ten cuidado, Silla, o harás que me mate. Ojos de Hacha está ahí afilando las cuchillas.

Miraron hacia el tocón. Con las piernas abiertas, Rey pasó la piedra de afilar por la hoja de su espada con un movimiento lento y amenazador sin apartar la mirada de Vig.

—Siempre está afilando las cuchillas —dijo ella, intentando disimular el rubor con un ademán despreocupado.

—No lo suficiente, al parecer —dijo Vig, examinando a Rey—. ¿Con cuál se ha recortado la barba?

—¿Qué quieres decir? —preguntó Silla, levantando la voz.

Vig se burló.

—Está... desparejada. Parece que se hubiera afeitado con la hévrit.

—Está perfectamente igualada —lo defendió Silla—. ¡Ha sido mi primera vez! Tengo que practicar...

—¿Galtung ha dejado que le toques la barba? —Vig se rio con un gesto exagerado y su risa rebotó en el establo. Cuando se enderezó, se secó las lágrimas de los ojos—. ¿Y qué me dices de Caballo? Deduzco que has sido tú quien le ha trenzado la crin con flores de luna.

—A Caballo le encantan sus trenzas.

—Ya veo. ¿Y a Galtung?

—Le están empezando a gustar. —Silla se cruzó de brazos—. Ahora que Harpa está tan atareada tengo mucho tiempo libre, Vig.

—¡Centraos! —exclamó Runný, intentando retomar la conversación inicial—. Silla, la cuestión es que, en realidad, sabes que Vig no va a hacerte daño. Y por eso tu poder de Destructora de Espadas es débil. Quizá necesites sentir miedo de verdad.

Vig frunció el ceño ante las palabras de su hermana.

—¿Y cuál es tu gran idea, Runný?

Ella arqueó una ceja y luego desapareció de su campo de visión.

—Runný —la llamó Silla, buscando pistas de la Sabueso Oscuro. La nieve compacta hacía imposible el rastreo de huellas, pero el crujido del hielo tenía a Silla dando vueltas.

—¡Ay! —se quejó Vig, frotándose las costillas.

—Runný, no te atrevas… —Un toque rasante en la nuca hizo que Silla se girara—. Para. —Una piedra llegó volando de una patada hasta su bota. Su respiración se aceleró y dio marcha atrás. Un paso. Dos pasos…

—Buuu —susurró Runný cuando Silla se chocó de espaldas con ella.

A Silla se le paró el corazón momentáneamente.

—¡Maldita seas! —Silla desprendió el frío chisporroteo delator de su galdur primordial. Lo expresó concentrando la luz hasta que contempló la espada en todo su esplendor: una hoja esbelta y afilada de fuego frío empuñada en la mano derecha.

Un par de espíritus de hielo se acercaron, flotando sobre el hombro de Silla y mirándola curiosos.

—Bueno, no es lo que pretendía —murmuró Runný, nuevamente visible, con los ojos fijos en el arma—. Pero lo cierto es que muy bonita.

—¿Qué puede cortar? —preguntó Vig, acercándose sigilosamente.

—Todo lo que he probado hasta ahora —respondió ella, y su aliento se congeló al salir formando cristalitos brillantes. Los espíritus de hielo se apresuraron a meterse entre los destellos helados, bailando y enfriando aún más el aire.

—Cabezas humanas, si mal no recuerdo —murmuró Vig, retrocediendo con cautela.

Runný rodó un tronco por el patio y lo puso de pie.

—¿Jugamos a un juego?

En el transcurso de una hora, Silla cortó todo lo que consideraron sin valor de la casa de Harpa: ramas, herraduras y clavos desechados, un hacha de hierro medio oxidada... Los espíritus de hielo, apiñados, observaban atentamente y daban volteretas de emoción. Silla cortó una tanda de piedras, de menor a mayor tamaño, hasta acabar partiendo una roca de la mitad de su estatura.

—Bueno —dijo Runný, con las manos apoyadas en las caderas mientras examinaba la superficie suave y esmerilada del peñasco dividido—. Salta a la vista que es bastante afilada.

Todavía jadeando, Silla dejó que la espada se disolviera convertida en escarcha resplandeciente. Miró hacia la cabaña con las pestañas congeladas, pero no había más que tranquilidad y silencio.

—Me ha dicho Galtung que volveréis los dos a Kopa cuando hayas completado el entrenamiento —dijo Runný.

Silla asintió y se mordió el labio.

—Dice que el jarl Hakon dispone de medios para ayudarme a rescatar a mi hermana.

Vig se llevó las manos a las caderas.

—¿Te ha hablado de Hakon?

—Me ha contado que Hakon es partidario de los Volsik, pero que para sobrevivir en el régimen urkano ha tenido que hacer cosas lamentables.

Vig y Runný cruzaron una mirada cómplice.

—Galtung lo conoce bien —dijo Vig bajito—. Su padre y el jarl eran buenos amigos antes de la guerra. Sé que pasó muchos veranos en Kopa con Hakon y su hijo Eyvind. Aunque —miró con cautela a Rey— hay rumores de que es un corrupto.

—Hay que rodearse de gente de confianza —dijo Runný. Juntó sus trenzas negras sobre un hombro y retorció nerviosa los aros de plata—. Es que yo... he pensado... —Miró a su hermano y rápidamente volvió a Silla—. Solo es una idea. Puede que hasta suene absurdo. —Runný se puso de puntillas un momento, luego bajó los pies—. He pensado acompañaros a ti y a Galtung a Kopa.

Vig se quedó blanco pero, para sorpresa de Silla, guardó silencio.

—Necesitaréis protección en el camino —siguió—. Aliados en Kopa. Y yo supongo... —Runný carraspeó— supongo que sabes que puedes confiar en mí.

Esta era la parte en la que un buen líder recitaría algún juramento. Pero Silla soltó las armas y abrazó a una Runný asustada.

—Tendrás que acostumbrarte a mí, Runný —dijo Silla alegremente mientras retrocedía—. Me gusta mucho abrazar. Por supuesto que nos encanta la idea.

—¿Sí? Bien... vale. —Runný miró a su hermano—. ¿Vig?

Los ojos le brillaban mientras sonreía a su hermana.

—Sí.

—¿Sí?

—Sí. Tienes que ir. —Vig dirigió una mirada nostálgica al cielo—. Siempre he sentido envidia de las decisiones que toman los demás. Procuraré... que no vuelva a ocurrir.

Runný apretó los labios, pero desplegó una sonrisa resplandeciente.

—Me alegro de oír eso, hermano.

Vig se aclaró la garganta.

—En fin... Yo me quedaré en el norte. Alguien tiene que coordinar la captura de las crías y asegurarse de que la grieta sigue cerrada.

—Temo por ti —dijo Runný, y tragó saliva.

Vig le envió una sonrisa burlona.

—No te preocupes por mí. Soy mucho más fiero que una foca bebé, como bien sabes. —Y sin más, la cogió por el cuello con un brazo desnudo y fornido y le hizo una llave.

—Idiota —exclamó ella, clavándole un codazo en las costillas.

Silla se quedó mirando la pelea de los hermanos y sintió un arrebato de celos. ¿Cómo habría sido crecer con una hermana? Ya nunca lo sabría. Los urkanos le habían robado la oportunidad.

Apretó la mandíbula, dio media vuelta y se aproximó a la cabaña. La escarcha del pelo y de las pestañas se había derretido y se secó la humedad. Rey la miró y dejó la espada a un lado.

—Estás mejorando a la hora de tejer la espada —le dijo con una mueca de su boca carnosa. Ante el recuerdo de lo que habían hecho esos mismos labios aquella mañana, Silla reprimió la necesidad de gatear hasta su regazo y abrazarlo con todo su cuerpo.

—Puedo leer tus pensamientos traviesos, mujer —dijo Rey en voz baja, y esbozó una media sonrisa. Era un gesto que empezaba a repetir a menudo, y a Silla se le ponía una sonrisa de oreja a oreja cada vez que lo hacía.

Rey tomó con su mano enorme la de Silla y se la llevó a la entrepierna. Silla pudo mirarlo directamente a los ojos. Rey le apartó la trenza adornada con anillas de plata de la cara y le sujetó la mandíbula.

—Y yo que pensaba que eras dulce —murmuró, y la atrajo para darle un beso suave y demasiado breve.

—Y yo que pensaba que eras un asesino —susurró, y atrapó los labios con los suyos cuando él los separó.

Él se rio.

—Es que soy un asesino —logró decir, separándose apenas un segundo antes de abrazarla y apretarla firmemente contra él.

—Runný quiere venir con nosotros a Kopa —dijo Silla, mirando hacia atrás por encima del hombro. Los hermanos seguían entrenando; Runný saltó sobre la espalda de Vig y le agarró el cuello con el brazo.

—Bien —dijo Rey—. Runný es una persona de confianza. Hay más gente que ha expresado sentimientos similares. —Suavizó la mirada hasta que denotó algo parecido al orgullo—. Tu presencia ha despertado la esperanza de cambio en esta región.

Silla soltó un suspiro incómodo.

—Hasta ahora no he hecho más que ser un cebo para las serpientes.

Rey se puso de pie y la abrazó. Silla suspiró y le devolvió el abrazo.

—¿Sabes cómo te llamaba a tus espaldas? —le preguntó ella con dulzura.

Él arqueó una ceja.

—La montaña andante. —Silla se rio bajito.

—¿Quieres saber cómo te llamaba yo? —preguntó él con ojos brillantes.

Silla asintió.

—Un grano en el culo.

Ella se echó a reír y lo abrazó más fuerte.

—Apuesto a que sí.

SESENTA Y NUEVE

La puerta de la cabaña de Harpa rozó con el marco cuando la cerró detrás de ella. Dentro hacía frío. El fuego ardía con poca llama y arrojaba una luz tenue sobre los manojos de hierbas y los frascos desperdigados por la habitación. Al igual que el fuego, Rykka dormía, con sus bracitos de carbonilla aferrados a un trozo de carbón a modo de almohada. Silla esperaba silencio, pero se encontró con un ruido fantasmal de pesas chocando entre sí mientras Harpa tejía en su telar.

«Una vida a cambio de otra», le vino a la mente, e intentó sacudirse el pensamiento.

Rey le había aconsejado que no molestara a Harpa, pero necesitaba preguntarle muchas cosas: especialmente quería hablarle de las visiones del rey Hrolf que había tenido. Después del ataque de la serpiente, ella y Rey se apresuraron a buscar el apoyo de los galdra. Pero ahora, Silla se preguntaba si había alguna conexión entre las visiones y las serpientes.

También quería preguntarle por la conexión mental que había tenido con Saga. ¿Qué clase de galdra se comunicaba así? Si pudiera confiar en esa voz, ¿podría ser la coyuntura que necesitaba para liberar a Saga de Askaborg? Llevaba días esperando mientras Harpa tejía, pero ya no aguantaba más.

Una vela encendida en un rincón iluminaba la silueta de Harpa. La luz danzante se reflejaba en un mechón de bucles que se le había soltado de la trenza. Cuando Silla se fijó, la recorrió entró un bucle de preocupación. Parecía que sus hombros no llenaban el vestido, y llevaba el chal hecho un nudo en la espalda. ¿Cuánto tiempo llevaba así?

—¿Harpa? —susurró, pero su mentora seguía con sus movimientos.

«Una vida a cambio de otra».

Silla meneó la cabeza para sacar de su mente aquellas palabras desconcertantes. En esta esquina siempre hacía más frío, y Silla sintió un escalofrío en la columna vertebral. De repente, la llama tembló con violencia. Una sensación extraña y siniestra la atrajo, familiar, pero no del todo. Era como un sueño olvidado, un recuerdo que no podía evocar...

Apoyó una mano en el delgado hombro de Harpa, se puso enfrente de ella y soltó un grito ahogado. Harpa tenía los ojos abiertos de par en par, pero no de color blanco lechoso que había visto en otras ocasiones, sino que ahora eran completamente negros.

—¿Harpa? —la llamó esta vez más fuerte. Le zarandeó el hombro con suavidad, pero Harpa no despertaba del trance.

Silla se volvió hacia el telar y se quedó sin aliento.

Harpa había hecho un avance considerable y ahora se veían cuatro figuras claramente diferenciadas, tejidas con hilos negros como la medianoche. Una serpiente. Un dragón. Un árbol. Una reina.

«Una vida a cambio de otra».

Las palabras revolotearon por su mente y entraron en su torrente sanguíneo. Mientras lo miraba boquiabierta, notó que el tapiz la atraía. Se acercó; tenía que acercarse. Y a cada paso, la necesidad de extender el brazo y acariciar los hilos bombeaba por su cuerpo con más vigor, hasta rivalizar con el ansia más atroz por las hojas de skjöld.

Silla sintió que se le aflojaba la mente. Levantó la mano. Tocó el tapiz.

Y el mundo se tornó negro.

MUROS DE PIEDRA. Humedad en el aire. Una sensación antigua y conocida flotando en el ambiente.

Había estado aquí antes.

La sala todavía se tambaleaba, las hornacinas seguían a oscuras, pero el instinto le dijo a Silla que había algo diferente. En lugar del anciano y solemne rey, una mujer se movía frenéticamente ante ella.

Ataviada con una armadura lébrynja engalanada con la Cruz del Sol, llevaba el pelo negro tejido en docenas de pequeñas trenzas que convergían en una sola, única y gruesa, en la coronilla. Cuando se fijó en los detalles, se dio cuenta de que la mujer mostraba heridas de batalla en varios puntos: salpicaduras de sangre en el cuello y en la barbilla, y un vendaje bajo el antebrazo destrozado de la armadura.

Silla se acercó. Era difícil identificar a la mujer, entre la escasa luz y las pinturas de guerra a base de carbón que embadurnaban su rostro.

—No puedo —murmuraba la mujer, deteniéndose para morderse una uña. Era un gesto inesperadamente infantil, uno que removió su memoria. La mirada de Silla voló hasta sus ojos y los examinó a través de la pintura negra. Eran azules. Miró más arriba.

—¿Mamá? —susurró Silla, y el amor y el dolor se enfrentaron en su interior. Como esperaba, Svalla Volsik no era consciente de la presencia de su hija. Igualmente, Silla se acercó y la abrazó. Pero se escurrió entre sus brazos como si estuviera hecha de aire.

—¡Mamá! —sollozó intentando en vano tocar a la mujer.

—Tengo que ponerlas a salvo —decía Svalla, completando otra vuelta por la sala.

Silla se obligó a mantener la calma. Era su madre, la mujer que la había parido. Hasta ese momento, Silla no había sido consciente de lo mucho que anhelaba saber qué aspecto tenía su madre: explorar cada rincón de su rostro y encontrar los rasgos que compartían.

En su última visión, Svalla era solo una niña. Pero ahora era una mujer adulta. Una reina. Silla bajó los ojos a su cuello, y vio la cicatriz roja que lo atravesaba. Svalla había soportado lo inimaginable: su propio abuelo había atentado contra ella. ¿Por qué estaba en esa habitación?

—No puedo —decía Svalla entre dientes. Hizo una pausa, y se volvió hacia los estantes tallados en la pared—. ¿Qué más hay ahí?

Silla juntó las cejas, y la aprensión se le agarró al estómago. Svalla se acercó a la pared, cogió una daga con la empuñadura blanca de un estante y sostuvo el extremo afilado en la palma de la mano.

—No —susurró Silla, paralizada.

Svalla dejó escapar un suspiro tembloroso. Se hizo un corte en la mano con la espada y, a continuación, dibujó unos símbolos con la sangre en la pared.

—Oscuro, yo te invoco —dijo Svalla, con voz resignada.

Una sensación fría y oscura se extendió por el cuerpo de Silla desde la boca del estómago. Su madre era... no. No podía ser. Esto no podía ser verdad.

Las velas parpadearon y la temperatura de la habitación se desplomó. Esta vez, Silla sabía lo que sucedería después: una sombra negra como la tinta corría por la pared, unas líneas borrosas convergieron hasta fusionarse en la extraña forma de un hombre coronado con clavos.

—Pequeña Svalla —dijo la voz, incorpórea y aterradora—, ¡cuánto has crecido!

Svalla enderezó la espalda y miró la forma borrosa de la pared.

—¿Todavía tienes sed de mi alma?

La sombra se agrietó, luego volvió a formarse, y su hambre llenó el aire.

—¿Qué quieres, Svalla?—preguntó.

—Protección —respondió, con voz temblorosa—. Para ellas.

—Ah —dijo la sombra, inclinando la cabeza a un lado—. Para ellas.

—Mis hijas son inocentes —dijo Svalla—. Ellas no pueden —un sollozo le trabó la voz—. Ellas no pueden morir. Los urkanos han tomado Sunnavík y pronto saltarán los muros del castillo. Askaborg caerá. Por favor, mis hijas han de salvarse.

Una risa escalofriante retumbó en el cráneo de Silla.

—Sabes lo que hay que hacer, Svalla. Hay un coste.

—Una vida a cambio de otra —dijo Svalla débilmente.

—¿Y estás conforme?

Svalla se mordió el labio y los ojos se le llenaron de lágrimas que contuvo. Asintió.

—Di las palabras, Svalla.

La madre de Silla respiró hondo.

—Sí. Una vida a cambio de otra.

Las velas ardieron con llamaradas negras ondulantes, una energía poderosa se extendió por la sala y envolvió a Silla en una espiral. Sintió la transformación: huesos rotos y reconstruidos, el bordado natural del mundo desgarrado y reorganizado en una nueva forma. Algo en el interior de Silla vibró como las cuerdas de un instrumento. La oleada de poder amainó y las luces volvieron a parpadear de color naranja.

—Está hecho —dijo la voz, desde todas partes y desde ninguna a la vez.

Svalla exhaló, levantó la daga de empuñadura blanca con las manos temblorosas.

—¿Ya? —preguntó, mientras colocaba el extremo afilado de la hoja en el punto palpitante de la garganta—. ¿Aquí? ¿Con esta daga?

La sombra se rio, con un sonido entrecortado e irregular.

—Vamos, Svalla, no has jugado bien tus cartas. La especificación es de suma importancia.

—¿Qué? —farfulló Svalla.

—No quiero tu vida, Svalla —dijo la cosa—. Estarás muerta muy pronto.

Svalla abrió sus ojos azules.

Y Silla cayó al precipicio de la nada.

—¡DESPIERTA!

El dolor le cruzaba la mejilla. Silla parpadeó una vez, y luego otra. La llama intermitente de una vela. El olor a humo y a hierbas. Dos siluetas discutían junto a ella.

—¡Suéltame, Reynir! —Era la voz de Harpa.

—No dejaré que la golpees otra vez. —Ese era Rey.

A medida que levantaba la mirada, su perfil se iba enfocando. La luz de la vela se reflejaba en su pómulo; tenía el gesto torcido.

—¿Qué... ha pasado? —Silla intentó sentarse, pero todo se tambaleaba.

—Despacio. —Rey le puso la mano en la espalda y la ayudó a incorporarse.

—Dime exactamente lo que ha pasado, niña —soltó Harpa—. Me has interrumpido cuando estaba tejiendo y... te has llevado una buena.

—Ya está Trilla otra vez llamando la atención —murmuró Rykka, y una espiral de humo le salió del pelo negro mientras se sentaba en el hombro de Harpa—. Primero se trae a esos demonios de hielo a tu patio, y ahora esto...

—La voz —susurró Silla—. No se callaba. La voz...

—¿Qué voz? —preguntó Rey.

—La voz. Me llamaba. Me atrajo al tapiz, y cuando lo toqué… —Silla miró a Harpa a los ojos—. «Una vida a cambio de otra».

Harpa puso los ojos como platos.

—¿Qué has dicho?

—«Una vida a cambio de otra» —repitió—. Lo he oído tres veces en visiones extrañas. La primera fue durante mi Rito de Cohesión.

La mirada de Harpa se volvió distante.

—No lograba conectar contigo ese día. Entonces no le di importancia… —Harpa frunció el ceño y la miró—. ¿Adónde fuiste? ¿Qué viste?

—Vi a Hrolf —dijo Silla—. Al rey Hrolf. ¿Quién es el Oscuro?

Harpa dio un paso atrás y se llevó una mano a la frente. Lentamente, se giró hacia el tapiz.

—Serpiente, dragón, árbol, reina.

—¿Alguien me lo puede explicar? —refunfuñó Rey.

—Es Myrkur. Myrkur es el Oscuro. —Un rescoldo se encendió en el interior del espíritu de humo, y corrió a la chimenea a esconderse debajo de un tronco carbonizado.

—¿El dios del caos? —preguntó Rey, incrédulo.

—Tienes que contármelo todo —dijo Harpa—. Empieza por el principio.

Y así lo hizo. Empezó con el Rito de Cohesión, cuando vio al rey Hrolf convocar al Oscuro y siguió con su intento de asesinar a su propia nieta. Reticente, acabó contándole el acuerdo engañoso al que había llegado su madre.

—Una vida a cambio de otra —murmuró Harpa—. Esas fueron las últimas palabras del rey Hrolf, aunque nadie entendió a qué se refería.

Harpa miró a Silla con sus incisivos ojos ambarinos.

—Durante el tiempo que pasé con ella, la reina Svalla nunca habló de ello. El atentado contra su vida jamás salió a la luz —dijo, con tono amargo—. Se decidió que lo mejor era mantener el apoyo público a los Volsik. Pero era de sobra conocido que la princesa Svalla sufrió terrores nocturnos hasta la edad adulta. Los sirvientes contaban que la oían gritar. «Una vida a cambio de otra».

A Silla se le hizo un nudo en el estómago al pensar en su madre caminando de un lado a otro en aquella sala. Cuánto miedo debió sentir al enfrentarse al Oscuro. Pero lo hizo por Eisa. Por Saga. Para que sus hijas vivieran.

—¿Qué significa? —preguntó Rey con frustración.

—Significa —explicó Harpa despacio— que Myrkur ha estado tejiendo oscuridad en la dinastía Volsik durante generaciones, y que no nos hemos dado cuenta.

—Entonces quién… —preguntó Silla, estupefacta—. Si Oscuro no quería la vida de mi madre, ¿de quién la quería entonces?

Harpa la observaba con atención.

—Eso no lo sé. Quizá la tuya. Quizá la de tu hermana. —Se volvió hacia el tapiz—. Pero me temo… —Hizo una pausa—. Lo de la serpiente, lo entendemos. Pero el resto…

—¿El árbol podría ser de los Bosques Occidentales? —preguntó Rey, y Silla supo que estaba pensando en la Hermandad del Hacha Sanguinaria en Istré peleando contra enemigos desconocidos en aquellos parajes. El miedo se le aferró al estómago al pensar en Sigrún, Hekla y Gunnar.

Harpa se puso de pie y empezó a dar vueltas por la cabaña.

—La serpiente y el dragón son los hijos de Myrkur. Pero el árbol y la reina… no sé a quién se refieren.

Rey se masajeaba las sienes.

Harpa se volvió hacia ellos con cara de preocupación.

—Los largos inviernos —dijo—. Las criaturas de Myrkur entrando a través de las grietas del mundo. Y los Volsik —los protectores de Íseldur— cautivos y obligados a esconderse. Siempre ha de haber un Volsik en el trono. Para aportar equilibrio. Para contrarrestar el caos de Myrkur.

Un escalofrío premonitorio recorrió la espina dorsal de Silla.

—Empieza con el hielo y acaba con el fuego —dijo Harpa, respirando hondo—. El Rökkur se acerca. El ocaso de nuestro mundo.

SETENTA

Sunnavík

Después de incontables semanas de preparación, por fin llegó el día de la fiesta de cumpleaños de la princesa Yrsa. Saga se ajustó los guantes y caminó por los pasillos mientras se preparaba mentalmente para la noche. Primero le llegó el sonido de los tambores, y luego el aroma a jabalí asado. Cuando apareció ante sus ojos el arco de la puerta que llevaba al salón principal, oyó las voces de cientos de personas. A Saga le fallaron las piernas y el corazón empezó a latirle a toda velocidad.

La fiesta de Yrsa era la celebración más importante de Askaborg hasta el Sueño de Ursir. Muy a su pesar, Saga estaba al tanto de todo, hasta del más mínimo detalle. El escaldo real había preparado diligentemente cuentos para recitarlos e incluso estaban fermentando un hidromiel especial a base de miel de brezo para la ocasión. Cubrieron los tambores con piel de vaca joven, engordaron a los jabalís y enviaron un sinfín de frutas y vinos desde el Continente Sur. Cientos de nobles de todo Íseldur se congregarían para celebrar la mayoría de edad de la princesa de la nación.

Saga respiró para calmarse y se recordó que solo tenía que aguantar esa noche. Mañana sería el almuerzo. Se tomaría el róa con las semillas. Y cuando despertara estaría a salvo, viajando de polizona en el barco de Rurik.

El pensamiento era absolutamente aterrador. Llevaba cinco años sin salir del castillo. Sus entrañas pataleaban y se rebelaban ante la sola idea. Pero no había alternativa. Askaborg, su refugio, su aliado, ya no era seguro.

«Los ojos tienen miedo, pero las manos actúan», decía Rurik con acento marcado y voz áspera en su recuerdo.

Esas palabras aliviaron la tensión de su estómago. También ayudaron las respiraciones profundas. Pero Saga no podía evitar que le asaltaran mil preguntas. Había tantas cosas que podían salir mal. ¿Y si alguien los veía? ¿Y si no le ponían las semillas en el róa? ¿Y si el clima empeoraba y el barco se estrellaba en tierra firme?

—Andando —gruñó Thorir, apoyándole los dedos en la piel desnuda de la nuca. Estremecida, Saga aceleró el paso para deshacerse de la presión de aquella mano.

Cada zancada de Thorir parecía una advertencia de Signe. «Cumple con tu deber, querida, o te arrepentirás».

—Decidme, Thorir, ¿os ha pedido Signe que decidáis lo que tengo que cenar esta noche? —preguntó con amargura. Signe había elegido el atuendo de Saga, desde las sandalias hasta el estilo de peinado.

Thorir refunfuñó.

—Podéis comer lo que queráis. Pero Su Alteza ha ordenado que tenéis que sentaros al lado de vuestro prometido y demostrarle afecto.

Saga no pudo evitar la desazón. Y así empezaría la farsa del matrimonio. Otro motivo más para salir de allí lo antes posible.

—Debéis sonreír y entablar conversación. —Hizo una pausa, luego continuó—. Y habrá hombres en cada puerta que no os dejarán salir. Así que me temo, lady Saga, que permaneceréis en el salón el tiempo que la reina estime conveniente.

A Saga se le revolvieron las tripas. «No os dejarán salir». Fue suficiente para que se le acelerara el corazón y le sudaran las palmas de las manos.

—Vaya, Thorir —soltó—. Menuda lista completa de tareas os ha encomendado Signe. Espero que no os dé una migraña intentando recordarlas todas.

—¿Eso puede pasar? —preguntó el hombre gigante.

Una sonrisa traviesa curvó los labios de Saga. Lo ponía tan fácil.

—Claro, Thorir. Un exceso de atención puede provocaros un dolor de cabeza espantoso. —Bajó la voz—. Un buen trago de cerveza suele venir bien.

El hombre tarareó, perdido en sus pensamientos.

La marejada de voces se volvió más escandalosa cuando llegaron a la puerta del salón. Saga tomó aire, se alisó las rígidas faldas y se ajustó la piel de zorro que le envolvía los hombros.

—Adelante —ordenó Thorir, empujándola.

El salón principal estaba irreconocible. Con mesas largas dispuestas en fila y el ambiente inundado de la luz mantecosa de las antorchas y del rugido de las llamas de los dos hogares idénticos.

Aunque todavía no se había servido el banquete, en las mesas lucían cuencos llenos de frutas, ramas de pino y velas de cera de abeja en finos candelabros de plata. Un gruñido ursino desvió la atención de Saga hacia el coso, donde los osos mascota de Ivar desgarraban un cadáver reciente. Llevaban collares de oro con unas largas cadenas de seguridad que los anclaban al suelo a la vez que les permitían holgura suficiente para arremeter contra los mirones que se acercaban demasiado. La multitud se agolpaba alrededor y algunos guerreros jóvenes se empujaban y se retaban unos a otros a dar un paso adelante.

La mano de Thorir le quemaba la nuca mientras la empujaba entre la apabullante multitud hasta la mesa principal. Por suerte, la gente se apartaba para dejarlos pasar. Saga dedujo que era una de las ventajas de tener un medio trol de guardaespaldas.

Se fijó en un grupo de guerreros con el pecho desnudo pintado con símbolos urkanos. Los dos de delante sujetaban tambores enormes entre los muslos que aporreaban con mazas a un ritmo acompasado. Los de atrás cantaban y se movían en una especie de trance.

—Saga, querida —susurró una voz familiar detrás de ella.

Saga se detuvo. El temor le revolvió las tripas, pero se obligó a sonreír. Solo una noche más y perdería de vista a Signe. Con una inspiración calmante, se volvió hacia la reina.

—Su Alteza —murmuró haciendo una reverencia. Signe llevaba un vestido de color marfil que hacía que su tez blanquecina y su cabello rubio platino parecieran aún más pálidos. Pero sus ojos azul hielo eran duros como la corona de garras que lucía en la cabeza.

Signe frunció los labios mientras repasaba a Saga de arriba abajo.

—Vas perfecta para la ocasión.

—Tenéis un gusto exquisito —dijo Saga muy formal.

Signe dio un sorbo a su copa y una gota carmesí se le quedó adherida a la comisura de los labios.

—Que disfrutes del festín, cariño —dijo Signe—. Me han dicho que va a ser una noche memorable.

Y con esa siniestra declaración, la reina se alejó.

SAGA SE UBICÓ RÁPIDAMENTE en la esquina más recóndita del salón, con una taza de hidromiel en la mano. Observó la fiesta, con el ceño fruncido. Thorir se había unido a Magnus, cada uno con un cuerno de cerveza de tamaño considerable, y, cuando el Devoracorazones cruzó su mirada engreída con la de Saga, ella giró la cara.

Dioses, cómo deseaba marcharse de allí. Una noche más. Solo tenía que aguantar esa noche. Irritada, le dio un sorbo a su bebida.

—Esta noche no sería prudente darle a la bebida. —La profundidad de la voz le vibró por todo el cuerpo y se le instaló en el estómago.

—La haría mucho más llevadera —contestó Saga, volviéndose hacia Rurik, que se tiraba de las mangas. Repasó a Rurik con la mirada mientras le daba otro sorbo a la taza. La chaqueta zagadkiana hecha a medida se ajustaba a la extensión de sus hombros, y la túnica de seda bajo ella apenas lograba ocultar el corte musculoso de su cuerpo.

Saga se puso más cerca de la puerta del patio, que habían dejado abierta para que entrara aire fresco. Y, cuando Rurik la siguió caminando con aire lobuno, agradeció en verdad el frescor de la corriente.

Apoyó un brazo en la pared y se inclinó para acercarse a su oreja.

—Todo listo para mañana —le susurró, y a ella la recorrió un escalofrío—. Has de ser prudente, Saga. Prudente e inteligente.

—Quizá no convenga que te vean conmigo —dijo Saga, mirando hacia atrás por encima del hombro.

—Quizá no pueda evitarlo. —Le pareció que sus ojos verdes brillaban en exceso y que su sonrisa era demasiado mordaz, y se preguntó si él también estaría nervioso por el día siguiente.

Saga entornó la mirada.

—Quizá seas tú quien requiera supervisión.

—Ahí sobra el «quizá», Saga. —Se rio entre dientes y le dio un trago largo a su cuerno de cerveza—. El problema es, Ala Invernal —se acercó más—, que yo quiero lo que quiero. Y que siempre lo consigo. —Se quedó mirándola un momento, con las fosas nasales abiertas. Cerró los ojos y rotó el cuello con inquietud.

—¿Te encuentras bien? —preguntó en voz baja—. Pareces... alterado.

La intensidad de su mirada hizo que Saga se retorciera. Pero, después de un momento, parpadeó y la suavizó.

—Echo de menos mi país —dijo Rurik inesperadamente—. Estoy deseando pisar suelo zagadkiano.

Saga asintió y tragó saliva.

—Lord Rurik —dijo una voz femenina, y los ojos de Saga revolotearon hasta Yrsa, que se encontraba de pie detrás de Rurik.

Como siempre, Yrsa estaba perfecta. Llevaba un vestido rojo vibrante y la luz rutilante de las velas iluminaba los bordados en oro del corpiño. Las perlas glaciales —las tejidas en el pelo y las que pendían de sus orejas— realzaban la vestimenta.

Rurik se dio la vuelta y le hizo una reverencia. Una punzada ácida le atravesó el estómago a Saga cuando Yrsa lo miró con ojos de agradecimiento.

—Os veis hermosa como un amanecer —dijo él, jovial—. Que nunca se derrame vuestro hidromiel, que nunca se os agujereen las medias y que los espíritus malignos nunca entren en vuestro baño.

Yrsa y Saga se miraron y se echaron a reír.

—¿Los espíritus malignos del baño? —preguntó Saga, con un gesto de incredulidad.

Rurik asintió serio.

—Se considera la peor de las suertes en Zagadka.

—Lo tendré en cuenta —dijo Yrsa, con las mejillas sonrosadas—. Os agradezco la preocupación, lord Rurik. Esperaba poder hablar con vos. —Miró a Saga unos instantes—. A solas.

—Por supuesto —respondió él.

Saga hizo una mueca de condescendencia a Yrsa.

—Que os divirtáis, lord Rurik —murmuró, y se dirigió a la mesa del estrado.

SETENTA Y UNO

La fiesta era una muestra repugnante de excesos, nobles y realeza atiborrándose, mientras fingían que el resto del reino no pasaba hambre. Después de cinco interminables platos, un sinfín de escandalosos brindis en honor de la princesa Yrsa, una proposición fallida recibida con risas y el tedioso recital del escaldo, los cuidadores de los osos de Ivar finalmente dieron un paso adelante. Desencadenaron a las queridas mascotas del rey y se las llevaron del salón.

Y dieron comienzo los combates.

Empezaron los más jóvenes, forcejeando y derribándose contra el suelo de piedra hasta que el perdedor caía inconsciente o se rendía y tocaba la campana de hierro. Los sólas cambiaban de manos, se repartían cuernos de cerveza fría y los asistentes iban levantando el tono de voz. El príncipe Bjorn entró al coso y la multitud lo recibió con la correspondiente y exagerada ovación cuando se posicionó ante un muchacho tembloroso de su misma edad. Como era de esperar, el príncipe larguirucho fue coronado vencedor, y la multitud lo aclamó como si el nombre no hubiera tenido nada que ver con la victoria.

Y, por fin, llegó la hora del evento principal. En este punto, los invitados abandonaron las largas mesas y se congregaron alrededor del recinto. La expectación se respiraba por todo el salón.

Saga miraba obediente, resistiendo las ganas de tomarse otra taza relajante de hidromiel. Rurik estaba en lo cierto, tenía que llevar cuidado y estar atenta. Con un suspiro, se unió a la multitud que rodeaba el coso. Vio al zagadkiano al otro lado, con los ojos verdes brillantes y movimientos nerviosos.

El rey Ivar levantó una mano y el clamor de voces se acalló.

—Y ahora, una tradición mantenida en el tiempo desde nuestros antepasados —bramó—. La princesa ha elegido a un campeón para que luche por ella esta noche.

Los susurros flotaron entre los asistentes, y a Saga se le hizo un nudo el estómago.

El rey continuó.

—Como la mayoría sabéis, se considera un honor y un privilegio ser nombrado el campeón de la princesa.

Saga miró rápidamente a Rurik, pero él no le devolvió la mirada. Le entró un hormigueo frío y lento por las piernas.

—El guerrero elegido tendrá que enfrentarse a nuestra élite para reclamar la victoria. No habrá misericordia. Pero si vence, logrará lo que pocos consiguen. No solo otorgará la gloria suprema a la princesa Yrsa, sino que además se le honrará como mejor sabemos los urkanos. —Ivar miró a su hija con los ojos resplandecientes—. ¿Qué dices, princesa Yrsa? ¿Has decidido ya quién será tu campeón?

A Saga se le subió la bilis a la garganta cuando cayó en la cuenta. No...

—Sí, padre. —Yrsa sonrió serena—. Elijo a lord Kassandr Rurik del reino de Zagadka como mi campeón.

El rey endureció la mirada ante la respuesta y la multitud mostró su descontento.

«Rurik, cabeza de chorlito», era lo único que podía pensar Saga. «Eso no es ni prudente ni inteligente».

—Es una deshonra para todos los guerreros expertos de esta sala —murmuró el hombre que Saga tenía detrás—. ¿Un extranjero luchando por nuestra princesa?

Al lado de Rurik, Rovgolod gesticulaba como loco, y el resto de la druzhina fruncía el ceño en señal de desaprobación. Pero incluso con el recinto de por medio, Saga percibió la inusual energía inquieta que corría por las venas del zagadkiano mientras se desabrochaba la sobrevesta.

—¿Estás segura de tu decisión, Yrsa? —preguntó el rey Ivar con el entrecejo arrugado—. Esto es de lo más insólito.

Pero la princesa, al igual que Rurik, lo tenía claro.

—Estoy segura. —Y se puso colorada cuando vio a Rurik sacarse la chaqueta.

Saga sintió un mareo. Estas competiciones eran notoriamente violentas —de hecho, Saga nunca había visto a un campeón reclamar la gloria. Lo habitual era que quedaran postrados en cama durante semanas con los huesos rotos y heridas en la cabeza, si es que sobrevivían. Y con la indignación que se extendió como la pólvora entre los invitados, y la mirada cómplice entre el rey Ivar y Magnus el Devoracorazones, el malestar de Saga fue a peor. No le dejarían ganar.

Solo hacía falta un espadazo inoportuno, un juego de manos, y despacharían a Rurik. La sangre se le agolpó en los oídos ante la posibilidad de que resultara herido. Y cuando se dio cuenta de que si Rurik caía, ella se quedaría varada, el mundo se le puso del revés.

—¡El campeón se enfrentará a cinco rondas! —gritó el rey—. En combate individual dentro de los límites del recinto. Los combatientes no portarán armas ni armadura. El enfrentamiento durará hasta que suene la campana o uno de los dos sea incapaz de seguir luchando.

Rurik agarró el dobladillo de la túnica, se la quitó por la cabeza y se la lanzó descuidadamente a Rov. Las antorchas del salón iluminaron la potente firmeza de su amplio pecho, con músculos fuertes curtidos tras años de enfrentamientos en ruedos como este. Saga se recordó que el hombre se dedicaba a eso. Pero, por otro lado, pensaba en su naturaleza impulsiva y presuntuosa. ¿Y si había aceptado más de lo que podía defender? ¿Y si no salía de allí?

Rurik saltó al coso, con el torso desnudo y descalzo, moviéndose de un lado a otro como un animal enjaulado. El corazón de Saga latía a un ritmo frenético.

—El primer oponente —bramó el rey Ivar— será Sida Mano de Arpón.

El público aplaudió y se apartó para dejar pasar a una mujer pálida de cabello negro azabache con un atuendo de cuero más bien escaso. Se recogió las largas trenzas en la coronilla y estrechó la mano tendida de Rurik. Los oponentes ocuparon sus respectivos puestos. Los sólas cambiaron de manos. Se sirvió cerveza fría. El rey levantó su cáliz y la multitud guardó silencio.

—*Skál* —dijo Ivar.

Y, sin más, empezaron.

Rurik y Sida daban vueltas alrededor del coso como dos feroces depredadores estudiándose el uno al otro. Aunque él contaba con la ventaja de su altura y su fuerza bruta, los movimientos de Sida eran fluidos como el agua. La gente pronto empezó a agitarse y a abuchear.

—¡Basta de jugar! —bramó el hombre que estaba junto a Saga.

Con una velocidad serpentina, Sida se abalanzó con una tanda de patadas y puños rápidos. Rurik se agachó para esquivar un puñetazo, pero se llevó un golpe en las costillas. La mujer aprovechó el momento de sobresalto para lanzar una patada poderosa dirigida a la cabeza.

Rurik se apartó justo a tiempo y se enderezó de milagro. Con eso, se restableció el equilibrio. Los guerreros empezaron a dar vueltas en círculo otra vez y el público se quejó.

—¡Acaba con él, Mano de Arpón! —chilló un guerrero cercano.

Saga estudió a Sida. Sus movimientos eran potentes y ágiles, y era evidente que no tenía miedo de atacar primero. No obstante, cuando los luchadores dieron otra vuelta en círculo, Saga lo comprendió.

Sida no tenía que ganar el combate. Su objetivo era desgastar a Rurik.

Al completar la vuelta, ambos guerreros estaban bañados en sudor. Sida arremetió. Rurik retrocedió. Y el baile empezó de nuevo. Daba la sensación de que Rurik pretendía utilizar la misma táctica que había visto en la casa cuartel —enfadar a Sida para que atacara—. Pero la mujer mostraba templanza; demasiada serenidad como para caer en ese juego. Rurik tenía que romper la secuencia. Hacer que perdiera la concentración. Atraerla hasta la trampa y asestarle el golpe de la derrota.

Antes de poder decidir cómo aprovechar esta observación, un grito ahogado le desgarró la garganta. Sida había atacado con el pie y Rurik había reaccionado un segundo tarde. La patada aterrizó con un ruido sordo y repugnante en las costillas y lo empujó hacia atrás. La mujer cargó con intensidad renovada y le estrelló tal puñetazo en la mandíbula que le dobló el cuello. Tambaleándose, Rurik se echó mano a las costillas y escupió sangre.

Saga se llevó la mano a la boca. Las costillas, las que le había dicho que estaban cicatrizando.

La multitud enloqueció al acariciar la victoria.

—Por muy campeón que se crea —gruñó un hombre a la izquierda de Saga—, Sida acabará con él en la primera ronda.

Con el corazón acelerado, Saga pensó en Ana, en cómo había soportado el dolor. ¿Podría hacer lo mismo para ayudar a Rurik? Claro que Saga nunca había logrado acceder a sus pensamientos, por tanto, poco podía hacer. Al parecer, Rurik iba a tener que ganar el combate por sí mismo.

Saga sintió un vahído cuando Sida avanzó para darle otra fuerte patada a Rurik.

El golpe de la derrota.

Y lo hubiera sido de no ser porque Rurik no se encontraba en el lado receptor. Se había tirado al suelo y estaba rodando bajo el cuerpo en el aire de Sida. Levantó la pierna y alcanzó sus espinillas. Sida impactó en la arena con un brazo extendido.

El crujido húmedo de los huesos llenó el aire cuando el brazo amortiguó su caída y el cráneo chocó contra el suelo un instante después.

El salón se quedó en silencio.

Saga contuvo la respiración, contando los latidos. Pero Sida no se levantaba.

—El vencedor es Rurik —gritó el rey, y la multitud abucheó.

Rurik se enderezó como si las costillas no le dolieran lo más mínimo. Cruzó la mirada con Saga y ella lo miró con incredulidad. ¿Había hecho…? ¿Acababa de…?

Y, en ese momento, se dio cuenta de que había subestimado a Kassandr Rurik. Esos primeros golpes triunfales de Sida no habían sido más que una artimaña para dar tiempo a Rurik a estudiar sus movimientos. Al cabo de unos minutos, la llevó a repetir la misma secuencia y la usó en su contra.

Al parecer, el muy patán era más listo de lo que demostraba.

A Saga se le escapó una sonrisa. Hizo una mueca lenta con la cabeza. Y decidió que la taza de hidromiel para calmar los nervios había hecho su efecto.

RURIK PRONTO DEMOSTRÓ ser un hombre con recursos. Sus movimientos cambiaban según el oponente; derribó a uno a los pocos segundos de empezar el combate y a otro a los tres cuartos de hora. Utilizaba a los asistentes a su favor, provocaba deliberadamente a su contrincante hasta enfurecerlo y aprovechaba el caos para desorientarlo.

Pero Rurik era humano y, a medida que transcurrían los enfrentamientos, su energía flaqueaba. Encajó más golpes —en la mandíbula, en las costillas, en la rodilla— que lo dejaron rechinando los dientes. Aun así, persistía. El público se agitaba más y más con cada combate, y la sed de su sangre no hacía más que aumentar.

—La victoria es para Rurik —ladró el rey después del cuarto lance, sin poder ocultar la irritación en el rostro. Los invitados escupían maldiciones y aullaban de impaciencia. Más sólas corrían de mano en mano y los guerreros pedían entrar en el coso.

Rov le secó el sudor de la frente a Rurik y le dijo algo rápido en zagadkiano.

—El quinto asalto —gritó el rey Ivar— será contra Thorir el Gigante.

La multitud estalló en un delirio acrecentado por el alcohol y se apartó para dejar pasar a Thorir. A Saga le costó tragar saliva. Cómo no iba a ser Thorir —invicto en todos los combates allí celebrados—. Contempló al guerrero: tenía los brazos gruesos como troncos de árbol y los hombros anchos como los de un oso pardo. Era más alto y mucho más fuerte que Rurik. Saga lo había visto luchar en aquel mismo recinto, había visto a su puño letal aplastar unos cuantos cráneos. Thorir encajaba los golpes como nadie. Y aunque el hombre era torpe y lento en la conversación, en la batalla era todo menos eso. Y este coso era suyo.

Cuando vio a Rurik sacudirse los hombros, Saga volvió a sentir náuseas. Los ojos del zagadkiano tenían un brillo enloquecido. Thorir accedió al coso con una túnica de lino que a duras penas cubría su enorme pecho con forma de barril.

El público se calló, todos tenían los ojos puestos en los dos contrincantes.

—Por fin me mandan al hombre trol de cara colorada —dijo Rurik, exhibiendo una marcada sonrisa.

Thorir gruñó.

El rey levantó la copa.

—*Skál* —gritó.

Y así, empezó el combate. Thorir no tardó en atacar a Rurik, pero el zagadkiano lo esquivó hábilmente. Otra vez Thorir se lanzó contra él, y otra vez Rurik lo evitó.

—Lucha, cobarde —le espetó el Gigante, balanceándose con fuerza.

Pero Rurik rodó bajo el puño letal de aquel, saltando ágilmente a un lado antes de agacharse.

—Pareces una niñita asustada —se mofó Thorir—. Lucha como un hombre.

—Puede que me guste pelear como una niña —dijo Rurik jovial, empezando a dar vueltas en círculo una vez más—. No era el insulto que estabas pensando.

La gente protestaba, gritaba pidiendo sangre, y Saga cruzó con fuerza las manos enguantadas. No podía mirar, y tampoco podía apartar la mirada.

—Ven aquí —gruñó Thorir.

—Ven tú aquí —fue la respuesta exasperante de Rurik.

—¡Cobarde!

—Cuidado, hombre trol —respondió Rurik alegremente—. Parece que te estás cabreando.

Cuando Thorir embistió a Rurik con la fuerza de un toro bravo, el público se puso frenético y el corazón de Saga entró en caída libre. Thorir lanzó un puñetazo. En un movimiento tan rápido que Saga casi se lo pierde, Rurik rodó bajo el puño de Thorir, se puso en pie de un salto detrás de él y se encaramó a su espalda de un brinco.

Rurik rodeó con las manos el cuello del Gigante y entrelazó las piernas alrededor de su cintura. Thorir se giraba como loco, dejando escapar un extraño silbido de su cara cada vez más roja. Pero la técnica de estrangulamiento de Rurik era implacable y se mantuvo firme pese a los movimientos inútiles de Thorir.

La gente aullaba de rabia y la esperanza se iluminó en el pecho de Saga. Quizá pudiera hacerlo… Acabar ya con esto y salir ileso, y mañana proceder según el plan.

Debería haber adivinado que no sería tan fácil.

Thorir cayó hacia atrás, aplastando a Rurik con toda la fuerza de su peso. El nauseabundo impacto de la espalda desnuda del zagadkiano contra el suelo de piedra hizo que a Saga se le agarrotaran los pulmones. Los dos guerreros yacían en el suelo... Thorir jadeaba desesperado encima de Rurik, que parpadeaba aturdido. Pero entonces el Gigante se retorció y lanzó un puñetazo hacia abajo.

Rurik rodó, y logró esquivar el golpe letal por centímetros.

Cuando el puño se estrelló en el suelo, Thorir chilló de dolor. Para entonces, Rurik ya estaba de pie detrás de él, tirando y retorciendo su túnica. Con un movimiento rápido, el zagadkiano logró colocarle los brazos en la espalda e inmovilizarlos con la tela enrollada.

—Como verás, hombretón, la fuerza no lo es todo. Lo que me falta de altura, lo suplo con ingenio. —Y Rurik le soltó una bofetada humillante en la cara—. Por eso me honra... como decías antes... luchar como una chica.

Dioses, a los asistentes no le gustó nada el gesto. Sintieron la misma indignación que el propio Thorir. Con la cara más roja que su pelo, soltó un grito ensordecedor. Y, entonces, el brusco desgarro de la tela llenó el aire cuando Thorir se liberó de la túnica.

Rurik retrocedió y escupió sangre mientras evaluaba la situación. Pero Saga vio lo que intentaba ocultar —la tirantez del mentón, el ceño fruncido al respirar—. No se había levantado del suelo ileso.

Respaldado por el clamor del público, Thorir se levantó con fuerza renovada. Rurik esquivó un golpe, luego otro. Pero el tercero lo alcanzó en el lado izquierdo de las costillas y lo dejó inestable. El zagadkiano se recuperó rápido y le asestó un puñetazo directo a la mandíbula que sonó con un fuerte crujido.

Fue entonces cuando Saga vio un destello plateado por el rabillo del ojo.

—¡Un cuchillo! —gritó por encima de la multitud rugiente.

Rurik se giró con una velocidad sobrenatural desplegando una mano. El salón se quedó de piedra ante la escena.

Kassandr Rurik sujetaba la empuñadura de una daga en la mano, con la hoja a escasos centímetros de su cara.

Saga parpadeó. Volvió a parpadear. ¿Había atrapado la daga en el aire? Era imposible...

—No, no, no, no —le reprendió Rurik, arrojando la navaja a un lado—. Nada de armas.

—No es mía —dijo Thorir, mirando la daga y luego nuevamente a Rurik.

—¿Sabes lo que eso significa, hombre trol? —Una sonrisa malvada se dibujó en su rostro—. Significa que piensan que no puedes vencerme. Saben que necesitas ventajas.

La gente abucheó, y Saga miró a su alrededor en busca de alguna otra arma.

Rurik abrió los brazos en cruz.

—Vamos, Thorir. Yo mismo te la daré. Te concederé un segundo de ventaja.

Thorir curvó los labios y cerró los puños carnosos.

—No necesito favores para acabar contigo, kunta. Te arrancaré con mucho gusto los dientes de tu cara bonita. Ya veremos si tu lengua es igual de ingeniosa cuando no la encuentres entre el montón de huesos de tu cráneo machacado.

La multitud aulló y su esperanza aumentó cuando los hombres empezaron a caminar en círculos otra vez. Pero con un movimiento sorprendentemente rápido, Thorir se hizo con la daga al pasar por su lado.

Rurik entrecerró los ojos.

—¿Ese es el honor del que hablas, gran trol?

—Lo bueno de luchar aquí tantos años —gruñó Thorir— es que yo sí conozco las reglas. Los combatientes no pueden traer armas, pero esta —blandió la navaja— no la hemos traído ni tú ni yo.

A Saga se le subió el corazón a la garganta. La hoja ya estaba cortando el aire cuando Thorir se lanzó a por Rurik. El honor y la disciplina saltaron por la ventana. Los dos guerreros forcejearon. El zagadkiano mantenía la hoja apartada con voluntad firme, pero tenía el lado izquierdo debilitado, sangraba por la comisura de la boca y, si era cuestión puramente de fuerza, el gigante saldría vencedor.

Rurik le golpeó en el antebrazo para que soltara la navaja, pero el Gigante lo sorprendió con un ataque volador y le atravesó el hombro derecho con la hoja.

Gritando de dolor, Rurik le asestó un cabezazo a Thorir, estrellándole la frente en toda la nariz con un golpe húmedo. Luego saltó por encima del gigante con una pirueta inhumana. Antes de que Saga pudiera considerar la imposibilidad de tal hazaña, Rurik aterrizó detrás de él y le dio una patada rápida en las corvas. Y, con un empujón del zagadkiano, Thorir aterrizó en el suelo con un retumbo escalofriante.

La multitud se quedó inmóvil mientras el hombre yacía inerte. Un par de guerreros se apresuraron a ponerlo boca arriba. La empuñadura de la daga sobresalía de su estómago, con la mano de Thorir aún aferrada.

Se hizo el silencio en el salón.

Thorir tenía los ojos completamente abiertos en su rostro rubicundo, y la sangre brotaba alrededor del mango de la navaja. Rurik cogió la campana y se la puso al hombre en su enorme mano. Y, en ese momento, pasó lo impensable.

Thorir el Gigante tocó la campana.

—¡Que venga el curandero! —La voz gruñona de Ivar cortó el silencio. Entró en el coso, se arrodilló junto a Thorir y le ofreció una jarra de cerveza.

—Has luchado bien, Gigante. Y vivirás para seguir haciéndolo. Deja que el curandero te extraiga el cuchillo.

Mientras el rey Ivar se enderezaba, dirigió una mirada severa a Rurik. Se quedó en silencio un buen rato, dándole vueltas a las palabras que no quería pronunciar.

—Y tú, Campeón —dijo, con un claro toque de amargura—, tú también has luchado bien.

Levantó la voz para dirigirse a la multitud.

—Hacía muchos años que no se coronaba a un campeón en este coso. Brindemos por los guerreros que han luchado valientemente esta noche.

Jarras, cuernos y copas se alzaron por todo el salón.

Ivar se volvió hacia Rurik.

—Y brindemos también por nuestro nuevo campeón, ¡lord Kassandr Rurik, del reino de Zagadka!

La muchedumbre refunfuñó descontenta; en una esquina se apartaron para dejar paso a dos guerreros.

—Y esta noche, lord Rurik —continuó el rey—, tenemos una ceremonia especial. En honor de la mayoría de edad de la princesa. Esta noche, tendréis el honor de participar de una experiencia que solo han disfrutado una selección de mis más estimados.

Saga frunció el ceño ante el pequeño cofre que llevaban entre los dos guerreros. Bajaron los escalones para entrar en el coso y levantaron la tapa.

El rey Ivar metió la mano y sacó el objeto para que todos lo vieran.

Saga retrocedió asqueada y el corazón se le subió a la garganta. Jadeando, se abrió paso a trompicones entre la multitud. El salón daba vueltas, las paredes se cernían sobre ella.

«¡Corre!», gritaba su mente. «Escapa. Las salidas. ¡Tienes que irte!».

Tropezó con las manos contra un muro de piedra. Lo palpó. Repasó con la mirada todas las salidas, y recordó las palabras de Thorir.

«Habrá hombres en cada puerta que os impedirán salir».

Se le hacía imposible respirar. Y justo fue cuando la vio: la salida que conducía al patio exterior. Por algún motivo, no estaba vigilada. Avanzó agarrándose a la pared, intentando bloquear los sonidos. Pero cuando Saga logró cruzar la puerta y salir al aire fresco de la noche, la voz del rey Ivar la persiguió.

—Esta noche, lord Rurik, tendréis el honor de beber del cráneo del rey Kjartan.

SETENTA Y DOS

El intenso ardor del salón devino en una noche oscura y sin luna. Las gotas de lluvia salpicaban las clavículas desnudas de Saga, que avanzaba tropezando con las sandalias en las baldosas. Todo parecía distante. Otra chica en otro tiempo, huyendo de las personas monstruosas que habían asesinado a su padre y que ahora bebían de su cráneo.

El cielo daba vueltas, el vaho de su aliento salía en volutas ascendentes que atrapaban la luz del castillo.

Las risas y los vítores se filtraban por la puerta y le atravesaban la piel como cuchillas. Su cráneo. Estaban bebiendo del cráneo de su padre, como si fuera un juego. Como si sentarse en su trono y desmantelar su país piedra a piedra no fuera suficiente, necesitaban degradarlo aún más con este abominable ritual.

La quemazón le trepaba por la garganta, pero no estaba dispuesta a rendirse. No estaba dispuesta a llorar.

«¡Vete!», gritaba su mente. «Escapa». Necesitaba irse lejos de aquel salón, de aquella gente, de aquel castillo, de aquella vida.

Remotamente, recordó que al día siguiente se marcharía. Solo tenía que aguantar una comida más. Pero la imagen del cráneo de su padre la empujaba más allá del razonamiento. Era incapaz de pensar, incapaz de dominar su mente turbulenta. La luz se atenuó… o la eclipsó la oscuridad del lugar donde la habían llevado sus pies, lejos de aquella gente. Saga se encontró en un paisaje de tinieblas, de sombras retorcidas y de lluvia vigorizante.

Lluvia.

Cuando fue consciente, la realidad se le vino encima. Era lluvia. Estaba en el exterior.

«Castigo», dijo la voz. «Te mereces un castigo».

—No —susurró Saga, girando como una peonza. El frío era agudo y penetrante, la oscuridad la envolvía. Pero el puño del pánico le estrujaba las costillas y tenía el corazón descontrolado.

«Deberían haberte puesto en una pica junto a ellos».

—Por favor —resollaba, luchando por respirar, luchando desesperadamente por expulsar aquella voz y aquel día de su cabeza. Saga daba vueltas intentando orientarse, pero en la oscuridad todo le parecía igual.

«Te has perdido», se burló su pensamiento. «Estás atrapada. No hay escapatoria».

Saga respiraba con dificultad, cuervos imaginarios graznaban en su mente. «Castigo», parecían decir, con cada graznido burlón que salía de sus picos. Se tapó los oídos con los dedos, intentando acallarlos, intentando detenerlos...

«¿Sabes a cuántos hombres he perdido a manos de tu vil padre?», susurraba él, y el fantasma de sus dedos se deslizó por su rostro.

—No —gimoteó Saga, extendiendo una mano para estabilizarse, pero no había donde agarrarse. Tropezó y cayó al suelo, y se atragantó con el olor a heno y a caballo y a la fragua del herrero...

Saga se hizo un ovillo y se tapó las orejas con las manos.

—Por favor —suplicó.

—Por favor —suplicaba aquel día cuando las altas siluetas vestidas de negro la alcanzaron en los establos—. Dejadme pasar.

Pero le habían bloqueado el paso, y una burda risa masculina le provocó un escalofrío que le recorrió el cuerpo. Estaba atrapada. No había escapatoria. La habían rodeado. El cabecilla dio un paso adelante, un hombre despiadado al que Saga había evitado hábilmente a toda costa. Sin embargo, ahora no tenía posibilidad de esquivarlo, y menos en un rincón de la fragua de los establos...

El hombre era alto y robusto, con una barba irregular trenzada al estilo urkano, y sus ojos oscuros la arañaron de pies a cabeza. Magnus el Devoracorazones sonrió mientras arrinconaba a Saga con su cuerpo, mucho más grande que el de ella. Cuando su espalda chocó con las paredes de madera del establo, la invadió un pánico atroz.

Saga se estremeció cuando Magnus le arrastró los dedos callosos por las mejillas.

—¿Sabes a cuántos hombres he perdido a manos de tu vil padre?

Le puso la mano en la mandíbula y apretó con violencia.

—¡Mírame cuando te hable! — gritó—. Halfdan ha perdido a tres hermanos. Frode a su gemelo.

Magnus escupió y Saga retrocedió cuando notó la saliva en la mejilla.

El hombre pegó su rostro al de ella, tanto que sintió su aliento caliente en la piel. —Olía a cerveza.

—Deberías estar muerta —susurró—. Mereces estar muerta, como el resto de tu familia. Deberían haberte puesto en un pilar junto a ellos.

Sintió el escozor delator de las lágrimas y cerró los ojos con fuerza para contenerlas. Saga no había llorado desde el día que masacraron a su familia, y juró que nunca volvería a llorar. Pero Magnus apretó más fuerte el puño.

—¡Mírame, mascota inútil! —Saga se obligó a abrir los ojos y sostuvo su fría mirada—. Una mascota —repitió Magnus, y desplegó una horrible sonrisa—. Eso es lo que eres, aunque parece que lo has olvidado. Correteando por el castillo. Montando a caballo con la princesa. Vistiendo de gala como la nobleza. Nos miras pensando que eres mejor que nosotros...

—Yo no...

—¡Cállate! —gritó, tan alto que le vibraron los huesos—. ¡Me escucharás hasta que termine! Has olvidado cuál es tu lugar.

Los hombres detrás de él gruñeron mostrando conformidad.

—No podemos malograr tu virtud sin provocar la ira del rey —gruñó Magnus—. Pero hay otras formas de recordártelo, Volsik. Eres nuestra. Nos perteneces. Y no eres más que una mascota sin valor.

Magnus se giró e hizo un gesto afirmativo por encima del hombro. Sin mediar palabra, la sitiaron. Saga abrió la boca para gritar, pero una mano la amordazó.

Todo se volvió borroso. La arrastraron hasta el fuego de la fragua y la colocaron boca abajo sobre una mesa. Le llegó el olor del hierro candente. Luego se acercó Magnus, con la placa de marcar a los caballos en la mano. Saga quedó reducida a un ente que gritaba, forcejeaba y se defendía, sobrepasada por el puro terror.

Pero todo fue en vano. Le giraron las manos boca arriba sobre la mesa y la marcaron con el hierro al rojo vivo en una palma. Su cuerpo grito de dolor; nunca había sentido nada igual. Aquella agonía abrasadora se convirtió en su mundo. Solo veía chispas y el olor de carne quemada le invadió los sentidos. Y luego, le hicieron lo mismo en la otra mano.

El dolor no terminaba nunca, ni siquiera cuando los hombres la dejaron desmayada sobre la mesa de la forja. Quemó, devoró y consumió las frágiles barreras que había logrado levantar en los últimos doce años. Saga se quedó vacía, invertebrada y temblando.

Y luego hizo lo más imperdonable de todo.

Lloró.

El líquido caliente resbaló por sus mejillas y se mezcló con el frío cortante de la lluvia. Saga se miró las manos solo para recordar que llevaba guantes. Se los quitó y se pasó los suaves dedos por las mejillas, notando las lágrimas que llevaba reprimiendo cinco largos años.

Pero ahora se encontraba igual de indefensa que aquel día. Rota, temblorosa y envuelta en la oscuridad. Las lágrimas brotaban con venganza y Saga cedió. Se permitió llorar —por lo que le hicieron aquel día y por la lenta retirada de la vida que le siguió—. Magnus la había llamado mascota, pero fue Saga la que se enjauló.

Lloró por la niña que era antes de aquel día —por la llamita de esperanza que albergaba en su interior—. En aquel entonces, había felicidad. Tenía la esperanza de rehacer una vida entre los escombros de su pasado.

En lugar de eso, se sumó a las ruinas. Un alma rota, resentida, encerrada voluntariamente en la oscuridad hasta marchitarse.

Saga lloró hasta que no le quedaron más lágrimas.

Con los ojos secos, sacó la cabeza de entre las rodillas, y se sorprendió al ver que la sensación de pánico se había aliviado. Parpadeó en la oscuridad e intentó reorientarse. Logró distinguir el contorno irregular de los setos que tenía delante y el borboteo del agua justo detrás.

Y, de repente, supo dónde estaba. Se levantó despacio. Retomó el camino. Tenía el vestido empapado y la piel de gallina. Pero cuando vio la fuente de Sunnvald, no sintió más que calor. El agua que brotaba de las palmas de Sunnvald reflejaba la tenue luz de los pisos superiores de Askaborg y le confería un brillo mágico.

—Hola —murmuró al dios de sus antepasados, a esa luz que había encontrado casualmente en la oscuridad. Oculta entre los jardines reales, Signe había intentado en vano retirar esa estatua. No sabía que la habían hecho los galdra, pero era irrompible. Todos los maestros canteros que la habían examinado —y todos los guerreros que habían intentado derribarla por la fuerza bruta— habían desistido.

Inclinó la cabeza hacia atrás, cerró los ojos y aspiró el momento. La lluvia fría en la cara, resbalando por sus mejillas. Era la primera vez en cinco años que sentía la lluvia mojándole la piel.

Y el sentimiento era liberador.

Levantó sus manos sin guantes hacia el cielo y sonrió cuando las gotitas de lluvia le hicieron cosquillas y cuando el agua se acumuló entre sus palmas.

Se le aceleró el pulso y deseó volver a la seguridad del castillo, pero se quedó quieta. Un ratito más. Unos momentos más de libertad, y luego se rendiría.

Un movimiento entre las sombras la sacó de su ensimismamiento; cuando se giró, su mirada se encontró con la de Rurik.

—Eres tan hermosa—murmuró, y pareció sorprendido de decirlo voz alta.

La imagen del cráneo volvió a su mente, y Saga se dio la vuelta. «Retírate», le decía una voz interior. «Vuelve a tus aposentos».

—Yo no bebí de él —explicó, acercándose a su campo de visión—. Has de saber que yo nunca haría eso. —Se pasó la mano por el pelo y las gotitas de agua salieron volando. Rurik se había puesto la túnica, y la lluvia hacía que esta se adhiriera a su cuerpo marcando cada músculo—. Estás en el exterior —dijo maravillado.

«Tienes que buscar seguridad», le vino el pensamiento intrusivo. Saga se resistió, intentando centrarse.

—¿Estás herido? —preguntó escrutando su rostro.

—Solo aquí. —Tiró del cuello de la túnica y dejó ver un vendaje que le envolvía el hombro—. Y mis costillas me odian bastante.

Saga suspiró aliviada.

—Intenté no llamar la atención —murmuró Saga, abrazándose—. Pero no pude quedarme; no cuando ellos…

«¡Corre!», le gritó el pensamiento, evitando que acabara la frase.

«¡Corre a tu lugar seguro!». Un zumbido sordo le resonó en los oídos y el corazón se le disparó. Los síntomas delatores del pánico volvían. Estaba en el exterior. En el exterior. Y lo que ella arrastraba no se podía superar en una noche. Su respiración se volvió rápida y superficial a medida que el zumbido subía el volumen.

—Respira —la tranquilizó Rurik, acercándose despacio—. Estamos solo nosotros, Ala Invernal. Cierra los ojos si es necesario.

Pero la tensión la constreñía, como una serpiente que la estrujaba para sacarle el aire de los pulmones. Sintió una mano curvándose en su hombro y otra que se deslizaba por su cintura hasta la espalda baja. Entonces se vio atraída contra el fornido cuerpo de Rurik, que le acariciaba las vértebras de la espina dorsal y le susurraba en zagadkiano en el pelo. Qué fácil era concentrarse en los latidos acelerados de aquel corazón con el calor de su cuerpo aliviando el frío húmedo.

Al cabo de un minuto, respiraba con normalidad, pero Saga no quería que se alejara. Al contrario, deslizó los brazos alrededor de su cintura y se abrazó a él. Los músculos de Rurik se tensaron.

—¿Por qué peleaste por Yrsa? —preguntó, aturdida—. ¿Por qué no te negaste?

El sonido que salió de la garganta de Rurik retumbó en el esternón de Saga y le llegó a las entrañas.

—Mi boca habló antes de que a mi mente le diera tiempo a pensar —respondió—. Es el problema que tengo. Del que ya te hablé.

—Eres impulsivo —murmuró girando la cara para rozar la lana húmeda de la túnica. Saga frotó su nariz a un lado y a otro de la suave tela, aspirando su olor: a sudor teñido de sangre, y a ese aroma fresco y herbal tan propio de él. Un temblor lo recorrió, y Saga sintió que se agarraba a su estola de piel para estabilizarse—. Un hombre intrépido.

—Me han llamado cosas peores —admitió—. En alguna ocasión me han llamado bestia. —Tenía el cuerpo rígido; los músculos se le tensaban con las caricias de Saga.

«Dentro estás a salvo», le insistía la mente. Pero Saga no quería que este rato terminara. Esa noche había sentido la libertad, y era un sentimiento fortalecedor y adictivo. Quería más. Quería elegir por sí misma.

—Últimamente he descubierto que tengo una vena temeraria —susurró Saga, mientras masajeaba los músculos tensos y trenzados de la espalda del guerrero. Relajado entre sus brazos, Rurik parecía casi ronronear.

—Me han dicho que hay cosas que no puedo tomar, pero las quiero igual. —Ella levantó la cara y buscó su mirada, estudiando cada gotita de lluvia adherida a sus pestañas.

—Saga —dijo Rurik, y sonó entre súplica y advertencia.

Saga se puso de puntillas y lo besó. El contacto le provocó una descarga que se quedó fluyendo en su interior en una corriente continua. Cuando él le devolvió el beso, lo hizo con un gemido profundo —de súplica, que hizo que la sangre de Saga bombeara a más temperatura—. Rurik la estrechó entre sus brazos, pero Saga percibió una tensión reprimida en su cuerpo, como si se estuviera conteniendo.

—Hace tanto que anhelo más de tu tacto —dijo separándose de ella. Sus ojos verdes tenían un aire salvaje, y la mano que agarraba su vestido de lana temblaba. Pero las palabras de Rurik se le clavaron en la piel, calentándola hasta que se derritió contra su pecho. «Es ella», me dice el corazón. «La quiero a ella».

Saga abrió los labios mientras lo observaba.

—Eres tan excepcional —Rurik pegó su nariz a la sien de Saga y respiró hondo—. Tan apasionada. —Le arañó el mentón suavemente con los dientes—. Y tan inteligente. —Deslizó su lengua húmeda por la piel sensible de su cuello—. Y tan... exquisita. —Rurik levantó la cabeza y ella vio sus ojos hambrientos—. Al igual que tú, sé lo que se siente cuando nadie te entiende.

Saga frunció el ceño mientras sopesaba aquellas palabras, pero toda pregunta se diluyó en un calor puro y resplandeciente cuando Rurik la besó. Esta vez no fue un gesto lento ni comedido. Esta vez fue pasión desbocada, hambre y necesidad.

Sintió su enorme mano en la nuca, sujetándola firmemente mientras dientes y lenguas chocaban. Sus caricias desterraron los pensamientos de huir del jardín. Su sabor borró los recuerdos de la fiesta. El beso desprendía un calor tan hipnótico que Saga se imaginó la lluvia fría evaporándose de su piel. Su agarre se hizo más violento; le clavaba los dedos en la piel.

Puede que a otra mujer le asustara la intensidad de Rurik, pero Saga incluso se entregó más: este hombre se había convertido en la única cosa sólida de su vida. Este hombre que le había recordado cómo era ser espontánea, y que para obtener recompensas había que correr riesgos.

Y este parecía el mayor riesgo de todos.

Pero no podía pensar en el futuro, no mientras él la abrazaba como si ella fuera el motivo y la cura de su demencia. A pesar de la urgencia de sus caricias, sentía que Rurik seguía reprimiéndose, y se preguntó qué pasaría si se dejara llevar del todo. Saga se atrevió a deslizar las manos por el cuello de Rurik, a lo largo de la musculatura de sus hombros, y volvió a su pecho. Notó que el corazón le latía a un ritmo atronador, como si quisiera liberarse. Cuando se dio cuenta de que Rurik estaba igual de desatado que ella, se volvió loca de necesidad.

—Saga. —La voz de Rurik sonó ronca cuando se apartó de sus labios. Arrastró la boca por su cuello, inhalándola—. ¿Cómo voy a dejarte ir?

—¿Qué significa? —Separó los labios, sorprendida, mientras inclinaba el cuello hacia atrás; jadeó con el roce de su barba recortada rascándole la piel del cuello mientras la llenaba de besos.

—Significa que eres maravillosa.

—Tú sí que eres maravilloso —dijo ella con un suspiro; el raspado de sus dientes y el deslizamiento de su lengua la estaban haciendo perder la cabeza. Introdujo las manos por su cabello y lo retuvo así, anhelando que el momento durara para siempre.

—Quizá no te deje ir nunca —dijo él con un gruñido bajo que resonó por todo su cuerpo.

—¿Y eso? —El pecho le subía y le bajaba agitado por los jadeos.

—Significa que quiero hacerte cosas malas.

La agarró de la cintura y la besó con más intensidad. Este beso era desesperado —ansioso, angustiado—. Rurik la besaba como si se muriera de hambre, como si ella fuera la última cosa del mundo que pudiera saborear.

Saga ya lamentaba su fin, de este beso que le había transformado el alma. ¿Cómo iba a volver a la vida de antes de saber lo que significaba recibir un beso así, como si ella fuera el sol y las lunas y todas las estrellas de su firmamento?

Poco a poco, la voz regresó.

«Tonta», gritó, y otra vez se le aceleró el corazón. «Estás en el exterior. En peligro. Tienes que ponerte a salvo».

Saga dio un paso atrás, intentando liberarse de la voz. Solo un ratito más...

«Ven conmigo», quería gritar Saga. «Ven conmigo a Midfjord». Pero no quería implicarlo en sus problemas más de lo que ya lo había hecho. No quería más sangre en sus manos.

Rurik parecía una criatura salvaje; con el pelo mojado y despeinado, los ojos lobunos y exageradamente brillantes. Parecía que quería devorarla —como si solo lo retuviera un delgado hilo—. Una ola de calor se extendió por su cuerpo, y, por un momento, Saga solo deseaba que ese hilo se rompiera. Pero cuando Rurik parpadeó, la ferocidad remitió, al igual que el agarre de sus dedos.

Y, en ese momento, la miró con malicia.

—Me pregunto cómo has aguantado tanto tiempo fuera del castillo. Volvamos, Ala Invernal.

El aire entre ellos estaba cargado de palabras sin pronunciar, pero ninguno de los dos quería romper el hechizo.

—Sí —acabó diciendo Saga—. Tengo que volver al castillo. —Una punzada de alarma se hizo más intensa. El vestido empapado se le pegaba al cuerpo y llevaba las trenzas goteando agua de lluvia—. No puedo volver a la fiesta.

—Conozco una puerta —dijo Rurik, con tono divertido—. Es secreta.

—Ah, ¿sí?

—Me la enseñó una mujer más hermosa que un hada del bosque. Yo estaba tan prendado que le pegué fuego a mi barco para quedarme más tiempo con ella.

Saga hizo un gesto de incredulidad.

—Hombre impetuoso.

—Actuaron mis manos sin pedirme permiso —se excusó acercándose a ella.

Cuando tomó la mano de Saga, Rurik dudó. Acarició su piel y bajó la mirada. El corazón de Saga dio un vuelco y quiso apartar la mano, pero él no la soltó. Rurik buscó su mirada, arrugó la frente cuando la levantó a la luz que se filtraba del palacio.

—¿Qué...?

El corazón de Saga empezó a latir como un tambor de guerra y cerró los ojos con fuerza. «¡Peligro!», gritaba su cuerpo. Saga se obligó a respirar hondo varias veces mientras Rurik examinaba su mano, repasando con el pulgar la piel desfigurada.

—¿Qué es esto, Saga?

Saga abrió la boca, pero no emitió sonido. La mano le estrujaba el pecho, apretando más y más... Mantuvo los ojos cerrados, intentando no pensar en lo que había descubierto.

Un oso, con las fauces abiertas en un grito silencioso. Grabado con líneas rojas de furia para toda la eternidad.

—¿Te han marcado? —El grave gruñido de Rurik recorrió el cuerpo de Saga y se instaló en su estómago—. ¿Te han quemado? —Su rabia era palpable, se irradiaba hasta el firmamento, y a Saga le puso la piel de gallina—. Dime quién ha sido. ¿Quién te ha hecho esto?

Ella negó con la cabeza, veía lucecitas. El pánico empezó a apoderarse de ella, infectando su cuerpo como una plaga.

Rurik se sacudió el cuerpo y, cuando habló, lo hizo con voz suave.

—Respira —dijo—. Soy yo, Ala Invernal. Estamos solos. —Una vez más, la acercó a él, acariciando su cabello hasta que su cuerpo se calmó. Pero cuando por fin abrió los ojos, se encontró con una mirada que podía hacer añicos el cristal.

—Dime quién te hizo esto. ¿Fue Ivar?

—No.

—¿Quién?

Negó con la cabeza.

—Su nombre —dijo entre dientes.

—No puedo.

—Mujer exasperante —gruñó. Sus ojos parecían de un verde inhumano, y el aire vibraba entre ellos—. Si no me dices el nombre, volveré al salón y preguntaré uno a uno con mi daga.

A Saga la invadieron oleadas de escalofríos y Rurik parpadeó pareciendo recuperar el control de sí mismo.

—Perdóname, Ala Invernal, no quería asustarte. Ven. Volvamos al castillo. —La tomó de la mano y empezó a caminar.

Ella se humedeció los labios.

—Fue Magnus.

Él se detuvo. Guardó silencio. Lentamente, se giró.

—¿Por qué?

Saga inspiró hondo. Y luego se obligó a hablar. Al principio, requirió un enorme esfuerzo, pero conforme se iba soltando, se hizo más fácil. Y, aunque nunca tuvo intención de hacerlo, Saga acabó contándoselo todo.

«Ahora, cada vez que te mires las manos, Saga», terminó diciendo, «recordarás quién es tu dueño. No eres más que una mascota inútil».

Rurik tenía los ojos cerrados, y el cuerpo tenso como la cuerda de un arco. Se quedó callado unos instantes. Cuando los abrió, su mirada estaba llena de arrepentimiento.

—Te llamé así cuando nos conocimos. Te llamé «pequeña mascota de Ivar». —Maldijo en voz baja y buscó sus manos. Acercó las cicatrices de la carne quemada a su boca y besó con reverencia una mano, luego la otra—. Perdóname.

—No lo sabías —logró decir tragándose el ardor de las lágrimas—. Pocos lo saben.

—¿Cuál fue su castigo? —preguntó Rurik con dureza—. ¿Cuál fue su castigo por este crimen?

Saga miró al suelo.

—Ninguno. El rey nunca ha hablado de ello. Signe me aconsejó que llevara guantes para ocultar mi vergüenza. Y eso es todo.

Él la envolvió en un abrazo. Saga cerró los ojos, y oyó los latidos airados de su corazón.

—No eres ninguna mascota. No lo olvides.

—Lo sé —dijo ella en voz baja—. Te lo dije cuando nos conocimos.

Él se rio.

—Sí que lo hiciste.

Saga suspiró contra su pecho, y deseo quedarse así toda la eternidad. Pero el ardor del pánico era cada vez más intenso. «¡Seguridad!», gritaba su cuerpo. «¡Corre!». Pero no se movió. Solo un poco más. Un ratito más antes de volver a la realidad...

Si no hubiera tenido los ojos abiertos, se lo habría perdido. Un destello rojo por el rabillo. La lluvia había parado y el aire era limpio y sereno. Y, durante un segundo completo, Saga se quedó con la mirada clavada en los ojos desorbitados de Yrsa.

Yrsa dio media vuelta y salió corriendo, y Saga se separó de Rurik.

—Tenemos que irnos.

SETENTA Y TRES

Kopa

Jonas daba vueltas con las manos cruzadas en la espalda entre los klaernar que entrenaban. El sol del atardecer era intenso y reflejaba el brillo de los minerales de la tierra ennegrecida y de los muros de piedra del patio del cuartel. A su alrededor, los guerreros klaernar vestían cotas de malla negra con osos de fauces abiertas grabados en las placas plateadas de los hombros. Cada guerrero lucía una garra de oso tatuada en la mejilla, y un anillo de sello en el segundo dedo. Tras varias semanas de instrucción, Jonas sabía que serían letales en el campo de batalla.

Un movimiento en las puertas lo sacó de sus pensamientos: el capitán Ulfar llegaba en un carro tirado por caballos acompañado de un par de klaernar. Suspiró, se acercó al capitán y lo saludó con un firme apretón de manos.

—¿Están todas aquí? —preguntó Jonas, retirando la cubierta del carro para inspeccionar su contenido.

—Sí, están todas —contestó Ulfar, abriendo una caja—. Trescientas púas de skarpling.

Jonas cogió una y la miró a la luz del sol.

—¿Todas están bañadas con hindrio?

—Así es. Me han dicho que bloquea su galdur al instante.

Una sonrisa sombría se dibujó en los labios de Jonas.

—Bien —murmuró—. Devolvió la púa a la caja y la tapó.

—Y esto— dijo Ulfar, señalando una caja más pequeña— es el polvo de berskio para rellenar los anillos de sello después de cada batalla. —Frunció el ceño—. Tras la destrucción de la mina de Íseldur, hemos tenido que importar el berskio a un gran coste, así que asegúrate de que solo se utiliza cuando hace falta.

Jonas asintió y recorrió con la mirada el carro con los suministros. Intentó ignorar el retortijón del estómago: el remolque era casi idéntico al que utilizaba la Hermandad del Hacha Sanguinaria. Cajas de provisiones. Postes de hierro para las tiendas de campaña. Armas. Jonas se fijó en el montón de pieles y se le hizo un nudo en la garganta. Prácticamente se la imaginó allí, con su cabello oscuro desparramado sobre la piel de lobo, las pestañas cerradas sobre las pálidas mejillas mientras dormía.

Jonas exhaló tembloroso. Últimamente, se intercalaban punzadas feroces de nostalgia en su dolor. Se encontró añorando tiempos pasados, cuando la Hermandad se sentaba alrededor de la hoguera y jugaban a los dados, hasta que Ilías se pasaba de la raya y Gunnar acababa haciéndole un placaje. Es cierto que algunos días pasaban muchas horas cabalgando, pero el viento les daba en la cara y tenían la infinita belleza de Íseldur alrededor. Una oleada de sentimientos lo golpeó con tal fuerza que tuvo que agarrarse al lateral del remolque.

—Te has centrado mucho en ese… Ojos de Hacha —señaló Ulfar—. ¿No deberíamos también pensar en la mujer que lo acompaña?

—Ella no es guerrera —escupió Jonas—. Su única arma es su lengua venenosa. Solo teje mentiras y decepción como la araña teje su telaraña.

Ulfar lo miró con recelo.

—Ella te engatusó, ¿verdad?

El rubor le trepó por el cuello.

—No me preocupan tus motivos, Svik, siempre y cuando me los traigas —murmuró el capitán—. La reina no tolerará otro fracaso.

—Hemos analizado sus tácticas de batalla —dijo Jonas—. Hemos hablado con el guerrero que escapó del Slátrari. Sabemos cómo lucha y cómo emplea su galdur. Lo conocemos, Ulfar. Tarde o temprano, tendrá que salir de su escondite. Y, cuando lo haga, estaremos preparados.

—Espero que sepas lo que estás haciendo, Svik —dijo Ulfar, rascándose la barba.

—Capitán Ulfar —dijo una voz sin aliento. Jonas y Ulfar se giraron para ver a un joven klaernar que corría hacia ellos agitando un rollo de pergamino en la mano—. Acaba de llegar del norte.

Se lo entregó a Ulfar, que lo desenrolló contra su muslo y leyó el contenido.

—Parece de otro norteño borracho —murmuró Ulfar entregándoselo a Jonas.

—No —dijo Jonas mientras leía la carta. Sus sospechas se confirmaban con cada palabra que leía—. No es ningún loco. —Miró a los ojos extrañados de Ulfar—. Es él.

Ulfar juntó las cejas, con la duda escrita en el rostro.

Pero Jonas ahora estaba más seguro que nunca. Por fin, los dioses le concedían algo de buena suerte.

—Esto —dijo Jonas— nos da ventaja.

SETENTA Y CUATRO

Sunnavík

Saga hundía los dedos en las cenizas del fuego apagado y trazaba espirales a lo largo de las piedras de la chimenea. Normalmente, dibujar la consolaba; era su vía de escape cuando las cosas se ponían feas. Pero ahora no lograba aflojar el nudo del estómago.

La noche anterior había sido un desastre. Poco después de que Saga se quitara el vestido empapado y se metiera en la bañera, Signe irrumpió en la habitación, hecha un torbellino de pelo rubio platino y faldas de color marfil.

—Se te ordenó que no te marcharas de la fiesta. —Había un tono de crispación en su voz. Cerró los ojos y se pasó las manos por el blanco etéreo de su vestido para recomponerse. Cuando por fin los abrió, eran fríos y penetrantes—. Saga, querida, si actúas como una niña, serás tratada como tal.

Y, sin más, Signe se marchó y dejó sola a Saga en la bañera. Ella se sumergió bajo el agua y gritó un torrente de burbujas.

Poco después, oyó un ruido al otro lado de la puerta. Se apresuró a salir del agua, se secó y se vistió rápidamente con el camisón blanco que Árlaug le había preparado.

—¿Qué está pasando aquí? —exclamó Saga, entrando a toda prisa en el dormitorio. Había una docena de guardias recogiendo sus cosas y llevándoselas de la habitación. Sacaron la ropa de los armarios, vaciaron los cajones, las joyas, los utensilios de dibujo y las estolas; todo requisado. Los hombres la miraban de soslayo, descalza y a medio vestir, pero no cesaron en su tarea.

—¡Esas son mis cosas! —Saga intentó cortar el paso a un par de guardias que se llevaban su tocador.

—Apartaos, lady Saga. —El sustituto de Thorir con cara de comadreja la fulminó con la mirada—. O tendré que usar la fuerza.

En camisón, y rodeada de hombres que le doblaban la estatura, Saga no tuvo más opción que transigir. No tardaron en vaciar el cuarto: el escritorio, el material de dibujo, las pieles y las mantas; incluso la alfombra. Solo dejaron la cama con un único cobertor andrajoso.

La estancia era enorme sin sus pertenencias, desierta y fría. Hasta ese momento, había sido su santuario dentro de Askaborg. Pero ahora lo habían profanado, y Saga se dio cuenta de que no había sido más que otra ilusión. No había lugar seguro para ella dentro de aquellas paredes.

Mañana. Mañana se marcharía. Sin embargo, el abismo de su pecho se había hecho más profundo. Yrsa la había visto abrazada a Rurik en el jardín. ¿Se lo habría contado a Signe? ¿Al rey Ivar? Saga hizo lo único que podía: apartar el pensamiento y aferrarse a la mísera brizna de esperanza de que Yrsa se lo hubiera callado.

La noche había sido fría y larga. Cuando Árlaug la encontró enrollada en el cobertor, se quedó sin aliento.

—Mi señora, ¿qué ha pasado?

Saga abrió la boca para responder, pero temió llorar. Afortunadamente, su doncella lo entendió.

—Oh, chiquilla. Me prohibieron la entrada a vuestra habitación. Me ordenaron que no volviera hasta mañana. —Árlaug hizo una mueca—. No hay de que preocuparse, lady Saga, seguro que antes de mañana a mediodía lo tendremos arreglado. —Entró en la sala de baño y volvió con algo en la mano—. Al menos nos han dejado un peine.

Tras desenredarle con esmero el cabello y recogerlo en una trenza lateral, Árlaug desapareció tras la puerta e intercambió unas palabras secas con el suplente de Thorir. Un rato después, trajeron una prenda arrugada: un vestido sencillo de lana de color azul que Árlaug le ayudó a ponerse.

Y ahora Saga estaba sentada en la chimenea, dibujando en las cenizas del fuego apagado. La invadió la incertidumbre. Hoy le concederían la libertad o la cárcel. Una recompensa o un castigo severo. Ahora bien, lo que sí tenía claro era que, pasara lo que pasara, al llegar la noche su vida habría cambiado.

Árlaug asomó la cabeza e interrumpió el siniestro pensamiento para avisarla de que llegaba tarde al almuerzo.

Con un suspiro, se puso de pie y caminó hacia la puerta.

—Mi señora —la llamó Árlaug, mirándole las manos desnudas—, los guantes.

Saga se detuvo con la mano en el tirador de hierro de la puerta y se miró el relieve de las marcas rojas. Enseñarle su piel desfigurada a Rurik había resultado curiosamente fortalecedor; ahora sentía que sus sentimientos estaban justificados.

—No volveré a esconder las manos —dijo, con rabia contenida.

Y luego salió al pasillo, seguida por su nuevo guardián. Se le hizo corto el trayecto al gran salón. Se colocó frente a la puerta. Se negó a dudar. Entró en el comedor y lo cruzó con decisión.

Al instante advirtió que la segunda mesa estaba vacía. No había jarls, ni escaldos, ni estaba el Alto Gothi para acompañarlos en la comida hoy; tampoco había zagadkianos.

Se le encogió el pecho; no obstante, se obligó a respirar. Casi tropezó al percatarse de que habían reconfigurado la mesa principal: las sillas estaban dispuestas a ambos lados, pero no había huecos libres junto al príncipe Bjorn. Sintió un escalofrío al ver el único sitio vacío.

Al lado de Magnus.

Tomó aire para tranquilizarse. Caminó hasta la silla desocupada y se sentó junto al jefe de los huscarles del rey. Se quedó mirando fijamente el plato que tenía delante mientras tomaba nota de quiénes estaban en su campo de visión: Ivar, Signe, Magnus, Yrsa y Bjorn. Demasiada gente para utilizar su Sentido.

—Tienes un aspecto horrible, Saga —murmuró Signe desde el otro lado de la mesa—. Parece que no has dormido bien.

Saga estaba demasiado atareada discutiendo con su temor creciente a responder. Tenía que conservar la calma.

—Saga —dijo el rey Ivar, con la cara roja—. Tu reina se ha dirigido a ti. Muéstrale respeto.

Saga levantó las manos y las juntó encima del plato. Oyó que alguien inhalaba bruscamente, pero no miró para ver quién había sido.

—No, Su Alteza —dijo mirando a Signe—. No he dormido bien.

Signe torció el gesto al ver las manos desnudas de Saga, pero se recompuso rápido.

—Qué pena, cariño. Pero más penoso es todavía lo que Yrsa vio anoche en el jardín.

Saga apretó las manos con fuerza. La crueldad de Signe solía ser sutil, pero en ese instante sabía que era mejor prepararse para un ataque despiadado.

—Saga, ¿por qué no nos cuentas lo que pasó? —preguntó la reina con voz suave—. Quisiera oír tu explicación. Uno debe escuchar todas las partes de una historia antes de sacar conclusiones. —Signe miró a su marido; por una vez, eran un frente unido.

El rostro del rey era sereno y su mirada solemne.

—Explícate.

Querían avergonzarla. Querían que se retorciera como un insecto cuando le tiran de las alas. Y lo único que podía hacer Saga era seguir la corriente.

—Antes me gustaría hablar en privado con el príncipe —dijo Saga, mirando directamente a Bjorn. Pero su prometido se puso colorado y no le devolvió la mirada. Estaba claro que lo sabía. Todos los presentes lo sabían.

Por un momento, Saga se sintió ligeramente arrepentida por haber besado a Rurik —dos veces—, pero al instante le vino una oleada de rabia e indignación. No, no lo lamentaba. Había sido una decisión propia, y, en una vida en la que apenas podía elegir, se negó a arrepentirse.

—Cuéntanoslo a todos, Saga —dijo Signe, con una voz encantadora y tranquila—. Somos tu familia y merecemos oír la verdad.

«No sois mi familia», quería gritar. Pero no tenía más opción que responder.

—Me sentí agobiada y me marché del salón. —Su voz sonaba lejana en sus propios oídos—. Luego me encontré con lord Rurik en el jardín.

Signe apoyó la barbilla en los nudillos.

—Y después...

«Los ojos tienen miedo, pero las manos actúan».

—Nos besamos. —Las palabras hicieron eco en la inmensidad del salón vacío. Saga se aventuró a mirar a su prometido, y sintió vergüenza cuando él no le devolvió la mirada—. Mis disculpas, Bjorn. No quería faltaros al respeto.

—Saga, me has decepcionado —habló Ivar con voz grave—. Has avergonzado a nuestra familia.

Esa palabra, otra vez, encendió la ira en sus entrañas. Pero el rey no había acabado. Dio un puñetazo en la mesa, haciendo sonar los cubiertos.

—Los zagadkianos nos han engañado. Se han reído de nosotros. Ya fue humillante que lord Rurik no quisiera beber del cráneo, pero esto... esto no lo puedo tolerar.

En un instante, la rabia de Saga se transformó en miedo. Abrió la boca para protestar, pero dudó al ver la agresividad de los ojos del monarca.

—¿Acaso se cree ese hombre arrogante que puede venir a mi casa y ponerle las manos encima a mi protegida? ¿A la prometida de mi heredero? —El brillo posesivo de la mirada del rey le dijo a Saga que la indignación no era por ella, sino por su propio orgullo.

También se dio cuenta de otra cosa; una que la llenó de pánico. La decisión egoísta de anoche tenía más repercusiones de las que había considerado. Había puesto en peligro el tratado con los zagadkianos. Y eso no solo comprometía la seguridad de Rurik y su comitiva, sino el bienestar de su gente. La gente buena de Íseldur que necesitaba ese cereal.

Tenía que enmendarlo.

—Yo lo besé. Fui yo. Él es inocente.

—Te ha utilizado, Saga —espetó Ivar, con la frente arrugada por la tensión—. El tipo ha estado intentando provocarme. —Murmuró algo en voz baja—. Para empezar, se opuso a nuestro sacrificio en la fiesta de despedida. Luego tuvo la desfachatez de participar en el torneo, solo para deshonrarnos rechazando el honor del vencedor. Escupe en nuestras tradiciones. Se cree por encima de nosotros.

—No —protestó Saga—. Eso no es así...

—Pobrecita —interrumpió Signe con remilgo—. Te han utilizado y te han abandonado. Han huido como cobardes en plena noche.

Al oír eso, unos puntitos blancos le nublaron la vista. No podía ser verdad. Pero sus ojos volaron hasta la segunda mesa, desierta, y la realidad tomó forma, fría e inhóspita. No habría semillas en su róa. No habría escapatoria para ella hoy.

La habían dejado atrás.

No podía desmoronarse. No dejaría que Signe ganara. Inspiró hondo y miró a Yrsa, pero su hermana adoptiva parpadeaba furiosa con la mirada puesta en su propio plato.

—Los zagadkianos pronto conocerán el sabor de la ira urkana. —Ivar iba subiendo el tono de voz—. Más les vale haber huido.

—Tendremos que tomar represalias —dijo Magnus en tono amenazante.

—Con premura —gruñó Ivar.

—Pero el cereal —intervino Bjorn—. ¿Qué pasa con nuestra gente?

—¿Y qué hay de nuestro honor, hijo? —estalló Ivar—. Debemos aprender la lección. No hay que confiar en las palabras de un hombre sino en sus actos. Creímos que los zagadkianos eran nuestros aliados, pero su comportamiento ha demostrado lo contrario. ¿Qué garantía tenemos de que vayan a entregar el grano que nos prometieron?

Bjorn abrió la boca, luego la cerró.

La mirada de Ivar se endureció.

—Cuando te enfrentas a un lobo, puedes enseñarle los dientes o la tripa. ¿Eres una oveja, hijo, o un depredador?

—Un depredador —contestó Bjorn, aunque parecía confuso.

—Saga —dijo Ivar con voz dura y cortante—. Has demostrado ser una oveja. Débil. Fácilmente descarriada. Y has caído presa de la astucia de los lobos. Eres indigna de casarte con mi hijo. Eres indigna de convertirte en reina.

Saga contuvo el aliento.

—Por todo lo expuesto, cancelo tu compromiso con Bjorn.

Saga sintió que le habían crecido alas en el corazón —como si diera volteretas por el aire—. Estaba bastante orgullosa de sí misma por reprimir su reacción. Pero Bjorn no estaba igual de apático. Ver la tristeza en su rostro fue como si le clavaran una daga en las costillas.

Era imposible que quisiera casarse con ella. ¿O no? Pero ahora Saga no tenía tiempo de pensar en eso. Cuando miró a Signe, se le heló la sangre. Al parecer, había más.

—En su lugar, te casarás con Magnus —dijo el rey.

Saga deseó que se la tragara la tierra; el corazón le dio un vuelco.

Se agarró al borde de la mesa, en un esfuerzo por mostrar indiferencia. Pero cuando Magnus levantó la mano de la mesa y tomó la suya, sintió que se rompía en mil pedazos. Él no. Cualquiera menos él. Magnus deslizó el pulgar por las marcas que le había dejado en la piel con un gruñido de aprobación.

—Es mejor para ti, cariño —dijo Signe con el rostro calmado como si hablara del tiempo—. Necesitas una mano firme que te mantenga a raya. Y Magnus es el hombre perfecto para eso, ¿verdad, Magnus?

—Creo que va a ser una unión de lo más conveniente —dijo con sangre fría, y le acarició la mano de nuevo.

—Es hora de que sientes cabeza, Magnus —dijo el rey Ivar con una sonrisa cómplice—. Es hora de que formes una familia.

Aturdida, Saga sintió que iba a vomitar encima del plato. Se soltó de la mano de Magnus para masajearse las sienes, que le palpitaban a toda velocidad.

—Aceleraremos los preparativos —dijo Signe, aunque Saga oía las palabras amortiguadas como si estuviera debajo del agua—. No hay necesidad de esperar. Podemos organizar una ceremonia bonita con poca antelación. ¿Qué te parece la próxima semana, Magnus?

—Me parece perfecto. —Dejó caer la mano sobre el muslo de Saga, y ella se estremeció ante el contacto.

Hablaban de ella como si no estuviera presente. Como si no tuviera ni voz ni voto. Y así era.

Apartó la mano de Magnus de su pierna; él se rio entre dientes y a ella se le tensó todo el cuerpo. Ese sonido era una promesa —de tormento, de violencia, de batallas perdidas, una y otra vez.

«Mereces un castigo».

Percibía el zumbido de la conversación a su alrededor, pero el ruido blanco le llenaba los oídos. La respiración se le entrecortaba. No quería darle a Signe la satisfacción de que la viera destrozada, pero Saga estaba perdiendo el control.

El hombre que había marcado su cuerpo y que la consideraba una propiedad se convertiría en breve en su marido.

Sirvieron la comida y Saga se bebió cuatro tazas de róa. Pero sabía que no habría somnífero en la bebida. No habría escapatoria. Habían huido en plena noche. La habían abandonado. Las lágrimas querían brotar, pero las contuvo por pura voluntad. Había prometido que no lloraría. Era lo único que le quedaba.

El almuerzo se prolongó hasta la tortura, pero, milagrosamente, sobrevivió. Por fin, la familia real se puso de pie y ella los siguió con las piernas entumecidas. No sabría decir cómo llegó a sus aposentos.

El guardia se quedó sentado en el pasillo. De pie y sola en su habitación vacía, Saga hizo balance: había perdido su libertad, sus posesiones, su esperanza de escapar. Y pronto la entregarían a un monstruo.

Lo que Magnus le había hecho en las manos sería solo el principio. Una nueva oleada de náuseas se apoderó de ella mientras imaginaba qué más le haría.

Con la mirada perdida, Saga observaba las pesadas puertas de roble del balcón. Empujó el tirador de hierro y salió al aire fresco de la mañana. Su cuerpo reaccionó al saberse en el exterior deformando la balaustrada de piedra, y la tensión envolvió su cintura y la apretó hasta que no pudo respirar. Todo estaba saliendo al revés. Dio un paso adelante. Y otro más. Y otro más.

«Un castigo», retumbaba la voz en su mente mientras su corazón bombeaba bruscamente en su pecho.

—Sí —dijo Saga con un resuello. Los pajaritos chillaban, la forja de hierro chisporroteaba en sus oídos. Se apoyó en el muro de piedra, frío y duro. La balaustrada. Se aferró a ella y se asomó al patio.

Su cuerpo se movía; su mente no pensaba. Agarrada a la barandilla, se puso de pie sobre el pasamanos. Abajo, el suelo se balanceaba de un lado a otro, como la cubierta de un barco, y Saga puso una mano en la pared para estabilizarse.

Alguien gritó desde abajo —un klaernar que cruzaba por el camino de piedra mirando hacia arriba.

Ella miraba hacia abajo, el viento azotaba sus faldas.

La tercera planta del palacio. ¿Cuánto tardaría en caer? El lapso de dos latidos. Tal vez tres. Se le nubló la vista y cerró los ojos.

«Sin lágrimas».

Saga pensó en su familia, intentó visualizar a su madre y a su padre, pero, como la perfección que buscaba en sus bocetos, las imágenes no acababan de definirse bien. Su madre tenía los rizos despeinados, el arco de las cejas de su padre era inexacto. El recuerdo de sus padres se emborronó hasta que ya no eran imagen, sino sentimiento. Calor. Seguridad. Amor. Cosas que no había sentido en mucho tiempo.

Saga tenía miedo, pero estaba segura. En unos momentos, sería libre. Extendería sus alas y escaparía volando de su jaula. Nadie podría hacerle daño donde se marchaba. Nadie volvería a hacerle daño nunca.

Sonrió, y la invadió una extraña sensación de paz.

Cerró los ojos, y una visión apareció durante un segundo en su mente: una niña pequeña corriendo, llevaba una red en la mano, su pelo castaño ondeaba a la luz del sol. La visión se distorsionó. La niña la miró con ojos de pánico cuando arrancaron a Saga de sus brazos.

«¡No me dejes!», gritaba Saga. Pero la había abandonado. Como todos hacían.

«Lo siento, Eisa», pensó. «Es la única forma de encontrar paz. Te quiero y te volveré a ver entre las estrellas».

SETENTA Y CINCO

Kalasgarde

La espada blanca de Silla chisporroteó en el aire cuando se dispuso a repetir el golpe que le había enseñado Rey. Una finta abajo con contraataque ascendente, pero se le resbaló el pie trasero en una placa de hielo. Cuando alargó la mano para estabilizarse, cortó con el filo un matojo de hierbas silvestres que asomaba entre la nieve.

—Concéntrate —dijo Harpa desde su banqueta.

Silla llevaba horas practicando los movimientos. Tenía el cabello cubierto de escarcha y sus pestañas cristalizadas emitían destellos. Una docena de espíritus de hielo jugaban entre los pájaros que se congregaban a los pies de Harpa piando para que les echara pan.

Pensó en el Rökkur y tropezó de nuevo. Se enderezó y suspiró frustrada.

—¿Qué te pasa? —preguntó la anciana.

—Estoy distraída.

—Tienes que aprender a bloquear las interferencias —dijo Harpa—. La primera batalla siempre es contigo misma.

Silla miró a Rey, sentado en su tocón favorito. Al igual que ella, parecía absorto en sus pensamientos, atrapado en la revelación de Harpa del día anterior.

«El Rökkur», había dicho. «El ocaso de nuestro mundo».

Silla y Rey intercambiaron una mirada de preocupación ante aquella frase. Una cosa era creer que los dioses imponían su voluntad en asuntos de poca monta entre los mortales —las señales que Silla siempre iba buscando; en la naturaleza, por ejemplo—. Pero creer que Myrkur, el dios del caos y de la oscuridad, estaba despertando para poner fin a la vida tal como la conocían... Esas eran palabras mayores.

—Nadie sabe la historia completa del Rökkur —le explicó Harpa—. Hace tiempo, existió un tapiz. Lo vi en Sunnavík cuando era niña. Ya entonces era antiguo y estaba muy deshilachado. Pero no sé qué pasó con él tras la invasión urkana.

»Lo que sí sé es que el Rökkur ya ha ocurrido antes. Cuentan que empezó con el hielo y acabó con el fuego. El hilo empieza con tres largos inviernos que desencadenan la hambruna en la tierra. Y termina cuando los Dragones Durmientes despiertan y limpian el reino con fuego y asfixian al sol con cenizas y humo. De los restos, dará comienzo una nueva era. Pero se desconoce lo que sucede entre el hielo y el fuego.

—No es más que un cuento —interrumpió Rey.

—Es tan real como los dioses —replicó Harpa—. Real como el sol y el galdur que corre por tus venas.

Silla se mostraba recelosa. Era un acto de fe demasiado grande. Sin embargo, cuando pensaba en esa presencia sombría, en la voz de la cueva de hielo, no sabía qué creer.

—¿Y la sima? —preguntó Rey.

—Una grieta del mundo —respondió Harpa—. He estado tejiendo hilos por todo Íseldur estos días atrás y he encontrado un patrón. Criaturas oscuras que no se han visto en siglos se arrastran desde las hendiduras del norte y desde los bosques antiguos del oeste, a través de los pantanos del sur y de los canales fluviales del este. El engendro de Myrkur emerge a través de esas grietas para darse festines de carne humana y de otras creaciones de Sunnvald.

—La sierpe madre...

—Es hija de Myrkur —dijo Harpa en voz baja—. Se desliza por nuestro mundo para provocar desorden y conflicto. Desconozco si el propósito de la serpiente era matarte o se trata de una coincidencia desafortunada. Pero se dice que solo la sangre Volsik puede detener el caos de Myrkur. Ese debe ser el motivo por el que ha estado interfiriendo con tus antepasados. Y parece que ahora intenta dominar tu mente. Debemos reforzar tus protecciones. Mantenerlo apartado.

—¿Por qué los Volsik? —preguntó Silla con desesperación.

La mirada de Harpa se volvió distante.

—Me temo que es uno de los hilos perdidos. Dicen que los Volsik cuentan con una bendición adicional de Sunnvald. Un don con el que vencer a Myrkur. Pero se desconocen los detalles.

—Istré —dijo Rey, distraído—. Los Bosques Occidentales. Si lo que dices es correcto, la Hermandad del Hacha Sanguinaria está metida hasta el cuello en asuntos de los que no tienen ni idea.

—¿Tú te lo crees? —preguntó Silla, incrédula.

—No lo sé—respondió él—, pero es verdad que explica muchas cosas. Como por qué los espíritus de hielo te escogieron, de entre todas las personas. Si ellos creen que tú eres la clave para derrotar a Myrkur —que tienes esa bendición de Sunnvald— tiene sentido que te llevaran al lugar de su desove para acabar con él.

Ya de vuelta en el presente, Silla tropezó de nuevo, acabó en el suelo a cuatro patas, y soltó una carcajada ronca.

—¿Qué te parece tan divertido? —preguntó Harpa mientras arrojaba un trozo de pan. Los pajarillos piaron y los espíritus de hielo silbaron, todos lanzándose a por él. Un espíritu de hielo salió al poco de entre el montón, victorioso, y acabó perseguido por los demás.

Silla se frotó la frente.

—Es solo que tú crees que el destino de este reino está en mis manos, y yo ni siquiera soy capaz de andar sin tropezar con las piedras. —Afloraron más risas. —Estás mejorando —dijo Harpa sin alterarse—. Cada día te haces más fuerte. Veo tu determinación. Veo tu fuerza. Pero también veo testarudez. Tu negativa a creer. —Hizo una pausa—. Hasta que no aceptes los dones que los dioses te han otorgado, seguirás luchando en vano.

En los ojos de Silla se acumularon lágrimas de frustración.

—Creo que te vendría bien un descanso —dijo Rey, interponiéndose entre Silla y su abuela.

—Prepararé un té para reponer fuerzas —dijo Harpa, y luego se levantó y se dirigió a su cabaña.

Cuando la puerta de la casa se cerró, Rey deslizó los brazos por la cintura de Silla y la atrajo hacia él.

—¿Todo bien? —le preguntó.

Ella forzó una sonrisa.

—Es demasiado.

—Solo es un dios que se ha empeñado en destruir el mundo.

Ella se echó a reír y le arrancó una media sonrisa a Rey.

—Me pregunto si ese tapiz predijo una Volsik así de torpe.

—Donde tú ves torpeza, yo veo progreso. Hay belleza en la evolución.

Aquellas palabras llegaron al alma de Silla.

—Nunca habría imaginado que el infame Ojos de Hacha sería tan hábil con las palabras.

Rey la miró con ojos brillantes y cálidos.

—Tengo muchos talentos ocultos.

—Ah, ¿sí? —sonrió ella, coqueta—. ¿Como cuáles?

—Puedo quedarme dormido donde sea —respondió sin perder un instante—. Sentado, de pie, a caballo...

—Por todos los dioses, ¿cómo puedes quedarte dormido de pie?

Él se inclinó y el calor de su aliento recorrió la mejilla de Silla.

—Hace falta mucha brennsa y amigos fuertes que me sujeten.

Silla introdujo los dedos por su barba, en parte por afecto, en parte por comprobar si había dejado algún mechón desparejo esa mañana.

—Quiero que me lo cuentes todo. Cada fechoría. Cada aventura.

—No, no quieres —resopló—. Es mejor que algunas no vean la luz.

«Lo siento, Eisa».

Silla dio un paso atrás y jadeó. El dolor la atravesó, tan potente que la hizo caer de rodillas.

—¿Silla? —preguntó Rey, pero Silla expulsó la voz de Rey de su mente. Buceó en su interior, y encontró un lugar oscuro y tranquilo.

«Es la única forma de encontrar paz. Te quiero y te volveré a ver entre las estrellas».

SETENTA Y SEIS

Sunnavík

Un grito irrumpió en la mente de Saga y le retumbó en el cráneo, con una claridad tan sobrecogedora que se le abrieron los ojos. Parpadeó y contempló la hierba a los pies de su balcón, el bosque real y las murallas defensivas del norte que se extendían en el horizonte. Se aferró a la pared y degustó el sabor del miedo en su boca; respiró el aroma a heno y el aire de montaña.

«¡Saga!», gritó la Eisa de su mente.

¿Le habían puesto algo en el róa?

«No lo hagas», le rogó la Eisa de su mente. «Cualquiera que sea el motivo, no lo hagas».

A Saga se le hundió el estómago y la incredulidad le nubló el pensamiento. Se habían congregado más klaernar en el patio, y miraban a Saga como quien ve practicar un deporte. ¿Estarían haciendo apuestas? ¿Jugando a adivinar si la pequeña mascota de Ivar decidiría quitarse la vida?

«No puedo vivir así», pensó Saga, completamente desesperada. Se quedó absorta mirando más allá de las murallas defensivas de Askaborg. ¿Cómo podía tener tan cerca la libertad y ser a la vez completamente inalcanzable?

«No sé por lo que has pasado, pero no lo hagas», pensó la Eisa de su mente. «Te lo juro, Saga, iré por ti. Aguanta».

Un sollozo se le quedó atrapado en el pecho, amenazando con subir, quemándole la garganta, pero no lo dejaría salir.

«No puedo», pensó. «No dejaré que vuelva a hacerme daño».

Una explosión de amor la envolvió como un cálido abrazo.

«Pagarán por todo, Saga», pensó la Eisa de su mente, con determinación y rabia. «Pagarán con sangre. No les concedas la victoria saltando».

Le sorprendió el sentimiento de indignación en su nombre. Vivir entre aquella gente había distorsionado sus pensamientos; había confundido su autoestima.

«Tengo miedo», admitió Saga.

La idea de tener cerca a Magnus le aceleraba el pulso.

«Prefiero una sola muerte digna que morir mil veces en sus manos».

«Alguien te ha hecho daño», pensó la Eisa de su mente, justificando la indignación que desbordaba a Saga. «No es justo lo que has soportado sola. Pero recuerda una cosa, Saga: siempre oscurece antes de amanecer. Sigue caminando, un pie delante del otro».

El sollozo estalló, y Saga se apoyó en la pared.

«Estoy muy cansada, Eisa de mi mente. No sé cuánto tiempo más voy a poder aguantar».

«También yo he estado sola», pensó la Eisa de su mente. En la imaginación de Saga apareció la imagen de una celda. Tapices extraños. Un klaernar vil que se cernía sobre ella.

«Estuviste conmigo en mis horas más oscuras, Saga. Creí que lo había perdido todo, pero… te vi. Y me recordaste que había un motivo por el que vivir. Te prometí que algún día nos volveríamos a encontrar. Ayúdame a cumplir esa promesa».

Un motivo por el que vivir. Saga intentó encaminar los pensamientos en esa dirección. Pero cuando se miró las manos llenas de cicatrices, el puño del pánico la comprimió con más vehemencia y le faltó el aire. Los muros del norte del castillo crecían como la cresta de una ola, pero una extraña ráfaga de amor y calidez dejó a Saga desorientada.

«No lo hagas», le rogó la Eisa de su mente, y Saga sintió la impotencia de su hermana, su desesperación.

«Lo que sea que haya ocurrido, Saga, lo superaremos».

La añoranza se expandió por el estómago de Saga.

«Te echo de menos», pensó. «Los echo de menos».

«Pues ayúdame a cumplir la promesa», pensó la Eisa de su mente. «Te juro, Saga, que nos volveremos a ver».

Un rescoldo de calidez parpadeó intenso en el pecho de Saga. Oteó los confines del castillo, en dirección a los distritos del norte de Sunnavík y a los campos de cultivo. Eisa estaba en algún lugar fuera de esos muros, en las tierras salvajes del reino —viva, respirando y luchando por Saga—. Ella haría lo mismo, al menos un día más.

«De acuerdo», pensó Saga, «te ayudaré a cumplir la promesa un día más». Respiró hondo, se bajó de la barandilla y buscó a tientas el camino de vuelta al dormitorio. Mientras avanzaba pegada a la pared, se desmoronó y cayó de rodillas, pero la envolvieron el amor y el consuelo de Eisa.

«La he liado bien».

«Un pie delante del otro, Saga», pensó Eisa. Tu camino tiene sombras, y no puedes ver con claridad. Con cada paso, se irá despejando.

Saga se abrazó a sus rodillas con fuerza, tratando de calmar su corazón acelerado.

«Eres sabia, para ser un producto de mi imaginación».

«Nunca me habían dicho que soy sabia», pensó Eisa, divertida. «Creo que prefiero "asquerosamente optimista"».

«¿Y si me hace daño?». Saga no podía evitar pensarlo.

Eisa guardó silencio unos instantes.

«No sé qué decir, ni cómo decirlo. Pero una amiga me dijo una vez que consideraba las experiencias difíciles en la vida como un aprendizaje. Decía que hacían su hoguera más grande y más ardiente. Y cuando llegaba el momento adecuado, descargaba su infierno contra sus enemigos».

«Infierno», pensó Saga. «Me gusta cómo suena».

«Te caerá bien mi amiga», pensó Eisa con orgullo. «Algún día la conocerás».

«Algún día», pensó Saga con tristeza.

Golpeó suavemente con la cabeza la pared de piedra, y se quedó mirando absorta las vigas. Aunque aún era de día, estaba exhausta.

«¡Prométemelo, Saga!». La presencia de Eisa se difuminaba, cada vez más débil. «Prométeme que un día estaremos juntas».

«Te lo prometo», pensó Saga.

El hilo de su conexión se cortó y Saga se quedó sola otra vez. Sentía la calidez de Eisa en su piel. La había sentido tan real. En medio de la desolación, se centró en un único sentimiento.

El amor.

En ese momento, envuelta en la oscuridad, Eisa era su estrella, su faro, y Saga se centró en esa luz con todo su ser.

«Lucha por ti», se repitió una y otra vez, hasta que las palabras le calaron los huesos y fluyeron por sus venas.

«Espabila», pensó. «Este mes has sido fuerte y atrevida. Has espiado a la reina y has robado en el estudio de Alfson. Te has enfrentado a tu pasado y has salido al exterior. Y has besado a un hombre —dos veces—. No has llegado tan lejos para fracasar ahora, Saga».

Y así, tomó la decisión. Se puso de pie y buscó el llamador por la habitación. Árlaug apareció unos minutos después, con los labios curvados en una sonrisa vacilante.

—¿Sí, mi señora?

Saga hizo acopio del coraje que le quedaba. Enderezó la espalda.

—Quiero reunirme con la reina Signe.

SETENTA Y SIETE

Kalasgarde

La mañana de la partida, Rey se encontró contemplando la casa de Harpa desde el jardín nevado. Nordur estaba en su máximo esplendor, como si los dioses quisieran despedirse de ellos. El día era fresco y claro, y el viento gélido brillaba con la luz del sol matutino.

A lo lejos, en el límite de la propiedad, unos cuantos espíritus de hielo hacían piruetas y danzaban persiguiendo a una ardilla árbol arriba, cubriendo de escarcha a su paso el tronco nudoso. Silla ya se había despedido de las criaturitas azules, después de pedirles que vigilaran Jökull. Les encargó que mantuvieran informado a Vig, aunque Rey supuso que solo el tiempo confirmaría si lo habían entendido.

Con el esfuerzo conjunto de Silla y Rey, Harpa tenía el leñero lleno de troncos cortados y apilados al menos para cinco inviernos. Rey había limpiado y pulido el interior de la casa lo mejor que había podido. Había recubierto el tejado de paja alrededor de la salida de la chimenea y había reforzado las ventanas a prueba del viento con resina fresca de pino. Como poco, Harpa estaba preparada para la estación más fría.

—Pero Eisa no está lista —refunfuñó Rykka. Después de comprobar que los espíritus de hielo estaban lejos y entretenidos, salió excepcionalmente al exterior. Su forma ahumada ondeaba sobre el hombro de Harpa, soltando vapor en el aire fresco.

—Rykka tiene razón —dijo Harpa con el ceño fruncido y los ojos ambarinos clavados en Silla—. Tenemos que fortificar tus barreras mentales. Para mantener alejado al Oscuro.

—Saga me necesita —fue su única respuesta.

Cuando Silla describió la comunicación telepática con su hermana,

Rey la miró con asombro e incredulidad; nunca había oído hablar de tal cosa. Sin embargo, siempre había anomalías entre los galdra. Y, cualquier duda que expresara, Silla la zanjaba con determinación férrea.

—Tenemos que ir a Kopa, inmediatamente —le había insistido.

«Si quieres luchar, empuñaré mi espada por ti», le había dicho Rey, y era el momento de demostrarlo con hechos.

El resto del día se le había ido entre reclutar a los guerreros que los acompañarían y enviar aviso al jarl Hakon. Kopa siempre había sido su objetivo. Y los recursos y contactos del jarl eran esenciales para llevar a cabo el rescate de Saga. Pero con el viaje ahora ya inminente, Rey sentía cierta aprensión.

No le gustaba tomar decisiones temperamentales, porque así se cometían errores. Pero Silla no se dejaba convencer. Saga era el último miembro de su familia con vida. Y, al mirar a su abuela, comprendió ese compromiso a su manera. Por muy tensa que fuera su relación con Harpa, si ella estuviera en peligro, siempre acudiría a su llamada.

Y así, Rey se resignó a comenzar con los preparativos. En el último recuento, contaban con un grupo de nueve guerreros, entre ellos Erik, Mýr y Runný. Y, para su enorme sorpresa, Kalf se había ofrecido voluntario, dejando a Vig como responsable temporal en su ausencia.

—La habilidad de Destructora de Espadas se te sigue resistiendo —dijo Harpa, disgustada—. Con unas cuantas semanas más...

—Saga podría estar muerta para entonces —repuso Silla con rotundidad.

Rey centró sus pensamientos en Kopa. Se refugiarían en la fortaleza de Ashfall, lejos de las miradas curiosas de los klaernar. Pondrían en marcha el plan para rescatar a Saga de Sunnavík. Si el jarl Hakon y los uppreisna se negaban... Si tenía que captar guerreros por su cuenta y asaltar los muros de Askaborg, estaba dispuesto a hacerlo.

Empezaba a darse cuenta de que, si Saga le pidiera que saltara por un acantilado, le preguntaría de cuál. Se le puso una sonrisa tonta.

—Reynir —susurró Rykka, en realidad no te convence este plan.

—Yo apoyo su decisión —respondió él.

Rykka hizo un puchero y agitó sus alas de carbón.

—Su entrenamiento... —empezó Harpa.

—Lo continuaré yo —respondió—. A menos que quieras venir con nosotros.

Harpa se rio con aspereza.

—Mi sitio está aquí, con el telar. Lo sabes, Reynir. —Suavizó la expresión y miró atentamente a Rey—. Buscaré entre los hilos. Me comunicaré con las otras Tejedoras. Si averiguo algo, te avisaré.

Él asintió.

—Te mantendremos informada de nuestro paradero. Gyda y Vig cuidarán de ti. No dudes en pedirles lo que necesites.

Harpa volvió a mirar a Silla.

—Me preocupa que esto sea obra de Myrkur. Que sea un señuelo para atraerte antes de que completes tu entrenamiento. —Silla escuchaba en silencio—. Si tienes que irte, recuerda esto: no lograrás controlar tu galdur hasta que creas en ti, en los dioses, en tu poder. Has llegado lejos, pero sigues resistiéndote. Recuerda, Eisa, que para ganar a veces hay que rendirse.

Algo pasó por la mirada de Silla, y Rey la tomó de la mano, entrelazando los dedos con un apretón reconfortante.

Harpa miró sus manos unidas.

—Muy bien —suspiró su abuela, que volvió a mirarle a los ojos—. Cuídate, Reynir. Y tú, Eisa.

La mano de Silla se mantuvo firme ante el uso de su verdadero nombre.

—Y tú, Harpa —dijo ella, adelantándose para darle un abrazo cariñoso. A Rey le costó reprimir la sonrisa al ver la cara de incomodidad de su abuela—. Gracias. Por todo —dijo Silla, retrocediendo con ojos emocionados—. En verdad, me marcho de aquí siendo mejor persona. Me has hecho cambiar, y te llevaré en el corazón allá donde vaya...

—Vaaale, vaaale —la cortó Harpa—. Venga, será mejor que os pongáis en marcha.

Sorprendida por la brusca interrupción de Harpa, Silla sonrió con una mueca.

—¡Nos echarás de menos!

—Disfrutaré de oír mis propios pensamientos.

—Echaré de menos tu sabiduría optimista —dijo Silla alegre.

Harpa hizo un gesto negativo con la cabeza, pero asomó un atisbo de sonrisa.

—Y a ti, Rykka —dijo Silla, dirigiéndose al espíritu de humo—. Te abrazaría si no representara un riesgo para mi vida. Cuídate. —Bajó la voz—. Los espíritus de hielo son un grupo bastante simpático, ¿sabes?

Rykka lanzó una mirada horrorizada por encima del hombro a los juguetones espíritus de hielo.

—Ni lo sueñes —replicó—. Pero luego se retorció las manos de carbón y puso carita de pena—. Cuídate, Reynir. Y tú, Trilla.

Harpa y Rykka entraron en la cabaña y Rey vio que Silla se secaba las lágrimas. Dioses, estaba llorando de verdad, por Harpa y, seguramente, por el espíritu de humo.

—Ven aquí —dijo tratando de disimular las ganas de reírse. La acercó a él y le frotó la espalda en círculos tranquilizadores.

—Las echaré de menos —dijo sorbiendo en su pecho.

—Lo dudo —murmuró, pero solo sirvió para que Silla sorbiera más fuerte.

—Tú también las echarás de menos.

Él resopló.

—Guarda unas cuantas lágrimas, anda. Ahora le toca a Vig.

Silla gimió, y hundió la cara aún más en su pecho.

GYDA, Vig y Snorri los esperaban en la casa refugio. Runný se miraba los pies, ataviada con un gorro de un vibrante color rojo. Rey esbozó una sonrisa. Una de las creaciones de Gyda, supuso.

Pero Gyda también tenía gorros de color amarillo vivo y naranja para Rey y Silla, y calcetas a juego. Silla se puso su gorro amarillo entusiasmada; con las trenzas y los tirabuzones sueltos derramándose por sus hombros, parecía realmente un amanecer.

—Somos casi un arcoíris —dijo Saga alegremente, y le dio un fuerte abrazo a Gyda—. ¡Muchas gracias!

Rey echó mano a su alforja y sacó un pequeño cuchillo enfundado. Se puso de rodillas y se lo entregó a Snorri.

—No dejes que tu hermano te llene de mentiras la cabeza —le dijo—. Un verdadero guerrero ha de ser un experto en todo tipo de armas.

Con los ojos muy abiertos, Snorri aceptó el cuchillo.

—¿Es para mí?

—Procura no correr con él en la mano —le advirtió Silla.

—Claro que puedes correr con él —dijo Rey, intentando no poner los ojos en blanco—. ¿Acaso no puede un guerrero lanzarse a la batalla como le plazca?

—Tiene doce años —replicó ella.

—Ni caso, Snorri —continuó Rey—. Practica a diario. Y, la próxima vez que te vea, entrenaremos juntos.

Se puso de pie y le acarició el cabello. El chico ya estaba desenvainando el arma y comprobando el filo con el pulgar.

Gyda dio un paso adelante y le dio a Rey un caluroso abrazo maternal.

—Me alegra ver que has recuperado el juicio, jovencito —le susurró al oído—. Es buena chica. Trátala bien.

Para su horror, la emoción se le espesó en la garganta. Dioses, se le estaba pegando la sensiblería de Silla.

—Haré... lo que pueda.

Gyda retrocedió, con una sonrisa afectuosa y cómplice.

—No dejes que pasen otros cinco años sin que te vera la cara, o tendré que ir al sur a buscarte. Irrumpiré en una de tus importantes reuniones con los uppreisna y te sacaré de la oreja.

Rey resopló ante la imagen.

—No pasarán cinco años. Te lo prometo. —Hizo una pausa—. Y gracias. Por todo.

Cuando se volvió hacia Vig, Rey sintió que la opresión de la garganta se le extendía por el pecho.

—Cuídate —le dijo a su amigo—. Sigue el plan. Infórmame sobre la madre y las crías tan a menudo como puedas. «Y sobre ti», añadió en silencio.

—Claro —gruñó Vig, con una mirada indescifrable—. Cuídate tú también.

Rey respondió con un breve asentimiento.

—Eh, vosotros dos, vale ya —dijo Silla con un sollozo, mirándolos con ojos brillantes—. Cenizas, vais a hacerme llorar.

Ver a Silla tan emocionada por dejar Kalasgarde, cuando se había mostrado tan reacia a venir, envolvió a Rey en un sentimiento de profunda veneración. Su transformación aquí había sido notable. Y debía admitir que él también había cambiado. Donde una vez sintió desesperanza, ahora se sentía... renovado. Completo, con un nuevo propósito.

—No te preocupes por Rey —dijo Silla con voz llorosa—. Yo lo protegeré.

—Por supuesto, no lo dudo —bromeó Vig, con ojos enternecidos—. Con lo feroz que tú eres.

—No hemos tenido la oportunidad de darnos un baño de hielo norduriano —dijo Silla secándose una lágrima.

—Diría que tú sí te lo diste —dijo Vig con una carcajada—. Apuesto a que tuviste suficiente para toda la vida.

Silla se abalanzó sobre Vig y le dio un fuerte abrazo.

—Te echaré de menos, Vig —dijo lloriqueando mientras enterraba la cara en su pecho.

Vig le dio unas palmaditas en la espalda y compartió una mirada de felicidad con Rey.

—Yo también te echaré de menos, Silla del Sur. Sigue practicando esa intuición tuya de Destructora de Espadas. Y cuida de Runný, ¿vale?

—Por supuesto —Silla sollozó en su pecho, sin querer despegarse.

Rey aflojó los dedos de Silla de la espalda de Vig y ambos se dirigieron a la parte trasera de la casa refugio para permitir que Runný se despidiera en privado de su familia. Después de varios minutos de llanto sobre su pecho, Silla levantó la cabeza y miró a Rey con los ojos enrojecidos.

—Debes de pensar que soy una tonta.

—Es bonito —dijo Rey, secándole las lágrimas— forjar vínculos así con los otros. Nunca te avergüences de eso.

Silla deslizó las manos hasta su cuello y lo acercó a su boca.

—Siempre sabes exactamente qué decir —susurró contra sus labios, y luego lo besó con lentitud.

—Eso es justo lo contrario de lo que siempre me han dicho —respondió él, recorriendo con sus labios el rastro húmedo de sus mejillas. La sal de las lágrimas le escoció en la lengua, y deseó apartarlas a besos y asegurarse de que nunca volvieran a brotar.

Pero un movimiento en el bosque le hizo dar un paso atrás y echar mano a su espada. Rey examinó los árboles y se le encogió el pecho.

—¿Qué es...? —La voz de Silla se apagó mientras seguía su mirada.

Juntos, miraron a la vez los ojos negros como el carbón de la lechuza que los observaba desde la rama más baja de un pino. No era normal que la criatura estuviese despierta durante el día. Tampoco era normal sentir que estaba despidiéndose de ellos. Pero Rey estaba empezando a entender que hay cosas en este mundo que no se pueden explicar solo con la lógica.

En los días posteriores a la batalla de Silla con la serpiente madre, ella le contó la historia que había intentado explicarle bajo las auroras. Le habló de la lechuza que la siguió en el Pinar Serpentino. Y le contó cómo, gracias al animal, escogió la posada de la Cueva de la Lechuza en Reykfjord. Y en ese momento, más que lástima, Rey sintió gratitud.

—Gracias —dijo Rey con la voz temblorosa por la emoción—. Gracias por guiarla hasta mí. Por unir nuestros caminos.

Silla le cogió la mano y la apretó con fuerza.

—Hazle una visita a Harpa —dijo Rey—. Seguro que le hace ilusión.

La lechuza parpadeó y sacudió las plumas. Y con un potente impulso contra la rama, alzó el vuelo y desapareció de su vista entre las copas de los árboles.

Rey oyó la voz rota de Gyda, y también la proclamación de Vig de que las hachas grandes eran, y siempre serían, las que empuñaba un «verdadero guerrero». Pronto las voces se extinguieron. Rey se giró y miró a Silla, y se preguntó cómo un corazón podía sentirse lleno y vacío al mismo tiempo.

Suspiró.

—Será mejor que nos pongamos en camino.

SETENTA Y OCHO

Sunnavík

Saga se detuvo ante la puerta del salón de la reina, intentando alisar las arrugas de su único vestido azul. Sentía náuseas desde el almuerzo del día anterior. Le vino a la memoria una imagen: las faldas azotando sus tobillos y los klaernar mirando ansiosos.

Saga se obligó a centrarse en el momento presente con una respiración profunda y tranquilizadora. «Un pie delante del otro», se dijo, y llamó a la ornamentada puerta. Solo podía ir hacia delante.

Mientras seguía a la esclava que la acompañaba hasta la salita de Signe, intentó calmar su estómago revuelto.

Desde la maldita comida que había alterado el curso de su vida, Saga había trazado y desechado docenas de planes. Ana y su enlace con los uppreisna se habían esfumado. Al igual que Rurik y su propuesta para sacarla del palacio. Lo que dejaba a Saga a merced de Signe. Ya no era cuestión de grandes propósitos. Ni de plantear una rebelión. El mundo de Saga había quedado reducido a la mera necesidad de sobrevivir. Hoy intentaría salvar algo de las ruinas de su vida.

Había decidido que lo mejor sería apelar al lado maternal de la reina. Después de todo, Signe había proclamado «ser como una madre» para Saga.

—Adelante, cariño —dijo Signe con voz fría.

Saga bajó sus barreras mentales para liberar su Sentido y se obligó a seguir avanzando. La reina estaba sentada en uno de los dos sillones forrados con pieles dispuestos frente a la más grande de las chimeneas. Delante había una mesita de mármol pulido con dos copas de plata. Saga se sentó en el sillón libre, cruzó las manos sobre su regazo y miró con prudencia a Signe.

«... La desesperación no cambia a nuestra pobre Saga», flotaba en los pensamientos de Signe.

—¿Quieres vino, cariño? —preguntó la reina en voz alta. Llevaba un vestido color marfil, adornado con cientos de perlas glaciales, y el cabello rubio platino recogido en una corona de trenzas en la coronilla—. Importado del Continente Sur —siguió diciendo.

«... y un regalo de la comitiva zagadkiana», pensó Signe, llamando con un gesto al copero para que llenara las dos copas.

—Muchas gracias, Alteza —murmuró, mirando el líquido de color burdeos. Era el único toque de color de toda la habitación, además del vestido azul arrugado de Saga.

Signe le dio un sorbo.

—Delicioso —murmuró desplegando una sonrisa.

«... Veo que después de todo hay algo redimible en estos zagadkianos», pensó la reina, posando la mirada duramente en Saga.

—¿Qué puedo hacer por ti, cariño?

Mientras dejaba la copa en la mesa, miró a Signe a los ojos.

—Su Alteza, vengo a hablar de mi compromiso.

«... y ahora saborearé la dulzura de este momento...».

A Saga le hizo un nudo en el estómago, pero se obligó a mantener la calma.

Con un largo suspiro, Signe la miró sin inmutarse.

—Mmm. Un repentino cambio de planes, lo sé, cariño. Pero creo que estamos de acuerdo en que Magnus es mucho mejor partido para ti.

«... Se merece lo peor por humillar a mi Osito...».

—Veréis, Alteza —empezó Saga—. No creo que sea una opción especialmente buena.

Signe canturreó y le dio otro sorbo al vino.

—Un esposo de más edad no es tan malo. Un hombre como Magnus puede enseñarte un par de cosas, cariño.

«... sobre el dolor y el poder. Sobre saltarse las normas. Magnus en eso es especialista...».

Saga se llevó una mano al estómago para reprimir la ola de repugnancia que la arrasó.

—Yo no... Creo que no...

—Sabes, Saga, tú y yo nos parecemos mucho —la interrumpió Signe—. Y yo me considero un ejemplo para las mujeres.

«...Tengo planes para este reino. Para hacerlo mejor, para devolver el poder a los más débiles...».

Sorprendida, Saga miró fijamente a la reina, intentando descifrar el significado de sus pensamientos.

Signe curvó sus labios en una sonrisa.

—Podíamos haber sido aliadas, tú y yo. Es una pena que no hayas seguido mis consejos, Saga. Las cosas podían haber tenido un resultado diferente para ti.

«...Pero no puedo dejar que nadie obstaculice mis planes. Es una pena que haya demostrado ser una criatura tan deshonesta...».

Saga continuó, a pesar del frío que irradiaba su estómago.

—Vos tenéis el poder, Alteza. Por favor. Habéis sido como una madre para mí.

—Mmm —dijo Signe, mirándola atentamente—. Sabes, cariño, acabo de acordarme de una historia. —La reina llamó al copero con un gesto y este acudió al instante a echar más vino—. Es una leyenda norvalandesa que mi padre me contó una vez. Una fábula infantil sobre dos ratoncitos.

Saga tomó un sorbo, fingiendo interés.

—Empieza con un ratoncito marrón y bueno que vive feliz en su agujero de la pared. Un día, el ratoncito marrón ve a un ratoncito blanco que huye de un gato. «Aquí», le grita dejándole entrar en su agujero. El ratoncito blanco se mete en el hueco justo a tiempo, esquivando por los pelos un zarpazo del gato.

Signe se llevó la copa a los labios y bebió con delicadeza.

—El ratoncito marrón no ofreció más que hospitalidad al blanco: compartió su cena y le dejó quedarse hasta que se le pasara el susto. Pero el ratoncito blanco no era tan bueno. Se quedó mucho más tiempo del que se le invitó. Comió más de lo que le correspondía. Y no cuidaba el pequeño agujero. Un día, cuando el ratoncito marrón regresó, descubrió que su casa se estaba desmoronando. Con mucha tristeza, el ratoncito marrón tuvo que marcharse y buscarse un nuevo hogar.

Saga se quedó mirando los labios de la reina; el vino los había manchado de color rojo baya, en contraste con la palidez de su piel.

—Le costó un tiempo, pero el ratoncito marrón acabó encontrando otro agujero. A los pocos días, vio al mismo ratoncito blanco huyendo del gato. Y esta vez, el ratoncito marrón no le ofreció su casa para refugiarse.

Signe clavó sus ojos azul hielo en los de Saga.

—¿Por qué crees que me he acordado de esta historia, cariño?

Un lento escalofrío recorrió la espina dorsal de Saga.

—Supongo que me comparáis con el ratón blanco. —Se mordió el carrillo—. ¿Vos seríais en ese caso el ratoncito marrón?

La risa de Signe sonó como el tintineo de un cristal.

—No, cariño. Yo soy el gato. Yo devoro a las pequeñas criaturas curiosas. —La reina dejó la copa en la mesa y miró a Saga fijamente.

Y ya está. El juego simbólico llegó a su fin.

—Vos y yo sabemos que esto no tiene nada que ver con Rurik —susurró Saga.

Signe dejó escapar un delicado suspiro.

—Cariño, has cometido el error más básico de todos. —La reina dedicó a Saga una mirada larga y dura—. Has dejado que la pasión tome el control. Y, al hacerlo, has perdido lo único que te protegía. Los urkanos dan un gran valor a la virtud.

—S-solo fue un beso —tartamudeó Saga.

«... La belleza es un arma», pensó Signe, «una que el zagadkiano ha esgrimido como un experto...».

—Ya basta de humillar a mi Bjorn —soltó la reina.

«... y ya es hora», pensó Signe, «de librarnos de esta criaturita entrometida...».

La desesperación de Saga llegó al punto de ebullición. Claramente, apelar a la compasión de la reina no iba a llevarla a ninguna parte. Respiró hondo y dejó que las palabras fluyeran.

—Sé que habéis estado haciendo pruebas con galdur, en las narices del rey. Sé que habéis estado secuestrando a los galdra y haciéndoos con su magia por los medios más viles.

«... Por fin muestra agallas», pensó Signe.

Pero el rostro de la reina se mantenía exasperantemente calmado, silencioso, como si instara a Saga a continuar.

—Sé que ejecutasteis a Ana para mandarme un mensaje. —Saga cerró el puño cuando recordó a la mujer amarrada al pilar—. Y nunca os lo perdonaré.

—Cariño, ¿crees que me hace falta tu perdón? —Signe la miró impertérrita—. No te necesito para nada.

«... Parece que la boda no va a llegar nunca», pensó Signe.

—Se lo contaré al rey —espetó Saga, mientras la ira crecía en su interior—. Sé lo de Alfson y lo de Lekka. Y sé lo de Rökksgarde.

Signe suspiró.

—No vas a contárselo a Ivar. No tienes pruebas de ningún tipo. ¿Y por qué iba a creerte, Saga? A ti, que has demostrado ser tan desleal. Tu palabra tenía poco valor antes. Pero ahora vale menos que nada.

El escozor delator de las lágrimas le quemaba en el cráneo, pero Saga las contuvo. Signe nunca la vería llorar.

—Es una pena, cariño, que hayamos llegado a esto —dijo Signe—. He estado en tu lugar, y por eso he intentado ayudarte. Es una pena que no hayas seguido mis consejos. Podías haber tenido el poder; podías haber sido la reina. En su lugar, asumirás las consecuencias de tus propios actos.

Saga se levantó bruscamente y la copa de vino se volcó. Una mancha carmesí se extendió por la mesa de mármol blanco y goteó en el suelo.

—No pudo recordar mucho a mi verdadera madre —dijo, y las palabras salieron de sus entrañas—. Y vos sois la única madre que he llegado a conocer de verdad. Y un día, os devolveré toda la amabilidad que me habéis mostrado.

Y así, Saga se marchó de la habitación.

SETENTA Y NUEVE

Al norte del paso de Svangormr

Silla miraba embobada las trenzas que se derramaban por la espalda de Runný mientras cabalgaban en silencio por el sendero. Las montañas se alzaban imponentes ante ellos, cubiertas de una espesa capa de nieve recién caída, y el frío era más penetrante que en el valle resguardado de Kalasgarde. El río corría en paralelo, con la superficie aún sin congelar. Por enésima vez esa mañana, Silla sondeó su interior, en busca de alguna señal de la presencia de Saga.

Nada.

Suspiró y centró su atención en Amanecer. La manta de invierno que cubría a su caballo le confería un aspecto andrajoso y desaliñado, pero Silla le había trenzado la negra crin a juego con su propio cabello. La última vez que habían pasado por este mismo valle —camino de Kalasgarde—, Amanecer tenía el cuello caído, y tuvieron que atarla a una soga a Caballo para hacerla avanzar. Ahora había orgullo en cada paso. Amanecer había cedido al cepillado y al trenzado de Silla, y ahora comía de la palma de su mano mientras mantenía contacto visual. Incluso le había propinado algún que otro un empujoncito afectuoso a Silla.

—Has hecho un gran progreso, chica —dijo Silla, acariciando el cuello de Amanecer en reconocimiento. Igual que ella, pensó.

Siguieron cabalgando durante horas, atravesando valles y colinas, sin que Silla dejara de buscar continuamente señales de que Saga estaba bien. Cuando llegaron al primer paso de montaña, tenía una docena de nudos en el estómago.

—¿Cómo estás? —preguntó Rey, colocando a Caballo junto a Amanecer, que relinchó a modo de saludo.

—Me duelen los muslos —dijo Silla distraída, y luego se echó a reír—. Aunque no por un buen motivo.

Con una mirada intensa, Rey le transmitió la docena de planes diferentes que le tenía reservados.

—Esta noche nos emplearemos a fondo en esos buenos motivos. —Hizo una pausa—. El paso de Svangormr es el tramo más peligroso desde aquí hasta Kopa. No podremos descansar hasta que lo hayamos cruzado, pero nos detendremos a pasar la noche en el valle que hay al otro lado.

Silla tragó saliva y asintió. Estaba deseando calentarse los pies junto al fuego, con una taza de róa entre las manos. El sendero ascendía con brusquedad y los imponentes pinos iban menguando hasta convertirse en abetos esqueléticos que arponeaban la nieve cada vez más espesa.

Cuando el terreno se niveló, la manta de Amanecer estaba empapada de sudor.

—Buena chica —susurró Silla, acariciándola en la cruz—. Esta noche tendrás de premio un extra de avena.

El viento ululaba entre las elevadas crestas montañosas que se alzaban a ambos lados del camino. Silla recordó la explicación de Vig sobre el paso de montaña. Ellos mismos parecían un par de serpientes sinuosas dormitando bajo capas de nieve. No pudo evitar estremecerse. Si nunca viera otra serpiente en su vida, seguiría pareciéndole demasiado poco tiempo.

Aunque los árboles salpicaban la ladera, había claros en las pendientes escarpadas por donde se habían abierto paso los aludes. El viento soplaba entre las montañas con rabia creciente y azotaba las mejillas de Silla. Las pezuñas crujían en la nieve a ritmo lento. A la luz de la nieve recién caída, Rey había dado instrucciones al grupo de permanecer en silencio mientras cruzaban este tramo, lo que confería una sensación decididamente espeluznante al lugar.

No obstante, la sensación de inquietud crecía en el estómago de Silla. Sus ojos buscaban peligro, pero solo veía más árboles, más nieve, y las interminables curvas del sendero que se extendía por la cordillera.

Al doblar una de las curvas, lo oyó: un sonido tan débil que Silla pensó que era cosa del viento. Rey levantó el puño y la fila se detuvo. Sin el crujido de los cascos sobre la nieve, el sonido se volvió más definido, y a Silla le produjo un escalofrío en la columna vertebral.

Sin apenas atreverse a respirar, se inclinó sobre la montura para ver más allá de Rey. El blanco y el verde omnipresentes quedaron interrumpidos por una aglomeración de azul hielo. Silla parpadeó contra el viento gélido, tratando de discernir qué era exactamente, y por qué exactamente se movía. Casi se atragantó al darse cuenta.

Las crías.

Docenas de serpientes se arremolinaban unas sobre otras en un tumulto de escamas azules.

—Tenemos que regresar —murmuró Mýr detrás de ella.

—No —intervino Hef, con voz de acero—. Es nuestra oportunidad de acabar con ellas.

—Nuestro deber es proteger a Eisa —intervino Kálf, con una sorprendente nota de preocupación en la voz—. Sería una insensatez lanzarse a la batalla.

—Son demasiadas —dijo Runný—. Deben ser todas las que faltaban: al menos cuatro docenas, y el terreno nos es desfavorable. No tenemos ni refugio ni ventaja.

Silla se tragó el nudo de la garganta cuando un par de ojos brillantes como ascuas se giraron para mirarlos. Una lengua bífida asomó entre dos colmillos relucientes que goteaban carmesí. La cría se onduló entre el amasijo, avisando a las que tenía debajo, y se escurrió sobre la nieve.

—No está capacitada para avanzar por la tierra —susurró Heff—. ¿Veis la aleta de su cola? Estas criaturas son acuáticas. Aquí les resulta complicado moverse. Lo que quiero decir es que tenemos que aprovechar la ocasión.

Lentamente, Rey desenganchó su escudo de la silla de Caballo.

—A no ser que logremos cargarnos a esta sin que se entere la caterva, me temo que no tenemos elección.

—Adelante, pues —murmuró Mýr tras ellos. Se oyó el clic cuando soltó las correas del arco y, a continuación, la suave vibración que les dijo que la flecha de Mýr estaba en el aire. Se hundió en el ojo rojo brillante de la cría, haciendo que la criatura siseara y se retorciera hasta que se quedó quieta.

—No me da buena espina —susurró Kalf, y Silla no pudo estar más de acuerdo. Alertada por el ruido, otra cría se separó de la horda. Y una segunda, y una tercera, y una cuarta... Silla dejó de contar.

—¡Desmontad! —ordenó Rey—. Los cadáveres atraerán a los caballos y tenemos mejor ángulo desde abajo. Los Destructores, al frente, los Cinéreos, a la retaguardia. Silla, detrás de mí. —Rápidamente, el grupo desmontó y mandaron a los caballos sendero abajo—. Todos contra esta pared de roca —ordenó Rey, dirigiéndose hacia un acantilado árido y escarpado de basalto oscuro—. Formaremos un pequeño muro de escudos para hacerles frente. No perdáis de vista a las serpientes que se vayan acercando.

Se colocaron en semicírculo contra la pared de roca —los Destructores de Espadas nuevamente al frente para proteger a los Cinéreos—. A Runný, como era de esperar, no se la veía por ninguna parte.

—¡Escudos arriba! —ordenó Rey—. Apuntad a los ojos y al vientre, y sed lo más silenciosos que podáis.

Rey y Silla cruzaron la mirada, y se desprendieron de la máscara de acero durante unos instantes para revelar miedo y preocupación.

—Juntos —le aseguró ella.

—Juntos —repitió él, con el humo saliendo de sus palmas en cuanto lo expresó—. Quédate a mi lado.

Las serpientes se abalanzaron sobre ellos como lobos sobre una criatura agonizante, y el mundo se disolvió en caos. Solo había ojos rojos, latigazos y colmillos afilados como lanzas clavándose entre los escudos. Rannver y Nefi hacían estallar bolas de fuego, y el látigo de Kálf carbonizaba a las serpientes a izquierda y derecha. Hef, Erik y Mýr protegían a los Cinéreos con su potencia de Destructores de Espadas. Las sierpes se partían en dos, rociando sangre negra en la nieve al salir disparadas por los aires. Y cuando el estómago de una serpiente se rajó en mitad de un golpe, Silla supo que Runný se había unido a la batalla.

El humo de Rey penetraba por sus gargantas y se enroscaba alrededor de los cuerpos ondulantes, y la espada blanca de Silla cortaba una y otra vez. Pero, a medida que bestia tras bestia se iban apiñando, unas encima de otras, Rey inmediatamente renunció a su galdur en favor de la espada, calentándola con la palma de la mano hasta que se puso al rojo vivo. Después de semanas entrenando juntos, Rey veía venir los movimientos de Silla antes incluso que ella misma, y no le costaba mantenerse alejado de su hoja. Trabajaban en tándem: el resplandor de la espada de Silla las desorientaba y Rey las remataba con un golpe abrasador en el estómago. Y cuando las carencias de Silla se ponían de manifiesto en cuestión de defensa, Rey parecía compensarlas, amputando colmillos y protegiéndola del ataque.

Cayeron más crías sobre ellos, un amasijo frenético de lenguas bífidas y dientes punzantes. Silla cortó un colmillo, la criatura retrocedió dando alaridos de confusión, y entonces le clavó la espada en un ojo hasta el fondo. El espeluznante fulgor rojizo se volvió negro cuando la serpiente se quedó inmóvil. Silla ahora tenía el cabello helado y le brillaban las pestañas.

Un grito agudo masculino rasgó el aire y Silla se giró. Una figura gigantesca tapaba el cielo. Y Rannver... se elevaba del suelo con un colmillo enorme sobresaliendo de su pecho.

—¡No! —gritó Mýr, lanzándose a salvarlo. Pero la sierpe madre tiró de él y lo sacó de la protección del grupo, sosteniendo a un Rannver que se retorcía, para entregárselo a sus crías. Una serpiente le mordió, hundiéndole los colmillos en el muslo, y luego lo liberó. La sangre brotó en vívidos rayos carmesí. Una tercera bestia intentó arrebatárselo mordiéndole en la cintura, pero la madre retrocedió. Partieron a Rannver por la mitad, y media docena de serpientes se abalanzaron unas sobre otras ante el olor de la sangre.

—¡Malditas bastardas! —gritó Erik.

—¡Replegaos! —ordenó Rey—. ¡Si nos separamos, moriremos!

El semicírculo volvió a cerrarse con uno menos entre ellos. Había cadáveres de serpientes amontonados por todas partes, formando una especie de muro protector. A Silla se le hizo un nudo en el estómago cuando se dio cuenta.

—Estamos atrapados —advirtió Silla—. ¡La madre lo tiene fácil para atraparnos!

—Quemadlas —ordenó Rey a Kálf y a Nefi.

Cuando los Cinéreos se pusieron manos a la obra, el hedor a carne quemada le saturó los sentidos, pero Silla siguió concentrada en la serpiente madre, que se abalanzaba sobre ella desde lo alto. Intentó acuchillarla desde su posición, pero la bestia retrocedió justo a tiempo. Cuando volvió a atacarla, el espadazo de Silla logró hacer contacto con las duras escamas. El impacto reverberó a través de su cuerpo, pero fue suficiente para hacer que la sierpe retrocediera.

—Kálf —chilló Rey cuando Erik tropezó con él y lo empujó—. Nos estamos quedando sin tiempo.

—Cuidado... ahí... —fue la elaborada respuesta de Kálf.

La madre caía derribada. Rey empujó a Silla y ambos rodaron por el suelo, alejándose de la zona de impacto. Aun así, la enorme serpiente logró hacerse con otra presa. Un colmillo centellante se hundió en la espalda de Nefi y tiró de él. Atónita, Silla se quedó mirando los ojos aterrorizados de Nefi.

—¡No! —gritó, poniéndose en pie de un salto y agarrando el pie de Nefi. La serpiente madre retrocedió y la bota de Nefi se deslizó entre los dedos de Silla. El horror y la repulsión le cerraron al estómago cuando las crías se precipitaron sobre la madre, luchando por su premio. Y entonces se vio arrastrada a un túnel de cadáveres putrefactos y calcinados. Cuando salieron al aire fresco, Silla inspiró una larga bocanada.

Su alivio duró poco. Se oscureció su campo de visión. La espada de Rey silbó cruzando el aire con una velocidad sobrenatural, bloqueando el nuevo ataque de la madre.

—¡Quédate detrás de mí! —gritó mientras la enorme serpiente se erguía. Desde ese ángulo, Silla alcanzó a ver una raya negra que se extendía bajo la mandíbula de la serpiente madre, la herida que su galdur le causó en el lago de Jökull—. Pero el sentimiento fugaz de satisfacción se vio rápidamente superado por la repulsión cuando vio un pedazo de armadura negra colgando del colmillo de la madre. Era Nefi.

La ira ardía en su estómago. Una cría arremetió, y Silla blandió la espada por puro instinto, hundiéndola en su vientre. Con un giro, Silla pegó su espalda a la de Rey.

—Encárgate tú de las crías —gruñó Rey—. Yo me ocuparé de la madre. —El humo brotó de sus manos, elevándose y enroscándose en un remolino embravecido. La frente de Silla goteaba de sudor por el calor que irradiaba la feroz tempestad, que llovía cenizas sobre el suelo cubierto de nieve. Ella alargó la posición y se preparó para el trío de serpientes que avanzaba.

Detrás de ella, la madre chilló, y Silla sintió una ráfaga de aire mientras acuchillaba a las serpientes más pequeñas. Rey estaba anclado al suelo y gritaba por el esfuerzo. Arriba, la tormenta de humo se hizo más intensa hasta adquirir una forma serpentina. La carne chisporroteó y la madre aulló una vez más.

Otra cría se abalanzó, y Silla respondió sin tiempo que perder. Era un puro caos. Silla vio a Kálf, azotando con un látigo de fuego a una serpiente que atacaba a Erik por la espalda, y a Mýr partiendo a una bestia por la mitad con la fuerza del Destructor de Espadas, mientras que otras dos crías se acercaban a ella por el lateral. Pero, a medida que pasaban los minutos, los gruñidos de Rey se volvían más encarnizados, y la preocupación de Silla se enconó.

—¿Qué estás haciendo ahí atrás? —preguntó Silla—. ¡Ásala, Galtung! —Miró por encima del hombro. La serpiente tenía el cuerpo lleno de escamas negras chamuscadas, pero aquello solo parecía haber intensificado su ira.

—Gracias por la recomendación —gruñó Rey—. No se me había ocurrido.

Silla rebanó a una serpiente que la embistió.

—¿Qué ocurre?

—Es demasiado rápida.

—Tienes que acercarte —dijo, mientras daba forma a un pensamiento—. Necesitas que se distraiga. —Una mano rodeó el brazo de Silla, dándole un suave apretón.

—¿Qué quieres que haga? —preguntó Runný.

—Cubre el flanco de Rey —dijo Silla en voz baja, y luego se dirigió a la sierpe madre—. Me quieres a mí, engendro de Myrkur, ¿no es cierto? —La madre sacó su lengua bífida enorme y centró su mirada de ascuas ardientes en Silla—. Una Volsik muy sabrosa. Pero tendrás que atraparme.

Y Silla echó a correr.

Más que oírla, sintió a la serpiente madre lanzarse a perseguirla. El suelo temblaba con cada torpe ondulación mientras la seguía. Silla la esquivaba y se agachaba y se abría paso entre las crías. Detrás de ella, Runný gritó y Rey bramó de rabia. Silla lanzó una mirada ansiosa hacia atrás por encima del hombro y tropezó.

La tormenta de humo parecía haberse evaporado cuando Rey se aferró al lomo de la serpiente, agitando las piernas con cada sacudida de su cuerpo. Una mano resbaló y se aferró a la única escama de color azul pálido. La madre serpiente hizo una pausa, y giró el cuello en busca de la alimaña encaramada a su lomo.

—¡Detente! —gritó Silla. La madre se dio la vuelta, con las fosas nasales abiertas. Pero, además de la serpiente gigante, docenas de ojos rojos más pequeños también se volvieron hacia ella.

—No soy sabrosa —dijo Silla, retrocediendo—. ¡Os he mentido! ¡Mi carne sabe a calcetines sudados! —Miró a la serpiente madre; Rey había recuperado el control y estaba encaramándose a su cuello. Un poco más adelante y estaría justo donde necesitaba llegar...

Silla se dio la vuelta y salió corriendo.

El suelo retumbaba mientras la serpiente madre la perseguía, seguida de cerca por las crías. El siseo le puso el vello de punta y miró por encima del hombro una vez más. Rey había conseguido llegar a la cabeza de la serpiente madre, las cenizas y el humo formaban una espiral desde su palma levantada.

Silla se apartó del camino justo a tiempo. El colmillo de la madre se clavó en el suelo y el fragor retumbó en las montañas que los rodeaban. Por algún milagro, Rey se aferró a la cabeza de la serpiente madre y la enganchó con una pierna. Silla sintió su galdur espesándose en el aire, vio el humo desprendiéndose de sus manos en un torrente como nunca antes había visto. La humareda era negra como la medianoche, ocultaba el cielo, las brasas restallaban como si contuvieran pólvora. Se protegió la cara del calor, la nieve se derretía a sus pies.

La serpiente logró arrancar sus colmillos del suelo y se elevó. Pero Silla seguía corriendo delante de ella, haciendo todo lo posible por distraerla.

Fue suficiente. Rey empujó con todas sus fuerzas su poder hacia la serpiente madre, una vorágine de humo y brasas cayendo implacables sobre ella. El humo se metió por las cuencas de los ojos y en las fosas nasales de la serpiente madre, entrando en su cuerpo y llenando el aire de olor a carne carbonizada. La serpiente gritó, retorciéndose, pero Ojos de Hacha resistía, derramando cada gota de su galdur sobre su monstruosa rival. La serpiente disminuyó la velocidad, se tambaleó y, de repente, Rey se deslizó por el lomo de la serpiente y cayó rodando sobre la nieve. La serpiente madre se estrelló contra el suelo y envió una nube de nieve al cielo.

Y ya no se levantó.

Silla corrió junto a Rey, y embistió contra una cría dispuesta a atacarlo por la espalda. Aparecieron dos más, y Rey y ella las abatieron. Pero cuando una caía, otra aparecía. Y otra. Y otra. El agotamiento empezaba a asomar. A Silla le dolían los músculos. Parecía que la reserva de serpientes no tenía fin y que su número nunca disminuía.

Un extraño silbido la hizo mirar hacia arriba justo a tiempo de ver una flecha en llamas surcando el aire. Chocó contra una placa de hielo inestable que se derrumbó con un fuerte crujido. El aire se llenó de polvo de nieve dificultando su visión, pero el ruido sordo que sacudió la tierra se lo dijo todo a Silla.

—¡Avalancha! —gritó Rey, cogiendo a Silla del brazo y tirando de ella. Y, otra vez, Silla empezó a correr, esta vez huyendo de un enemigo diferente. El rumor se hacía más atronador con cada latido, la nieve se desprendía de los árboles. Siguieron corriendo, hasta que sus músculos gritaron de agotamiento y los pulmones le ardieron y el sonido alcanzó un nivel ensordecedor. Sin aliento, se dieron la vuelta.

Erik salía de la nube de polvo de nieve, luego asomaron Mýr y Hef, arrastrando a Kálf entre ellos. Runný apareció ante sus ojos un instante después.

—Gracias a los dioses —gimió Silla.

Juntos, el grupo observó el alud desprenderse de la montaña y caer sobre el amasijo de burdas criaturas. La nieve se mezcló con el aire, llenando sus caras de polvo y dificultando su visión. Cuando las partículas por fin se asentaron, no quedaba rastro de la batalla, solo una enorme ladera blanca.

Las serpientes quedaron sepultadas.

—Los dioses nos han perdonado —exclamó Mýr, tirando de Runný para darle un fuerte abrazo.

Las lágrimas brotaron de los ojos de Silla. La verdad, había sido un milagro. La serpiente madre y las crías habían desaparecido. Ellos habían sobrevivido. Sintió una mano que le subía por la espina y se detuvo en la nuca. Y, un instante después estaba contra el pecho de Rey, que la besó en los labios.

Silla le devolvió el beso, anhelando que la aliviara. Pero, pese a la tranquilidad de sentirse entre sus brazos, un sentimiento molesto se instaló en el fondo de su mente. ¿De dónde había salido esa flecha? ¿Y por qué las serpientes, de entre todos los lugares posibles, estaban justo allí? ¿Qué hacía retorcerse al amasijo de crías cuando llegaron? La primera cría tenía la boca goteando sangre carmesí, lo que significaba que estaban devorando algo...

—Bueno, bueno... ¡qué pareja tan adorable!

Silla dio un respingo y ahogó un grito. Esa voz. Era... No. Lentamente, se dio la vuelta para encontrarse con el hombre que una vez había sido su refugio, su consuelo. La persona en la que había creído como una tonta.

—Hola, Ricitos.

OCHENTA

Sunnavík

—¿Dónde está Magnus? —preguntó el rey Ivar, apurando su copa y dejándola en la mesa con un fuerte golpe.

Era el día después de su reunión con Signe, y ahora Saga se encontraba sentada junto al rey para esta farsa que era su fiesta de compromiso. Sentados en las mesas estaban los nobles de Sunnavík, charlando entre ellos y probando el vino zagadkiano que la reina había ordenado servir. Cuando Saga se vio buscando un par de ojos esmeralda, frunció el ceño.

Saga tenía claro que, tras descubrirlos besándose en el patio, sería ella quien sufriría las consecuencias. Sin embargo, había esperado un mejor comportamiento por parte de Rurik. Después de todo lo que habían compartido en el jardín, ¿cómo había sido capaz de abandonarla?

Saga suspiró. La autocompasión era un lujo que no podía permitirse. Tenía que mantener su ingenio bien despierto y encontrar un aliado.

Pero en aquella sala apenas había gente con la que pudiera contar. Aparte de los traidores de los Volsik y de los urkanos, la mayoría eran amigos de Magnus el Devoracorazones. La bilis se le subió a la garganta cuando se dio cuenta de que los mismos soldados que la habían acorralado en los establos estarían probablemente presentes en la sala, dispuestos a divertirse si Magnus reclamaba una venganza mayor.

«Te mereces un castigo», resonaba su voz en los oídos. «No eres más que una mascota sin valor».

A medida que inspeccionaba el comedor, la consumía la desesperación. Estaba sola. Sola en este nido de serpientes. Y quería gritar.

Los susurros difamatorios corrían por el salón y la seguían miradas de desdén. Al oír el nombre de Magnus se estremeció. En unos días, estaría casada con ese monstruo. Sería suya.

Y no de Eisa.

Durante todo el día, cuando su mente se convertía en una espiral de oscuridad, un único pensamiento la devolvía a la luz. Tenía a su hermana; tenía la conexión telepática. Y Saga se recordó que debía dar un paso cada vez. Primero, dejaría que pasara la noche. Luego, ya pensaría en lo demás.

Una copera daba vueltas con una jarra de plata, y llenó la copa de Saga sin mediar palabra, justo cuando el rey levantaba la suya.

—Oh, lo siento, Su Alteza —dijo con dulzura mientras hacía una reverencia—. No queda más. Volveré en un instante con vino recién abierto.

—¿Queréis mi copa, Alteza? —preguntó Saga, ofreciéndole su bebida al rey. No estaba acostumbrada a sentarse tan cerca de él, y se vio echando de menos las aburridas historias de Bjorn y sus extrañas observaciones. Pero, como figura paterna, la tradición dictaba que Ivar tenía que sentarse a su izquierda en las celebraciones nupciales.

Llevaba toda la noche debatiendo consigo misma —no sabía si contarle al rey los planes de Signe o no—. Lo más probable era que se enfadara aún más si le soltaba la información sin pruebas. Pero ahora lo tenía al lado. Quizá pudiera sacar provecho de la situación de otra forma.

Ivar rechazó la copa de Saga sin dejar de observar a la multitud.

—Magnus se retrasa y, normalmente, es puntual.

Saga hizo girar el vino en su copa, observando el obsequio de los zagadkianos. Por lo que a ella concernía, cuanto más tarde llegara su prometido, mejor. Dio un trago largo y dejó que los ricos sabores inundaran su lengua.

—Debo pediros disculpas, Alteza —dijo Saga, haciendo acopio de valor—. No era mi intención humillar a la familia.

Ivar la miró con sus ojos oscuros mientras se acariciaba la barba rubia con una mano enorme y llena de cicatrices de batalla.

—Supongo que lo de tomar malas decisiones lo llevas en la sangre —dijo con un suspiro.

Saga apretó los dientes en un esfuerzo por mantener su rostro impasible. Lentamente, tomó otro largo sorbo de vino. Dioses, iba a necesitar mucho coraje líquido para soportar la noche.

—Supongo que no tienes la culpa de que te hayan engañado con tanta facilidad —siguió el rey—. Pero, como bien sabes, el poder hay que demostrarlo siempre. Mi hijo no puede ser visto como un depredador y a la vez simpatizar con su presa.

La copera volvió y llenó la copa del rey.

—Así que has de entender que no puedes casarte con Bjorn. Haría que pareciera compasivo. Débil.

A Saga le palpitaba el corazón desbocado en el pecho, el nerviosismo se apoderaba de ella.

—Lo comprendo. —Reunió cada brizna de coraje—. Pero, siguiendo esa misma lógica, ¿no haría que Magnus pareciera débil?

Ivar la miró con ojos duros e inquisidores.

—A diferencia de Bjorn, Magnus es un hombre experimentado que ya se ha hecho un nombre. No hay nadie que no conozca y que no tema al Devoracorazones. —Miró las manos de Saga, enguantadas para apaciguar a Signe—. Y creo que ambos sabemos que Magnus no es de los que perdonan.

Saga notó que su rodilla empezaba a rebotar bajo la mesa.

«... Por el maldito Ursir. ¿Dónde está Magnus? No quiero que este espectáculo se alargue más de lo necesario. Tengo a esa esclava rubia entre ojos...».

Saga se enderezó y miró por el rabillo al rey Ivar. Al parecer se le habían bajado las barreras mentales. Se centró en su copa y buscó sus barreras para levantarlas nuevamente. Pero cada vez que intentaba tirar de ellas, se le resbalaban entre los dedos como la seda.

«... La muchacha tiene lo que se ha ganado...».

«... Oí que los zagadkianos tardaron en zarpar...».

«... A saber cuándo elegirá Bjorn una nueva novia...».

El discordante revoltijo de pensamientos fue subiendo de volumen poco a poco. Jadeando, Saga intentó subir las barreras, y encontró enormes rotos deshilachados que se agrandaban con cada latido de su corazón. Una avalancha repentina de ruido le puso el cuerpo tenso y se agarró a la copa con fuerza.

¿Qué estaba pasando? Nunca había perdido el control de su Sentido. Nunca había tenido dificultad para subir las barreras. Su mundo se convirtió en un caos, un rugido de pensamientos y conversaciones bulliciosas, y el volumen empezaba a hacerse insoportable. Se tapó los oídos, cerró los ojos. Intentó respirar hondo para calmar su corazón acelerado.

—Saga, yo no lo sabía —dijo la voz de Yrsa.

Saga se obligó a abrir los ojos. Abrazó a su hermana adoptiva. Yrsa estaba delante de ella, con los ojos muy abiertos y sinceros.

—Por favor, compréndelo, no sabía nada.

«... Yo solo quería a Rurik para mí. Nunca pretendí que esto pasara...».

Saga abrió los labios, pero la avalancha de ruido le impedía pensar, y mucho menos hablar.

—Magnus te hizo daño, ¿verdad? —Yrsa frotó con el pulgar la palma enguantada de Saga—. Por eso estabas aterrorizada en la comida.

«... Le llaman el Devoracorazones. Por las garras de Ursir, lo retiraría si pudiera...».

Saga percibió movimiento en la mesa. Cuando se dio la vuelta, sus ojos se toparon con una cara pálida. El pelo rubio platino. Ojos de un azul glacial. Los labios curvados de Signe en una sonrisa.

«... Saga, cariño», flotaba en el pensamiento de la reina, como si le hablara directamente a ella. «Parece que me has estado ocultando secretos».

OCHENTA Y UNO

El paso de Svangormr

El viento era feroz y cortante, pero Silla no lo sentía mientras miraba fijamente a Jonas. La invadió una oleada de emociones —dolor por lo que habían compartido, pena por su responsabilidad en la muerte de su hermano, y una clara sensación de ineptitud—. Jonas la había repudiado. La había desechado. Verle otra vez la llevó de vuelta aquella celda, muerta de frío y de miedo, hecha un ovillo en el suelo.

Jonas tenía el mismo aspecto de siempre. El pelo rubio recogido en la coronilla, aquellos mechones que había acariciado tantas veces. Los ojos del color de un cielo de verano, siempre con ese toque de soberbia. Detestaba saber que solo eran una máscara que ocultaba sus heridas internas; detestaba saber que al final del cordón del cuello llevaría colgado el talismán de su familia, que le recordaba todo lo que había perdido y lo que tanto luchaba por recuperar.

En su pecho se abrió un gran abismo. Le despreciaba por drogarla y entregarla a los klaernar, aunque a la vez entendía los motivos. Pero cuando Jonas le devolvió la mirada con tanta dureza, con ojos insensibles, volvió a sentir el frío de la montaña penetrando en su piel.

Silla se quedó aún más helada cuando dos docenas de klaernar armados se apostaron detrás de él. Capas negras de pelo de lobo ondeaban al viento, dejando entrever hachas de mano y hévrits enfundadas en sus cinturones de batalla, y tatuajes de zarpas en el rostro que reavivaron su perenne aprensión a los Garras del Rey.

—Era un trampa —murmuró Rey, firme a su lado—. Atrajeron a las serpientes hasta aquí para reducirnos... para agotarnos. —Señaló con un gesto el sendero y Silla entendió cómo habían llegado las serpientes hasta allí. Había cadáveres de ovejas amontonados sobre nieve ensangrentada, colocados justo al lado de las gélidas aguas del río—. Y luego ellos mismos provocaron la avalancha para bloquear nuestra retirada.

A Silla le daba vueltas la cabeza, desesperada por idear un plan. Tenían el galdur casi agotado, eran inferiores en número y no tenían donde esconderse.

—Joder —murmuró Erik, que al parecer había llegado a la misma conclusión.

Jonas repasó a Silla con la mirada de abajo arriba. Hizo un gesto de mofa.

—Bonita lébrynja, Ricitos. ¿Ahora te crees guerrera? —Dirigió la mirada a su antiguo jefe—. Veo que no has perdido el tiempo desde que me fui, Rey.

Pegado a Silla, Rey desenvainó la espada y se colocó en posición de ataque.

Jonas torció la sonrisa.

—Es especial, ¿verdad? Tiene la piel tan suave y huele tan dulce. Pues es mejor que te lo diga yo: debajo de su cara bonita está el engendro de Myrkur.

—Ni una palabra más —le advirtió Rey con un gruñido bajo.

—Todavía oigo su voz cuando estoy solo en la cama por las noches. «Más, Jonas, lo haces tan bien».

—Guárdate la lengua o te la cortaré y haré que te la tragues. —Rey dio un paso adelante, pero Silla le puso la mano en el brazo.

—No dejes que te provoque —susurró Silla, aunque las mejillas le ardían de rabia.

—Le diste la espalda a tu familia —gruñó Rey—. El hombre que conocía nunca habría hecho eso.

—¿A mi familia? —se burló Jonas—. Ella no era mi familia. Ilías sí que lo era.

—¿Y yo qué, Jonas? ¿Y qué me dices de Hekla, Gunnar y Sigrún? Nosotros también éramos tu familia. Nos traicionaste a todos y deshonraste a tu hermano.

—No hables por Ilías. —Jonas escupió en el suelo—. Hice un juramento a mi hermano y voy a cumplirlo. Ella pagará por lo que hizo.

Rey negó con la cabeza. Y Silla percibió su decepción.

—Murió como un guerrero, Jonas. Fue una muerte honorable.

—¡Fue una muerte innecesaria! —gritó Jonas, con una vena palpitando en la frente.

—Esto solo puede acabar con más dolor para ti —advirtió Rey.

—Ya basta, Rey —dijo Jonas—. Esto no tiene nada que ver contigo.

—Ahí te equivocas, Jonas —gruñó Rey—. Si tienes un problema con ella, entonces lo tienes conmigo. Escucha mi advertencia porque solo te la haré una vez. Si la tocas, te abriré la garganta con mi hacha.

—Te tiene comiendo de la palma de su mano. Eso es lo que hace. Te encandila. Es una mentirosa.

—Sé que es una mentirosa. Pero es mi mentirosa.

—Tuya, dices. —Jonas resopló—. Ya. Claro, Slátrari. —Sonrió con amargura—. Al final has caído preso de tus propias patrañas. Todos estos años mintiendo a la Hermandad. Ocultando lo que eres mientras sermoneabas sobre el honor.

—Entiende que no lo hice con mala intención. A veces hay que mentir para sobrevivir en este reino —dijo Rey, inquieto.

—Sois un par de mentirosos. —Jonas negó con la cabeza—. Os merecéis el uno al otro. —Se volvió hacia Silla, con sus ojos azules llenos de odio—. Silla. ¿O prefieres Eisa? —Torció la sonrisa de nuevo—. No tienes escapatoria. Pero si aceptas venir voluntariamente con nosotros, dejaremos ir a los demás.

Para sorpresa de Silla, Kálf dio un paso delante y se apoyó en el hombro de Mýr.

—Antes tendrás que atravesarnos con la espada —soltó.

—Veo que os ha envenenado a todos con sus mentiras también —dijo Jonas—. Esta mujer no trae más que ruina. Ponerse de su parte es una mala decisión.

—No es cosa de Eisa —escupió Mýr—. La verdadera culpable es esa reina farsante.

Ignoró a Mýr y volvió a mirar a Silla.

—Es la última vez que te lo advierto, Silla. Podemos arreglarlo por las buenas o por las malas. Seguro que no quieres que muera más gente.

Silla lo miró mientras elegía las palabras con cautela.

—No quiero que haya más muertes; en eso tienes razón. —Aunque su grupo era menos numeroso, sentía su respaldo—. Pero siempre elegiré luchar por Íseldur, sean cuales sean las probabilidades.

La sangre le ardía en las venas.

—Me debo a mi reino. A mi familia. Se lo debo a Matthias Nordvig, a Ilías Svik, a Skeggagrim y a Nefi y a Rannver, a todos los que han muerto para mantenerme con vida. Pero, lo más importante, se lo debo a mi gente, que ha sufrido tanto bajo el régimen urkano.

Silla no había planeado el discurso. No sabía que lo percibía así hasta que las palabras le salieron del corazón. Pero ahora, lo sentía, lo sentía de verdad. Le había costado mucho llegar hasta aquí, pero aquí estaba.

—Estas son tus opciones —siguió diciendo—. Vuelve por donde has venido o serás comida para los cuervos. Veo que te crees muy listo. Pero escúchame, Jonas: un lobo hambriento está condenado a librar una dura batalla. Y nosotros, los galdra, estamos famélicos.

Jonas soltó una carcajada incrédula. El sonido hizo eco en las montañas alrededor y le siguió el susurro de la nieve al caer. El grupo contuvo el aliento y no lo soltó hasta que se restableció el silencio.

Jonas volvió a mirar a Silla.

—Llevas demasiado tiempo con Rey. Tu arrogancia es asombrosa.

Silla negó con la cabeza lentamente.

—Lamento tu dolor, Jonas. Lamento por lo que has pasado. Pero este... —señaló con un gesto al grupo de klaernar tras él— no es el camino. No es lo correcto, y tu corazón lo sabe.

—Tú no conoces mi corazón —gruñó.

—Sé que la familia lo es todo para ti —respondió ella—. Sé que solo quieres honrarla. Aún estás a tiempo. Márchate, Jonas, y te dejaré vivir.

Nuevamente, se burló de ella.

—¿Que tú vas a dejarme vivir a mí? Ricitos. Tus amenazas son igual de suaves que tu entrepierna.

Con un suspiro entrecortado, Rey dio un paso adelante, pero Silla le cogió de la mano para hacerlo retroceder. Ella expresó su luz y su espada se formó al instante. Pero sentía un vacío en su interior —el nivel de su fuente nunca había estado tan bajo—. La escarcha crujió a lo largo del filo cuando adoptó naturalmente la postura defensiva.

Jonas agrandó mínimamente la mirada, y ese fue el único gesto de sorpresa por su parte. Con la misma rapidez, desapareció.

—Que sea por las malas, entonces —dijo sin entusiasmo.

Con un sutil movimiento de cabeza, los klaernar se llevaron los nudillos anillados a la nariz y esnifaron profundamente.

—Guardan el polvo de berskio en los anillos —susurró Kálf—. Les confiere el poder y la furia de los berserker.

Efectivamente, los klaernar se estremecieron y su mirada se tornó salvaje. Un guerrero de barba pelirroja del fondo le clavó los ojos a Silla y le enseñó los dientes con un gruñido espeluznante. El escuadrón de klaernar regruñó y se activó; algunos golpeaban las espadas contra los escudos, otros mordían el armazón.

—No te dejes intimidar por su bravuconería —murmuró Rey, rozando con su bota la de ella. El humo se desprendió de sus palmas y se acumuló sobre él—. El polvo de berskio les confiere fuerza, sí, pero también los vuelve imprudentes.

Silla tragó saliva y se preparó para el avance de los klaernar. A su lado, las llamas de Kálf cobraban vida. Pero antes de que el reducido grupo de galdra pudiera lanzarse al ataque, las dos docenas de guerreros se desvanecieron en el aire.

Una sonrisa malvada se dibujó en el rostro de Jonas.

—Los Elegidos de la reina están deseando probarse en la batalla.

OCHENTA Y DOS

—¡Son Sabuesos Oscuros! —susurró Erik, abriendo la posición mientras que Runný desaparecía de su vista.

—¿Cómo? —balbuceó Silla, rastreando las huellas en la nieve a medida que sus oponentes gruñones se acercaban—. ¿Cómo es posible? Solo son... klaernar.

—La reina tiene una nueva casta de guerreros —refunfuñó un rival invisible.

—Eso va en contra del orden natural de las cosas —dijo Kálf, apoyando el peso con cuidado sobre la pierna herida—. Sea lo que sea, la reina está jugando con asuntos que no debe.

—La reina Signe necesita armas para su arsenal —dijo Jonas—. Y tú, Silla, al parecer tienes mucho valor.

—No soy una arma que ella pueda utilizar a su antojo —soltó Silla mirando su fuego helado. ¿Era ese el motivo de que llevara persiguiéndola todo este tiempo? ¿Porque quería su espada? ¿O era por la otra bendición... el don que supuestamente le dio Sunnvald?

Jonas frunció el ceño.

—Ella ha llegado a esa misma conclusión. Y, como has demostrado ser más evasiva de lo que esperaba, la reina ha ordenado acabar contigo.

Los pasos estaban cada vez más cerca, los gruñidos vibraban en el aire.

—Trabajaremos juntos —susurró Rey a su lado, con el humo y los rescoldos enroscándose a su alrededor. Pero eran escasos, casi transparentes, en comparación con el torbellino de un rato antes; al parecer, Rey también tenía las reservas agotadas—. Haré que estos kuntas se muestren y luego los eliminas.

Rey levantó un delgado muro de humo que envolvió en nubes a varias figuras de atacantes. Silla cargó contra el más cercano, cortando carne y huesos con su espada de luz. Un aullido animal cruzó el aire, y el hedor a huevos podridos inundó rápidamente sus fosas nasales.

—¿Qué es ese tufo? —dijo Mýr atragantándose.

—Sale de ellos —murmuró Erik.

Aquel olor desencadenó un recuerdo... las palabras de una mujer muerta hace tiempo. El vial que tenía Skraeda —el que Silla estrelló contra la pared—. Olía a azufre, igual que aquellos hombres.

«Me han dicho que hay pequeños seres vivos en este líquido», le había dicho Skraeda. «Te los tragarás y vivirán en tu cuerpo mientras se alimentan de tu galdur y lo absorben en su organismo. Cuando se hayan atiborrado y se reproduzcan, te los extraeré y los introduciré en mi propio cuerpo, y tu magia será mía».

—Es Míkrób —murmuró Silla. Tenía que serlo.

Silla intentó recomponerse, pero su espada parpadeó y luego chisporroteó y se apagó.

Los klaernar cargaron contra ellos, soltando un delirio de rugidos y aullidos al colisionar contra los galdra. A su lado, Rey gruñó y cayó sobre la pierna izquierda. Le inmovilizaron los brazos y le colocaron las manos juntas en la espalda. Girando como un torbellino, Silla extrajo todo el galdur que pudo, pero apenas logró generar un ineficaz orbe de luz. Lo arrojó con un grito a la vez que se agachaba para esquivar el espadazo invisible de un klaernar que le pasó por encima de la cabeza. Cuando el orbe luminoso se estrelló contra el atacante de Rey, el guerrero gritó de dolor. Revolviéndose, Rey agarró a su oponente por el cuello de la armadura y le clavó la hévrit en la garganta.

Una pequeña flecha pasó cerca de la oreja de Silla.

—¡Son flechas inhibidoras de galdur!

Rey las esquivó a un lado y a otro con un fuerte gruñido. Antes de que Silla lograra extraer otro orbe, recibió un puñetazo en la mandíbula de un enemigo invisible. Cayó de espaldas, y el cráneo le estalló en un dolor palpitante mientras que el agresor se abalanzaba sobre ella. Los movimientos frenéticos del berserker no hicieron más que aumentar su pánico y Silla expresó todo lo que pudo... otro orbe desgarbado. Era muy débil, bastante tenue, aunque cuando se estrelló contra el klaernar que se le venía encima, le danzó por la piel y reveló sus ojos enloquecidos. El hombre gruñía y daba manotazos a la luz, intentando quitársela de encima, pero todo fue en vano. Los ojos del klaernar se salieron de sus órbitas cuando se atragantó con la punta de una lanza que sobresalía de su cuello.

La silueta de Runný brilló durante un breve segundo, justo antes de que una mano fantasma la ayudara a ponerse de pie.

—Gracias —susurró, mientras asimilaba la extraña escena que tenía delante: Rey y Kálf luchaban contra enemigos invisibles y Mýr se extraía una púa de skarpling del cuello.

La cabeza de Kálf cayó hacia atrás cuando se le clavó una púa en el hombro. Su látigo de fuego se extinguió y gritó alarmado.

Silla maldijo en voz baja, intentando hacer recuento. Silla, Rey y Runný contra… no sabría decir los klaernar que quedaban.

Rey recibió un golpe brutal que le hizo tambalearse y le dejó una comisura sangrando. Gritos salvajes sacudieron el aire, y Rey volvió a caer sobre la pierna izquierda. ¿Era un blanco premeditado? Un velo rojo nubló la visión de Silla.

—¡Dejadlo en paz! —gritó Silla, saltando sobre ellos.

El aire siseó junto a su oreja, la flecha de un arco impactó en la montaña nevada.

Silla se giró en busca de Jonas y vio una segunda flecha preparada apuntándola directamente. De repente, lo vio dar bandazos y rodar con un agresor fantasma. Pero, tras recibir un golpe rápido y brutal, la figura de Runný volvió a hacerse visible. Tenía los ojos cerrados y la cabeza a un lado, pero todavía respiraba.

Un klaernar la embistió y Silla esquivó el golpe letal. Por el rabillo vigilaba a Rey, que luchaba contra su oponente fantasma. Intentaba expresar con la mano libre mientras que con la otra golpeaba al hombre —¿o eran varios?—. Con un grito, Rey le dio un cabezazo en lo que debía de ser la cara del guerrero —un golpe húmedo precedió a un chorreo de sangre caliente—. Finalmente logro expresar, y atravesó con su puño rojo incandescente malla y carne, directo al torso de su agresor.

Y, en ese momento, ocurrió. Una púa alcanzó el cuello de Rey. El humo que salía de su mano se desvaneció al instante. Rey maldijo en voz alta y a Silla le dio un vuelco el estómago. Habían anulado su galdur.

—Si te mueves, acabo con él —gruñó Jonas; la flecha de otro arco apuntaba directamente a Rey.

La sangre tronaba en los oídos de Silla, bloqueando todo lo demás. Estaban rodeados... acabados... apenas le quedaba una gota de magia. El sonido de un arco le arrancó un grito, pero Rey se protegió con el cadáver de un klaernar usándolo como escudo.

El dolor atravesó a Silla cuando el lado ancho de una espada la golpeó en la muñeca. Antes de que pudiera reaccionar, su galdur se había agotado. Le inmovilizaron los brazos en la espalda y se los retorcieron hasta casi reventarle los tendones, y el dolor fue tan punzante y agudo que Silla gritó.

La envolvió el olor a cuero y hierro, y su ira alcanzó un nuevo nivel.

—Ricitos —dijo Jonas, arrastrando las palabras mientras tiraba de su brazo con tanta fuerza que sintió que le iba a partir un hueso.

—Vaya, veo que has aprendido algunos trucos nuevos. Pero, al parecer, sigues siendo igual de floja.

Ella forcejeó; la repulsión se enroscó en sus entrañas.

—No me toques, kunta.

Jonas gruñó y se apartó a un lado. El agarre se aflojó y Silla pudo liberarse; se lanzó directa a por una hévrit que había en el suelo cerca de ella.

—Ojos de Hacha —gruñó Jonas, quitándole la daga con empuñadura de obsidiana del muslo y arrojándola a un lado.

Silla se giró y caminó hacia Jonas.

De reojo vio la barbilla de Rey levantarse bruscamente por el puñetazo de un adversario fantasma, y Silla se dio cuenta de que se había quedado indefenso al no contar con su daga. Vio su cuerpo tambalearse a un lado y al otro, como si estuvieran golpeándolo. Eran demasiados... No los veía... No podía usar su galdur...

Esto llegaba a su fin. Aquí. Ahora.

Silla se volvió hacia Jonas, con la hévrit en la mano. Estaban solos en el manto de nieve, él con la montaña a su espalda. Se lanzó a por Jonas con una velocidad que él no se esperaba. Se tambaleó hasta que su espalda chocó contra una pared vertical de basalto negro. Hubo un rumor sordo sobre ellos, pero Silla atacó igualmente, canalizando la ira y el resentimiento en un golpe, y luego otro, y luego otro. Los movimientos que había practicado cada mañana con Rey le salían como un acto reflejo. Pero Jonas era más alto, mucho más fuerte, y le sacaba años de experiencia. Y cuando la ventaja de la sorpresa se agotó, Silla fue rápidamente superada.

Un trueno resonó en las alturas, desviando su atención por un momento fugaz. Pero Jonas no dudó. Con un golpe de espada, la hévrit de Silla salió volando por los aires, y ella siguió retorciéndose y esquivando, tambaleándose torpemente hacia atrás. Tropezó con una piedra y cayó al suelo.

—¡Qué dulce me va a saber esta venganza! —gruñó Jonas, caminando hacia ella—. Más dulce todavía sabiendo que al acabar con tu vida borraré la mancha negra del nombre de mi familia y recuperaré nuestras tierras.

El trueno sonó más fuerte, pero no terminó esta vez; era incesante y crecía con cada latido.

—Esta no es la forma de restaurar el honor de tu familia —le espetó Silla—. Tú les causas más vergüenza de la que pudiera causar tu padre.

Con un grito de rabia, Jonas cargó contra ella. Se giró. Pero ya era tarde.

Una vaporosa nube blanca devoró la cima de la montaña, los árboles y hasta el cielo sobre ellos. Hambrienta, destructiva e imparable, los engulló también. El polvo de nieve los envolvió y Silla se atragantó con su grito cuando la nieve le apedreó el rostro y el cuerpo. Y luego la golpeó de lleno: una pared de hielo gélido y asfixiante que la aplastó como si estuviera hecha de paja.

Después, solo hubo oscuridad.

OCHENTA Y TRES

Sunnavík

El ruido era interminable, sin principio ni fin. Saga no podía pensar, no podía moverse, solo podía aferrarse a sí misma e intentar sobrevivir. Un sollozo le trepó por la garganta, y se inclinó sobre la mesa acunando la cabeza entre las manos.

Intentó desesperadamente pensar: tenía que escapar. Pero los pensamientos no podían atravesar el sonido abrumador y absorbente. «Las salidas», pensó. «La... la salida del este». Pero estaba en la esquina opuesta del salón, al final de toda aquella gente, con todos esos pensamientos, empujando, presionando, bombardeando su cráneo.

«Estoy atrapada». Estaba atrapada. Sin escapatoria. Sin salida.

El pánico la atenazó, reteniendo el aire en su pecho. Iba a morir. Iba a morir aquí, rodeada de todas aquellas personas que habían traicionado y masacrado a su familia...

«¿Saga?».

La voz era débil en medio de los pensamientos que inundaban su cabeza, pero hubo algo que la hizo dudar. Una hebra de oro en medio de una franja tejida del negro más puro.

«Saga, ven a mí».

La voz sonó real y clara como una campana. Entonces la reconoció: era Eisa, de algún modo, entre esa noche de pesadilla. Una luz guía. Y ella siguió el sonido, adentrándose en su conciencia, con el salón festivo cada vez más distante. Estaba rodeada de oscuridad y, sin embargo, siempre había anhelado las sombras. Aquí había paz. Sosiego.

Saga tomó aire. Lo soltó lentamente.

Enderezó la espalda y examinó el espacio. En la más absoluta negrura, un resplandor lejano se volvía más grande y brillante con cada latido. Y, a medida que crecía, también lo hacía una silueta, su perfil cada vez más nítido. Era una mujer. Su cabello era una maraña de rizos salvajes.

—¡Saga! —exclamó la mujer, corriendo hacia ella y abrazándola con firmeza.

Saga le devolvió el abrazo, con sabor invernal a frío y a árboles perennes que le hicieron cosquillas en la garganta. El aroma que desprendían sus rizos envolvió a Saga con más fuerza incluso que su abrazo. Olía a los jardines de las noches de verano cuando se escaqueaban de su niñera para jugar un rato más. Olía a las mantas bajo las que se acurrucaban mientras su madre les contaba historias a luz de una vela. Olía a bollitos dulces y a róa, y a amor incondicional.

—Eres tú —susurró Saga, abrazando a Eisa más fuerte—. Eres tú, de verdad.

Su hermana pequeña, a la que llevaba añorando diecisiete años. Saga nunca se había atrevido a tener esperanza; nunca se había permitido creer. Pero esto era real. Ella era real.

Retrocedió para examinar el rostro de Eisa a la luz del fulgente resplandor: los ojos grandes y marrones enmarcados por pestañas espesas y unas pecas superficiales en el puente de la nariz. Repasó la cicatriz en forma de luna creciente en el rabillo del ojo de su hermana.

—Eisa —susurró—. ¿Cómo es que estás aquí?

Eisa arrugó el entrecejo.

—Yo... No lo sé. ¿Y cómo es que tú estás aquí?

—Yo... Me he refugiado en mi mente —dijo Saga—. Mi Sentido está descontrolado. Mis barreras, no puedo tejerlas.

La preocupación de Eisa aumentó.

—¿Has perdido el control de tu galdur?

Saga apretó los labios.

—Algo así. No puedo bloquearlo. El ruido es insoportable.

—¿Has bebido algo?

—Vino —respondió Saga y, entonces, se dio cuenta: la mirada engreída de Signe; que la copera la sirviera a ella antes que al rey—. La reina había echado alguna droga en el vino de Saga.

—El catalizador —exhaló Eisa, con los ojos muy abiertos—. Te han dado una droga que hace que tu galdur fluya sin control. A mí solo me ayudó a prepararme, pero tu galdur es mental. Me han dicho que funciona diferente según el tipo de magia.

Eisa se giró y se quedó mirando la luz detrás de ella.

—Dioses, Saga. Es tu Rito de Cohesión. —Eisa miró a Saga, con emoción manifiesta en su rostro—. Quizá los dioses me han traído aquí para ser tu anclaje.

—No entiendo una palabra de lo que acabas de decir.

—Tú nunca has unido tu mente y tu corazón —dijo Eisa—. Lo que significa que apenas tienes control sobre tu galdur. Cuando unas ambos, lograrás hacer cosas increíbles.

¿No le había dicho Ana algo parecido? Miró más allá de Eisa y percibió la jaula reluciente y dorada. La luz se esculpía en esbeltos barrotes que se arqueaban para unirse en la parte superior, y dentro revoloteaban unos pequeños seres extraños y palpitantes.

Eisa tomó la mano de Saga.

—Libéralos —susurró—. No te dolerá, te lo prometo.

A medida que se acercaban, identificó a las criaturitas cautivas. Le estalló un sollozo en la garganta y las lágrimas le escocieron en los ojos.

Dentro de la jaula había una bandada de pájaros de ala invernal.

Eran parte de ella, enjaulados todos estos años, esperando a que Saga los soltara. En cierto modo, tenía algo de cíclico, era legítimo. Esos pájaros eran el corazón de su ser; una parte de ella que no sabía que le faltaba.

—Reclama tu poder, Saga —la instó Eisa.

Saga estiró los dedos para alcanzar la delicada puerta dorada. La acarició y la abrió. Los pájaros desplegaron alas emplumadas de luz y salieron volando de la jaula. Libres al fin.

Saga jadeó. Una energía pura se precipitó dentro de ella y fluyó por sus venas como un río liberado de una presa. Cada parte de ella se sentía conectada; cada pensamiento, cada recuerdo, cada músculo, cada latido de su corazón se entretejía en miles —millones— de diminutos eslabones, y, en ese momento, Saga lo sintió todo.

En su fuero interno, algo antiguo bostezó, despertando de un largo sueño. El poder desenfrenado y eufórico de sus venas se fue amainando, acumulándose en una reserva que ondeaba detrás de sus costillas.

—Estás cohesionada, Saga —dijo Eisa, juntando ambas manos—. Puedo sentirte, hermana. Te percibo mucho más fuerte ahora... Y siento algo más. Algo extraño. —Eisa frunció las cejas.

Saga lo sentía también —una presión fría que la oprimía por todos lados, la necesidad de aire—. El terror.

—Eisa —murmuró Saga, la comprensión goteó por su columna vertebral como el agua fría—. No estás a salvo.

Eisa frunció el ceño.

—No, no lo estoy. —Se llevó la mano por la garganta—. No puedo respirar —susurró—. Oh, dioses... ¡La avalancha!

Saga vio recuerdos que no eran suyos —una espada de luz silbando en un cielo gris; un hombre rubio chocando de espaldas contra una pared vertical de roca; una muro de nieve que se derrumbaba.

A Eisa le brillaron los ojos y tomó a Saga por los codos.

—No puedo quedarme. Tengo que volver.

Saga abrazó a su hermana; lo hizo con pasión. Sola. Se quedaba sola otra vez. No podría soportarlo.

—Recuérdalo, Saga. —Eisa se alejaba—. Recuerda tu promesa.

Saga asintió. Le quemaba la garganta.

—Lo haré —dijo—. Vete. Cuídate.

Una niebla negra rodeó a Eisa, llevándosela a pedacitos, como arena al viento, hasta que no quedó nada.

El dolor impregnó a Saga, por la pérdida de algo que nunca había tenido realmente. Y en ese momento, la promesa que le había hecho a Eisa se convirtió en más que palabras: tenía un sentido. Saga se reuniría con Eisa, costara lo que costara.

La determinación cobró fuerza. Saga se evaluó a sí misma, indagando en el extraño remanso de poder de su pecho. Ruidos sordos se filtraban desde arriba y supo que su destino estaba ahí, en ese salón. Con aquella gente.

«Ha llegado la hora», pensó armándose de valor.

Lentamente, Saga salió de los pliegues de su mente hacia la luz, al ruido, al caos absoluto. Un muro sonoro la atravesó, tan intenso que la dejó sin aire en los pulmones. Saga parpadeó y se enfocó en el rostro de Yrsa, que la miraba con sus ojos marrones llenos de preocupación. Saga se dio la vuelta y vio la profunda arruga entre las cejas de Ivar. La conversación se había interrumpido y todas las miradas estaban puestas en ella. Aun así, los pensamientos la invadieron.

«... Poseída por los espíritus, es lo que está...».

«... Sabía que la chica no era normal...».

«... Una galdra de la mente, sin duda. Quizá resulte útil después de todo...».

La mirada de Saga se cruzó con la de Signe. Sus ojos pálidos en su cara pálida, enmarcada por el cabello rubio más pálido. Pero sus labios, teñidos de rojo por el vino, se curvaron en una sonrisa de victoria.

Y mil pequeños cortes sufridos a lo largo de diecisiete años se convirtieron en una herida abierta en carne viva. Saga odiaba a Signe más que a Ivar. Más que a Magnus. Más que a cada miembro de la nobleza que había traicionado a los Volsik. Ellos no fingían. Pero Signe, con sus sonrisas falsas y su belleza recatada, era la más vil de todos.

Una bestia dentro de Saga desplegó las alas y enseñó sus fauces. Era la oscuridad personificada, magnética. Empoderada. Con sus suaves aleteos, avivó las llamas de su ira.

Cada herida que Signe le había causado había esperado el día de hoy, este momento. Era hora de que ardiera.

La criatura que llevaba dentro respiró su rabia —su odio— y exhaló poder, puro y brutal. Miró a Saga y sonrió.

«Aquí estás, hija de Svalla. Llevo esperándote mucho tiempo».

OCHENTA Y CUATRO

El paso de Svangormr

Silla volvió a sentir un frío estremecedor. La presionaba por los lados; por arriba y por abajo, penetraba por su armadura lébrynja, se le filtraba por el cabello, oprimía los pliegues de sus orejas y los huecos entre los dedos.

Estaba atrapada.

Enterrada bajo una montaña de nieve, sin saber a cuánta profundidad. Por algún milagro, había una bolsa de aire alrededor de su cabeza. Pero era limitado. Ya empezaba a notar que cada respiración era un poco menos efectiva. Vio puntitos brillantes cuando probó a dar una patada con el pie y a mover los dedos.

Nada.

Estaba atrapada. Enterrada en una tumba de nieve.

Se tragó el pánico creciente mientras sondeaba su galdur, sacudiéndolo, arrastrándolo, dándole tirones. Solo logró extraer un parpadeo de luz.

Estaba seco.

—Oh, dioses —gimió intentando sin éxito controlar la respiración. Estaba atrapada, enterrada; iba a perecer en esa tumba de nieve. Silla no quería morir… así no. Y no quería abandonar a Rey. Dioses, Rey.

Silla estaba tan consumida por el pánico que no se percató de la extraña sensación que había sentido en el momento en que Saga había reclamado su poder. Le resultaba familiar, pero no propia. Lentamente, abrió un ojo y la miró.

«Te estaba esperando, hija de Svalla», canturreó una voz entre sombras y ecos.

Silla se sobresaltó. Conocía esa voz. De hecho, no podía olvidarla.

El pánico se enroscó en su garganta. No podía ser.

«Sí, soy yo», dijo Myrkur con orgullo. «He tenido que esperar mucho para que vosotras dos completarais vuestra magia. Al fin puedo satisfacer el trato que hice con Svalla».

La rabia invadió a Silla al recordarlo.

«La engañaste. Te aprovechaste de ella en un momento de desesperación».

«Svalla era dueña de sus propias palabras. "Una vida a cambio de otra", dijo. Ese fue el acuerdo hace mucho tiempo».

Le ardían los pulmones, la garganta, las extremidades. Enterrada. Estaba enterrada, desaparecida del mundo. Algo en su interior se quebró.

«Entonces, llévame», resopló Silla.

Sintió la irritación de Myrkur en su propio cuerpo.

«Una vida entregada no es lo que quiero».

«¿Y qué quieres?».

«Quiero jugar, querida Eisa. Déjame entrar en tu corazón y te salvaré».

«No», pensó Silla, invadida por la ira.

«Vaya», ronroneó Myrkur, deslizando sus garras por la espina dorsal de Silla con movimientos suaves y sinuosos. «Los mortales tenéis una pasión tan exquisita. Puedo liberarte de esta tumba de nieve. Déjame entrar, Eisa».

«¡No!».

«Entonces él morirá», dijo Myrkur, alimentando el pánico de Silla. «Si no me dejas entrar, Galtung morirá».

La mente de Silla se llenó de imágenes: Rey atado a una cama, con la carne de los brazos y las piernas desgarrada. La piel quemada, gimiendo, con la cabeza a un lado.

Su visión se volvió negra, salvo por los puntitos brillantes. Estaba cansada. Estaba muy cansada. Cansada de correr. Cansada de luchar.

«Le prometiste que os reuniríais», decía Myrkur, y la imagen del rostro de Saga apareció como un destello en su memoria.

«Recuerda tu promesa», sonó la propia voz de Silla. Cerró los ojos con fuerza y las lágrimas corrieron por sus mejillas.

«Ríndete», dijo Myrkur. «Y te lo pondré fácil».

Bucles embriagadores se desplegaron por su interior. Quería rendirse. Que todo parara. Pero ¿qué significaba entregar su corazón al dios del caos?

«¿Qué pasará luego?», preguntó. La cabeza le daba vueltas, veía el final más cerca.

«Tú déjame entrar. Saldremos de la nieve. Y luego, querida niña, les haremos pagar».

El hambre creció en su interior. Un hambre que llevaba almacenada mucho tiempo. Venganza y muerte: la sangre de los klaernar derramada sobre el hielo. Silla les cortaría la cabeza por su implicación en la caída de este reino; por cada alma perdida en un pilar; por cada mujer que había sufrido en sus celdas.

«Les haremos pagar, Eisa. Derramaremos su sangre».

Todo se desvaneció, salvo el persistente deseo de matar. Pero aún le quedaba una pequeña hebra de pensamiento racional.

«¿Qué ganas tú con esto?».

Myrkur se rio, con un sonido agudo y chirriante que se le clavó en el cráneo.

«Jugar», dijo. «Saborear la emoción humana».

«¿Y qué pasará con lo de una vida a cambio de otra?».

Myrkur ronroneó deslizándose por su columna.

«Mmm. Aún no he decidido qué vida quiero».

Las palabras eran confusas en la mente desconcertada de Silla. Se había quedado sin aire, y pronto moriría.

«Tienes que elegir, querida Eisa. Vivir o morir. Dejar que Signe gane o conseguir tú la victoria. Mantener la promesa a tu hermana o abandonarla, como han hecho todos los demás».

En el fondo, Silla sabía que ninguna opción era correcta. «A veces hay que rendirse para ganar», le vino a la mente con determinación sombría. ¿No le había dicho a Jonas que siempre elegiría luchar por Íseldur? ¿No le había prometido a su hermana que se volverían a ver? Y, aunque fuera un pensamiento cobarde, Silla no quería morir.

«Adelante», susurró.

Myrkur sonrió, con una sonrisa fría y llena de dientes.

Y así, Silla entregó el corazón de su magia al dios del caos.

OCHENTA Y CINCO

La avalancha barrió la montaña, devorando todo a su paso. Y, sin embargo, no tuvo el mismo alcance que la anterior; y ese era el único motivo por el que Rey seguía en pie. Pero en el punto donde estaba Silla hacía unos momentos no había más que blanco: un montículo compacto de nieve y hielo. Toda la maldita ladera se había desprendido.

Estaba indefenso. Estaba completamente indefenso, con las manos atadas a la espalda y su galdur anulado por esas púas del infierno. Sin embargo, el corazón de Rey seguía bombeando esperanza por sus venas. Su chica era una luchadora. Forcejeó para liberarse de las ataduras, desesperado por llegar hasta ella.

Pero los grilletes eran fuertes y, cada minuto que pasaba, la esperanza se desvanecía. El hielo lo arponeaba. Había sido demasiado bueno, demasiado dulce. Esas cosas nunca duraban, al menos no en su vida.

Era un pequeño consuelo que Jonas hubiera quedado enterrado junto a ella.

—¡Liberadme! —gritó Rey, con la garganta en carne viva y ardiendo, cuando vio a la docena de klaernar supervivientes deambulando entre los escombros, olfateando en busca de Silla y Jonas. Supuso que necesitaban un cuerpo para probar ante la reina que Eisa Volsik estaba muerta.

Los klaernar volvieron la cabeza en su dirección, pero continuaron con su búsqueda. Había pasado demasiado tiempo, Rey lo sabía en el fondo, pero no iba a renunciar a ella; no se rendiría. Se giró sobre su costado y dobló las rodillas hasta el pecho para llevar las manos atadas al frente. Examinó sus ataduras y maldijo internamente. Ese tipo de grilletes solo podía abrirlos una llave o un herrero.

El suelo retumbó, y su mirada voló hacia la cumbre, preparándose para otro alud. Sin embargo, la ladera de la montaña estaba en silencio, y las vibraciones parecían venir desde abajo, y cerca.

El manto blanco palpitó. Un montoncito de nieve se movió entre la acumulación de restos del alud, rompiéndose en una docena de pedazos más pequeños. El corazón de Rey latió con fuerza con la mirada fija en el montículo. ¿Había sido una ilusión óptica? ¿O la nieve compacta se había movido de verdad?

Rey acababa de convencerse de que había sido un espejismo cuando ocurrió. El mundo estalló en oscuridad. Los klaernar rugieron. Sus cuerpos salieron despedidos de la avalancha y la nieve cayó sobre Rey.

—Por las cenizas sagradas de los dioses, ¿qué ha sido eso? —murmuró Runný, incorporándose.

Tenía la cara hinchada, y pronto le saldría un enorme morado en el ojo. La única respuesta a su pregunta fue silencio: Mýr, Kálf, Erik y Hef yacían inconscientes cerca.

«Silla». Rey no quería expresar su esperanza en voz alta.

Un klaernar observaba al pequeño grupo, desenvainó la espada y empezó a golpearla contra el escudo mientras contemplaba la nube de fino polvo de nieve. Y, entonces, una silueta apareció entre la bruma, con una maraña de rizos volando detrás.

—Silla —jadeó, incapaz de respirar. Dioses, tenía que ser un milagro. Otro; aquella mujer tenía más vidas que un gato—. Un embrollo de emociones confusas reñía en su interior. Rey estaba furioso con ella por haberle asustado, y a la vez sentía alivio porque estaba viva. Ansiaba tocarla, para comprobar que era real.

—¡Libérame! —le gritó a Silla, poniéndose de pie—. ¡Déjame ayudarte!

Pero su rostro permaneció impasible; lo ignoró, y aniquiló al klaernar con un golpe brutal en el cuello, cercenándole la cabeza de los hombros. Cuando se volvió hacia su siguiente agresor, Rey frunció el ceño. El arma que llevaba en la mano no era su espada de fuego glacial. La llama de esta espada era negra como el aceite.

Y no solo eso. Sus movimientos eran sobrenaturales —sinuosos, suaves, imposiblemente rápidos— y mucho más avanzados de los que él le había enseñado. Luchaba con una habilidad increíble, con más fuerza y velocidad que los berserker. Y, cuando le rebanó la cabeza al siguiente guerrero, una sensación de frío se extendió por el cuerpo de Rey.

Algo iba mal.

Corrió a por un tercer y un cuarto klaernar, y les plantó cara a ambos. Rey la observaba, horrorizado y fascinado a la vez. Silla hizo un giro y se agachó. La espada negra cortaba como si fuera una extensión de su cuerpo. Se movía como si conociera los movimientos de sus enemigos, antes incluso que ellos. La sangre formó un arco en el aire, tiñendo la nieve de rojo. Un par de cabezas cayeron sobre el manto blanco, y sus cuerpos se desplomaron un segundo después.

Se volvió hacia él.

Rey respiró hondo. La misma cicatriz en forma de medialuna. La misma nariz respingona y la tez pálida. Pero en su cuello se extendían venas de color azul oscuro como ramas enredadas en busca del sol. Y sus ojos... sin luz. Completamente negros.

—Silla —murmuró dando un paso atrás—. ¿Estás bien?

—Sí —respondió, desde todos lados y desde ninguno a la vez—. Mejor que nunca.

Un escalofrío le recorrió la espalda. No era su voz. No era su Silla.

—¿Quién eres? —preguntó a la criatura con la piel de Silla—. ¿Qué le has hecho?

Rey dio otro paso atrás, maldiciendo por tener las manos todavía esposadas, aunque al menos las tenía delante. Ella se acercó, con la espada negra a un lado.

—Vuelve a mí, Rayo de Sol.

—Eisa te manda recuerdos —dijo la voz. Silla arremetió contra Rey, pero dio un traspié; Runný la había cogido del tobillo. Con un gruñido, se dio la vuelta y levantó la espada para golpear a la muchacha directamente en el cuello. Rey se abalanzó sobre ella y la derribó, le rodeó el cuello con las manos y la espada negra chisporroteó y se desvaneció en el aire. Ella gruñó como una criatura de la noche; su piel era fría y claramente ajena.

Silla levantó la rodilla y le golpeó con fuerza en la ingle. Rey gritó de dolor. Luego liberó un brazo, le dio un puñetazo en la nariz y le arañó el cuello. La púa de hindrio que Rey llevaba clavada en el hombro cayó al suelo nevado junto a la cabeza de Silla.

—Silla —gruñó intentando sacudirse el dolor. Rey la apretujó con su cuerpo, sujetándole el brazo libre con la pierna. Ella forcejeó para soltarse, pataleando y gruñendo como una criatura salvaje. Pero Rey contaba con la ventaja de su envergadura, y dejó caer todo el peso sobre ella.

—No la harás tuya —susurró Rey en el oído de Silla. Rey la tenía aprisionada con su cuerpo y su agarre en la garganta era implacable—. No es tuya para tomarla. —La culpa y la rabia peleaban por la supremacía, pero venció su determinación: lucharía por ella, como ella había luchado por él.

—¿Qué la ha poseído? —preguntó Runný—. ¿Cómo lo detenemos?

—No lo sé. —Rey jadeaba. Le dolían los músculos por la tensión de sujetarla, y el miedo aumentó cuando ella empezó a soltar un brazo. ¿Cómo podía someterla sin hacerle daño?

Vio la púa de skarpling en la nieve junto a su cabeza.

—Runný, tráeme una de esas púas sin usar, ¡y date prisa!

Silla le dio un cabezazo a Rey tan fuerte que le entrechocaron los dientes. Parpadeó para aclararse la vista, pero era demasiado tarde. Silla se había liberado y trataba de ponerse de pie. Rey se abalanzó de nuevo sobre ella, pero ella saltó hacia atrás, y una vela larga de llama negra se formó de la nada.

—Mierda —murmuró Rey, retrocediendo.

Los labios de Silla se curvaron en una sonrisa malévola mientras avanzaba en dirección a Rey. Pero se detuvo de repente, y en su rostro apareció una mueca de confusión. Se llevó la mano al cuello y se quitó la púa de skarpling. Despacio, Runný se apartó.

—¡No! —gritó la criatura dentro del cuerpo de Silla, y la espada de llama negra parpadeó antes de desaparecer por completo.

Rey estaba acostumbrado a cometer actos oscuros por el bien común. Así que no lo dudó. Tumbó a Silla en el suelo. Apretó las manos alrededor de su garganta, la misma que esa mañana había colmado de besos. Los movimientos de Silla perdían fuerza, los ojos negros se le salían de las órbitas mientras luchaba por respirar. Acercó los labios a su oído y le susurró: «Lo siento, Rayo de Sol. Perdóname». Silla dio una última sacudida con las manos antes de que sus ojos se volvieran completamente negros, y no volvió a moverse.

Rey se desplomó junto a ella, y estalló el sollozo angustiado que tanto había reprimido.

OCHENTA Y SEIS

Sunnavík

«Hija de Svalla», dijo la voz en la mente de Saga, «he estado esperándote».

Ella parpadeó. Aquella cosa extraña alargó sus garras estirándolas con satisfacción. ¿Era su galdur? ¿Un ente vivo que hablaba?

Cuando reclamó su poder desde la reluciente jaula de pájaros de ala invernal, lo sintió como parte de su ser. Pero esto... Esto era decididamente distinto. Era de otro. Ojalá Eisa estuviera aquí; ojalá pudiera preguntarle a alguien. En vez de eso, Saga tenía enfrente a un salón lleno de personas que la miraban con aversión.

«Juntos», dijo la cosa, «haremos que paguen. ¿Te gustaría, Saga?».

La rabia de Saga ardía con más intensidad, con una fuerza exquisita. Llevaba muchos años sintiéndose indefensa. Obligada a cumplir.

«Déjame entrar, Saga, y acabaremos con esto juntos».

«¿Entrar?», pensó, confundida. Saga sentía a aquella criatura en su interior, paseando de un lado a otro.

«Haremos que paguen», dijo la cosa. La rabia de Saga se encendió al mirar las mesas de celebración. Una sala entera llena de traidores y mentirosos que la miraban como si hubiera hecho algo malo.

—¡Apresadla! —gritó Signe, poniéndose en pie. Los guardias en cada esquina se movilizaron, y a Saga le latió el corazón frenético.

«Te llevarán a las mazmorras», dijo la voz. «Luego al pilar. Lo convertirán en un espectáculo, como hicieron con tus padres».

En el fondo de la garganta de Saga se formó un sollozo. Pensó en su madre y en su padre. En Ana y en su hermana pequeña. Tenía a los guardias encima, le agarraron los brazos y se los retorcieron detrás de la espalda.

«Déjame entrar y yo los detendré. Déjame entrar y vengaremos a tus padres y a Ana. Y a la pobrecita Bryndís».

Vio la imagen del cuerpo quebrado de una niña en su mente como un destello, y la ira y la repulsión se revolvieron en su interior.

«Sí», pensó Saga, aturdida y seducida. Saboreó la venganza en la lengua, pero no era suficiente.

—¡Signe! —estalló Ivar—. Explica qué está pasando aquí.

—Es galdra —exclamó Signe—. He puesto una droga en su copa y le está haciendo efecto.

—¡Madre! —gritó Yrsa—. ¡Seguro que os equivocáis!

El rey miró con dureza a Saga, como si buscara pruebas. El miedo cruzó su rostro y, rápidamente, se convirtió en furia.

—¡Lleváosla de aquí! —ordenó a los guardias mientras retrocedía. Alejaron a Saga de Ivar, pero Yrsa los seguía desde el otro lado de la mesa, discutiendo con ellos.

«Podemos vengar a todos los inocentes que han asesinado», dijo la cosa, rasgueando las venas de Saga. «Les haremos daño». La cosa hizo una pausa y extendió una lenta sonrisa. «Podemos hacer que la reina sufra más que los demás».

Un feo sentimiento se extendió por el cuerpo de Saga. Pensó en la fábula de Signe —la del gato y el ratón—. «Yo soy el gato», había dicho ella. «Devoro a las criaturas curiosas».

Saga clavó los pies en el suelo y detuvo el avance de los guardias.

—No soy un ratón —chilló Saga por encima de su hombro. Su mirada saltó de los ojos azules desorbitados de la reina a los fríos y duros ojos de Ivar—. Ni tampoco una presa.

«Déjame entrar, Saga», ronroneó la voz, cuando los guardias tiraron de ella para hacerla continuar.

—Yo —gruñó Saga— soy un depredador. Y no volveré a vivir enjaulada. «Adelante», le dijo a la voz, y renunció al control.

Bebió de su esencia, le extrajo hasta la última gota, luego... algo cambió. Se rompieron los vínculos, se reorganizaron y se forjaron de nuevo en algo que ya no era de ella, sino de otro. En lugar de un remanso de suaves ondas detrás de su esternón, había un torrente furioso de poder corriendo por sus venas —algo que no podía domesticar porque era el caos mismo—. Era meramente un recipiente para este nuevo poder: la destrucción personificada.

Derribó a los guardias de un papirotazo y, cuando Saga se volvió hacia el rey y la reina, vio algo bajo sus guantes. Se los quitó y miró con asombro el azul oscuro de sus venas, como tinta en el agua.

—¡Apresadla! —gritó Ivar, aunque sonó extrañamente distante. El rey dio un paso atrás, pero Yrsa se quedó paralizada, con los ojos como platos mirando el tono azul oscuro de las venas de Saga.

El cabello de Saga se elevó, enrollándose como la corona que le debían. La corona que le habían arrebatado.

«Son tuyos», susurró la criatura. «Pagarán».

En su interior se formó una ola, alta y poderosa como un tsunami. Siguió creciendo y enroscándose, volviéndose más potente a medida que ganaba altura e impulso. La tensión era insoportable, la energía se clavaba en sus venas. Las manos de Saga quemaban como piedras de lava abrasadoras, secas y con un calor insoportable.

Y, luego, exhaló. La bestia rugió. La ola alcanzó su cresta. De sus manos salió fuego. Y el salón quedó envuelto en oscuridad.

Una llamarada prendió cada rincón del comedor, chamuscando las paredes y sacudiendo los cimientos del palacio.

Con idéntica rapidez, la llama se extinguió y la luz entró en el salón por las ventanas y las antorchas del pasillo. El aire olía a quemado, como después de una tormenta eléctrica. Cayeron piedras del techo que llenaron de polvo el salón. Hubo silencio, pero solo duró un instante.

A continuación, empezaron los gritos. La gente corría por la sala, había cuerpos amputados y destrozados por doquier.

«Lo has hecho bien», dijo la voz con un bostezo.

Su aprobación la llenó de orgullo. Lo había hecho… había hecho que pagaran.

«Ahora que tú y tu hermana habéis despertado, nos divertiremos… mucho más de lo que podáis imaginar. Pero ahora toca descansar».

La bestia se acurrucó y descansó la cabeza sobre sus patas.

Saga se sintió exhausta, y apoyó la cabeza en la mesa del banquete. Y mientras se dormía, la oscuridad volvió.

OCHENTA Y SIETE

Kopa

Silla soñó con la oscuridad —con nieve asfixiante y un pacto que había salido mal—. Soñó con una criatura que le acariciaba la columna vertebral y le susurraba ideas malvadas al oído, con una espada de llama negra y con las manos de Rey rodeándole el cuello. Cuando despertó, solo encontró más oscuridad.

Sin embargo, al parpadear, la oscuridad se aclaró con los pliegues curvos de suave lino que colgaban de un dosel. Silla miró alrededor, desorientada. Estaba en un cama, envuelta en una manta del tejido más suave y lujoso que había acariciado jamás.

Se puso de lado y la cabeza le palpitó en señal de protesta. Las paredes de la habitación estaban talladas en piedra negra, el suelo era un mosaico de azulejos negros pulidos. Braseros dorados ardían en cada rincón, y de las paredes colgaban los tapices más finos, pero a Silla no le importaba nada de eso. Porque tenía delante a Reynir Galtung, con su cuerpo fornido desplomado en una silla. Llevaba una túnica azul y pantalones negros, y una hevrít enfundada sobre las rodillas. Cuando dormía, su rostro era más dulce, casi infantil. Sus largas pestañas negras se extendían por su piel morena y tenía los labios levemente entreabiertos. Pero cuando observó el extraño ángulo de su cuello, Silla frunció el ceño.

—¿Por qué no estás en la cama, tontorrón?

Rey levantó la cabeza y la miró aturdido durante varios segundos. Al instante, se levantó de un brinco y desenfundó la hévrit antes de que a ella le diera tiempo a pestañear.

—¿Qué estás…? —Silla se puso de pie, con el vello de la nuca erizado—. ¿Qué haces? ¿Qué pasa?

Rey escrutó su rostro con frenesí, y a Silla le dio un vuelco el corazón.

—¿Sigue ahí? —preguntó—. ¿Lo... lo sientes?

Silla arrugó la frente, intentando entender sus palabras.

—No sé a qué te refieres.

Rey dejó escapar un largo suspiro.

—Tus ojos —dijo, con tono incrédulo—. Son normales. —Se acercó a la cama, pero se quedó a un paso—. ¿Estás herida? —preguntó mientras guardaba la espada en la funda.

Silla evaluó su cuerpo y no encontró nada fuera de lo común.

—Solo estoy cansada —murmuró—. ¿Qué ha pasado? ¿Por qué has sacado la espada?

—¿Es que no te acuerdas? —Rey se cruzó de brazos—. Puede que sea lo mejor. —La miró con preocupación—. ¿Qué es lo último que recuerdas?

Silla se abrió camino entre la neblina que le embotaba la cabeza, intentando recordar qué había sucedido exactamente. Las serpientes, y luego los klaernar. Y Jonas.

Frunció el ceño. Y le vino el recuerdo de la ladera de una montaña desprendiéndose y cayéndole encima. Silla se llevó la mano a la boca. Se había quedado atrapada. Sin escapatoria. Enterrada viva. Debería estar muerta. Tendría que haber muerto.

—La avalancha —dijo—. ¿Cómo salí de allí? —Aquellas pesadillas borrosas se iban haciendo vívidas por momentos. El pacto con el Oscuro. La explosión de nieve. Su espada cortando cuerpos, una vez, y otra, y otra...

Se le subió la bilis a la garganta.

—Era real —dijo con un grito ahogado—. Myrkur. El pacto de mi madre...

—Así que era el Oscuro —murmuró Rey—. Estaba claro que algo había poseído tu cuerpo. Tú... no eras tú misma.

Otro rostro le vino a la memoria. Trenzas negras serpenteando en la nieve, unos ojos oscuros muy abiertos en el rostro pálido de una mujer. El estómago vacío de Silla se revolvió.

—Runný —murmuró—. Oh, dioses. ¿Ella está...? ¿Acaso yo...?

—Runný está bien. Te clavó una púa de skarpling. Parece ser que la sustancia que llevan impregnada para anular el galdur funciona también con la magia de Myrkur.

—Necesitaba acceso —dijo Silla aturdida—. No podía acceder a mi corazón por sí mismo; tuve que darle permiso. —Cerró los ojos. Tomó aire para calmarse—. ¿Crees que sigue ahí? No puedo sentirlo.

Rey empezó a caminar dando vueltas por el reluciente suelo negro, pero no respondió a su pregunta.

—Te llevé en mi caballo a Kopa. El jarl Hakon lo preparó todo para nosotros, una ejecución y a la vez un cambio de guardia en los muros, suficiente para cruzar Kopa sin llamar la atención y llegar a las puertas de Ashfall.

—Ashfall —repitió Silla aturdida. La fortaleza excavada en el volcán. Pero entonces, su mente retrocedió varios pasos.

—¿He dormido todo el camino hasta Kopa? Eso son... —Intentó contar los días, pero se rindió.

—Siete días —dijo Rey—. Avanzamos muy rápido.

A Silla le daba vueltas la cabeza. Siete días. ¿Cómo era posible?

—¡Oh, dioses! ¡Saga! Tenemos que... —Silla apartó las mantas e hizo ademán de saltar de la cama, pero una mano firme en el hombro la frenó. Rey se arrodilló frente a ella, le tomó la mano y la apretó con suavidad. La miró a los ojos, y a Silla le dio un vuelco el corazón.

—¿Qué pasa? —preguntó, con una mezcla de miedo e inquietud.

—Hemos tenido noticias de Sunnavík —dijo Rey en voz baja—. Hubo una explosión.

Se llevó la mano libre a la boca.

—¿Está herida? ¿Está...? —Silla no pudo terminar el pensamiento.

—No lo sabemos —respondió—. Los uppreisna tienen confidentes en el castillo que nos pasan información. Nos han confirmado que la princesa Yrsa ha muerto, y que la reina y el rey han sufrido heridas, aunque están fuera de peligro. Pero a Saga no la han encontrado.

Silla exhaló lentamente, mientras asimilaba la información.

—No la han encontrado. ¿Eso qué significa?

Rey le apretó la mano y la miró.

—Te acabas de despertar. ¿Pido que te traigan algo de comida? ¿Un poco de pan, quizá?

Silla frunció el ceño.

—Dímelo, Galtung.

Él tensó la mandíbula, pero continuó.

—Está desaparecida. No hay rastro de ella en el castillo de Askaborg. Ivar —arrugó la frente— la acusa de colaborar con los zagadkianos para intentar asesinarlo.

Silla abrió los labios y suspiró con incredulidad.

—¿Crees que es cierto? —Saga. Su bella e ingeniosa hermana.

—No lo sé. Dicen que han registrado cada rincón del castillo, tanto con hombres como con sabuesos. No la han encontrado. Nuestros informadores nos han dicho que el compromiso de Saga con el príncipe Bjorn se canceló recientemente por alguna indiscreción de ella. Fue durante su fiesta de compromiso con… Magnus… cuando se produjo la explosión.

Silla se dejó caer en la cama, la cabeza le daba vueltas.

—¿Y si escapó? —preguntó con asombro—. La última vez que hablamos por telepatía la guie en su Rito de Cohesión. Le habían puesto el catalizador en la copa de vino. —Le falló la voz—. Si hubiera planeado asesinar a Ivar me lo habría dicho. Y seguro que si la tuvieran los uppreisna te lo habrían contado los informadores. —¿Pero eso dónde dejaba a Saga? El corazón de Silla latía con miedo y cauta esperanza—. Tengo que contactar con ella mentalmente y confirmar que está sana y salva. —Cerró los ojos y buscó en los pliegues más recónditos de su mente, en el punto en que había hablado con Saga en dos ocasiones. Pero mientras sondeaba su interior se dio cuenta de que no lograba sentir el corazón de su magia.

Silla abrió los ojos de golpe; la invadió el pánico.

—No puedo sentirlo.

Rey se pasó una mano por el pelo y su mirada se volvió distante.

—¿Reynir?

Él hizo una mueca y se pasó la lengua por los dientes.

—Por tu propia seguridad, te estamos administrando dosis con esas púas.

La indignación se acumuló en su interior.

—¿Que estáis haciendo qué?

—Hay quien propuso encadenarte a la cama con esposas de hindrio. A mí me pareció que esta solución era menos agresiva.

Silla abrió la boca, y la cerró de golpe. Le vino a la mente la visión de los klaernar decapitados y respiró para calmarse.

—Lo entiendo —murmuró—. Una decisión inteligente por tu parte. Pero ahora... ¿No puedo acceder a mi galdur?

Él negó con la cabeza.

—¿Y qué pasa con Saga? Tengo que contactar con ella.

—Rayo de Sol, es demasiado peligroso —dijo Rey con inquietud—. Si supieras lo que tuve que hacer... Seguro que algo recuerdas. —Suspiró hondo. Le sostuvo la mirada con firmeza—. Será solo temporal, hasta que sepamos cómo liberarte del pacto.

—¿Y qué pasa con Saga? —De sus ojos brotaron lágrimas de frustración. Tantas semanas de entrenamiento para rescatarla. Y ahora que estaban en Kopa, con la ayuda del jarl Hakon, Saga estaba en paradero desconocido. Era irritante... exasperante.

Rey le acarició el mentón y le secó una lágrima de la mejilla con el pulgar.

—No podemos hacer más que esperar. A que lleguen más noticias de Sunnavík.

Otra lágrima le resbaló por la mejilla.

—¿Y si le ha pasado algo?

Él la miró fijamente, y la determinación de su mirada alimentó la fuerza de Silla.

—Creo que nuestros informadores lo sabrían ya. Pero si le han hecho algún daño, lo pagarán con sangre.

Lo miró el tiempo que dura un latido, y luego lo atrajo a la cama y le dio un beso en los labios.

—¿Me lo prometes? —susurró retrocediendo.

—Te lo juro.

Y así, la tensión se disipó y Silla estalló en una carcajada.

—Tú y tus juramentos.

Analizó el rostro de Rey una vez más y pasó las yemas de los dedos por su ojo morado en proceso de curación, por el corte de la ceja y por el hematoma del cuello. Tenía ojeras, y el pelo y la barba con falta de un buen corte. Era evidente que el hombre no se había preocupado de sí mismo.

—¿Por qué no estás en la cama? —preguntó.

Rey hundió las cejas, dejándole ver la versión amansada de sus «ojos de hacha».

Un escalofrío le recorrió la columna.

—Ven aquí, hombre obstinado —le ordenó Silla—. ¿Va a ser así en adelante? ¿Voy a tener que obligarte o vas a venir por tu propio pie?

Él sonrió prudente y a Silla le canturreó el corazón. Le hizo un lado y él se tumbó en la cama, y su enorme cuerpo hundió el colchón de plumas. Silla se acomodó, se encajó en el hueco de su brazo y acarició su pecho cálido con la mano.

—Temía por ti —admitió Rey—. No sabía si volverías a ser... otra vez tú cuando despertaras.

—Sí, definitivamente soy yo —dijo Silla, sondeando su interior una vez más—. No siento al Oscuro. Ni tampoco mi magia. —Frunció el ceño. Era como si le hubieran amputado una parte esencial de su ser. Volvió a centrarse en Rey, en el apaciguador latido de su corazón bajo su túnica de lana. Poco a poco, fue notando cómo los músculos se le relajaban, como si los hubiera tenido en tensión hasta ahora.

Silla intentó ordenar sus pensamientos.

—¿Qué pasará ahora? —preguntó, sin tener claro que quisiera saber la respuesta.

Rey cerró los ojos.

—Esperaremos —dijo—. Tarde o temprano, se confirmará el paradero de Saga. Mientras tanto, tú descansa. Recupérate del Paso de Svangormr. Tenemos que averiguar todo lo que podamos de Myrkur y sus tratos. Si el rey Hrolf verdaderamente hizo lo que describiste de aquella visión, alguien tiene que saber algo.

Silla se mordió el labio, perdida en sus pensamientos.

—¿Y la Hermandad del Hacha Sanguinaria?

Suspiró hondo.

—Todavía no han tenido suerte en Istré. Me temo que el trabajo es más complicado de lo que pensábamos. —Rey se aclaró la garganta—. El jarl Hakon quiere conocerte. Quiere... hablar de algunos temas.

Silla le transmitió su preocupación con solo mirarlo. Él le pasó el pulgar con la mandíbula, suavizando en parte su angustia.

—Pero será más adelante —dijo—. Todo puede esperar hasta mañana.

Rey acomodó la espalda y Silla se acurrucó más. Pronto se perdió en los pensamientos. Los problemas de Istré. La reunión con el jarl Hakon. Un intento de asesinato de Ivar y ahora Saga desaparecida. Por no hablar del maldito trato que vivía en su cuerpo.

—¿Rey? —dijo Silla bajito.

—¿Mmm?

—Todo está a punto de cambiar, ¿verdad?

Rey respiró hondo.

—Así es —dijo con voz de cansancio.

Rey buscó la mano de Silla que descansaba sobre su pecho y entrelazaron los dedos. Él era cálido y fuerte. Su sostén en este mundo que se caía a pedazos.

—Juntos —susurró Silla.

—Juntos —respondió Rey.

OCHENTA Y OCHO

En algún lugar desconocido

El olor fue lo primero que trajo de vuelta a Saga: a madera nueva y a lana, y a la sal del océano. Luego fue la calidez: el suave roce de una manta, el pelaje despeinado contra su mejilla. Y por último el sonido: las aguas turbulentas, el crujido de la madera, las voces amortiguadas desde arriba.

Con los ojos completamente abiertos, la mirada de Saga se posó en los paneles de madera del techo. El corazón se le aceleró. ¿Y su dosel carmesí? ¿Y el olor a piedra húmeda y a leña quemada? Poco a poco, fue comprendiendo.

«No es Askaborg». Sonaron campanas de alerta. «Peligro. No es seguro». Se incorporó, e hizo una mueca al notar el violento latido de las sienes.

—Te has despertado —dijo una voz grave masculina en aquella misma habitación.

Ella retrocedió sin coordinación hasta que su espalda chocó con la pared. Todo daba vueltas y sentía como si tuviera cuchillos clavados en el cráneo. Los recuerdos le vinieron de golpe: la fiesta, el vino adulterado, Eisa y la jaula de luz ondulante.

La explosión.

Dejó escapar un sonido grave y fiero. Se le encogió el pecho, marcando el inicio de una crisis inminente.

—Ala Invernal —dijo la voz, la silueta acercándose.

—Kass —susurró, jadeó, el pecho se le constreñía más y más. «No es seguro», coreaba su mente. «¿Dónde están las salidas? Tengo que escapar…».

—Respira, Saga —dijo Rurik, con voz suave y tranquilizadora—. ¿Puedo tocarte?

Ella asintió, y centró la mirada en sus ojos verdes mientras luchaba por respirar —los ojos que llevaba días buscando—. Pero no estaban allí. Él no estaba allí.

Pero ahora estaba aquí.

Mientras deslizaba su enorme mano por el hombro de Saga y le daba toquecitos en la espalda con los dedos, una frase se repetía en bucle en su mente.

—No me has abandonado —suspiró—. No me has abandonado.

Sus toques se detuvieron y luego se reanudaron.

—Por supuesto que no te he abandonado. —Rurik murmuró algo en zagadkiano—. ¿Acaso pensabas...?

El pánico que había mantenido a raya estalló e inundó a Saga. La garganta le quemaba con cada bocanada de aire, la habitación daba vueltas a un ritmo vertiginoso. Estaba abrazada a un cuerpo cálido y robusto.

—Respira, Saga —susurró en su pelo, apenas perceptible por los ensordecedores latidos de su corazón—. Estás a salvo. Ya estás a salvo.

«No es seguro», contradecía su mente mientras que su cuerpo se preparaba para huir. «Peligro. Escapa. Busca las salidas». El tiempo se volvió confuso, pero su calidez era constante. El roce de sus dedos y su zagadkiano sinsentido se entrelazaban, creando una nueva sensación: seguridad.

Estaba a salvo.

Porque él había vuelto a por ella.

Poco a poco recuperó la capacidad de respirar y el pulso se le calmó. Por fin, Saga se enderezó y miró a Rurik. Aturdida, le acarició la mejilla con los dedos.

—Eres real. —La voz le salió aguda y débil—. Todo el mundo me abandona. Pero tú no lo has hecho.

La oscuridad se acumuló en sus ojos, un gruñido bajo resonó en sus costillas. Rurik la atrajo a su pecho.

—Ya no tendrás que preocuparte por eso, Ala Invernal. —Le clavó con fuerza las yemas de los dedos en las caderas, y luego aflojó el agarre con una exhalación lenta—. Yo te protegeré a partir de ahora.

Se permitió aspirar su olor —a enebro y a salvia, a frescor y a hierbas—. Era real. Esto era real. Estaba a salvo. Pero en este espacio, este nuevo lugar lleno de incertidumbre, Saga se sintió vulnerable.

—Háblame de la habitación —susurró cerrando los ojos.

Los latidos de su corazón le parecían extrañamente erráticos y, por un segundo, se preguntó si algo andaba mal. Pero, cuando habló, su voz era calmada.

—Es la habitación más bonita del barco. Una cama, una puerta y una ventana con hermosas vistas a la nada.

—¿Y la gente? ¿Me verán?

—Nadie va a venir a verte, Ala Invernal, solo yo. Está Rovgolod a bordo, y la druzhina y la tripulación. Por desgracia, todavía no ha saltado por la borda.

Despacito, abrió los ojos y examinó el entorno. Como le había dicho, era un espacio pequeño, con una cama individual, una mesita y una silla apoyada en la pared. Estaba demasiado cansada para el humor. Demasiado exhausta para cualquier otra cosa que no fuera honestidad.

—Gracias —murmuró—. Por no hacerme sentir una carga.

Rurik resopló, y la abrazo con más fuerza.

—Odio esa palabra, Saga. «Carga». No quiero oírte decirlo nunca más.

Tensó los músculos y, cuando los relajó, Saga se apartó para estudiar su rostro. Las ojeras y su tez pálida hablaban dejaban entrever una versión menos sosegada de Kassandr Rurik. Muy parecida a la noche de la fiesta de cumpleaños de Yrsa: Rurik tenía los ojos demasiado brillantes y su comportamiento era extrañamente inquieto.

—¿Estás bien? —acabó por preguntarle, mientras deslizaba sus dedos por su barba incipiente, pero los retiró. Pronto estaría en Midfjord, y él en Zagadka, y el beso del jardín no sería más que un recuerdo.

Rurik giró el cuello.

—Dentro de poco estaré en suelo zagadkiano y todo volverá a estar bien.

¿Significaba eso que ahora no era así? Las preguntas se le agolpaban en la lengua, pero se las trago. En su lugar, preguntó otra cosa.

—¿Qué pasó en Sunnavík? ¿Y cómo he llegado hasta aquí?

Rurik se pasó una mano por el pelo y se lo apartó a un lado.

—Rov quería que nos marcháramos, pero yo —hizo una pausa— le convencí para esconder un bote y volver. No pude dejarte ningún mensaje, Saga. Pusieron demasiadas trampas. Y nosotros pusimos las nuestras para la noche del banquete. Pero la explosión nos obligó a cambiar los planes. —Rurik la miró con tanta intensidad que Saga sintió escalofríos por la columna vertebral—. ¿Qué pasó, Ala Invernal?

Saga tragó saliva y se le aceleró el pulso. Estaba a salvo. Estaba a salvo en este espacio desconocido, a salvo con él. Respiró hondo y luego le contó todo lo que había ocurrido desde la fiesta de cumpleaños de Yrsa: su compromiso roto con Bjorn, cómo estuvo a punto de saltar del balcón, la comunicación telepática con Eisa y la explosión de la fiesta.

Mientras hablaba, Rurik le acariciaba la espalda, arriba y abajo, y percibió una sacudida en él cuando mencionó su compromiso con Magnus y su tentativa de suicidio.

Saga probó internamente a buscar aquella cosa, pero no había rastro. Se preguntó cómo habían salido sus deseos más oscuros y viles a la superficie, hasta causar caos y destrucción. Muerte y venganza. Si era cosa de su galdur, Saga no lo quería.

—Rov y yo corrimos al salón de celebraciones cuando la explosión hizo temblar el castillo —explicó Rurik, sacando a Saga de sus pensamientos. Se puso de pie y empezó a caminar por el escaso pasillo—. Encontramos muchos cadáveres. Columnas derruidas. El techo desmoronado y cayendo a trozos.

Saga se llevó una mano temblorosa a la boca. Lo había provocado ella. Había matado a gente; tenía sed de su sangre...

—Te sacamos de la mesa principal. Ivar yacía ensangrentado a tu lado. La *printsessa* Yrsa... —Se le tensó la mandíbula.

El ácido quemó el estómago de Saga.

—¿Ella está...?

—No podría haber sobrevivido.

Las palabras se le clavaron como cuchillas atravesando su esternón. Saga empezó a jadear para combatir las náuseas. Yrsa. Había matado a Yrsa. A Yrsa, que estaba de pie delante de ella pidiendo clemencia, pidiendo a los guardias que la liberaran. Oh, dioses. «Oh, dioses». ¿Qué había hecho?

—No encontramos a Signe ni a Bjorn —continuó Rurik—. Era imposible ver. Te rescatamos y nos fuimos corriendo de allí.

—Yo no quería que eso pasara. —«¡Mentira!», gritó su mente. Había deseado su muerte. Había deseado que pasara—. Perdí el control...

—Lo entiendo —dijo Rurik, tomando su mano y pasando el pulgar por sus cicatrices. Le dio un apretón—. Más de lo que crees.

Saga se mordió el labio, intentando digerir sus palabras, pero solo podía concentrarse en su tacto. Cuando Rurik aflojó el agarre para darle la vuelta a su mano, se sorprendió al ver que no había carne quemada, ni rastro de las llamas que habían salido de ella. Rurik le cerró la mano y la volvió a estirar y Saga siseó entre dientes.

—Está hinchada. Haré que te preparen una compresa fría.

Rurik se llevó la mano de Saga a los labios y acarició la marca del oso de fauces abiertas. Ella lo miró a los ojos fijamente.

—¿Y si vuelve a ocurrir?

—Entonces te ayudaré a superarlo antes de que te descontroles. Y, si no, tengo esto. —Metió la mano en el bolsillo y sacó una botellita con un tapón—. Son semillas —dijo, con un brillo travieso en los ojos.

Saga lo observó. ¿Cómo podía ser Rurik tan indiferente ante el peligro que acechaba en el interior de Saga? ¿Y qué pasaría si la dejaba en Midfjord y él seguía hasta Zagadka? ¿Y si le pasaba otra vez?

—¿Cuántas noches faltan para llegar a Midfjord? —preguntó tímidamente.

Antes de que pudiera responder, alguien llamó a la puerta y a Saga se agarró al antebrazo de Rurik.

—Solo es la cena —murmuró Rurik.

Muerta de vergüenza, Saga aflojó su agarre.

Pero la sola mención de la comida hizo que su estómago gruñera, y Rurik sonrió como respuesta.

—Voy a por ella. —Se alejó de Saga despacio y cruzó la habitación, protegiéndola de posibles miradas mientras intercambiaba unas palabras en voz baja con la persona al otro lado de la puerta. Cuando Rurik regresó con una bandeja en la mano, sus ojos parecían brillar.

—Come, Ala Invernal —dijo Rurik, colocando la bandeja sobre la mesa. Saga se deslizó ansiosa hasta el borde de la cama, inspeccionó el cuenco de sopa y el pan. Rurik empezó a caminar de extremo a extremo de la habitación.

—Cuando recuperes fuerzas, si te sientes valiente, quiero enseñarte algo que tengo en el casco del barco.

Saga levantó la cabeza. Había algo en su mirada: picardía y entusiasmo, y ese extraño nerviosismo.

—¿Qué es?

—Es... una sorpresa para ti. —Rurik giró el cuello y se rio al ver su ceño fruncido—. Ya te encuentras mejor. Bien. Echaba de menos tu fuego.

Mientras comía en silencio, Saga repasó cada rincón de la habitación. Parecía que ya había empezado a acostumbrarse a ese espacio y que su pánico inicial se había suavizado hasta convertirse en una simple inquietud. Consideró la idea de aventurarse a ir al casco. En Askaborg, había logrado sentirse cómoda entre los muros del castillo. Si se encerraba en aquella habitación, le preocupaba caer en viejas costumbres. Quizá, con Rurik a su lado, se sentiría capaz de salir. Hasta el casco.

—¿No saldremos al exterior? —preguntó dejando la cuchara en el cuenco vacía. Saga notó la cabeza más clara, y que sus extremidades recuperaban destellos de energía.

Él detuvo su paseo acelerado y puso una enorme sonrisa.

—No, no saldremos al exterior. Es un trayecto corto por el pasillo y luego hay que bajar una escalera.

Saga lo miró en silencio, con la curiosidad carcomiéndola por dentro. ¿Qué podía querer mostrarle en el casco del barco?

—Vale —dijo ella, poniéndose de pie. El vaivén del barco era desacompasado, pero Rurik la estabilizó con una mano firme antes de que perdiera el equilibrio.

—Y si quieres regresar —dijo acompañándola a la puerta—, te traeré de vuelta de inmediato.

Ella asintió, con el pulso latiendo frenético. Pero él era firme, comprensivo con su dolencia, y Saga se repitió una y otra vez que estaba a salvo.

El pasillo al que daba su habitación estaba oscuro y era estrecho, desorientador a medida que el barco se balanceaba a un lado y al otro. De la mano de Rurik, Saga se obligó a avanzar, poniendo un pie delante del otro. Llegaron al final del pasillo y Rurik se arrodilló para levantar una escotilla con bisagras de hierro en el suelo.

La miró a los ojos, y Saga olvidó sus temores.

—Ven. Merece la pena. Te lo prometo.

Saga frunció el ceño, pero la oscuridad ya se lo había tragado en las entrañas del barco y ella se apresuró a seguirlo. En el momento en que sus pies notaron la solidez del suelo, se le puso la piel de gallina. Rurik le pasó una mano por la espalda y ella parpadeó al notar su cuerpo tembloroso.

—¿Estás seguro de que estás...?

—Estoy bien —dijo Rurik, haciéndola pasar por una puerta—. Por aquí.

Saga se quedó de piedra, con la visión distorsionada.

—¿Qué...?

En el centro de la sala había un hombre atado a una viga con los brazos en cruz y los pies atados. El cabello castaño despeinado, dos trenzas urkanas adornando su barba y un enorme tatuaje de un oso en el pecho.

—¿Magnus? —Saga apoyó una mano en la pared para estabilizarse.

Él levantó la cabeza y la miró con ojos fríos e inertes.

—Kunta —dijo Magnus furioso—. Traidora.

Con dos zancadas, Rurik se acercó a Magnus y le golpeó la cara.

—Magnus, Magnus. ¿No hemos aprendido ya esta lección? Tienes que comportarte. ¿Es esa forma de hablarle a una dama?

Magnus escupió sangre en el suelo.

—Ella no es una dama. Es una mascota repugnante. Un adorno inútil. —Sus ojos eran mil cuchillos que se clavaron en la carne de Saga—. Deberían haberla ejecutado.

—Parece que tienes el oído atrofiado, Magnus. —Rurik volvió a golpearle la cara, esta vez más fuerte, y la cabeza del Devoracorazones cayó a un lado.

Saga se estremeció y retrocedió, respirando lentamente.

Rurik cogió a Magnus por la barba y, de un tirón, le puso el rostro a pocos centímetros del suyo.

—Tú y lady Saga ya no estáis comprometidos. ¿Lo entiendes? —Magnus lo miró, pero no hizo ademán de responder—. ¿Quieres que llame a Rov, Magnus? Es un genio con la espada. Sabe dónde tiene que cortar para que grites más fuerte.

El Devoracorazones entrecerró los ojos para mirar a Rurik.

—Justo lo que pensaba. Ahora dime si lo has entendido: jamás volverás a tocarla.

Magnus simplemente gruñó, pero a Rurik le pareció suficiente. Dirigió la mirada a Saga y sonrió, pero la sonrisa era demasiado afilada, demasiado encarnizada.

—¿Te ha gustado mi sorpresa?

—¿Qué...? —balbuceó ella—. Yo... Tú... ¡Estás loco! ¿Te paraste en mitad de la explosión para secuestrar a Magnus?

Rurik enarcó las cejas y los ojos verdes se le iluminaron.

—Ay, mi querida Ala Invernal. A Magnus nos lo llevamos mucho antes. Era... ¿cómo se dice?... prioritario.

Saga no podía creerlo.

—Yo no quiero esto...

Una sombra cruzó el rostro de Rurik cuando se acercó a ella.

—Mírate las manos, Saga —dijo con voz baja y peligrosa—. Recuerda todo lo que has soportado. Ahora puedes devolverle todo el daño que te hizo. Y nadie lo sabrá jamás. Sacó una daga y la sostuvo por la empuñadura para que Saga la tomara.

Saga miró fijamente la daga, la visión se le oscureció mientras consideraba la idea. Pero entonces la voz que le susurraba en el gran salón de Askaborg se introdujo en su mente.

«Haremos que paguen».

—¡Yo no soy un monstruo! —exclamó—. Yo no soy así.

«Sí que lo eres», dijo el pensamiento, flotando en su mente. Saga había deseado la muerte de Signe. Había anhelado su dolor. Y la sangre de Yrsa ahora estaba en sus manos. Pero Saga se sacudió esos pensamientos y se centró en Rurik.

—Todos llevamos un monstruo dentro, Saga —dijo con tono oscuro—. Es sano ejercitarlo.

Saga parpadeó mirando a Rurik, intentando entender.

Magnus se rio entre dientes.

—El cuento de un escaldo personificado —murmuró—. La Bestia de Zagadka y la princesita mascota...

Rurik se lanzó contra Magnus y le soltó un puñetazo en la mandíbula. Pero era demasiado tarde para borrar las palabras del oído de Saga.

—Bestia —repitió ella, mirando la amplia espalda de Rurik. La Bestia de Zagadka, el heredero del gran príncipe—. Estás muy equivocado, Magnus. —Pero ella oyó la duda en su propia voz, y sintió un escalofrío por la espina dorsal.

—Pregúntale —la retó Magnus.

Rurik se giró lentamente, apretando la mandíbula.

—¿Es cierto? —preguntó Saga, su voz era apenas un susurro. Le entró un leve zumbido en los oídos.

Rurik tragó saliva.

—Iba a contártelo…

—¿Eres el heredero?

No podía ser cierto. Y, sin embargo, tenía sentido. Por eso la druzhina siempre le obedecía; y por eso acostumbraba a conseguir lo que quería. Y por eso estaba tan ansioso por saber lo que opinaba Saga de la Bestia de Zagadka.

«El gran príncipe ha prohibido que venga su heredero. No es un hombre de… diplomacia», le había dicho Rurik. Saga tuvo que apoyarse en la pared, la habitación se deformaba mientras ella intentaba comprender.

La risa de Magnus le atravesó el cráneo.

—Eso no es todo, Mascota. No es más que el comienzo.

Rurik se volvió hacia Magnus, su rabia se palpaba en el aire.

—No la llames así.

—¿Cómo prefieres que la llame? ¿Hóra? ¿Traidora?

Rurik golpeó a Magnus otra vez, pero el Devoracorazones no dejaba de reírse.

—Pregúntale cómo se ha ganado el nombre, Mascota. Pregúntale cómo se ha ganado el apodo de la Bestia de Zagadka.

—¡Cállate! —gritó Rurik, su rabia sacudió el aire, y a Saga se le puso la piel de gallina. Otro golpe castigador directo a la mandíbula de Magnus.

Magnus escupió sangre y un diente. Luego siguió.

—Es un monstruo, Mascota. De los que se aparecen en las pesadillas. Y cuando se transforma, su ira es legendaria. ¿Cómo va a protegerte cuando él mismo es el monstruo?

La habitación parecía ondularse, y a Saga se le aflojaron las rodillas. «Peligro. No es seguro». Ella confiaba en él. Se había permitido sentirse segura con él. Se le retorció el estómago y la invadió el pánico. Ni siquiera conocía a aquel hombre.

—Basta ya —rugió Rurik, asestándole otro golpe.

Saga se abrazó a sí misma, apartando la mirada de la violencia. «No es seguro, no es seguro, no es seguro». El pánico de Saga luchaba por salir, pero no podía desmoronarse. Allí no. Ahora no. El aire se estremecía a su alrededor, el pecho se le encogía…

El ambiente se espesó, luego se relajó, la energía se propagaba por la sala. Saga parpadeó ante la luz de las antorchas, ante el cosquilleo que se extendía por su piel al descubierto. Encorvado, los hombros de Rurik subían y bajaban con jadeos fuertes y estremecidos.

Magnus se reía, con una risa húmeda y malévola.

—Ha pasado mucho tiempo, ¿verdad, Rurik? Has estado ocultándolo. —Miró a Saga—. ¿Te ha contado por qué estaba realmente en Íseldur? No era por un tratado, claro que no. Buscaba a un pariente. ¿Creías que no lo sabía, Rurik? Tu hombre lleva tiempo muerto, enterrado en una fosa común en Svaldrin…

Rurik soltó un gruñido gutural, animal. Saga dio un paso para acercarse a él, pero volvió a aferrarse a la pared. Los antebrazos desnudos de Rurik mostraban líneas de tinta negras que bajaban atravesando el dorso de sus manos, donde unas garras tatuadas se extendían por sus nudillos. Saga se quedó boquiabierta viendo cómo los tatuajes se movían, como si algo debajo de su piel intentara liberarse. Las puntas afiladas de las garras tatuadas se afinaron. Y luego atravesaron sus nudillos.

—¿Lo ves? —exclamó Magnus—. No tiene control, Mascota. Meras burlas han forzado su verdadera naturaleza. Y ahora estamos a su merced.

Los hombros de Rurik se ensancharon, la tela se rasgó cuando el pelaje se abrió paso. Un gruñido rasgó el aire y le arrancó un grito sordo Saga. Él se volvió para mirarla y ella boqueó. Unos dientes puntiagudos asomaron de una mandíbula rugiente; el cuerpo era una combinación de ángulos antinaturales. Su piel se cubrió de pelo gris desgreñado excepto en las afiladas protrusiones que sobresalían de su columna vertebral. Las patas traseras compactas y musculosas contrastaban con las delanteras, alargadas y huesudas, de las que se servía para equilibrarse mientras caminaba hacia delante.

La cola espinosa que movía de un lado a otra fue lo que arrancó el grito de la garganta de Saga. No podía ser. Pero esos ojos —esos ojos verdes brillantes— eran indudablemente los de Kassandr Rurik. El pánico le envolvió el pecho, estrujándola, constriñéndola, más fuerte, más fuerte…

—¡Y pensar que tenías miedo de mí, Mascota! —escupió Magnus—. Ahora puedes meterte en la cama con lo que tú misma has elegido.

La criatura se dio la vuelta. Se abalanzó sobre Magnus. La risa del Devoracorazones pronto se convirtió en gritos, tan estridentes que le arañaron la columna vertebral.

Saga corrió hacia la puerta, perseguida por los sonidos húmedos de la carne desgarrándose del hueso y los gemidos agudos y suaves. Buscó con los dedos los peldaños de la escalera, un pie se le enredó en las faldas mientras trepaba, luchando ardientemente por cada bocanada de aire. Cuando logró cruzar la puerta y salir al pasillo oscuro, Saga se encontró de frente con Rov y una mujer con la indumentaria de la druzhina.

—Él es... —empezó a decir temblando, pero no supo cómo seguir. Rov extendió una mano firme y ayudó a Saga a ponerse de pie—. Él es...

—Lo sé, *printsessa* —dijo Rov secamente, mientras acompañaba a Saga a su habitación. Se volvió y le ordenó algo a la mujer en un brusco zagadkiano mientras aquella bajaba la escalera. El suelo temblaba bajo los pies de Saga, oía los gritos que subían del casco. El pasillo se distorsionaba ante ella y tuvo que apoyarse en Rov cuando llegaron a la puerta.

—Está bien, lady Saga —dijo Rov, ayudándola a tumbarse en la cama, y luego maldijo. Ella se rascaba la garganta por la desquiciante constricción.

«¡No estás a salvo, no estás a salvo, no estás a salvo!».

—Siento esto, *printsessa* —dijo Rovgolod, con la voz amortiguada como si estuviera bajo el agua. Y, a continuación, le cubrió la boca con su mano grande y cálida, le echó la cabeza hacia atrás y le dejó caer en la lengua unos pequeños gránulos.

Iba a morir. Iba a morir allí, tan lejos de su reino.

—Tragaos estas semillas —dijo la voz áspera de Rov. Ella le clavó las uñas, le arañó la mano que le cubría la boca, pero su agarre era implacable.

Saga no podía respirar, no podía ordenar sus pensamientos. Solo sabía que estaba lejos de Askaborg, atrapada en un barco. «No hay salidas. No hay escapatoria».

—Las semillas te ayudarán a dormir, Saga —dijo Rov—. Te ayudarán a olvidarte de tu pánico.

«Escapar», pensó. «Una salida». Saga se relajó.

Y tragó.

OCHENTA Y NUEVE

Saga durmió plácidamente, sin sueños de ningún tipo. Ni la pequeña niña de cabello castaño. Ni ejecuciones. Ni osos de fauces abiertas. Fue como un vacío, una burbuja que la aisló de la realidad. De la verdad.

Se despertó demasiado pronto, con el sueño todavía nublándole la mente mientras repasaba la estancia. Pero cuando detuvo la mirada en el hombre desplomado en la silla junto a su cama, un grito le salió de las entrañas.

Rurik se enderezó a toda prisa, la miró de pies a cabeza con sus ojos verdes, evaluándola. No había rastro de la bestia que había visto en el casco del barco, ni siquiera de los tatuajes de sus antebrazos. Aun así, Saga retrocedió tanto como pudo en la cama.

—Para —gruñó él, y el aire vibró igual que lo había hecho allá abajo, antes de convertirse en…

Saga cerró los ojos. Intentó apartar el recuerdo de su mente. Pero no podía dejar de ver aquellos salvajes ojos verdes; aquellas garras largas y afiladas; su forma de acercarse a ella, como si quisiera devorarla.

—Lo siento, Saga —dijo Rurik con suavidad. Y lo oyó en su voz: el remordimiento. La vergüenza. Levantó las manos en señal de rendición.

—No me acercaré más.

«Perdí el control», había dicho ella la última vez que hablaron.

Y Rurik… su respuesta… «Lo entiendo. Más de lo que crees».

Tenía la mente desbordada; todo se desmoronaba. Esto era demasiado, como si no tuviera suficiente.

—Tengo que ir a Midfjord —murmuró para sus adentros, contando las horas—. ¿Cuántas noches faltan para llegar?

Rurik juntó los labios en una línea recta.

—Saga…

—¿Cuánto falta para llegar a Midfjord? —preguntó, cortante.

Él apretó los dientes.

—Lo dejamos atrás hace muchos días, Saga. ¿No sabes que pasaste siete noches dormida tras la explosión?

Saga se agarró a la cama. Seguramente no lo entendió bien. Una semana… ¿Eso era posible?

—Nuestro acuerdo está roto —continuó—. Y ya no irás a Midfjord.

—¿Q-qué?

—Vendrás a Zagadka, Ala Invernal, conmigo.

La mente le daba vueltas, giraba, como un torbellino, como si estuviera en un sueño. Saga se pellizcó la piel del brazo varias veces, pero no se despertaba. Así que se rio. ¿Qué otra cosa podía hacer? Todo aquello era una locura.

Rurik arrugó la frente, preocupado.

—Lamento advertirte de que corres peligro en Zagadka. Pero allí puedo vigilarte. Puedo protegerte.

Lo único que oyó fue que le arrebataban sus opciones, otra vez. Cautividad, otra vez. Quería gritar. Quería romper cosas.

—Se ha completado un ciclo de luna llena desde que me transformé —añadió Rurik—. Yo… Mordí el anzuelo. En Zagadka no me pasará. Tengo… formas de controlarlo. Siento haberte asustado.

—Ni siquiera te conozco —susurró Saga, abrazándose—. No puedo confiar en ti.

—No tienes elección, Saga. —Le clavó la mirada—. No tienes más opción que creerme cuando te digo que estarás a salvo conmigo. Es un juramento que te hago ahora mismo, y yo me tomo esas cosas muy en serio.

—¡Has incumplido nuestro acuerdo! —le espetó—. El trato era Midfjord…

—Y Magnus me dijo dónde está la persona que buscamos. Enterrado en Svaldrin no era la respuesta que esperábamos, pero ahora lo sabemos. Y tú no me has proporcionado la información; por tanto, nuestro acuerdo está roto.

—¡Pasamos Midfjord hace días!

Pero Rurik la ignoró.

—Hay otra cosa que debes saber. Un secreto que Zagadka guarda hace tiempo. Algo que hemos «enterrado» para protegerlo. —Saga estaba totalmente aturdida con cada revelación que le iba llegando—. En Zagadka, todos tienen lo que vosotros llamáis galdur. Para nosotros es diferente. Nos transformamos, como has visto, adoptando formas nuevas.

Saga se quedó mirándolo fijamente sin comprender.

—Aunque mi transformación es… distinta a la de los demás. Por eso me llaman «la bestia», pero solo me lo dicen mis enemigos. Inventan muchas historias difamatorias. —Se pasó la lengua por los dientes inferiores—. El hombre que buscábamos se llamaba Nostislav. Era como un hermano, un gran hombre que secuestraron en nuestras tierras un día que los navíos iseldurianos pasaron cerca de nuestras aguas. Y ahora Magnus me lo ha confirmado… A Nostislav lo raptaron y lo mataron en Svaldrin. Y si Magnus sabía cosas que no debería, significa que el secreto de Zagadka ya no está a salvo.

—Los experimentos —susurró Saga—. Están almacenando magia galdra en Svaldrin.

—Al parecer lo están probando también con los zagadkianos —dijo Rurik con amargura—. Pero nuestro secreto ha salido a la luz, lo que implica un cambio para Zagadka. Algo que necesitábamos hace tiempo.

Saga lo miraba con incredulidad. Ese hombre estaba loco. ¿Cómo no lo había visto antes?

—Rurik, mi reino necesita ayuda. Tengo que volver a Íseldur. Mi gente se muere de hambre, los persiguen los urkanos…

—No.

Ella estalló de rabia.

—¿Cómo que no?

Rurik endureció la mirada.

—No. Vendrás conmigo a Zagadka. —No había fisuras en sus palabras, ni dejaban opción a concesiones.

La amargura le cubrió la lengua.

—¿Por qué?

La risa de Rurik tenía una nota de hostilidad.

—Porque no, Ala Invernal. No te dejaré atrás.

Saga apretó los puños.

—Vendrás a Zagadka conmigo. Ya resolveremos lo demás.

—No hay nada que resolver —escupió Saga.

—Vamos, Ala Invernal, ambos sabemos que tus palabras son falsas.

La invadió la desesperación, pero se negó a llorar.

Pero al parecer Rurik no había terminado.

—Hay gente que no te quiere en nuestro reino. Habrá peleas entre los bandos y significará peligro para ti. Pero te lo juro, Saga, te protegeré.

—No juegues a ser mi salvador —exclamó furiosa—. ¡No cuando eres otra persona que me priva de libertad! Pertenezco a Íseldur, Rurik. No a ti. Ni a Zagadka.

En el aire se palpaba una tensión turbulenta.

—Necesitas a alguien que te ayude con tu… trastorno, Saga. ¿Cómo vas a ir a un lugar nuevo si no eres capaz de salir al exterior? —Le pasó una mano por el pelo—. Iremos a Zagadka, y cuando sea el momento oportuno, te devolveré a Íseldur.

Saga ardía de rabia, y el fuego le corría por las venas.

—¡Sal de aquí! —Buscó a tientas y encontró un odre de agua. Sin pensar, se lo tiró. Rurik levantó la mano más rápido de lo humanamente posible, lo cazó al vuelo y lo estampó en el suelo con un gruñido.

Saga metió la mano entre el colchón y la pared y palpó algo suave y redondo. Lo sacó y vio que era una piedra.

—¡Déjame! —gritó, arrojándosela.

Rurik agarró la piedra en el aire, apretó el puño hasta que se agrietó y la convirtió en polvo. Gruñó tan fuerte que el barco entero tembló.

—¡No has traído más que tormento a mi vida! —gritó—. ¡Lo único que has conseguido es empeorarla!

Él abrió las fosas nasales y el aire volvió a crujir. Saga se arrinconó en una esquina y se acurrucó.

—Déjame —le rogó—. Por favor.

Ella oía su respiración fuerte. Sentía esa extraña y cortante tensión en el aire.

—Sé que dibujar te relaja cuando estás nerviosa. Hay un tablero de dibujo justo ahí, y carboncillos. Y te he dejado semillas en la mesa. Tómatelas y descansa. Necesitarás energía. Pronto llegaremos a Zagadka.

Rurik salió por la puerta y la cerró tras él.

Y, a continuación, echó el cerrojo.

GUÍA DE PRONUNCIACIÓN

Muchas de las palabras y de los nombres de este libro derivan del nórdico antiguo y del islandés. En el texto, los caracteres *ð* y *þ* de las lenguas originales se han convertido a «d» y *æ* a «ae» para facilitar la lectura de esta historia.

Bjáni: bai-yá-ni
Dúlla: dú-la
Eystri: ais-tri
Flíta: fli-í-ta
Hevrít: je-brít
Hjarta: ji-yar-ta
Hver: k-ver
Hvíta: kví-ta
Íseldur: í-sel-dur
Klaernar: klait-nar
Kunta: kun-ta
Lébrynja: lié-brin-ya
Myrkur: mir-kur
Nordur: nor-dur
Reykfjord: reik-fiord
Róa: ró-a
Signe: sig-nu
Skjöld: sh-kuld
Skógungar: sh-kún-gar
Slátrari: slóu-tra-ri

Stjarna: stiar-na
Sudur: su-dur
Urka: ur-ka
Vestir: ves-tir

GLOSARIO

Araña lobo: araña de gran tamaño cubierta de pelo gris.

Berskio: sustancia en polvo que se extrae de una mina cerca de Reykfjord; la toman los klaernar para conservar su enorme estatura y su fuerza.

Bjáni: idiota; un insulto.

Brennsa: whisky de alta graduación.

Dúlla: apelativo cariñoso entre las mujeres.

Eisa Volsik: antigua princesa de Íseldur, asesinada por el rey Ivar; la empalaron en el foso del castillo de Askaborg.

Eystri: territorio más oriental de Íseldur.

Flíta: mariposas fénix cuyas alas se iluminan cuando vuelan. Cuando se hacen adultas, estallan envueltas en llamas y de las cenizas sale una oruga.

Galdra: persona que ejerce la magia, también llamada «Cinérea», perseguida por el rey Ivar.

Hábrók: dios de la batalla, del honor, de la suerte y del clima; uno de los antiguos dioses de Íseldur.

Hevrít: espada iselduriana de hoja larga.

Hindrio: metal especial que inhibe la magia de los galdra.

Hóra: prostituta.

Illmarr: vampiro escamoso del mar; se alimenta de sangre de anguila y muere abatido por flechas de serbal.

Íseldur: reino de Hielo y Fuego; país insular donde se desarrolla esta historia.

Ivar Corazón de Hierro: el nuevo rey de Íseldur; le arrebató la corona al rey Kjartan Volsik hace diecisiete años.

Kjartan Volsik: antiguo rey de Íseldur; asesinado por el rey Ivar mediante el ritual del águila de sangre en el foso del castillo de Askaborg.

Klaernar: guardia personal del rey Ivar. También se los llama «Garras del Rey».

Kopa: gran ciudad de piedra de la parte septentrional del territorio de Eystri.

Kunta: canalla; insulto.

Lébrynja: armadura ligera especial hecha de pequeñas escamas de cuero que porta la Hermandad del Hacha Sanguinaria.

Malla: diosa del amor, de la guerra y de la muerte; nombre de una de las lunas; una de las antiguas diosas de Íseldur.

Marra: diosa de la sabiduría, de la sanación y de la paz; nombre de una de las lunas; una de las antiguas diosas de Íseldur.

Myrkur: dios del caos y de la oscuridad; uno de los antiguos dioses de Íseldur.

Nordur: territorio más septentrional de Íseldur.

Norvaland: isla al noreste de Íseldur, cuyo regente fue derrocado por Harald, padre de Ivar, quien ocupa el trono en la actualidad.

Róa: bebida caliente que se sirve en Íseldur, elaborada con la corteza del árbol róa.

Saga Volsik: antigua princesa de Íseldur; raptada por el rey Ivar y criada bajo su tutela; está prometida con su hijo, el príncipe Bjorn.

Skarpling: animal del tamaño de un ratón con púas en el lomo.

Skjöld: hoja seca que se ingiere para curar dolores de cabeza.

Skógungar: caminante del bosque; criatura pacífica con forma de árbol que habita en el Bosque Occidental.

Slátrari: «el carnicero»; asesino que quema a sus víctimas de dentro hacia fuera.

Stjarna: «madre de las estrellas»; esposa de Sunnvald; diosa del tejido, de la fertilidad y de la orientación; una de las antiguas diosas de Íseldur.

Sudur: territorio más meridional de Íseldur; alberga la capital.

Sunnavík: capital de Íseldur; es donde se encuentra el castillo de Askaborg.

Sunnvald: dios del Sol; rey de los antiguos dioses de Íseldur; dios del fuego y del poder.

Svalla Volsik: antigua reina de Íseldur; asesinada por el rey Ivar; la empalaron en el foso del castillo de Askaborg.

Thrall: persona esclavizada, generalmente traída al reino de Íseldur desde Norvaland. Recibe una marca en la cara interior de la muñeca.

Urka: país de gran tamaño al este de Íseldur; origen de la dinastía urkana y del rey Ivar Corazón de Hierro.

Ursir: el dios Oso venerado por el rey Ivar y sus simpatizantes urkanos; creencia impuesta a todos los iseldurianos.

Venado vampiro: ciervo vampiro que caza mamíferos y les chupa la sangre.

Vestir: territorio más al oeste de Íseldur; alberga el Bosque Occidental.

Zagadka: nación insular misteriosa al sur de Íseldur.

AGRADECIMIENTOS

Este libro ha sido muchas cosas: un acto de amor, un refugio de la brutalidad de los telediarios y una salida terapéutica. A menudo, los personajes tienen algo de mí; y, en el caso de Saga, es la ansiedad y el aislamiento social. Quería describir a una protagonista que conviviera con trastornos mentales —y que no necesariamente intentara superarlos, sino que solo los aceptara como parte de ella y que respetara sus limitaciones—. Por eso, en esta novela, Saga apenas se esfuerza por vencer su agorafobia.

Lo admito, tenerla (casi) siempre sin pisar el exterior complicaba la trama. Pero nuestra joven Saga es ingeniosa. Lista. E increíblemente valiente. La agorafobia es parte de ella, pero no lo es todo. Ahora la puerta de su jaula está abierta. Mira a través de los barrotes. Y estoy deseando que veas lo que ocurre cuando finalmente vuela libre.

En primer lugar, quiero darte las gracias, lector, por dedicarme tu tiempo. Cada persona que lee mi libro —que se pierde en Íseldur y en las aventuras de Silla y Saga— me llena de tanta gratitud que es difícil expresarla.

También tengo mucho por agradecer a mi increíble agente, Jessica Watterson, y sus compañeros de la Agencia Literaria Sandra Dijkstra. Gracias a mis editoras Shauna Summers y Mae Martinez, y al equipo de Penguin Random House: Brianna Kusilek, Taylor Noel, Megan Whalen, Mark Maguire, Christa Guild, Fritz Metsch y Saige Francis.

Varios libros y otros recursos han resultado indispensables para escribir esta novela. Ante todo, quiero agradecer públicamente a *El experimento rendición: el encuentro con la perfección de la vida*, de Michael A. Singer. Este libro me ayudó a remodelar mis pensamientos durante la pandemia, a centrarme en lo que podía controlar y a dejar ir lo que no estaba en mis manos. Si has pensado que este libro fue inspirador para la trama de la rendición de Silla, ¡has acertado!

The Sagas of the Icelanders, *Vikingos: la historia definitiva de los pueblos del norte*, *Magia islandesa*, *Viking Warfare* y *Life in a Medieval Castle* fueron también recursos extraordinarios a la hora de entender el entorno y la mentalidad de la era vikinga. He intentado conservar la autenticidad en la medida de lo posible, con algunas indulgencias: la relevancia de los libros y el lenguaje escrito no rúnico, las armaduras de cuero, las ventanas con cristales; y el barco de Rurik, con camarotes y zona de almacenamiento en el casco, mucho más lujoso de lo que los drakkar vikingos eran en realidad. Y también, claro está, me tomé libertades creativas como la magia, los monstruos y las religiones en este mundo.

Gracias a Chresti Nieveen por las esclarecedoras conversaciones que cambiaron por completo la forma de este libro. Gracias a Rony Bermudez por darle vida a estos libros con tus maravillosas ilustraciones de la cubierta. Gracias a mis amigos autores por su apoyo y amistad y por responder a mis preguntas sin fin: MT Sear, Jess, Nisha, Elayna, Daniela, Penn, Lisette y Julie.

Debo agradecer a mis lectoras de sensibilidad por garantizar que la caracterización de los personajes, más allá de mi propia experiencia, se hiciera con respeto: Ruthie Bowles y Nicole Neuman. Gracias a mis lectores beta; algunos leyeron una versión muy diferente de este manuscrito: Ashlyn, Kelli, Ashton, Diana, Becca, Georgie, Julie, Emma, Kaitlyn, Sarah, MT Sear, Ana, Josie, Bree, Louise, Maggie y Danielle; vuestros comentarios han sido muy útiles para conseguir el libro (particularmente en lo que se refiere al ritmo y al romance) perfecto.

Gracias a Tanya por la ayuda con las traducciones del zagadkiano (es decir, ruso). Gracias a Sophie por sus observaciones oportunas sobre la agorafobia de Saga. Gracias a Sarah por aguantar mis preguntas infinitas sobre animales: caballos, pollos, gallinas y cabras. Y un ENORME agradecimiento especial a MT Sear por sugerir que lady Geira escribiera fánfic. Es, con diferencia, la mejor decisión que tomé en este libro.

Tengo que agradecer a mis familiares, incluyendo a mis padres que siempre me han apoyado tanto, que insistían en leer los libros, aunque les pedía que no lo hicieran. Pero, sobre todo, gracias a mi «marido» Ben por su confianza infundada en mí. No sé cómo ni por qué confiaste en que podía escribir una saga de género fantástico, pero tu apoyo lo es todo para mí. Y mira por dónde: ¡lo estamos logrando!